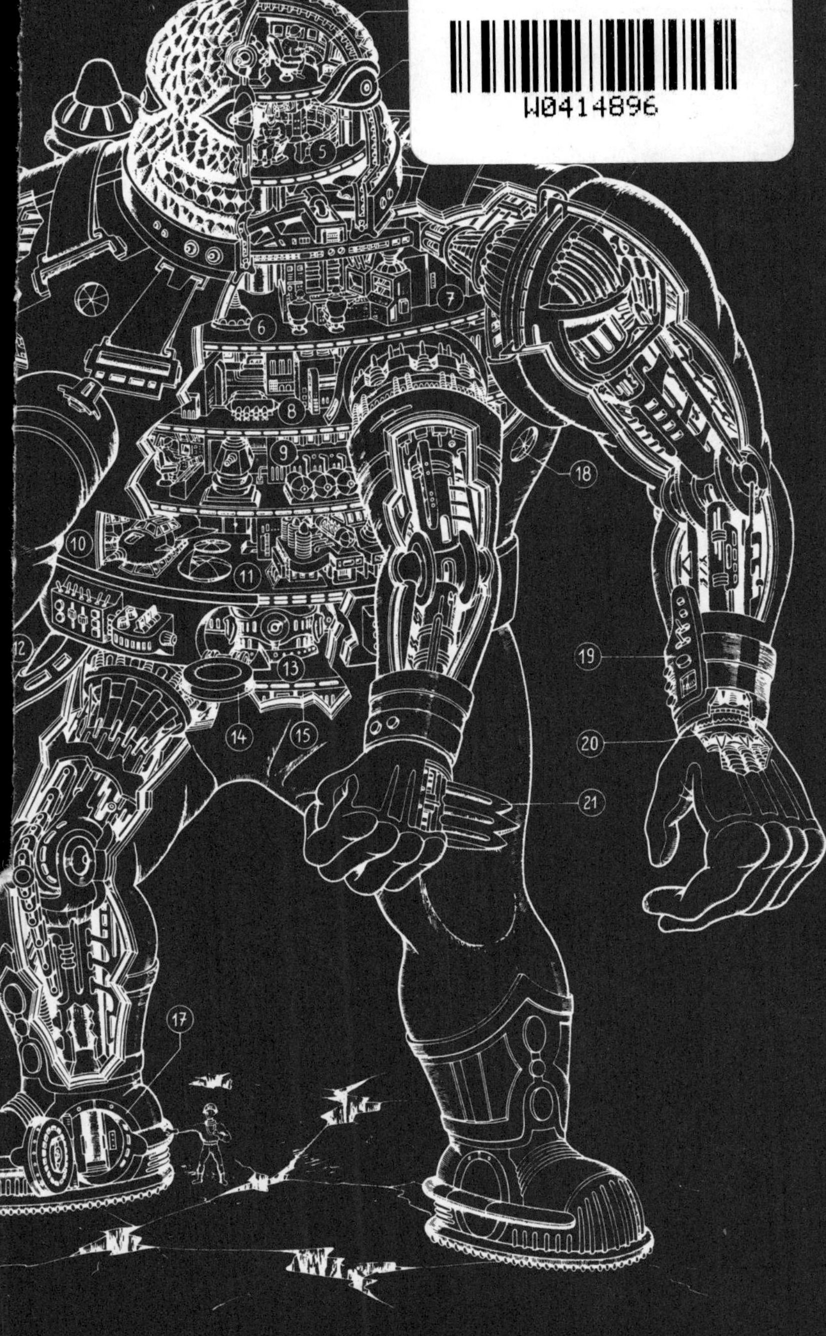
5
6
7
8
9
10
11
12
13
14
15
17
18
19
20
21

Perry Rhodan

# Paladin

# Perry Rhodan

# Paladin

Verlagsunion Erich Pabel-
Arthur Moewig KG, Rastatt

Redaktion: Horst Hoffmann
Beratung: Franz Dolenc
Druck und Bindung: Mohndruck
Graphische Betriebe GmbH, Gütersloh
Printed in Germany 1991
ISBN 3-8118-2055-9

# Vorwort

Mit diesem 39. Band der PERRY RHODAN-Bibliothek werden entscheidende Weichen in beiden derzeit wichtigen Handlungsebenen gestellt. Einmal in der noch so rätselhaften Galaxis M 87, wo Perry Rhodan und seine Getreuen von der CREST IV, nicht zu vergessen die beiden Haluter Icho Tolot und Fancan Teik, verzweifelt nach einer Möglichkeit der Heimkehr in die Milchstraße suchen. Und zweitens dortselbst, wo die Premiere des PALADINS zwar eine Sensation ist, aber noch viel wichtiger, was – fast nur nebenbei – mit dem Schwingungswächter Tro Khon geschieht.

Das vorliegende Buch leitet damit die überraschenden Entwicklungen ein, die in den beiden folgenden Bänden diesen Abschnitt kosmischer Geschichte weitgehend abschließen werden. Die Frage, die immer mehr in den Mittelpunkt rücken wird, könnte wieder einmal die nach dem Sinn, den Risiken und den Folgen gezüchteten Lebens sein. Sie wird sich aus der Sicht der Betroffenen stellen. Wie verhält sich jemand, der aus bestimmten Absichten heraus zu einem Monstrum hochgezüchtet wurde, über das seine »Schöpfer« die Kontrolle verloren?

Daß das 39. Perry Rhodan-Buch Lesespannung und die gewohnte Faszination dieser Bestsellerreihe bietet, dafür garantieren die enthaltenen Originalromane – in der folgenden Reihenfolge und ungeachtet der notwendigen Kürzungen und Textneufassungen: *Planet der tausend Freuden* von *William Voltz; Die Kidnapper des Auserwählten* von *Clark Darlton; Verfolgungsjagd im Halbraum* von *H.G. Ewers; Die Sucher von M 87* von *William Voltz; Die kosmische Falle* von *Clark Darlton; Die Partisanen von der CREST* von *Kurt Mahr; Robot-Patrouille* von *K.H. Scheer*.

Ich bedanke mich bei Franz Dolenc für seine Vorarbeit und bei allen Lesern, die auch für die Buchfassung der oben genannten Romane wieder wertvolle Anregungen lieferten.

Bergheim, im Sommer 1990 — Horst Hoffmann

# Zeittafel

1971 Perry Rhodan erreicht mit der STARDUST den Mond und trifft auf die Arkoniden Thora und Crest.

1972 Mit Hilfe arkonidischer Technik Aufbau der Dritten Macht und Einigung der Menschheit.

1976 Das Geistwesen ES gewährt Perry Rhodan und seinen engsten Wegbegleitern die relative Unsterblichkeit.

1984 Galaktische Großmächte versuchen, die aufstrebende Menschheit zu unterwerfen.

2040 Das Solare Imperium ist entstanden.

2400/2 Entdeckung der Transmitterstraße nach Andromeda. Abwehr von Invasionsversuchen aus der Nachbargalaxis.

2404/6 Direkter terranischer Vorstoß nach Andromeda und Erkenntnisse über die Herkunft der humanoiden Völker der Milchstraße. Die Meister der Insel werden Opfer ihrer eigenen Machtgier.

2435 Der Riesenroboter OLD MAN erscheint in der Galaxis. Mächte aus der Großen Magellanschen Wolke versuchen, ihn zum Werkzeug einer Bestrafungsaktion wegen angeblicher »Zeitverbrechen« der Terraner zu machen.

2436 Die Zweitkonditionierten (»Zeitpolizei«, auch »Zweite Schwingungsmacht«) erscheinen mit ihren Dolans. Perry Rhodan, Atlan und viele Schicksalsgefährten werden mit der CREST IV in die mehr als dreißig Millionen Lichtjahre entfernte Galaxis M 87 geschleudert und führen einen verzweifelten Kampf um das Überleben und die Rückkehr in die Milchstraße, während sich das Solsystem auf die Großoffensive der Zweitkonditionierten vorbereitet.

# Prolog

Am 12. Januar 2436 geschieht es: Das solare Flaggschiff CREST IV wird durch unbekannte Energien im Kampf gegen die Zeitpolizei aus der Galaxis geschleudert und materialisiert in einer weit entfernten, vorerst völlig unbekannten Region des Universums.

Für Reginald Bull und die anderen Zurückgebliebenen muß es so aussehen, als wäre das Schiff mit Perry Rhodan, Atlan, vielen Mutanten und der gesamten Standardbesatzung verloren. Aber die Geschehnisse in der Milchstraße lassen Bull nicht viel Zeit, sich mit dem Schicksal seiner Freunde eingehend zu beschäftigen.

Kurz nach dem Verschwinden der CREST greift der Gigantroboter OLD MAN mit seinen rund 15000 Ultraschlachtschiffen das Solsystem an. OLD MAN, ursprünglich als Geschenk an die Menschheit erbaut, ist in der Gewalt der Zeitpolizei und soll nun dazu herhalten, die Terraner für ein »Zeitverbrechen« zu bestrafen, das sie niemals begangen haben.

Staatsmarschall Bull zieht die terranische Flotte ins Solsystem zurück. Der Kampf entbrennt, die Übermacht des Gegners ist erdrückend. Für die entscheidende Wende im ungleichen Kräfteverhältnis sorgt das neue FpF-Gerät des genialen, aber bisher verkannten Wissenschaftlers Geoffrey Abel Waringer. Mit seiner Hilfe kann den Zeitpolizisten eine erste schwere Niederlage beigebracht werden. Nur ein einziger Zweitkonditionierter – Tro Khon – kann dem Chaos entfliehen. Auf diese Nachricht hin wagen es zwei Oxtorner und ein Terraner, OLD MAN anzufliegen, und schaffen das Wunder: Sie führen den Robotgiganten endlich seiner Bestimmung und somit der Menschheit zu, was die Lage im Solsystem weiter zugunsten Terras stabilisiert.

Doch von der CREST IV und Perry Rhodan gibt es nach wie vor keine Nachricht. Niemand im Solsystem kann ahnen, daß die Besatzung der CREST und die beiden Haluter Icho Tolot und Fancan Teik in der 32 Millionen Lichtjahre entfernten Galaxis M87 um ihr Überleben kämpfen – und verzweifelt darauf hoffen, eine Möglichkeit der Rückkehr zu finden. Jeder Versuch, mit den Beherrschern von M 87 Kontakt aufzunehmen, scheint zum Scheitern verurteilt, solange Perry Rhodan nicht bereit ist, seine halutischen Freunde zu opfern. In diesen sehen die Intelligenzen der fremden Galaxis jene Bestien, die vor Jahrzehntausenden M 87 verwüsteten und unvorstellbare Greuel anrichteten.

Perry Rhodan bleibt entschlossen, einen Weg zu den geheimnisvollen »Konstrukteuren des Zentrums« zu finden. Die Odyssee der CREST IV geht weiter, während man im Solsystem wieder den Atem anhält. Die entscheidende Großoffensive der Zeitpolizei, gegen die der Angriff OLD MANS nur ein Vorspiel war, wird stündlich erwartet. Die Hoffnung der Verantwortlichen, daß das System und die Erde den Ansturm der Giganten in ihren Dolans noch einmal überstehen, ruhen nicht zuletzt auf sechs winzigen Menschlein – und ihrem PALADIN . . .

# 1.

## M87

Sie verließen den Hangar und gelangten in den Hauptgang, der zum Antigravschacht führte. Die Männer, denen sie begegneten, gingen grußlos an ihnen vorbei und starrten sie mit einer Mischung aus Mißtrauen und Ablehnung an. Der terranische Offizier, der sie begleitete, lächelte etwas verlegen. Vielleicht wurde er von den gleichen Zweifeln geplagt wie viele andere Besatzungsmitglieder der CREST IV.

Unmittelbar vor dem Antigravschacht blieb Fancan Teik stehen.

»Was geht an Bord dieses Schiffes vor?« fragte er.

Captain Atara Kawinati suchte im starren Gesicht des riesenhaften Haluters vergeblich nach einer Gefühlsregung. Er zuckte mit den Schultern.

»Ich verstehe nicht, was Sie meinen«, sagte er.

Teiks monströser Körper wurde von einem lautlosen Lachen erschüttert.

»Sie verstehen mich nicht? Ich bin überzeugt davon, daß Sie mich sehr gut verstehen, Captain, denn Sie bedauern es offenbar auch, daß wir zurückgekommen sind. Sie hätten es wahrscheinlich begrüßt, wenn wir von diesem Erkundungsflug nie zurückgekehrt wären.«

Kawinatis Gesicht rötete sich.

»Ich will nicht abstreiten, daß verschiedene Männer an Bord so denken«, gab er zu. »Für mich sind Sie jedoch unsere Verbündeten, die Loyalität verdient haben. Mir ist bekannt, daß Perry Rhodan eine ähnliche Einstellung vertritt. Sie brauchen sich also keine Sorgen zu machen.«

»Sorgen?« wiederholte Icho Tolot mit dröhnender Stimme. »Die Probleme der Terraner sind im Augenblick größer als unsere. Sie können jedoch nicht abstreiten, daß die Völker dieser Galaxis sie für Verbündete zweier Bestien halten. Aus diesem Grund wird man die

CREST gnadenlos jagen. Es entspricht der Vernunft, wenn wir uns trennen.«

Kawinati sagte: »Ich glaube, daß es zu einer Trennung bereits zu spät ist. Man wird uns auf jeden Fall bekämpfen, auch dann, wenn Sie mit Ihrem Schiff einen anderen Kurs einschlagen. Wir können also zusammenbleiben und uns gegenseitig helfen.«

»Wir drängen unsere Hilfe nicht auf«, sagte Fancan Teik.

Der Captain antwortete nicht. Es gab genug Besatzungsmitglieder, die sich offen für eine Trennung von den beiden Halutern ausgesprochen hatten. Die Blicke, die man Tolot und Teik zuwarf, zeigten deutlich die Stimmung an Bord der CREST IV.

Kawinati versuchte, seine eigene Einstellung zu dieser Sache zu ergründen. Er konnte nicht bestreiten, daß auch er immer wieder an die Möglichkeit einer Trennung von den beiden Halutern dachte. Solche Überlegungen entsprangen dem menschlichen Selbsterhaltungstrieb und waren nur dann zu verurteilen, wenn sie über die Vernunft siegten.

Während Kawinati mit den beiden Halutern durch den Antigravschacht schwebte, dachte er über die Lage des Flaggschiffs und seiner Besatzung nach. Seit dem Verschwinden der Festung waren fünf Tage verstrichen. Die Kalender an Bord der CREST IV zeigten den 10. März 2436, ein Datum, das in über dreißig Millionen Lichtjahren Entfernung von der Erde nur eine relative Bedeutung besaß.

Die CREST IV umkreiste den äußersten Planeten des Truk-Systems. Auf Truktan, dem Farmplaneten, herrschte Schweigen. Kawinati war sicher, daß irgendwo innerhalb der Kugelgalaxis M 87 bereits Vorbereitungen im Gange waren, um die CREST IV zu vernichten.

Die beiden Haluter, die vor einer halben Stunde unverhofft von einem Erkundungsflug zurückgekehrt waren, brachten sicher beunruhigende Nachrichten.

Die Gedanken des Captains wurden unterbrochen, als er zusammen mit Icho Tolot und Fancan Teik die Zentrale des großen Schiffes betrat. Als Chef des Robotkommandos kam Atara Kawinati oft hierher, so daß ihm die Bedeutung der Anlagen innerhalb dieses riesigen Raumes vertraut war. Wie der Captain erwartet hatte, wurden Tolot und Teik auch in der Zentrale mit Schweigen begrüßt. Perry Rhodan, Atlan sowie fast alle Offiziere und Mutanten waren anwesend. Tolot hatte seine und Teiks Rückkehr bereits über Funk angekündigt, ohne nähere Angaben über wichtige Entdeckungen zu machen.

Perry Rhodan kam den beiden Halutern entgegen.

»Sie sind schneller zurückgekommen, als wir erwartet haben«, sagte der Großadministrator. »Ich nehme an, daß Sie besondere Gründe dafür hatten, Ihren Erkundungsflug zu unterbrechen.«

Wie immer, wenn er in Rhodans Nähe war, fühlte Kawinati die Entschlossenheit und Ruhe dieses Mannes: Rhodans Verhalten ließ unschwer erkennen, daß er an einem Fortbestehen des Bündnisses mit den Halutern interessiert war.

»Wir sind zurückgekommen, um Sie zu warnen«, sagte Tolot. Er beobachtete die Offiziere, die langsam einen Kreis um ihn und Fancan Teik bildeten. Von irgendwoher kam ein gleichmäßiges Summen.

»Was ist geschehen?« erkundigte sich Perry Rhodan.

»Wir haben tausend Raumschiffe geortet, die von einer fliegenden Festung begleitet werden«, berichtete Fancan Teik. »Unsere Kursberechnungen haben ergeben, daß das Ziel dieser Flotte das Truk-System ist.«

Es war Atlan, der die nächstliegende Frage stellte: »Wann werden diese Schiffe hier eintreffen?«

»In viereinhalb Stunden Ihrer Zeitrechnung«, sagte Tolot.

»Ich habe damit gerechnet, daß wir früher oder später aus dem Truk-System fliegen müssen«, sagte Perry Rhodan. »Abgesehen davon gibt es für uns in diesem Raumsektor nichts mehr, was unser Interesse verdient hätte.«

Captain Kawinati erinnerte sich daran, daß die Wissenschaftler und Spezialisten an Bord der CREST IV in den letzten Tagen pausenlos damit beschäftigt gewesen waren, die Sternenkarten und positronischen Diagramme der Skoars auszuwerten. Der Captain war sicher, daß Perry Rhodan unter den zahlreichen Sonnensystemen, die in den Karten der Skoars verzeichnet waren, bereits einige ausgesucht hatte, die als neues Ziel für das Flaggschiff in Frage kamen.

Fast alle Männer an Bord hatten inzwischen durch intensive Hypnoschulung das Zentrumsidiom erlernt.

Perry Rhodan deutete zum Kartentisch neben der Hauptpositronik.

»Folgen Sie mir«, forderte er Tolot und Teik auf. »Ich will Ihnen zeigen, welches System wir jetzt anfliegen wollen.«

Kawinati hielt sich dicht hinter den beiden Halutern.

Auf der Projektionsfläche des Kartentisches war eine dreidimensionale Sternenkarte eingeblendet.

Perry Rhodan beugte sich über den Tisch. Zwischen den beiden Halutern wirkte er wie ein Zwerg.

Rhodan deutete auf einen besonders markierten Punkt der Karte.

»Dies ist das Truk-System«, erklärte er. »Wir sind uns darüber einig, daß wir hier nicht bleiben dürfen. Die CREST kann sich nicht in einen Kampf mit tausend Schiffen und einer Festung einlassen. Trotz der gegenwärtigen Lage bin ich nach wie vor dazu entschlossen, Kontakt mit den Völkern dieser Galaxis aufzunehmen.«

Tolot und Teik blickten sich an. Captain Kawinati glaubte zu spüren, wie die beiden Haluter sich lautlos verständigten. Auch die anderen Männer erkannten, daß zwischen Tolot und Teik eine stumme Zwiesprache stattfand. Einer der Offiziere räusperte sich durchdringend.

»Wir haben nachgedacht«, sagte Tolot schließlich. »Es bestehen keine Zweifel, daß der Haß der Völker in M 87 sich vor allem gegen Teiktos und mich richtet. Wenn wir erreichen, daß sich alle Gegner nur noch mit uns beschäftigen, haben Sie genügend Zeit, Kontakte mit fremden Intelligenzen aufzunehmen.«

»Sie wollen uns also verlassen«, sagte Rhodan.

»Davon kann nicht die Rede sein«, gab Tolot zurück. »Es ist eine Frage der Vernunft, wie wir uns jetzt verhalten.«

»Wir werden zusammenbleiben«, sagte Rhodan fest. »Niemand soll uns nachsagen, daß wir unsere Freunde im Augenblick der Gefahr im Stich gelassen hätten.«

Tolot bewegte sich unruhig.

»Es mag sein, daß Sie so denken, Perry Rhodan. Wie aber sieht es mit den vielen Männern und Frauen aus, die sich an Bord dieses Schiffes aufhalten? Sind Sie sicher, daß alle Ihren Standpunkt teilen?«

»Wahrscheinlich nicht«, gab Rhodan zu. »Aber das dürfen Sie diesen Menschen nicht zum Vorwurf machen.«

Icho Tolot straffte sich. Er schien noch größer zu werden.

»Wir trennen uns«, knurrte er.

»Einen Augenblick!« mischte sich Atlan ein. »Seit wann lassen sich unsere halutischen Freunde von falschem Stolz leiten? Die Vernunft gebietet, daß wir zusammenbleiben. Wir brauchen Sie, Tolot. Gerade hier in dieser fremden Umgebung sind wir auf Ihre Hilfe angewiesen. Gefährdet sind wir in jedem Fall, auch wenn Sie sich mit Ihrem Schiff in eine andere Richtung entfernen.«

»Wir trennen uns«, wiederholte Tolot hartnäckig.

»Sie unterschätzen die Loyalität der Terraner«, sagte John Marshall, der Telepath. »Zwar mögen Sie den Eindruck gewonnen haben, daß die Besatzung dieses Schiffes gegen Sie ist, aber es wäre einfach für uns, Sie vom Gegenteil zu überzeugen.«

»Und wie wollen Sie uns das beweisen?« erkundigte sich Fancan Teik.

»Wir lassen abstimmen«, sagte Marshall. »Sie werden staunen, wie wenige Raumfahrer sich für eine Trennung aussprechen.«

»Fast alle« murmelte Teik erbittert.

»Unsinn!« rief Rhodan. »Ich bin froh, daß sie auf den Gedanken gekommen sind, eine Abstimmung durchzuführen, John. Dabei wird sich herausstellen, ob Tolots und Teiks Bedenken berechtigt sind.«

Atlan wandte sich an die beiden Haluter: »Würden Sie Ihren Entschluß ändern, wenn die Mehrheit der Besatzungsmitglieder für Ihr Bleiben votierte?«

Die beiden Haluter zögerten. Kawinati bezweifelte, daß die bisherige Haltung der beiden Giganten auf Stolz zurückzuführen war. Tolot und Teik waren überzeugt davon, daß sie mit allen Schwierigkeiten allein fertig werden konnten.

»Nun gut«, sagte Teik nach einer Weile. »Lassen Sie abstimmen.«

»Übernehmen Sie das, John«, befahl Rhodan dem Mutanten. »Unterrichten Sie mich möglichst schnell über das Ergebnis.«

Marshall zog sich zurück, während Rhodan seine Aufmerksamkeit wieder dem Kartentisch zuwandte. Er deutete mit dem Zeigefinger auf einen in der Karte angezeichneten Punkt.

»Das ist das Geeg-System«, erklärte er. »Es ist von unserem derzeitigen Standort sechstausendsiebenhundertachtzehn Lichtjahre entfernt.«

»Ich vermute, daß dort unser Zielplanet liegt«, sagte Tolot.

Rhodans Zeigefinger glitt über die dunkle Linie, die das Truk-System und das Geeg-System miteinander verband.

»Wir werden die Entfernung in vier Linearetappen überbrücken«, verkündete er. »Dazwischen werden wir immer wieder in den Normalraum zurückkehren, um Ortungen vorzunehmen. Ich möchte verhindern, daß man uns verfolgt.«

»Ihren früheren Bemerkungen kann ich entnehmen, daß Sie weiterhin versuchen wollen, Kontakte aufzunehmen«, sagte Fancan Teik. Obwohl er gedämpft sprach, war seine tiefe Stimme überall in der Zentrale zu hören. »Jede Kontaktaufnahme birgt die Gefahr eines Kampfes in sich. Ich bin überzeugt davon, daß alle Völker, die dem Kastensystem angehören, inzwischen von unserer Anwesenheit wissen und auf eine Annäherung vorbereitet sind. Wir werden also in dieser Galaxis keine Freunde finden. Wenn auf irgendeinem Planeten Terraner landen, wird man in ihnen Freunde der Bestien sehen und sie bekämpfen.

Rhodan schien den Pessimismus des Haluters nicht zu teilen, denn er winkte lächelnd ab.

»Wir dürfen uns von solchen Schwierigkeiten nicht unsicher machen lassen«, sagte er. »Ich glaube, daß das Geeg-System für unser Vorhaben gut geeignet ist. Dem Kartenmaterial der Skoars konnten wir entnehmen, daß es innerhalb dieser Galaxis dreiundfünfzig Erholungs- und Urlaubsplaneten gibt. Der Planet Geegival im Geeg-System ist einer davon. Diese Welten dürfen nur von hochstehenden Intelligenzen mit besonderen Verdiensten aufgesucht werden. Der Aufenthalt auf diesen Planeten ist für die Reisenden kostenlos. Ich bin von der Voraussetzung ausgegangen, daß soche Welten wahrscheinlich mit Privatschiffen angeflogen werden. Außerdem werden sie kaum mit Verteidigungsanlagen ausgerüstet sein. Planeten wie Geegival können uns also erst gefährlich werden, wenn feindliche Verbände dort auftauchen.«

»Urlaubsplaneten?« dehnte Tolot spöttisch. »Was versprechen Sie sich davon?«

Perry Rhodan ergriff einige Diagrammscheiben. An seinen Bewegungen erkannte Captain Kawinati, daß Rhodan bereits einen Entschluß gefaßt hatte.

»Wir müssen davon ausgehen, daß es in dieser Galaxis zahllose Milliarden intelligenter Wesen gibt, die dem Kastensystem angehören«, sagte er. »Dreiundfünfzig Planeten reichen also nicht aus, um allen Erholungsuchenden Platz zu bieten. Ich folgere daraus, daß sich auf Welten wie Geegival nur wichtige Persönlichkeiten aufhalten. Das ist unsere Chance.«

»Worauf warten wir noch?« fragte Atlan lächelnd. »Fliegen wir los und machen wir Urlaub.«

»Das Ergebnis der Abstimmung steht noch aus«, sagte Icho Tolot grimmig.

»Machen Sie sich darüber keine Gedanken«, empfahl ihm Perry Rhodan. »Wenn Sie mit dem Ausgang der Abstimmung nicht einverstanden sind, haben Sie auch im Geeg-System noch Zeit, sich von uns zu trennen.«

Eine halbe Stunde später verließ die CREST IV ihre Kreisbahn um den vierten Planeten der Sonne Truk. Das riesige Kugelschiff beschleunigte, bis es in den Linearraum eintrat.

Die CREST hatte bereits zwei Linearetappen hinter sich, als das Abstimmungsergebnis vorlag. Demnach hatten sich nur 84 Besatzungsmitglieder für eine Trennung von den Halutern ausgesprochen. Der Rest der Mannschaft war für eine weitere Zusammenarbeit mit Tolot und Teik.

Aufgrund dieser Ergebnisse beschlossen die Haluter, bei den Terranern zu bleiben, und die CREST setzte ihren Flug fort. Sie unterbrach ihren Linearflug erst wieder in einer Entfernung von sieben Lichtmonaten vom Geeg-System. Perry Rhodan war dem Rat Atlans und dem der beiden Haluter gefolgt, mit dem Flaggschiff nicht unmittelbar ins Geeg-System einzufliegen, sondern zunächst Erkundungsflüge mit Beibooten zu unternehmen. Sieben Lichtmonate konnten auch die kleinsten Schiffe aus den Hangars der CREST IV mühelos überbrücken.

Unter dem Kommando von Oberst Akran flog die CREST IV in den Ortungsschutz einer riesigen blauen Sonne, die keine Planeten besaß. Die charakteristischen Impulsausstrahlungen des Schiffes wurden durch die Energiefluten des Sternes absorbiert oder verzerrt, so daß eine Ortung nur unter äußerst glücklichen Zufällen möglich war.

Aus den Unterlagen der Skoars ging nur hervor, welche kosmische Position das Geeg-System besaß. Es war rund 61 000 Lichtjahre vom Zentrum der Galaxis M 87 entfernt. Zu Rhodans Bedauern ließ sich anhand des erbeuteten Materials leider nicht feststellen, wie die

Verhältnisse auf dem angesteuerten Urlaubsplaneten beschaffen waren.

Perry Rhodan schickte vier Moskito-Jäger los, die das Geeg-System mit aller Vorsicht erkunden sollten. An Bord befanden sich erfahrene Piloten und Mutanten.

Die vier kleinen Schiffe kehrten zurück, ohne daß es zu einem Zwischenfall gekommen war.

Die Kundschafter berichteten, daß Geegival eine erdähnliche und sehr schöne Welt sei, die von mehreren tausend Raumschiffen der verschiedensten Konstruktionen umkreist wurde. Dabei handelte es sich offenbar um Fahrzeuge, mit denen die Gäste des Erholungszentrums angekommen waren. Rhodan schloß daraus, daß nicht alle Raumschiffe auf Geegival landen durften. Er vermutete, daß die Urlauber mit Hilfe von Transmittern oder Leitstrahlen auf die Oberfläche des Planeten gebracht wurden. Die Sonne Geeg besaß noch einen weiteren Planeten, der jedoch eine so enge Kreisbahn beschrieb, daß er eine unbewohnbare Gluthölle war.

Die Schwerkraft auf Geegival betrug 0,98 Gravos. Der Planet benötigte fast dreißig Stunden, um sich einmal um seine eigene Achse zu drehen. Die Atmosphäre und das Klima entsprachen den Verhältnissen auf der Erde. Insgesamt gab es auf Geegival vier große Kontinente.

All diese Daten hätten Perry Rhodan in seinem Vorhaben bestärken müssen.

Die Besatzungen der Moskito-Jäger hatten jedoch eine Aufnahme mitgebracht, die Rhodan beunruhigte und ihn unschlüssig werden ließ.

Auf dem dreidimensionalen Bild waren deutlich die Umrisse einer fliegenden Festung zu erkennen.

Perry Rhodan war sich darüber im klaren, daß er eine Entscheidung treffen mußte. Die Anwesenheit der Festung konnte auf einem Zufall beruhen, es konnte aber auch sein, daß die herrschende Gruppe innerhalb der Galaxis M 87 dafür gesorgt hatte, daß besonders gefährdete Planeten beschützt wurden.

Atlan, der seinen terranischen Freund lange genug kannte, um zu wissen, was sich in dessen Kopf abspielte, brachte das Problem zur Sprache.

»Es sieht so aus, als müßten wir diesen Raumsektor wieder verlassen«, sagte der Arkonide. »Die Festung ist ein Hindernis. Ihre Anwesenheit macht die Tatsache bedeutungslos, daß auf Geegival offenbar paradiesische Zustände herrschen.«

»Ich weiß nicht, ob wir aufgeben sollen«, murmelte Perry Rhodan. »Vielleicht ist die Festung völlig ungefährlich.«

»Bevor wir daran denken können, uns mit Geegival zu beschäftigen, müssen wir uns um diese fliegende Festung kümmern«, mischte sich Icho Tolot ein.

»Ich werde eine Space-Jet in das Geeg-System schicken«, entschied Perry Rhodan. »Gucky und Ras Tschubai sollen versuchen, ob sie in die Festung eindringen können.«

»Du weißt, welches Risiko mit einem solchen Einsatz verbunden ist«, erinnerte Atlan.

Perry Rhodan dachte an die Energieschirme auf Truktan, in denen sich die Teleporter verfangen hatten. Wenn die Festung, die Geegival bewachte, ähnliche Einrichtungen besaß, hatten auch Mutanten keine Chance, in das Innere einzudringen.

Rhodan wußte jedoch, wie wichtig es war, endlich Verbindung zu raumfahrenden Völkern aufzunehmen. Sie konnten nicht Monat um Monat, Jahr um Jahr mit der CREST IV diese fremde Galaxis durchkreuzen. An die Geschehnisse, die sich im Augenblick in der heimatlichen Milchstraße abspielen mochten, wagte Rhodan nicht zu denken. Immer wieder kehrte die Vision einer vernichteten Erde in seine Gedanken zurück.

»Alles, was wir tun, ist mit einem Risiko verbunden«, sagte er. »Wir können nicht warten, bis sich eine besonders günstige Gelegenheit ergibt.«

Damit war die Entscheidung gefallen. Gucky, Ras Tschubai und einige Offiziere der CREST IV begaben sich an Bord einer Space-Jet, um ins Geeg-System vorzustoßen. Vom Bericht der Besatzung würde es abhängen, ob Rhodan auf Geegival versuchen würde, Kontakte aufzunehmen.

Die Sonne Geeg hing wie ein orangeroter Ball im Raum. Auch die beiden Planeten waren auf den Bildschirmen der Fernortung bereits zu erkennen. Major Bob McCisom, der Kommandant der Space-Jet, richtete sich in seinem Sitz auf und nahm einige Schaltungen an den Kontrollen vor.

McCisom war ein untersetzter Mann mit mittelblondem, kurzgeschorenem Haar. Unter den Besatzungsmitgliedern der CREST IV war er als humorvoller Vorgesetzter bekannt.

»In ein paar Minuten sind wir am Ziel«, sagte er zu Ras Tschubai, der neben ihm an den Kontrollen saß.

Der dunkelhäutige Teleporter nickte schweigend. Tschubais Augen waren halbgeschlossen, trotzdem nahm er alles wahr, was sich auf den Bildschirmen abzeichnete.

Gucky stand hinter Tschubais Sitz und war damit beschäftigt, die Schnallen seines Spezialanzugs zu verschließen. Diese Beschäftigung machte es dem Mausbiber leichter, seine innere Erregung zu verbergen. Gucky wußte, daß Tschubai und er nur in die fremde Festung springen konnten, wenn diese nicht von einem HÜ-ähnlichen Schirm geschützt wurde. Der Ilt hatte noch nicht vergessen, wie er auf Truktan vom Abwehrschirm der Festung zurückgeschleudert worden war. Damals war er längere Zeit nicht einsatzfähig gewesen.

Ras Tschubai wandte den Kopf und sah Gucky an.

»Bist du fertig?« erkundigte er sich freundlich.

»Natürlich bin ich fertig«, sagte der Mausbiber aggressiv. »Was soll diese Frage? Auf mich hat man noch nie warten müssen.«

Tschubai runzelte die Stirn.

»Was ist los?« wollte er wissen. »Hast du Ochsenblut getrunken?«

»Ochsenblut?« Gucky schüttelte sich vor Entsetzen. »Vor unserem Aufbruch habe ich mir ein Gläschen Karottensaft genehmigt, wenn du es so genau wissen willst.«

»Überprüfe deine Waffen!« ordnete Tschubai an.

»Was ist denn plötzlich mit dir los?« schnaubte Gucky aufgebracht. »Gucky, tu dies! Gucky, tu das! Ich will nicht wie ein Sklave behandelt werden. Außerdem weiß ich selbst am besten, was ich zu tun habe.«

Major McCisom schaltete den Ortungsschutz der Space-Jet ein und beobachtete die Bildschirme. Die Raumschiffe, die Geegival anflogen, benutzten alle den gleichen Kurs. Die Besatzungen der Moskito-Jäger hatten bereits von dieser Tatsache berichtet. McCisom schloß daraus, daß im Geeg-System eine Art Einflugschneise existierte, die von allen Erholungssuchenden benutzt werden mußte. Raumschiffe, die die Kreisbahn um Geegival verließen, flogen ebenfalls alle in einer Richtung davon.

McCisom nahm an, daß es sich dabei um eine Sicherheitsmaßnahme handelte. Er steuerte die Space-Jet im rechten Winkel zur Anflugschneise. Auf diese Weise konnte er sich dem Urlaubsplaneten nähern, ohne mit fremden Schiffen in Berührung zu kommen.

Als das Diskusschiff noch knapp 100 000 Kilometer von Geegival entfernt war, entdeckte Major McCisom die fliegende Festung.

Das gewaltige Gebilde umkreiste Geegival in einem Abstand von 2000 Kilometern. Es war damit weiter von der Planetenoberfläche entfernt als die meisten Urlauberschiffe, die in eine Kreisbahn gegangen waren.

»Das ist die Festung, Major«, sagte Offiziersanwärter Roscoe Poindexter, der zur Besatzung der Space-Jet gehörte. »Sie ist nicht so groß wie jene, die wir auf Truktan entdeckt haben.«

McCisom nickte nachdenklich. Die fliegende Festung, die jetzt auf den Bildschirmen deutlich zu sehen war, besaß eine Seitenlänge von ungefähr elf Kilometern.

»Die Abwehrschirme scheinen nicht eingeschaltet zu sein«, sagte Ras Tschubai.

»Warten wir ab, bis wir näher heran sind«, schlug Gucky vor. »Noch können wir keine endgültigen Feststellungen treffen.«

Die Space-Jet flog weiter. Die Festung wanderte über die wie eine runde Scheibe wirkende Planetenoberfläche hinweg. McCisom konnte bereits die Umrisse der Kontinente erkennen, denn das Diskusschiff näherte sich der Tagseite Geegivals.

»Ich nehme an, daß die Festung als Wachstation dient«, erklärte Ras Tschubai. »Sie hat die Aufgabe, die Urlauberschiffe zu bewachen.«

Als die Space-Jet in den Gravitationsbereich Geegivals einflog, verschwand die Festung hinter dem Horizont. Der obere Teil der Planetenkugel schien in reines Feuer gehüllt zu sein. Dort reflektierte ein Meer das Licht der aufgehenden Sonne. In Äquatornähe versperrten treibende Wolkenfelder den Blick auf die Oberfläche Geegivals.

Die Raumschiffe, die die Erholungswelt umkreisten, lösten in der Ortungsanlage der Space-Jet heftige Reaktionen aus. Major McCisom ließ sich durch das Summen der Geräte nicht aus der Ruhe bringen. Die Peilimpulse zeigten ihm deutlich, daß keines der fremden Schiffe seine Kreisbahn verließ.

Der Major drosselte die Geschwindigkeit des Beiboots.

»Wir warten, bis die Festung wieder auftaucht«, sagte er.

In einem Abstand von mehr als 2000 Kilometern zu der Planetenoberfläche kam die Space-Jet zur Ruhe.

»Wir werden in einem günstigen Augenblick teleportieren«, entschied Ras Tschubai. »Ich hoffe, daß die Festung ohne Abwehrschirme fliegt.«

McCisom konzentrierte seine Aufmerksamkeit auf die Oberfläche des Planeten. Die Kontinente zeichneten sich deutlich ab. Ihre Umrisse ließen den Major vermuten, daß Geegival ein Planet war, auf dem die Besucher vor Naturkatastrophen sicher waren. Nichts deutete auf vulkanische Landschaften hin. Die Küstengebiete und die zahllosen Inseln waren bebaut.

Dieser Planet weckte in dem Major die Erinnerung an die Erde. Er versuchte sich ins Gedächtnis zurückzurufen, wann er zum letztenmal Urlaub gemacht hatte. Seine Hände umkrampften die Steuerung. Alles, was in der Milchstraße geschehen war, schien schon Jahrhunderte zurückzuliegen.

»Ein schöner Planet«, klang Ras Tschubais Stimme auf.

»Er ähnelt der Erde«, sagte Roscoe Poindexter mit unsicherer Stimme.

»Ich bin sicher, daß es in dieser Galaxis viele Welten gibt, die ähnlich beschaffen sind, aber nicht von intelligenten Wesen bewohnt werden«, hörte McCisom sich sagen. »Vielleicht sind wir eines Tages dazu gezwungen, uns auf einem solchen Planten niederzulassen.«

Die anderen schwiegen. McCisom verwünschte seine Voreiligkeit. Er hatte das zum Ausdruck gebracht, was in den Gedanken aller Besatzungsmitglieder der CREST IV bereits zum festen Bestandteil gehörte. Die Terraner hofften zwar noch immer auf eine Rückkehr in die Heimatgalaxis, aber in ihrem Unterbewußtsein hatten sie sich bereits damit abgefunden, bis zum Ende ihres Lebens in der Virgo-Wolke zu bleiben.

»Die Festung muß in ein paar Minuten wieder sichtbar werden«, sagte McCisom, um die verlegene Stille zu unterbrechen.

»Ich bin bereit«, sagte Gucky.

»Wir springen mit eingeschaltetem Mikrodeflektor«, ordnete Ras Tschubai an. »Ich möchte verhindern, daß wir unmittelbar nach unserer Ankunft gesehen werden.«

»Die Unsichtbarkeit wird uns nicht helfen, wenn es innerhalb der Festung Ortungsanlagen gibt«, wandte Gucky ein. »Vergeßt außerdem nicht, daß es auf Truktan Anlagen gab, die auf unsere psionischen Ausstrahlungen reagierten.«

»Wenn wir ein paar Minuten Zeit haben, uns innerhalb der Festung umzusehen, wissen wir, was uns auf Geegival bevorsteht«, antwortete Tschubai.

»Es gibt dreiundfünfzig Erholungsplaneten«, sagte McCisom. »Ich bezweifle, daß unsere Gegner alle Welten auf diese Weise absichern können.«

»Ich glaube nicht, daß Perry Rhodan alle Urlaubsplaneten anfliegen wird«, sagte Ras Tschubai. »Wenn wir auf Geegival kein Glück haben, müssen wir uns etwas anderes ausdenken, um Verbindung zu einer führenden Kaste aufzunehmen.«

McCisom preßte die Lippen aufeinander. Ausgerechnet jetzt, da sie die Unterstützung anderer Völker brauchten, mußten sie in solche Schwierigkeiten verwickelt werden.

Ras Tschubai warf einen Blick auf die Borduhr.

»Ich werde zuerst springen«, kündigte er an. Er nickte Gucky zu. »Wenn ich nicht zurückgeschleudert werde, folgst du mir eine Minute später.«

»Warum kann ich nicht den Anfang machen?« beklagte sich der Mausbiber.

»Aus verschiedenen Gründen«, antwortete der Afroterraner ausweichend. Er wandte sich an McCisom. »Major, Sie warten fünfzehn Minuten auf unsere Rückkehr. Wenn wir innerhalb dieses Zeitraums nicht erscheinen, wissen Sie, daß uns etwas zugestoßen ist. Sie müssen dann einen Funkspruch an die CREST absetzen und Rhodans Befehle abwarten.«

McCisom runzelte die Stirn. Die Ausstrahlung eines Funkspruchs konnte zu einer Entdeckung der Space-Jet führen. Wenn man Jagd auf das Diskusschiff machte, war McCisom gezwungen, das Geeg-System zu verlassen. Tschubai und Gucky mußten dann ohne Hilfe innerhalb der Festung zurückbleiben.

Ras Tschubai lächelte verständnisvoll.

»Ich kenne Ihre Bedenken«, sagte er zu McCisom. »Sie brauchen sich jedoch keine Sorgen zu machen. Gucky und ich werden zurückkehren.«

Ihre Diskussion wurde durch das Auftauchen der Festung beendet. Die Massetaster der Space-Jet schlugen aus, als das riesige Gebilde hinter der Planetenkrümmung hervorkam. Gleich darauf zeichneten sich die Umrisse der Festung auf den Bildschirmen der Fernortung ab.

»Keine Abwehrschirme!« rief Ras Tschubai erleichtert. »Ich glaube, daß wir ohne Schwierigkeiten springen können.«

Auf den Bildschirmen sah es so aus, als würde sich die Festung jetzt von Geegival entfernen. Das war jedoch eine Täuschung, die dadurch entstand, daß die Space-Jet die Rotationsbewegungen des Planeten mitmachte, während die Festung wesentlich schneller flog.

Ras Tschubai verließ seinen Platz und überprüfte seinen Kampfanzug. Er überzeugte sich davon, daß sein Mikrodeflektor funktionierte. Während er seinen Kombistrahler überprüfte, vergewisserte sich Gucky, daß auch seine Ausrüstung intakt war.

McCisom spürte, daß der Anblick der sich nähernden Festung in ihm den Wunsch auslöste, die Space-Jet zu beschleunigen und aus dem Geeg-System zu fliehen. Dieses Gefühl einer unbestimmten Furcht rührte wahrscheinlich von den Erfahrungen her, die die Besatzung der CREST IV im Truk-System mit einer fliegenden Festung gemacht hatte.

McCisom unterdrückte die aufsteigende Angst. Im Augenblick drohte ihnen keine Gefahr. Er blickte auf die Kontrollen. Noch war das Ziel der beiden Teleporter 5000 Kilometer entfernt.

»Alles in Ordnung, Major?« fragte Tschubai.

»Ja«, bestätigte McCisom. »Wir warten eine Viertelstunde auf Ihre Rückkehr.«

Als McCisom wieder auf den Bildschirm blickte, hatte er den Eindruck, als würde sich der Flug der Festung verlangsamen. Die Kontrollgeräte bewiesen ihm jedoch, daß sich nichts verändert hatte.

»Ich springe, sobald die Festung genau zwischen uns und Geegival steht«, sagte Tschubai.

»Ich werde die Space-Jet beschleunigen und immer den gleichen Abstand halten«, versicherte McCisom.

Ras Tschubai klopfte auf sein Armbandfunkgerät.

»Wir dürfen die Möglichkeit nicht außer acht lassen, daß die Space-Jet geortet wird. In einem solchen Fall müssen Sie uns sofort über Funk warnen, damit wir zurückkommen.«

»Ja«, sagte McCisom. Er fragte sich, was in Tschubai vorgehen mochte. Der Afrikaner hatte schon so viele Teleportereinsätze mitgemacht, daß auch der Sprung in die Festung für ihn wahrscheinlich nur Routine war. McCisom wandte sich um und versuchte, in Tschubais Gesicht Anzeichen einer inneren Erregung zu erkennen.

Der Mutant lächelte.

»Noch ein paar Sekunden, Major.«

Als McCisoms Blicke sich wieder auf die Bildschirme richteten, konnte er Einzelheiten des riesigen Komplexes erkennen. Seine Türme und Gebäude glichen denen der truktanischen Festung. Auch hier hatte als Baumaterial rotblauer Stahl Verwendung gefunden.

Das Mammutgebilde machte auf McCisom den Eindruck hohen Alters.

»Es ist soweit!« sagte Ras Tschubai ruhig.

Die parapsychische Kraft seines Geistes löste seinen Körper im Bruchteil einer Sekunde in ein Chaos wirbelnder Atome auf und schleuderte ihn in Nullzeit zur Festung hinüber.

Ras Tschubais rechte Hand fiel auf den Kolben des Strahlers hinab, bevor sein Verstand zu arbeiten begann. Im Verlauf mehrerer Jahrzehnte hatte der Mutant seinen Körper so geschult, daß Nerven und Muskeln schneller reagierten als der Geist.

Tschubai spürte das harte Material zwischen den Fingern.

Gefahr! signalisierte sein Gehirn.

Fast im gleichen Augenblick nahm er seine Umgebung wahr.

Er war in einer großen Halle herausgekommen, die von einem kugelförmigen Leuchtkörper dicht unter der Decke erhellt wurde. An den Wänden standen durchsichtige Kästen, die Tschubai an Glasschränke erinnerten. Dazwischen waren Metallsockel aufgestellt, die seltsam geformte Figuren trugen. Die Sockel leuchteten in einem blauen Licht, so daß die Figuren auf wirkungsvolle Weise angestrahlt wurden. Von irgendwoher kam fremdartige Musik wie das ferne Raunen unzähliger Stimmen.

Ras Tschubai stand inmitten der Halle.

Er war nicht allein, denn an den Glasschränken vorbei bewegte sich eine Reihe verschiedenartiger Lebewesen. Ihr Interesse galt den Gegenständen, die in den Schränken aufbewahrt wurden. Auch die Figuren auf den Sockeln waren zum Teil von Zuschauern umringt.

Der Teleporter bewegte sich nicht. Sein Verstand arbeitete fieberhaft. Er versuchte zu begreifen, was in diesem großen Raum vor sich ging. Von der anderen Seite, wo sich der Eingang befand, kamen ständig neue Wesen herein.

Tschubai ließ seine Blicke zum Ausgang gleiten. Es war offensichtlich, daß jene Fremden, die an den Figuren und Schränken vorbeigegangen waren, die Halle ohne besondere Umstände verließen.

Eine Ausstellung! schoß es Tschubai durch den Kopf.

Da berührte ihn jemand an der Hand, und eine bekannte Stimme fragte: »Was ist das hier, Ras? Ein Museum?«

Gucky war angekommen. Mit Hilfe der Antiflektorbrillen konnten sie sich gegenseitig sehen.

Tschubai warf einen Blick auf sein tragbares Ortungsgerät. Innerhalb der Festung schien es keine starke Energiequelle zu geben. Der Ausschlag der Anzeigenadel war gering.

»Ich sehe mich ein bißchen um«, sagte Gucky.

Bevor Ras Tschubai protestieren konnte, war der Mausbiber bereits entmaterialisiert. Tschubai zuckte mit den Schultern. Der Kleine mußte wissen, was er tat. Da Gucky ihn jederzeit finden konnte, brauchte Tschubai nicht an seinem Platz zu bleiben. Er bewegte sich langsam auf den Eingang des Raumes zu. Keiner der Fremden, die sich innerhalb der Halle aufhielten, trug sichtbare Waffen. Auch die zwanglosen Bewegungen dieser Wesen ließen Tschubai vermuten, daß man innerhalb der Festung nicht mit einem Zwischenfall rechnete.

Unerkannt wechselte Tschubai in einen anderen Raum. Er stieß einen leisen Pfiff aus, als er sah, daß man hier mit großem technischem Aufwand ein Hallenbad eingerichtet hatte. Das Becken war oval. Im leuchtenden Wasser tummelten sich die Angehörigen verschiedenster Völker. Rings um das Bassin waren Tische und Stühle aufgestellt, die den Körperformen der Besucher entsprachen. Hier war die Musik lauter, sie übertönte den Lärm der Schwimmer. Auf Antigravplatten schwebten Speisen und Getränke durch den Raum.

Tschubai ging langsam zum Schwimmbecken und starrte ins Wasser. Was er bisher von dieser Festung gesehen hatte, sah alles andere als gefährlich aus. Vielleicht hatte ihn der Zufall ausgerechnet in jene Räume geführt, die zur Entspannung der Besatzung dienten.

Tschubai konzentrierte sich und sprang in einen anderen Raum.

Diesmal brauchte er einen Augenblick, bis sich seine Augen an das herrschende Halbdunkel gewöhnt hatten. Er befand sich in einem langen Gang. Zu beiden Seiten waren Kabinen mit durchsichtigen Türen aufgestellt. Fast jeder dieser kleinen Räume war besetzt. Die Insassen schienen zu schlafen. Am Eingang blinkte ein Leuchtschild. Als Tschubai näher kam, konnte er die in Zentrums-Idiom abgefaßte Leuchtschrift lesen.

NIEMAND SOLL DIE TRÄUME DER ERSCHÖPFTEN STÖREN.

Tschubai wölbte die Augenbrauen. Wer Wert darauf legte, konnte sich in diesen Kabinen offenbar Träume vorgaukeln lassen. Die gesamte Festung schien nur darauf eingerichtet zu sein, der Besatzung ein vergnügtes Leben zu bereiten.

»Hallo, Ras!«

Gucky materialisierte neben seinem dunkelhäutigen Freund.

»Was hast du herausgefunden?« erkundigte sich Tschubai.

Gucky kicherte.

»Diese Festung ist ein Vergnügungspalast«, sagte er. »Gleichzeitig wird sie offenbar als fliegendes Denkmal benutzt.«

»Diesen Eindruck habe ich allerdings auch«, gestand Tschubai. »Womöglich ist das jedoch nur eine geschickte Täuschung.«

»Keineswegs«, versicherte der Mausbiber. »Ich habe die ehemaligen Geschützstellungen entdeckt. Sie sind verlassen. Die automatischen Anlagen sind völlig veraltet. Alle Maschinen, die noch funktionieren, dienen nur dazu, das Vergnügen der anwesenden Gäste zu erhöhen.«

»Die Festung gehört also zu Geegival«, stellte Ras Tschubai fest. »Sie ist ein Teil des Urlaubsplaneten.«

»Richtig!« Tschubai konnte hören, wie Gucky bekräftigend mit seinem breiten Schwanz auf den Boden klopfte. »Wir haben uns unnötige Gedanken gemacht. Diese Festung kann uns nicht gefährlich werden. Auch scheint es hier keine Anlagen zu geben, die unsere psionischen Aktivitäten anmessen und dementsprechend reagieren. Ich vermute, daß derartige Systeme auch auf Geegival nicht vorhanden sind.«

Ras Tschubai atmete erleichtert auf. Jetzt stand einem Besuch auf dem Urlaubsplaneten nichts mehr im Weg. Sie konnten mit guten Nachrichten zur CREST IV zurück.

»Also los!« befahl Tschubai. »Kehren wir um.«

»Wir haben noch sieben Minuten Zeit«, protestierte Gucky. »Wer weiß, wann wir wieder einmal so etwas zu sehen bekommen. Du kannst meinetwegen schon vorausspringen; ich möchte mich noch ein bißchen amüsieren.«

Tschubai streckte den Arm aus, bekam den Mausbiber aber nicht zu fassen.

Gucky war bereits entmaterialisiert. Ras Tschubai entschied sich dafür, sofort zurückzukehren. Er hoffte, daß Gucky klug genug war, um sich nicht in Schwierigkeiten verwickeln zu lassen.

Tschubai materialisierte innerhalb der Space-Jet und schaltete den Deflektor aus.

Major McCisom stieß einen erleichterten Seufzer aus.

»Ich bin froh, daß Sie zurück sind«, sagte er.

Tschubai warf einen Blick auf die Bildschirme.

»Schwierigkeiten?« erkundigte er sich knapp.

»Nein«, antwortete der Flottillenchef. »Hier ist alles unverändert.«

Tschubai gab den Männern einen kurzen Bericht. Als er geendet hatte, materialisierte Gucky inmitten des Kontrollraums. Sein Schutzanzug war an der rechten Schulter verbrannt. Der Geruch nach versengtem Pelz breitete sich aus.

»Was ist passiert?« fragte Tschubai.

»Irgendein Narr hat auf der Festung einen Schießstand eingerichtet. Ich bin aus Versehen zwischen die Figuren geraten, auf die geschossen wurde.«

# 2.

Es kam selten vor, daß Perry Rhodan seinen Sohn in dessen Kabine aufsuchte. Roi Danton war nur mit einer leichten Decke bekleidet, denn seine übliche Kleidung wurde gewaschen und ausgebessert.

»Grandseigneur!« stieß Danton hervor. »Was verschafft mir die Ehre Ihres Besuchs?«

Rhodan schlug die Tür hinter sich zu und musterte seinen Sohn.

»Laß diesen Unsinn!« sagte er scharf. »Ich bin gekommen, um mich mit dir vernünftig zu unterhalten.« Seine Blicke fielen auf Dantons Perücke, die zum Trocknen vor dem Gebläse der Klimaanlage aufgehängt war. Die Augen des jungen Mannes waren Rhodans Blicken gefolgt.

Michael Reginald Rhodan lächelte.

»Es wird Zeit, daß wir nach Hause kommen«, sagte er. »Ich fühle mich in meinen alten Klamotten nicht mehr wohl.«

»Du kannst etwas zu unserer beschleunigten Heimkehr beitragen«, sagte Rhodan.

Roi Danton horchte auf. Er schlug die Decke fester zusammen, bevor er sich auf seinem Bett niederließ.

»Du kennst Tschubais und Guckys Bericht über die Festung, die Geegival umkreist?« fragte Rhodan.

Danton nickte. Er war vor vier Stunden in der Zentrale gewesen, als die Besatzung der Space-Jet eingetroffen war.

Rhodans Blicke ruhten nachdenklich auf seinem Sohn.

»Hättest du Lust, deinen nächsten Urlaub mit mir zu verbringen?« erkundigte sich Rhodan.

Danton grinste. »Da es sicher unmöglich ist, für diesen Zweck eine schöne Dame zu beschaffen, wäre ich unter Umständen bereit, mit Ihnen nach Geegival zu reisen, Grandseigneur. Das wollten Sie mir doch gerade vorschlagen, oder?«

»Erspare mir dieses alberne Getue«, sagte Rhodan.

Danton überhörte den Vorwurf.

»Wann starten wir?« wollte er wissen.

»Das hängt von den Umständen ab.« Rhodan ging ruhelos in der kleinen Kabine auf und ab. In den letzten Stunden hatte er ununterbrochen nachgedacht. Nun hatte er endlich einen Plan.

»Wir können nicht aufs Geratewohl nach Geegival fliegen«, fuhr Perry Rhodan fort. »Das würde zu unserem Tod oder zu unserer Gefangenschaft führen. Vergiß nicht, daß es mein Ziel ist, Verbindung mit den Herrschern dieser Galaxis aufzunehmen. Es steht fest, daß auf Geegival nur wichtige Wesen Urlaub machen.«

Eine Weile blieb es still. Danton ging zum Wandschrank und nahm seine Wadenstrümpfe heraus. Er hob einen davon hoch und schob seinen Arm hinein. Dann streckte er einen Daumen durch ein Loch in der Ferse.

»Bedauerlich, was?« fragte er wehmütig. »Es wird nicht lange dauern, dann hat es keinen Sinn mehr, sie zu stopfen.«

»Wir können nicht als Terraner nach Geegival«, sagte Rhodan, der seinem Sohn nicht zugehört hatte.

»Natürlich nicht«, stimmte Danton zu. »Was wir brauchen, ist eine Maske.«

»Nicht nur das«, sagte Perry Rhodan. »Wir brauchen auch ein entsprechendes Schiff, denn wir können weder mit der CREST noch mit einem ihrer Beiboote nach Geegival fliegen.«

»Das heißt«, lächelte Roi Danton, »daß wir eine dieser herrlichen Raumjachten kapern müssen, die Geegival zum Ziel auserkoren haben. Wenn wir Glück haben, finden wir vielleicht ein paar humanoide Lebewesen, als deren Doppelgänger wir auftreten können.«

»Atlan ist dagegen«, sagte Rhodan.

Danton seufzte und warf seine Strümpfe aufs Bett. Dann ließ er sich auf sein Lager sinken.

»Atlan ist immer dagegen«, sagte er.

»Manchmal habe ich das Gefühl, daß er langsam alt wird«, bemerkte Rhodan, als er zur Tür ging. »In einer Stunde startet McCisom mit einer Korvette in Richtung der Einflugschneise nach Geegival. Es ist seine Aufgabe, ein geeignetes Schiff zu finden und zu erobern. Da du mit nach Geegival fliegen sollst, wäre es angebracht, wenn du McCisom begleiten würdest.«

Danton schlug die Augen nieder.

»In einer Stunde sind meine Sachen noch nicht fertig. Ich kann schließlich nicht mit einer Decke über dem Kopf die CREST verlassen.«

»Eine Stunde«, sagte Rhodan und ging hinaus.

Mit einem Ächzen erhob sich Roi Danton vom Bett und trat an den Spiegel. Er strich mit einer Hand über sein Gesicht.

»Du siehst erholungsbedürftig aus, mein Junge«, stellte er fest. »Gönne dir einen Urlaub auf Geegival, auch wenn du für ein paar Stunden eine Uniform tragen mußt.«

Für Major McCisom war es ein seltener Anblick, Roi Danton in lindgrüner Uniform neben sich sitzen zu sehen. Der Chef der Fünften Flottille hatte jedoch wenig Zeit, sich mit diesem Phänomen zu beschäftigen. Seine Aufmerksamkeit wurde von den fremden Schiffen in Anspruch genommen, die in regelmäßigen Abständen in der Einflugschneise des Planeten Geegival eintrafen.

Inzwischen hatte sich die Korvette diesem Raumsektor bis auf wenige tausend Kilometer genähert. Das sechzig Meter durchmessende Beiboot der CREST IV flog mit eingeschaltetem Ortungsschutz.

Vor wenigen Minuten hatte sich ein vierzig Meter langes Walzenschiff auf den Bildschirmen der KC-45 abgezeichnet. Roi Danton hatte jedoch den Kopf geschüttelt. Obwohl dieses Schiff zweifellos eine Prachtjacht war, hatten die vier deutlich erkennbaren Geschütztürme den Freihändler veranlaßt, von einem Überfall abzusehen.

»Wir brauchen ein Schiff, das nicht sehr groß ist«, sagte Danton leise. »Je mehr Männer wir nach Geegival schicken müssen, um so größer wird die Gefahr einer Entdeckung.«

»Vielleicht finden wir ein Schiff mit nur einem Urlauber an Bord«, bemerkte Ras Tschubai spöttisch. »Dann haben Sie Gelegenheit, allein nach Geegival zu fliegen.«

»Das ist nicht meine Absicht, Monsieur Tschubai«, antwortete Danton gelassen. Obwohl er eine Uniform der Solaren Flotte trug, verfiel er immer wieder in alte Redewendungen.

McCisom war froh, daß Danton von Tschubai in ein Gespräch verwickelt wurde. Der Major unterhielt sich gern, aber bei Einsätzen wie diesem zog er es vor, sich völlig auf seine Aufgabe zu konzentrieren. Er war entschlossen, Rhodans Befehle in jeder Hinsicht zu erfüllen.

»Ortungsimpulse!« rief Leutnant Mark Berliter, der links neben McCisom saß und die Kontrollen überprüfte.

Wieder war ein Schiff aus dem Linearraum gekommen und näherte sich der Anflugschneise nach Geegival. McCisom war sicher, daß für den Flug nach dem Urlaubsplaneten strenge Bestimmungen bestanden, denn bisher hatten sie kein Schiff beobachtet, das aus einer anderen Richtung gekommen war.

Warum wurde gerade in einer Welt, die ausschließlich dem Vergnügen und der Erholung diente, so sehr auf Disziplin geachtet?

McCisom überlegte, daß sie aller Voraussicht nach jemandem den Urlaub gehörig verderben würden, und dieser Gedanke entlockte ihm ein Lächeln.

Das Schiff, das soeben aus der Halbraumzone gekommen war,

besaß einen runden Querschnitt und ähnelte einem Keil. Am Heck durchmaß es etwa vier Meter, kurz vor dem Bug war es zweieinhalb Meter breit. Es war am gleichen Punkt materialisiert wie alle anderen Schiffe, die McCisom beobachtet hatte.

Er spürte, wie jemand hinter ihn trat. Als er sich umwandte, sah er den Mutanten John Marshall mit verkniffenem Gesicht hinter dem Pneumosessel stehen. Marshall hob einen Arm und sagte bedächtig: »Das scheint eine kleine Luxusjacht zu sein.«

McCisom hatte den gleichen Eindruck. Das keilförmige Schiff reflektierte das Licht der Sonne Geeg. Seine Schleuse war mit Metallfiguren verziert. Unmittelbar hinter der Bugspitze ragten zwei Aussichtskuppeln über die Außenfläche des Schiffes. Vom Bug bis zum Heck verliefen dunkelrote Streifen, die von hellgelben Farbtupfen unterbrochen wurden.

»Wie gefällt Ihnen *das*?« wandte McCisom sich an Roi Danton.

Der Freihändler spitzte die Lippen zu einem unhörbaren Pfiff.

»Ausgezeichnet!« rief er. »Fangen Sie an, Major!«

McCisom gab seine Befehle, und die starken Narkosestrahler der Korvette traten in Tätigkeit. Sie überfluteten das fremde Schiff mit nervenlähmender Energie. McCisom vermutete, daß die ahnungslose Besatzung in wenigen Augenblicken das Bewußtsein verloren hatte.

»Jetzt sind Sie an der Reihe, Ras«, sagte Roi Danton.

Ras Tschubai entmaterialisierte, ohne zu antworten. Inzwischen schoß die KC-45 voran. Sie raste auf das andere Schiff zu, als wollte sie es rammen. Der Major wußte, daß es von Tschubais Bericht abhing, ob sie das Schiff kapern würden. Sollte die Besatzung von Terranern nicht nachgeahmt werden können, mußte McCisom das Schiff unbehelligt lassen.

Die Fremden konnten sich dann darüber Gedanken machen, wodurch ihre plötzliche Bewußtlosigkeit entstanden war.

Tschubai kehrte zurück. Er hob einen Arm.

»Wir hatten Glück«, sagte er zufrieden. »Es sind Blaue an Bord.«

»Wie viele?« fragte Danton.

»Vier«, antwortete der Teleporter. »Sie sind bewußtlos. Wir können das Schiff abschleppen.«

McCisom hatte alles vorbereitet. Er schaltete den Traktorstrahl an. Durch das keilförmige Schiff schien ein Ruck zu gehen. Der

Major war erleichtert darüber, daß die Triebwerke des unbekannten Raumers nur mit schwacher Kraft liefen. Das vereinfachte seine Aufgabe sehr.

Auf den Bildschirmen der Außenbeobachtung war zu sehen, wie sich die beiden Schiffe berührten. McCisom ließ einige Magnettrossen ausfahren. Damit war der erste Teil des Planes ausgeführt.

Der zweite Teil bestand darin, vier Männer der CREST IV in Blaue zu verwandeln und sie nach Geegival zu schicken.

McCisom ahnte, daß dies unvergleichbar schwieriger sein würde als das, was er bisher zur Erfüllung des Planes beigetragen hatte.

Seine kräftigen Hände umschlossen die Steuerkontrollen. Die Korvette begann zu beschleunigen und sprang kurz darauf mit dem eroberten Schiff in die Librationszone.

Die vier Blauen lagen gefesselt im Laboratorium der CREST IV. Sie trugen Kontakthauben. Außerdem waren überall Gedankenaufzeichner aufgestellt. Daran, daß die Blauen ihre großen Luchsohren bewegten, erkannte Perry Rhodan, daß sie bei Bewußtsein waren.

Rhodan drückte die Tür hinter sich zu und begrüßte Dr. Grymos, der die Untersuchung der Gefangenen leitete, mit einem Nicken. Grymos war ein untersetzter Mann, dessen Gesicht durch einen schwarzen sorgfältig gepflegten Bart eine fast dämonische Ausstrahlungskraft bekam. Der Psychologe schien sich dieser Wirkung bewußt zu sein, denn er unterstrich sie, indem er mit den Augen rollte und mit tiefer Stimme sprach.

»Wie kommen Sie voran, Doc?« erkundigte sich Perry Rhodan.

Dr. Grymos deutete auf zwei seiner Assistenten, die damit beschäftigt waren, den Blauen die Kontakthauben abzunehmen.

»Wir dürfen diese Wesen nicht mit den Aufsehern vergleichen, die wir auf Truktan kennengelernt haben«, sagte er. »Die einzige Ähnlichkeit besteht in der Körperform. Unsere vier Gefangenen sind führende Techniker auf einem Planeten, auf dem Energie erzeugt wird. Sie sind stolz und arrogant. Es war dementsprechend schwierig, sie zu einer . . . äh . . . Mitarbeit zu bewegen.«

Rhodan blickte zu den Gefesselten hinüber.

»Doc, diese Wesen dürfen auf keinen Fall gequält werden«, sagte er. »Wenn ich feststelle, daß Sie Ihre Befugnisse überschreiten, bekommen Sie Schwierigkeiten.«

Dr. Grymos war durch Rhodans unerwartete Heftigkeit verwirrt.

»Ich bin Psychologe, Sir, kein Folterknecht«, sagte er würdevoll.

»Nun gut«, sagte Rhodan. »Was haben Sie noch herausgefunden?«

»Die Welt, von der diese vier Blauen kommen, ist im Katalog der Skoars nicht verzeichnet«, berichtete Dr. Grymos. »Die Blauen bezeichnen sie als Speisungsplanet. Ich habe mir erlaubt, diese Welt Powerpoint I zu nennen.«

»Sie sind also sicher, daß wir es mit führenden Kräften zu tun haben?«

»Absolut sicher!« Grymos nickte bekräftigend. »Inzwischen haben wir auch die Identifizierungsgürtel der vier Gefangenen getestet.«

Grymos ging zu einem Tisch und holte einen der Gürtel. Er strich vorsichtig mit den Fingern darüber und berührte die silberfarbene Gürtelschnalle.

»Wir wußten schon, daß diese Gürtel nichts anderes sind als sorgfältig programmierte Sender und elektronische Ausweise«, sagte er. »Die Impulsausstrahlung der vier erbeuteten Gürtel stimmt in vielen Punkten überein. Wahrscheinlich haben alle vier Blauen die gleiche Herkunft und das gleiche Fachgebiet. Die Abweichung einzelner Impulse beruht auf den Individualwerten der vier Träger.«

Perry Rhodan nahm den Gürtel von Dr. Grymos entgegen und wog ihn nachdenklich in den Händen.

»Wenn wir die Gürtel anlegen, müssen wir uns darauf verlassen, daß bei eventuellen Kontrollen nur sie, nicht aber unsere Körper untersucht werden.«

»Das ist richtig«, bestätigte der Psychologe. »Wozu sollte man jedoch solche Sendegürtel einführen, wenn man sie nicht als gültige Ausweise anerkennen würde?«

»Ich hoffe, daß Sie sich nicht täuschen«, entgegnete Rhodan.

Er wußte, daß die Gürtel nicht das einzige Problem waren. Ein weiterer Gefahrenpunkt zeichnete sich ab. Das keilförmige Schiff, das jetzt in einem Hangar der CREST IV ruhte, wurde zu einem bestimmten Zeitpunkt auf Geegival erwartet. Rhodan mußte eine plausible Erklärung für die Verspätung finden.

»Machen Sie weiter«, sagte er zu Dr. Grymos. »Geben Sie alle Einzelheiten an das biochemische Labor. Dort wird bereits mit der Anfertigung unserer Masken begonnen.«

Ein Geräusch an der Tür ließ ihn verstummen.

Atlan kam herein. Mit einem Blick erfaßte der Arkonide die Situation. Seine Augen verengten sich.

»Dein Plan nimmt allmählich feste Formen an«, sagte er.

»Ja«, bestätigte Rhodan. »Da wir jetzt über mehr Erfahrungswerte verfügen als bei unserer ersten Verkleidung als Blaue auf Truktan, sind unsere Erfolgsaussichten dementsprechend größer. Ich schätze, daß wir in ein paar Stunden starten können.«

»Wen außer Roi Danton willst du noch mitnehmen?«

»John Marshall und Ras Tschubai«, antwortete Rhodan bereitwillig. »Die beiden Mutanten werden dafür sorgen, daß unser Urlaub ohne Gefahren verläuft.«

»Hm«, machte Atlan. »Du weißt, wie ich darüber denke. Ihr werdet in Gefangenschaft geraten. Außerdem ist es fraglich, ob ihr auf Geegival Kontakt mit Stützpunktingenieuren oder anderen wichtigen Kastenmitgliedern aufnehmen könnt.«

Rhodan gab den Identifizierungsgürtel an Dr. Grymos zurück.

»Wir müssen es versuchen«, sagte er zu Atlan.

Atlans Gesicht blieb undurchdringlich.

»Ich habe ein paar Technikern befohlen, die Steuerautomatik im Schiff der vier Blauen zu beschädigen«, sagte er.

Rhodan wurde blaß.

»Immer mit der Ruhe«, sagte Atlan hastig. »Bevor du mir an den Hals springst, will ich dir erklären, warum ich das getan habe. Der Defekt läßt sich mit den an Bord des Keilschiffs vorhandenen Werkzeugen und Ersatzteilen beheben. Die Techniker werden zur Beseitigung des Schadens die gleiche Zeit brauchen, wie die Biochemiker für die Herstellung eurer Masken. Damit ist die verspätete Ankunft des Schiffes auf Geegival erklärt.«

Rhodan entspannte sich. Fast hatte er geglaubt, Atlan wollte seinen Plan sabotieren.

»Du bist unbezahlbar«, sagte er zu dem Arkoniden. »Trotzdem wäre es vernünftiger, wenn du deine Erklärungen immer vor der Schilderung deiner Taten abgeben könntest. Das hilft meinem Blutdruck.«

Um Atlans Lippen spielte ein spöttisches Lächeln. »Ich werde mir Mühe geben«, versprach er.

Dr. Grymos, der die Unterhaltung der beiden Männer verfolgt hatte, lachte befreit auf. Ihm war die Spannung nicht entgangen, die für Sekunden zwischen Rhodan und dem Arkoniden entstanden war.

Atlan blickte auf seine Uhr.

»Es wird Zeit, daß du deine Maske anlegst«, sagte er zu Perry Rhodan.

Die vier gefesselten Blauen starrten auf ihre vier Ebenbilder, die vor wenigen Augenblicken hereingekommen waren, um den Biochemikern die Möglichkeit eines Vergleichs zu geben.

Perry Rhodan konnte sich vorstellen, was in den Gehirnen der Gefangenen vorging. In ohnmächtiger Wut mußten die luchsohrigen Techniker mit ansehen, wie ihre vier Doppelgänger die Vorbereitungen für einen Urlaub auf Geegival trafen.

Dr. Grymos brachte einige dreieckige Plastikscheiben und Papiere, die man an Bord des Keilschiffs gefunden hatte.

»Das sind Ihre Unterlagen«, sagte er. »Nach diesen Ausweisen zu schließen, haben Sie das Recht, drei Wochen Urlaub auf Geegival zu verbringen. Es steht jedem von Ihnen frei, an einem Tag während Ihrer Ferien die Festung aufzusuchen und zu besichtigen.«

»Ausgezeichnet!« rief Roi Danton, der in seiner Maske nicht zu erkennen war. »Ich kann es kaum erwarten.«

»Jeder von Ihnen wird ein eigenes Haus bewohnen«, fuhr Dr. Grymos fort, während er Perry Rhodan die Papiere der Blauen überreichte. »Ich entnehme den Formularen, daß Sie in einer der schönsten Gegenden Geegivals untergebracht sein werden.«

Perry Rhodan trat an das Lager eines der Gefangenen heran.

»Sie brauchen nicht um Ihr Leben zu fürchten«, sagte er in Zentrums-Idiom. »Sobald wir unsere Aufgabe erfüllt haben, geben wir Sie frei.«

Haßerfüllte Augen funkelten ihn an. Er erhielt keine Antwort.

Rhodan wandte sich an Dr. Grymos.

»Bringen Sie die Blauen in eine Kabine. Lassen Sie sie sorgfältig bewachen. Ich möchte, daß sie anständig behandelt werden. Auf ihre Wünsche soll nach Möglichkeit eingegangen werden.«

Ein Raumfahrer im Spezialanzug der Bordtechniker kam herein.

»Das Schiff ist startbereit, Sir«, meldete er. »Major McCisom ist ebenfalls fertig. Er wird Sie mit der Korvette an die Stelle bringen, wo das Schiff unserer Gefangenen gekapert wurde.«

Perry Rhodan blickte die drei Männer an, die ihn begleiten würden. Noch fiel es ihm schwer, sie voneinander zu unterscheiden. Er mußte auf den Größenunterschied und verschiedene Einzelheiten in den Gesichtern achten.

Rhodan rückte seinen Identifizierungsgürtel zurecht.

»Der Urlaub kann beginnen«, sagte er.

Das achtzehn Meter lange Keilschiff löste sich von der Korvette. Perry Rhodan hatte Major McCisom den Befehl gegeben, sofort zur CREST IV zurückzukehren.

Perry Rhodan kauerte im Pilotensitz des fremden Schiffes und blickte auf den oval geformten Bildschirm. Er fragte sich im stillen, ob sie jemals auf dem Planeten landen würden, der vor ihnen im Weltraum schwebte. Ihr Erfolg hing von so vielen Kleinigkeiten ab, daß übergroßer Optimismus fehl am Platze schien. Trotzdem war Rhodan zuversichtlich.

»Es wird Zeit, daß wir uns über Funk melden«, sagte John Marshall.

»Gewöhnen Sie sich daran, sich mit uns in Zentrums-Idiom zu unterhalten«, empfahl ihm Perry Rhodan. Er gab Roi Danton ein Zeichen.

Da sowohl Tschubai als auch Marshall die wahre Identität Dantons bekannt war, bestand kein Grund zur Geheimnistuerei. Rhodan konnte seinen Sohn getrost duzen, solange sie unter sich blieben.

»Gib die Funknachricht durch«, sagte er.

Aus den Unterlagen der Blauen ging hervor, wie sich die Urlauber mit den Bodenstationen auf Geegival in Verbindung zu setzen hatten.

Danton machte sich an der Funkanlage zu schaffen.

»Ich schalte auf automatische Steuerung«, sagte Perry Rhodan.

»Soll ich den Funkspruch wiederholen?« fragte sein Sohn.

»Nein«, sagte Rhodan. »Ich bin sicher, daß man ihn empfangen hat.«

Wie um seine Worte zu bestätigen, wurde das kleine Schiff vom Energiestrahl einer Fernlenkstation erfaßt. Ein Ruck ging durch den keilförmigen Körper. Rhodan lehnte sich im Sitz zurück. Er fragte sich, warum man sie in die Einflugschleuse einwies, ohne ihren Funkspruch zu bestätigen.

»Wir erhalten keine Antwort«, sagte Roi Danton beunruhigt. »Ich möchte wissen, ob das so üblich ist oder ob man bereits Verdacht geschöpft hat.«

Das kleine Schiff flog jetzt mit gleichmäßiger Geschwindigkeit. Rhodan errechnete, daß sie in etwa drei Stunden jene Stelle erreichen würden, wo die anderen Schiffe eine Kreisbahn um den Urlaubsplaneten einschlugen.

»Wir haben drei Stunden Zeit«, sagte er zu seinen Begleitern. »Ich glaube nicht, daß man sich während dieses Zeitraums mit uns in Verbindung setzt. Wir sollten die Gelegenheit nutzen und uns noch einmal gründlich mit den Unterlagen der vier Urlauber beschäftigen. Es ist wichtig, daß wir keine Fehler begehen.«

Während der folgenden Stunden wurde nicht viel gesprochen. Ab und zu warf einer der vier Männer einen Blick auf die Kontrollen. Geegival nahm bereits die gesamte Fläche der Bildschirme ein. Perry Rhodan fand bestätigt, was die Besatzungsmitglieder der Moskito-Jäger und der Space-Jet berichtet hatten.

Der zweite Planet der Sonne Geeg war eine wunderschöne Welt, die ausschließlich dazu eingerichtet war, Erholungssuchenden einmalige Ferien zu bieten.

Die vier Männer wurden aus ihren Überlegungen aufgeschreckt, als die Bildsprechanlage des Schiffes in Tätigkeit trat.

Perry Rhodan richtete sich hastig auf.

»Auf Empfang schalten!« rief er Roi Danton zu.

Der Bildschirm begann zu flimmern.

Ein Schädel, der Rhodan an einen riesigen Bienenkopf erinnerte, wurde sichtbar. Zwei nach vorn gerichtete Facettenaugen waren in den bläulich leuchtenden Hornpanzer des Kopfes eingebettet. Der Mund war keilförmig. Nasen- und Ohrenöffnungen waren kaum zu erkennen. Dicht über den Augen ragten zwei fünfzig Zentimeter lange Fühler empor, die ständig vibrierten.

Ein Rieseninsekt! dachte Rhodan.

Er war froh, daß er nur den Kopf, nicht aber den gesamten Körper dieses Wesens anzublicken brauchte.

»Willkommen im Reich der Freude!« rief eine schrille Stimme. »Wir bedauern, daß Sie sich verspätet haben, denn diese Stunden werden an Ihrem Urlaubsglück fehlen.«

Roi Danton wirkte im ersten Moment hilflos. Er schien nicht zu wissen, was er antworten sollte.

»Los!« zischte Rhodan. »Du mußt Antwort geben.«

»Wir bedauern die Verspätung«, sagte Danton mit rauher Stimme. »Ein Schaltelement unserer Steuerautomatik war durchgeschmort, und wir mußten es reparieren. Ich hoffe, daß man unsere Unterkünfte reserviert hat.«

Der Insektenkopf schien zu wackeln. Das unbekannte Wesen richtete sich auf. Für den Zeitraum einer Sekunde sahen die vier Männer zwei zu Stummeln verkümmerte Arme, die in vier Greifgliedern endeten.

»Selbstverständlich haben wir Ihre Häuser reservieren lassen«, sagte das Rieseninsekt. »Teilen Sie uns bitte mit, ob Sie mit Ihrem Schiff eine Kreisbahn um Geegival einschlagen möchten oder ob Sie es vorziehen, auf unserer herrlichen Welt zu landen.«

»Das klingt ziemlich unterwürfig«, raunte Marshall Rhodan zu. »Entweder will man uns eine Falle stellen, oder man glaubt uns.«

Rhodan antwortete nicht. Er spürte, daß Roi Danton ihn fragend anblickte. Er mußte jetzt eine schnelle Entscheidung treffen. Einer inneren Eingebung folgend, deutete er mit dem Daumen nach unten.

»Wir landen!« entschied Roi Danton. »Es ist wichtig, daß der Defekt der Steueranlage noch einmal überprüft wird.«

Ohne zu zögern, antwortete das fremde Wesen: »Wie Sie wünschen. Bleiben Sie auf Leitstrahl. Sie werden im Raumhafen von Garts niedergehen.«

Das Bild erlosch.

Perry Rhodan konnte hören, wie Ras Tschubai aufatmete.

»Ein freundlicher Empfang«, sagte der Teleporter erleichtert. »Die Bewohner Geegivals haben offenbar nur die Aufgabe, den Besuchern den Urlaub so angenehm wie möglich zu gestalten.«

»Ich hatte schon immer eine gewisse Abneigung gegen Rieseninsekten«, verkündete Roi Danton. »Vor allem dann, wenn sie intelligent waren.«

»Das sind Vorurteile«, kritisierte Rhodan seinen Sohn. »Ich bin sicher, daß dieses Insektenvolk auf Geegival die Rolle von Dienern spielt.«

John Marshall deutete auf die Bildschirme, auf denen sich eine riesige Stadt abzeichnete.

»Das scheint Garts zu sein«, sagte der Telepath. »Ein imposanter Anblick.«

Garts lag auf dem Hauptkontinent nördlich des Äquators. Perry Rhodan sah auf den ersten Blick, daß diese Stadt einzig und allein dazu geschaffen war, den verschiedensten Besuchern Geegivals Vergnügen und Entspannung zu bieten. Architekten unzähliger Völker schienen beim Bau der Riesenstadt mitgewirkt zu haben, denn es gab keine Bauwerke, die sich glichen. Garts sollte den Urlaubern aller Völker die gleichen Vorteile bieten.

Obwohl es Tag war, leuchtete die Stadt wie ein Lichtermeer. Zwischen den Gebäuden erblickte Rhodan Parks und Seen. Mehrere tausend Fluggleiter belebten den Luftraum über der Stadt. Am Stadtrand gab es einen ausgedehnten See, dessen Farbe ständig wechselte. Im Stadtinnern wurde ein Feuerwerk abgebrannt. Auf der Spitze eines gewaltigen Turmes wehten Fahnen.

»Eine Märchenstadt«, sagte Roi Danton beeindruckt.

»Dort unten findet immer Karneval statt«, sagte Perry Rhodan. »Ich nehme an, daß Planeten wie Geegival nicht zuletzt dazu dienen, die wichtigsten Wesen dieser Galaxis ihre Kastenzugehörigkeit vergessen zu lassen. Geegival ist wahrscheinlich das Zuckerbrot, das zur Peitsche gehört.«

Der Raumhafen kam ins Blickfeld der vier Männer. Ein zusätzlicher Leitstrahl griff nach dem kleinen Schiff und änderte den Kurs.

Perry Rhodan saß bewegungslos in seinem Sessel.

Wie er erwartet hatte, gab es auf dem Landefeld kaum einen freien Platz. Der Raumhafen war in quadratische Parzellen unterteilt. Nirgends waren Kriegsschiffe zu erkennen. Lediglich einige der gelandeten Privatjachten besaßen Geschütztürme.

Zwischen dem Raumhafen und der Stadt Garts herrschte reger Verkehr. Fluggleiter und Bodenfahrzeuge sorgten dafür, daß die Besucher schnell an ihr Ziel gebracht wurden.

Rhodan vermutete, daß nur einige der Feriengäste ihren Urlaub in Garts verbrachten. Andere, die die Ruhe vorzogen, ließen sich wahrscheinlich in einsame Gebiete fliegen. Auf Geegival war für jeden Geschmack gesorgt.

Unter ihnen leuchtete ein abgegrenzter Teil des Landefelds auf. Rhodan vermutete, daß sie dort landen würden. Er sah auf den Bildschirmen, wie drei silberfarbene Wagen sich dem Landeplatz näherten.

Ein großer Transporter mit offener Ladefläche kam von den Kontrollgebäuden herangerollt. Rhodan sah, daß das Fahrzeug von verschiedenen Wesen besetzt war. Er nahm an, daß es sich um das Empfangskomitee handelte. Die Unbekannten, die auf der Ladefläche saßen, waren in bunte Kleider gehüllt. Vom Vorderteil des Wagens stiegen farbige Wolken nach oben, die sich schnell verflüchtigten.

»Ein schöner Rummel!« stellte John Marshall fest. »Man wird sich mehr mit uns beschäftigen, als uns lieb sein kann.«

»Wir werden auch das überstehen«, meinte Rhodan. »Dieser Empfang gehört wahrscheinlich zum Zeremoniell.«

Das Schiff der Blauen setzte ohne Erschütterung auf. Das Summen der Maschinenanlagen erstarb.

Perry Rhodan erhob sich von seinem Platz.

»Ich bin dafür, daß wir das Begrüßungskomitee nicht warten lassen«, sagte er. Er griff nach dem Gepäck, das einem blauhäutigen Techniker gehört hatte. Er wußte, daß die nächsten Minuten bereits die Entscheidung bringen konnten. Wenn es ihnen nicht gelang, ihre Rolle glaubwürdig zu spielen, waren sie verloren. Sobald sie den Raumhafen verlassen hatten, gab es keine Fluchtchance mehr für sie.

Roi Danton ließ die Schleuse aufgleiten.

Perry Rhodan atmete prüfend die Luft ein. Wie er erwartet hatte, war sie rein und warm. Von draußen drang der Lärm des Empfangskomitees in den Kontrollraum.

Danton verzog sein Gesicht.

»Das sind ja fürchterliche Geräusche«, sagte er. »Soll das etwa Musik sein?«

»Jedenfalls das, was sich andere Völker unter Musik vorstellen«, antwortete John Marshall und schob sich an Rhodan vorbei.

Die Gangway wurde ausgefahren. Perry Rhodan trat neben Marshall, der bereits am Rand der Schleusenkammer stand. Den Augen der beiden Terraner bot sich ein farbenprächtiges Bild. Unterhalb der Gangway hatte eine seltsame Kapelle Aufstellung genommen. Drei große hagere Wesen mit Vogelschnäbeln und hervorquellenden Augen spielten auf Instrumenten, die wie an einem Stab aufgereihte Fässer aussahen. Vor ihnen kauerten zwei dicke Gestalten, die so angestrengt mit ihren trichterförmigen Blasinstrumenten beschäftigt waren, daß ihre Körper in sich zusammensanken und sich wieder aufblähten. Ein humanoides Wesen, das mit vier dürren Armen ausgehöhlte Holzstämme bearbeitete, gehörte ebenfalls zu dieser Gruppe.

Hinter den Musikern führten etwa zwanzig verschiedene Individuen Clownerien und artistische Kunststücke auf. Der Lärm war ohrenbetäubend.

Zwei metergroße Pelztiere kamen auf die Gangway zugerannt und streuten Blüten aus. Ein riesiges, krötenähnliches Wesen stand auf der Ladefläche des großen Wagens und feuerte Böllerschüsse aus einer kurzläufigen Waffe ab.

Eine Lautsprecherstimme übertönte den allgemeinen Lärm.

»Willkommen auf Geegival, der Welt der tausend Freuden!« dröhnte sie.

Roi Danton versuchte vergeblich, sich seine beiden großen Ohren zuzuhalten.

»Das ist ja entsetzlich«, stöhnte er. »Ich hoffe, daß dieser Zauber bald vorüber ist.«

Perry Rhodan beobachtete aufmerksam die Umgebung. Die Vorführung machte ihn noch vorsichtiger. Er wandte sich an Marshall.

»Können Sie bedrohliche Gedankenimpulse wahrnehmen, John?«

Der Telepath verneinte.

Rhodan wußte, daß er nicht länger zögern durfte, wenn er nicht das Mißtrauen der Bewohner Geegivals hervorrufen wollte. Langsam stieg er die Gangway hinab. Seine drei Begleiter folgten ihm. Das war für die Kapelle das Signal, eine Art Tusch zu spielen.

Zwei gefiederte Wesen näherten sich der Gangway. Jedes trug ein seltsam geformtes Tablett, das mit Früchten überfüllt war.

Perry Rhodan wandte sich zu seinen Gefährten um.

»Laßt mich das erledigen«, sagte er.

Die beiden Gefiederten waren fast zwei Meter groß. Ihre Gelenke knackten, wenn sie sich bewegten. Ihre Augen strahlten Sanftmut aus. Die Kapelle war plötzlich verstummt, aber das Gelächter der Clowns und Artisten hallte noch über das Landefeld.

»Willkommen auf Geegival!« sagten die beiden Gefiederten gleichzeitig. Ihr Zentrums-Idiom klang schwerfällig.

Perry Rhodan schob das Tablett, das ihm entgegengehalten wurde, mit einer achtlosen Bewegung zur Seite.

»Wir sind müde vom Flug«, erklärte er mürrisch. »Ihr wißt sicher, daß uns ein Defekt aufgehalten hat.«

»Die Techniker sind bereits unterwegs«, sagte einer der Fremden. »Sie werden das Schiff untersuchen.«

Rhodan warf seinem Sohn einen bedeutsamen Blick zu. Er hatte damit gerechnet, daß eine solche Untersuchung stattfinden würde. Er war froh, daß die Techniker der CREST IV sich mit ihrer Arbeit Zeit gelassen hatten. Niemand auf Geegival konnte feststellen, daß der Schaden an der Steueranlage des Keilschiffs gewaltsam herbeigeführt und dann notdürftig repariert worden war.

»Wir möchten zuerst zu unseren Unterkünften«, sagte Rhodan. »Beschafft uns einen Fluggleiter.«

Die beiden Gefiederten schienen enttäuscht zu sein.

»Wollen Sie sich nicht das Programm ansehen? Es wurde eigens für Angehörige Ihres Volkes entwickelt.«

»Wir sind hier, um einen ruhigen Urlaub zu verbringen!« rief Rhodan zornig. »Diese Narren sollen verschwinden. Schafft uns einen Fluggleiter herbei, damit wir endlich in unsere Unterkünfte kommen.«

Die Vogelwesen verbeugten sich und hasteten davon. Die Musiker räumten in aller Eile ihre Instrumente zusammen und kletterten auf den großen Wagen, der sie hergebracht hatte. Die Artisten und Spaßmacher unterbrachen ihre Darbietungen und zogen sich ebenfalls auf das Fahrzeug zurück.

»Verschwindet!« rief Rhodan.

»Glauben Sie, daß es richtig war, diese Wesen so unfreundlich zu behandeln?« fragte John Marshall, während der Wagen davonfuhr. »Ich kann die Enttäuschung der Musikanten und Clowns spüren. Sie sind eine solche Reaktion nicht gewöhnt.«

»Wir müssen davon ausgehen, daß die Bewohner Geegivals die Diener der Feriengäste sind«, erklärte Rhodan. »Sie haben alle unsere Wünsche zu respektieren. Ich bin sicher, daß unser Verhalten richtig war. Wir sind verspätet an unserem Urlaubsort angekommen und deshalb gereizt und unzufrieden.«

Drei uniformierte Wesen, die mit kleineren Wagen gekommen waren, hielten sich noch in der Nähe auf. Rhodan erblickte außerdem einige Roboter, die das Landefeld umstanden.

»Die Roboter sind bewaffnet«, stellte er fest. »Ich nehme an, daß sie auf Geegival als Ordnungspolizei eingesetzt sind, um Störenfriede sofort festzunehmen.«

Auf Dantons von Biomolplast entstelltem Gesicht begann ein künstlicher Muskel zu zucken.

»Ich werde das Gefühl nicht los, daß diese Roboter nur unseretwegen hier aufgetaucht sind«, sagte er. »Wahrscheinlich ist man wegen der Verspätung auf uns aufmerksam geworden.«

»Das sollte uns nicht stören«, antwortete Rhodan. »Wenn wir weiterhin entschlossen auftreten, wird man uns nicht verdächtigen.«

Noch während er sprach, näherte sich aus Richtung der Stadt ein Fluggleiter. Es war eine zerbrechlich aussehende Maschine, die offenbar einen Antigravantrieb besaß. Um eine hohe Kuppel aus durchsichtigem Material zog sich eine meterbreite Metallplattform. In Höhe des Einstiegs befand sich ein Einschnitt, von dem aus die Gangway nach unten führte. Vier Landebeine mit tellerförmigen Auflageflächen ragten aus dem Unterteil des Gleiters. Ein gefiedertes Wesen fungierte als Pilot.

Weder die Roboter noch die uniformierten Fremden kümmerten sich um die Ankunft des Gleiters, der direkt neben dem Schiff der Blauen landete.

Rhodan konnte keinen Maschinenlärm hören. Der Gefiederte verließ seinen Platz und kam die Gangway herab.

»Bitte, steigen Sie ein«, sagte er unterwürfig. »Ich bin gekommen, um Sie an Ihren Urlaubsort zu bringen.«

»Keine feindlichen Gedanken«, flüsterte John Marshall. »Wir können es riskieren, den Burschen zu begleiten.«

Das Vogelwesen stieg mit knackenden Gelenken die Gangway hinauf. Rhodan gab den drei Männern ein Zeichen. Wenige Augenblicke später nahmen sie im Innern des Gleiters auf bequem gepolsterten Sitzen Platz.

»Sie werden verstehen, daß ich Sie zunächst zur Kontrollstation fliegen muß«, erklärte der Pilot mit der für Angehörige seines Volkes charakteristischen Stimme. »Es handelt sich nur um eine Formalität.«

Rhodan sah, daß Roi Danton aufspringen wollte. Er legte dem Freihändler die Hand auf die Schulter und drückte ihn auf seinen Platz zurück. Marshall und Tschubai warfen ihm bestürzte Blicke zu.

»Was soll diese Kontrolle?« fragte Rhodan ärgerlich. »Wir haben uns sowieso verspätet. Kann man uns diesen Unsinn nicht ersparen?«

»Ich verstehe, daß Sie übermüdet sind«, sagte der Gefiederte teilnahmsvoll. »Sie wissen jedoch, daß diese Kontrolle auf allen Urlaubsplaneten üblich ist. Sie wird in Ihrem eigenen Interesse durchgeführt, denn nur dadurch läßt sich verhindern, daß Unbefugte in den Genuß einer Ferienzeit auf Geegival kommen.«

Für Perry Rhodan stand damit fest, daß jeder weitere Widerspruch sinnlos war. Zwar war das Vogelwesen bereit, den vier Urlaubern in jeder Beziehung entgegenzukommen, aber die Kontrollen ließen sich nicht umgehen.

Rhodan beugte sich zu John Marshall hinüber.

»Können Sie herausfinden, wie diese Kontrollen vor sich gehen?«

Der Mutant schüttelte den Kopf.

»Es fällt mir schwer, telepathische Verbindung zu dem Piloten aufzunehmen«, teilte er Rhodan mit. »Außerdem denkt unser Begleiter bereits wieder an andere Dinge. Die Kontrollen gehören zur Routine auf Geegival. Ich glaube nicht, daß sie uns ernsthaft in Gefahr bringen können.«

Perry Rhodan konnte den Optimismus des Mutanten nicht teilen. Sie wußten nicht, in welcher Form die bevorstehenden Untersuchungen durchgeführt wurden. Ihre einzige Hoffnung war, daß sich die Kontrollen auf die Identifizierungsgürtel beschränkten.

Inzwischen hatte der Fluggleiter den Stadtrand erreicht. Fliegende Richtungsleuchten regelten den Verkehr. Fast alle Gebäude, die Rhodan sehen konnte, besaßen flache Dächer, auf denen Gärten und Schwimmbecken eingerichtet waren. An den Außenwänden der Häuser wuchsen Blumen, die in schillernder Farbenpracht blühten. Durchsichtige Kugelkörper verschiedener Größe schwebten in den Straßen von Garts. In ihrem Innern bewegten sich dunkelblaue Flammenzungen. Die Straßen waren reich verziert. Gleitbänder und Antigravlifts dienten zur bequemen Beförderung der Besucher. Aus fast allen Gebäuden klang fremdartige Musik.

»Was für eine Stadt!« sagte Roi Danton. »Man muß kein Kind dieser Galaxis sein, um ihrem Reiz zu erliegen.«

»Vielleicht haben wir Zeit, Garts einen Besuch abzustatten«, sagte Perry Rhodan laut.

Der Pilot drehte sich in seinem Sitz herum.

»Sie können von Ihrem Urlaubssitz aus jederzeit Ausflüge hierher unternehmen«, sagte er. Er kicherte. »Aber ich warne Sie. Ein Tag in Garts kann teuer werden.«

»Der Urlaub auf Geegival ist kostenlos«, sagte John Marshall.

»Natürlich«, stimmte der Gefiederte zu. »Wenn Sie jedoch in ein Spielhaus gehen, oder sich in einer Traumvilla vergnügen wollen, müssen Sie bezahlen. In Garts gibt es tausend Vergnügungen, die nicht kostenlos sind.«

»Wir werden sehen«, antwortete Roi Danton ausweichend.

Wenige Minuten später entfernte sich der Gleiter aus der Nähe der Stadt. Unter ihnen führte eine breite Straße ins Landinnere. In der Ferne sah Perry Rhodan einen einsam stehenden Gebäudekomplex. Er bestand aus einem turmähnlichen Hauptbau und einer daran angeschlossenen Kuppel.

»Dort ist die Kontrollstation«, erklärte der Pilot.

Rhodan und seine Begleiter schwiegen. In wenigen Minuten würden sie wissen, ob die Identifizierungsgürtel der Blauen ausreichten, um ihnen einen Urlaub auf Geegival zu verschaffen. Wenn sie jedoch als Terraner entlarvt wurden, mußten sie mit ihrer Gefangennahme oder sogar mit ihrem Tod rechnen.

Schneller als erwartet erreichte der Gleiter sein vorläufiges Ziel. Auf einem freien Platz vor dem Hauptgebäude parkten dreizehn Flugzeuge. Nirgends war ein lebendiges Wesen zu sehen.

»Sie brauchen nicht lange zu warten«, kündigte das Vogelwesen an. »Heute ist nicht viel Betrieb.«

Als der Gleiter aufsetzte, kamen drei Roboter aus dem Kuppelbau geschwebt. In ihrer Konstruktion ähnelten sie den Maschinenwesen, die Rhodan auf Truktan gesehen hatte.

»Das sind Kampfroboter«, flüsterte Ras Tschubai. »Wir müssen mit allem rechnen.«

Der Pilot öffnete den Einstieg und fuhr die Gangway aus.

»Ich warte hier auf Sie«, sagte er freundlich.

Als Rhodan und seine Begleiter ausstiegen, hatten die Roboter die Gangway erreicht. Ihre Waffenarme waren auf den Boden gerichtet. Vorläufig hatten sie offenbar nur die Aufgabe einer Begleitmannschaft. Als Rhodan das Ende der Gangway erreichte, kam aus dem Turmbau eine Gruppe fröhlich winkender Humanoiden. Sie waren wahrscheinlich unmittelbar vor den Terranern auf Geegival angekommen und hatten die Kontrolle bereits hinter sich. Ihre gute Laune war verständlich.

»Folgen Sie uns bitte!« sagte einer der Roboter mit einer abgehackt klingenden Stimme. Er schwebte langsam voraus. Die vier maskierten Terraner folgten. Die beiden anderen Roboter bildeten den Abschluß.

Rhodans Gruppe wurde auf den Kuppelbau zugeführt. Durch einen breiten Eingang betraten sie das Innere des Gebäudes. Rhodan sah einen hellen Gang vor sich. Zu beiden Seiten führten Gleitbänder zum Mittelpunkt der Kuppel.

Zum erstenmal hatte Rhodan den Verdacht, daß diese Kontrollstation ausschließlich von Robotern überwacht wurde. Wahrscheinlich wurde die Kontrolle der Urlauber von einem Robotgehirn durchgeführt.

Auf Wunsch des Roboters betraten die vier Männer ein Gleitband, das sie rasch ins Innere der Kuppel trug. Sie gelangten in einen nüchtern eingerichteten Raum, in dem verschiedenartige Geräte standen. Perry Rhodan erblickte ein von transparenten Wänden abgeschlossenes Gleitband, das zum Turmbau hinüberführte.

»Legen Sie bitte Ihre Gürtel ab!« forderte sie der Roboter auf.

Rhodan wußte, daß jeder Widerstand sinnlos war. Wenn sie den Bitten des Roboters nicht nachkamen, würde man sie gewaltsam untersuchen.

Der Roboter nahm die vier Gürtel entgegen und deutete auf den Eingang des geschlossenen Gleitbands.

»Sie können inzwischen in den Turm hinüberfahren«, schlug er vor. »Dort erfahren Sie wichtige Einzelheiten über Ihren Urlaub.«

Die vier Raumfahrer bestiegen das Band. Der Roboter blieb zurück. John Marshall wollte etwas sagen, doch Rhodan legte warnend einen Finger an die Lippen. Es war möglich, daß man sie abhörte.

Roi Danton streckte sich und gähnte.

»Ich bin froh, wenn wir diese Kontrollen hinter uns haben«, sagte er mit bedeutungsvollem Unterton. »Der Zwischenfall im Weltraum hat mich müde gemacht.«

Das Gleitband hielt mit einem Ruck an.

»Bitte aussteigen!« rief eine mechanische Stimme.

Die vier Männer von der CREST IV sprangen vom Gleitband. Sie befanden sich jetzt in einem Raum mit niedriger Decke, in dem einige große Bildschirme aufgestellt waren. Auf jedem dieser Bildschirme wurden Landschaften Geegivals gezeigt. Leise Stimmen gaben Erklärungen dazu ab. Hier sollten also die ankommenden Urlauber in eine erwartungsvolle Stimmung versetzt werden. Rhodan lächelte grimmig. Ihn interessierte im Augenblick nur das Resultat der Kontrolle. Danach konnte er sich immer noch mit den Gegebenheiten Geegivals auseinandersetzen.

Er blickte sich um, aber so sehr er seine Augen auch anstrengte, er konnte keinen Ausgang entdecken. Hatte man sie bereits in eine Art Gefängnis gebracht?

Tief im Innern des Turmes schienen große Maschinen zu arbeiten, denn das gesamte Gebäude wurde von einer kaum wahrnehmbaren Vibration durchlaufen. Rhodan vermutete, daß das Robotgehirn mit allen Gegenden Geegivals in pausenloser Verbindung stand.

Er warf Marshall einen fragenden Blick zu. Der Telepath schüttelte den Kopf. Das bedeutete, daß er keine Gedankenimpulse wahrnehmen konnte. Wahrscheinlich waren sie die einzigen lebenden Wesen, die sich jetzt innerhalb des Turmes aufhielten. Rhodan wurde immer ungeduldiger. Er fragte sich, ob die Untersuchungen der Identifizierungsgürtel immer so lange dauerte.

Allmählich bereitete er sich darauf vor, daß ihre Mission gescheitert war. Er überlegte, wie sie einem Angriff der Roboter am besten entgehen und fliehen konnten.

Eine mechanische Stimme unterbrach seine Überlegungen.

»Gehen Sie bitte zum Gleitband!«

Rhodan zögerte. Er wußte nicht, was diese Aufforderung zu bedeuten hatte. Während er noch nachdachte, setzte sich Roi Danton in Bewegung. Der Freihändler öffnete die Tür des geschlossenen Gleitbandes und beugte sich nach vorn. Gleich darauf hielt er triumphierend vier Identifizierungsgürtel in die Höhe.

»Wir wünschen Ihnen angenehme Urlaubstage auf Geegival«, dröhnte die mechanische Stimme.

Hinter den Männern öffnete sich eine Tür.

Perry Rhodan blickte ins Freie hinaus. Er spürte, wie ihn ein Gefühl der Erleichterung durchströmte.

Gemeinsam verließen die vier Männer den Turm und gingen auf den wartenden Gleiter zu.

# 3.

Das Land war grün und blau und braun, ein Land wie aus einem Traum. Täler glitten unter ihnen vorüber, Seen, Berge und Wälder. Ab und zu, wie hingetupft vom verwegenen Pinselstrich eines Künstlers, der Umriß eines Hauses, eng gegen einen Hügel gepreßt. Dazwischen schmale Wege, im Sonnenlicht glitzernd wie Schlangen aus Silberpapier. Vögel, auf und nieder wirbelnd, mit goldenen Schwingen. Die dunklen Mäuler der Brunnen in den Seen spien Wasserkaskaden gen Himmel; am höchsten Punkt ihres scheinbar schwerelosen Fluges angelangt, teilten sich die Fontänen, wurden zu einem Vorhang winziger Perlen, zu Staub schließlich, der trotzdem noch die Fähigkeit besaß, das Licht der Sonne einzufangen und in allen Regenbogenfarben zu schillern.

Perry Rhodan gestand sich ein, daß er selten eine Welt wie Geegival gesehen hatte. Der Anblick der Landschaft unter ihm ließ ihn sich und seine Begleiter als Eindringlinge erscheinen.

Das gefiederte Wesen mit den sanften Augen blickte sich zu den vier Terranern um.

»Sie sind zum erstenmal auf Geegival?« fragte es.

Rhodans Augen lösten sich gewaltsam von der Landschaft, über die sie hinwegflogen.

»Ja«, sagte er.

»Gefällt Ihnen unsere Welt?« wollte das Vogelwesen wissen. Es schwang kein Stolz in der Stimme mit, nur der Wunsch, die Zufriedenheit der Urlauber zu wecken.

Perry Rhodan erinnerte sich an den Plan, den er durchführen wollte.

»Gefallen?« wiederholte er gedehnt. »Das läßt sich jetzt noch nicht sagen. Bisher hatten wir nichts als Ärger. Außerdem haben wir noch nichts Beeindruckendes gesehen.«

Der Pilot stieß einen traurigen Seufzer aus.

»Sie sind sicher abgespannt von der Reise«, vermutete er. »Sobald

Sie sich ein bißchen ausgeruht haben, werden Sie die Vorzüge Geegivals ausgiebig genießen.«

Der Gleiter verlangsamte seine Geschwindigkeit. Rhodan blickte aus der Kuppel. Schräg unter ihnen lag ein rundes Bauwerk mit flachem Dach. Es war inmitten eines märchenhaft angelegten Parks errichtet worden.

»Ist das unser Ziel?« fragte Rhodan. »Ich dachte, wir könnten unseren Urlaub in den Bergen verbringen?«

»Was Sie dort unten sehen, ist die Jinguisem-Zentrale für dieses Urlaubsgebiet«, erklärte das Vogelwesen. »Ich setze Sie an dieser Stelle ab. Ihre persönlichen Jinguisem werden sich Ihrer annehmen.«

Perry Rhodan wagte nicht zu fragen, was »persönliche Jinguisem« waren. Er konnte nur Vermutungen anstellen.

Der Gleiter landete auf dem Dach. Rhodan sah, daß in ihrer Nähe etwa zwanzig Flugkörper parkten.

»Bitte, steigen Sie aus«, sagte der Gefiederte. »Ich muß jetzt zum Raumhafen zurück.«

»Bevor wir gehen, würde ich gern Ihren Namen wissen, damit ich weiß, wen ich bei eventuellen Beschwerden erwähnen muß.«

Der Pilot starrte Rhodan verständnislos an.

»Beschwerden?« stammelte er schließlich. »Sie haben Beschwerden?«

»Dieser erneute Aufenthalt ist nicht dazu angetan, unsere Laune zu verbessern«, sagte Rhodan aufgebracht. »Wir sind nach Geegival gekommen, um Urlaub zu machen, nicht aber, um uns mit allen möglichen Individuen herumzuärgern.«

»Aber . . . aber das alles geschieht doch nur in Ihrem Interesse«, wandte das Vogelwesen ein. »Ohne Ihre persönlichen Jinguisem können Sie keinen angenehmen Urlaub verbringen.«

»Wir werden sehen!« sagte Rhodan schroff, als er den Gleiter verließ.

Als er die Gangway hinabstieg, erschienen vier aufrecht gehende Wesen auf dem Dach des Gebäudes. Perry Rhodan sah sofort, daß er Insektenabkömmlinge vor sich hatte. Mit einem solchen Wesen hatten sie vor ihrer Landung auf Geegival über Bildfunk gesprochen.

Die Riesenbienen kamen mit vibrierenden Fühlern auf die vier Terraner zu. Der Gleiter hob vom Dach ab und verschwand mit zunehmender Geschwindigkeit in Richtung der Stadt Garts.

Rhodan sah, daß die großen Insekten außer den verstümmelten Armen noch zwei normal entwickelte Greifarme besaßen. Ihre Körper waren von einem flaumartigen, zartbraunen Pelz bedeckt. Die Horn- und Panzerringe, die diese Wesen schützten, waren nur an verschiedenen Stellen zu erkennen. Lediglich an der Einschnürungsstelle zwischen Ober- und Unterkörper traten sie deutlich hervor.

Jeder der Fremden besaß vier große, in allen Regenbogenfarben schillernde Flügel, die in der Rückenmuskulatur verankert waren. Zwei der Wesen hatten sich in ihre durchsichtigen Flügel eingehüllt. Erst jetzt sah Rhodan, daß die Insekten kaum sichtbare wallende Gewänder trugen.

Eine der Riesenbienen kam mit graziösen Schritten auf Perry Rhodan zu.

»Ich begrüße Sie auf Geegival, der Welt der tausend Freuden«, sang sie mit hoher Stimme. »Bitte betrachten Sie mich als Ihren Diener. Ich bin Chat-Chat, Ihr persönliches Jinguisem. Während Ihres Ferienaufenthaltes auf dieser Welt habe ich für Ihr Wohlergehen zu sorgen.«

Nun näherten sich auch die drei anderen Jinguisem. Sie stellten sich vor und versicherten den maskierten Terranern ihre Ergebenheit.

Chat-Chat deutete auf einen bereitstehenden Gleiter.

»Wenn Sie damit einverstanden sind, bringen wir Sie jetzt zu Ihrem Urlaubsort.«

Rhodan bewegte sich nicht von der Stelle.

»Nehmen Sie auch Beschwerden entgegen?« erkundigte er sich.

»Natürlich«, sagte Chat-Chat. »Wir leiten alle Klagen an die Fleel Jinguisem weiter.«

»Wer ist die Fleel Jinguisem?« fragte Roi Danton.

»Unsere Königin«, antwortete Chat-Chat bereitwillig. »Sie ist die Oberste Dienerin auf Geegival.«

Rhodan blickte seinen Jinguisem nachdenklich an.

»Kann ich die Fleel Jinguisem sprechen?«

Chat-Chats Fühler bewegten sich aufgeregt.

»Haben Sie Beschwerden?«

»Ja«, sagte Rhodan scharf. »Wir haben seit unserer Ankunft viel Zeit verloren. Die Unterbringung dauert zu lange.«

»Ich werde der Fleel davon berichten«, versprach Chat-Chat.

Perry Rhodan beschloß, sich vorerst zufriedenzugeben. Sie mußten systematisch vorgehen und durften keinen Verdacht erwecken.

Chat-Chat führte die vier Männer und die drei Jinguisem zu einem Gleiter. Frex-Yk, Roi Dantons persönlicher Jinguisem, übernahm die Steuerung.

Rhodan ließ sich neben Chat-Chat in einem angenehm weichen Konturensessel nieder.

»Werden Sie während unseres gesamten Urlaubs bei uns bleiben?« fragte er.

»Natürlich«, bestätigte Chat-Chat eifrig.

Rhodans Gesicht verfinsterte sich.

»Wir möchten ab und zu allein sein«, sagte er.

»Dem steht nichts im Wege«, sagte Chat-Chat besänftigend. »Jedem von Ihnen steht ein einstöckiges Ferienhaus zur Verfügung. Wir Jinguisem werden uns in der unteren Etage aufhalten und nur auf Ihren besonderen Wunsch in Ihre Nähe kommen.«

Rhodan nickte. Er blickte aus den Sichtluken des Gleiters, der dicht über der hügeligen Landschaft dahinflog. Plötzlich entdeckte Rhodan ein riesiges Tier, das seinen bepelzten Rücken an einem Baumstamm schabte. Der Terraner sah sofort, daß es sich um ein Raubtier handelte. Er versetzte Chat-Chat einen Stoß mit dem Ellenbogen.

»Was ist das?« fragte er.

»Ein Bolty«, antwortete der Jinguisem bereitwillig. »Es gibt in diesem Gebiet einige Dutzend solcher Tiere.«

»Wollen Sie behaupten, daß diese Ungeheuer frei dort unten herumlaufen?«

»Natürlich«, antwortete Janyx-Chint, Marshalls persönlicher Jinguisem. »Alle Tiere, denen Sie auf Geegival begegnen, sind völlig ungefährlich. Sie wurden unmittelbar nach ihrer Geburt behandelt, so daß man sich ihnen bedenkenlos nähern kann.«

»Ich möchte es nicht auf einen Versuch ankommen lassen«, sagte Roi Danton.

»Sie werden sich daran gewöhnen«, meinte Frex-Yk.

Rhodan begriff, daß man trotz verschiedener kunstvoller Eingriffe die Natur dieses Planeten nicht verändert hatte. Die Parks, über die sie hinwegflogen, fügten sich harmonisch in das Gesamtbild der Landschaft.

Die ersten Berge tauchten unter ihnen auf. Überall, selbst auf den schroffen Gipfeln, schienen Urlauber zu wohnen. Jeder konnte sich auf Geegival dort erholen, wo es ihm am besten gefiel.

Eine halbe Stunde nach dem Start vom Jinguisem-Zentrum flog die Maschine in ein langgezogenes Tal ein. Die Berghänge waren mit Bäumen bewachsen. Ein dunkelgrün schimmernder Fluß wand sich durch das Tal, vorbei an zahlreichen Gebäuden.

Inzwischen war die Sonne untergegangen. Der Himmel über den Bergen leuchtete in blutigrotem Feuer.

»Das ist unser Ziel«, erklärte Chat-Chat.

Rhodan sprang auf. »Ich habe mindestens vierzig Häuser im Tal gezählt«, sagte er erregt. »Sind sie alle bewohnt?«

»Natürlich«, sagte Chat-Chat. »Nur die vier, die für uns reserviert sind, stehen frei.«

»Ich dachte, dieses Tal stünde ausschließlich zu unserer Verfügung«, sagte Rhodan.

Chat-Chat senkte demütig seinen Insektenkopf.

»Sie werden mit den anderen Feriengästen kaum in Berührung kommen«, sagte er.

Rhodan griff in die Tasche seines Umhangs und zog einen der Prospekte hervor, den sie bei den Blauen gefunden hatten.

»Hier steht, daß wir einen einsamen Urlaub verbringen würden«, sagte er. »Nun müssen wir feststellen, daß in unserer unmittelbaren Nähe mindestens vierzig andere Gäste wohnen. Das wird zu Schwierigkeiten führen.«

Chat-Chats Fühler zitterten. Er schien völlig verzweifelt zu sein.

»Die Anwesenheit anderer Urlauber wird Ihren Urlaub nicht beeinträchtigen«, versicherte Leroyx, Ras Tschubais persönlicher Jinguisem.

Für Rhodan stand es längst fest, daß die vier Blauen, die sie gefangengenommen hatten, wichtiger waren, als man an Bord der CREST IV vermutet hatte. Die Zuvorkommenheit, mit der man ihnen auf Geegival begegnete, deutete darauf hin, daß die vier blauhäutigen Techniker von Powerpoint I innerhalb des Kastensystems einen hohen Rang einnahmen.

Rhodan war entschlossen, diesen Vorteil in jeder Beziehung auszunutzen. Vor allem mußten sie versuchen, mit anderen wichtigen Intelligenzen in Verbindung zu treten.

Der Gleiter landete auf einem freien Platz neben der Straße. Chat-Chat öffnete die Kuppel, so daß die warme Abendluft hereindringen konnte. Draußen roch es nach trockenem Gras und fremdartigen Blumen. Von den Bergen kam der langgezogene Klageruf eines Vogels.

Auf der anderen Seite der Straße standen vier beleuchtete Gebäude. Die Außenwände waren weiß und regelmäßig. Rhodan vermutete, daß sie aus Kunststoff bestanden. Auch die Dächer waren weiß. Die Stufen, die zum Eingang hinaufführten, funkelten im Licht, das aus der offenen Tür fiel.

In der beginnenden Dämmerung verwischten sich die Konturen der Berge rings um das Tal.

Rhodan trat auf die Straße. Von diesem Platz aus konnte er fast das gesamte Tal überblicken. Er sah die anderen Häuser. Sie erschienen ihm wie winzige weiße Paläste. Der Bodenbelag der Straße bestand aus einem Mosaik kleiner, plattgewalzter Steine.

Hinter den Gebäuden führte der Fluß vorbei. Rhodan war sicher, daß man dort fischen und schwimmen konnte.

Chat-Chat trat hinter Rhodan. Er trug das Gepäck und wartete geduldig, daß Rhodan sich dazu entschließen würde, sein Ferienhaus zu betreten.

»Morgen früh können Sie sich im Tal umsehen«, sagte der Jinguisem. »Unmittelbar nach Sonnenaufgang ist es hier im Tal am schönsten.«

Rhodan sah Chat-Chat von der Seite her an.

»Wie viele Urlauber betreuen Sie im Laufe einer Saison?« fragte er.

»Zwanzig«, erwiderte die Riesenbiene. »Es ist eine Arbeit, die mir Spaß macht.«

Der Jinguisem war ein dienstbereites, freundliches Geschöpf. Von ihm und seinen Freunden drohte keine Gefahr. Trotzdem zögerte Perry Rhodan, Chat-Chat danach zu fragen, ob zur Zeit Stützpunktingenieure ihren Urlaub auf Geegival verbrachten. Er mußte einen günstigen Zeitpunkt abwarten. Zunächst mußten sie feststellen, wer außer ihnen in diesem Tal seinen Urlaub verbrachte.

Von seinem Jinguisem gefolgt, ging Rhodan auf das Haus zu. Wie er erwartet hatte, war es für die Bedürfnisse eines Blauen eingerichtet. Im ersten Stockwerk lagen die Wohn- und Aufenthaltsräume.

Chat-Chat begleitete Rhodan mit dem Antigravlift nach oben. Er trug das Gepäck in den Schlafraum.

Perry Rhodan warf einen Blick auf das bequem aussehende Bett. Er blieb abrupt stehen und deutete auf das sorgfältig hergerichtete Lager.

»*Dort* soll ich schlafen?«

Chat-Chat hatte die Gepäcktasche geöffnet und war damit beschäftigt, die Utensilien des Gastes in einer Nische zu verstauen. Jetzt richtete er sich auf und warf Rhodan einen fragenden Blick zu.

»Gefällt Ihnen dieser Ruheplatz?«

»Gefallen?« Rhodan brach in höhnisches Gelächter aus. »Ich fühle mich in den Zustand tiefster Barbarei zurückversetzt, wenn ich mir die Einrichtung dieses Zimmers betrachte.«

Er ließ sich aufs Bett fallen und schnaubte verächtlich. Dann sprang er wieder auf, rannte zum Fenster und öffnete es. Er streckte den Kopf hinaus und genoß für ein paar Sekunden den Anblick der Landschaft, die allmählich von der Abenddämmerung eingehüllt wurde.

»Warum kann man den Fluß von diesem Fenster aus nicht sehen?« rief er.

Chat-Chat antwortete kleinlaut: »Der Fluß liegt auf der anderen Seite des Hauses. Sie können ihn vom Aufenthaltsraum aus sehen.«

Rhodan wedelte mit den Händen.

»Sorgen Sie dafür, daß das Bett hinübergebracht wird«, befahl er. »*Das* hier ist mein Aufenthaltsraum. Schlafen werde ich drüben.«

»Wie Sie wünschen.« Chat-Chat verbeugte sich und knickte seine Fühler ein.

Rhodan ging im Zimmer auf und ab.

»Wann wird gegessen?« erkundigte er sich.

Chat-Chat nannte eine Zeitspanne, die einer Stunde terranischer Zeitrechnung entsprach.

»Künftig möchte ich früher essen«, forderte Rhodan.

»Wie Sie wünschen«, sagte Chat-Chat ergeben. »Kann ich sonst noch etwas für Sie tun?«

»Ja«, sagte Rhodan und ließ sich auf einen Sessel fallen. »Ziehen Sie mir die Stiefel aus. Übrigens: Ich möchte zusammen mit meinen Freunden essen.«

Chat-Chat packte Rhodans rechten Stiefel und zerrte daran.

»Können Sie nicht vorsichtiger sein? Sie brechen mir doch den Fuß«, sagte Rhodan.

»Es tut mir leid«, murmelte Chat-Chat verzweifelt. Der Stiefel löste sich, und der Jinguisem stellte ihn behutsam zu Boden.

»Sie gehen mir auf die Nerven«, sagte Perry Rhodan verächtlich. »Ich hoffe, daß Sie sich in den nächsten Tagen umstellen.«

»Ich werde mir Mühe geben«, versprach Chat-Chat.

Vier geschnitzte Fackeln, die völlig rauchlos brannten und den Raum in warmes Licht hüllten, staken in den Wänden. Um den runden Tisch in der Mitte des Raumes saßen vier blauhäutige Wesen mit Schlitzaugen und langen Ohren. Vor jedem dieser Wesen stand ein Becher mit einer dampfenden Flüssigkeit.

Die Tür öffnete sich, und Chat-Chat und Janyx-Chint kamen mit ovalen Platten herein. Jede dieser Platten war mit ausgesuchten Fleischstücken und sortiertem Gemüse gefüllt.

Ras Tschubai schluckte hungrig. Er schnupperte den angenehm riechenden Dampf, der von dem Becher vor ihm aufstieg.

»Es wird mir schwerfallen, mich jetzt zurückzuhalten«, flüsterte er.

»Wir haben keine andere Wahl, als uns pausenlos zu beschweren«, sagte Rhodan in gedämpftem Tonfall. »Nur dann haben wir eine Chance, in jenes Gebiet gebracht zu werden, wo die bevorzugten Stützpunktingenieure ihren Urlaub verbringen.«

Rhodan unterbrach sich, weil Chat-Chat eine Platte neben ihn stellte.

Der Terraner richtete sich auf und deutete auf den Teller.

»Was ist das?« fragte er entsetzt und rückte mit seinem Sessel ein Stück zurück, als könnte er den Geruch der Nahrung nicht ertragen.

»Chipcomfleisch und Chardarvan«, antwortete Chat-Chat. »Eine Delikatesse.«

»Es stinkt«, bemerkte Roi Danton auf der anderen Seite des Tisches. »Es scheint nicht mehr frisch zu sein.«

Chat-Chat sagte: »Es wurde unmittelbar nach Ihrer Ankunft aus der Vorratskammer geholt. Zweifellos ist es frisch.«

Rhodan griff nach einer hakenförmigen Zange, die auf der Platte lag, und hob ein Stück Fleisch hoch. Er führte es zum Gesicht und roch daran. Das Wasser lief ihm im Mund zusammen. Trotzdem warf er das Fleisch mit allen Anzeichen des Ekels auf die Platte zurück.

»Ungenießbar«, stellte er fest.

Tschubai, Marshall und Danton protestierten lautstark. Sie schoben ihre Platten weit von sich.

Chat-Chat machte einen ratlosen Eindruck.

»Was darf ich Ihnen zum Essen bringen?« erkundigte er sich. »Haben Sie besondere Wünsche?«

»Öffnen Sie das Fenster!« befahl Roi Danton. »Ich kann diesen Gestank nicht mehr ertragen. Sorgen Sie dafür, daß dieses Zeug aus dem Raum verschwindet.«

Janyx-Chint und Chat-Chat beeilten sich, den Wünschen ihrer Gäste nachzukommen.

Als sich die Jinguisem zurückzogen, stieß Roi Danton eine leise Verwünschung aus.

»Ich *habe* Hunger«, stellte er fest. »Unsere Abendmahlzeit roch geradezu verführerisch.«

Ein paar Minuten später kam Leroyx mit einem geflochtenen Korb herein, der mit den verschiedensten Früchten gefüllt war.

»Darf ich ihn auf den Tisch stellen?« fragte er unterwürfig.

Roi Danton griff nach einer kugelförmigen Frucht und biß hinein. Er verzog das Gesicht und schluckte ein paarmal.

»Es bekommt Ihnen nicht«, stellte Leroyx bedauernd fest. Er nahm den Korb und wollte sich zurückziehen. Danton riß ihm die Früchte aus den Händen.

»Lassen Sie nur«, sagte er unfreundlich. »Irgendwas müssen wir ja schließlich essen.«

Der Jinguisem ging mit gesenktem Kopf hinaus.

Als es draußen hell wurde, materialisierte Ras Tschubai in Rhodans Zimmer. Rhodan richtete sich im Bett auf und blickte den Teleporter vorwurfsvoll an.

»Sie sind unvorsichtig, Ras. Was hätten Sie getan, wenn mein Jinguisem bei mir gewesen wäre?«

Tschubais Biomolplastmaske verformte sich zu einem häßlichen Lachen, so daß die doppelte Knochenreihe, die die Biochemiker der CREST IV über seinen Zähnen befestigt hatten, sichtbar wurde.

»Ich habe mich vorher vergewissert, daß Chat-Chat sich unten aufhält«, sagte Tschubai. »Der Gute ist gerade damit beschäftigt, das Frühstück zuzubereiten. Wie haben Sie geschlafen?«

»Ausgezeichnet«, sagte Rhodan. »Wenn mich jedoch Chat-Chat fragen sollte, werde ich ihm erklären, daß ich kaum ein Auge zugetan habe.«

Tschubai kicherte.

»Die Sache fängt an, mir Spaß zu machen«, gestand er. »Ich habe Leroyx in der vergangenen Nacht ein paarmal gerufen und mich über verschiedene Dinge beklagt.«

»Ausgezeichnet«, sagte Rhodan. »Ich nehme an, daß wir in ein paar Tagen nach Garts fliegen und uns bei der Fleel Jinguisem beschweren können.«

»Die Jinguisem tun mir ein bißchen leid«, sagte Tschubai. »Marshall hat den Gedankeninhalt von Janyx-Chint getestet. Diese Insekten sind tatsächlich harmlos. Solange ihr Volk existiert, haben sie immer nur gedient. Auf jedem der dreiundfünfzig Urlaubsplaneten scheint es einen Stamm dieser Wesen zu geben, die unter der Führerschaft ihrer Königin für das Wohl der Urlauber sorgen.«

Perry Rhodan schlug die Decke zurück und schwang die Beine aus dem Bett.

Tschubai grinste.

»In dieser Maske ist das Baden ein besonderes Problem«, sagte er. »Ich mußte Leroyx mit scharfen Worten davon abbringen, mir den Rücken zu schrubben.«

Rhodan griff nach seinen Kleidern.

»Wir müssen feststellen, von wem die anderen Häuser hier im Tal bewohnt werden«, sagte er. »Das ist Ihre Aufgabe, Ras. Ich möchte, daß Sie vorsichtig vorgehen. Sollten Sie durch einen Zufall entdeckt werden, müssen Sie den harmlosen Neuankömmling spielen, der sich verlaufen hat.«

»Wann soll ich anfangen?« fragte Tschubai.

»Am besten jetzt«, schlug Rhodan vor. »Es ist nicht nötig, daß Sie alle Häuser untersuchen. Dazu haben Sie immer noch Zeit.«

Der Teleporter entmaterialisierte.

Tschubai materialisierte hinter einem Haus auf der anderen Seite des Tales. Er hörte das Gurgeln und Plätschern des Flusses, der direkt an dem Gebäude vorbeiführte. Die Fenster des Hauses waren noch geschlossen. Am Ufer des Flusses stolzierten ein paar hochbeinige Vögel hin und her und zogen Würmer aus dem weichen Boden.

In diesem Teil des Tales standen sechs Häuser dicht zusammen. Tschubai umrundete das Gebäude, nachdem er sich davon überzeugt hatte, daß niemand in der Nähe war. Er fragte sich, wie er Verbindung zu den Urlaubern aufnehmen sollte, die hier untergebracht waren.

Vor dem Eingang des Hauses war ein Jinguisem damit beschäftigt, einen Tisch aufzustellen. Tschubai schloß daraus, daß der Bewohner dieses Gebäudes im Freien frühstücken wollte.

Der Jinguisem verbeugte sich, als er Tschubai erblickte.

»Hatten Sie einen angenehmen Morgenspaziergang?« erkundigte er sich höflich.

»Nein«, sagte Tschubai frostig. »Ich kann mir keine langweiligere Gegend vorstellen als dieses Tal.«

Der Jinguisem stutzte, fuhr dann aber mit seiner Arbeit fort.

»Sie gehören zu den vier Blauen, die gestern angekommen sind«, vermutete er.

Ras Tschubai unterdrückte ein Grinsen. Es war ihnen also gelungen, innerhalb kurzer Zeit eine gewisse Berühmtheit zu erlangen. Wahrscheinlich hatten sich die Jinguisem untereinander von der Ankunft der unzufriedenen Feriengäste berichtet.

Tschubai sah zu, wie das Rieseninsekt eine farbige Tischdecke auflegte und sie mit Klammern befestigte. Dann rückte der Jinguisem den Sessel zurecht. Er betrachtete sein Werk mit Zufriedenheit.

»Was soll das?« fragte Tschubai und deutete auf den Tisch.

»Orlat can Sur sitzt jeden Morgen für eine gewisse Zeit vor dem Haus und beobachtet, wie die Sonne hinter den Bergen aufgeht«, erklärte der Diener bereitwillig.

»Auch ein Vergnügen«, meinte Tschubai. Er hörte Geräusche im Innern des Hauses und schloß daraus, daß Orlat can Sur aufgestanden war.

»Soll ich für Sie auch einen Sessel holen?« fragte der Jinguisem diensteifrig. »Orlat can Sur wird sich gern mit Ihnen unterhalten. Er ist schon zehn Tage hier und kennt die Vorzüge dieses Tales.«

»Meinetwegen«, knurrte Tschubai.

Das aufrecht gehende Insekt hastete davon und kam kurze Zeit später mit einem Sessel zurück.

»Wie möchten Sie sitzen?« wurde Tschubai gefragt. »Mit dem Gesicht zur Sonne?«

»Ja«, sagte Tschubai geistesabwesend. Seine Aufmerksamkeit wurde vom Erscheinen Orlat can Surs abgelenkt.

Der Fremde war groß und breitschultrig. Außer zwei bis zu den Knien reichenden Armen besaß er zwei aus der Brust ragende Glieder, die in dünnen Fingern endeten. Orlat can Surs Körper war mit einem dunkelbraunen Pelz bedeckt. Sein Kopf ähnelte dem eines Affen. Die Stirn war niedrig, die Augenbrauen waren vorgeschoben. Der Urlauber trug eine Art Lendenschurz, in dem er offenbar Ausrüstungsgegenstände aufbewahrte.

Mit einer Stimme, die so tief war, daß Tschubai fast zusammengezuckt wäre, fragte Orlat can Sur: »Was verschafft mir die Ehre Ihres Besuchs, Techniker?«

Tschubai erriet, daß der andere seine Kastenzugehörigkeit sofort erkannt hatte und ihn wegen dieser offensichtlich bewunderte.

»Ich wollte mich im Tal umsehen«, sagte Tschubai.

Er warf dem Jinguisem, der den Tisch deckte, einen ärgerlichen Blick zu, den Orlat can Sur auffing.

»Stört Sie Pharayx?« fragte Orlat can Sur. »Ich kann ihn wegschicken.«

Tschubai schüttelte den Kopf.

»Ich muß gestehen, daß ich von Geegival sehr enttäuscht bin«, begann er ohne Umschweife.

Sein Gegenüber gab sich Mühe, sein Erstaunen zu verbergen, was ihm aber nicht ganz gelang.

»Gefällt es Ihnen etwa hier?« fragte Tschubai entrüstet.

Orlat can Sur wurde durch diese direkte Frage so in Verlegenheit gebracht, daß Tschubai Mitleid mit ihm bekam.

»Sie müssen verstehen, daß ich in bescheideneren Verhältnissen lebe«, antwortete der Urlauber ausweichend. »Ich persönlich fühle mich hier wohl und würde gern meinen Urlaub verlängern. Dies ist eines der schönste Gebiete auf Geegival.«

»Aber es ist nicht das schönste«, sagte Ras angriffslustig.

»Nein«, gestand Orlat can Sur widerwillig. »Ich habe davon gehört, daß es südlich des Äquators einen Kontinent gibt, der alles andere in den Schatten stellen soll. Aber wir haben keine Chance, jemals dort hinzukommen.«

»*Sie* vielleicht nicht«, sagte Tschubai voller Arroganz.

Pharayx brachte das Frühstück, und der Wohlgeruch, der aus den

Kannen und Bechern aufstieg, ließ Tschubai ein paarmal schlucken. Orlat can Sur begann ungeniert zu essen. Er lud Tschubai ein, an seiner Mahlzeit teilzunehmen, doch der Mutant lehnte schweren Herzens ab.

»Was wissen Sie über diesen geheimnisvollen Kontinent?« fragte Tschubai weiter, als Orlat can Sur sein Frühstück unterbrach, um den Sonnenaufgang zu genießen.

Das Wesen, das den Mutanten entfernt an einen Haluter erinnerte, blinzelte in die Sonne und räkelte sich auf seinem Sessel.

»Sprechen Sie«, drängte Tschubai. »Erzählen Sie mir alles, auch wenn es nur Gerüchte sind. Wenn es irgendwo auf Geegival einen bevorzugten Platz gibt, werden meine Freunde und ich dafür sorgen, daß wir dort Zutritt erlangen.«

Orlat can Sur blickte sich um, ob der Jinguisem in der Nähe war.

»Ich werde Ihnen alles sagen, was ich von diesem Land weiß«, flüsterte er dann.

Roi Danton erwachte und wurde sich mit einem Schlag der fremden Umgebung bewußt. Sein Hungergefühl ließ ihn voller Bedauern an das Essen denken, das er am vergangenen Abend abgelehnt hatte. Die Früchte, die ihnen schließlich geblieben waren, hatten nicht ausgereicht, um ihn zu sättigen.

Er stand auf und ging zum Fenster. Er blickte hinaus. Wie er erwartet hatte, lag die Straße verlassen unter ihm. Unten im Haus hörte er Frex-Yk rumoren.

Roi Danton fuhr sich mit beiden Händen über sein Gesicht. Während der Nacht war er ein paarmal aufgewacht, weil die Maske zu jucken begonnen hatte. Er hoffte, daß der Juckreiz nicht schlimmer wurde.

Er ging zur Tür und trat auf den Gang hinaus.

»Frex-Yk!« schrie er. »Wo bleibt das Frühstück?«

Sekunden später summte der Lift, und der Jinguisem kam aus dem Tragkorb gestürzt. Roi Danton deutete auf seine offenstehende Zimmertür.

»Habe ich vergessen zu sagen, daß ich im Bett frühstücken möchte?«

»Ja«, sagte Frex-Yk. »Es bereitet mir jedoch keine Schwierigkeiten, Ihren Wunsch auch jetzt noch zu erfüllen.«

»Sehr schön«, lächelte Danton. »Dann beeile dich!«

Die Riesenbiene strömte mit vibrierenden Fühlern davon. Danton ging ins andere Zimmer hinüber und untersuchte die Einrichtung. Er mußte zugeben, daß alles zur Bequemlichkeit und Unterhaltung der Gäste beitrug.

Schneller als erwartet brachte der Jinguisem das Frühstück, und der Freihändler kehrte ins Bett zurück. Da Frex-Yk bereits wieder nach unten gegangen war, konnte Danton mit Genuß essen. Trotzdem ließ er von allen Speisen Reste auf dem Tablett.

Als Frex-Yk zurückkehrte, war Danton bereits angezogen.

»Das Frühstück war erbärmlich«, beklagte sich der Terraner. »Ich kann mich nicht erinnern, jemals mit so viel Widerwillen gegessen zu haben. Es ist mir unverständlich, daß man Geegival als den Planeten der tausend Freuden bezeichnet. Bisher habe ich auf dieser Welt noch keine einzige Freude erlebt.«

Frex-Yk starrte betroffen auf das Tablett. Enttäuscht wimmernd kratzte er die Reste zusammen und trug sie davon. Danton fühlte Bedauern in sich aufsteigen. Die liebenswürdigen Insekten hatten eine freundlichere Behandlung verdient.

Roi Danton fuhr mit dem Lift nach unten. Ohne sich um Frex-Yk zu kümmern, verließ er das Haus.

Als Danton das Haus erreichte, in dem Perry Rhodan wohnte, kamen dieser und John Marshall gerade auf die Straße.

»Wir hatten vor, Sie jetzt zu wecken«, sagte Marshall. Er benutzte dabei die förmliche Anredeform statt des Duzens, das zwischen ihm, Roi und den anderen fast gängig war, wenn sie sich unter sich befanden und nicht in der Hektik eines Einsatzes standen. Oder wenn Perry Rhodan nicht dabei war. Obwohl Roi und die meisten Mutanten sich seit Rois Kindheit kannten, paßten sie sich im Bordbetrieb der CREST und in Einsätzen dem gängigen, steiferen Umgangston an. Es war Staffage, weiter nichts. »Diese Arbeit haben Sie uns erspart. Ras Tschubai ist unterwegs, um die . . .«

Über ihnen wurde ein Fenster aufgerissen, und Ras Tschubai beugte seinen Oberkörper heraus.

»Ich bin soeben zurückgekommen«, sagte der Teleporter. »Es gibt Neuigkeiten.«

Die drei Männer begaben sich ins Haus. Tschubai erwartete sie in Rhodans Aufenthaltsraum.

»Ich habe eine interessante Bekanntschaft gemacht«, berichtete der Mutant. »In den Häusern am anderen Ende des Tales verbringen einige Wassermeister ihren Urlaub. Die Wassermeister stehen in der Rangordnung ziemlich weit oben. Ihre Aufgabe ist es, auf Wüstenplaneten eine ausreichende Wasserversorgung zu garantieren.«

»Ist das alles, was Sie herausgefunden haben?« fragte Danton enttäuscht.

»Ich habe mich mit einem Wassermeister namens Orlat can Sur unterhalten«, fuhr Ras Tschubai unbeirrt fort. »Er berichtete von einem kleinen Kontinent südlich des Äquators. Dort sollen vor allem Stützpunktingenieure und sonstige bevorzugte Kastenangehörige ihre Ferien verbringen.«

Perry Rhodan warf den drei anderen einen bedeutsamen Blick zu.

»Wir kennen jetzt unser Ziel«, sagte er. »Alles, was wir von jetzt an tun, muß darauf abzielen, diesen Kontinent zu erreichen.«

## 4.

Seit der Ankunft der vier Terraner auf Geegival waren fünf Tage verstrichen. Perry Rhodan und seine Begleiter hatten nichts unversucht gelassen, um die Geduld der Jinguisem auf die Probe zu stellen. Der Diensteifer der Rieseninsekten ließ jedoch nicht nach, und es fiel den Männern immer schwerer, Gründe für Klagen zu finden. Trotzdem beschwerten sie sich ununterbrochen über das Essen, die Unterkunft und die Umgebung. Sie nörgelten über das Klima, über die Feriengäste, die zusammen mit ihnen im Tal wohnten, und über die mangelnden Fähigkeiten ihrer Diener.

Während Rhodan und sein Sohn sich in erster Linie damit beschäftigten, ihren Unwillen über den Urlaubsort zu äußern, spionierte John Marshall in den Gedanken anderer Urlauber. Ras Tschubai suchte die nähere Umgebung des Tales ab, ohne auf Feriengäste zu stoßen, deren Einfluß groß genug gewesen wäre, um den Terranern zu helfen.

Immer wieder hörten die vier Männer Erzählungen über einen

märchenhaften Kontinent, auf dem die wichtigsten Kasten ihren Urlaub verbrachten.

Als Perry Rhodan sicher war, daß sie mit ihrer bisherigen Methode nicht weiterkommen würden, rief er Chat-Chat zu sich. Wie immer eilte der Jinguisem dienstbeflissen herbei und erkundigte sich unterwürfig nach den Wünschen seines Herrn.

Rhodan war mit Chat-Chat allein. Danton und Marshall waren unten am Fluß, während Ras Tschubai zu einer Berghütte unterwegs war, um sich mit den Wesen zu unterhalten, die in der einsamen Bergwelt ihren Urlaub verbrachten.

»Sie wissen, daß meine Freunde und ich unzufrieden sind«, eröffnete Perry Rhodan das Gespräch.

»Ich bedaure zutiefst, daß Sie sich noch immer nicht eingelebt haben«, erwiderte Chat-Chat. »Seien Sie jedoch versichert, daß wir Jinguisem alles tun werden, damit Ihr Urlaub doch noch zu einem Erlebnis wird.«

»Das sind leere Versprechungen«, sagte Rhodan in gespieltem Zorn. »Wir geben uns damit nicht länger zufrieden. Wir haben erfahren, daß es Urlaubsgebiete gibt, die wesentlich schöner sind als dieses Tal. Warum bringt man uns nicht dorthin?«

Chat-Chat hüllte sich in zwei seiner durchsichtigen Flügel und knickte seine Fühler ein.

»Hier ist es so schön, daß ich mir nicht vorstellen kann, daß Sie woanders leben möchten«, erklärte er.

»Wir möchten dorthin, wo die Stützpunktingenieure ihren Urlaub verbringen«, sagte Rhodan.

Chat-Chat war sichtlich erschrocken. Er brauchte ein paar Sekunden, bis er zu einer Antwort fähig war.

»Eine solche Entscheidung kann ich nicht treffen«, sagte er. »Da Sie und Ihre Freunde von einem Speisungsplaneten kommen, sind Sie außerordentlich wichtig. Trotzdem kann ich nicht veranlassen, daß man Sie von hier wegbringt.«

»Wer verfügt über derartige Kompetenzen?«

»Die Fleel Jinguisem.«

Rhodan hieb mit der Faust auf den Tisch.

»Wir haben von Anfang an darauf bestanden, daß die Fleel Jinguisem hierherkommt, um sich die herrschenden Mißstände anzusehen. Warum hält man uns immer wieder hin?«

Chat-Chats Beine knickten ein. Seine Facettenaugen schimmerten. Trotzdem machte er keine Anstalten, seine unterwürfige Haltung zu ändern. Er war als Diener geboren und brachte es nicht über sich, die ungerechtfertigten Beschuldigungen zurückzuweisen.

»Die Fleel Jinguisem lebt in der Stadt Garts«, sagte Chat-Chat. »Sie hat sehr viel Arbeit.«

»Wurden unsere Beschwerden gemeldet?« fragte Rhodan drohend.

»Ja«, bestätigte Chat-Chat.

»Aber es ist nicht sicher, ob die Königin jemals Zeit findet, sich um uns zu kümmern?«

»Ihre Klagen werden auf jeden Fall überprüft.« Chat-Chats Stimme überschlug sich. »Es kann natürlich sein, daß die Kommission erst hier eintrifft, wenn Sie wieder abgereist sind.«

»Das lassen wir uns nicht gefallen. Das ist eine Mißachtung. Ich verlange, daß die Fleel Jinguisem noch heute hierherkommt.«

»Das wird nicht möglich sein«, sagte Chat-Chat niedergeschlagen. »Sie muß sich um den gesamten Planeten kümmern.«

»Dann«, sagte Rhodan, »fliegen einer meiner Freunde und ich nach Garts, um mit der Königin zu sprechen. Sie werden uns begleiten, Chat-Chat.«

Chat-Chat war überglücklich, daß sich ein Kompromiß anbahnte.

»Ich bin sicher, daß die Fleel Jinguisem Sie empfangen wird«, sagte er. »Alles wird sich klären. Sie werden noch schöne Urlaubstage auf Geegival verbringen.«

Rhodan blickte aus dem Fenster.

»Dessen bin ich nicht so sicher«, sagte er. »Es genügt mir schon, wenn wir dieses Tal verlassen können. Hier habe ich mich von Anfang an nicht wohl gefühlt. Bereiten Sie alles für einen Flug nach Garts vor.«

Chat-Chat hastete hinaus.

Rhodan beugte sich aus dem Fenster und ließ die Sonne in sein Gesicht scheinen. In Garts würde die Entscheidung fallen. Es mußte ihm unter allen Umständen gelingen, die Fleel Jinguisem zu überzeugen. Nur sie konnte den vier falschen Blauen die Genehmigung geben, auf den Kontinent der Stützpunktingenieure umzuziehen.

Chat-Chat landete den Gleiter unmittelbar hinter Rhodans Haus. Die vier Terraner standen am Fenster und blickten hinab. Chat-Chat fuhr die kurze Gangway aus und verließ die Maschine.

Perry Rhodan legte John Marshall eine Hand auf die Schulter.

»John, Sie und Ras bleiben hier. Es ist wichtig, daß wir darüber informiert sind, was sich innerhalb dieses Tales abspielt. Roi und ich werden versuchen, die Fleel Jinguisem zu überrumpeln. Wenn unsere Originale tatsächlich so wichtige Persönlichkeiten sind, gerät die Königin in eine Zwangslage. Vielleicht trifft sie die Entscheidung, die wir von ihr erwarten.«

Er hörte Chat-Chat aus dem Lift kommen und verstummte. Der Jinguisem betrat den Raum und verbeugte sich.

»Der Gleiter steht bereit«, sagte er. »Wenn Sie wollen, können wir jetzt losfliegen. Unser Besuch wurde der Fleel Jinguisem bereits angemeldet. Sie ist entzückt darüber, Sie persönlich kennenlernen zu dürfen.«

Rhodan und sein Sohn verabschiedeten sich von John Marshall. Sie begleiteten Chat-Chat zu der Flugmaschine, Janyx-Chint tauchte auf und brachte ein Erfrischungsgetränk und einige Früchte für den Flug.

»Eines muß man den Jinguisem lassen«, flüsterte Roi Danton seinem Vater zu. »Sie vergessen nichts.«

Rhodan nickte. In Gedanken war er bereits in der Stadt. Er wußte, daß er ein großes Risiko einging. Ein Besuch bei der Fleel Jinguisem konnte mit intensiven Kontrollen verbunden sein. Nicht nur das, die Königin war vielleicht intelligent genug, um das Spiel der unzufriedenen Urlauber zu durchschauen. Obwohl Rhodan seine Bedenken den anderen gegenüber nicht erwähnt hatte, war seine Furcht vor einer Entlarvung der Hauptgrund, warum er die beiden Mutanten im Tal zurückgelassen hatte. Tschubai und Marshall waren in der Lage, eventuellen Angriffen zu begegnen und Rhodan und Danton zu helfen, wenn es Schwierigkeiten geben sollte.

Außerdem konnte Ras Tschubai mit Hilfe seiner parapsychischen Fähigkeiten schnell in die Stadt gelangen.

Rhodan kletterte in den Gleiter und winkte Marshall und Tschubai zu. Im Innern des Gleiters ließen sich die beiden Terraner auf den bequemen Konturensesseln nieder.

Chat-Chat nahm im Pilotensitz Platz.

»Wenn Sie möchten, fliege ich durch das Jorgey-Tal«, erbot er sich. »Dort können Sie die goldenen Wasserfälle von oben sehen.«

»Fliegen Sie den kürzesten Weg in die Stadt!« befahl Rhodan.

»Wie Sie wünschen«, sagte Chat-Chat enttäuscht.

Perry Rhodan blickte zum Himmel. Vor vier Stunden war die Sonne aufgegangen. Sie würden also noch vor Mittag in die Stadt kommen. Rhodan überlegte, wie er seine Unzufriedenheit gegenüber der Fleel Jinguisem überzeugend begründen konnte. Er durfte keine logischen Fehler begehen.

Chat-Chat startete den Gleiter. Das Tal blieb unter ihnen zurück. Ein Schwarm Vögel, die jede Scheu verloren hatten, begleitete die Maschine, bis die Geschwindigkeit zu groß für sie wurde.

Nach einer halben Stunde konnte Rhodan die verschwommenen Umrisse der Stadt erkennen. Sie überflogen die Kontrollstation. Immer häufiger begegneten sie anderen Gleitern. Der Raumhafen wurde sichtbar. Perry Rhodan erhob sich.

»Von hier oben bietet Garts ein chaotisches Bild«, sagte er. »Es scheint unglaublich, daß sich in dieser Zusammenballung von Bauwerken jemand zurechtfindet.«

Chat-Chat steuerte den Gleiter in eine der Hauptflugschneisen.

»Wo ist der Sitz der Königin?« fragte Roi Danton.

»Auf der anderen Seite der Stadt«, erwiderte der Jinguisem bereitwillig. »Ich weiß nicht, ob Sie sofort mit ihr sprechen können.«

»Will man uns etwa warten lassen?« fragte Rhodan.

Chat-Chat sagte: »Bitte, vergessen Sie nicht, daß die Fleel Jinguisem mit ihrem Stab ständig unterwegs ist. Natürlich will man Sie bevorzugt behandeln. Trotzdem kann es zu einer Wartezeit kommen.«

»Ich habe keine Lust, stundenlang herumzusitzen und zu warten«, sagte Danton. »Es wird am besten sein, wenn wir unseren Urlaub abbrechen.«

Chat-Chat stieß einen schrillen Entsetzensschrei aus.

»Das dürfen Sie nicht tun!« flehte er. »In der Geschichte Geegivals ist es bisher noch nie vorgekommen, daß jemand seinen Urlaub vorzeitig abgebrochen hat. Für unsere Königin wäre das eine unvorstellbare Schmach.«

»Alles hängt davon ab, wie man uns behandeln wird«, sagte Rhodan.

Chat-Chat war so aufgeregt, daß er fast einen anderen Gleiter gerammt hätte. Er hatte Mühe, mit seiner Maschine in die Flugschneise zurückzukehren, nachdem er im letzten Augenblick ausgewichen war.

»Wenn die Königin Sie nicht sofort empfangen kann, stehen Ihnen die Vergnügungsstätten Garts zur Verfügung«, sagte der Jinguisem. »Sie können als Gäste der Königin alle Veranstaltungen kostenlos besuchen. Ich garantiere dafür, daß Sie sich während der Wartezeit nicht langweilen werden.«

Rhodan sah ein, daß es keinen Sinn hatte, die Sache auf die Spitze zu treiben. Wenn sie Erfolg haben wollten, mußten sie jetzt nachgeben.

»Das klingt schon besser«, lenkte er ein. »Wenn die Fleel Jinguisem nicht sofort mit uns sprechen kann, sehen wir uns in der Stadt um.«

Der Gleiter schwebte jetzt mitten über der Stadt. Rings um sie wimmelte es von Flugkörpern aller Art, so daß es fast an ein Wunder grenzte, daß es nicht ständig zu Zusammenstößen kam. Auch auf den Straßen unter ihnen herrschte starker Verkehr. Die Gleitbänder, die in die Innenstadt führten, waren überfüllt.

Der Gleiter bog in eine Seitenschneise ein und verlor an Höhe. Rhodan erblickte einen freien Platz, in dessen Mitte ein kegelförmiges Gebäude stand.

»Der Sitz der Königin!« rief Chat-Chat.

Ein Gleitband, das rund um den freien Platz führte, war mit Besuchern überfüllt. Rhodan vermutete, daß jeder Besucher, der in die Stadt kam, auch einen Blick auf das Haus der Fleel Jinguisem werfen wollte. Das unbebaute Gelände wurde von einigen Schweberobotern bewacht, die darauf achteten, daß niemand das Gleitband verließ.

»Was bedeuten diese Vorsichtsmaßnahmen?« erkundigte sich Rhodan. »Warum darf niemand näher an den Wohnsitz der Königin heran?«

»Jeder darf das Haus der Königin besichtigen«, widersprach Chat-Chat. »Dazu bedarf es allerdings einer Sondergenehmigung, deren Erwerb viel Geld kostet. Nur so ist es möglich, die Fleel Jinguisem vor dem Interesse der vielen Urlauber zu schützen. Die Königin muß schließlich arbeiten und ist kein Schauobjekt.«

»Die höhergestellten Feriengäste haben also größere Chancen, an die Fleel heranzukommen«, bemerkte Danton.

»Ja«, gestand Chat-Chat. »Sicher sind Sie damit einverstanden, denn Sie gehören einer Kaste an, für die unsere Königin immer Zeit hat.«

Chat-Chat schaltete das Funksprechgerät ein. Er bekam sofort Verbindung mit einem anderen Jinguisem, der sich offenbar im Gelände der Königin aufhielt. Die beiden Insekten unterhielten sich einen Augenblick.

»Wir haben Landeerlaubnis bekommen«, sagte Chat-Chat. Die Freude darüber war ihm anzumerken.

»Ist die Königin da?« fragte Rhodan.

Chat-Chat wedelte bedauernd mit den Fühlern.

»Leider nicht. Sie wird jedoch unmittelbar nach ihrer Rückkehr mit Ihnen sprechen. Inzwischen kann ich Sie durch die Stadt führen, wenn Sie sich dafür interessieren.«

»Mein Freund und ich möchten allein in die Stadt«, wandte Rhodan ein.

»Wie Sie wünschen«, antwortete Chat-Chat. »Ich werde Ihnen ein kleines Sprechfunkgerät mitgeben, damit Sie wissen, wann Sie mit der Königin sprechen können.«

Der Gleiter landete vor dem kegelförmigen Gebäude. Rhodan konnte in der Außenfläche keine Öffnungen sehen. Unterhalb der Spitze des Hauses war eine ringförmige Plattform angebracht. Rhodan blickte hinauf und sah einige krötenähnliche Wesen, die sich über das Geländer lehnten.

Er versetzte seinem Sohn einen Stoß und deutete schweigend nach oben.

»Dumfries!« stieß Danton grimmig hervor, nachdem er die Kreaturen erkannt hatte.

Chat-Chat war die Unruhe seiner beiden Begleiter nicht entgangen.

»Sie brauchen sich über die Anwesenheit der Krieger keine Gedanken zu machen«, sagte er. »Sie sind nur zu Repräsentationszwecken auf Geegival stationiert.«

Perry Rhodan glaubte dem Jinguisem nicht. Die Dumfrie-Soldaten bewachten das Haus der Fleel Jinguisem. Rhodan schloß daraus, daß die Königin keine Macht besaß. Ihr unterstanden lediglich die Jinguisem auf dieser Welt. Wahrscheinlich hatte die Fleel das Recht, sich um alles zu kümmern, was mit dem Urlaub der Besucher zusammenhing – in allen anderen Dingen war sie den Soldaten Rechenschaft schuldig.

»Was nun?« fragte Danton, als er zusammen mit seinem Vater den Gleiter verließ. Chat-Chat war in der Maschine zurückgeblieben und konnte sie nicht hören.

»Ich brauche Zeit zum Nachdenken«, antwortete Rhodan. »Zum Glück ist die Königin nicht hier, so daß wir Gelegenheit haben, unsere weiteren Schritte zu überlegen. Die Frage ist, ob die Fleel Jinguisem den Dumfries von unserer Unzufriedenheit und unseren Wünschen berichten wird.«

»Zweifellos«, meinte Danton. »Unzufriedenheit, wie wir sie vorgetäuscht haben, scheint auf diesem Planeten niemals vorzukommen. Die Königin wird also schockiert sein. Ich glaube nicht, daß sie mächtig genug ist, uns ohne Rückfrage bei den Dumfries ins Urlaubsgebiet der Stützpunktingenieure bringen zu lassen.«

Rhodan kratzte sich an einem seiner langen Ohren.

»Du glaubst also, daß wir früher oder später einem Krieger gegenüberstehen werden, wenn wir unsere Absichten nicht ändern?« Er klang besorgt.

»Wahrscheinlich ist es ebenso verdächtig, wenn wir plötzlich die Zufriedenen spielen«, sagte der Freihändler. »Wir können jetzt nicht mehr zurück. Wir müssen eine Gegenüberstellung mit den Dumfries riskieren. Sollte es tatsächlich dazu kommen, ist noch nicht alles verloren. Schließlich besitzen wir unsere Identifizierungsgürtel und . . .« Er verstummte, weil Chat-Chat die Gangway herunterkam.

Der Jinguisem überreichte ihnen ein kleines Funkgerät und eine Art Stadtplan.

»Sie werden sich auf jeden Fall verlaufen«, prophezeite er. »Doch das ist nicht tragisch, denn jeder Gleiterpilot kann Sie hierher zurückbringen.«

»Gibt es Vergnügungsstätten, die Sie uns besonders empfehlen können?« erkundigte sich Perry Rhodan.

»Alles in Garts ist unvergleichlich«, behauptete Chat-Chat. Er zog zwei Plastikscheiben aus seinem Umhang und übergab sie den beiden Terranern.

»Damit haben Sie überall freien Zutritt«, erklärte er. »Es ist das Zeichen der Königin.«

Rhodan bedankte sich und nickte dem Jinguisem zu. Dann schlug er zusammen mit Roi Danton die Richtung in die Stadt ein.

Nachdem sie sich einige Zeit in der Stadt umgesehen hatten, beschlossen sie, zum Palast der Königin zurückzukehren.

Chat-Chats Behauptung, daß es ohne Hilfe unmöglich war, das Gebäude der Königin zu finden, erwies sich als richtig. Viele Straßen und Gleitbänder endeten direkt vor einem Haus. Seitenstraßen führten im Kreis herum oder mündeten in Hauptstraßen, die wiederum nach einigen hundert Metern abrupt abbrachen.

»Auf diese Weise brauchen wir ein paar Tage, bis wir den Palast der Fleel Jinguisem gefunden haben«, meinte Rhodan, nachdem sie zwei Stunden vergeblich versucht hatten, jenen Stadtteil zu finden, wo der Sitz der Königin lag.

Sie winkten einen Gleiter herbei. Der Pilot war ein alter Jinguisem, dessen Flügel an den Rändern eingerissen waren. Die Facettenaugen des Wesens besaßen keinen Glanz, und der flaumartige Pelz, der seinen Körper überzog, war dunkelgrau.

Rhodan zeigte dem Jinguisem die Marke der Königin.

»Wir möchten zum Palast der Fleel«, sagte er. »Fliegen Sie den kürzesten Weg.«

»Darauf können Sie sich verlassen«, sagte der Pilot. »Für diesen Flug bekomme ich kein Geld, also habe ich keine Veranlassung, Sie spazierenzufahren.«

»He!« rief Roi Danton überrascht. »Es ist direkt wohltuend, auf dieser Welt ein heftiges Wort zu hören.«

Der alte Jinguisem stieß ein kicherndes Krächzen aus und ließ sich auf dem Pilotensitz nieder.

»Wie lange leben Sie schon in Garts?« erkundigte sich Perry Rhodan, als der Gleiter sich über die Dächer hinausschwang.

»Ich kann mich nicht erinnern«, entgegnete der Alte mürrisch. »Solange ich zurückdenken kann, fliege ich Urlauber in der Stadt herum. Worüber möchten Sie sprechen? Über das Wetter, die Reisekosten, Ihre Kastenzugehörigkeit oder über verbotene Vergnügungen?«

»Sind das die allgemeinen Gesprächsthemen?« wunderte sich Danton.

»Im allgemeinen ja«, gab der Jinguisem zurück. »Ich kann mich im Schlaf mit Ihnen unterhalten. Ich fliege auch im Schlaf. In dieser Stadt gibt es nichts, was ich nicht im Schlaf tun könnte.«

»Warum sind Dumfries in der Stadt?« fragte Rhodan.

»Oh!« machte der Alte. »Sie sind zwei scharfsinnige Burschen, was? Ihnen entgeht nichts. Aber Sie können sich mit mir nicht über die Dumfries unterhalten.«

»Vielleicht über die Skoars?« schlug Rhodan vor.

Er konnte sehen, wie der Pilot zusammenzuckte.

»Was wissen Sie von den Skoars?« fragte er.

»Die Dumfries haben die Rolle der Skoars übernommen. Sie sind alt genug, um noch Erzählungen darüber gehört zu haben.«

Der Jinguisem wandte den Kopf und starrte die beiden maskierten Terraner mißtrauisch an.

»Sie sind *nicht* so alt, um diese Geschichten zu kennen«, stellte er fest. »Was wollen Sie überhaupt? Mich hereinlegen?«

»Wir sind Techniker von einem Speisungsplaneten«, sagte Rhodan.

»Das sehe ich«, erwiderte der Pilot. »Was erwarten Sie von mir? Daß ich vor Ehrfurcht erstarre?«

»Im Gegenteil«, lächelte Rhodan. »Wir sind froh, auf dieser Welt ein offenes Wort zu hören. Erzählen Sie uns, was Sie von den Skoars und den Dumfries wissen.«

»Ich bin alt«, sagte der Jinguisem. »Aber mein Verstand funktioniert noch. Ich kann zwei und zwei zusammenzählen. Sie fliegen zum Gebäude der Königin. Sie wissen, daß sich dort Dumfries aufhalten. Das genügt schon, um mich mißtrauisch zu machen. Außerdem haben Sie Marken der Fleel. Ohne Geld erfahren Sie von mir nichts.«

Rhodan schnippte seine Marke hoch und fing sie wieder auf.

»Wie wäre es damit?« fragte er. »Ich schenke sie Ihnen, wenn Sie uns ein paar Fragen beantworten.«

Das alte Insektengesicht drückte Gier aus. Wieder ließ Rhodan die Marke durch die Luft wirbeln.

»Nun?« fragte er ruhig. »Wollen Sie sprechen?«

»Es kommt darauf an. Fragen Sie!«

»Seit wann sind die Dumfries in der Stadt?«

»Sie sind immer hier.«

»Warum?«

»Liegt das nicht auf der Hand? Die Königin ist mit ihrem Stab pausenlos unterwegs. Sie hat ständig wichtige Geschäfte zu erledigen. Es sieht so aus, als könnte sie über Geegival regieren. Doch das stimmt nicht. Die wahren Herren auf Geegival sind die Dumfries und deren Vorgesetzte. Wenn einer der Dumfries mit den Augen blinzelt, fällt die Fleel vor Schreck in Ohnmacht.«

»Das ist aber nicht der einzige Grund, warum die Krieger auf dieser Welt sind«, vermutete Rhodan.

Der Jinguisem verlangsamte die Geschwindigkeit des Gleiters.

»Nein«, sagte er schroff. »Wahrscheinlich sind die Dumfries auch hier, um dafür zu sorgen, daß die Stützpunktingenieure ruhige Ferien verbringen können.«

»Sind Sie jemals mit einem Stützpunktingenieur zusammengetroffen?«

Das Rieseninsekt nickte stumm.

»Und?« drängte Rhodan. »Was sagte er? Wie sah er aus?«

In diesem Augenblick knackte das Funksprechgerät und Chat-Chats unterwürfige Stimme wurde hörbar.

»Die Fleel ist soeben eingetroffen. Sie freut sich, mit Ihnen sprechen zu dürfen. Wenn Sie bald hierher zurückkehren könnten, wären die Fleel und ich Ihnen sehr zu Dank verpflichtet.«

Der alte Pilot stieß einen durchdringenden Pfiff aus und warf die Marke auf den Boden.

»So ist das also«, sagte er verächtlich. »Sie wollen mich ausfragen, um dann vor der Fleel mit Ihrem Wissen anzugeben.«

»Die Fleel wird nichts von unserem Gespräch erfahren«, versprach Rhodan. »Erzählen Sie uns, was Sie von den Stützpunktingenieuren wissen.«

Der Alte versetzte der am Boden liegenden Marke einen Tritt, daß sie bis vor Rhodans Füße rutschte. Er schwieg verbissen. Rhodan wußte, daß sie von diesem Jinguisem nichts mehr erfahren würden.

Er schaltete das kleine Funkgerät ein.

»Chat-Chat, können Sie mich hören? Gut! Wir sind bereits unterwegs. Richten Sie bitte der Fleel aus, daß wir in wenigen Augenblikken eintreffen.«

Der alte Jinguisem landete etwa hundert Meter vom freien Platz des Königin-Gebäudes entfernt auf dem Dach eines niedrigen Hauses.

»Näher darf ich nicht an den Fleel-Bezirk heran«, erklärte er mürrisch. »Dieses Haus besitzt einen Außenlift, über den Sie auf ein Gleitband gelangen, das genau zum freien Platz führt. Sie können sich nicht mehr verlaufen.«

Beim Aussteigen warf Rhodan dem Alten die Fleel-Marke zu.

»Hier«, sagte er. »Damit Sie nicht umsonst geflogen sind.«

»Sie müssen verrückt sein«, murmelte der Pilot. Er drehte die Marke in seinen Greifhänden hin und her und schob sie dann schließlich in eine Tasche seines durchsichtigen Gewandes. »Wissen Sie, was so eine Marke wert ist? Wie wollen Sie der Königin erklären, daß sie nicht mehr in Ihrem Besitz ist?«

»Ich sage einfach, daß ich sie verloren habe«, beruhigte Rhodan den Alten.

»Ich hätte nicht geglaubt, daß ich in meinem Alter noch eine solche Überraschung erleben könnte«, sagte der Jinguisem und ließ den Einstieg zugleiten.

Rhodan und Danton, die bereits auf dem Dach standen, winkten ihm zu.

»Kein sehr liebenswürdiger Diener«, meinte Danton, während sie zum Lift gingen. »Dafür war er mir um so sympathischer.«

Die Plattform trug sie nach unten. Das Gleitband, das zum freien Platz führte, war überfüllt, so daß Rhodan und Danton froh waren, als sie endlich aufspringen konnten. Wenige Augenblicke später erreichten sie das Band, das rund um den freien Platz führte. Auch hier war alles besetzt.

Rhodan schaltete das Funkgerät ein.

»Chat-Chat, Sie müssen uns abholen!« sagte er.

»Sie können die Absperrungen unbeachtet lassen«, antwortete Rhodans persönlicher Jinguisem. »Die Roboter sind instruiert.«

Rhodan gab Danton ein Zeichen, und sie verließen das Gleitband. Einige Urlauber machten ihrem Neid durch verärgerte Bemerkungen Luft. Die beiden Terraner kümmerten sich nicht darum. Sie gingen direkt auf den Wohnsitz der Königin zu.

»Sieh dir die Plattform an!« sagte Rhodan zu seinem Sohn. »Dort oben hält sich kein einziger Krieger mehr auf.«

Danton verzog das Gesicht.

»Vermutlich sind die Dumfries bei der Fleel«, sagte er. »Man wird uns einen entsprechenden Empfang bereiten.«

Als sie das kegelförmige Haus fast erreicht hatten, öffnete sich in der glatten Wand ein Durchgang, und ein Jinguisem trat heraus. Rhodan erkannte Chat-Chat.

»Ich danke Ihnen, daß Sie so schnell zurückgekommen sind«, sagte der Jinguisem. »Haben Sie sich in der Stadt gut amüsiert?«

»Nein«, sagte Rhodan. »Von allen Dingen, die ich auf Geegival erlebt habe, war dieser Stadtbesuch am schlimmsten.«

Chat-Chat war völlig niedergeschlagen. Er verbeugte sich und deutete auf den Eingang.

»Die Fleel Jinguisem erwartet Sie«, sagte er. »Bitte erweisen Sie ihr die Gnade Ihres Besuchs.«

Rhodan und Danton traten ein. Im Innern des Gebäudes war es angenehm kühl. Überall waren junge Jinguisem mit irgendwelchen Arbeiten beschäftigt.

Der Jinguisem führte Rhodan und Danton zu einem Lift, mit dem sie in eine höher gelegene Etage fuhren. Chat-Chat riß die Tür auf, und die beiden Terraner gelangten in einen Gang, der in angenehmes Licht gehüllt war.

Schweigend wies Chat-Chat auf eine ovale Tür.

»Begleiten Sie uns nicht?« erkundigte sich Rhodan.

»Sollten Sie den Wunsch haben, von Ihrem persönlichen Jinguisem begleitet zu werden, verweile ich selbstverständlich an Ihrer Seite«, erbot sich Chat-Chat. »Andernfalls werde ich hier auf Sie warten.«

»Es ist Ihnen offenbar lieber, wenn Sie nicht zu Ihrer Königin brauchen«, stellte Rhodan fest. »Meinetwegen können Sie hier warten.«

»Ich bedanke mich für Ihre Einsicht und Großzügigkeit«, sagte Chat-Chat.

Gefolgt von seinem Sohn ging Rhodan zu der Tür, die ihnen Chat-Chat gezeigt hatte, und öffnete, ohne anzuklopfen. In Gedanken hatte er sich bestimmte Vorstellungen von den Räumen der Fleel Jinguisem gemacht, die sich in diesem Augenblick als falsch erwiesen.

Der große Raum, den Rhodan und der Freihändler betraten, glich fast einem terranischen Büro. Überall standen Tische, Regale, Maschinen und Schränke.

In dieser Umgebung wirkte die Fleel Jinguisem bedeutungslos.

Die Königin kam hinter einem Schreibtisch hervor und verbeugte sich. Sie war größer und kräftiger als die anderen Jinguisem, aber ihre Fühler waren kürzer. Sie trug die gleiche Kleidung, wie Rhodan und Danton sie bereits von den anderen Jinguisem kannten.

Die Fleel lüftete zwei ihrer Flügel und faltete sie über dem Kopf zusammen. Rhodan war sicher, daß dies ein Zeichen besonderer Ehrerbietung war.

»Ich bin Ihre gehorsame Dienerin«, sagte die Fleel. »Es ist eine Freude für mich, Sie sehen zu dürfen.«

Rhodan hörte kaum zu. Mit wachsamen Augen blickte er sich um. Er war überzeugt davon, daß es in diesem Büro Abhöranlagen, vielleicht sogar unsichtbare Kameras gab, mit deren Hilfe die Dumfries alles beobachteten, was in der nächsten Umgebung der Königin vorging.

»Sie wissen, wer wir sind?« fragte Rhodan.

»Ja!« Die Königin seufzte entzückt. »Sie sind Techniker von einem Speisungsplaneten. Es ist eine besondere Ehre für die Jinguisem dieses Planeten, Sie bei uns begrüßen zu dürfen.«

»Um so mehr setzt es uns in Erstaunen, daß wir benachteiligt werden«, antwortete Rhodan. »Wir müssen in einem kleinen Tal zusammen mit Wassermeistern und Geschichtsschreibern unseren Urlaub verbringen. Die Unterkünfte sind mehr als bescheiden. Das Essen bekommt uns nicht.«

»Chat-Chat hat mir bereits einen ausführlichen Bericht gegeben«, sagte die Fleel. »Ich hielt diese Nachricht für übertrieben. Nun sehe ich zu meiner Bestürzung, daß Sie tatsächlich unzufrieden sind.«

»Wie können Sie die Tatsache erklären, daß es auf Geegival einen besonderen Kontinent für auserwählte Gäste gibt, dessen Existenz man uns wissentlich verschwiegen hat?«

Die Königin wand sich vor Verlegenheit.

»Es liegt keine böse Absicht vor«, versicherte sie den beiden Terranern. »Wir sind bemüht, den Wünschen unserer Besucher nachzukommen.«

»Dann handeln Sie endlich!« verlangte Danton. »Chat-Chat und die drei anderen Jinguisem, die uns dienen, werden nicht müde, uns zu versichern, daß wir uns an die Verhältnisse im Tal noch gewöhnen würden. Das ist ausgesprochener Unsinn. Es gefällt uns dort nicht.

Wir fühlen uns benachteiligt. Als Techniker eines Speisungsplaneten sind wir eine andere Behandlung gewöhnt. Der Schaden ist nur wiedergutzumachen, wenn Sie uns auf den Kontinent bringen, wo auch die Stützpunktingenieure ihre Ferien verbringen.«

Die Fleel sank auf die Knie und berührte mit ihren Fühlern den Boden.

»Die Stützpunktingenieure sind die direkten Vertrauten der Konstrukteure des Zentrums«, sagte sie leise.

»Es stimmt also, was wir von diesem geheimnisvollen Kontinent gehört haben?« erkundigte sich Rhodan.

»Ja«, hauchte die Fleel. Sie richtete sich mühsam wieder auf. »Ich gestehe, daß ein schwerer Fehler begangen wurde, für den ich allein verantwortlich bin. Ihnen müssen die gleichen Vorzüge gewährt werden wie den Stützpunktingenieuren.«

Rhodan und Danton wechselten einen schnellen Blick. Mit einem so leichten Erfolg hatten sie nicht gerechnet.

»Ich werde alles veranlassen«, versprach die Fleel. »Bitte warten Sie hier. In wenigen Augenblicken erhalten Sie endgültigen Bescheid.«

Sie verbeugte sich ein paarmal und schlurfte davon.

Rhodan blickte ihr nach. Er war überzeugt davon, daß sie jetzt zu den Dumfries ging, um sich Instruktionen zu holen. Die Königin würde sie widerspruchslos ins Urlaubsgebiet der Stützpunktingenieure bringen. Wie aber dachten die Dumfries darüber?

Rhodan ahnte, daß ihnen noch eine schwere Nervenprobe bevorstand.

Danton wollte sprechen, doch Rhodan schüttelte den Kopf. Er war überzeugt davon, daß man sie abhörte.

Einige Minuten verstrichen, dann kehrte die Fleel Jinguisem wieder zurück. Sie entschuldigte sich für ihr langes Ausbleiben.

»Es ist alles geregelt«, sagte sie. »Bitte haben Sie Verständnis dafür, daß Sie sich noch einer routinemäßigen Kontrolle unterziehen müssen.«

Hinter dem Tisch der Königin öffnete sich eine Tür. Sieben Dumfries mit vorgehaltenen Waffen drängten herein.

Jetzt ist alles aus! schoß es Rhodan durch den Kopf.

»Die Kontrolle!« flüsterte die Fleel mit unterdrückter Stimme. »Bitte folgen Sie diesen Kriegern!«

# 5.

Rhodan blickte zur Seite und beobachtete, wie Roi Danton erschauerte.

Sie befanden sich in einem quadratischen Raum, der einer Zelle glich. Es war ein Raum, wie für das harte Leben der Krieger geschaffen.

Vor den beiden Terranern standen Tischchen.

»Den Gürtel!« sagte der Anführer der Dumfries.

Perry Rhodan starrte ihn an, als hätte er ihn nicht verstanden. Die knarrende Stimme des Kriegers hätte den Pulsschlag eines weniger erfahrenen Mannes beschleunigt, doch Rhodan war entschlossen, jetzt nicht nachzugeben.

»Sie scheinen nicht zu wissen, wen Sie vor sich haben«, sagte Rhodan gelassen. »Es ist unglaublich, wie man uns auf dieser Welt behandelt. Wir sind Techniker von einem Speisungsplaneten, keine Verbrecher.«

»Legen Sie ihn vor sich auf den Tisch!«

»Wozu?« fragte Rhodan. Er schwang den Gürtel lässig von einer Hand in die andere und blickte sein Gegenüber herausfordernd an.

Der Dumfrie, der vor Rhodan stand, griff nach dem Gürtel und befestigte ihn zwischen einigen Metallklammern. Dann machte er sich an einem Gerät unterhalb des Tisches zu schaffen.

»Die Gürtel werden jetzt nochmals von einer Kontrollstation überprüft«, erklärte der Dumfrie, während er zum anderen Tisch hinüberging und Dantons Gürtel festklammerte.

»Wie lange wird das dauern?« erkundigte sich Perry Rhodan.

»Das hängt davon ab, wie wichtig Sie sind«, antwortete der Soldat.

Das Gerät unter dem Tisch begann zu summen. Rhodan vermutete, daß es mit einer Robotstation in Verbindung stand.

Die Dumfries verharrten schweigend auf ihren Plätzen.

Rhodan wurde von Minute zu Minute ungeduldiger. Hatte das Robotgehirn irgendwelche Unregelmäßigkeiten entdeckt?

Plötzlich leuchtete auf den beiden Tischen eine beschriftete Platte auf. Rhodan sah Buchstaben und Zahlen über die helle Fläche huschen. Der Anführer der Dumfries hatte sich vorgebeugt und las. Mit einem Klicken lösten sich die Klemmen von den Gürteln Rhodans und Dantons.

»Es ist alles in Ordnung«, sagte der Dumfrie, der den Befehl über die anderen Soldaten hatte. »Ich muß mich entschuldigen. Bedenken Sie jedoch, daß ich nur meine Pflicht getan habe.«

»Ich bin nicht sicher, ob wir Ihre Entschuldigung annehmen«, entgegnete Rhodan, während er den Gürtel wieder anlegte. »Alles wird davon abhängen, wie unsere letzten Urlaubstage verlaufen.«

Der krötenähnliche Krieger starrte ihn haßerfüllt an.

»Es war mein Fehler«, bekannte er.

Rhodan sah Roi Danton lächeln. Sie folgten dem Dumfrie, der sie in das Büro der Königin führte. Die Fleel war bereits wieder in ihre Arbeit vertieft. Sie sprang auf, als die beiden Terraner hereinkamen.

»Hoffentlich hat Ihnen die Kontrolle keine großen Unannehmlichkeiten bereitet«, säuselte sie. »Nun ist alles in Ordnung.«

»Wann starten wir?« fragte Rhodan.

Der Flügel der Fleel erzitterte.

»Sicher möchten Sie Ihre beiden Freunde und Ihr Gepäck abholen?« vermutete sie. »Wollen Sie Ihre persönlichen Jinguisem behalten?«

»Ich bin dafür, daß wir unter die bisherigen Ereignisse einen Schlußstrich ziehen«, antwortete Rhodan. »Ich hoffe, daß nun für uns ein neuer Urlaubsabschnitt beginnt. Sorgen Sie dafür, daß wir dorthin gebracht werden, wo die Stützpunktingenieure ihren Urlaub verbringen.«

Die Königin der Jinguisem verbeugte sich.

»Wie Sie wünschen«, sagte sie. »Es ist mir eine Ehre, Ihre Wünsche erfüllen zu dürfen.«

Rhodan dachte an den alten Gleiterpiloten. Es war ein Trost zu wissen, daß es auf Geegival wenigstens *einen* Jinguisem gab, der so etwas wie Rückgrat besaß.

»Chat-Chat wird Sie ins Tal zurückbringen«, sagte die Fleel. »Von dort aus wird man Sie gemeinsam an Ihr neues Ziel fliegen.«

»Darauf haben wir nur gewartet«, erklärte Roi Danton, und er gab sich keine Mühe, den Triumph in seiner Stimme zu unterdrücken.

Lautlos flog der Gleiter über das Meer. Die Sonne war gerade aufgegangen, und ihre Strahlen schufen eine funkelnde Fläche auf dem Wasser.

Sie waren an diesem Morgen früh aufgebrochen. Die Fleel Jinguisem hatte ihr Versprechen gehalten. Die vier Terraner waren zu jenem Kontinent unterwegs, wo die Stützpunktingenieure ihren Urlaub verbrachten. Die Fleel Jinguisem begleitete sie.

Die Frage war nur, ob es den vier Männern gelingen würde, Kontakt mit den geheimnisvollen Helfern der Konstrukteure des Zentrums aufzunehmen, einen davon zu überwältigen und zur CREST zu bringen. Rhodan befürchtete, daß man sie unauffällig isolieren würde. Wenn dieser Fall eintrat, hing es von ihrem Geschick ab, ob sie trotzdem den gewünschten Erfolg herbeiführen konnten.

Rhodans Gedanken wurden unterbrochen. Eine Hand legte sich auf seinen Arm, und John Marshall beugte sich zu Rhodan hin. Leise, damit der Pilot es nicht hören konnte, sagte der Telepath: »Soeben hatte ich Kontakt mit Gucky.«

Rhodan fuhr herum.

»Ist er hier?«

Der Mutant schüttelte den Kopf.

»Er umkreist mit einer Moskito-Jet den Planeten. Atlan hat ihn losgeschickt, um zu erfahren, wie es bei uns steht.«

»Haben Sie Gucky berichtet, was wir erreicht haben?«

»Ja«, sagte Marshall.

# 6.

Nach einer Weile deutete die Fleel Jinguisem mit dem rechten Greifarm aus dem Kabinenfenster.

»Dort vorne kommt bald der Kontinent der Auserwählten in Sicht. Wenn Sie bisher mit Ihrem Aufenthalt auf Geegival nicht zufrieden waren, so kann ich Ihnen versichern, daß Sie sehr bald begeistert sein werden. Sie werden nun alles finden, was Sie zur Erholung benötigen. Mein Volk wird Ihnen dienen und Ihnen jeden Wunsch erfüllen. Zu Ihrem Schutz wird es Dumfries geben, die dafür sorgen werden, daß Sie niemand belästigt. Ich werde mich, sooft ich kann, persönlich von ihrem Wohlergehen überzeugen.«

Unter dem großen Luftgleiter glitt eine Inselkette hinweg. Es waren paradiesische Inseln im blauen Meer. Fast auf jeder von ihnen war zwischen den grünen Wipfeln der Bäume ein palastartiges Haus zu entdecken. Jeder Erholungssuchende hatte ein eigenes Reich für sich allein.

Die Küste des Kontinents kam in Sicht, und der Gleiter ging tiefer. Er überquerte den sonnenbestrahlten Sandstrand, die parkähnlich gewachsenen Wälder und die sanften Hügel. Hier und da blinkten kleine und glasklare Seen zu den Beobachtern hinauf. Sie konnten feststellen, daß der Gleiter die Richtung änderte und in großem Bogen zu dem in der Ferne glitzernden Meer zurückkehrte. Doch noch bevor sie es erreichen konnten, ging der Gleiter tiefer und landete in einem weiten, herrlich gelegenen Hochtal. Nach Norden zu war es offen und erlaubte den Ausblick auf das warme Meer, das genau unter dem Äquator lag. Die Hänge der Berge waren flach und bewachsen. Es waren merkwürdige und unbekannte Pflanzen, die üppig in der fruchtbaren Ebene wuchsen. Ganze Reihen von ihnen zogen sich an den kleinen Flußläufen entlang, die aus dem Gebirge kamen und in den Talfluß mündeten. Auch hier gab es wieder die typische Parklandschaft, wie sie überall auf Geegival üblich zu sein schien.

Die vier Terraner stiegen aus. Der Gleiter war auf einem kleinen Plateau gelandet, das von der Vegetation freigehalten worden war. Es war offensichtlich, daß es als Landeplatz für Luftgleiter oder auch für kleinere Raumschiffe gedacht war. An seinem Rand, von niedrigen Baumgruppen umgeben, stand ein halbkugelförmiges Gebäude. Trotz der hellen Sonnenstrahlen schimmerte es rotblau – es bestand also aus Stahl. In der näheren Umgebung waren noch weitere Landeplätze und gleichgebaute Häuser zu erkennen. Das wiederum war ganz anders als in der Hauptstadt des Planeten, Garts, wo jedes Gebäude einen anderen Architekten gehabt zu haben schien. Daraus schien man folgern zu können, daß in diesem Tal nur Wesen Erholung finden sollten, die alle dem gleichen Volk entstammten und daher die gleiche Geschmacksrichtung aufwiesen.

Zum Glück lagen die einzelnen Bauten sehr weit voneinander entfernt. Ein Bewohner würde den anderen kaum stören. Die Zwischenräume wurden durch herrliche Parkanlagen, durch kleine Flüsse und Teiche und durch Wälder ausgefüllt.

Aber den Terranern fiel noch etwas anderes auf: Sie entdeckten sorgfältig getarnte und der Landschaft angepaßte Wachstationen. Sie lagen vordringlich auf Berghängen, von wo aus man das Gelände besonders gut einsehen konnte. Weiter unten im Tal, direkt an den Ufern des breiten Stromes, lag ein kleiner Raumhafen. Größere Schiffe konnten auf ihm nicht niedergehen, wohl aber die kleinen Privatschiffe und Jachten, wie sie zu Tausenden in verschiedenen Umlaufbahnen den Planeten Geegival umkreisten.

Die Fleel Jinguisem deutete eine Verbeugung an, als sie sich an die vier Terraner in der Maske von Blauen wandte.

»Dies ist Ihr Haus«, sagte sie und wies auf die Halbkugel mit den stilisierten Eingängen und den riesigen Fensterfronten. »Ich hoffe und wünsche, daß Sie zufrieden sein werden. Sollten Sie wieder Beschwerden haben, lassen Sie es mich wissen. Und noch etwas muß ich Ihnen mitteilen: Sie können hier in diesem Tal Ihren Urlaub ungestört verbringen, vorausgesetzt, es trifft kein Stützpunktingenieur ein. Sollte das jedoch geschehen, so muß ich Sie leider an einen anderen Ort bringen. Es ist unmöglich, daß ein Stützpunktingenieur zusammen mit anderen Wesen in diesem Tal Erholung sucht. Auch dann nicht, wenn es sich um so einflußreiche Persönlichkeiten handelt, wie Sie es sind. Sollte das notwendig werden, wird Ihnen selbstverständlich sofort ein Gleiter zur Verfügung gestellt. Ich werde Sie rechtzeitig unterrichten.«

Perry Rhodan erwiderte:

»Dieses Tal gefällt uns ausgezeichnet, und ich hoffe, hier mit meinen Freunden die notwendige Erholung zu finden. Aber ich muß Sie enttäuschen: Selbst das Erscheinen eines Stützpunktingenieurs kann uns nicht davon abhalten, hier unseren Urlaub zu verbringen. Sie werden uns von diesem herrlichen Ort nur mit Gewalt entfernen können.«

Die Königin machte einen verzweifelten Eindruck. Auf der einen Seite konnte sie es nicht wagen, die sehr einflußreichen Blauen zu beleidigen. Auf der anderen Seite jedoch stand ein Stützpunktingenieur in viel höherem Rang. Seinen Wünschen war unbedingt Folge zu leisten, und seine Befehle löschten die aller anderen Kasten aus. Sie konnte nur hoffen, daß das gefürchtete Ereignis vorerst nicht eintrat.

Sie verbeugte sich abermals vor den vier Männern, deutete auf das nahe Gebäude, drehte sich um und kletterte in die Kabine des Gleiters, der sich Sekunden später lautlos erhob und davonflog.

Die vier Terraner standen allein auf dem Plateau.

Wortlos nickten sie sich zu und gingen auf die Halbkugel zu, deren rotblauer Stahl lockend und auch drohend in der Sonne schimmerte.

Sie wurden bereits erwartet.

Die Dumfries waren Lebewesen, die beim ersten Anblick erschrekkend wirkten, und genau das sollten sie auch. Sie glichen aufrechtgehenden, sechsgliedrigen Schildkröten. Zwei kurze Beine trugen den wuchtigen, fast quadratischen Körper. Die vier Vorderbeine dienten als Arme. Die Köpfe saßen auf kurzen Hälsen. Sie glichen den Köpfen irdischer Schildkröten fast aufs Haar. Der Körper der Dumfries war von einem kristallähnlichen Panzer umschlossen. Während dieser Panzer fest und unbeweglich auf dem Rücken saß, war er auf der Vorderseite beweglich. Der Panzer schimmerte metallisch silberbraun. Auf eine Bekleidung konnten die Dumfries verzichten. Sie bestand lediglich aus breiten, gekreuzten Gurten, die Brust und Rücken umschlangen. In Hüfthöhe mündeten diese Gurte in einen Allzweckgürtel, der in der Mitte des Bauches von einem breiten Schloß in runder Form zusammengehalten wurde. Dieses Schloß diente gleichzeitig als Sender und Nachrichtengerät.

Die Dumfries waren die Soldatenkaste der Kugelgalaxis M 87. Als eine Abteilung von ihnen, von einem Offizier geführt, unvermittelt vor den vier Terranern auftauchte, konnten diese ihr Erschrecken nicht verbergen. Sie blieben stehen und sahen den acht Ungeheuern mit gemischten Gefühlen entgegen.

Der Anführer, offensichtlich ein höherer Offizier, trat vor. Sein höherer Rang war an den kunstvollen Gravierungen in der Gürtelschnalle zu erkennen. Er sagte:

»Willkommen im Tal der Glückseligkeit! Die Fleel Jinguisem hat Ihnen gestattet, den Urlaub hier bevorzugt zu verbringen. Das schließt jedoch nicht aus, daß Sie dieses Tal sofort verlassen müssen, wenn ein Stützpunktingenieur eintrifft. Damit müssen Sie sich abfinden. Ich hoffe, Sie werden uns in einem solchen Fall keine Schwierigkeiten bereiten. Darf ich Sie weiterhin bitten, allen Anweisungen des Wachpersonals Folge zu leisten. Dieses Wachpersonal ist in einem Urlaubstal notwendig, um Störungen zu verhindern. Das dürfte auch in Ihrem Interesse liegen.« Er drehte sich halb um und deutete mit einem Arm auf das halbkugelförmige Gebäude. »Dies ist Ihre Wohnung für die Dauer Ihres Aufenthalts. Sie finden dort alle Bequemlichkeiten, die Sie sich nur wünschen können. Meine Leute werden sich bemühen, möglichst unauffällig im Hintergrund zu bleiben – Sie werden sie kaum bemerken. Sie können sich im Tal frei bewegen, aber ich muß Sie bitten, die anderen Erholungssuchenden nicht zu belästigen. Sie unterstehen den gleichen Gesetzen wie Sie.«

Perry Rhodan entgegnete:

»Wir danken Ihnen für Ihre Informationen. Wir hoffen, daß wir uns hier wohl fühlen werden, aber ich möchte Ihnen gleich versichern, daß wir gewillt sind, den Rest unseres Urlaubs hier in diesem Tal zu verbringen. Sie werden also Schwierigkeiten haben, wenn ein Stützpunktingenieur eintrifft. Wir weigern uns, das Tal zu verlassen, wenn das der Fall sein sollte. Wir haben unsere Gründe.«

Der Offizier der Dumfries machte eine unbestimmte Bewegung, drehte sich um und gab einige Befehle. Die Kolonne marschierte davon. Der Eingang zu dem Wohnhaus war damit frei.

Die vier Terraner taten ein.

Die Vorhalle glich einem hydroponischen Park, der von künstlichen Sonnen angestrahlt wurde, die in der Decke eingelassen waren. Herrliche Zierpflanzen und farbenprächtige Blüten verströmten einen fast berauschenden Duft. Rinnsale mit glasklarem Wasser verbanden kleine Teiche miteinander, in denen bunte Fische schwammen. In den Zweigen der Bäume, die bis zur Decke reichten, tummelten sich kleine Vögel, die ihr melodisches Zwitschern beim Eintritt der vier neuen Gäste einstellten. Aber schon Sekunden später begannen sie erneut mit ihrem Gesang.

Eine breite Freitreppe führte in das obere Stockwerk. Wahrscheinlich lagen dort oben die Schlafgemächer, während sich die Wohnräume zu ebener Erde befanden.

Ohne ein Wort zu sprechen, durchsuchten die vier Terraner das ganze Gebäude. Sie fanden weder eine lebende Seele noch heimlich versteckte Abhörgeräte oder Fernsehkameras. Sie gingen sehr gewissenhaft vor und benötigten fast eine Stunde, um festzustellen, daß sie in diesem Gebäude, wenn sie die Tür verschlossen, völlig ungestört waren.

Auf ein Signal hin trafen sie sich im großen Wohnraum, dessen breite Fensterfronten die Sicht auf das Tal der Glückseligkeit freigaben. Im Hintergrund schimmerte das Meer wie flüssiges Blei. Die Sonne war inzwischen weiter nach Westen gewandert und näherte sich den Gipfeln der Berge. In einigen Stunden würde es finstere Nacht sein.

Rhodan deutete auf die bequemen Kontursessel.

»Ich glaube, hier können wir ungestört sprechen. Nehmen Sie bitte Platz. Es wird Zeit, daß wir uns wieder einmal unterhalten können.«

»Bis jetzt haben wir unsere Rolle ausgezeichnet gespielt. Niemand hat etwas gemerkt«, sagte Roi Danton. »Nun sitzen wir hier in diesem sogenannten Tal der Glückseligkeit auf dem Kontinent der Auserwählten und warten. Wir warten auf die Ankunft eines Stützpunktingenieurs, den wir gefangennehmen wollen. Bis dahin haben wir keine andere Wahl – als uns zu erholen.«

»Ich werde versuchen, wieder Kontakt mit Gucky aufzunehmen«, sagte John Marshall. »Ich nehme an, er treibt mit seinem Moskitojäger noch immer in der Umlaufbahn. Es dürfte nicht schwer sein, ihn anzupeilen und die Verbindung herzustellen. Ich benötige dazu jedoch völlige Ruhe. Haben Sie etwas dagegen, wenn ich mich in eines der Schlafzimmer zurückziehe?«

Perry Rhodan schüttelte den Kopf.

»Natürlich habe ich nichts dagegen, John. Sie wissen ja, was Sie dem Mausbiber mitzuteilen haben. Vorerst ist nichts zu unternehmen. Gucky soll zur CREST zurückkehren und dort Atlan berichten, daß unser Plan bis jetzt geglückt ist. Alles läuft wie erwartet. Die CREST bleibt vorerst im Ortungsschutz der blauen Riesensonne. Sobald Gucky berichtet hat, soll er zurückkehren und erneut Verbindung mit Ihnen aufnehmen.« Er nickte dem Telepathen zu.

Marshall verließ den Raum, kam aber schon wenige Minuten später wieder zurück.

»Der Kontakt kam zustande«, berichtete er. »Gucky wird so schnell wie möglich zur CREST zurückkehren und Atlan Bericht erstatten. Wir können damit rechnen, daß er morgen wieder da ist und sich bei mir meldet.«

Rhodan nickte.

»Aber vorerst wollen wir uns zur Ruhe begeben. Morgen können wir uns um alles Weitere kümmern.«

Der Interkom summte in Atlans Kabine, dann erschien auf dem Bildschirm das Gesicht eines jüngeren Offiziers.

»Verzeihen Sie, Sir, die Ortungszentrale meldet ein Objekt, das sich uns nähert. Es kann sich nur um den Moskitojäger handeln.«

»Dann kehrt Gucky zur Berichterstattung zurück!« rief Atlan erregt aus. »Schicken Sie den Mausbiber sofort in meine Kabine. Später möchte ich auch noch den Piloten sprechen.«

»Ich werde Sonderoffizier Guck sofort zu Ihnen schicken, Sir.«

Der Bildschirm erlosch.

Während Atlan wartete, wurde das sich nähernde Objekt unter Fernbeobachtung genommen und als der erwartete Moskitojäger identifiziert. Leutnant Bernardo bekam die erbetene Landeerlaubnis und flog in den Hangar ein. Gucky teleportierte zuerst in die Kommandozentrale, wo er Oberst Akran bei der Rematerialisation auf die Füße trat, dann peilte er Atlan in seiner Kabine an und teleportierte erneut.

Atlan war nicht besonders überrascht, als der Mausbiber plötzlich in dem kleinen Raum auftauchte. Er deutete auf sein Bett und meinte:

»Wie ich dich kenne, ziehst du jetzt die horizontale Lage vor, auch wenn du Bericht erstattest. Ich habe mich inzwischen an deine Unsitten gewöhnt. Wir versuchen schon seit vierhundert Jahren, dir etwas Disziplin beizubringen. Ich schätze, es war vergebliche Liebesmühe. Leg dich also lang und erzähle.«

Gucky grinste und zeigte seinen Nagezahn. Er watschelte zum Bett, ließ sich hineinfallen, streckte sich und verschränkte die Arme unter dem Kopf.

»Wie weise du sprichst, unsterblicher Arkonide. Es ist Labsal für meine Ohren und meine Seele, zu hören, daß man die kindischen Versuche, mich erziehen zu wollen, endlich aufgibt. Außerdem ist es doch piepegal, ob ich dir die Neuigkeiten stehend oder liegend berichte. Ich finde sogar, das Liegen erhöht die Kapazität und die Denkfähigkeit des Gehirns. Wenn man liegt, strömt mehr Blut ins Gehirn – und der Erfolg dürfte ja klar sein. Mehr Blut, mehr Sauerstoff, mehr Energie, besseres Denken. Ein ganz logischer Vorgang. Ich freue mich, geschätzter Atlan, daß wenigstens du das begriffen hast.«

Atlan verzog keine Miene, als er sich setzte. Er rückte den Stuhl ein wenig näher ans Bett heran, so daß er dem Mausbiber in die Augen sehen konnte.

»Nun halt keine medizinischen Vorträge, sondern berichte, was geschehen ist. Ist der Plan geglückt?«

Gucky zog das rechte Bein etwas an, blieb aber sonst ruhig liegen.

»Eine sehr konkrete Frage, mein Lieber. Du sollst eine sehr korrekte Antwort darauf erhalten: bis jetzt, ja. Was weiter geschieht, kann ich leider nicht sagen. Ich bin kein Hellseher.«

Atlan verbarg seine Ungeduld.

»Ich will dich ja nicht drängen, aber es wäre außerordentlich zuvorkommend von dir, wenn du ein wenig ausführlicher würdest.«

Gucky seufzte.

»Rhodan, sein Sohn und die beiden Mutanten sind glücklich auf dem Urlaubsplaneten gelandet. Ich glaube nicht, daß man ihre Maskerade durchschaut hat. Bei meiner Kontaktaufnahme mit John Marshall konnte ich erfahren, daß man sie in das sogenannte Tal der Glückseligkeit gebracht hat. Das liegt auf dem Kontinent der Auserwählten. Sie haben sich ziemlich frech benommen, und man hat sie nach dort abgeschoben. Sie sitzen jetzt genau an dem Ort, an dem auch Stützpunktingenieure ihren Urlaub verbringen. Allerdings hat man ihnen gesagt, daß sie schnellstens verschwinden müssen, wenn ein solcher Ingenieur plötzlich auftauchen sollte. Und das kann jeden Tag geschehen.«

»Wenn ich dich richtig verstanden habe«, sagte Atlan vorsichtig, »dann machen die vier jetzt einen gemütlichen Urlaub und warten darauf, daß ein Stützpunktingenieur aufkreuzt. Soweit, so gut. Was aber geschieht, wenn bis zum Urlaubsende kein Stützpunktingenieur auftaucht?«

Wieder grinste Gucky.

»Dann hat der Großadministrator des Solaren Imperiums einen Urlaub auf Staatskosten einer anderen Galaxis verbracht – wenn ich mich einmal so ausdrücken darf.« Er richtete sich auf und zog die Beine zur Hockstellung an. Mit seinen klugen braunen Augen begegnete er Atlans fragendem Blick. »Mit anderen Worten: Dann haben wir uns umsonst aufgeregt. Der Plan wäre dann fehlgeschlagen. Wir müßten wieder ganz von vorne anfangen. Hoffen wir also, daß ein Stützpunktingenieur recht bald Urlaub macht.«

»Ich hoffe es auch«, versicherte Atlan ernst. »Ich hoffe, daß sich Bernardo bald bei uns meldet. Sobald er hier ist, besprechen wir den weiteren Einsatz. Bist du übrigens mit dem Leutnant zufrieden?«

Gucky nickte überraschend schnell und ohne zu zögern.

»Ein feiner Kerl, würde ich sagen. Ein bißchen überempfindlich, wenn man ihm einen Rat geben will. Er gehört zu den Typen, die alles besser wissen.«

»Dann seid ihr euch ja sehr ähnlich«, seufzte Atlan, stand auf und ging in der Kabine auf und ab. »Bist du sicher, daß euch niemand gefolgt ist?«

»Dieser Bernardo ist ein ganz ausgezeichneter Pilot, Atlan. Du kannst Gift darauf nehmen, daß uns niemand folgte.«

»Ausgezeichnet! Ich hoffe nur, Leutnant Bernardo wird auch so geschickt sein, daß er sich unter die privaten Urlaubsjachten mischen kann, die den Planeten Geegival umkreisen. Das ist nämlich notwendig, um den nächsten Punkt unseres Plans in die Tat umzusetzen.«

Ein Summen ertönte, und einige Sekunden später betrat Leutnant Luigi Bernardo die Kabine. Er schloß die Tür hinter sich und meldete mit zackiger Stimme:

»Leutnant Bernardo vom Sondereinsatz zurück, Sir!«

Vom Bett her knurrte Gucky:

»So ein Quatsch. Es sieht doch jeder, daß du zurück bist, Luigi. Setz dich lieber neben mich aufs Bett und erzähl dem guten Onkel Atlan, was passiert ist. Das ist doch viel vernünftiger.«

Bernardo gab sich einen Ruck und nahm neben Gucky Platz, der ein wenig zur Seite gerückt war. Mit ruhiger Stimme berichtete er und schloß dann:

»Das Unternehmen läuft reibungslos, Sir. Meiner Meinung nach sollten wir die Spezialausrüstung mitnehmen und zu dem Planeten Geegival zurückkehren. Wir nehmen auch den vorprogrammierten Rafferspruch mit. Zu gegebener Zeit werden wir ihn absenden, und ich hoffe nur, daß Sie ihn trotz des Ortungsschutzes der blauen Sonne empfangen können. Alles Weitere erfolgt automatisch.«

Atlan nickte.

»Ich würde vorschlagen, daß Sie in fünf Stunden wieder starten.

Ruhen Sie sich vorher aus, denn ich glaube nicht, daß Sie später dazu Zeit haben werden. Die CREST wird ihre jetzige Position beibehalten und auf das Einsatzsignal warten. Denken Sie immer daran, daß normale Funkverbindung unmöglich ist, daß wir aber den Rafferimpuls empfangen können. Eine Bestätigung können wir allerdings nicht geben. Ist das Gerät in Ordnung, Gucky?«

Gucky hob den rechten Arm hoch. Am Handgelenk wurde ein metallisch blitzendes Gerät sichtbar, das nicht größer war als eines der üblichen Allzweckgeräte. Es war ein hochempfindliches und äußerst sendestarkes Gerät, dessen gesamte Energie dafür vorgesehen war, einen Rafferimpuls von nur einer Sekunde Dauer abzustrahlen. Dieser Rafferimpuls war programmiert und bereits eingefüttert worden. Es kam nur darauf an, daß Gucky ihn im rechten Augenblick durch einen Knopfdruck auslöste.

»Alles in Ordnung, Atlan. Und gegen die fünf Stunden Pause habe ich nichts einzuwenden.«

»Dann wäre ja alles geklärt«, sagte Atlan zufrieden. »Ich kann nur wünschen: Hals- und Beinbruch!«

»Vielen Dank für die guten Absichten«, knurrte Gucky und rutschte vom Bett. Auch Leutnant Bernardo erhob sich.

»Danke, Sir«, sagte er.

Dann verließ er zusammen mit dem Mausbiber die Kabine.

Atlan blieb allein zurück. Er versuchte, mit der Mischung aus Erleichterung und Besorgnis fertig zu werden, die nun über ihn kam. Es war ihm klar, daß er sich sowohl auf den Leutnant als auch auf den Mausbiber verlassen konnte, aber damit waren noch nicht alle Probleme gelöst.

Die letzte Entscheidung würde wohl von Perry Rhodan abhängen.

Im Cockpit des Moskitojägers war nicht viel Platz. Leutnant Bernardo saß hinter den Kontrollen, während es sich Gucky auf dem Notsitz bequem zu machen versuchte. Sekunden nach dem Start war die Kugel der CREST verschwunden. Die blaue Sonne im Rücken, nahm das winzige Raumschiff Geschwindigkeit auf und ging in den Linearraum. Der Zielstern, die gelbe Normalsonne Geeg, stand genau vor dem Bug. Sie blieb auch sichtbar, als alle anderen Sterne im Linearraum erloschen.

Vorsichtshalber kehrte Bernardo einige Lichtstunden von Geeg entfernt in das Einsteinuniversum zurück, um sich der Sonne mit knapper Lichtgeschwindigkeit zu nähern. Im Empfänger waren die Funkzeichen der vielen tausend Schiffe, die den Planeten Geegival umkreisten. Guckys Meinung nach waren es völlig unwichtige Gespräche, die dort von Schiff zu Schiff oder mit der Bodenstation geführt wurden. Immerhin bewirkten sie, daß Bernardo die Einflugschneise der Urlaubsschiffe fand.

In vorgeschriebenen Höhen umkreisten die geparkten Privatjachten den Planeten. Es fiel Bernardo nicht schwer, eine Art Parklücke zu finden und sich einzureihen. Er schaltete den Antrieb ab, und im freien Fall umlief er mit den anderen Einheiten den Planeten. Es fiel dem Piloten auch nicht schwer, schon nach der ersten Umkreisung den Kontinent der Auserwählten zu finden. Er war nicht sehr groß, besaß etwa die Form eines flachgedrückten Kreises und lag in der Nähe des Äquators.

»Dort unten ist die Sonne gerade aufgegangen. Glaubst du, daß du den Sprung schaffst?«

»Was dachtest du denn? Das ist doch eine Kleinigkeit für mich. Aber warten wir lieber noch eine weitere Umkreisung. Dann werde ich Verbindung mit Marshall aufnehmen und ihn anpeilen. Ich glaube kaum, daß etwas schiefgehen kann. Aber du mußt in der Kreisbahn bleiben und darfst deine Position nicht verändern. Nach neunzig Minuten kann ich dich anpeilen und weiß, wo du bist. Und erschrick nicht, wenn ich plötzlich wieder in der Kabine auftauche.«

Leutnant Bernardo grinste.

»Wer längere Zeit mit dir zu tun hat, den kann nichts mehr erschüttern«, eröffnete er dem Mausbiber.

Gucky gab keine Antwort. Er versuchte, telepathische Verbindung zu John Marshall aufzunehmen, erhielt aber keine Antwort. Das konnte nur bedeuten, daß Marshall noch schlief. Die Gedankenimpulse eines Schlafenden waren viel zu schwach, um auf so große Entfernungen noch wahrgenommen werden zu können.

In der nächsten Stunde beschäftigte Gucky sich damit, die kleinen Raumschiffe zu betrachten, die mit ihnen den Planeten umkreisten. Erstaunlich war, daß fast jede der Jachten eine andere Form besaß. Wie es schien, hatte jeder der Konstrukteure oder Besitzer eine andere Vorstellung von Bequemlichkeit und Zweckmäßigkeit. Da gab es Kugeln, langgestreckte Walzen, Kegel, ja es gab sogar Würfel, bei denen man nicht wußte, wo das Heck und wo der Bug war. Gucky spürte, wie die Versuchung in ihm aufstieg, in eines der kleinen Schiffe hinüberzuspringen, um es sich von innen zu betrachten. Aber dann sah er ein, daß ein solcher Leichtsinn sehr schnell zur Entdeckung führen könnte. Und eine Entdeckung bedeutete das Scheitern des ganzen Unternehmens. Neunzig Minuten später erhielt er Kontakt mit John Marshall.

Und zehn Sekunden später sprang Gucky.

# 7.

Nach dem Frühstück versammelten sich die vier Terraner in Marshalls Zimmer, um die weitere Vorgehensweise zu besprechen.

Plötzlich rief Marshall: »Gucky! Ich habe Kontakt zu Gucky, er wird gleich hier sein!«

Kaum hatte er ausgesprochen, als der Mausbiber auch schon materialisierte, sich auf der nächstbesten Sitzgelegenheit niederließ und mit seinem Bericht begann.

Nachdem Gucky geendet hatte, herrschte für eine Weile Schweigen. Dann sagte Ras Tschubai:

»Wir benötigen unbedingt ein Versteck, in dem wir die Waffen und anderen Ausrüstungsgegenstände verbergen können, die Gucky uns bringen wird. Hier im Haus wäre das zu gefährlich. Hast du übrigens noch nichts mitgebracht, Gucky?«

»Noch nicht. Ich wollte erst einmal sichergehen. Leutnant Bernardo muß in etwa zwanzig Minuten wieder über diesem Tal hier erscheinen. Ich werde zu ihm hochspringen und die Sachen holen. Ich glaube, daß eine Teleportation genügt. Danach wird Bernardo zur CREST zurückfliegen.«

Rhodan war damit einverstanden.

»Sobald du die Sachen gebracht hast, Gucky, wirst du dich in Marshalls Bett legen und dich ordentlich ausschlafen. John und Ras werden die nähere Umgebung inspizieren. Das erregt auch kein Aufsehen, denn Spaziergänge hat uns niemand verboten. Ich selbst werde mit Roi im Haus bleiben, damit wir zur Stelle sind, wenn jemand auf den Gedanken kommen sollte, uns Fragen zu stellen. Außerdem müssen wir darauf achten, daß niemand in Marshalls Zimmer kommt und Gucky findet.«

Gucky räkelte sich. Er saß bereits im Bett.

»Mit der Ruhepause bin ich sehr einverstanden. Aber leider muß ich ja noch einmal springen. Es wäre ganz gut, wenn ihr mich jetzt allein lassen würdet – bis auf John Marshall. Ihn benötige ich zum Anpeilen, damit ich sicher hierher zurückkehren kann.«

Rhodan, Danton und Ras Tschubai verließen den Raum. Tschubai blieb in der Nähe, damit der Jinguisem nicht versehentlich in Marshalls Zimmer ging. Rhodan und Danton gingen ins Wohnzimmer, wo sie sich auf eine längere Wartezeit einrichteten.

Gucky versuchte, die Gedankenimpulse Bernardos aufzufangen. Nach etwa zehn Minuten gelang es ihm.

»Er ist jetzt dicht über dem Horizont und kommt näher. Ich werde in etwa zwei Minuten teleportieren. Vergiß nicht, intensiv zu denken.«

Die zwei Minuten waren um. Gucky konzentrierte sich auf den Moskitojäger und die Gedankenimpulse des Piloten. Dann war er verschwunden.

Nur kurz darauf kehrte er zurück. Er war mit Ausrüstungsgegenständen, kleinen Beuteln und Kisten derart beladen, daß er fast in die Knie ging. Dann ließ er alles los, und das Zeug polterte auf den Fußboden. Erschrocken sprang John Marshall auf und lief zur Tür, um sich zu überzeugen, daß sie verschlossen war.

»Du bist unvorsichtig, Kleiner«, drohte er mit dem Finger. »Wenn das unsere Biene hört, ist sie sofort da, um aufzuräumen.«

»Sie ist gar nicht im Haus, sondern in ihrem Gleiter«, beruhigte ihn Gucky, der längst die Gedankenimpulse des Insektenwesens aufgefangen hatte. »Übrigens steht Ras Tschubai draußen vor der Tür; laß ihn rein!«

Kurz darauf betraten auch Rhodan und Danton den Raum. Sie überzeugten sich, daß man ihnen kleine, handliche Sachen geschickt hatte, die in erster Linie der Betäubung des Gegners dienten. Die Spezialausrüstung in den Kisten blieb vorerst unangetastet. Noch brauchte man sie nicht. Was man jedoch immer noch brauchte, war ein entsprechendes Versteck.

»Wir werden jetzt losgehen«, sagte John Marshall, als sie die Sachen in einer Ecke aufgestapelt hatten. »Das Wetter ist ausgezeichnet, und ein Spaziergang wird uns guttun. Was meinst du, Ras?«

»Machen wir uns auf den Weg! Ich denke, daß wir nach Süden gehen. Wir gehen zuerst hinab ins Tal und dann auf der anderen Seite wieder hinauf, damit wir das zweite Plateau erreichen. Dort steht kein Haus. Ich möchte wissen, warum.«

Rhodan deutete auf den Mausbiber.

»Und du, mein Kleiner, marsch ins Bett! Wer weiß, wann wir dich brauchen. Und dann mußt du frisch und ausgeschlafen sein.«

Gucky ließ sich das nicht zweimal sagen. Mit einem Satz sprang er in die Schlafmulde und verschwand unter den Decken.

Die Männer verließen den Raum.

Rhodan und Roi Danton gingen wieder zurück ins Wohnzimmer, während John Marshall und Ras Tschubai das Haus verließen, um ihren Erkundungsgang anzutreten.

Der Weg, auf dem John und Ras ins Tal hinabstiegen, mußte erst kürzlich angelegt worden sein. Er war mit feinkörnigem Kies bedeckt und führte durch eine parkähnliche Landschaft. Zu rechter Hand begannen unmittelbar die flachen Hänge des Gebirges, links davon lag das breite Tal mit dem Fluß. Das auf der anderen Seite liegende Gebirge war mindestens fünf Kilometer entfernt.

Johns Finger glitten wie unbeabsichtigt über den Identifizierungsgürtel mit der Silberschnalle.

»Ein merkwürdiges Gefühl, diesen Gürtel zu tragen. Man weiß immer, wo wir sind und wo wir uns aufhalten.«

»Das stört mich wenig«, sagte Ras. »Sollen sie doch. Wir machen einen Spaziergang, das ist alles.«

Sie ließen sich Zeit, denn der ganze Tag lag noch vor ihnen. Der Gebirgshang zur Rechten sah nicht so aus, als ob er sich für ein Versteck eignete. Er war ziemlich glatt und nur spärlich bewachsen. Einzelne Fußpfade führten in seine Richtung, aber die beiden Männer verzichteten darauf, sie zu erkunden. Ihr Ziel war das unbewohnte Plateau, etwa zwei Kilometer von ihrem Haus entfernt.

Sie erreichten das Tal, wo sich der Hauptweg teilte. Der eine führte zum Fluß, der andere hinauf zu dem unbewohnten Plateau. Sie wählten den letzteren.

Als sie etwa zehn Minuten gegangen waren, fragte John:

»Ob wir einen Stützpunktingenieur zu sehen bekommen? Und was machen wir, wenn wir aufgefordert werden, unser Haus sofort zu verlassen? Man packt uns in einen Gleiter – und ab geht's. Was haben wir dann von dem Eintreffen des Stützpunktingenieurs?«

»Das weiß ich auch noch nicht, John. Rhodan und Danton haben ja jetzt Zeit genug, darüber nachzudenken. Außerdem werden sie die Spezialausrüstung untersuchen. Es wird uns schon etwas einfallen.«

John zuckte die Schultern und ging weiter. Plötzlich aber blieb er stehen. Langsam drehte er sich um.

»Vorne rechts ist eine getarnte Wachstation der Dumfries. Einer von den Schildkrötenkerlen steht neben einem Baum und sieht zu uns herab. Was sollen wir tun?«

»Weitergehen, als hätten wir nichts bemerkt. Schließlich hat uns niemand das Spazierengehen verboten, und wenn zufällig auf unserem Weg eine Wachstation liegt, ist das nicht unsere Schuld.«

Sie gingen weiter. Sie spürten die forschenden Blicke des Wachsoldaten im Rücken, bis sie eine Wegbiegung erreichten und so außer Sicht gerieten. Sie blieben stehen. Ras sah sich noch einmal um und überzeugte sich davon, daß man sie nicht mehr sehen konnte. Er wischte sich mit der Hand über die Stirn.

»Ziemlich heiß heute, was meinst du?«

John nickte.

»Das ist nicht nur die Hitze, mein Lieber. Mir sind diese Kröten auch nicht gerade sympathisch, wenn ich ehrlich sein soll. Sie sind bewaffnet, und sie hegen uns gegenüber Mißtrauen. Zum Glück wissen sie nicht, wie berechtigt ihr Mißtrauen ist.«

Sie verschnauften einige Augenblicke, dann gingen sie weiter. Der Weg stieg jetzt steiler an, bis er das Plateau erreichte. Sie konnten keine Wachstation entdecken. Aber sie entdeckten schließlich den Grund, warum man auf diesem Plateau, obwohl es in einer paradiesischen Landschaft lag, kein Erholungshaus errichtet hatte. Ras Tschubai deutete nach vorn.

»Siehst du den Kegel dort? Ja, kurz vor dem Steilhang des Gebirges. Sieht mir ganz nach einem kleinen Vulkan aus.«

John Marshall gab keine Antwort, sondern setzte sich wieder in Bewegung. Ras folgte ihm. Sie gingen um den Kegel herum und blieben überrascht stehen.

»Ein See! Ein richtiger Kratersee!«

Ras Tschubai nickte.

»Ich habe es fast erwartet. Der Kegel dort muß einmal ein tätiger Vulkan gewesen sein, der nun erloschen ist. Trotzdem hat man sich nicht entschließen können, hier ein Wohnhaus zu bauen. Mir gefällt es hier. Wenn wir hier ein Versteck fänden, wäre das großartig.«

»Vergiß nicht, daß es ein Versteck sein muß, das nicht so leicht zugänglich ist. Vielleicht sollte es überhaupt nicht zugänglich sein – wenigstens nicht für jemanden, der kein Teleporter ist.« Er deutete zu der Steilwand, die das eine Ufer des Sees bildete. »Betrachte die Felsen dort, Ras. Das sind gewachsene Felsen, aber ich bin überzeugt, daß der Vulkanausbruch nicht ohne Folgen geblieben ist. Ich meine den Vulkanausbruch, der diesen See bildete. Es müssen Höhlen entstanden sein. Wenn es einen Zugang gibt, so müßte er oben in der Felswand liegen.«

Ras ging am Ufer entlang, blieb stehen und wartete auf John.

»Ich kann keinen Eingang entdecken. Es könnte aber sehr gut sein, daß zwischen dem See und den Höhlen Verbindungen bestehen.«

John nickte bedächtig.

»Dann wäre es deine Aufgabe, diesen Eingang zu finden. Er kann durch Taucher erreicht werden, aber wo sollten hier Taucher herkommen? Durch Teleportation können wir in die Höhle gelangen und völlig sicher sein. Irgendwelche schmale Verbindungen zur Oberfläche gibt es ganz bestimmt, so daß wir uns um die Luftzufuhr nicht zu sorgen brauchen.«

Sie umrundeten den See nach der anderen Richtung, bis sie an die Felswand stießen. Ab hier ging es nicht mehr weiter.

»Wir haben keine andere Wahl, Ras. Du mußt teleportieren. Und wenn du blind teleportieren mußt. Wie sollen wir sonst herausfinden, ob es hier Höhlen gibt?«

»Ich ziehe es vor, in diesem See ein Bad zu nehmen«, erwiderte Ras. Er war schon dabei, sich die Jacke auszuziehen. »Ich habe eben nachgesehen. Das Wasser ist relativ warm, und ich bin ein guter Schwimmer und Taucher. Wenn es Höhlen und eine Verbindung zu den Höhlen gibt, so werde ich sie finden. Warte du hier am Ufer und gib acht, daß uns niemand überrascht. Notfalls können wir immer noch sagen, daß wir ein Bad nehmen wollten.«

Es war ein Glück, daß die Verwandlungskünstler auf der CREST nicht nur Gesicht, Arme und Beine blau gefärbt hatten, sondern den ganzen Körper. Als Ras nur mehr seine Unterwäsche trug, sah er direkt exotisch aus. Die schmalen, mandelförmigen Augen erhöhten diesen Eindruck. Er grinste John zu, deutete auf seine abgelegten Kleider – und sprang mit einem riesigen Satz in den See. Er tauchte noch einmal auf, winkte fröhlich mit der Hand und war verschwunden.

John Marshall fühlte sich nicht sehr wohl in seiner Haut. Er wußte zwar, wie wichtig es war, ein Versteck zu finden, aber er machte sich Sorgen um seinen Freund. Es konnte nicht nur der erloschene Vulkan sein, der die Planer des Erholungsplaneten davon abgehalten hatte, hier ein Wohnhaus zu errichten. Es könnte also auch noch eine andere Gefahr geben, von der sie nichts ahnten.

Inzwischen war Ras einige Meter tief getaucht und schwamm unter Wasser auf die Felsen zu. Die Sicht war sehr gut. Die Felswand ragte dunkel und drohend vor ihm auf. Er mußte noch einmal hoch, um Luft zu holen. Dann sank er wieder in die Tiefe. Er sah nach oben. Deutlich konnte er die leicht bewegte Wasseroberfläche und den Himmel erkennen. Der Felsen vor ihm war dunkel, und eine bestimmte Stelle schien besonders dunkel zu sein. Er schwamm näher. Seine Ahnung hatte ihn nicht getrogen.

Bewegungslos schwebte er vor dem runden, fast schwarzen Loch, das in die Felsen hineinführte. Noch einmal stieg er nach oben, um die Lungen mit Luft vollzupumpen. Dann sank er nach unten und schwamm sofort in die Höhle hinein. Nach etwa zehn Metern ging es wieder nach oben, und dann tauchte Ras auf. Er konnte nichts sehen, und die Luft war kalt und feucht. Aber es war frische Luft, nicht die dumpfe, modrige Luft einer von der Außenwelt abgeschlossenen Höhle. Der Boden war ausgesprochen flach.

Ras tastete sich vor und verfluchte die Tatsache, daß er keine Taschenlampe bei sich hatte. Aber es mußte auch so gehen. Er scharrte mit den Füßen auf dem Boden und stellte fest, daß er mit Kies bedeckt war. Dann bückte er sich und hob einen der Steine auf. Er warf ihn geradeaus von sich weg und hörte Sekunden später den Aufschlag.

Die Höhle war für den geplanten Zweck geräumig genug.

Ras machte sich nicht mehr die Mühe, durch den Gang zurückzutauchen, sondern teleportierte sofort hinaus aufs Plateau. Zehn Meter von dem wartenden John Marshall entfernt rematerialisierte er – naß und frierend. Aber die warme Sonne würde ihn in wenigen Minuten trocknen – mitsamt der Unterwäsche.

»Nun?« erkundigte sich John. Man sah ihm die Erleichterung an, daß Ras heil zurückgekehrt war. »Was gefunden?«

»Ja. Ich denke, damit hätten wir unser Ziel erreicht. Ich werde mich jetzt wieder anziehen.«

Der Einfachheit halber gingen sie den Weg weiter, bis sie sicher sein konnten, daß niemand sie beobachtete. Dann teleportierten sie in das Wohnhaus zurück.

Der Rest des Tages verging in quälender Langsamkeit. Gucky schlief bis in den späten Nachmittag, dann verlangte er stürmisch nach einer Mahlzeit. Er bekam sie, bedauerte es jedoch lebhaft, sich nicht mit dem bedienenden Jinguisem unterhalten zu können.

Er hätte gern herausgefunden, wie der Küchenrobot nach seinen Angaben eine gartenfrische Mohrrübe zustande gebracht hätte.

In der Nacht hatten sie die Ausrüstungsgegenstände in die Wassergrotte gebracht.

Ras Tschubais Entdeckung erwies sich als bestens geeignet. Die Höhle war nur durch Taucher oder Teleporter zu erreichen. Eine Ausleuchtung ergab weiter, daß sie sehr geräumig war und in den höhergelegenen Teilen staubtrocken. Hier stapelten sie die Kisten und Beutel, die Gucky gebracht hatte.

Beruhigt und mit der gebotenen Vorsicht kehrten sie dann in das Wohnhaus zurück und begaben sich zur Ruhe.

Der andere Morgen brachte eine unangenehme Überraschung.

Der Jinguisem betrat das Wohnzimmer kurz nach dem Frühstück und deutete mit ausgebreiteten Flügelpaaren an, daß er die Gäste um Verzeihung bat. Als Rhodan ihn in schroffem Ton anfuhr und zu wissen verlangte, was denn wieder geschehen sei, antwortete er:

»Draußen wartet eine Abordnung von Dumfries, Hochwohlgeborener. Es kommt selten vor, daß sie die Erholungssuchenden belästigen, und wenn es geschieht, besteht ein wichtiger Anlaß dazu. Ich bin nur Ihr Diener und habe alle Anordnungen der Wachmannschaften und meiner Königin zu befolgen. Der Offizier der Dumfries verlangt Sie zu sprechen.«

Mit einer Handbewegung scheuchte Rhodan den Jinguisem aus dem Zimmer.

»Tut mir ja leid, der Kleine«, flüsterte er den anderen zu. »Er tut ja nur seine Pflicht. Was mag man denn nun wieder von uns wollen?«

»Ich fürchte, das werden wir gleich erfahren«, sagte Roi Danton etwas geziert. »Ist nur schade, daß ich meinen Degen nicht bei mir habe. Ich würde diesen schwerfälligen Schildkröten schon zeigen, was ein munteres Tänzchen ist. Aber zur Not kann man ja auch mit den Fäusten eine prächtige Schlägerei veranstalten.«

Rhodan warf ihm einen warnenden Blick zu.

»Untersteh dich! Wir sind Blaue auf Urlaub. Das darfst du nicht vergessen. Und auf dieser Welt scheint es nicht Sitte zu sein, sein Recht mit den Fäusten durchzusetzen. Wenn man von uns verlangt, daß wir hier verschwinden, dann werden wir eben verschwinden. Natürlich nur so, wie wir es geplant haben. Los werden die uns so schnell nicht, schon gar nicht, wenn ein Stützpunktingenieur im Anmarsch ist – und ich nehme an, genau das ist der Fall.«

Rhodan sollte recht behalten.

Der Offizier der Dumfries betrat das Wohnzimmer, ohne sich noch einmal angemeldet zu haben. Er machte nicht gerade einen ehrerbietigen Eindruck, ganz im Gegenteil. In ziemlich brüskierendem Ton forderte er die vier Blauen auf, sofort das Haus zu räumen und den bereitgestellten Fluggleiter zu besteigen.

»Ein Mächtiger mit dem blauen Zentrumsleuchten ist auf dem Anflug«, erklärte er weiter. »Wenn ein Auserwählter hier seinen Urlaub zu verbringen wünscht, stört ihn jeder Nachbar. Sie müssen das Tal sofort verlassen.«

Rhodan sah in die glitzernden Augen der aufrecht stehenden Schildkröte. Er kannte keine Rassenvorurteile, doch bäumte sich in ihm alles auf, diesem Wesen widerspruchslos zu gehorchen. Zum Glück gehörte das auch nicht zu seiner Rolle. Er stand auf und ging dem Dumfrie entgegen.

»Wir weigern uns, das Tal so schnell zu verlassen. Auch wir haben ein Anrecht auf Urlaub. Wir sind erst seit kurzem hier, und schon will man uns vertreiben. Ich verlange die Fleel Jinguisem zu sprechen.«

Der Offizier stampfte mit dem rechten Fuß auf. Sofort erschienen vier weitere Dumfries, die sich zu beiden Seiten ihres Anführers aufstellten. In den oberen zwei Händen hielten sie gefährlich aussehende Waffen, deren Mündungen sie auf Rhodan und seine Freunde richteten.

»Sie haben keine andere Wahl«, sagte der Offizier. »Sie werden jetzt das tun, was ich von Ihnen verlange. Besteigen Sie den Gleiter und verschwinden Sie von hier! Fliegen Sie zur Hauptstadt Garts, wo Sie weitere Anweisungen erhalten werden. Sie brauchen sich keine Sorgen zu machen, Ihr Urlaub auf Geegival ist genehmigt, und Sie können ihn auch hier beenden. Aber nicht auf dem Kontinent der Auserwählten und ganz besonders nicht im Tal der Glückseligkeit.«

»Wird uns der Diener begleiten?« erkundigte sich Rhodan. »Wir sind es nicht gewohnt, allein für uns zu sorgen.«

Arrogant wehrte der Offizier mit der Hand ab.

»Der Jinguisem bleibt hier. Er hat andere Aufgaben. Ich weiß, daß Sie einen Gleiter steuern können, also fliegen Sie gefälligst allein zur Hauptstadt. Wenn ich zurückkehre, haben Sie das Haus verlassen. Sollte das nicht der Fall sein, so sehe ich mich gezwungen, Sie auf Befehl eines Mächtigen festzunehmen.«

Er wartete keine Antwort ab, sondern drehte sich um und verließ den Raum. Seine vier Untergebenen folgten ihm.

Als die Tür geschlossen war, sagte John Marshall:

»Ich glaube, da ist nichts zu machen. Ein Glück, daß der Kerl nicht unseren Gucky gesehen hat. Was machen wir nun?«

»Natürlich gehorchen wir – wenn auch zähneknirschend«, vermutete Roi Danton ohne besondere Freude. »Und wir nehmen Gucky mit. Hoffentlich sieht ihn niemand, wenn wir zum Gleiter gehen.«

»Er muß hineinteleportieren«, sagte Rhodan. »John, würden Sie ihm bitte Bescheid sagen?«

Von nun an lief alles genau nach Plan. Er ließ sich relativ leicht durchführen, denn niemand konnte vermuten, daß einer der vier Blauen Teleporter war und ihnen noch ein weiterer Teleporter in der Person des Mausbibers zur Verfügung stand. Auf dieser Tatsache war das ganze Unternehmen aufgebaut.

Am Rande des Plateaus stand eine Abteilung der Dumfries. Sie hielten ihre Waffen schußbereit, machten aber keine Anstalten, den Blauen zu helfen. Selbst der Jinguisem, der doch zum Diener geboren war, hatte andere Aufgaben erhalten. Mit einem zweiten Gleiter war eine Gruppe von zehn Bienen erschienen, die mit seltsamen

Geräten in das Haus gingen und sofort damit begannen, es zu desinfizieren. Wer immer auch nach den vier maskierten Terranern das Haus bewohnen würde, er würde nicht einmal eine Bakterie von seinen Vorgängern finden.

Gucky hockte bereits in der Maschine und wartete auf die Männer. Aber er verschwand blitzartig unter einem Sitz, als einer der Dumfries seinen Kopf in die Kabine steckte.

»Wie wir sehen, haben Sie den Befehl befolgt. Das ist Ihr Glück. Der Mächtige kann jeden Augenblick eintreffen. Starten Sie sofort!«

Er zählte noch einmal nach und überzeugte sich, daß in der Tat alle vier Blauen im Gleiter waren. Dann zog er den Kopf zurück und schloß den Einstieg.

Marshall setzte sich hinter die Kontrollen.

»Die Bedienung ist ja kinderleicht. Dann wollen wir mal. Die Hauptsache ist, die automatische Steuerung funktioniert. Es sähe dumm aus, wenn das Ding plötzlich seine Flugrichtung ändern und nach oben ziehen würde. Womöglich landet es dann irgendwo, und wenn die Dumfries ihren Kopf in die Kabine stecken, werden sie sich wundern, niemand vorzufinden. Das darf auf keinen Fall passieren.«

»Die Maschine ist zuverlässig, und die Automatik ist einwandfrei«, beruhigte ihn Rhodan. »Ich habe mich in der vergangenen Nacht darum gekümmert. Sie können sich darauf verlassen, daß alles nach Plan verläuft. Es hängt von Ihrer Geschicklichkeit ab, John, wieviel Zeit zwischen Absprung und Aufprall vergeht. Je kürzer diese Zeit ist, desto besser ist es für uns. Fertig?«

John Marshall nickte.

Sekunden später hob der Gleiter auf seinem Antigrav-Feld ab, nahm langsam Fahrt auf und stieg höher. Das halbkugelförmige Wohnhaus blieb zurück und wurde immer kleiner. Die Dumfries waren nur noch als winzige Punkte zu erkennen.

Marshall nahm Kurs nach Norden. Zwar entfernten sie sich damit von dem Versteck in der Wassergrotte, aber bei dem geplanten Täuschungsmanöver spielten ein paar Kilometer keine Rolle. Unter ihnen glitt die Kette der Wachstationen nach hinten. Von dieser Höhe waren sie deutlich zu erkennen. Gucky war inzwischen längst aus seinem Versteck hervorgekommen und stellte sich zwischen Rhodan und Roi Danton, die auf ihren Sitzen Platz genommen hatten.

»Nun gebt mir mal eure Händchen«, säuselte er liebenswürdig.

»Wenn ihr nicht schön fest zupackt, fallt ihr aus der fünften Dimension heraus – und weiß der liebe Himmel, wo ihr dann landet. Bestimmt nicht in unserer wunderhübschen Wassergrotte.«

Roi Danton grinste, sagte aber nichts. Er griff nach Guckys Hand und hielt sie fest. Rhodan folgte seinem Beispiel. Es war bald soweit. Weit vor ihnen schimmerte die offene See. Rechts und links wurden die Gipfel des Küstengebirges niedriger und das Gelände flacher. Marshall veränderte ein ganz klein wenig die Flugrichtung und steuerte den letzten Gipfel auf der linken Seite an. Er war ziemlich hoch und ragte aus der Masse der anderen Gipfel hervor.

»Das wird er sein«, murmelte er und deutete nach vorn. »Wie geschaffen für einen klassischen Unfall.«

Und Ras Tschubai murmelte:

»Wie schade, daß wir in fünf Minuten nicht mehr existieren – wenigstens nicht für die unverschämten Dumfries.«

Die vier Terraner hatten inzwischen ihre Identifikationsgürtel, die sie nun nicht mehr benötigten, abgelegt und unter den Sitzen des Gleiters verstaut.

Marshall drehte sich um.

»Ich würde sagen, jetzt ist der Augenblick gekommen. Viel Glück – und bis gleich!«

Das war das Zeichen für Gucky. Er überzeugte sich noch einmal davon, daß Rhodan und Danton ihn fest bei der Hand hielten. Dann konzentrierte er sich mit aller Macht auf die Wassergrotte – und teleportierte.

Zusammen mit ihm verschwanden Rhodan und Roi Danton. Sie materialisierten in der Höhle und standen bis zu den Knöcheln in eiskaltem Wasser.

Rhodan machte einen Schritt vorwärts und stand auf dem trockenen Fels. Er schaltete eine Lampe ein. Sie waren dicht am Rand des unterirdischen Sees gelandet, was weiter keine Katastrophe bedeutete. Mit einigen Schritten brachten sich Gucky und Roi in Sicherheit.

Inzwischen raste der Gleiter mit erhöhter Geschwindigkeit auf den einsamen Berggipfel zu. Ras Tschubai stand dicht hinter Marshall und hatte seine Hände fest auf seine Schultern gelegt. So war der körperliche Kontakt zur Teleportation hergestellt, und sie konnten zu jeder Zeit aus dem Gleiter verschwinden.

John Marshall schaltete das Funkgerät ein. Mit hysterisch klingender Stimme gab er bekannt, daß sein Triebwerk plötzlich ausgefallen sei und der Luftgleiter mit Überschallgeschwindigkeit auf einen Berggipfel des Küstengebirges zurase. Es sei ihm nicht mehr möglich, den Gleiter zu steuern oder die Geschwindigkeit zu verringern. Wütend machte er die Verwalter des Erholungsplaneten für das Versagen des Gleiters verantwortlich und beschuldigte sie, einen Sabotageakt verübt zu haben, um die vier unbequemen Blauen auf bequeme Art loszuwerden. Unverhohlen beschuldigte er sie des Mordes.

Er ließ den Sender eingeschaltet und nickte Ras Tschubai zu.

Ras Tschubai hatte sich schon längst auf seinen Zielsprung konzentriert und teleportierte zusammen mit Marshall aus dem Gleiter. Noch während er dicht neben Gucky, Rhodan und Danton in dem Höhlenlabyrinth rematerialisierte, prallte der Gleiter in voller Fahrt gegen den Berg und explodierte. Die Detonation war so gewaltig, daß ein Stück des Gipfels abgesprengt wurde und in die Tiefe stürzte. Der Gleiter selbst verging in einem atomaren Feuerball.

Aber damit war der Fall noch längst nicht erledigt.

Der Notruf war von den Empfangsstationen aufgenommen und weitergeleitet worden. Unter den dienenden Jinguisem brach eine Panik aus, denn so weit sie zurückdenken konnten, hatte es ein derartiges Ereignis noch nicht gegeben.

Die Nachricht war kaum in der Hauptzentrale von Garts eingetroffen, da wurde sie auch schon an den Ermittlungscomputer weitergeleitet. Ohne Verzögerung begann das Rechengehirn mit der positronischen Auswertung.

Noch während eine Untersuchungskommission der Dumfries an Ort und Stelle des Unglücks eine Besichtigung vornahm, lieferte das Zentralgehirn in Garts die ersten Ergebnisse. Es stellte einwandfrei fest, daß ein Versagen der Gleitermaschine und der Steuereinrichtung unmöglich war. Es stellte weiter fest, daß nur eine willkürliche Beschädigung des Mechanismus zu dem Unglück geführt haben konnte. Das wiederum wurde durch den Inhalt des Notrufes bestätigt, den der Pilot kurz vor dem Absturz gesendet hatte. Damit rundete sich das Bild ab.

Hinzu kam, daß die Untersuchungskommission der Dumfries weder Überreste der Maschine noch ihrer Passagiere finden konnte.

Die Abteilung bei dem Wohnhaus bestätigte jedoch, daß bei dem Start des Gleiters alle vier Blauen an Bord gewesen waren. Damit blieb nur der eine Schluß: Es lag Sabotage vor, und die vier Passagiere hatten den Tod gefunden.

Die Suche nach dem Täter begann.

# 8.

Zu der Spezialausrüstung, die von Gucky gebracht worden war, gehörte auch ein kleines, aber leistungsfähiges Heizgerät. Die Energie dafür lieferte ein auf chemischer Basis arbeitendes Stromaggregat, an das auch die Beleuchtung angeschlossen war. Die Gefahr einer Energiepeilung bestand nicht, da das Aggregat durch die um die Höhle liegenden Gesteinsmassen ausreichend abgeschirmt wurde.

Im Hintergrund der Höhle war ein kleiner Transmitter aufgestellt worden, den Gucky in zerlegter Form herbeigeschafft hatte. Dieser Transmitter sollte der Einsatzgruppe zur Flucht von diesem Planeten dienen.

Die vier Männer richteten es sich in der Höhle so bequem wie möglich ein und machten sich auf einen längeren Aufenthalt gefaßt. Niemand wußte, wann der Stützpunktingenieur eintraf.

Um dies herauszufinden, war es notwendig gewesen, einen Beobachtungsposten in den Bergen einzurichten. Gucky und Tschubai hatten sich daher auf den Weg gemacht und bald darauf einen geeigneten Platz gefunden. Es handelte sich um eine kleine Felsnische, die sich auf einem Hochplateau auf der gegenüberliegenden Seite des Tales befand. Von hier aus hatte man eine ausgezeichnete Sicht auf ein bewaldetes Plateau, in dessen Mitte ein auffallend großes, halbkugelförmiges Haus stand. Es war von einem riesigen Park umgeben, und ganz in der Nähe hatte man einen Landeplatz für kleinere Raumschiffe eingerichtet.

Im Gegensatz zu den anderen Wohnhäusern herrschte hier eine emsige Aktivität. Mehrere Abteilungen der Dumfries waren aufmarschiert und schienen eine Art Übungsexerzieren zu veranstalten. Wieder andere waren dabei, das Gelände eingehend zu durchsuchen. Es sah alles ganz so aus, als erwarte man einen hohen Gast.

Dabei konnte es sich nur um den Stützpunktingenieur handeln. Nachdem Tschubai wieder zu den anderen in die Höhle zurückgekehrt war, machte es sich Gucky bequem und beobachtete das Treiben auf dem Plateau weiter, aber die Tätigkeit der Dumfries begann ihn allmählich zu langweilen. Er hatte nie etwas für militärische Schauspiele übrig gehabt. Zwar wirkte es äußerst komisch und belustigend, wenn die schwerfälligen Dumfries im Gleichschritt durch die Gegend schaukelten, aber auf die Dauer wirkte auch das eintönig.

Gucky war kurz vor dem Einschlafen, als ihn eine Veränderung auf dem Plateau wieder hellwach werden ließ. Die Dumfries waren in drei Gruppen aufgeteilt. Zwei von ihnen marschierten nun in die Richtung des Hauses und stellten sich in einer Art Spalier auf. Die dritte Gruppe marschierte zu dem kleinen Raumflughafen und nahm dort Aufstellung. Ein Offizier schritt noch einmal die Front ab und inspizierte seine Truppe. Dann stellte er sich an den Kopf seiner Garde, und alles versank wieder in dumpfe Bewegungslosigkeit.

Ein fernes, gleichmäßiges Summen ließ Gucky nach oben schauen. Zuerst konnte er nichts erkennen, aber dann sah er den langgestreckten, silberglänzenden Schatten, der aus dem blauen Himmel kam und rasch größer wurde. Es war ein walzenförmiges Raumschiff von etwa vierzig Metern Länge und acht Metern Durchmesser. Noch während es herabsank, drehte es sich so, daß das Heck zum Boden zeigte. Gleichzeitig wurden Teleskopbeine ausgefahren. Das Summen verstummte plötzlich. Gucky wurde klar, daß das Schiff jetzt in einem Antigravitations-Feld schwebte. Langsam nur sank es tiefer, und endlich setzte es in der Mitte des kleinen Landungsfeldes auf.

Die letzten Geräusche erstarben.

Gucky wußte, daß der große Augenblick bevorstand. Er würde der erste sein, der einen Stützpunktingenieur zu Gesicht bekam. Er nahm kurz telepathisch Kontakt mit John Marshall auf und berichtete. Sekunden später materialisierten Ras Tschubai und John Marshall bei ihm in der Nische.

Gucky sah gespannt auf das Plateau hinab, wo der Offizier der Dumfries langsam und gravitätisch auf das Raumschiff zuschritt. Aber aus der Luke stieg zuerst einmal eine weitere Abordnung der

Dumfries. Sie nahmen neben der Gangway Aufstellung und bildeten ein Ehrenspalier.

Dann erst begann es in der Öffnung intensiv blau zu leuchten. Und was dann geschah, enttäuschte die drei verborgenen Zuschauer zutiefst.

Aus dem Raumschiff schwebte eine blau leuchtende Kugel. Sie schimmerte in einem intensiven Metalleffekt, schien durchsichtig zu sein und war es doch nicht. Wenige Zentimeter über dem Boden schwebte sie durch das Spalier und bewegte sich auf den wartenden Offizier zu. Dem Dumfrie schien die Erscheinung nichts Neues zu sein. Er nahm, so gut es seine Körperform zuließ, Haltung an und grüßte. Er tat es mit beiden Oberarmen zugleich, was Gucky mit hämischem Gekicher quittierte. So einen Doppelgruß hatte er auch noch nicht gesehen.

Aber dann verging ihm das Kichern. Es war klar, daß dieser Stützpunktingenieur einen Energieschirm trug, der in seiner äußeren Form wie eine Kugel wirkte. Dieser Energieschirm war so dicht, daß er die Lichtstrahlen ablenkte oder reflektierte. Es war unmöglich zu erkennen, was er beschützen sollte. Es gab keine Möglichkeit, das blaue Flimmern zu durchdringen. Nicht einmal die Körperumrisse des Wesens waren zu erkennen.

»Jetzt wissen wir immer noch nicht, wie sie aussehen«, beschwerte sich Ras Tschubai bitter. »Eine blaue Energiekugel – das ist alles. Diese Stützpunktingenieure scheinen sich nicht nur absichern zu wollen, sie scheinen auch darauf aus zu sein, nie gesehen zu werden. Wahrscheinlich weiß keiner der Dumfries, wie so ein Stützpunktingenieur eigentlich aussieht.«

»Er wird ja nicht mit dem Ding schlafen gehen«, deutete Gucky eine Möglichkeit an, hinter das Geheimnis zu gelangen. »Wenn er sich in sein Bett gelegt hat, werde ich ihm einen Besuch abstatten. Und dann wissen wir endlich, warum er uns sein häßliches Gesicht nicht zeigen will.«

Die blaue Energiekugel hatte inzwischen die Ehrenfront passiert und wartete nun auf die obligatorische Vorführung der kosmischen Spaßmacher, die inzwischen mit einem weiteren Gleiter gelandet waren. Es war ein ähnliches Schauspiel, wie es allen Erholungssuchenden auf Geegival bei ihrer Ankunft geboten wurde. Die unglaublichsten Ungeheuer erschienen, um mit primitiven Späßen den hohen Gast zu erfreuen. Es war natürlich nicht zu erkennen, ob diese Vorstellung auf den Stützpunktingenieur genausowenig Eindruck machte wie auf die heimlichen Beobachter in der Felsnische.

Die Landung eines weiteren Gleiters lenkte sie ab.

Der Stützpunktingenieur hatte inzwischen das Landefeld verlassen und war in Begleitung seiner Garde auf das Haus zugeschwebt. Der Wachoffizier schritt an seiner Seite. Dem soeben gelandeten Gleiter entstieg eine Jinguisem, die von fünf weiteren begleitet wurde. Es war den Beobachtern der Felsnische sofort klar, daß es sich nur um die Fleel Jinguisem handeln konnte. Mit angelegten Flügeln, die im Schein der Sonne irisierend schimmerten, schritt sie auf die blaue Kugel zu, die stehengeblieben war. Dann breitete sie die Flügel aus und warf sich vor dem Stützpunktingenieur auf den Boden. Gucky, der bisher vergeblich versucht hatte, eventuelle Gedankenimpulse des Stützpunktingenieurs aufzufangen, murmelte plötzlich:

»Ich empfange die Impulse der Königin. Sie bittet den Stützpunktingenieur um den Tod. Das verstehe ich nicht. Meint sie das ernst, oder ist das ein Ritus?«

»Wahrscheinlich will sie damit nur ihre Ergebenheit andeuten«, vermutete John Marshall.

Von dieser Sekunde an versuchten Marshall und Gucky gleichzeitig, die Impulse der Fleel Jinguisem aufzufangen und zu deuten. Sie wurden insofern daran gehindert, als abermals ein Gleiter landete und ein höherer Offizier der Dumfries ausstieg. Ohne sich um das Zeremoniell zu kümmern, eilte er zu der blau leuchtenden Kugel und nahm Haltung an. Die beiden Telepathen in der Felsennische konnten verstehen, was er sagte.

»Hochwohlgeborener Druis, ehrwürdiger Agen Thrumb. Es tut mir unendlich leid, Ihnen gleich zu Beginn Ihres Erholungsurlaubs eine Meldung überbringen zu müssen, die im ersten Augenblick beunruhigend wirken mag. Es ist jedoch meine Pflicht, Sie zu unterrichten. Vor wenigen Planetenrotationen begannen vier Blaue hier ihren Erholungsurlaub. Sie benahmen sich von Anfang an verdächtig und ignorierten alle unsere Bemühungen, ihren Aufenthalt so angenehm wie möglich zu gestalten. Sie benahmen sich aufsässig und undankbar. Unser Zentralgehirn ist inzwischen zu der Auffassung gelangt, daß es sich um eine indirekte Revolte handelte. Sie fielen inzwischen einem Unfall zum Opfer, der noch näher untersucht wird.

Die Steuereinrichtung ihres Fluggleiters versagte, als sie dieses Tal verlassen wollten. Da ein solches Versagen technisch nicht möglich ist, kann es sich nur um Sabotage handeln. Wir forschen nach dem Täter. Es ist meine Pflicht, Ihnen mitzuteilen, daß dieses Tal, das wir ›Tal der Glückseligkeit‹ nennen, frei von allen Erholungsuchenden ist. Sie sind hier unser einziger Gast, ehrwürdiger Druis.«

Der Stützpunktingenieur gab keine Antwort. Dafür jedoch geschah etwas anderes. Die blaue Kugel änderte ihre bisherige Richtung und schwebte auf einen Felsblock zu, der mitten auf dem Plateau stand. Sie verschwand dahinter. Auf allen Beinen kriechend und die Flügel noch immer ausgebreitet, folgte ihm die Fleel Jinguisem. Auch der Offizier, der die Meldung überbracht hatte, und der Offizier der Ehrenwache schlugen die gleiche Richtung ein. Sie verschwanden ebenfalls hinter dem Felsblock. Gucky erhob sich in dem Versteck.

»Ich glaube«, sagte er zu den anderen, »das ist unsere Chance. Sie werden sich hinter dem Felsblock beraten. Ich werde hinspringen, um die Unterhaltung zu belauschen. Einverstanden?«

»Ich komme mit«, sagte John Marshall bestimmt. »Vier Ohren hören mehr als zwei – und zwei telepathische Gehirne nehmen mehr auf als nur eines.«

Gucky zuckte die Schultern.

»Von mir aus komm mit. Ras bleibt besser hier, als Reserve. Wenn mir etwas geschehen sollte, kann er dich, John, jederzeit abholen.«

Er nahm John Marshall beim Arm, visierte den etwas abgeflachten Gipfel des Felsbrockens an und teleportierte.

Sie lagen in einer kleinen Mulde, als sie materialisiert waren. Sie konnten nichts mehr von dem Tal sehen und waren somit sicher, selbst auch nicht mehr gesehen zu werden. Als sie sich aber ein wenig vorschoben, blickten sie in eine kleine Lichtung hinab, auf der die blaue Kugel, die Bienenkönigin und die beiden Offiziere versammelt waren. Die Entfernung betrug nicht mehr als zwanzig Meter.

Obwohl der Stützpunktingenieur in seinen blauen Energieschirm gehüllt blieb, waren seine Worte in dem üblichen Zentrums-Idiom deutlich zu verstehen. Die Umgangssprache der Kugelgalaxis M 87 war Gucky und John Marshall geläufig. Dafür hatte die Hypnoschulung gesorgt.

Zu Beginn des Gesprächs bat die Fleel Jinguisem noch einmal um den Tod. Der Stützpunktingenieur antwortete höflich, aber sehr bestimmt, daß er keinen Grund dafür sehe, sie, die hervorragende Herrscherin über das Dienervolk, zu eliminieren. Er dankte ihr für ihre bisherige Arbeit und versprach ihr, dieses Lob auch an anderer Stelle vorzubringen. Dann aber wandte er sich an den Kurier, der die interessante Nachricht über den Absturz des Fluggleiters gebracht hatte. Er bat um nähere Einzelheiten und erhielt sie auch.

Im Verlauf der Unterhaltung fiel mehrmals der Name des Stützpunktingenieurs. Er hieß Agen Thrumb und wurde mit dem Begriff »Druis« angeredet. Soweit Gucky und Marshall herausfinden konnten, war dieser Begriff dem terranischen Wort »Herr« oder dem arkonidischen »Erhabener« gleichzusetzen. Damit wurde abermals klar, daß die Stützpunktingenieure über einen ungeheuren Einfluß in der Galaxis M 87 verfügten. Obwohl Agen Thrumb sich nach allen Einzelheiten erkundigte, schien er völlig ruhig und gelassen zu bleiben. Als er sich den Bericht des Kuriers zweimal angehört hatte, sagte er:

»Ich bin mit Ihrer Aufklärungsarbeit sehr zufrieden, und ich muß auch die Arbeit des positronischen Zentralgehirns loben. Trotzdem muß ich darauf bestehen, daß die Ursachen des Absturzes genauer als bisher untersucht werden. Vielleicht handelt es sich doch nicht um Sabotage. Wer sollte Interesse daran gehabt haben, die Blauen ums Leben zu bringen – auch wenn sie sich nicht so verhielten, wie man es allgemein von Urlaubern erwartet? Ich bin davon überzeugt, daß mehr dahintersteckt als Unzufriedenheit. Geben Sie Ihren untergeordneten Dienststellen bitte die entsprechenden Befehle und unterrichten Sie mich über das Ergebnis der Untersuchungen. Es sind in letzter Zeit seltsame Dinge geschehen, und ich kann mich des Eindrucks nicht erwehren, daß sie in Zusammenhang mit diesem merkwürdigen Vorkommnis stehen. Die Zentralregierung hat mir einen Urlaub zugebilligt, und ich bin fest entschlossen, diesen Urlaub nach meinem Geschmack zu genießen. Ziehen Sie sich bitte zurück. Wenn ich Sie brauche, werde ich Sie rufen lassen.«

Als die blaue Kugel diese Worte gesprochen hatte, begann sie davonzuschweben. Sie umrundete den Felsblock, wobei Gucky immer befürchtete, sie könne nach oben steigen und ihn entdecken. Aber zum Glück schwebte sie knapp über dem Erdboden dahin und nahm Richtung auf das Haus. Sie verschwand im Eingang. Die beiden Lauscher konnten noch erkennen, daß der Stützpunktingenieur in der Vorhalle von zehn Jinguisem ehrfurchtsvoll und mit tiefen Verbeugungen empfangen wurde.

Sie teleportierten in die Felsennische zurück, wo sie von Ras Tschubai bereits ungeduldig erwartet wurden.

Als man ihn von den Geschehnissen unterrichtet hatte, meinte er:

»Ich glaube, wir können in die Grotte zurückkehren. Sicherlich wird Rhodan der Meinung sein, daß wir dem Stützpunktingenieur in seinem Haus einen Besuch abstatten sollten – aber das hat noch Zeit. Ich glaube kaum, daß das vor Einbruch der Dunkelheit Zweck haben wird.«

Sie blieben noch eine halbe Stunde in ihrem Versteck und sahen zu, wie die Fleel Jinguisem wieder abflog und auch die Sonderabteilungen der Dumfries ihre Gleiter bestiegen und starteten.

Gucky hatte wieder Position in seinem Felsenversteck bezogen und beobachtete das Haus, in dem der Stützpunktingenieur untergebracht war. Sobald dort das Licht erloschen war, wollte er zur Höhle zurückspringen und die anderen alarmieren.

Es dauerte bis weit nach Mitternacht, als es im Haus schließlich völlig dunkel wurde. Der Stützpunktingenieur hatte sich zur Ruhe begeben, und es war anzunehmen, daß er seinen Schutzschirm dabei desaktiviert hatte.

Gucky teleportierte in die Höhle und teilte den anderen seine Beobachtung mit. Nun war der Zeitpunkt gekommen, den Rafferspruch an Atlan zu senden.

Gucky aktivierte sein am Handgelenk befindliches Gerät und löste das Hyperfunksignal aus.

Die CREST sollte sich nun in Bewegung setzen und Geegival anfliegen. In einer Entfernung, die von dem kleinen, im Hintergrund der Höhle aufgestellten Transmitter überbrückt werden konnte, würde das Schiff Position beziehen und auf die Ankunft des Einsatzteams warten. Der Hyperfunkspruch benötigte für die Strecke von sieben Lichtmonaten keine meßbare Zeitspanne. Er erreichte die CREST in derselben Sekunde, in der Gucky auf den Knopf gedrückt hatte.

Die CREST nahm Fahrt auf.

In kleinen Linearflugetappen näherte sie sich dem System der gelben Sonne. Einige Lichtstunden von Geeg entfernt ließ Atlan den Antrieb ausschalten und ging in Warteposition.

Die Empfangstation des Bordtransmitters war aktiviert und auf die Frequenz des Transmitters auf Geegival einjustiert. Jetzt konnte man nur warten und hoffen, daß alles nach Plan verlief.

# 9.

Zehn Minuten nachdem Gucky den Rafferspruch abgeschickt hatte, konnten Rhodan und seine Begleiter den entscheidenden Teil ihres bisherigen Unternehmens in Angriff nehmen. Während Marshall und Danton in der Höhle zurückblieben, stattete er mit Gucky und Tschubai dem Stützpunktingenieur einen Besuch ab.

Rhodan nickte Gucky und Ras Tschubai zu. Die beiden Teleporter nahmen ihn in ihre Mitte, konzentrierten sich gemeinsam auf das Innere des Wohnhauses – und sprangen.

Wie erwartet, rematerialisierten sie in der großen Vorhalle. Es dauerte einige Sekunden, bis sich ihre Augen an die Dunkelheit gewöhnt hatten. Im Haus selbst gab es keine Absicherungen und keine Schutzschirme. Noch nie war es geschehen, daß auf Geegival die Ruhe eines Erholungsuchenden gestört wurde.

»Die Treppe hoch«, flüsterte Rhodan.

Sie hielten die von Gucky mitgebrachten Kombistrahler im Paralysemodus schußbereit, während sie die Treppe hinaufschlichen. Niemand begegnete ihnen. Oben im Gang blieben sie einen Augenblick stehen, und John Marshall, der mit Gucky telepathisch in Verbindung stand, versuchte zusammen mit dem Mausbiber, die Gedankenimpulse des Stützpunktingenieurs aufzuspüren. Es gelang ihnen nach einer halben Minute.

»Dort hinter der Tür schläft er«, wisperte Gucky und deutete nach links. »Hoffentlich haben wir Glück, und die Tür ist unverschlossen. Sonst müssen wir wieder teleportieren.«

Die Tür war nicht verschlossen.

Lautlos betraten sie den Raum, der von einem schwachen Dämmerlicht erfüllt war, und zum erstenmal in ihrem Leben sahen sie einen Stützpunktingenieur.

Agen Thrumb hatte seinen kugelförmigen Energieschirm abgeschaltet und lag in der Schlafmulde. Er sah wie ein zierlich gebauter Haluter aus, mit zwei stämmigen Beinen, zwei etwas kürzeren Laufarmen und zwei längeren Handlungsarmen. Seine Größe mochte etwa zwei Meter betragen. Die Breite seiner Schultern betrug fast eineinhalb Meter. Wie bei einem Haluter glich sein Kopf einer Halbkugel und hatte einen Durchmesser von etwa fünfzig Zentimetern. Im Gegensatz zu einem Haluter jedoch verfügte der Stützpunktingenieur über vier Augen. Sie reichten von einer Schläfe zur anderen und garantierten ein sehr großes Blickfeld.

Der Stützpunktingenieur schlief. Er lag auf dem Rücken, und so war gut zu erkennen, daß er eine fast blütenweiße Haut hatte, die nur an der Bauchseite von unregelmäßigen gelben Flecken verziert wurde. Der Mund war beim Atmen leicht geöffnet, und so waren auch die typischen Sägezahnreihen zu erkennen. Es war offensichtlich, daß der Stützpunktingenieur mit den Halutern verwandt war. Auf der mächtigen Brust des Lebewesens waren zwanzig blau leuchtende Sterne eingelassen, die offensichtlich mit der weißen Haut verwachsen waren. Diese Sterne verkörperten das berühmte Zentrumsleuchten.

Der Kopf des Stützpunktingenieurs war kahl, aber mit Hilfe eines Saugrings war dort ein kleiner Kegel von vielleicht fünfzehn Zentimetern Höhe befestigt. Rhodan und die beiden Teleporter konnten nicht wissen, daß dieses Gerät der Generator für den blauen Energieschirm und auf die Individualschwingungen seines Besitzers abgestimmt war.

Agen Thrumb bewegte sich und rollte ein wenig auf die Seite. Über ihm summte die Klimaanlage und ließ einen erfrischenden Luftstrom in Richtung des Bettes fließen.

Rhodan hob seinen Strahler und nickte seinen Freunden zu, die seinem Beispiel folgten. Ein nochmaliges Nicken – dann eröffneten die drei das Feuer auf den schlafenden Stützpunktingenieur.

Aber so leicht war Agen Thrumb nicht zu überwältigen.

Der Druis erwachte in derselben Sekunde, da er von den ersten Schockimpulsen getroffen wurde. Er richtete sich im Bett auf und starrte die Eindringlinge mit seinen vier großen Augen an. Sein

Körper begann zu beben, und offensichtlich hatte er nicht mehr die Kraft, aus dem Bett zu springen. Aber er wurde noch nicht bewußtlos.

Die oberen Handlungsarme begannen sich zu heben. Es geschah nicht sehr schnell, mehr zögernd und fast schwerfällig. Die Hände näherten sich dem Kopf und dann dem Kegel, der fest auf dem kahlen Schädel ruhte.

Die Intensität der Paralysestrahlen hätte jedes andere Lebewesen schon längst in Bewußtlosigkeit versinken lassen. Nicht so den Stützpunktingenieur. Noch mehr näherten sich die beiden Hände dem Kegel auf seinem Kopf. Es war Gucky, der als erster die verworrenen Gedankenimpulse entziffern und einen Sinn hineinbringen konnte. Er begriff plötzlich, was der Kegel bedeutete – und was geschehen würde, wenn Agen Thrumb den Schirmfeldgenerator einschalten konnte. Er sprang vor, stellte den Beschuß aus seinem Strahler ein und fixierte sein Opfer. Er konzentrierte sich besonders auf den Kegel und packte telekinetisch zu.

Das Ding ließ sich nicht bewegen.

Rhodan und Ras Tschubai feuerten immer noch, und die linke Hand des Stützpunktingenieurs sank langsam wieder nach unten. Die rechte aber war nur noch fünf Zentimeter von dem Kegel entfernt.

»Es ist der Generator für den blauen Schutzschirm!« keuchte Gucky, ohne sich auch nur eine Sekunde ablenken zu lassen. »Ich muß ihm das Ding abnehmen, sonst erwischen wir ihn nie.«

Draußen auf dem Plateau war plötzlich Lärm zu hören. Die Schüsse mußten die Dumfries aufmerksam gemacht haben.

Mit einem letzten Ruck gelang es Gucky endlich, dem Stützpunktingenieur den Schirmfeldgenerator abzureißen. Kaum war das geschehen, da sackte Agen Thrumb bewußtlos in sich zusammen und rührte sich nicht mehr.

Gucky ließ den Kegel zweimal im Raum kreisen und dann mit voller Wucht durch die Fensterscheiben bersten. Von einem plötzlichen Impuls geleitet, sprang Ras Tschubai hinterher, während er den Modus seines Strahlers verstellte. Deutlich sah er den kleinen Kegel.

Als Gucky telekinetisch losließ, begann der Kegel zu stürzen.

»Den darf niemand finden«, sagte Ras Tschubai, hob den Strahler und zielte. Der nadelfeine Energiestrahl traf den Kegel, als er noch fünf oder sechs Meter über dem Erdboden war. Er detonierte mit unvorstellbarer Lichtentwicklung und wurde zu einem blauen Energiestrahl, der in dichter Bündelung hinauf in den Raum schoß. In fächerförmiger Ausstrahlung entstand hoch über dem Planeten eine Lichtflut, die die gesamte Nachthalbkugel Geegivals in geisterhafte Helligkeit tauchte.

Schritte eilten die Treppe empor. Dann wurden die Stahltüren aufgerissen, und vier schwerbewaffnete Dumfries stürzten in das Schlafgemach des Stützpunktingenieurs.

Ras Tschubai hatte inzwischen seinen Strahler wieder auf Paralyse eingestellt und eröffnete zusammen mit Rhodan das Feuer. Gucky ließ sich durch den Überfall nicht von seiner ihm gestellten Aufgabe ablenken. Er lief zu dem breiten Lager, auf dem der Bewußtlose ruhte.

Er sprang auf das Bett, beugte sich hinab und packte die beiden oberen Arme des Druis. Als er so den körperlichen Kontakt hergestellt hatte, der für eine gemeinsame Teleportation notwendig war, konzentrierte er sich mit aller Macht auf die Höhle – und war eine Sekunde später zusammen mit seinem Gefangenen verschwunden.

Unmittelbar darauf folgten ihm Tschubai und Rhodan. In der Höhle angekommen, wurden sie von Danton und Marshall erleichtert empfangen.

Rhodan blickte hinüber zum inzwischen aktivierten Transmitter, wo ihm ein grünes Licht signalisierte, daß der Kontakt zur Empfangsstation an Bord der CREST hergestellt war.

Nachdem sie den bewußtlosen Stützpunktingenieur dem Transmitter anvertraut hatten, gingen auch die Terraner und Gucky durch den flimmernden Torbogen. Rhodan war der letzte, der sich zur CREST abstrahlen ließ. Hinter ihm blieb die Höhle zurück, die kurz darauf durch den Selbstvernichtungsmechanismus des Transmitters zerstört wurde. Als Rhodan in der Empfangsstation der CREST materialisierte, wurde er bereits von Atlan erwartet.

Der sonst so kühle und beherrschte Arkonide konnte seine Erleichterung nicht verbergen. Er ging auf Rhodan zu und streckte ihm die Hände entgegen.

»Ich weiß, Perry, daß du nun sagen willst, es wäre nicht der Rede wert gewesen. Trotzdem bin ich froh, daß alles vorbei ist. Gerade die am ungefährlichsten erscheinenden Unternehmen bergen die größten Gefahren. Aber ihr habt es geschafft. Ihr habt einen Stützpunktingenieur gefangen. Damit sind wir, so hoffe ich, ein gutes Stück weitergekommen. Die Entführung des Stützpunktingenieurs wird einiges Aufsehen erregen. Ich bin davon überzeugt, daß wir die Folgen bald zu spüren bekommen werden. Aber das soll uns nicht davon abhalten, alles von ihm zu erfahren, was er weiß.«

Eine halbe Stunde später befand sich die CREST wieder im Ortungsschutz der blauen Riesensonne.

# 10.

Perry Rhodans Blick wanderte von der haluterähnlichen Gestalt des Stützpunktingenieurs hinüber zu John Marshall, der sich mit anderen Mutanten an Bord der CREST IV zu einem Funktionsblock zusammengeschlossen hatte.

Marshall schüttelte betrübt den Kopf.

Also nichts! dachte der Großadministrator. Wie konnte man diesem rätselhaften Wesen nur beikommen, wenn es absolut nicht gewillt war, sich mit den Menschen zu verständigen?

Erneut starrte er den Stützpunktingenieur an.

Agen Thrumb hatte sich seit seiner Gefangennahme in eisiges Schweigen gehüllt. Er schien die Menschen, die ihn überwältigt hatten, zu verachten, obwohl er am eigenen Leib erfahren hatte, zu welchen Leistungen sie fähig waren.

Dennoch verhielt er sich keineswegs feindselig.

Agen Thrumb trug die Spezialkombination, die nach seinen Maßen von einem Fertigungsrobot der CREST IV angefertigt worden war.

Die vier Augen schimmerten gelblich und schienen gelinden Spott auszustrahlen, als sie Rhodans durchdringendem Blick standhielten.

Perry Rhodan erhob sich aus seinem Schalensessel und trat dicht vor Agen Thrumb hin. Sofort rückten Melbar Kasom und Oro Masut näher, um bei einem Angriff auf ihn eingreifen zu können. Die beiden Ertruser verfügten über etwa die gleichen Körperkräfte wie der Haluterähnliche.

Perry Rhodan winkte ab.
»Intelligente Lebewesen«, sagte er in der Sprache der Intelligenzen von M 87, »besitzen nicht nur die Fähigkeit, sondern auch die Pflicht, sich gegenseitig zu verständigen. Andernfalls erfüllen sie die Anforderungen nicht, die man an vernunftbegabtes Leben stellen muß. Weshalb also schweigen Sie, Druis?«
Absichtlich verwandte er die respektvolle Anrede, die von den untergeordneten Intelligenzen der ellipsoiden Kugelgalaxis M 87 den Stützpunktingenieuren gegenüber gebraucht wurde. Er war gewillt, die diplomatischen Höflichkeitsformen nicht zu verletzen, auch wenn es ihm unter den gegebenen Umständen schwerfiel.
Agen Thrumb gab lediglich durch ein Verziehen seines monströsen Mundes zu verstehen, daß er die Worte verstanden hatte. Aber er reagierte wiederum nur mit Schweigen.
»Man sollte ihm die Zähne einzeln und ohne Betäubung ziehen, Sir!« murmelte Oro Masut grimmig, aber keineswegs ernsthaft.
Rhodan reagierte nicht darauf. Für ihn kam es überhaupt nicht in Frage, ein anderes intelligentes Lebewesen mit Hilfe mittelalterlicher Foltermethoden zu verhören. Damit hätte er sich und die Menschheit nur selbst degradiert.
Er wandte sich nach Marshall um.
»Rufen Sie Kitai, John!«
Der Chef des Solaren Mutantenkorps hob das rechte Handgelenk an die Lippen und sprach in den uhrförmigen Telekomempfänger, den er an einem Armband mit sich trug.
Knapp eine Minute später öffnete sich die Panzerpforte des Verhörraums, und Kitai Ishibashi, der leistungsstarke Suggestor des Mutantenkorps, trat ein. Der ehemalige Arzt und Psychologe ging wie immer etwas vornübergeneigt, was zusammen mit seiner Körpergröße und Hagerkeit wirkte, als könnte er jeden Moment zusammenbrechen. Die schlitzförmigen Mandelaugen des geborenen Japaners aber verrieten mehr als normale Energien.
Drei Schritte vor Rhodan blieb er stehen. Perry lächelte gezwungen.
»Dieser Herr hier . . .«, sagte er auf englisch und deutete mit den Augen auf den Stützpunktingenieur, ». . . zeigte bisher wenig Interesse an einer Unterhaltung. Ich möchte, daß sich das ändert, Kitai.«
In Ishibashis Augenwinkeln entstanden zahllose Fältchen. Mit

scheinbar geistesabwesendem Blick umfaßte er die Gestalt des Haluterähnlichen, dann verhärteten sich seine Gesichtszüge blitzartig.

Perry Rhodan wartete mit angehaltenem Atem. Er wußte, daß Kitai Ishibashi soeben zu einem Überraschungsangriff auf paranormaler Ebene angesetzt hatte und versuchte, den Geist des Stützpunktingenieurs unter seinen Willen zu zwingen.

Auf Kitais Gesicht erschienen nach einer Weile feine Schweißperlen. Der Suggestor versteifte sich innerlich. Sein Blick trübte sich, und mit einem tiefen Seufzer gab er es auf.

»Kein Resultat!« meldete er in englischer Sprache, um dem Stützpunktingenieur keine Information zu geben. »Ich bin überzeugt davon, daß es nicht an der Gehirnstruktur dieses Wesens liegt. Agen Thrumb muß besonders konditioniert sein, oder er trägt irgendwo an seinem Körper verborgen ein Gerät, das ihn gegen parapsychische Einflüsse immunisiert!«

»Den gleichen Eindruck hatten wir ebenfalls«, warf Marshall auf englisch ein, und Gucky nickte bekräftigend.

Auf Geegival hatten sie zumindest teilweise die Gedanken des Stützpunktingenieurs erfassen können. Hier versagten ihre Fähigkeiten völlig.

Rhodan blickte auf Ralf Marten.

Der Teleoptiker schüttelte traurig den Kopf. Offenbar vermochte auch er, der normalerweise durch die Augen jedes fremden Wesens sehen und durch dessen Ohren hören konnte, seine Paragabe bei Agen Thrumb nicht nutzbringend einzusetzen.

»Wir legen eine Pause ein!« ordnete Rhodan an. »Kasom und Masut, Sie wachen vor der Zelle!« Er verwandte wieder das Zentrums-Idiom, damit Agen Thrumb mithören konnte. »Bringen Sie ihn dorthin zurück. Ich schicke zusätzlich nach Goratschin zur Verstärkung!«

Er warf dem Stützpunktingenieur noch einen fragenden Blick zu. Aber als Agen Thrumb auch nun sein Schweigen nicht brach, wandte er sich brüsk ab und verließ den Verhörraum.

Die Mutanten folgten ihm.

Oro Masut und Melbar Kasom aber traten neben den Haluterähnlichen und führten ihn zurück in seine schwer gepanzerte und zusätzlich durch Energieschirme abgesicherte Zelle, die komfortabel, aber ausbruchssicher war.

Einige Stunden später wurde Agen Thrumb abermals in das Verhörzimmer gebracht.

Perry Rhodan hatte zusammen mit seinen engsten Mitarbeitern eine einfache Mahlzeit eingenommen und sich danach wieder zum Verhörraum begeben, vor dessen Tür Goratschin Wache hielt.

Der Doppelkopfmutant befand sich gerade in einem angeregten Gespräch mit einer attraktiven Dame in der Kombination des Psychologischen Stabes der CREST.

Perry Rhodan registrierte schmunzelnd die verwunderten und teils niederträchtig grinsenden Gesichter seiner Leute.

»Ich möchte Ihnen Miß Eileen Dacran vorstellen. Miß Dacran ist Professor der Kosmopsychologie und die Stellvertreterin unseres erkrankten Bordpsychologen. Sie wurde von mir hierher bestellt, um an dem Verhör des Stützpunktingenieurs teilzunehmen.«

Eileen Dacran warf lachend ihr schulterlanges hellblondes Haar zurück und erwiderte:

»Danke! Ich denke, eine Vorstellung Ihrer Begleiter erübrigt sich. Sie sind mir ausnahmslos bekannt, auch wenn sie selbst mich noch nicht kennen sollten.«

»Die Dame ist nicht auf den Kopf gefallen, scheint mir«, flüsterte John Marshall.

Der Freihändler fiel vor Miß Dacran auf die Knie, legte eine Hand auf sein Herz und rief pathetisch:

»Mademoiselle Dacran! Sie sehen mich untröstlich, daß ich Ihre Bekanntschaft nicht schon längst machen durfte.«

Mit einem Kratzfuß erhob er sich. Schon setzte er zu weiteren Schmeicheleien an, da unterbrach sie seinen Redefluß mit der lässig hingeworfenen Bemerkung:

»Ah, Sie sind der junge Mann mit dem Königstick! Hm, eigentlich hatte ich Sie mir ganz anders vorgestellt, mit Schaum auf den Lippen, niedriger Stirn und so . . .«

Alle lachten schallend.

Gucky watschelte auf die Psychologin zu und griff nach ihrer Hand.

»Du bist richtig, Eileen. Ich darf doch Eileen zu dir sagen, ja?« Bittend schaute er zu ihr auf.

Eileen Dacran bückte sich und kraulte ihm das Nackenfell.

»Wenn du mir erlaubst, daß ich dich Gucky nenne . . .«

Der Mausbiber schnurrte wie ein verliebter Kater und schickte Roi Danton einen triumphierenden Blick zu, als wollte er sagen: Siehst du, mich streichelt sie, aber du bist für sie nichts weiter als einer der zahllosen Verrückten, die im Universum herumlaufen!

Perry Rhodan biß sich auf die Unterlippe, um nicht laut lachen zu müssen. Zum erstenmal, seit er Mike unter dem Pseudonym Roi begegnet war, erlebte er seinen Sohn fassungslos. Aber da war noch eine andere Gemütsregung in Mikes Gesicht zu erkennen, nur wußte sie der Vater nicht zu deuten.

Er nickte Goratschin auffordernd zu. Der riesige Mutant stampfte auf seinen Säulenbeinen zur Panzerpforte und ließ sie mit Hilfe seines elektronischen Kodegebers in die Fassung gleiten.

Mit Rhodan an der Spitze betraten die Menschen und der Mausbiber den Raum. Sie gruppierten sich zwanglos um die mächtige Wandcouch, auf der Agen Thrumb es sich bequem gemacht hatte. Der Stützpunktingenieur wollte aufstehen, aber Rhodan bat ihn im Zentrums-Idiom, Platz zu behalten.

Erneut begann das Frage- und Antwortspiel. Es steigerte sich zu einem Kreuzverhör, bei dem schließlich Eileen Dacran die führende Rolle übernahm. Sie trieb Agen Thrumb in die Enge, ließ ihm wieder Spielraum und stieß in unerwarteten Augenblicken mit aller Schärfe vor.

Der Stützpunktingenieur gab nur spärlich Antwort. Aber als Eileen ihn einmal besonders stark bedrängte, verzog er plötzlich seinen Rachenmund und lachte dröhnend.

Verblüfft blickten Rhodan und Atlan sich an. Besonders der Arkonide war sehr nachdenklich geworden. Eine junge terranische Psychologin hatte ihn, den mit allen Wassern gewaschenen Galaktopsychologen und ehemaligen Arkonidenadmiral, übertrumpft.

Doch Agen Thrumbs Gefühlsausbruch war alles andere als versöhnlich oder humorvoll gemeint. Seine nächsten Worte bestätigten es.

»Sie verkennen immer noch die Situation«, sagte er zu Rhodan. »Dies hier ist unsere Galaxis, unser Territorium, und Sie sind als unerwünschte Eindringlinge gekommen und haben noch dazu zwei Bestien mitgebracht.«

Er machte eine Pause und musterte Eileen Dacran intensiv.

»Gewiß, Sie sind ein tüchtiges und kämpferisches Volk. Aber

gegen unsere Macht haben Sie nichts anzubieten. Ich fordere Sie auf, bedingungslos zu kapitulieren und die beiden Bestien zu töten, die Sie in widersinniger Auslegung des Begriffs ›Freunde‹ nennen.«

Atlan sprang erregt auf und schlug den Strahler auf Agen Thrumb an.

Roi Danton stellte sich in die Schußlinie.

»C'est impossible, Sire! Dieses Wesen ist unser Gefangener, und wir töten keine Gefangenen.«

Er wandte sich zu Agen Thrumb um und deutete eine Verbeugung an.

»Verzeihen Sie unserem arkonidischen Freund, Druis. Aber er reagiert gewöhnlich etwas heftig, wenn man von ihm verlangt, er solle seine besten Freunde töten.« Er räusperte sich. »Übrigens scheinen Sie besser über die bisherigen Geschehnisse informiert zu sein, als Sie es bisher zu erkennen gaben. Ich muß Ihnen meine Mißbilligung aussprechen.«

Er machte auf dem Absatz kehrt und stiefelte zur Tür. Dort drehte er sich noch einmal um und befahl mit schneidender, eiskalter Stimme:

»Oro, setze deinen Riechflakon in Tätigkeit! Hier stinkt es, mit Verlaub gesagt!«

Krachend fiel die Panzertür hinter ihm zu.

Betreten blickte Perry Rhodan hinter seinem Sohn her. Es ging ihm gegen den Strich, daß Mike sich derartig gegen alle diplomatischen Gepflogenheiten versündigt hatte.

Da erhielt Roi von unerwarteter Seite Unterstützung.

»Leider muß ich ihm beipflichten«, sagte Eileen Dacran leise auf englisch. »Mein Urteil als Kosmopsychologin lautet: Agen Thrumb ist ein eiskalter Rechner ohne jeden Skrupel, der seinen eigenen Bruder in eine Falle locken würde, falls das seinen Zielen nützte. Ich bitte Sie, immer daran zu denken.«

»Ich hoffe, Sie sehen zu schwarz, Miß Dacran«, erwiderte Rhodan mit verbindlichem Lächeln. Er erhob sich abrupt. Sein Gesicht wirkte seltsam ausdruckslos, als er zu Agen Thrumb sagte: »Ich gebe Ihnen jetzt eine Überlegungspause. Anschließend werden Goratschin und Kasom Sie in meine Privatkabine bringen.«

Er verließ den Verhörraum. Die anderen folgten ihm.

Atlan ging als letzter. Er wirkte sehr nachdenklich.

»Ich muß gestehen, daß ich ernsthaft überlege, ob ich Tolot und Teik darum bitten soll, diesen Stützpunktingenieur zu verhören«, sagte Atlan zu Perry Rhodan, während die beiden Männer sich in den bequemen Schalensesseln von Rhodans Kabine niederließen. »Miß Dacrans Analyse scheint mir voll zuzutreffen.«

Perry Rhodan nahm eines der beiden Gläser Mineralwasser, die der Tischautomat servierte, und schob es dem Freund hinüber. Dann schlug er die Beine übereinander, lehnte sich bequem zurück und sagte:

»Immerhin ist Miß Dacran noch relativ jung, Atlan. Der scharfsinnigste Verstand kann die Erfahrung von Jahrhunderten oder gar von Jahrtausenden niemals ersetzen. Oder solltest du in deiner Eigenschaft als Mann beeindruckt von ihr sein?« Er lächelte.

Der USO-Chef trank sein Glas mit einem Zug aus und runzelte unwillig die Stirn.

»Ein wenig schon; ich gebe es gern zu. Schließlich ist Miß Dacran eine schöne, charmante und hochintelligente Frau. Und ich weiß kaum noch, wann ich mich zum letztenmal für ein weibliches Wesen interessiert habe.« Er seufzte. »Doch davon abgesehen, Perry: Du weißt, ich bin Pragmatiker. Als solcher erkenne ich, daß unsere Lage in M 87 von Tag zu Tag unhaltbarer wird. Die Konstrukteure des Zentrums werden nicht untätig zusehen, wie wir eines ihrer Geheimnisse nach dem anderen enträtseln. Unter diesen Umständen müssen wir Agen Thrumb um jeden Preis klarmachen, daß Tolot und Teik nicht mit jenen Bestien identisch sind, die anscheinend das Denken und Fühlen aller intelligenten Lebewesen dieser Galaxis beschäftigen. Arrangieren wir doch schon bald eine Gegenüberstellung, Freund!«

»Einverstanden«, erklärte Perry Rhodan nach kurzem Nachdenken. »Übernimm du das, Atlan. Ich werde mich indessen noch ein wenig intensiver mit dem Stützpunktingenieur beschäftigen.«

Der Arkonide erhob sich.

»Tu, was du nicht lassen kannst. Appelliere ruhig an die nicht vorhandenen Gefühle dieses Monstrums. Ich kenne euch terranischen Barbaren und euren liebenswerten Zug gefühlvoller Überredungskunst zur Genüge. Du wirst dich nicht von deinem Vorhaben abhalten lassen.«

Mit geistesabwesendem Lächeln blickte Rhodan dem davongehenden Lordadmiral nach. Er wußte, daß der Freund absichtlich die harte Bezeichnung »Monstrum« für ein intelligentes Lebewesen gebraucht hatte. Das war wieder einmal einer seiner beliebten Psychotricks, um den Terraner dazu anzuspornen, ihm das Gegenteil zu beweisen.

»Ich werde es versuchen«, murmelte er. »Darauf kannst du dich verlassen.«

Wenig später wurde Agen Thrumb von Kasom und Goratschin in die Kabine geführt. Rhodan bot dem Stützpunktingenieur einen Platz an und schickte die Wächter wieder hinaus. Eine Weile saßen sich die beiden so fremdartigen Wesen gegenüber. Rhodan eröffnete die Unterhaltung.

»Dies ist kein neues Verhör, Druis«, sagte er im Zentrums-Idiom. »Ich habe Sie hergebeten, um meine Karten offen auf den Tisch zu legen. Anschließend werde ich nichts fordern. Ich bitte Sie lediglich, mir genau zuzuhören.«

Er lehnte sich zurück und schilderte genauestens die bisherigen Ereignisse, vor allem aber jene, die dazu geführt hatten, daß die CREST IV nach der Galaxis M 87 verschlagen worden war. Besondere Betonung legte er dabei auf die Rolle der Haluter als treue Freunde und absolut verläßliche Helfer der Menschheit.

Abschließend beugte er sich vor und rief aus:

»Wollen Sie wirklich, Druis, daß wir Terraner zwei Lebewesen ermorden, die uns volles Vertrauen schenken und die ihre Freundschaft zu uns Hunderte von Malen bewiesen haben? Wir sind zu allen erträglichen Konsequenzen bereit, aber verlangen Sie das niemals von uns. Es liegt außerhalb unserer Mentalität, diesem Verlangen nachzugeben.«

Der Stützpunktingenieur sah ihn mit starrem Blick an.

»Sie verweigern uns praktisch das, was Sie von uns erwarten: Wir sollen vergessen, welche Rolle die Bestien in der Vergangenheit unserer Galaxis gespielt haben. Wir sollen damit den Bestand unseres friedlichen Zusammenlebens gefährden – aber Sie sind nicht dazu bereit, die beiden einzigen Bestien zu töten, die einer Verständigung im Wege stehen.«

Resignierend erkannte Rhodan, daß er Agen Thrumb nicht zu überzeugen vermochte. Ansicht stand gegen Ansicht, Überzeugung gegen Überzeugung, pathologische Furcht gegen Freundestreue.

Schon wollte er Kasom und Goratschin hereinbitten, um den Abtransport des Gefangenen zu befehlen, als sein Armbandkom sich summend meldete.

Atlans Gesicht erschien auf dem winzigen Bildschirm.

»Ist er noch bei dir?« fragte der Arkonide erregt.

Perry Rhodan nickte stumm. Atlan würde es auf seinem Empfangsschirm sehen können.

»Betrachte ihn genau, Perry!« forderte Atlan. »Sieh dir vor allem seine Steine an!«

Verwundert hob Rhodan den Kopf. Er erschrak. Einer der blauen Steine auf Agen Thrumbs Brust glühte heller als zuvor. Er berichtete dem Freund davon.

»Ich habe so etwas geahnt!« stieß Atlan hervor. »Tolot und Teik sind nämlich von sich aus gekommen. Sie berichten, daß seit einigen Minuten von dem Spezialortungsgerät des halutischen Schiffes fremdartige Symbolgruppen auf Hyperwellenbasis aufgefangen werden. Die Auswertung besagt, daß es sich dabei um eine Nachrichtenübermittlung auf parastabiler Ebene handelt, die aus dem Innern der CREST kommt . . .!«

»Ich danke dir«, entgegnete Rhodan mit rauher Stimme. »Bringe die Haluter in meine Kabine. Ende!«

Er schaltete seinen Kom ab und stand auf. Blitzschnell zog er seine Waffe und richtete sie auf Agen Thrumb.

»Stellen Sie augenblicklich Ihre Sendung ein!« befahl er mit eiskalter Ruhe. »Andernfalls muß ich Sie zur Wahrung unserer Sicherheit töten!«

Der Stützpunktingenieur erhob sich ebenfalls. Hochaufgerichtet stand er vor dem Terraner und schaute auf ihn hinab. Rhodan fragte sich, was in dem Ordinärgehirn des Haluterähnlichen in diesen Sekunden vorginge.

»Tun Sie, was Sie für richtig halten«, erklärte Thrumb würdevoll. »Ich werde meinerseits tun, was ich für richtig halte.«

Perry preßte die Lippen zusammen und senkte die Waffe. Er sah ein, daß dem Stützpunktingenieur mit Drohungen nicht beizukommen war. Und er wollte ihn nicht töten, weil er hoffte, mit seiner Hilfe doch noch eine Verständigung zu erreichen.

Sein Daumen preßte sich auf einen unsichtbaren Kontakt der

Tischplatte. Im nächsten Moment erschienen Kasom und Goratschin in der Tür.

»Abführen!« befahl Rhodan. »In den Verhörraum. Bei Fluchtversuch schießen!« Er hatte das Zentrums-Idiom gesprochen, und er glaubte den Haluterähnlichen richtig einzuschätzen, wenn er darauf baute, daß Agen Thrumb sich über die Unwiderruflichkeit eines solchen Befehls im klaren war.

»Sie sind schlau«, flüsterte der Ingenieur im Hinausgehen. »Aber nicht schlau genug.«

Rhodan lächelte auf eine Art, die den Glanz aus Thrumbs Augen vertrieb.

»So wie Sie haben schon viele Leute gesprochen, die heute nicht mehr leben, Druis«, sagte er gefährlich leise.

Etwa eine halbe Minute nach Agen Thrumbs Abgang begann der Boden in Rhodans Kabine zu zittern. Vom Flur drang ein Geräusch herein, das an das Stampfen schwerer Metallpressen erinnerte. Rhodan ging rasch zur Tür und öffnete sie.

Das stampfende Geräusch verstummte.

Draußen standen zwei Kolosse in Kampfkombinationen. Ihre rotglühenden Augen leuchteten im Feuer der Wiedersehensfreude.

Gleichzeitig hoben Perry Rhodan und die beiden Haluter die Hände, um sich zu begrüßen. Atlan hielt sich im Hintergrund.

Anschließend ergänzte Icho Tolot den Bericht des Arkoniden. Er äußerte die Vermutung, daß es sich bei der Symbolsendung des Stützpunktingenieurs um den Versuch handeln könnte, seine Position einpeilen zu lassen.

»Ich bin zutiefst betrübt, daß ich meine Kinder durch Teiks und meine Anwesenheit in solche Gefahr gebracht habe«, erklärte Tolot.

Perry Rhodan fühlte sich wie immer seltsam berührt von der rührenden Beschützermentalität des Haluters, die den Mutterinstinkten des zweigeschlechtlichen Wesens entsprang.

»Keiner hat den anderen in Gefahr gebracht, Tolotos«, antwortete er und verwendete die freundschaftliche Anrede, wie sie zwischen ihnen seit einiger Zeit oft benutzt wurde. Von Tolots Seite betrachtet, war es zugleich der Ausdruck allergrößten Vertrauens und höchster Wertschätzung, sich Tolotos nennen zu lassen.

»Gehen wir!« warf der Lordadmiral ungeduldig ein. »Ich möchte diese unerfreuliche Sache hinter mich bringen.«

Rhodan runzelte die Stirn, dann verstand er, was der Freund meinte. Es würde tatsächlich eine unerfreuliche Sache werden. Kein wahrhaft vernünftiges Lebewesen konnte sich an der Demütigung eines anderen Wesens erfreuen.

Er nickte und gab den Halutern ein Zeichen, ihm zu folgen. Mit gesenktem Kopf schritt er auf den Lift zu, der sie in das Stockwerk bringen würde, in dem sich die Verhörzelle Agen Thrumbs befand.

Diesmal wachten Melbar Kasom und Oro Masut vor der Panzertür. Die beiden riesigen Ertruser wirkten klein gegen die Haluter. Stumm traten sie beiseite.

Perry Rhodan warf einen kurzen Seitenblick auf Atlan. Das Gesicht des Arkoniden wirkte versteinert. Nur die rötlich schimmernden Augen zeugten von dem Leben, das den Unsterblichen durchpulste, und ihre verstärkte Feuchtigkeitsabsonderung bewies, wie erregt Atlan war.

Ein zirpender Ton erklang, als Rhodan den Kodegeber betätigte. Langsam glitt die Panzerpforte in die Seitenwand. Mit stampfenden Schritten betraten die beiden halutischen Giganten den Verhörraum.

Agen Thrumb hatte in der Mitte des Raumes gestanden, von Iwan Iwanowitsch Goratschin mit dem Strahler bedroht. Jetzt wich der Stützpunktingenieur einen Schritt zurück und gab dumpfe Laute der Angst von sich.

In einer Schwerfälligkeit, die wegen der Größe der Gigantenkörper noch unerbittlicher wirkte, bewegten sich Icho Tolot und Fancan Teik auf den Artverwandten zu. Ihre Augen glänzten rot.

Agen Thrumbs Körper wurde von einem Schüttelkrampf gepackt. Immer schneller wich der Stützpunktingenieur zurück, bis er mit dem Rücken an die gegenüberliegende Wand stieß. Von der stolzen Verachtung, die das mächtige Wesen noch Minuten zuvor in Rhodans Kabine gezeigt hatte, war nichts übriggeblieben. Die gelben Augen flackerten im ersten Stadium des Irrsinns und der Panik.

Fancan Teik blieb in der Mitte des Raumes stehen. Nur Icho Tolot ging langsam weiter. Er flüsterte beruhigende Worte, wenn man bei einem solchen Koloß überhaupt von Flüstern in menschlichem Sinne sprechen konnte. Es wurde klar ersichtlich, daß der Haluter den Artverwandten beschwichtigen wollte. Tolot konnte es offenbar kaum noch ertragen, daß ein verwandtes intelligentes Lebewesen sich vor ihm fast zu Tode fürchtete.

Plötzlich hob Agen Thrumb alle vier Hände vors Gesicht. Tolot trat noch einen Schritt näher. Da stieß der Stützpunktingenieur einen markerschütternden Schrei aus und stürzte wie vom Blitz gefällt zu Boden.

Rhodan, Atlan und Goratschin eilten auf den zuckenden Körper des Haluterähnlichen zu, doch Icho Tolot breitete seine Stützarme aus und hielt die Freunde auf.

Im selben Moment flammte die neue Spezialkombination des Stützpunktingenieurs auf und verbrannte, obwohl sie aus bisher für unbrennbar gehaltenem Material bestand. Die Asche wirbelte bis zur Decke empor.

Von der Tür her erscholl ein gellender Schrei. Oro Masut hatte ihn ausgestoßen. Der Leibwächter Roi Dantons wurde vom Entsetzen geschüttelt.

Aber auch Perry Rhodan konnte sich des Grauens nicht länger erwehren. Er stöhnte gepreßt, als mit dem Körper Agen Thrumbs eine unheilvolle Verwandlung geschah.

Die weiße Haut verfärbte sich bräunlich, während der Körper unaufhaltsam zusammenschrumpfte. Dann wurde die Haut kohlschwarz; breite Risse brachen auf. Noch einen markerschütternden Schrei stieß der Stützpunktingenieur aus, dann verstummte er endgültig. Sein Körper war inzwischen bis zur Hälfte der Normalgröße zusammengeschrumpft und wirkte wie ein verkohlter Baumstumpf.

# 11.

Das Entsetzen stand den Terranern noch immer ins Gesicht geschrieben, als die Bordärzte die Leiche des Stützpunktingenieurs untersuchten.

»Es ist zwecklos«, ließ sich die Stimme des Chefarztes, Dr. Arthur, schließlich vernehmen.

»Den Atomen des Körpers ist auf rätselhafte Weise jegliche Bewegungsenergie entzogen worden; unter diesen Umständen sind Wiederbelebungsversuche von vornherein zum Scheitern verurteilt.« Er wandte sich wieder seinen Helfern zu und befahl ihnen, die Apparaturen abzutransportieren, mit denen die Untersuchung vorgenommen worden war.

Der Großadministrator kauerte sich vor Agen Thrumbs Überresten nieder und musterte die zwanzig blauen Steine auf dem, was einmal die Brust des Haluterähnlichen gewesen sein mußte.

»Sie sind offenbar nicht beschädigt«, murmelte er nachdenklich. »Aber sie leuchten nicht mehr. Ich möchte wissen, was den Tod dieses Wesens wirklich hervorgerufen hat.«

Icho Tolot, der bisher geschwiegen hatte, räusperte sich.

»Meiner Meinung nach war ein von außerhalb des Schiffes kommender Hyperenergiestrahl daran beteiligt. Ich rate dringend dazu, den Toten aus dem Schiff zu stoßen. Er könnte unter Umständen als Empfangspol für energetische Angriffsfluten dienen.«

Rhodan erhob sich und wischte sich über die Stirn.

»Was sind das nur für unbekannte Kräfte, die hier in M 87 auftreten?«

»Auf jeden Fall sind diese Kräfte uns nicht freundlich gesonnen«, warnte Tolot.

»Auch ich rate dazu, den Toten aus dem Schiff zu stoßen, und zwar sofort!« erklärte Atlan in dringendem Tonfall. »Bitte, Perry, unterdrücke der Sicherheit des ganzen Schiffes zuliebe alle Sentimentalitäten, die deiner terranischen Mentalität entspringen.«

Rhodans Haltung straffte sich. Er wandte sich an Kasom und sagte: »Bitte, veranlassen Sie, daß die Leiche von Robotern zur Schleusenpforte CM-23 transportiert wird.«

Der Ertruser gab seine Anweisungen. Zehn Minuten später standen sie alle vor der Schleuse und beobachteten, wie zwei Roboter den Toten durch das Innenschott der Schleuse schoben.

Kurz darauf zeigte eine rote Warnlampe an, daß das Außenschott geöffnet und der tote Körper dem Weltraum übergeben worden war.

Abrupt wandte Atlan sich um und schaltete die Außenbordbeobachtungsanlage ein. Perry Rhodan wurde von der Erregung des Arkoniden angesteckt. Leise trat er neben ihn.

Die beiden Männer verfolgten, wie der Körper von der gewaltigen Schwerkraft der blauen Riesensonne erfaßt wurde. Er wirbelte auf die emporzuckenden Gaszungen zu und mußte innerhalb der nächsten Minuten in den Gluten vergehen.

Doch plötzlich stockte sein zielgerichtetes Wirbeln. Gleich einem Moskito-Jet, der nach einem rasenden Angriff abschwenkt, schoß er nach »oben«. Sein Umherwirbeln wurde jäh gestoppt. Der Kopf erschien in der von Atlan eingeschalteten Sektorvergrößerung deutlich als gezielt ausgerichtet.

»Er weist in Richtung Zentrum!« schrie der Arkonide entsetzt.

Rhodan sprang aus dem Stand heraus, während er noch herumwirbelte. Er riß den plombierten Alarmschalter auf der gegenüberliegenden Gangseite herunter und schrie in das aktivierte Mikrophon der Rundrufanlage:

»Rhodan an gesamte Besatzung! Alarmstart! Ich wiederhole: Alarmstart! Kurs auf ausgeschleusten toten Körper nehmen. Oberst Akran, bestätigen Sie!«

Im gesamten Schiff heulten die Alarmsirenen auf und verstummten sofort wieder, um von flackernden roten Warnplatten abgelöst zu werden. Aus den Lautsprechern der Rundrufanlage erscholl Akrans laute Stimme.

»Kommandant an Rhodan. Melde Befehlsausführung. CREST nimmt Fahrt auf. Kurszielkörper im Ortungsleitstrahl, entfernt sich mit hohen Beschleunigungswerten in Richtung galaktisches Zentrum. Ende!«

Das Raumschiff schüttelte sich unter den plötzlich hochjagenden Beschleunigungswerten. Kommandant Akran nahm keine Rücksicht auf die Belastungsgrenze der Triebwerksaggregate. Infolge des Kaltstarts wummerte und dröhnte es im Schiff, als wollte es auseinanderfallen. Die Geräusche aus den Kraftwerkssektionen übertönten den Lärm zuschlagender Schotte und trampelnder Stiefel. Es war ein Alarmstart, der den Männern der CREST IV alles abverlangte. Sie schafften es mit Bravour; der hohe Ausbildungsstand der Terraner wurde wieder einmal bewiesen.

Als das Dröhnen gleichmäßiger und gedämpfter wurde, blickten sich Atlan und Perry Rhodan in die bleich gewordenen Gesichter. Der Arkonide wischte sich die Feuchtigkeit aus den Augen.

»Ich hatte so etwas geahnt!« murmelte er.

Die reflektierenden Impulse des Hypertasters wurden vom Wiedergabegerät in intervallartiges Zirpen und grünleuchtende Diagramme mit dicht aufeinanderfolgenden hohen Zacken umgewandelt.

»Einwandfreie Hyperortung, Sir!« meldete Major Owe Konitzki, der Chef der Ortungszentrale. »Ich habe angeordnet, daß der Halbraumspürer einsatzbereit gemacht wird.«

»Danke, Major!« entgegnete Rhodan knapp. Er wandte sich zur Seite und blickte in die Augen seines Sohnes, die spöttisch auf dem Gerät ruhten, das der Freihändlerkönig dem Großadministrator einst geschenkt hatte – als Entgelt für die offizielle Anerkennung der Freihändler von Boscyks Stern. Unter der spöttischen Maske war jedoch die gleiche Besorgnis und Unruhe zu erkennen, die von der gesamten Schiffsbesatzung Besitz ergriffen hatte.

»Kommandant an Rhodan!« schnarrte es aus dem Interkomlautsprecher. »Beschleunigung beträgt sechshundert Kilometer pro Sekundenquadrat. Objekt verläßt Gravisphäre der Sonne. Ende!«

»Danke, Ende!« erwiderte Rhodan. Er lächelte. Stolz und Freude darüber wollten ihn übermannen, daß er eine so wunderbare Mannschaft befehligen durfte. Männer dieser Art hatten ihn von Anfang an auf seinem Weg begleitet.

Seine Miene verdüsterte sich plötzlich wieder. Unwillkürlich hatte er an OLD MAN gedacht – und an die bedrohte Erde.

»Gibt es überhaupt noch eine Erde und eine geeinte Menschheit?« flüsterte er. »Hat OLD MAN nicht vielleicht schon sein Vernichtungswerk vollendet?«

Rois Gesicht wurde ernst.

»Unsere Menschheit ist unschlagbar, Dad«, sagte er so leise, daß es außer ihnen beiden und Atlan niemand hören konnte. »Daran vermögen auch ein Riesenroboter und die Zweitkonditionierten nichts zu ändern.«

Perry Rhodan drückte die Hand seines Sohnes.

»Ich danke dir, Mike. Am meisten aber danke ich dir dafür, daß du ›unsere Menschheit‹ gesagt hast.«

»Man schwelgt wieder in typisch terranischer Sentimentalität«, bemerkte Atlan mit beißendem Sarkasmus. »Dürfte ich vielleicht darauf hinweisen, daß der geheimnisvolle Tote soeben im Linearraum verschwunden ist?«

Rhodan und Danton fuhren herum und starrten sekundenlang auf den leeren Diagrammschirm.

»Achtung! Linearmanöver!« krachte Merlin Akrans Stimme warnend aus den Lautsprechern der Rundrufanlage. Von den Bildschirmen der Normalraumoptik verschwanden schlagartig die Sterne der Galaxis M 87.

Roi Danton stand schon vor dem Halbraumspürer. Er verfolgte jeden Handgriff des Spezialisten, der dafür ausgebildet worden war, das komplizierte Gerät zu bedienen. Geblendet schloß er die Augen, als eine grelle Lichtflut aus dem Impulsumwandler ihm förmlich entgegensprang. Sofort schaltete der Ortungsspezialist die Leistungsverstärkung herunter. Der blendende Lichtschein mäßigte sich zu einem grünlichen Schimmer, der von einem hellen paraenergetischen Tastreflex ausging.

Der Freihändler rieb sich die schmerzenden Augen.

»So leicht wurde noch nie etwas vom Halbraumspürer erfaßt wie der Stützpunktingenieur. Er muß förmlich vollgesogen sein von einer Energie, die seine Geschwindigkeit und seinen Kurs bestimmt.«

»Also eine Art Parajetstream«, meinte Atlan. »Die Beherrscher von M 87 wenden eine Menge Dinge auf, um ihren Stützpunktingenieur zurückzubekommen – und das, obwohl er nur noch ein verkohlter Leichnam ist.«

»Vielleicht hätten wir ihn desintegrieren sollen«, sagte Roi. »Möglicherweise sind die Steine auf seiner Brust die Träger wichtiger Informationen.«

Perry Rhodan schüttelte den Kopf.

»Wenn es so wäre, dann soll es mir recht sein. Auf diese Weise lernen die Zentrumskonstrukteure unseren Standpunkt kennen. Ich hoffe noch immer auf eine Verständigung.«

Zwei Orientierungsmanöver mit dem üblichen Wechsel zwischen Normalraum und Halbraum verliefen ohne besondere Vorkommnisse. Beim zweiten Manöver bat Perry Rhodan die Haluter darum, sich mit ihrem Schiff vom oberen Pol der CREST IV zu lösen und in geringem Sicherheitsabstand zu folgen. Er wollte die Haluter als Eingreifreserve hinter sich wissen.

Als die CREST IV zum drittenmal ins Normaluniversum zurückkehrte, wurde dieses Ereignis vom mißtönenden Pfeifen des Ortungsalarms begleitet.

»Kommandant an Rhodan!« meldete Oberst Akran. »Objekt verzögert mit Maximalwerten. Ich habe ebenfalls Bremsmanöver eingeleitet. Erbitte Einverständnis.«

»Einverstanden. Ende!« sagte Rhodan ins Mikrophon. Danach widmete er seine Aufmerksamkeit wieder dem Bildschirm des Hypertasters. Deutlich hob sich der Reflexpunkt des Toten vom Hintergrund ab. Der Kurs wies auf den Raum zwischen zwei Riesensonnen, die laut ersten Messungen nicht mehr als drei Lichtmonate voneinander entfernt waren. Hin und wieder wurden ungeheuer starke Gravitationsstürme zwischen ihnen angemessen.

Rhodans Hauptaugenmerk aber galt weder dem Stützpunktingenieur noch den beiden Sonnen, sondern einem starken Ortungsreflex, der scheinbar fahrtlos zwischen den beiden roten Riesen stand, und zwar genau auf der verlängerten Kurslinie des Leichnams.

Die ersten Feinmessungen trafen eine Minute später ein. Danach handelte es sich bei dem georteten Objekt um eine Festung ähnlich der von Truktan. Sie bestand wie diese aus einem Stahl, der weitgehend terranischem Terkonit glich. Auch hier standen die Aufbauten auf einer quadratischen Plattform. Die Kantenlänge betrug etwa dreißig Kilometer. Ein weitgespannter Schutzschirm von der energetischen Beschaffenheit terranischer Hochenergie-Überladungsschirme umgab die Raumfestung.

»Volle Beschleunigung. Kurs auf Agen Thrumb, Oberst!«

Merlin Akran bestätigte kurz.

Die automatische Kontrolle der G-Belastung gab einen schrillen Alarmton von sich, als die CREST IV mit wahnwitzigen Werten anruckte und die Andruckabsorber für den Bruchteil einer Mikrosekunde nicht ganz mitkamen. Der kritische Augenblick war jedoch vorüber, bevor jemand der Besatzung mehr gespürt hatte als einen winzigen Ruck an den Haltegurten.

Mit überlasteten Triebwerken raste die CREST IV auf den toten Körper zu, der sich unaufhaltsam der Festung näherte. Niemand in der Kommandozentrale des Ultraschlachtschiffes hatte Zeit, mit seinem Nachbarn Meinungen auszutauschen oder auch nur einen Blick zur Seite zu werfen.

Rhodan saß angeschnallt und mit sprungbereit gekrümmtem Rükken auf seinem Kontursitz am Kartentisch. Er konnte von dort aus erkennen, daß Kommandant Akran steif aufgerichtet vor seinen Kontrollen saß und die gespreizten Finger über die Kommandotastatur hielt. Der Epsaler war für seine phänomenale Reaktionsschnelligkeit bekannt; andernfalls wäre er niemals Kommandant des Solaren

Flaggschiffes geworden. Er würde im richtigen Augenblick das einzige Richtige tun. Rhodan konnte sich auf ihn verlassen.

Aber Perry Rhodan dachte bereits viel weiter. Ihn interessierte die Verfolgungsjagd nur mehr am Rande. Er überlegte fieberhaft, welche Bedeutung man diesem »Einholen« des Leichnams zuzumessen habe. Ohne schwerwiegende Gründe würde ein derart aufwendiges Manöver niemals erfolgt sein.

Wieder heulten die Alarmsirenen auf.

Die Wiedergabe der Sterne und der Festung auf den Bildschirmen der Panoramagalerie verwandelte sich in streifige Bänder. Donnernd verkündeten die Kraftwerke der CREST IV, daß sie wieder einmal überlastet wurden.

Unwillkürlich hielten die Männer den Atem an, als der grünblaue Schutzschirm der Festung nahe vor dem Schiff auftauchte.

Plötzlich zuckte ein heller Blitz über die weitgespannte Energiekugel. Rhodan fühlte sich in seinen Kontursessel gepreßt, dann war die Belastung überstanden. Der grünblaue Schutzschirm der Festung wanderte beinahe ruckartig in die Steuerbordschirme der Panoramagalerie.

»Ortung an Rhodan!« plärrte eine Stimme aus dem Interkom. »Verfolgtes Objekt drang durch eine kurzfristig erstellte Lücke im Festungsschirm ein. Kurz zuvor erfolgte Verzögerungsmanöver. Ende!«

»Danke! Ende!« erwiderte Rhodan ruhig. Dann schaltete er zum Kommandanten um. »Fahrt aufheben; auf Sicherheitsdistanz gehen. Ende!«

# 12.

Dumfries schleppten den verkohlten Körper sofort nach seiner Landung zu einem bereitstehenden Gleitfahrzeug.

Sie behandelten die Leiche dabei mit einer Sorgfalt, als hätten sie ein lebendes Wesen vor sich, das lediglich einer entsprechenden Behandlung bedurfte, um wieder gesund zu werden.

Verschiedenartig gestaltete Roboter eskortierten den Gleiter der Dumfries und begleiteten ihn ins Innere der riesigen Raumfestung. Gewaltige Panzertore taten sich vor der Gruppe auf, Schutzschirme erloschen und bauten sich hinter dem Transportkommando knisternd wieder auf. Unter dem Hauptschirm der Festung befand sich eine normale Sauerstoffatmosphäre.

An Bauwerken unterschiedlichster Konstruktionen vorüber ging der Flug. Schwere Energieprojektoren und Vibratorgeschütze drohten aus klobigen Forts, Raumraketenschächte ließen die rotleuchtenden Spitzen atomarer Geschosse sehen. Sie wiesen in den Raum hinaus, in dem ein Raumschiff – ein winziges Stäubchen gegen die Ausmaße der Festung – in sicherer Entfernung in einen Orbit gegangen war.

Der letzte Absicherungsschirm öffnete sich, die letzte Panzerpforte verschwand nach oben. Während die Begleitroboter abstoppten, schwebte der Gleiter mit dem verkohlten Körper und den Dumfries in eine Halle hinein, deren Wände in Gelbtönen leuchteten.

Die Krötenwesen verrichteten ihre Arbeit schweigend. Sie hoben den Körper aus dem Gleiter. Schwerelos schwebte der Leichnam von Agen Thrumb zu einer Energiesphäre, die sich lediglich durch ein schwaches Flimmern der umgebenden Luft verriet.

In der Energiesphäre entstand eine Lücke. Die Dumfries schoben den leblosen Stützpunktingenieur in die Sphäre hinein, die Lücke schloß sich wieder.

Die transparente Sphärenhülle blähte sich auf; das Flimmern der umgebenden Luft verstärkte sich. Greller blauer Schein erfüllte das Innere der Sphäre und umhüllte den reglosen Körper.

Jenes Etwas, das einmal der Stützpunktingenieur Agen Thrumb gewesen war, reagierte. Die äußerliche Schwärze verwandelte sich in ein dunkles Braun, das allmählich heller wurde. Zugleich dehnte und streckte sich der vermeintliche Leichnam; es war, als würden ihm jene Energien wieder zugeführt, die ihm an Bord der CREST IV durch einen Parajetstream entzogen worden waren.

Die Regenerierung von Agen Thrumbs Körper ging kontinuierlich weiter. Die Haut des Stützpunktingenieurs nahm wieder die natürliche blütenweiße Farbe mit den gelben Flecken an; die Steine auf seiner Brust begannen wieder zu leuchten. Als er die normale Größe erreicht hatte, öffnete er die Augen.

Die Energiesphäre senkte sich auf den Boden, und eine Strukturlücke entstand auf ihrer Oberfläche. Sofort eilten zwei Dumfries herbei und hoben Agen Thrumb heraus.

Sekundenlang starrte der Stützpunktingenieur ins Leere, dann richtete sich sein Blick auf die Sphäre, die plötzlich zu pulsieren begann.

Ein gellender Entsetzensschrei drang aus seinem Rachen. Er riß alle vier Arme hoch und bedeckte mit den Händen seine Augen.

Grelle Strahlung brach aus der Energiesphäre, dann barst sie mit einem Schauer tödlicher Hyperstrahlung.

Fünf, sechs Dumfries warfen sich über Agen Thrumb und schirmten ihn mit ihren Körpern gegen den strahlenden Tod ab. Sie starben innerhalb weniger Sekunden.

Als Agen Thrumb sich unter den Leichen hervorwühlte, war alles bereits vorbei. Die Energiesphäre existierte nicht mehr. Gleichzeitig dröhnten die Alarmsirenen durch die Festung.

Wenige Minuten später wußte Agen Thrumb, was ihm fast doch noch zum Verhängnis geworden war. Sein Plan war so gut durchdacht gewesen und hatte im entscheidenden Augenblick auch sofort funktioniert, aber wie so oft, war eine geniale Idee nur deshalb zum Scheitern verurteilt, weil jene Dinge nicht genügend berücksichtigt wurden, die als selbstverständlich angesehen wurden.

In diesem Fall das Funktionieren der Regenerierungsmaschinerie hier auf der fliegenden Festung, die in diesen Minuten von den Verbündeten der verhaßten Bestien angegriffen wurde. Die Dumfries und alle anderen Hilfskräfte, die hier ihren Dienst zu versehen hatten, lagen gelähmt zwischen oder in den wie willkürlich hingesetzten und auf abenteuerliche Weise verbundenen Gebäuden und Stationen der Festung. Als deren Energieschirm zusammenbrach, nutzten die Terraner, die Agen Thrumb mit ihrem großen Schiff gefolgt waren, ihre Chance ohne Zögern und eröffneten das Paralysefeuer.

Agen Thrumb war der einzige, dem die Lähmstrahlen nichts ausmachten. Sie waren nichts gegenüber dem Strahlenbombardement auf Geegival, mit dem ihn die plötzlich aufgetauchten Terraner und ihr kleiner Begleiter in die Knie zwingen konnten.

Aber nun war er allein und besaß kaum die Möglichkeit, in der gebotenen Zeit wirksame Hilfe herbeizurufen. Immerhin war es ihm möglich gewesen, einen automatischen Notruf abzustrahlen. Ob die Kampfroboter der Festung die Terraner aufhalten konnten, wagte er zu bezweifeln. Es kam ganz darauf an, wie und ob er sie hinhalten konnte, bis . . .

Agen Thrumb verschwendete im Augenblick keinen Gedanken mehr an das, was er zu tun hatte. Entweder hatte er damit Erfolg, oder er mußte versuchen, sich bis zum Eintreffen von Hilfe gegen eine Übermacht zu verteidigen.

Äußerlich beherrscht, aber innerlich von einer merkwürdigen Unruhe erfüllt, sah der Stützpunktingenieur sich um. Die Bildschirme des Nebenkontrollraums, in dem er sich befand, zeigten das Ortungsecho des terranischen Schiffes und seiner Beiboote, die sich inzwischen so weit genähert hatten, daß sie bereits normal optisch erkennbar wurden. Agen Thrumb konnte sich vorstellen, daß jede dieser Kugeln und jeder dieser Diskusse vollgepfropft war mit Soldaten, die auf die Festung abregnen würden, solange es nicht gelang, den Schutzschirm wieder hochzufahren.

Und wem sollte das gelingen?

Agen Thrumb knurrte verächtlich.

Die Besatzung der Station war für eine ungewisse Zeit ausgefallen. Die automatisch sofort angelaufenen Hilfskraftwerke waren nicht in der Lage gewesen, den Energieschirm wieder aufzubauen, und daran würde sich auch so schnell nichts ändern.

Und das alles, um den vermeintlich Toten wieder zum Leben zu erwecken.

Agen Thrumbs Gestalt versteifte sich unwillkürlich bei dem Gedanken daran – und an die möglichen Konsequenzen.

Es war schon lange her, daß er an sich selbst Experimente anstellte und dabei die Wirkungsweise einiger seiner Zentrumssteine manipulierte. Die Angst davor, irgendwann einmal mit einer Bestie konfrontiert zu werden, saß bei Angehörigen der höheren Kasten tief. Ein Stützpunktingenieur war ein wichtiges Glied im hierarchischen System, und wenn sich das Trauma einer ganzen Galaxis je erfüllen sollte und die Bestien zurückkehrten, waren sie einer der Hauptangriffspunkte der Ungeheuer.

Agen Thrumb litt schwer unter dieser Angst und wagte deshalb etwas, das fast schon frevlerisch war. Aber die Furcht, die manchmal in ihm zur Panik anschwoll, ließ ihn, den sonst so beherrschten und behutsamen Druis, in diesem Fall alle Vorsicht vergessen. Er manipulierte also seine Steine und pflanzte sich eine Sicherheitsschaltung ein, die in dem Moment wirksam werden sollte, in dem er einer Bestie gegenüberstand. Die Schaltung sollte bewirken, daß sein Körper nach außen hin »starb«, und daß gleichzeitig ein Signal an eine ganz bestimmte Raumfestung abgestrahlt wurde, mit genauen Informationen an die dortigen Dumfries, wie sie sich zu verhalten hatten.

Die Festung sandte daraufhin einen Jetstrahl aus, um den Stützpunktingenieur zu sich zu holen, wo er anschließend mit Hilfe einer Regenerierungssphäre »wiederbelebt« werden sollte.

Dieser Vorgang war einmalig und unwiederholbar – und er hatte dieses eine Mal stattgefunden, nachdem Agen Thrumb sich an Bord des terranischen Schiffes plötzlich mit den beiden Bestien konfrontiert gesehen hatte.

Nur hatte der Ingenieur nicht damit rechnen können, daß bei seiner Regenerierung irgendwo in der komplizierten Maschinerie des Programms ein Fehler auftrat. Die zur Regenerierung notwendige Hyperenergie war nicht – wie vorgesehen – kontinuierlich abgebaut, sondern schlagartig freigesetzt worden. Da das Regenerierungsgerät, eben jene Energiesphäre, mit dem Hauptkraftwerk verbunden gewesen war, wurde ein Großteil der freiwerdenden Energie an dieses abgegeben. Das Hauptkraftwerk wurde dadurch zerstört, mit der Folge, daß dadurch auch der Energieschirm um die fliegende Festung zusammenbrach.

Und deshalb standen jetzt die Beiboote des Terranerschiffes über der Festung und begannen in diesem Moment damit, ihre Männer auszuwerfen, die nicht nur wegen der fehlenden Atmosphäre auf der Festung in schweren Raumkampfanzügen steckten.

Perry Rhodan beobachtete die von Roi Danton geführte Aktion gegen die Raumfestung von der Zentrale der CREST IV aus. Neben ihm stand Atlan mit unbewegter Miene. Nur dann und wann zuckte es verräterisch in seinen Backenmuskeln.

»Es scheint mir zu einfach«, sagte Rhodan, ohne sich vom Bildschirm abzuwenden. »Abgesehen vom Widerstand der Kampfroboter, geht mir das alles zu reibungslos.«

Atlan nickte. Die Roboter waren nicht vom gleichen Typ wie jene in der Truktan-Festung. Ihre Bewaffnung und auch ihre Schnelligkeit waren nicht zu vergleichen mit der der fast unbesiegbaren Maschinen, an denen sich die Terraner auf Truktan fast die Zähne ausgebissen hätten. Dies wurde jedoch durch ihre große Zahl in etwa wieder ausgeglichen.

»Du sagst es, Freund. Wir können die Ursachen für den Zusammenbruch des Energieschirms nur vermuten, aber es war wichtig, ohne langes Nachdenken sofort das Paralysefeuer aus allen Geschützen zu eröffnen und ihm die Landekommandos gleich nachzuschikken. Was nun geschieht, wird sich zeigen. Wir können nur hoffen, daß Agen Thrumb wirklich tot ist.«

Rhodan drehte sich überrascht zu ihm um.

»Du bezweifelst es?«

Der Arkonide zuckte mit den Schultern, sagte aber nichts.

»Unsere Landetruppen regnen immer noch auf die Festung ab«, beschrieb Rhodan das Bild, das er auf dem Schirm sah. »Sie werden sie besetzen und alle auffindbaren Energieerzeuger zerstören, damit die Festung nicht wieder zu neuem Leben erwacht, wenn die Dumfries zu sich kommen. Ewig können wir sie nicht paralysieren. Wir . . .«

»Funkzentrale an Rhodan!« wurde er in diesem Moment unterbrochen. »Ein Anruf von der fliegenden Festung!«

»Verstanden!« erwiderte Rhodan erregt. »Bitte hierher durchstellen!«

Auf dem Bildschirm verblaßte das Bild des Weltraums mit der Festung und den Beibooten, und wich dem Gesicht von Agen Thrumb, des für tot gehaltenen Stützpunktingenieurs.

Atlan stieß laut die Luft aus. Seine Augen tränten.

»Ich ahnte es!« stieß er zwischen den Zähnen hervor.

Rhodan antwortete nicht. Er blickte dem Stützpunktingenieur in die Augen, in denen er einen kalten Triumph zu erkennen glaubte.

»Sie sehen, daß es mir gutgeht«, sagte Agen Thrumb. »Den Umständen entsprechend. Ich hätte allen Grund, Sie in Ihrem naiven Glauben an meinen Tod zu lassen. Aber Sie sollen wissen, wer Ihr Gegner ist. Ihre Soldaten mögen die Dumfries so lange betäuben, wie sie wollen, doch mich bekommen Sie nicht! Ich warne Sie, Terraner! Ihre Leute haben damit begonnen, Teile der fliegenden Festung zu zerstören. Wenn sie so weitermachen, werden Sie es bitter bereuen! Sie haben meine Macht schon einmal sträflich unterschätzt – ein zweites Mal werden Sie es nicht überleben!«

Das Bild auf dem Schirm erlosch, bevor Rhodan eine Entgegnung hervorbringen konnte. Wieder war die Festung zu sehen, die von Korvetten, Space-Jets und Moskitos der CREST in dichten Pulks umkreist wurde.

»Er wartet auf uns«, drang Atlans Stimme an Rhodans Gehör. »Dort unten. Der Bursche ist wirklich raffiniert. Er erwartet, daß wir nun selbst zur Festung fliegen, um ihn uns wieder zu greifen. Seine Botschaft war nichts anderes als eine Herausforderung.«

»Ich weiß«, erwiderte Rhodan. »Und ich werde seiner Einladung Folge leisten. Ich will mit Roi versuchen, unsere Männer zu koordinieren, um Thrumb wieder in unsere Gewalt zu bringen. Du bleibst als Befehlshaber auf der CREST und achtest auf weitere Hypersignale von der Station – oder auf deren Antwort.«

Die ersten Signale von der fliegenden Festung waren schon vor Minuten aufgefangen worden. Sie mußten nicht bedeuten, daß Agen Thrumb noch lebte, sondern konnten auch von einem automatischen Programm abgestrahlt worden sein.

Auf jeden Fall mußte damit gerechnet werden, daß sie, in Anbetracht der Bedeutung einer fliegenden Festung, einen größeren Dumfrie-Verband zu Hilfe riefen.

Und daß die Zeit für die Terraner knapp wurde.

Daran dachte Perry Rhodan, als er, zusammen mit John Marshall, Dr. Jean Beriot, dem kleinen buckligen Chefphysiker der CREST, und dem Chefmathematiker, Dr. Lieber, die Space-Jet bestieg, deren Besatzung sofort nach dem Ausschleusen Kurs auf die Festung nahm.

Roi Danton und Oro Masut warteten dort. Sie führten die Landetruppen an und meldeten erbitterte Kämpfe gegen die Roboter, deren Zahl tatsächlich schier unerschöpflich schien. Die Terraner glaubten immer wieder, sie endlich dezimieren und tiefer in die Festung eindringen zu können, doch für jeden zerstörten Roboter schienen zwei neue aus irgendwelchen Produktionsmaschinerien ausgespien zu werden.

Es gab kaum noch Barrieren, die den Terranern den Zutritt ins Innere der fliegenden Festung verwehren konnten. Ihr Problem blieben nach wie vor die Roboter, die sich wie eine Wand überall dort postierten, wo die Männer vorstießen. Rings um sie herum fanden heftige Explosionen statt und schossen Trümmer durch den Raum. Es war für Rhodan und seine Begleiter ein hartes Stück Arbeit, sich zu Danton und Masut durchzuschlagen.

Roi war bereits längst über den Anruf des Stützpunktingenieurs informiert. Zur Zerstörung der lebenswichtigen Anlagen der Festung kam nun die Suche nach Agen Thrumb und dessen neuerliche Gefangennahme als zweites Ziel.

»Eher finden wir eine Nadel im Heuhaufen«, gebrauchte Danton eine alte Redensart, die sich ins Raumfahrtzeitalter gerettet hatte. »Bei der Größe der Station suchen wir Tage nach ihm, selbst wenn wir die ganze Besatzung der CREST dazu aufbieten!«

Er mußte schreien, um sich im Knistern und Krachen des Helmfunks verständlich zu machen. Zusammen mit Perry Rhodan schoß er eine Gruppe Soldaten frei, die von Kampfrobotern eingekreist worden waren.

»Wenn John den Burschen wenigstens lokalisieren könnte!« sagte Rhodan, während er seinen Strahler auf breite Streuung stellte. Er achtete so gut wie möglich darauf, keinen paralysiert herumliegenden Dumfrie zu treffen. »Vielleicht sollten wir darauf achten, wo sich die Roboter besonders stark massieren.«

»Um den Stützpunktingenieur zu schützen und uns seinen Standort zu verraten?« fragte Roi. »So dumm ist er nicht. Die Maschinen wissen nicht, wo er steckt, da bin ich sicher!«

Rhodan sah, wie ein Mann von Energiestrahlen getötet wurde.

»Wie viele Opfer bisher auf unserer Seite?« fragte er seinen Sohn.

Roi zuckte die Schultern, nachdem sie von einer Deckung zu einer anderen gerannt waren.

»Ich habe noch keine Meldung erhalten. Unsere Energieschirme halten dem Feuer der Roboter stand – es sei denn, sie machen es wie jetzt! Massiertes Punktfeuer auf einen Mann!«

»Sie ändern ihre Taktik!« schrie Masut wütend.

Die dadurch zu erwartenden Opfer, die verfahrene Situation und der Anruf von der CREST ließen Rhodan ohne lange zu überlegen einen Entschluß fassen.

Atlan meldete den Anflug großer Kampfverbände der Dumfries auf die Festung. Nach seiner Schätzung würden sie sie in spätestens einer Viertelstunde erreicht haben, aber wahrscheinlich schon vorher das Feuer eröffnen.

Perry Rhodan bewies wieder einmal, weshalb er als »Sofortumschalter« bezeichnet wurde. Er gab den Befehl zum sofortigen Rückzug der Landungstruppen. Agen Thrumb bekam er dadurch nicht, aber der Preis für den Stützpunktingenieur war ihm zu hoch, wenn er in weiteren Menschenleben bestand.

Die Zerstörungen an den Energieanlagen der Festung sollten ausreichen, um sie für längere Zeit unschädlich zu wissen. Doch auch das war jetzt nicht mehr wichtig. Der Dumfrie-Verband reichte völlig, um ein Chaos anzurichten, wenn es nicht gelang, schnellstens mit der CREST zu verschwinden.

Überall schwebten die Soldaten zu den wartenden Beibooten hoch und wurden an Bord genommen. Rhodan und Danton versuchten, den Rückzug so gut wie irgend möglich zu ordnen, aber die Männer besaßen auch so genug Disziplin, um keine Panik und Tumulte unter sich aufkommen zu lassen.

Als die ersten Boote Kurs auf die CREST nahmen, gab Perry Rhodan seinen Begleitern einen Wink. Bei ihm waren noch Roi, Oro Masut, John Marshall, Dr. Beriot und Dr. Lieber. Die beiden Wissenschaftler zeigten so etwas wie grimmige Enttäuschung darüber, daß sie vergeblich hierhergekommen waren.

Doch noch waren sie nicht wieder zurück in der rettenden Space-Jet. Perry Rhodan ließ sich von Atlan noch kurz über die Annäherung der Dumfrie-Flotte informieren, dann nickte er seinen Gefährten noch einmal zu und wollte sich von der stählernen Oberfläche der fliegenden Festung abstoßen.

So als hätte der Stützpunktingenieur die Terraner die ganze Zeit über heimlich beobachtet, legte sich in genau diesem Moment ein undurchdringbarer Energieschirm um die sechs Männer.

Irgendwo im Herzen der Festung stand Agen Thrumb vor einem Bildschirm und triumphierte.

Es hatte besser geklappt, als er es sich vorgestellt hatte. Die frühe Ankunft des Dumfrie-Verbands hatte auch ihn überrascht, aber fast noch wichtiger war ihm, daß es ihm gelungen war, Perry Rhodan und fünf weitere wichtige Terraner zu fangen.

Der Energieschirm wurde von einigen Hilfsaggregaten gespeist, deren gemeinsame Leistung ausreichte, um ihn aufrechtzuerhalten, bis die Dumfries da waren. Er konnte auch von den Teleportern der Terraner nicht durchdrungen werden.

Zufrieden erfuhr der Stützpunktingenieur über den von ihm abgehörten Funkverkehr der Terraner von einem entsprechenden Versuch des kleinen Pelzwesens, das unter Schmerzen an Bord des großen Schiffes zurückgeschleudert worden war.

Er hörte auch den Befehl Rhodans an Atlan, die CREST IV sofort nach Einschleusung des letzten Beiboots in Sicherheit zu bringen und sich vorerst nicht um ihn und seine fünf Begleiter zu kümmern. Atlans Antwort kam nur noch in Bruchstücken. Der Funkverkehr zwischen den sechs Gefangenen und ihrem Raumschiff brach ab.

Keine Minute später nahm die CREST IV Fahrt auf und floh mit höchsten Beschleunigungswerten aus dem System. In letzter Sekunde, als die heranschießenden Dumfrie-Schiffe ihr schon Energiesalven entgegenschickten, verschwand sie im Linearraum. Sie hatte alle Männer an Bord, die auf der fliegenden Festung gelandet waren – mit Ausnahme von drei Gefallenen und sechs Terranern, mit denen sich Agen Thrumb bald wieder unterhalten wollte.

Allerdings unter anderen Vorzeichen als bisher.

# 13.

Die Lichter an Bord der CREST IV flackerten. Ein Knistern, als wäre das gesamte Schiff mit Elektrizität geladen, ging durch die 2500 Meter durchmessende Stahlhülle. In der Kommandozentrale wurden die großflächigen Bildschirme von grellweißen Streifen überzogen. Die Konverter und Generatoren dröhnten unter der überhöhten Beanspruchung.

Lordadmiral Atlan, der im Kontrollstand Platz genommen hatte, fing einen besorgten Blick Oberst Akrans auf.

»Wir sind zu dicht dran, Sir«, sagte der Epsaler mit unterdrückter Stimme. »Auf die Dauer hält der HÜ-Schirm diese Belastung nicht aus.«

Atlan antwortete nicht, sondern blickte auf die Bildschirme. Die Protuberanzen, die wie Flammenzungen weit in den Raum schnellten, schienen zum Greifen nah.

»Wir müssen die enge Umlaufbahn um diese Sonne beibehalten«, sagte Atlan, als er merkte, daß Merlin Akran auf eine Antwort wartete. »Die Dumfries sind intelligent genug, um auf den Gedanken zu kommen, alle Sterne in der Nähe von Agen Thrumbs Festung zu untersuchen.«

Die Sonnenenergie ließ den großen Panoramabildschirm aufleuchten, und Akrans Gesicht wirkte einen Augenblick wie eine bronzene Totenmaske. Atlan überlegte, wie müde der Kommandant der CREST IV sein mußte. Merlin Akran hatte seinen Platz in der Zentrale in den vergangenen drei Tagen kaum verlassen.

Das Gros der dumfriesischen Flotte war verschwunden. Atlan schätzte, daß hundert Schiffe des Gegners in diesem Raumsektor zurückgeblieben waren, um die Absicherung der Festung zu übernehmen und gleichzeitig nach dem terranischen Schiff zu suchen.

Atlan wußte, daß eine gnadenlose Jagd auf die CREST IV und das Schiff der beiden Haluter begonnen hatte. Das Flaggschiff der Solaren Flotte stand nur sechs Lichtmonate von der Festung entfernt im Ortungsschutz einer blauen Riesensonne. Das Haluterschiff war wieder energetisch auf ihm verankert.

In den drei vergangenen Tagen waren viermal dumfriesische Schiffe in gefährliche Nähe gekommen, ohne die CREST IV zu entdecken. Atlan wußte, welches Risiko die enge Umlaufbahn um den blauen Stern bedeutete, aber er wußte auch, daß er nur auf diese Weise einer Verfolgungsjagd entgehen konnte.

Atlan dachte an Perry Rhodan und die fünf anderen Männer, die sich als Gefangene Agen Thrumbs auf der Festung aufhielten. Im Augenblick konnte diesen Männern nicht geholfen werden.

Ein Krachen in der Ortungsanlage riß ihn in die Wirklichkeit zurück.

Die Bildschirme schienen Feuer zu speien. Die titanischen Kräfte der Sonne hatten das Schiff für Sekunden in ihrer Gewalt. Der HÜ-Schirm drohte zusammenzubrechen.

Merlin Akran krümmte sich auf seinem Sitz zusammen. Der untersetzte Epsaler umklammerte die Hauptkontrollschaltung, um im geeigneten Augenblick davonrasen zu können.

Atlan preßte die Lippen zusammen. Wenn der HÜ-Schirm ausfiel, besaßen sie keine echte Fluchtchance. Die CREST IV würde kurz aufglühen und wie ein Tropfen auf einer heißen Platte verdampfen.

Der Arkonide blickte auf seine Uhr, um sich von seinen düsteren Gedanken abzulenken. Vor einer Stunde waren zwei Moskito-Jäger gestartet, deren Besatzungen den Befehl hatten, mit Rhodans Gruppe Kontakt aufzunehmen. An Bord eines dieser Kleinstraumschiffe befand sich Gucky. Atlan hoffte, daß es dem Mausbiber gelingen würde, eine telepathische Verbindung mit John Marshall herzustellen. Wieder knackten die Taster- und Spürgeräte.

»Es ist Wahnsinn«, murmelte Merlin Akran. »Wir fordern das Schicksal heraus.«

Atlan deutete auf vier flackernde Punkte am Rande des Panoramabildschirms.

»Schiffe der Dumfries«, sagte er bedeutungsvoll. »Sie tauchen immer wieder in diesem Gebiet auf. Dies ist der einzige Platz, an dem wir vor ihnen sicher sind.«

Akran versuchte zu lächeln.

»Ich bin gespannt, wer zuerst versagt, meine Nerven oder der HÜ-Schirm«, sagte er.

Die Ausläufer zweier mächtiger Protuberanzen erreichten die CREST IV und erschütterten sie. Sekundenlang floß der größte Teil aller im Schiff produzierten Energie in den Abwehrschirm. In der Zentrale wurde es fast dunkel. Einer der Kontrollingenieure an der Bordpositronik stöhnte unterdrückt auf. Im HÜ-Schirm der CREST IV entluden sich unvorstellbare Energiemengen. Das Schiff schien zu wimmern. Die Männer in der Zentrale verstanden diese »Sprache«. Sie wußten, daß das Flaggschiff sich in größter Gefahr befand.

Atlan starrte auf die Kontrollen. Der Anzeiger für die höchstzulässige Belastung des HÜ-Schirms hatte den roten Punkt überschritten. Gleich mußte der Schirm zusammenbrechen.

Akran blickte zu dem USO-Lordadmiral hinüber. Seine Augen drückten mehr aus, als Worte es vermocht hätten.

Da wurde es heller. Die Anzeigennadel, die den gefährlichen Punkt bereits überschritten hatte, fiel zurück.

»Wir haben es noch einmal geschafft«, murmelte der Leitende Ingenieur, Oberstleutnant Bert Hefrich. »Lange spielt unser HÜ-Schirm jedoch nicht mehr mit. Die Generatoren werden pausenlos überlastet. Der Gedanke, daß einer der Konverter ausfallen könnte, verursacht mir Alpträume.«

Auf den Bildschirmen der Ortungsanlagen waren noch immer einige flackernde Impulse zu erkennen. Innerhalb der Energiefluten, von denen die CREST IV umgeben war, konnte man zwar unmöglich exakte Peilungen vornehmen, doch Atlan war sicher, daß die fremdartigen Impulse von Dumfrie-Schiffen verursacht wurden, die in diesem Raumsektor patrouillierten.

»Wir bleiben vorläufig auf dieser Kreisbahn«, entschied der Arkonide.

# 14.

Ein Ächzen durchlief die Festung, ein knirschender Laut, als wollte das mächtige Gebilde auseinanderbrechen. Einer der sechs Männer, die am Boden des schwach beleuchteten Raumes lagen, bewegte sich wie im Schlaf. Nach einer Weile, als der Lärm nicht nachließ, richtete er sich auf die Knie, um zu lauschen.

»Hören Sie das?« fragte Dr. Jean Beriot seine Mitgefangenen.

»Die Reparaturarbeiten sind in vollem Gang«, antwortete Roi Danton, ohne den Kopf zu heben. »Ich glaube, daß Agen Thrumb diese Festung bald wieder in Ordnung gebracht haben wird.«

Plötzlich wurde es wieder ruhig. In die Stille hinein klang Perry Rhodans Stimme.

»Das Geräusch, das wir soeben vernommen haben, rührte nicht von Reparaturarbeiten her«, sagte er.

Dr. Beriot versuchte Rhodans Gesicht im Halbdunkel zu erkennen.

»Was glauben Sie, ist passiert?« wollte er wissen.

»Ich vermute, daß eines der riesigen Schiffe der Dumfries gelandet ist«, erwiderte Rhodan. »Wir wissen von Agen Thrumb, daß in den beiden vergangenen Tagen mehrere kleinere Walzenschiffe auf der Festung niedergegangen sind, um Robotkommandos abzusetzen. Die Geräusche, die dabei entstanden, klangen ähnlich.«

Beriots dunkle Augen drückten Furcht aus.

»Ich möchte wissen, was dort draußen vorgeht«, sagte er. »Was hat Agen Thrumb mit uns vor?«

»Das werden wir noch früh genug erfahren«, meinte Roi Danton.

Rhodan konnte sich vorstellen, daß der Stützpunktingenieur noch völlig von der Wiederherstellung der Ordnung auf der Festung in Anspruch genommen wurde. Agen Thrumb war nur zweimal im Gefängnis der Terraner aufgetaucht. Jedesmal hatte er Bemerkungen gemacht, die darauf schließen ließen, daß er die sechs Männer baldestmöglich abtransportieren wollte.

Wohin wollte man sie bringen?

Auf diese Frage wußte Perry Rhodan keine Antwort. Auch Marshalls wiederholte Versuche, sich in die Gedankengänge des Stützpunktingenieurs einzuschalten und auf diese Weise eine Erklärung zu finden, waren erwartungsgemäß gescheitert.

Agen Thrumb hatte den Terranern auseinandergesetzt, daß jede Hoffnung auf Flucht sinnlos war. Die Festung wurde inzwischen wieder von einem undurchdringlichen Schutzschirm umgeben. Roboter und Spezialkommandos der Dumfries und Blauen waren pausenlos im Einsatz, um die letzten Schäden zu beheben.

Was aber kam danach?

Perry Rhodan war überzeugt davon, daß Agen Thrumb längst Kontakt mit den Konstrukteuren des Zentrums aufgenommen und von diesen Befehle erhalten hatte. So bestand für Rhodan die Hoffnung, bald einem Konstrukteur des Zentrums gegenüberzutreten und mit ihm verhandeln zu können. Vielleicht waren diese geheimnisvollen Wesen verständiger als die Angehörigen untergeordneter Kasten.

Von irgendwoher kam ein heftiges Klopfen und unterbrach Rhodans Gedanken.

»Überall in der Festung wird gearbeitet«, stellte Dr. Josef Lieber fest. Seine hervorstehenden Augen leuchteten im schwachen Licht. Lieber schien die Gefangenschaft gelassener hinzunehmen als Dr. Beriot, der offensichtlich unter den derzeitigen Verhältnissen litt.

Die beiden Wissenschaftler waren gewöhnt, ständig an Bord der CREST IV zu leben. Bisher hatten sie sich selten in Sondereinsätzen bewähren müssen, so daß die derzeitige Situation für sie besonders verwirrend war.

Perry Rhodan, John Marshall und auch Roi Danton und sein ertrusischer Leibwächter Oro Masut fanden sich leichter mit den Gegebenheiten ab.

Draußen im Gang entstanden Geräusche. Rhodan erhob sich erwartungsvoll. Die Tür ihres Raumes blieb jedoch verschlossen. Wer immer draußen vorbeigegangen war, hatte sich nicht um die Gefangenen gekümmert. Agen Thrumb hatte offenbar strenge Befehle gegeben, die der Festungsbesatzung verboten, sich mit den Terranern in Verbindung zu setzen.

»Wann greift Atlan endlich ein?« fragte Dr. Lieber. »Er sollte die CREST in Sicherheit bringen – aber doch nur, um uns hier wieder herauszuholen.«

»Sie vergessen, daß die Festung von dumfriesischen Schiffen bewacht wird«, sagte Rhodan. »Der Verlust der CREST oder allein eine schwere Beschädigung des Schiffes würde uns zu endgültigen Gefangenen dieser Galaxis machen.«

Während er sprach, ruhten seine Blicke auf Dr. Beriot, und er fragte sich, was in diesem Mann vorgehen mochte.

Dr. Jean Beriot war ein typischer »Kabinenmann«, ein Wissenschaftler, der an Bord eines Schiffes Wunderdinge verrichten konnte, der jedoch unsicher wurde, sobald er seine gewohnte Umgebung verlassen mußte.

Plötzlich schwang die Tür auf, und Agen Thrumb stand in der Öffnung. Sein weißer, schimmernder Körper hob sich als scharf gezeichnete Silhouette gegen die Helligkeit des Ganges ab.

»Der Stützpunktingenieur!« stieß Oro Masut hervor.

Agen Thrumb sprach nicht. Schweigend betrachtete er die Gefangenen.

Im Gang waren Geräusche zu hören. Rhodan schloß daraus, daß Agen Thrumb nicht allein gekommen war. Wahrscheinlich standen zu beiden Seiten des Eingangs bewaffnete Dumfries.

»Haben Sie das Schiff landen hören?« fragte der Stützpunktingenieur schließlich.

»Wir haben den Lärm gehört und vermuteten, daß er von einem Schiff ausgelöst wurde«, entgegnete Perry Rhodan. Er sprach ruhig, denn er war sicher, daß Agen Thrumb jede Art sichtbarer Verwirrung begrüßen würde.

»Es sind bereits viele Schiffe gelandet und wieder gestartet«, sagte Agen Thrumb. Seine Stimme hob sich. »Ich habe Ihnen bereits angekündigt, daß ich Sie von hier wegbringen lasse. Jetzt ist es soweit.«

»Ich nehme an, Sie werden sich nicht an unseren Einwänden stören«, meinte Rhodan spöttisch. »Trotzdem will ich noch einmal versuchen, Sie umzustimmen.«

»Sie wollen mir erzählen, daß Sie keine Feinde der Stützpunktingenieure sind«, erriet Agen Thrumb.

»Richtig«, bekräftigte Rhodan. »Warum verschließen Sie sich unseren logischen Argumenten?«

»Es mag sein, daß Sie nicht unser Feind sind, aber Sie sind ein Freund zweier Bestien. Wo ist da der Unterschied?«

»Der Unterschied besteht darin, daß Icho Tolot und Fancan Teik zwei Haluter sind, die meinem Volk schon oft geholfen haben«, antwortete Rhodan, wie schon so oft in ähnlichen Gesprächen.

Agen Thrumb machte eine Bewegung, die seine Verachtung ausdrücken sollte.

»Sie sind von den beiden Bestien beeinflußt worden«, behauptete er. »Doch diesem Zustand wird jetzt ein Ende gemacht.«

Rhodans Gehirn signalisierte Gefahr. Was hatten Agen Thrumbs letzte Worte zu bedeuten?

Der Stützpunktingenieur war der Unterhaltung überdrüssig geworden, und er gab seinen bisher im Hintergrund gebliebenen Begleitern ein Zeichen. Acht Dumfries tauchten auf und richteten ihre Strahlenkarabiner auf die Gefangenen.

»Man bringt uns weg«, sagte Roi Danton grimmig. »Vielleicht ergibt sich eine Gelegenheit zur Flucht.«

»Wir dürfen uns nicht zu unüberlegten Handlungen hinreißen lassen«, sagte Rhodan warnend. »Es hat zwar den Anschein, als wolle uns Agen Thrumb für seine Pläne benutzen, aber er wird nicht zögern, uns zu töten, wenn wir ihm Schwierigkeiten bereiten.«

Ein Dumfrie trat vor ihn und preßte ihm die Mündung einer Strahlenwaffe in die Seite. Die gepanzerte Riesenkröte handelte auf Befehl Agen Thrumbs, der ihr ein Zeichen gegeben hatte.

»Sie werden verstehen, daß ich es nicht dulden kann, wenn Sie sich jetzt noch in Ihrer eigenen Sprache unterhalten«, sagte der Stützpunktingenieur. »Wenn Sie etwas zu besprechen haben, müssen Sie sich des Zentrums-Idioms bedienen.«

Rhodan lächelte kalt und trat einen Schritt zur Seite.

»Sie haben den Finger am Drücker«, sagte er zu Agen Thrumb.

Vier Dumfries nahmen Oro Masut und Dr. Beriot in die Mitte.

Masuts von Narben entstelltes Gesicht zeigte deutlich, was er von einer solchen Behandlung hielt. Dantons riesenhafter Leibwächter konnte jedoch gegen die Übermacht der Dumfries nichts ausrichten, und er war sich dieser Tatsache bewußt.

»Jetzt sind Sie an der Reihe«, entschied Agen Thrumb und deutete auf Dr. Lieber und Roi Danton.

Die beiden Männer wurden hinausgeführt.

»Ich bin sicher, daß Sie sich Sorgen machen«, sagte Agen Thrumb zu Perry Rhodan. »Ihre Haltung ist zwar zu bewundern, aber mit Stolz allein können Sie Ihre Lage nicht verbessern.«

»Ich nehme an, daß Gewalt die einzige Möglichkeit ist, die uns weiterhelfen könnte«, mutmaßte Rhodan. »Das ist bedauerlich, denn ein Wesen von Ihrer Intelligenz sollte sich Tatsachen nicht verschließen.«

»Sie drohen und schmeicheln mir«, sagte Agen Thrumb. »Warten Sie ab, bis wir auf Dwellion sind, dann wird man Ihnen helfen.«

Das war wieder eine geheimnisvolle Andeutung, die Rhodan beunruhigte. Zum erstenmal war der Name Dwellion gefallen. Zweifellos handelte es sich um eine Welt, die von den Stützpunktingenieuren besetzt war. Rhodan bezweifelte jedoch, daß man ihnen dort helfen würde. Agen Thrumbs Worte mußten eine doppelte Bedeutung haben.

Vier Dumfries kamen herein. Ihre kurzen Beine bewegten sich ruckartig. Ihre seltsame Kleidung aus Gurten und einer Art Höschen hätte unter anderen Umständen lächerlich gewirkt. Vom menschlichen Standpunkt aus waren die Dumfries ausgesprochen häßliche Lebewesen.

»So«, sagte Agen Thrumb. »Lassen Sie uns gehen.«

Sein verhältnismäßig höflicher Tonfall wirkte angesichts der bewaffneten Dumfries unglaubhaft.

Rhodan und Marshall wurden auf den Gang hinausgeführt. Agen Thrumb ging voraus. Hier im Gang war der Lärm der Reparaturkolonnen noch deutlicher zu hören. Rhodan blickte sich um. Weit hinter ihnen flimmerten die Lichtbogen automatischer Schweißgeräte.

Die beiden Gefangenen und ihre Begleiter erreichten eine Kreuzung. Mitten im Gang stand ein Fahrzeug, das auf einem energetischen Prallfeld ruhte. Eine kleine Gangway war ausgefahren. Im

Innern bewegten sich einige Gestalten. Die durchsichtige Kuppel reflektierte das Licht der Deckenlampen, so daß Rhodan nicht erkennen konnte, wer sich innerhalb des Gleiters aufhielt.

Agen Thrumb deutete auf die Schleuse.

»Einsteigen!« befahl er.

Drei der Dumfries blieben zurück, der vierte ging vor Rhodan und Marshall die Gangway hinauf. Rhodan kletterte in den Gleiter. Dr. Lieber und Roi Danton hatten auf bankähnlichen Sitzen Platz genommen. Oro Masut stand unmittelbar hinter dem Kontrollsitz. Er wurde von zwei Dumfries flankiert, die in ihm offenbar das gefährlichste Mitglied der kleinen Gruppe erkannt hatten.

Dr. Jean Beriot hielt sich neben der Schleuse auf.

Agen Thrumb winkte einem unbewaffneten Dumfrie. Rhodan beobachtete, wie das gepanzerte Wesen die Helme brachte, die zu den Kampfanzügen der Terraner gehörten.

»Wir geben Ihnen die Helme nur, damit Sie auf dem Weg zum Schiff nicht ersticken«, sagte Agen Thrumb. »Geben Sie sich keinen Hoffnungen hin. Wir haben diese Helme genau untersucht. Die Funksprechgeräte funktionieren nicht.«

Rhodan nahm seinen Helm in Empfang.

»Wir brauchen auch die Rückentornister«, sagte er. »Sie gehören zu der Ausrüstung. Ohne sie sind wir im luftleeren Raum hilflos.«

»Wir haben diese kleinen Behälter untersucht«, sagte Agen Thrumb. »Dabei mußten wir feststellen, daß sie nicht nur der Sauerstoffversorgung dienen, sondern auch als Flugaggregate benutzt werden können. Außerdem ist in jedem dieser Geräte ein Antigravprojektor eingebaut.«

Rhodan seufzte. Seine Hoffnung, daß sie ihre Ausrüstung unkontrolliert zurückerhalten würden, erfüllte sich nicht.

»Es war nicht einfach, die Antriebsaggregate von der Sauerstoffversorgung zu trennen«, fuhr Agen Thrumb fort. »Ich glaube jedoch, daß es uns gelungen ist. Denken Sie also daran, daß Sie Ihre Ausrüstung nur noch als Atemgerät benutzen können.«

Der Dumfrie, der die Helme gebracht hatte, übergab den Gefangenen jetzt auch die Rückentornister. Rhodan schnappte sein Gerät fest. Er machte sich nicht die Mühe, die Angaben des Stützpunktingenieurs zu überprüfen, denn er bezweifelte nicht, daß Agen Thrumb die Wahrheit sprach.

»Sagen Sie mir bitte, wann Sie fertig sind«, sagte Agen Thrumb.

Rhodan schaute sich um.

Danton war noch damit beschäftigt, Dr. Beriot beim Anlegen des Sauerstoffaggregats zu helfen. Dann gab der Freihändler seinem Vater ein Zeichen.

»Fertig«, sagte Rhodan.

Einer der Dumfries nahm auf dem Pilotensitz Platz. Mit hoher Beschleunigung schoß das Fahrzeug davon.

Agen Thrumb begann nun seinerseits einen Schutzanzug anzulegen. Die Dumfries, ausgenommen der Pilot, stülpten ihre Helme über den Kopf. Rhodan schloß daraus, daß sie einige Zeit auf der Oberfläche der Festung verweilen würden.

Der Gleiter raste auf seinem Prallfeld durch den Gang. Der Pilot schien sicher zu sein, daß ihnen niemand begegnen würde. Der Gang endete in einem käfigartigen Gerüst, das gerade groß genug war, um den Gleiter aufzunehmen. Wenige Augenblicke später setzte sich das seltsame Gebilde in Bewegung und trug das Fahrzeug mit nach oben. Rhodan blickte durch die Kuppel. Er sah über sich eine Schleusentür aufgleiten. Das Gestell glitt mit seiner Last in die Druckkammer.

Kurz darauf öffnete sich die äußere Schleusentür. Fahlgelbes Licht fiel herein. Über sich sah Rhodan den grünen HÜ-Schirm schimmern.

Agen Thrumb war den Blicken des Terraners gefolgt.

»Ja«, sagte er. »Alles ist wieder in Ordnung.«

Der Gleiter verließ das Gestell und hielt an.

In einiger Entfernung erblickte Rhodan die Außenfläche eines gigantischen Walzenschiffes. Es ruhte auf der trichterförmigen Erweiterung seines Hecks. Rhodan schätzte, daß es fünfhundert Meter durchmaß und drei Kilometer lang war. Der Bug war nicht deutlich zu erkennen. Dagegen erblickte Rhodan zahlreiche kuppelartige Erhöhungen auf der Außenfläche des Schiffes.

»Imponierend, was?« fragte Agen Thrumb. Durch den Helm klang seine Stimme dumpf.

»Ist es ein Schiff der Stützpunktingenieure?« fragte Perry Rhodan.

»Es ist ein dumfriesisches Superschlachtschiff«, erklärte Agen Thrumb.

Wenn Agen Thrumb die Wahrheit sprach, dann standen die unförmig aussehenden Dumfries den Skoars an Intelligenz und technischen Fähigkeiten nicht nach.

»Warten Sie, bis wir das Schiff betreten«, sagte Agen Thrumb. »Dann werden Sie feststellen, was die Dumfries können.«

Der Stützpunktingenieur wollte seine Gefangenen beeindrucken. Er wollte ihnen beweisen, daß die Völker von M 87 mächtig genug waren, um die Heimat vor den Bestien zu schützen.

»Sie sind sehr schweigsam«, bemerkte Agen Thrumb.

»Demonstrationen militärischer Macht lösen immer Unbehagen in mir aus«, behauptete Rhodan. »Wer solche Dinge baut, pflegt sie auch zu benutzen.«

»Und Sie?« fragte Agen Thrumb. »Benutzen Sie etwa Ihre Waffen nicht?«

»Wir benutzen unsere Waffen, wenn wir bedroht werden, und auch dann nur, wenn es sich herausstellt, daß alle Verhandlungsversuche scheitern.«

»Wie edel«, spottete Agen Thrumb. »Es wundert mich, daß Ihr Volk noch nicht ausgestorben ist.«

»Jedes System hat Vor- und Nachteile«, antwortete Rhodan gelassen. »Und Sie, Agen Thrumb, sind klug genug zu wissen, daß Kriege die Existenz vieler Völker bedrohen können.«

Agen Thrumb ging zur Schleuse des Gleiters. Er antwortete nicht. Wahrscheinlich war er überzeugt davon, daß Rhodans Bemerkungen nicht mit der Wirklichkeit übereinstimmten.

Die Schleuse glitt auf. Marshall, Dr. Beriot und ein Dumfrie verließen den Gleiter. Der dumfriesische Pilot trug jetzt ebenfalls einen Druckhelm. Agen Thrumb winkte die beiden Dumfries hinaus, die Oro Masut bewacht hatten. Danach mußten Roi Danton und sein Leibwächter das Fahrzeug verlassen.

Den Abschluß bildeten Rhodan, Dr. Lieber und Agen Thrumb. Rhodan stellte fest, daß auch auf der Oberfläche der Festung überall gearbeitet wurde. Reparaturroboter schwebten zu Tausenden herum. Montagewagen glitten auf ihren Prallfeldern zwischen den Gebäuden hin und her.

Agen Thrumb schien entschlossen zu sein, alle entstandenen Schäden restlos beheben zu lassen. Nach allem, was Rhodan gesehen und erfahren hatte, schien dem Stützpunktingenieur dieses Vorhaben auch zu gelingen. Die wichtigsten Anlagen der Festung funktionierten bereits wieder reibungslos.

Die Gefangenen mußten sich hintereinander aufstellen. Zu beiden

Seiten wurde ein Dumfrie postiert. Den Abschluß bildete ebenfalls einer der gepanzerten Soldaten. Agen Thrumb übernahm die Spitze und führte die Terraner auf das Walzenschiff zu. Rhodan erkannte, daß das Schiff aus dem gleichen rotblauen Stahl bestand, der ihm bereits bekannt war.

Unmittelbar am Boden durchmaß das erweiterte Heck des Walzenraumers eintausend Meter. Dieser gewaltige Trichter wurde von mehreren Toren unterbrochen, durch die man an die Hauptdüsen der Triebwerke gelangen konnte. Dort, wo der Trichter in den Schiffsrumpf überging, befanden sich mehrere Mannluken. Die eigentlichen Schleusen lagen in der Mitte der Walze. Sie konnten vom Boden aus über ausgefahrene Antigravprojektoren erreicht werden.

Mehr konnte Rhodan im Augenblick nicht erkennen. Er war sich jedoch darüber im klaren, daß er vor einer ausgereiften Schiffskonstruktion stand.

Dicht neben dem Heckende blieb Agen Thrumb stehen. Die Gefangenen mußten einen Kreis bilden. Die Dumfries und der Stützpunktingenieur traten zurück. Rhodan fühlte, wie er schwerelos wurde. Gemeinsam mit seinen fünf Mitgefangenen schwebte er nach oben. Unter ihnen hoben sich Agen Thrumb und die Dumfries vom Boden ab. Selbst jetzt zielten die Waffen der Krieger noch auf die Terraner. Rhodan wußte, daß diese Wachsamkeit nicht nachlassen würde. Sie hatten keinerlei Chance für eine unbeobachtete Handlung. An eine Flucht war überhaupt nicht zu denken.

Rhodans Flug wurde abgestoppt, und er schwebte mit den fünf anderen Männern auf eine offenstehende Schleuse zu. In der Kammer warteten vier bewaffnete Dumfries. Rhodan setzte im Innern der Schleuse auf. Die sichtbaren Kontrollen und Geräte deuteten auf höchste Präzision hin. Unmittelbar über der äußeren Schleusenwand waren acht Bildschirme angebracht, die die Vorgänge innerhalb und außerhalb des Schiffes zeigten. Auf einem dieser Geräte konnte Rhodan sehen, wie Agen Thrumb und seine dumfriesischen Begleiter auf die Schleuse zuflogen.

Als alle Ankömmlinge in der Kammer versammelt waren, glitt die äußere Schleusenwand zu, und der Druckausgleich wurde hergestellt.

Agen Thrumb nahm seinen Helm ab und nickte den Terranern zu.

»Sie brauchen nichts zu befürchten«, sagte er. »Die Luft an Bord dieses Schiffes ist auch für Sie atembar.«

Rhodan wartete, bis die innere Schleusentür aufglitt, dann griff er nach seinem Helm. Schon war ein Dumfrie an seiner Seite und nahm ihm den Rückentornister ab.

»Sie werden verstehen, daß wir vorsichtig sein müssen«, erklärte Agen Thrumb.

Alle Gefangenen mußten ihre Helme und Tornister abgeben. Die Dumfries gingen kein Risiko ein. Ein dumfriesischer Offizier übernahm die Führung ins Schiffsinnere.

Rhodan blickte sich um.

»Dieses Schiff kann sich sehen lassen«, bemerkte Roi Danton. Er sprach im Zentrums-Idiom, um nicht Agen Thrumbs Unwillen herauszufordern.

»Es scheint mir verständlich, daß die Dumfries die Skoars abgelöst haben«, antwortete Rhodan.

Agen Thrumb trat zwischen Rhodan und seinen Sohn.

»Beschäftigen Sie sich nicht mit der Kastenzugehörigkeit verschiedener Völker«, sagte er schroff. »Das sind Dinge, die nur uns etwas angehen.«

Rhodan warf Danton einen warnenden Blick zu. In manchen Dingen war Agen Thrumb überempfindlich. Überhaupt schien die Kastenzugehörigkeit ein Thema zu sein, an dem sich die Gemüter der Intelligenzen von M 87 erhitzten.

Die sechs Männer schwebten mit ihren Wächtern zum Bug des Schiffes hinauf. Dann wurden sie in eine geräumige Kabine geführt. Sie war einfach eingerichtet, galt aber bei den anspruchslosen Dumfries wahrscheinlich als komfortabel. An einer der Metallwände leuchtete ein Bildschirm. Rhodan hoffte, daß er eingeschaltet bleiben würde.

Agen Thrumb blieb im Eingang stehen.

»Ich werde zwei dumfriesische Soldaten hier draußen Wache halten lassen«, verkündete er. »Wenn Sie dringende Wünsche haben, können Sie sich mit ihnen in Verbindung setzen.«

Die Tür schlug zu. Sofort kam John Marshall an Rhodans Seite.

»Bevor wir das Schiff betraten, hatte ich kurzen Kontakt mit Gucky«, berichtete der Mutant erregt. »Der Mausbiber befand sich in einem Moskito-Jäger, der in der Nähe der Festung patrouillierte.«

»Haben Sie dem Kleinen übermitteln können, was uns bevorsteht?« erkundigte sich Perry Rhodan.

Marshall nickte. »Gucky ist sofort umgekehrt, um Atlan zu veranlassen, dieses Schiff mit der CREST IV zu verfolgen.«

»Ich bin sicher, daß diese Verfolgung gelingen wird«, sagte Dr. Beriot. »Die Stützpunktingenieure wissen wahrscheinlich nicht, daß wir einen Halbraumspürer an Bord unseres Schiffes haben.«

Perry Rhodan blickte den Physiker überrascht an. Seit sie sich an Bord des dumfriesischen Superschlachtschiffes befanden, war der kleine Wissenschaftler wie umgewandelt. Er hatte seine Sicherheit zurückgewonnen.

»Das würde bedeuten, daß die CREST uns folgen kann, ohne entdeckt zu werden«, folgerte Roi Danton.

»Vorausgesetzt, daß Gucky rechtzeitig zurückkommt«, dämpfte Rhodan die Zuversicht seines Sohnes. »Alles hängt davon ab, wann wir starten.«

Gucky vergeudete keine Zeit. Als der Moskito-Jäger aus dem Linearraum kam, sprang der Mausbiber aus der Kanzel direkt in die Zentrale des Flottenflaggschiffes.

Gucky materialisierte auf einem Kartentisch und brachte dabei einen Stapel von Fotografien in Unordnung.

»Wir müssen losfliegen!« rief er atemlos. »Jede Sekunde ist kostbar. Vorwärts, Merlin! Wir müssen zur Festung.«

»Einen Augenblick!« Atlan war von seinem Platz aufgestanden und näherte sich dem Tisch, auf dem der Ilt hockte und mit den Armen ruderte, als könne er auf diese Weise die Besatzung zur Eile anspornen. »Was ist überhaupt passiert?« erkundigte sich der Arkonide. »Welche Nachrichten bringst du?«

»Diese Bürokraten!« knirschte Gucky erbittert. »Ich hatte Kontakt mit John Marshall. Perry und seine Begleiter wurden an Bord eines dumfriesischen Großraumers gebracht. Das Ziel dieses Schiffes ist ein Planet namens Dwellion. Mehr weiß ich nicht darüber, aber wir sollten unter allen Umständen versuchen, dieses Schiff zu verfolgen.«

»Wir werden zu spät kommen«, befürchtete Oberst Akran.

»Wenn wir weiter reden und immer nur reden, kommen wir garantiert zu spät«, sagte Gucky.

»Wir riskieren es, Oberst«, entschied Atlan. »Wir geben unsere Kreisbahn um die Sonne auf. Achten Sie auf die dumfriesischen Schiffe.«

Der Epsaler betätigte einige Kontrollschaltungen.

»Die ganze Zeit über habe ich mir gewünscht, daß wir endlich aus der Nähe dieser Sonne verschwinden«, sagte Major Drave Hegmar, der Zweite Offizier.

»Warten Sie ab, was wir uns dafür einhandeln«, unkte Bert Hefrich.

Atlan beobachtete die Bildschirme, während die CREST IV mit zunehmender Beschleunigung in den Raum raste. Die Koordinaten der Festung waren genau bekannt, so daß sich Kursberechnungen erübrigten.

»Verlassen Sie den Linearraum im Sicherheitsabstand zur Festung«, sagte Atlan zu dem epsalischen Kommandanten.

Als die CREST IV ein paar Minuten später unweit der Festung materialisierte, schlugen die Anzeigennadeln der Energietaster aus. Auf den Bildschirmen der Raumortung pulsierte ein heller Punkt.

»Da!« rief Gucky. »Das Schiff der Dumfries. Es ist bereits gestartet.«

»Bleiben Sie dran, Oberst!« befahl Atlan. »Halbraumspürer einschalten.«

In diesem Augenblick verschwand das Walzenschiff, das von der Festung aus gestartet war, im Linearraum. Merlin Akrans Lippen bewegten sich zu einem lautlosen Fluch. Wenn sie jetzt kein Glück hatten, verloren sie das Schiff der Gegner aus den Augen.

Die Kalupschen Konverter der CREST IV begannen unter Höchstbeanspruchung zu dröhnen. Das Kugelschiff löste sich aus der Struktur des Einsteinuniversums und glitt in die Librationszone zwischen den Dimensionen hinüber, im »Huckepack« das Schiff der Haluter mitnehmend.

»Impuls!« sagte Atlan ruhig.

Akrans mächtiger Brustkasten hob und senkte sich gleichmäßig.

»Da sind sie!« krächzte Chefingenieur Hefrich. »Sie sind uns nicht entkommen.«

Nach der vierten Linearetappe hatten sie 18 000 Lichtjahre zurückgelegt, seit sie in der Nähe von Agen Thrumbs Festung in die Halbraumzone gegangen waren. Vom Zentrum der Galaxis M 87 waren sie noch rund 30 000 Lichtjahre entfernt.

Vor ihnen im Raum stand eine gelbe Sonne vom G-Typ. Sie besaß zwei Planeten, von denen einer eine unbewohnbare Glutwelt war. Der zweite Planet mußte Dwellion sein.

Oberst Akran machte Atlan auf die Schwärme von Spendern aufmerksam, die dem Zentrum der Galaxis entgegenflogen.

»Ich habe sie bereits gesehen«, sagte Atlan. »Wichtiger ist jedoch jetzt das fremde Sonnensystem.«

Inzwischen hatten sie festgestellt, daß der Planet Dwellion in den Sternkarten der Skoars verzeichnet war. Die Sonne, um die er kreiste, hieß Dewell. Zu Atlans Enttäuschung wurden über Dwellion keine näheren Angaben gemacht. Über Fernortung war jedoch festzustellen, daß Dwellion eine Sauerstoffwelt war, deren Oberfläche überwiegend aus großen Meeren bestand.

Das Walzenschiff flog in das Dewell-System ein.

Atlan wäre gern gefolgt, aber in der Nähe Dwellions hielten sich etwa hundert dumfriesische Kriegsschiffe auf, die den Planeten abschirmten. Atlan schloß daraus, daß die Konstrukteure des Zentrums kein Risiko mehr eingingen. Sie sicherten sich gegen einen eventuellen Angriff der CREST IV ab.

Icho Tolot meldete sich über Funk.

»Wir haben unser Ziel erreicht«, sagte der Haluter. »Das ist aber auch alles. Haben Sie die gegnerischen Einheiten gesehen?«

»Ja«, erwiderte Atlan knapp.

»Was haben Sie jetzt vor?«

»Ich muß nachdenken«, sagte Atlan. »Auf jeden Fall ist es unmöglich, daß wir mit der CREST oder Ihrem Schiff ins Dewell-System einfliegen. Wenn wir Glück haben, können wir unbemerkt ein paar Erkundungsflüge mit Moskito-Jägern durchführen lassen.«

»Das bedeutet, daß wir uns in den Ortungsschutz einer nahe gelegenen Sonne zurückziehen«, antwortete Tolot. »An solchen Verstekken mangelt es hier nicht. Die Sterne sind teilweise nur ein halbes Lichtjahr voneinander entfernt.«

Atlan brach das Gespräch ab, nachdem er Tolot aufgefordert hatte, mit seinem Schiff, das sich inzwischen aus der Verankerung gelöst hatte, der CREST IV zu folgen. Der Arkonide hatte gehofft, Perry Rhodan auf Dwellion befreien zu können. Mit der Anwesenheit einer gegnerischen Flotte hatte er nicht gerechnet.

Immerhin wußten sie, wo Rhodans kleine Gruppe sich befand.

Agen Thrumb stand bewegungslos vor dem Bildschirm in der Kabine der sechs Gefangenen. In dieser Haltung erinnerte er an eine aus weißem Stein gemeißelte Statue. Er schien völlig in den Anblick des Planeten Dwellion versunken zu sein, dessen Oberfläche sich jetzt auf dem Bildschirm abzeichnete.

Im Eingang standen zwei Dumfries mit angeschlagenen Strahlern. Sie würden jeden Angriff der Terraner auf den Stützpunktingenieur mit ihren Waffen abwehren.

Als Agen Thrumb sich bewegte, durchbrach er eine Stille, die seit mehreren Minuten anhielt.

»Das ist Dwellion«, erklärte er. »Zweiter Planet der Sonne Dewell. Möchten Sie Einzelheiten wissen?« Rhodan mußte lachen.

»Wahrscheinlich erfahren wir sowieso nur das, was Sie uns zu sagen bereit sind«, meinte er. Er wurde aus Agen Thrumb nicht klug. Oft war der Stützpunktingenieur hart und abweisend, dann verhielt er sich wieder höflich und entgegenkommend. Agen Thrumb schien sich nicht darüber im klaren zu sein, welche Behandlung seine Gefangenen verdienten.

»Dwellion durchmißt fast 14 000 Kilometer«, sagte Agen Thrumb. Er sprach sehr schnell, als würde er aus einem Buch ablesen. »Die schnelle Rotation verhindert, daß sich auf dieser Welt hohe Gebirge bilden. Dwellion benötigt ungefähr sechzehn Stunden, um sich einmal um seine eigene Achse zu drehen.«

Roi Danton deutete auf den Bildschirm.

»Ist das ein Wasserplanet?«

»Es gibt nur zwei Kontinente«, erwiderte Agen Thrumb. »Allerdings werden Sie bald erkennen, daß es im Ozean Millionen verschieden großer Inseln gibt. Der Feuchtigkeitsgehalt der Luft ist hoch, so daß vor allem die Flora sich gut entfalten konnte. Die Dschungel auf Dwellion sind jedoch kultiviert.«

»Wo werden wir landen?« erkundigte sich John Marshall.

»Auf dem Ostkontinent«, antwortete Agen Thrumb. »Dort leben die Aphaneus, die Sucher nach der inneren Wahrheit.«

»Was bedeutet das?« fragte Rhodan.

Agen Thrumb machte einen überraschten Eindruck.

»Sie wissen genau, was ein Sucher nach der inneren Wahrheit ist«, sagte er heftig. »Warum täuschen Sie Unwissenheit vor? Wollen Sie dadurch in den Besitz weiterer Informationen gelangen?«

Rhodan schwieg betroffen. Einmal mehr verstand er Agen Thrumbs Reaktionen nicht. Der Stützpunktingenieur wandte sich ab und verließ die Kabine. Einer der dumfriesischen Wächter schmetterte die Tür zu.

Auf dem Bildschirm war der Kontinent, auf dem das Walzenschiff landen würde, bereits deutlich zu erkennen. Rhodan war froh, daß sie auf der Tagseite des Planeten niedergehen würden, denn dadurch waren sie in der Lage, Einzelheiten jener Umgebung zu beobachten, in der sie als Gefangene leben würden. Noch war er sich nicht darüber im klaren, warum man sie nach Dwellion brachte. Vielleicht war diese Welt nur eine Zwischenstation.

Wer waren die Aphaneus, die Agen Thrumb erwähnt hatte? Welche Stellung besaßen diese Wesen im Kastensystem von M 87, und warum nannte man sie die Sucher nach der inneren Wahrheit?

»Vielleicht leben auf Dwellion Telepathen«, klang John Marshalls Stimme auf. »Damit ließe sich die von Agen Thrumb gebrauchte Bezeichnung erklären.«

»Wenn Sie recht haben sollten, ist es mir klar, warum man uns hierhergebracht hat«, antwortete Rhodan. »Aber ich bezweifle, daß auf Dwellion Wesen mit Psi-Fähigkeiten leben. Die Sucher nach der inneren Wahrheit sind Wesen, die eine bestimmte Aufgabe zu bewältigen haben. Ebenso wie die Dumfries oder die Blauen gehören sie zum Kastensystem und sind ausschließlich für ihr Gebiet verantwortlich.«

Zwischen zwei großen Wolkenfeldern konnte Perry Rhodan jetzt Einzelheiten auf der Oberfläche des Kontinents erkennen. Auf Dwellion schien es keine Städte zu geben. In den ausgedehnten Parklandschaften, die auf dem Bildschirm zu sehen waren, standen nur vereinzelte Gebäude. Die Aphaneus schienen nicht sehr gesellig zu sein.

Rhodan wünschte, Agen Thrumb wäre in der Kabine geblieben. Er hätte dem Weißhäutigen gern einige Fragen gestellt.

Das Schiff schien der Oberfläche des Planeten entgegenzufallen.

Das große Landefeld wurde sichtbar. Außer einigen Kleinstraumschiffen, die offenbar ausschließlich privaten Zwecken dienten, waren keine Schiffe zu sehen. Das dumfriesische Superschlachtschiff würde einen großen Teil der Landefläche für sich in Anspruch nehmen.

Dicht über dem Raumhafen ging das Schiff in Horizontalflug über. Rhodan besaß genügend Erfahrung, um sich das weitere Manöver vorstellen zu können. Die Steuerdüsen würden die Drehung des Schiffes vervollständigen, so daß es mit dem Heck aufsetzen würde.

Die auf dem Beobachtungsschirm erschienenen Parks machten einen gepflegten Eindruck. Die Häuser erinnerten Rhodan an Pavillons. Nur an zwei Stellen standen mehrere Gebäude zusammen. Rhodan vermutete, daß es sich dabei um Forschungsanlagen handelte. Zahlreiche Flüsse durchschnitten das Land wie Silberadern. In den Parks blühten Milliarden verschiedener Pflanzen und verwandelten die Heimat der Aphaneus in ein Farbenmeer.

Wie Perry Rhodan erwartet hatte, führte das Schiff jetzt ein weiteres Manöver aus und richtete seinen Bug gen Himmel. Die Prallfelder unter dem einen Kilometer durchmessenden Heckende traten in Tätigkeit.

In diesem Augenblick erlosch der Bildschirm in der Kabine der sechs Männer, so daß sie nicht mehr sehen konnten, an welcher Stelle des Raumhafens sie landeten.

Roi Danton näherte sich seinem Vater.

»Hast du die Schiffe gesehen, als wir ins Dewell-System einflogen?« fragte er leise.

»Ja«, bestätigte Rhodan. »Es waren mindestens hundert.«

»Das bedeutet, daß die CREST niemals bis nach Dwellion vorstoßen kann, selbst wenn Gucky rechtzeitig mit Marshalls Nachricht bei Atlan eintraf.«

Rhodan wußte, daß sein Sohn recht hatte. Er hoffte jedoch, daß sie eine Möglichkeit finden würden, um mit Atlan Verbindung aufzunehmen. Vielleicht gelang es Atlan, einen Moskito-Jäger in eine Kreisbahn um Dwellion zu bringen. Wenn Gucky den Ostkontinent überflog, konnte er telepathischen Kontakt mit John Marshall aufnehmen. Später konnte er sogar etwas zu ihrer Rettung beitragen.

»Du schweigst«, sagte Danton. »Wollen wir warten, bis man uns auf Dwellion fertigmacht, oder wollen wir etwas unternehmen?«

Rhodan zog die Augenbrauen zusammen.

»Wie kommst du darauf, daß man uns auf Dwellion fertigmachen könnte?« erkundigte er sich.

»Ich habe zwei und zwei zusammengezählt«, antwortete der Freihändler verbissen. »Erinnerst du dich, wie Agen Thrumb in der Festung gesagt hat, daß er unserem Freundschaftsverhältnis mit den beiden vermeintlichen Bestien ein Ende machen würde? Er sprach davon im Zusammenhang mit unserem Flug nach Dwellion. Also können wir annehmen, daß Agen Thrumb uns auf dieser Welt bekehren will. Wahrscheinlich sollen ihm die Aphaneus dabei helfen.« Danton schnippte mit den Fingern. »Ein völlig zutreffender Ausdruck für sie übrigens, denn es gibt kaum eine bessere Umschreibung für den Beruf eines Psychologen.«

Rhodan wischte mit der Hand über die Stirn.

»Du könntest recht haben«, sagte er mit rauher Stimme. »Die Sucher nach der inneren Wahrheit könnten die Psychologen von M-Siebenundachtzig sein.«

»Du weißt also, was uns auf Dwellion bevorsteht«, sagte Danton.

Dr. Beriot hatte sich zu den beiden Männern gesellt.

»Worüber sprechen Sie?« fragte er nervös.

»Ich befürchte«, sagte Danton mit lauter Stimme, »daß uns auf Dwellion eine Gehirnwäsche bevorsteht. Agen Thrumb will uns unsere Freundschaft zu den Halutern gründlich austreiben.«

Rhodan bezweifelte nicht mehr, daß sein Sohn recht hatte. Voller Unbehagen dachte er an ihr bevorstehendes Zusammentreffen mit den Aphaneus.

# 15.

Agen Thrumb kam eine halbe Stunde nach der Landung wieder in die Kabine. Er wurde von drei bewaffneten Dumfries und einem Fremden begleitet.

Der Fremde war ein über zwei Meter großes Wesen mit dünnen Beinen und vier Armen. Seine Haut war silberfarben, sie wirkte an den Gelenken schuppig. Der Kopf des Unbekannten erinnerte Rhodan an eine große Birne. Vier Augen, die Klugheit ausstrahlten, reichten von Schläfe zu Schläfe.

Um seinen Kopf hatte Agen Thrumbs Begleiter etwas gewickelt, das wie ein Turban aussah. Später stellte Perry Rhodan fest, daß es sich um zwei Fühler handelte, die nach Belieben ausgefahren oder zusammengefaltet werden konnten.

Der Fremde trug einen togaähnlichen Umhang.

»Das ist Luro Movan, der Vorsucher«, sagte Agen Thrumb.

Rhodan begriff, daß er einen Aphaneu vor sich hatte. Er spürte, wie das Wesen ihn anstarrte. Luro Movan schien der Chef des auf Dwellion beheimateten Volkes zu sein. Der Mund des Vorsuchers war dreieckig, seine Nasenöffnung kam in regelmäßigen Abständen unter zwei Hautfalten hervor.

Keiner der Gefangenen sprach. Rhodan wurde sich bewußt, daß er den Aphaneu wie gelähmt anblickte. Sosehr er sich auch bemühte, er konnte seine Augen von Luro Movan nicht abwenden.

Plötzlich löste sich der »Turban« vom Kopf des Fremden und teilte sich in zwei Fühler mit fächerförmigen Enden. Jeder dieser Fühler war etwa einen Meter lang. Rhodan ahnte, daß der Aphaneu damit bestimmte Impulse aufnehmen konnte. Er dachte an Marshalls Vermutung, daß die Sucher nach der inneren Wahrheit Telepathen sein könnten. Ob der Mutant recht hatte, würde sich noch herausstellen. Im Augenblick war Rhodan eher geneigt, dem Verdacht seines Sohnes zuzustimmen.

»Ich habe Sie mir anders vorgestellt«, sagte Luro Movan mit sanfter Stimme. Sein Zentrums-Idiom klang weich, ein sicherer Beweis, daß er einem hochkultivierten Volk angehörte.

»Was haben Sie erwartet?« fragte Rhodan. »Blutdürstige Ungeheuer?«

»Keineswegs«, entgegnete Luro Movan. »Sie strömen jedoch beachtlich viel Selbstbewußtsein und Entschlossenheit aus. Es ist erstaunlich, wie gut Sie die Beeinflussung durch zwei Bestien überstanden haben.«

»Die beiden Wesen, die Sie Bestien nennen, sind Haluter«, sagte Perry Rhodan. »Sie denken nicht daran, uns in irgendeiner Form zu beeinflussen.«

Luro Movan wandte sich an Agen Thrumb.

»Diese bedauernswerten Wesen merken nicht einmal, welchem gefährlichen Einfluß sie unterliegen«, seufzte er. »Sie sind davon überzeugt, in den beiden Bestien Freunde zu haben. Sie können nicht erkennen, daß sie in Wirklichkeit Sklaven sind.«

»Ja«, knurrte Agen Thrumb. »Sie sind diesen Kreaturen hörig.«

»Hört euch diesen hirnverbrannten Unsinn an!« erregte sich Roi Danton.

Als Luro Movan sprach, galten seine Worte abermals Agen Thrumb.

»Wir werden diese Kranken auf Dwellion heilen, Druis«, versprach er. »Wenn sie diese Welt verlassen, werden sie für alle Zeiten gegen die gefährliche Beeinflussung durch die Bestien immun sein.«

Rhodan und seine Begleiter wechselten bestürzte Blicke. Dantons Verdacht, daß man sie auf Dwellion einer Gehirnwäsche oder einer ähnlichen unangenehmen Behandlung unterziehen wollte, schien sich zu bewahrheiten.

Luro Movan zog seine Fühler ein und wickelte sie um den Kopf. Dann drehte er sich um und verließ die Kabine.

»Wollen Sie uns wirklich diesen Psychologen ausliefern?« fragte Perry Rhodan den Stützpunktingenieur.

»Es geschieht in Ihrem eigenen Interesse«, antwortete der Weißhäutige. »Wenn Sie Dwellion verlassen, werden Sie frei sein.«

Rhodan begriff, daß es keinen Sinn hatte, wenn er sich mit dem Stützpunktingenieur stritt. Für Agen Thrumb stand es fest, daß die Terraner von den Bestien beeinflußt waren. Der Haß der Intelligenzen von M 87 auf diese Bestien war so groß, daß er zu einer Verblendung führte.

»Welche Aufgaben haben die Sucher nach der inneren Wahrheit, wenn sie nicht gerade ein paar Unschuldige einer Gehirnwäsche unterziehen?« fragte Rhodan.

»Auf Dwellion werden alle Wesen behandelt, die sich unbotmäßig verhalten«, erklärte Agen Thrumb.

»Und was bedeutet das?« wollte Dr. Josef Lieber wissen.

»Wer sich gegen die bestehende Ordnung auflehnt, kommt nach Dwellion.« Agen Thrumb deutete auf den erloschenen Bildschirm. »Hier wird jedem geholfen, der sich in unserem System nicht zurechtfindet.«

»Wer aus der Reihe tanzt, wird erledigt«, grollte Oro Masut.

»Jeder, der eigene Vorstellungen entwickelt, kommt nach Dwellion. Hier wird ihm geholfen. Tatsächlich, diese Welt ist eine herrliche Einrichtung.«

»Ihr Spott trifft mich nicht«, sagte Agen Thrumb ruhig. »Unser System hat sich bewährt. Wir haben es verstanden, die Gefahr, die unserer Galaxis durch die Bestien droht, weitgehend zu bannen.«

»Auf Kosten der persönlichen Freiheit«, sagte Rhodan. »In einem starren Kastensystem kann sich niemand entfalten. Jeder wird von Geburt an eingestuft und hat sein Leben lang an dem ihm vorgeschriebenen Platz zu bleiben, auch wenn er andere Ambitionen besitzt.«

»Offensichtlich haben Sie den Sinn unserer Maßnahmen nicht verstanden«, sagte Agen Thrumb. »Da Sie und Ihre Freunde von Bestien beeinflußt sind, können Sie sich nicht in unsere Lage versetzen. Wenn die Sucher nach der inneren Wahrheit Sie geheilt haben, werden Sie die Dinge anders sehen.«

»Wir fühlen uns gesund!« rief Roi Danton. »Wir legen keinen Wert darauf, unsere Persönlichkeit in den Behandlungsräumen Luro Movans zu verlieren.«

»Genug geredet«, sagte Agen Thrumb. »Führt die Gefangenen hinaus.«

Seine letzten Worte galten den drei bewaffneten Dumfries. Die sechs Männer mußten sich hintereinander aufstellen, dann verließen sie in Begleitung Agen Thrumbs und ihrer Wächter die Kabine. Sie wurden auf dem kürzesten Weg zur Hauptschleuse geführt. Agen Thrumb schien seinem einmal gefaßten Vorsatz treu bleiben zu wollen, denn er schwieg auch noch, als die Gefangenen das Schiff verlassen hatten und zu einem Transportfahrzeug gebracht wurden.

Die Luft auf Dwellion war warm und feucht. Ein Schwarm handgroßer Falter schwebte über den Köpfen der Männer. Ein süßer, betäubend wirkender Geruch stieg in Rhodans Nase. Er wurde ausgelöst von dem Blütenmeer in den Parks, die den Raumhafen umgaben.

Auf der anderen Seite des Landefelds lag ein Kriegsschiff der Dumfries. Rhodan nahm an, daß es gelandet war, damit die Besatzung sich der sechs Gefangenen annehmen konnte.

Agen Thrumb hatte besondere Vorsichtsmaßnahmen getroffen. Die Einheiten, die Dwellion umkreisten, konnten jeden Befreiungsversuch durch die CREST IV und das Haluterschiff vereiteln. An eine Flucht war unter diesen Umständen überhaupt nicht zu denken.

Der Transporter besaß eine große Ladefläche und ein kuppelförmiges Steuerhaus, das genügend Platz für die Terraner und ihre dumfriesischen Wächter bot. Auch Agen Thrumb stieg mit ein. Der Fahrer war ein junger Aphaneu, dessen Fühler sich zuckend ausbreiteten, als die Terraner in seine Nähe kamen.

Rhodan und seine Begleiter mußten sich auf den Boden setzen. Die Dumfries blieben mit schußbereiten Waffen neben ihnen stehen. Agen Thrumb gab dem Fahrer ein Zeichen. Geräuschlos setzte sich das Fahrzeug in Bewegung. Das große Schiff blieb hinter ihnen zurück. Im Zeitraum von zwei Minuten erreichten sie den Rand des Landefelds und bogen in eine breite Straße ein, die von Blumenfeldern umgeben war. Die ersten pavillonähnlichen Gebäude tauchten auf. Rhodan erblickte einige Aphaneus, die auf kleinen Pfaden zwischen den Blumen spazierengingen und den Transporter nicht beachteten.

Nach einer schnellen Fahrt von zwanzig Minuten Dauer tauchten mehrere dicht nebeneinanderstehende Gebäude auf. Rhodan vermutete, daß es sich um ein Forschungszentrum der Aphaneus handelte.

Agen Thrumb brach sein Schweigen.

»Das ist unser Ziel. Sie sehen Luro Movans Teststation vor uns. Der Vorsucher wird alles tun, um Sie von Ihrem inneren Zwang zu befreien.«

Um Himmels willen! dachte Rhodan bestürzt. Er spricht ganz so, als würden uns die Sucher nach der inneren Wahrheit eine Gefälligkeit erweisen, als würden sie uns von einem Alptraum erlösen.

Der Transporter glitt lautlos in einen großen Vorhof zwischen den beiden Hauptgebäuden hinein. Die Sonne stand schon tief, sie würde innerhalb der nächsten Stunde draußen im Meer versinken. Der Vorhof lag im Schatten, nur durch einen Spalt zwischen zwei Gebäuden fiel ein Lichtstreifen, der eine scharfe Grenze schuf zwischen dem vorderen und hinteren Teil des Hofes. Der Wagen glitt darüber hinweg, und für einen Augenblick brach sich das Licht der Sonne in der Kuppel.

Die Gebäude waren hufeisenförmig angeordnet. Die obere Krümmung des Hufeisens wurde von zwei runden Bauwerken mit weit ausladenden Dächern gebildet. Dächer und Wände aller Gebäude waren weiß. Fenster im eigentlichen Sinn waren nicht zu sehen, dafür gab es schmale, mindestens zwei Meter lange Schlitze, die gleichmäßig über die Fronten der Häuser verteilt waren.

Die Eingänge waren hoch und trapezförmig. Alle Gebäude waren durch Übergänge miteinander verbunden.

Die Suche nach der inneren Wahrheit schien eine stille Wissenschaft zu sein, denn als sich die Kuppel des Transporters öffnete, drang von außen kein Geräusch herein.

Als Rhodan ausstieg, sah er im Schatten des gegenüberliegenden Hauses acht Dumfries stehen. Also wurde auch diese Station scharf bewacht. Wahrscheinlich hielten sich im Innern der Gebäude weitere Krieger auf.

»Hier werden Sie einige Zeit leben«, sagte Agen Thrumb und machte eine alles umfassende Bewegung. »Die Dauer Ihres Aufenthaltes hängt davon ab, wie schnell man Sie von Ihrem inneren Zwang befreien kann.«

»Was geschieht mit uns, wenn wir . . . äh . . . geheilt sind?« fragte Dr. Beriot.

»Dann werden Sie uns helfen, daß auch Ihre Freunde an Bord Ihres Schiffes behandelt werden können«, sagte Agen Thrumb verbindlich. »Danach sollte es keine Schwierigkeiten mehr geben, mit den beiden Bestien fertig zu werden, sie Sie jetzt noch Ihre Freunde nennen.«

Agen Thrumb hatte also einen festen Plan, überlegte Perry Rhodan. Die Chancen, diesen Plan zu verwirklichen, waren für den Stützpunktingenieur nicht schlecht.

»Gibt es keine Möglichkeit, diese sogenannte Behandlung zu vermeiden?« fragte Rhodan.

»Natürlich«, antwortete Agen Thrumb. »Helfen Sie uns, die beiden Bestien in eine Falle zu locken, dann glauben wir Ihnen, daß Sie sich von ihnen losgesagt haben.«

Rhodan antwortete nicht.

»Nun?« fragte Agen Thrumb.

»Niemals«, sagte Rhodan. »Tolot und Teik sind unsere Verbündeten. Wir werden sie nicht verraten, auch dann nicht, wenn wir dadurch in Gefahr geraten.«

»Was Sie für Loyalität halten, ist in Wirklichkeit Beeinflussung«, sagte Agen Thrumb.

Aus einem der Häuser traten zwei Aphaneus in den Hof. Ihre Fühler waren zusammengefaltet. Sie kamen auf Agen Thrumb zu. Eine Weile unterhielten sich die drei Wesen leise miteinander.

»Sie sollen eine angenehme Unterkunft haben«, wandte sich Agen Thrumb schließlich an die Gefangenen. »Luro Movan hofft, daß er Sie nicht zu behandeln braucht. Er hält Sie für intelligent genug, daß Sie sich von logischen Argumenten überzeugen lassen.« Agen Thrumb winkte mit zwei Armen ab. »Ich glaube nicht, daß Luro Movan recht hat, aber er ist der Vorsucher, und es ist sein Recht, es zunächst auf diese Art zu probieren.«

Die beiden Aphaneus setzten sich in Bewegung. Die Dumfries winkten mit den Waffen.

»Halt!« rief Agen Thrumb.

Er trat einen Schritt zur Seite, genau in die Lichtmauer zwischen den beiden Häusern, und sein Körper schimmerte wie gebrochener Marmor.

»Versuchen Sie nicht zu fliehen!« sagte er. »Es könnte Ihren Tod bedeuten.«

Das war eine eindringliche Warnung. Rhodan beschloß, sich vorerst danach zu richten. Vielleicht gelang es Gucky oder Ras Tschubai trotz der dumfriesischen Verbände, sich mit ihnen in Verbindung zu setzen.

»Jetzt können Sie gehen«, sagte der Stützpunktingenieur.

Er blieb zurück. Kurz bevor er hinter den Aphaneus das Haus betrat, blickte Rhodan noch einmal zurück. Agen Thrumb stand noch immer an seinem Platz, eine in Licht gehüllte Gestalt.

Eine Ahnung überkam den Terraner. Er fühlte, daß Agen Thrumb die Gefangenen gern auf seiner Seite gesehen hätte. Der Stützpunktingenieur sympathisierte im stillen mit ihnen. Er konnte ihnen aber nicht helfen, solange die Terraner sich standhaft weigerten, sich der Front gegen die »Bestien« anzuschließen.

Der Raum, in dem man sie untergebracht hatte, besaß acht Nischen, in denen sie schlafen konnten. Es gab einen zusätzlichen kleineren Raum, den man mit einiger Phantasie als Bad bezeichnen konnte. Oro Masut konnte sich allerdings nur mit großer Anstrengung hineinzwängen.

Der Boden des Aufenthaltsraums war weich und von dunkelgrüner

Farbe. Die Wände waren mit seltsamen Mustern verziert. Außer dem Eingang gab es keine Öffnungen. Unmittelbar über der Tür befand sich die Klimaanlage. Es gab Tische und Stühle, die terranischen Vorstellungen ungefähr entsprachen. Rhodan nahm an, daß sie normalerweise für Blaue gedacht waren. Er schloß daraus, daß Angehörige aller Völker nach Dwellion gebracht und behandelt werden mußten.

Auch hier zeigte es sich wieder einmal, daß Marshalls telepathische Fähigkeiten ihnen nicht helfen konnten. Es gelang dem Mutanten kaum, an die Gedankenimpulse der Aphaneus heranzukommen.

Eine Stunde nach ihrer Ankunft erhielten sie in runden Bechern einen farblosen Brei, der nach Zimt schmeckte und starkes Sodbrennen verursachte. Er war jedoch genießbar und stillte ihren Hunger.

Die Tür war nicht verschlossen, aber draußen im Gang standen sechs dumfriesische Wächter, die in Abständen von drei Stunden abgelöst wurden.

Die erste Nacht während ihres Aufenthalts auf Dwellion verlief ruhig. Kein Aphaneu kam, um sie zu stören. Auch Agen Thrumb tauchte nicht auf.

Rhodan und John Marshall, die als Zellaktivatorträger weitaus weniger Schlaf als die anderen Gefangenen benötigten, blieben wach und beratschlagten. Sie hörten die unruhigen Atemzüge Dr. Beriots, der offenbar von Alpträumen heimgesucht wurde. Ab und zu gab Oro Masut ein grollendes Geräusch von sich, dann wälzte er sich auf die andere Seite.

»Wir müssen einen Entschluß fassen«, sagte Rhodan zu John Marshall. »Wenn wir eine Gehirnwäsche vermeiden wollen, müssen wir zum Schein auf die Vorschläge der Aphaneus eingehen.«

»Glauben Sie, daß das einen Sinn hat?« fragte Marshall. »Die Sucher nach der inneren Wahrheit merken, wenn wir sie anlügen.«

»Das befürchte ich allerdings auch«, sagte Rhodan. »Auf jeden Fall müssen wir Zeit gewinnen, damit Atlan Gelegenheit erhält, etwas zu unternehmen.«

»Der Arkonide hat nicht viele Möglichkeiten.«

»Nein«, gab Rhodan zu. »Aber er weiß sicher, wo wir sind. Er ist ein erfinderischer Geist. Vielleicht hilft uns der Zufall.«

Sie hörten das Stöhnen, das aus der Nische des Chefphysikers kam.

»Beriot ist unruhig«, stellte Marshall fest. »Ich habe mich kurz in seine Gedanken eingeschaltet. Wir müssen auf ihn achten.«

»Ich glaube nicht, daß wir Schwierigkeiten mit ihm bekommen«, meinte Rhodan. »Im entscheidenden Augenblick können wir uns auf ihn verlassen.«

Sie unterhielten sich einige Stunden, ohne eine brauchbare Lösung zu finden.

»Wir können nur abwarten«, sagte Rhodan schließlich. »Wenn Luro Movans Sucher nach der inneren Wahrheit die gleichen Qualitäten wie unsere Galakto-Psychologen besitzen, stehen uns unruhige Zeiten bevor.«

Auf dem großen Bildschirm gegenüber der Tür sahen sie, wie es draußen hell wurde. Bilder aus dem Innenhof zwischen den Gebäuden wurden übertragen. Rhodan und Marshall beobachteten, wie mehrere Dumfries zwischen den Häusern patrouillierten.

»Ich glaube nicht, daß es Zufall ist, wenn man uns ausgerechnet diese Aufnahmen zeigt«, meinte Rhodan. »Man will die Wachsamkeit der Soldaten demonstrieren und uns von jedem Fluchtversuch abhalten.«

»Agen Thrumb hat also Angst vor einem solchen Versuch«, schloß Marshall.

»Ja, er will verhindern, daß uns etwas passiert. Offenbar rechnet er damit, daß wir bekehrt werden können. Der Stützpunktingenieur sähe uns gern als seine Freunde.«

»Und wir hätten ihn auch gern zum Freund.« Marshall schüttelte den Kopf. »Beide Parteien wollen dasselbe, ohne daß es zu einer Annäherung kommt.«

Die vier anderen Männer erwachten. Als sie ihre Toilette beendet hatten, erhielten sie einen Becher mit heißer Flüssigkeit und einen Korb mit Früchten.

Später erschien Luro Movan in Begleitung einiger bewaffneter Dumfries.

»Seien Sie versichert, daß ich gern ohne die Soldaten zu Ihnen gekommen wäre«, sagte der Vorsucher. »Sie haben jedoch durch die ständige Beeinflussung der Bestien schwere seelische Schäden davongetragen und könnten daher unüberlegt handeln.«

Der Psychologe nahm auf einem der unbequemen Stühle Platz. Seine Fühler breiteten sich aus.

»Ich bin gekommen, um mich mit Ihnen freundlich zu unterhalten«, sagte er. »Bitte, sehen Sie in mir keinen Gegner. Es würde mich interessieren, warum Sie an Ihrer zweifelhaften Freundschaft mit den beiden Bestien festhalten.«

»Icho Tolot und Fancan Teik sind keine Bestien, sondern Haluter. Sie haben meinem Volk oft geholfen. Alles, was sie getan haben, beweist eindeutig, daß sie Verantwortungsgefühl und Moral besitzen.«

Luro Movan wartete geduldig, bis Rhodan seine Argumentation beendet hatte.

»Ihre Meinung steht den Erkenntnissen einer gesamten Galaxis gegenüber«, sagte er dann. »Glauben Sie tatsächlich, daß sich alle intelligenten Völker von M-Siebenundachtzig täuschen?«

»Die Geschichte unseres Volkes lehrt, daß es Tabus gibt, die von ganzen Völkerschaften aufrechterhalten werden, obwohl sie unsinnig sind«, entgegnete Rhodan. »Außerdem muß die Mehrheit nicht immer im Recht sein.«

Luro Movan zog einen Stapel Farbfotografien unter seinem Umhang hervor.

»Ich habe hier Aufnahmen, die Greueltaten von Bestien zeigen«, sagte er und überreichte Rhodan die Bilder. »Ich kann mir nicht vorstellen, daß Sie solche Methoden gutheißen.«

Rhodan warf einen Blick auf die erste Fotografie. Er senkte den Kopf, als er sah, wie ein Wesen, das einwandfrei ein Haluter war, über ein verstümmeltes Etwas gebeugt stand, das kaum noch zu erkennen war. Im Hintergrund war ein brennendes Gebäude zu sehen.

»Diese Bilder sind grausam«, sagte Perry Rhodan. »Ich muß gestehen, daß man ähnliche Bilder auch von unserem Volk hätte machen können. Wahrscheinlich auch von jedem Volk in dieser Galaxis, denn Gut und Böse wohnen dicht nebeneinander.«

»Bei den Bestien nicht«, sagte der Vorsucher. »Bei ihnen gibt es weder Mitleid noch Freundschaft. Sie kennen keine Gefühle außer Zerstörungswut, Haß und Machthunger.«

»Die Haluter, die in unserer Galaxis leben, könnten leicht die Macht an sich reißen, wenn sie es darauf anlegen würden«, mischte sich Roi Danton ein. »Aber sie tun es nicht, weil sie abgeklärt genug sind, um sich in ihrem Heimatsystem wohl zu fühlen.«

Luro Movans Fühler zitterten.

»Warum sollten sie sich auch öffentlich ausdehnen?« fragte er. »Sie benutzen die Terraner, um an die Macht zu gelangen.«

Im Verlauf der nächsten Stunde stellte sich heraus, daß Luro Movan nicht von seinem Standpunkt abgehen würde. Er war so von der Richtigkeit seiner Anschuldigungen überzeugt, daß er alle Begründungen der sechs Gefangenen als Beweis ihrer Beeinflussung durch die beiden Bestien betrachtete.

Je länger Luro Movan mit den Terranern debattierte, um so größer wurde die Kluft zwischen den beiden Meinungen.

Schließlich stieß der Vorsucher einen bedauernden Seufzer aus.

»Sie werden verstehen, daß ich jetzt zu anderen Mitteln greifen muß«, sagte er. »Sie hatten die Möglichkeit, unsere Differenzen auf freundschaftlicher Basis beizulegen. Diese Chance haben Sie nicht genutzt.«

Am nächsten Tag wurden sie von sechs Dumfries abgeholt und in einen Behandlungsraum geführt. Dort warteten drei Aphaneus auf sie. Die Sucher nach der inneren Wahrheit maßen ihre Gehirnströmungen, Individualschwingungen und untersuchten sie gründlich. Ein Teil der Untersuchungen war schmerzhaft.

Rhodans Proteste halfen nicht. Die Psychologen waren höflich, aber bestimmt. Wenn sich einer der Terraner sträubte, traten die Dumfries in Aktion. Oro Masut mußte ein paarmal gefesselt werden, bevor man ihn untersuchen konnte.

Man legte ihnen Kontakte an, band sie auf seltsam geformte Stühle und prüfte ihre körperlichen Reaktionen. All diese Untersuchungen dienten dazu, ihre Körper genau kennenzulernen.

Als sie ein paar Stunden später in ihr Quartier geführt wurden, fühlten sich vor allem die beiden Wissenschaftler erschöpft. Auch Roi Danton zeigte Anzeichen von Überanstrengung. Lediglich die beiden Zellaktivatorträger und der riesenhafte Oro Masut hatten den Tag gut überstanden.

»Wir müssen damit rechnen, daß es noch schlimmer wird«, sagte Rhodan, als sich die Männer in ihre Nischen sinken ließen. »Was wir heute erlebt haben, war erst der Anfang.«

In Beriots Augen flackerte Angst. Dr. Lieber dagegen biß auf die Zähne, daß es knirschte.

»Wir müssen durchhalten«, sagte der Mathematiker. »Wenn wir den Aphaneus beweisen, daß wir uns nicht umstimmen lassen, geben sie vielleicht auf.«

»Wahrscheinlich«, stimmte Rhodan zu, obwohl er vom Gegenteil überzeugt war.

In der Nacht, als die anderen schliefen, kam Marshall an Rhodans Lager.

»Sorgen, John?« fragte Perry.

Im Halbdunkel sah er den Mutanten nicken.

»Wegen Beriot«, sagte Marshall. »Ich fürchte, er hält nicht durch.«

»Sie täuschen sich«, antwortete Perry Rhodan. »Der Wissenschaftler ist zäh. Wenn er sich erst an diese Umgebung gewöhnt hat, wird er uns alle übertreffen, was Entschlossenheit und Mut anbelangt.«

Marshall blieb skeptisch. Er kehrte zu seinem Lager zurück. Rhodan dachte angestrengt nach, was er zur Verbesserung ihrer Lage tun konnte, aber ohne Hilfe von außen waren sie verloren.

Der zweite und dritte Tag verstrichen mit weiteren Untersuchungen. Diesmal mußten die Gefangenen eine Reihe von Tests durchstehen. Sie wurden unter Wasser getaucht, an stromführende Kabel angeschlossen und erhielten Kontakthauben, die ihnen fiktive Geschehnisse vorgaukelten.

Am Abend des dritten Tages mußten sie Dr. Jean Beriot stützen, als sie in ihren Raum zurückgebracht wurden. Das Gesicht des Physikers war eingefallen. Seine Augen glänzten. Er murmelte undeutliche Worte vor sich hin. Danton vergaß seine guten Manieren und verfluchte jeden Dumfrie, der in ihre Nähe kam.

Oro Masut zertrümmerte am Morgen des dritten Tages ein Meßgerät, aber danach erhielt er eine Injektion und war für vier Stunden bewußtlos. Immer noch waren die Aphaneus höflich. Luro Movan und Agen Thrumb ließen sich nicht sehen.

Perry Rhodan schloß daraus, daß die Behandlung noch nicht in ihre entscheidende Phase getreten war.

Am vierten Tag führte man sie in ein anderes Gebäude.

Dort machten die Männer eine erstaunliche Entdeckung.

Der Gang war so eng, daß sie nur hintereinander gehen konnten. An der Spitze bewegten sich drei Dumfries, den Abschluß bildeten zwei Aphaneus.

»Dieser Gang wurde nachträglich gebaut«, stellte Roi Danton fest. »Normalerweise ist er genauso breit wie alle anderen.«

»Es liegt an der Wand«, sagte Dr. Lieber. »Sie wurde verbreitert.«

Rhodan ballte eine Hand zur Faust und klopfte gegen die Wand.

»Stahl«, sagte er. »Der Raum hinter dieser meterdicken Stahlwand wurde aus besonderen Gründen gut abgesichert.«

»Vielleicht wird dort spaltbares Material aufbewahrt«, meinte Oro Masut.

Sie gingen weiter. Am Ende des Ganges stießen sie auf zwei Stahltore, die mit energetischen Sperren versehen waren. Die Dumfries bogen rechts ab.

Rhodan blieb vor einer der Türen stehen.

»Es sieht so aus, als stünden wir vor einem Gefängnis«, sagte er.

Einer der Dumfries kehrte um und versetzte dem Terraner einen Stoß mit der Waffe.

»Nicht stehenbleiben!« befahl der Krieger mit rauher Stimme. »Gehen Sie weiter.«

Die Aphaneus waren jetzt herangekommen.

»Lassen Sie die Männer in Ruhe«, sagte einer der Psychologen. »Wenn sie sich für diesen gepanzerten Raum interessieren, sollen sie erfahren, welche Bewandtnis es mit ihm hat.«

»Ich nehme an, hier werden die hoffnungslosen Fälle eingesperrt«, vermutete Danton spöttisch.

Der Aphaneu, der vor Perry Rhodan stand, spreizte seine Fühler.

»Wenn Sie logisch überlegen, müssen Sie erraten, wen wir hier gefangenhalten«, sagte er.

Rhodan starrte nachdenklich auf die rotblaue Fläche der Tür. Die energetische Sperre flimmerte. Ein bestimmter Verdacht stieg in Rhodan auf. Der Aphaneu trat an die Tür heran und klappte den Schieber für einen Sehschlitz auf.

»Durch ein Spezialobjektiv, das in den Stahl eingelassen ist, können Sie in das Gefängnis blicken«, sagte er.

Verwundert hatte Rhodan beobachtet, wie der Sucher nach der inneren Wahrheit durch die Energiemauer gegangen war, ohne Schaden zu nehmen. Der Aphaneu schien das Erstaunen der sechs Männer zu bemerken.

»Die Sperre funktioniert nur in einer Richtung«, erklärte er. »Sie tritt nur dann in Kraft, wenn jemand das Gefängnis verlassen will.«

Er machte Platz, damit Perry Rhodan durch die Linse blicken konnte. Rhodan preßte sein Gesicht gegen die Tür und kniff ein Auge zu. Er stellte sofort fest, daß er durch ein Weitwinkelobjektiv blickte. Trotzdem wäre er fast zusammengezuckt, als er die beiden schwarzhäutigen Riesen am Boden kauern sah.

»Zwei Haluter!« stieß er hervor. »Die Aphaneus haben zwei Haluter gefangen.«

»Es sind Bestien«, verbesserte der Psychologe sanft. »Wir halten sie hier für Untersuchungszwecke gefangen. Niemand darf den Raum betreten. Es würde den sicheren Tod bedeuten.«

Bevor Rhodan die beiden Gefangenen eingehender betrachten konnte, wurde er von dem Aphaneu zurückgezogen.

»Das genügt«, sagte der Psychologe. »Ich will nicht, daß unsere Arbeit vergeblich war. Wenn Sie zu lange zu den Bestien hineinblikken, werden Sie Ihre starre Haltung niemals aufgeben.«

»Was haben Sie gesehen?« erkundigte sich John Marshall, als sie weitergingen.

»Zwei haluterähnliche, allerdings etwas größere Wesen, etwa wie die Zeitpolizisten«, antwortete Perry Rhodan. »Sie sind am Leben und offenbar im Vollbesitz ihrer geistigen und körperlichen Kräfte.«

»Das sind unsere stillen Verbündeten«, sagte Roi Danton.

»Was geschieht mit den beiden Gefangenen, wenn die Untersuchungen abgeschlossen sind?« fragte Rhodan einen der Aphaneus.

Der Psychologe faltete seine Fühler zusammen.

»Dann«, antwortete er gleichmütig, »töten wir sie.«

Das Bewußtsein, nicht die einzigen Gefangenen auf Dwellion zu sein, gab vor allem den beiden Wissenschaftlern inneren Auftrieb. Beriot und Lieber beteiligten sich angeregt an allen Gesprächen und vergaßen ihre körperliche Erschöpfung.

Die Untersuchungen während des vierten Tages waren die anstrengendsten, die die Terraner bisher über sich hatten ergehen lassen müssen. Man hatte Sonden in alle Körperöffnungen eingeführt, Gehirnspiegelungen vorgenommen und den Männern Proben des Gehirnwassers und des Rückenmarks entzogen. Die Methoden, deren sich die Psychologen bedienten, waren mehr oder weniger unangenehm, so daß Rhodan schon mit dem Zusammenbruch Dr. Beriots rechnete.

Der Physiker fiel zwar erschöpft in seine Nische und mußte gefüttert werden, aber er zeigte sich stark am Problem der beiden Gefangenen interessiert.

Die sechs Männer diskutierten mit einer unausgesprochenen, aber ständig fühlbaren inneren Verzweiflung. Sie wußten, daß der nächste Tag neue Untersuchungen oder bereits die entscheidenden Maßnahmen bringen würde. Dabei wußte niemand, in welcher Form die Aphaneus die Freundschaft der Terraner zu Icho Tolot und Fancan Teik brechen wollten.

»Wenn sie mit den beiden das gleiche getan haben wie mit uns, müssen sie über ihre Feinde gut informiert sein«, sagte Dr. Beriot.

»Ich bezweifle, daß den Aphaneus das gelungen ist«, antwortete Dr. Lieber. »Sie wagen sich wahrscheinlich nicht in die Nähe dieser beiden Giganten, sondern begnügen sich damit, sie durch Fernuntersuchungen zu testen.«

Marshall, der mit aufgestützten Ellenbogen am Tisch saß, sagte nachdenklich: »Wenn wir nur einen Weg fänden, um mit den beiden in Verbindung zu treten. Da sie ebenfalls Gefangene sind, betrachte auch ich sie als unsere potentiellen Freunde.«

»Wie sollen wir an sie herankommen?« fragte Rhodan. »Sie sind in einem anderen Gebäude untergebracht und sitzen hinter meterdikken Stahlwänden.«

Der Vorschlag des Mutanten wurde nicht weiter erörtert. Zu diesem Zeitpunkt konnte noch keiner der Männer ahnen, wie bald sie gezwungen sein würden, ihn in die Tat umzusetzen.

## 16.

Am Morgen des fünften Tages ihrer Gefangenschaft auf Dwellion erschien zu Rhodans Überraschung nicht das übliche Abholkommando der Dumfries. Anstelle der Soldaten kam Luro Movan. Er kam ohne dumfriesische Begleiter, aber er trug einen Vibratorstrahler.

Rhodan besaß genügend Einfühlungsvermögen in die Mentalität

der Aphaneus, um sofort zu spüren, daß der Vorsucher gereizt und nervös war.

»Die Überzeugung, daß die beiden Bestien, die Sie Icho Tolot und Fancan Teik nennen, Ihre Freunde sind, ist tief in Ihrem Unterbewußtsein verwurzelt«, sagte Luro Movan, nachdem er sich auf einem Stuhl inmitten des Raumes niedergelassen hatte.

Dr. Beriot, der noch geschlafen hatte, erwachte und streckte seinen Kopf aus der Nische.

Keiner der Gefangenen antwortete. Sie warteten, daß Luro Movan weitersprechen würde.

»Sie waren lange Zeit der Beeinflussung durch Bestien ausgesetzt«, fuhr der Vorsucher fort. »Zu lange, wie unsere Untersuchungen ergeben haben. Die vermeintliche Freundschaft zu den Feinden unserer Galaxis ist bereits ein fester Bestandteil Ihres Lebens.« Movan seufzte und breitete seine Fühler aus. Zwei seiner Hände fingerten erregt an dem Vibratorstrahler herum.

»Es hat sich gezeigt, daß man Ihre Überzeugung nicht mit herkömmlichen Mitteln auslöschen kann«, sagte er.

»Das heißt also, daß Sie aufgeben!« rief Dr. Beriot erleichtert.

Der Vorsucher starrte ihn aus seinen vier Augen an.

»Aufgeben? Bisher haben wir auf Dwellion jeden noch so schwierigen Fall gemeistert. Ich bin nur hergekommen, um Ihnen zu sagen, daß keine weiteren Untersuchungen mehr durchgeführt werden. Sie werden die entscheidende Behandlung erhalten.«

»Was heißt das?« fragte Rhodan.

Luro Movan erhob sich.

»Sie werden es früh genug erfahren«, sagte er und verließ den Raum.

Einen Augenblick war es still. Rhodan fühlte, daß seine Begleiter schockiert waren. Luro Movan war gegangen, aber das Bewußtsein einer schrecklichen Drohung schwebte noch in der Luft.

»Was nun?« fragte Oro Masut schließlich. »Ich hätte diesen Vorsucher in zwei Hälften brechen sollen, solange noch Gelegenheit dazu war.«

»Schweigen Sie!« befahl Rhodan. »Mit Gewalttaten läßt sich nichts ändern.«

Masut schnitt eine Grimasse, und sein Gesicht wurde zu einer Fratze. Danton gab seinem Leibwächter ein Zeichen.

»Ich nehme an, daß alles, was wir bisher auf Dwellion erlebt haben, ein Kinderspiel gegen das ist, was uns jetzt noch bevorsteht«, sagte John Marshall.

»Haben Sie etwa endlich Luro Movans Bewußtseinsinhalte ergründen können?« fragte Rhodan.

»Nein«, sagte der Mutant. »Aber ich habe ein sicheres Gefühl für alle Dinge, die uns auf dieser Welt bevorstehen.«

Sie hörten, wie Beriot sich auf sein Bett warf. Rhodan warf den anderen einen warnenden Blick zu. In Beriots Interesse durften sie keine pessimistischen Mutmaßungen anstellen.

Eine halbe Stunde später kam Agen Thrumb in Begleitung zweier dumfriesischer Wächter zu den Gefangenen. Die Dumfries blieben im Eingang stehen, während Agen Thrumb in die Mitte des Raumes schritt.

»Ich bin gekommen, um Sie zu retten«, begann der Stützpunktingenieur ohne Umschweife. »Luro Movan hat mir gerade Bericht erstattet. Ihre bisherige Behandlung ist gescheitert. Was Luro Movan nun mit Ihnen vorhat, wünsche ich selbst einer Bestie nicht, weil es für intelligente Wesen unwürdig ist.«

»Mit geheimnisvollen Andeutungen können Sie uns keine Furcht einjagen«, entgegnete Rhodan gelassen. »Ich kann mich des Eindrucks nicht erwehren, daß Luro Movan und Sie ein kleines Spielchen mit uns vorhaben.«

»Glauben Sie?« fragte Agen Thrumb mit eigenartiger Betonung. »Wenn ich jetzt zu Ihnen spreche, lüge ich nicht.« Er ließ seine Worte auf die sechs Männer einwirken.

»Um das Schlimmste zu verhindern, komme ich Ihnen sehr weit entgegen«, sagte er dann. »Helfen Sie uns, die beiden Haluter in eine Falle zu locken, dann garantiere ich dafür, daß Sie freigelassen werden. Nicht nur das, wir werden auch dafür sorgen, daß Sie in Ihre Heimatgalaxis zurückkehren können.«

Rhodan starrte den Stützpunktingenieur fassungslos an. Er bezweifelte nicht, daß das Angebot des Weißhäutigen ehrlich gemeint war.

»Bei allen Planeten!« flüsterte Dr. Lieber beinahe andächtig. »Sie wollen uns in die Milchstraße zurückbringen?«

»Ja«, bekräftigte Agen Thrumb. »Dieser Wunsch soll Ihnen erfüllt werden. Ich glaube, daß Sie sich vorstellen können, welche Überwindung es mich kostet, Ihnen so entgegenzukommen. Sie können daraus ersehen, daß ich freundschaftliche Gefühle für Sie hege.«

»Zurück in die Milchstraße!« schrie Dr. Jean Beriot und sprang von seinem Lager auf. Er taumelte auf Dr. Lieber zu und wollte ihn umarmen.

Rhodan blickte sich um.

Er sah in die verbissenen Mienen von Oro Masut, Roi Danton und John Marshall.

»Nun?« fragte Agen Thrumb lauernd. »Würden Sie gerne Ihre Heimat wiedersehen?«

»Das ist unser größter Wunsch«, sagte Rhodan leise. »Stellen Sie sich vor, Sie würden in eine fremde Galaxis versetzt, mehr als dreißig Millionen Lichtjahre von Ihrer Heimat entfernt – würden Sie dann nicht auch alles versuchen, dorthin zurückzukehren?«

»Sie nehmen also mein Angebot an?« fragte der Stützpunktingenieur erleichtert.

»Nein«, sagte Rhodan.

»Nein?« rief Agen Thrumb fassungslos. Er fuhr zurück, als hätte ihn jemand angegriffen.

»Nein?« rief auch Dr. Beriot und kam auf Perry Rhodan zu. »Wie können Sie seinen Vorschlag ablehnen? Sie können fünftausend Menschen retten, wenn Sie sich einverstanden erklären.«

»Sie meinen, ich kann Sie retten«, sagte Rhodan mit rücksichtsloser Offenheit. »Daran haben Sie doch in erster Linie gedacht, Doc, oder nicht?«

»Ist es ein Verbrechen, wenn ich so denke?« verteidigte sich der Physiker.

Rhodan schüttelte den Kopf.

»Natürlich nicht. Aber ich denke nicht daran, unsere beiden halutischen Freunde zu verraten. Der Preis, den wir für unsere Rückkehr bezahlen sollen, ist mir zu hoch.«

»Sie sind wahnsinnig!« fauchte Agen Thrumb. »Sie sind besessen. Sie stehen völlig unter dem Einfluß der Bestien.«

»Gehen Sie!« sagte Rhodan schroff. »Lassen Sie uns allein.«

Agen Thrumb ging rückwärts zur Tür. Wieder blickte Rhodan zurück und versuchte in den Augen Marshalls, Dantons und Masuts Zustimmung oder Ablehnung zu erkennen. Wenn er auch entschlossen war, seine Ansichten durchzusetzen, so hoffte er doch, daß die

Mehrzahl seiner Begleiter ihn unterstützen würde. Seine Hände verkrampften sich. Ein Wort von ihm hätte genügt, um fünftausend Männern die Heimkehr zu ermöglichen. Er hätte in die Milchstraße zurückkehren und die Erde gegen den Angriff der Zweitkonditionierten verteidigen können. Aber er hatte nein gesagt. Narr, der er war! Verdiente er überhaupt, Großadministrator des Solaren Imperiums zu sein? Hätte er nicht das Interesse der gesamten Menschheit über das Leben zweier Haluter stellen müssen?

Nein! dachte er entschieden. Stellvertretend für die Menschheit hatte er sich für die Freundschaft und gegen den Verrat ausgesprochen.

An der Tür blieb Agen Thrumb noch einmal stehen.

»Sie haben keine Zeit mehr, Ihre Entscheidung zurückzunehmen«, sagte er gedehnt. »In wenigen Augenblicken wird Luro Movan den ersten von Ihnen holen. Damit Sie wissen, was Ihnen bevorsteht, sage ich Ihnen jetzt schon, daß der Vorsucher das Gedächtnis eines jeden von Ihnen auslöschen wird. Sie werden auch Ihren gesamten Erfahrungsschatz verlieren. Das heißt, daß Sie wie Kinder sein werden, wie Neugeborene, die sich nicht zu helfen wissen.«

Beriots Aufschrei und das Geräusch der zuschlagenden Tür vermischten sich.

Perry Rhodan drehte sich zu seinen Mitgefangenen um und versuchte zu lächeln.

»Ich glaube, Agen Thrumb hat nur gedroht, um uns gefügig zu machen. Er wird seine Pläne nicht verwirklichen.«

Doch wenige Augenblicke später erschienen vier Dumfries und holten Dr. Jean Beriot. Der kleine Mann wehrte sich verzweifelt. Die zurückbleibenden Männer hörten ihn schreien, bis die Tür zufiel.

Eine knappe Stunde später brachten sie ihn zurück. Zwei Dumfries stießen ihn durch den Eingang. Er machte ein paar unkontrollierte Schritte, dann stürzte er zu Boden.

Rhodan und John Marshall eilten auf ihn zu.

Perry Rhodan hob den Wissenschaftler hoch und schüttelte ihn sanft. Beriots Haare waren ausgefallen. Noch schlimmer war jedoch, daß er lächelte. Er strahlte ein engelhaftes Lächeln aus.

»Doc!« rief Rhodan. »Doc, kommen Sie zu sich!«

Dr. Jean Beriot begann zu lallen. Speichel lief über sein Kinn. Er gab einige unverständliche Geräusche von sich.

Perry Rhodan legte den mißgestalteten Mann sanft auf den Boden zurück und erhob sich.

»Wenn sie den nächsten holen«, sagte er, »greifen wir an.«

Natürlich hatten sie sich keinen besonderen Plan ausgedacht. Das wäre sinnlos gewesen. Sie wußten nicht, wen die Dumfries als nächsten holen würden, und sie wußten auch nicht, wie viele Wächter kommen würden. Sie brauchten aber nur auf Dr. Jean Beriot zu blicken, um entschlossen zu sein, lieber zu kämpfen, als sich wehrlos einer Behandlung mit solchen Folgen zu unterziehen.

Perry Rhodan war sich darüber im klaren, daß sie keine Fluchtchancen besaßen, aber sie konnten Agen Thrumb und Luro Movan beweisen, daß sie sich nicht aufgegeben hatten.

Nachdem sich die Terraner fünf Tage ruhig verhalten hatten, würden die Aphaneus nicht mehr mit einem Ausbruchsversuch rechnen. Wahrscheinlich glaubten die Sucher, die sechs Männer bereits so zermürbt zu haben, daß es nur noch auf die abschließende Behandlung ankam, um sie endgültig zu willenlosen Geschöpfen zu machen.

Nachdem eine halbe Stunde seit Dr. Beriots Rückkehr verstrichen war und noch immer niemand kam, um den nächsten Gefangenen zur Behandlung zu holen, begann in Rhodan die Hoffnung aufzusteigen, daß der Vorsucher und der Stützpunktingenieur ihre Pläne geändert hatten. Rhodans Hoffnung verstärkte sich, als Agen Thrumb zusammen mit zwei Dumfries auftauchte. Diesmal blieb der Stützpunktingenieur im Eingang stehen.

»Haben Sie Ihren Freund gesehen?« fragte Agen Thrumb und deutete auf die Nische, in der der Chefphysiker der CREST IV lag.

»Wir haben ihn gesehen«, antwortete Rhodan. »Jetzt sehen wir den Verbrecher, der dafür verantwortlich ist. Sie haben diesem Mann die Persönlichkeit genommen, Agen Thrumb.«

Die Stimme des Stützpunktingenieurs klang verzweifelt, als er antwortete: »Ich habe Sie gewarnt. Warum nehmen Sie keine Vernunft an? Entgegen Luro Movans Ratschlag bin ich jetzt wiedergekommen, um Sie umzustimmen. Movan wollte bereits den nächsten Gefangenen holen lassen, doch ich bin ihm zuvorgekommen.«

»Was wollen Sie überhaupt?« fragte Rhodan.

»Sie wissen es genau, Perry Rhodan, Sie sind der Anführer dieser Gruppe. Ein Wort von Ihnen genügt, um diese Männer zu retten und ihnen den Weg in ihre Heimatgalaxis zu ebnen.«

»Ein Wort von mir genügt, um zwei unserer Freunde zu töten«, entgegnete Rhodan ablehnend.

»Sie sind unbelehrbar!« brauste Agen Thrumb auf. »Das war mein letzter Versuch, eine friedliche Lösung herbeizuführen. Für alles, was nun geschieht, sind Sie verantwortlich.«

Er wandte sich um und verließ mit seinen dumfriesischen Begleitern den Raum.

»Er bemüht sich wirklich um uns«, sagte Rhodan. »Schade, daß wir nicht auf seine Vorschläge eingehen können.«

»Können wir das wirklich nicht?« fragte Dr. Lieber.

»Wollen Sie die beiden Haluter ausliefern?«

»Keineswegs«, antwortete der Mathematiker. »Wir könnten aber zum Schein auf die Vorschläge Agen Thrumbs eingehen.«

»Das hat keinen Sinn.« Rhodan hob die Schultern. »Wir würden dadurch nur ein paar Stunden gewinnen. Danach ergäbe sich die gleiche Situation wie jetzt. Nein, wir müssen kämpfen.«

»Ich möchte nicht in den Verdacht geraten, ein Feigling zu sein«, erwiderte der Bordmathematiker der CREST IV. »Schließlich haben wir nichts zu verlieren. Trotzdem würde ich an Ihrer Stelle versuchen, Agen Thrumb zu überlisten.«

»Sie dürfen den Stützpunktingenieur nicht unterschätzen«, warf Roi Danton ein. »Er würde schnell herausfinden, ob unsere Verhandlungsbereitschaft echt oder nur vorgetäuscht ist. Wir können . . .« Er unterbrach sich, als sich die Tür öffnete. Vier Dumfries standen im Eingang.

»Selbst wenn wir wollten, könnten wir nicht mehr zurück«, sagte Roi Danton. »Es ist soweit, meine Herren.«

Zwei der Dumfries blieben bei der Tür, die beiden anderen näherten sich Dr. Lieber, um ihn abzuführen.

»Täuschen Sie sich auch nicht?« fragte John Marshall die beiden Dumfries. »Ich war der Ansicht, daß ich nun an der Reihe wäre.«

Die Dumfries antworteten nicht, sondern nahmen den Wissenschaftler in die Mitte.

Marshall erhob sich und näherte sich den Soldaten, die Dr. Lieber auf die Tür zuschoben.

»Sie täuschen sich bestimmt«, sagte der Mutant. »Zweifellos soll ich jetzt behandelt werden.«

Die Dumfries an der Tür hoben ihre Waffen und richteten sie auf John Marshall.

Der Krieger, der rechts neben Lieber ging, zischte dem Telepathen zu: »Gehen Sie aus dem Weg, bevor wir unsere Waffen benutzen.«

»Ich denke nicht daran«, sagte Marshall kaltblütig. »Es ist mein gutes Recht, vor Dr. Lieber behandelt zu werden.«

Marshall machte noch einen Schritt auf die Gruppe mit Dr. Lieber zu.

In diesem Augenblick, da sich die Aufmerksamkeit der vier Dumfries ausschließlich auf den Mutanten konzentrierte, handelte Oro Masut. Der Ertruser kam von einer Welt, auf der eine Schwerkraft von 3,4 Gravos herrschte. Auf Planeten mit erdähnlicher Gravitation trug er normalerweise einen Mikrogravitator, um keine Schäden anzurichten oder durch Riesensprünge unangenehm aufzufallen. Schaltete ein Ertruser seinen Mikrogravitator auf erdähnlichen Welten aus, konnte er sich in ein rasendes Feuer verwandeln, denn für ihn war die Schwerkraft dann nur noch ein Drittel so hoch wie auf Ertrus.

Man hatte Oro Masut bereits zu Beginn der Gefangenschaft den Mikrogravitator abgenommen, da Agen Thrumb befürchtet hatte, es könnte sich um eine Waffe handeln.

Auf Dwellion herrschte eine Schwerkraft von 1,14 Gravos. Oro Masut konnte also ohne besondere Anstrengung Zehnmeterschritte machen.

Wenn er sprang, konnte er eine weitaus größere Strecke zurücklegen. Die Aufschlagkraft des sechzehn Zentner schweren Ertrusers war dementsprechend.

Als Oro Masut mit ausgebreiteten Armen auf die Tür zusprang, kam der Angriff für die beiden Soldaten völlig überraschend. Zwar bewiesen sie durch eine erstaunlich schnelle Reaktion ihre Erfahrung und ihre ausgezeichnete Schulung, doch sie kamen nicht mehr dazu, ihre Waffen abzufeuern.

Roi Dantons Leibwächter schlug die Arme zusammen. Die beiden Dumfries krachten mit ihren Panzern gegeneinander und stürzten zu Boden. Sie verloren ihre Strahlen- und Vibratorwaffen.

Im selben Augenblick hatte Marshall einen von Liebers Wächtern angesprungen, und Dr. Lieber hatte sich auf den zweiten Dumfrie gestürzt. Marshall und Lieber wären hoffnungslos verloren gewesen, wenn Perry Rhodan nicht eingegriffen hätte.

In Sekundenschnelle hatte Rhodan die Situation erfaßt. Er stürmte auf die Tür zu. Im Hinwerfen packte er eine Vibratorwaffe. Er feuerte auf die Dumfries, die mit Marshall und Lieber kämpften. Einer der Soldaten, die neben ihm am Boden lagen, versuchte ihn zu packen und ihm die Waffe aus den Händen zu reißen, doch Oro Masut war wieder auf den Beinen und versetzte dem Dumfrie einen Schlag, der ihm das Bewußtsein raubte. Der zweite von Masut angegriffene Soldat war noch nicht in der Lage, wieder in den Kampf einzugreifen. Er wälzte sich am Boden hin und her und gab dumpfe Geräusche von sich.

Mit einigen gezielten Schüssen setzte Perry Rhodan die beiden anderen Wächter außer Gefecht. Die Dumfries sanken zu Boden. Ihre Körper wurden durchgeschüttelt. In diesem Zustand würden sie einige Stunden verharren.

Rhodan sprang auf die Beine und blickte sich um. Masut hob einen Arm und stieß einen Triumphschrei aus.

»Wir sind hier nicht im Dschungel«, verwies Danton seinen Leibwächter.

Rhodan mußte lächeln. Der Anfangserfolg gab ihnen neuen Auftrieb.

Rhodan verteilte die erbeuteten Waffen. Dann wandte er sich an seinen Sohn.

»Masut, Marshall und ich versuchen, bis zu den gefangenen Bestien durchzukommen. Die anderen bleiben hier.«

»Warum?« protestierte Danton. »Zu viert oder zu fünft haben wir größere Chancen, unser Ziel zu erreichen.«

Rhodan schüttelte den Kopf.

»Verbarrikadiert euch hier«, empfahl er dem Freihändler. »Benutzt die vier Dumfries als Geiseln, sobald Verstärkung eintrifft.« Er nickte Masut und dem Telepathen zu. »Los geht's!«

Masut übernahm die Spitze. In seiner riesigen Hand wirkte die Vibratorwaffe winzig.

»Zügeln Sie Ihr Temperament, Masut!« rief Rhodan, als der Ertruser in den Gang stürmen wollte. »Vergessen Sie nicht, daß wir zusammenbleiben wollen.«

Der Gang war verlassen, doch sie hatten noch keine zehn Meter zurückgelegt, als am anderen Ende drei Dumfries auftauchten.

Die Soldaten waren so verblüfft, die drei Gefangenen vor sich zu sehen, daß sie zu spät handelten. Die Vibratorwaffen Masuts und Rhodans traten in Tätigkeit. Als die drei Männer ihre Gegner erreichten, lagen diese in Schüttellähmung verkrampft am Boden.

»Das Überraschungsmoment ist auf unserer Seite«, sagte Rhodan. »Vielleicht erreichen wir unser Ziel tatsächlich. John, sind Sie sicher, daß Sie den Weg genau kennen?«

»Ich habe ihn mir eingeprägt«, versicherte der Mutant. »Am Ende des Ganges müssen wir links abbiegen. Wir kommen durch die große Halle. Durch das dritte Seitentor gelangen wir ins Freie!«

Ein schrilles Pfeifen übertönte seine Stimme.

»Mit der Überraschung ist es aus!« schrie Oro Masut enttäuscht.

»Alarmanlagen!« rief Rhodan. »Hoffentlich konzentriert sich die Aufmerksamkeit der Dumfries zunächst auf unser Gefängnis. Ich hoffe, daß Roi und Dr. Lieber die Soldaten einige Zeit beschäftigen können.«

Marshall nickte verstehend. Rhodan hatte die jetzige Situation vorausgeahnt und Danton und Lieber aus diesem Grund zurückgelassen. Die Streitmacht der Dumfries mußte gespalten werden.

Die drei Ausgebrochenen hatten das Ende des Ganges erreicht und bogen nach links ab.

Plötzlich öffnete sich seitlich von ihnen eine Tür. Rhodan fuhr herum. Er blickte genau in die Mündung zweier Strahlenwaffen. Von den Besitzern der Waffen sah er nur die Köpfe. Es waren Aphaneus. Die Fühler der Psychologen schnellten nach vorn. Sie zitterten heftig.

»Halt!« rief eine erregte Stimme.

Masut warf sich in den Eingang. Er riß die beiden Aphaneus mit sich. Einer der Strahler entlud sich und schuf eine schwarze Furche in der Decke. Rhodan stieß die Tür auf. Vor ihm am Boden wälzte sich ein Knäuel von Körpern, so daß er nicht zu schießen wagte.

Er blickte auf. Sie befanden sich in einem Laboratorium. Außer den beiden Angreifern befanden sich noch zehn Aphaneus in diesem Raum, aber sie waren waffenlos. Wie erstarrt standen sie an den Tischen und vor den Regalen, wo sie gearbeitet hatten.

Die beiden bewaffneten Aphaneus bewegten sich nicht mehr.

Masut richtete sich auf und klatschte in die Hände. Er packte die erbeuteten Strahlenwaffen.

»Nein«, lehnte Rhodan ab. »Wir beschränken uns darauf, mit den Vibratorstrahlern zu schießen. Ich will vermeiden, daß es Tote gibt. Nur dann können wir damit rechnen, Agen Thrumb und Luro Movan zu Verhandlungen zu zwingen.«

Masuts Augen funkelten. Er war mit dem Befehl nicht einverstanden, aber er befolgte ihn. Mit einem unterdrückten Knurren warf er die beiden Strahlenwaffen in Richtung eines Tisches, auf dem irgendein Versuch durchgeführt wurde. Krachend brach das von den Aphaneus mühevoll aufgebaute Gestell zusammen.

»Schnell!« rief John Marshall vom Gang aus. »Wir werden verfolgt.«

Rhodan und Masut verließen das Labor. Sie kamen gerade rechtzeitig in den Gang, um eine Horde Dumfries um die Ecke biegen zu sehen. Masut und Rhodan begannen zu schießen, während sie sich rückwärts auf die Tür zu der von Marshall erwähnten Halle zubewegten.

Irgendwie überstanden sie alle drei das Angriffsfeuer der nachrükkenden Dumfries. Dann spürte Rhodan das harte Material der Tür im Rücken. Seine tastende Hand fand den Öffner.

Gleich darauf waren sie abgeschnitten vom Lärm, der im Gang herrschte.

Marshalls ausgestreckter Arm wies auf die andere Seite der Halle.

»Dort hinüber!« schrie der Mutant atemlos. »Wir müssen draußen sein, bevor die Dumfries hier sind.«

Oro Masut kniete neben der Tür nieder.

»Gehen Sie nur!« brummte er grimmig. »Die erste halbe Stunde kommt hier keiner vorbei.«

»Sie dürfen nicht zurückbleiben!« Marshall packte den Ertruser an den Schultern. Mühelos schüttelte Masut die Hände des Terraners ab.

»Er hat recht, John«, mischte sich Rhodan ein. »Wenn er die Dumfries hier nicht aufhält, erreichen wir unser Ziel niemals.«

Marshall zögerte noch einen Augenblick, dann rannte er an Perry Rhodans Seite quer durch die Halle. Sekunden später, noch bevor sie den Ausgang erreicht hatten, hörten sie Oro Masuts dröhnende Stimme aufklingen. Dantons Leibwächter empfing die nachrückenden Dumfries mit einer Serie ertrusischer Flüche – dann sprachen die Waffen.

Marshall wagte nicht, sich umzudrehen, weil er fürchtete, Masut bewegungslos am Boden liegen zu sehen. Doch dann stießen seine parapsychischen Sinne in Masuts Bewußtsein vor, und er war erleichtert, als er die Entschlossenheit und den ungebrochenen Mut dieses Mannes spüren konnte.

Perry Rhodan öffnete die Tür, und Marshall folgte dem großen Terraner ins Freie.

Sie standen im Hof zwischen den Häusern und atmeten die nach Blüten duftende frische Morgenluft. Marshall blickte sich um. Das Pfeifen der Alarmanlagen zerrte an seinen Nerven.

Der Telepath deutete auf das Gebäude, in dem die beiden Bestien gefangengehalten wurden.

»Dort ist es!« rief er Rhodan zu.

Mit vorgehaltenen Waffen rannten sie weiter. In diesem Augenblick glaubte keiner von ihnen, daß sie ihren Plan verwirklichen könnten. Doch sie waren schon weiter gekommen, als John Marshall jemals zu hoffen gewagt hätte.

Roi Danton kauerte hinter dem Körper eines bewußtlosen Dumfries und bestrich die Tür ihres Gefängnisses mit seiner erbeuteten Vibratorwaffe. Bisher war es Dr. Lieber und ihm gelungen, die Soldaten am Eindringen zu hindern. Vier oder fünf Dumfries hatten sie sogar ausgeschaltet. Die von einer Schüttellähmung befallenen Krieger waren von ihren Kameraden abtransportiert worden.

Danton blickte zu Dr. Lieber hinüber. Der Chefmathematiker lag hinter dem umgestürzten Tisch. Die fremdartige Waffe hielt er wie das Ende eines Schlauches, aber er schoß damit, und er traf sogar ab und zu.

Die Dumfries griffen pausenlos an. Danton blickte auf die zweite Waffe, die neben ihm lag und die er benutzen wollte, wenn der Vibratorstrahler ausfiel.

Da detonierte neben ihm ein beutelförmiger Gegenstand. Gelbliche Rauchschwaden stiegen hoch. Danton ahnte, was ihnen jetzt bevorstand. Er wälzte sich zur Seite, um den Qualm nicht einatmen zu müssen. Da zerplatzte der zweite Beutel unmittelbar hinter Dr. Lieber.

»Vorsicht, Doc!« schrie Danton.

Die Warnung kam zu spät. Die Rauchschwaden hüllten den Mathematiker ein. Dr. Lieber sprang auf. Hustend taumelte er aus den sich immer schneller ausbreitenden Wolken hervor. Die Dumfries hatten den Augenblick der Verwirrung ausgenutzt. Mit Atemmasken ausgerüstet, drangen sie in den Raum ein. Lieber wurde niedergeschlagen und in eine Ecke geschleift.

Danton gelang es, drei Dumfries außer Gefecht zu setzen, bevor ihn der Sauerstoffmangel kampfunfähig machte. In seinen Ohren rauschte es. Er hatte ein Gefühl, als müßten seine Augen zerplatzen.

Die Waffe in seinen Händen wuchs an, wurde schwerer, und gleich darauf konnte er sie nicht mehr halten. Ohne sich dessen bewußt zu werden, schlug er mit kraftlosen Bewegungen um sich. Die Dumfries umringten ihn. Sie packten ihn an den Armen und schleppten ihn in die Ecke zu Dr. Lieber. Dort konnte er leichter atmen. Er rüttelte den Mathematiker, bis dieser zu sich kam.

»Wie . . . wie lange haben wir ausgehalten?« war Liebers erste Frage.

Danton wußte es nicht. Er hatte jegliches Zeitgefühl verloren.

»Hoffentlich lange genug«, antwortete er.

Die Klimaanlage trat in Tätigkeit und saugte das Rauchgas ab.

»Mir ist übel«, klagte Dr. Lieber. »Mein Mund ist wie ausgedörrt.«

Danton erging es nicht anders, aber er bezweifelte, daß die Dumfries ihnen nach diesen Vorfällen etwas zum Trinken bringen würden. Drei der gepanzerten Wesen standen im Eingang und beobachteten die beiden Terraner. Die Waffen waren von den Dumfries eingesammelt worden. Auch die Gelähmten hatte man weggebracht. Danton begriff, daß der Kampf für Dr. Lieber und ihn vorüber war. Sie konnten nur noch hoffen, daß Perry Rhodan, Marshall und Oro Masut ihr Ziel erreichten.

»Was werden sie jetzt mit uns machen?« fragte Dr. Lieber.

Auf diese Frage wußte der Freihändler keine Antwort. Er bezweifelte, daß die Aphaneus unter den gegenwärtigen Umständen damit fortfahren würden, ihre Gefangenen einer Gehirnwäsche zu unterziehen. Erst wenn alle Ausgebrochenen wieder gefangengenommen waren, würde sich der zweite Terraner dieser brutalen Prozedur unterziehen müssen.

Dr. Lieber schienen ähnliche Gedanken zu beschäftigen, denn er sagte unvermittelt: »Mir scheint, daß ich mein Gedächtnis vorläufig gerettet habe.«

Danton ließ sich mit dem Rücken gegen die Wand sinken. Er atmete schwer.

»Wir hätten bereits angreifen sollen, als Dr. Beriot abgeholt wurde«, sagte er. »Vielleicht hätten wir den Physiker retten können.«

Lieber warf dem jüngeren Mann einen Seitenblick zu.

»Wir haben nur eine Gnadenfrist gewonnen«, sagte er. »Früher oder später wird man die anderen einfangen, dann wird Luro Movan seine Pläne endgültig verwirklichen.«

Wie um die pessimistischen Worte des Wissenschaftlers zu bestätigen, führten fünf Dumfries den gefesselten Oro Masut herein. Der Ertruser war halb bewußtlos und blutete aus mehreren Wunden. Die Dumfries versetzten ihm einen Stoß, daß er in die Ecke taumelte, in der Danton und Lieber lagen.

Zu Dantons Erstaunen begann sein häßlicher Leibwächter zu kichern.

»Was ist los?« erkundigte sich Dr. Lieber. »Sind Sie übergeschnappt?«

»Nein«, sagte Masut und holte tief Atem. »Ich habe sie durchgebracht. Verstehen Sie, Doc? Rhodan und Marshall sind zu den Bestien unterwegs.«

»Glauben Sie, daß sie auch hinkommen?« fragte Lieber.

Masuts Gesicht verfinsterte sich.

»Das kann niemand sagen, aber ich wünsche mir, daß sie es schaffen.«

Eine Stunde später bereute er seinen Wunsch.

Wie auf ein geheimes Kommando hin begannen die Eingänge der einzelnen Gebäude plötzlich bewaffnete Dumfries und Aphaneus auszuspeien. Es war Rhodans und Marshalls Glück, daß die Angreifer aus fast allen Häusern gleichzeitig kamen. Die beiden Terraner befanden sich ungefähr in der Mitte der gegnerischen Gruppen, so daß die Verfolger nicht schießen konnten, ohne ihre Freunde zu gefährden.

Rhodan konnte sich nicht erinnern, jemals so schnell gerannt zu sein wie in jener Minute, die er und Marshall benötigten, um den

Eingang jenes Hauses zu erreichen, in dem die Aphaneus die beiden Bestien untergebracht hatten. Dann, als er die Tür aufstieß und in einen halbdunklen Raum torkelte, hörte er Marshalls Aufschrei. Er fuhr herum und sah den Telepathen am Boden liegen.

Marshalls Körper bebte. Rhodan wollte in den Hof zurück, um seinem Begleiter zu helfen.

»Ggggehhhenn Ssssie!« stieß der Mutant mühevoll hervor.

Rhodan sah ein, daß Marshall unter diesen Umständen nicht laufen konnte. Er würde in die Hände der Gegner fallen. Rhodan warf die Tür zu und schaute sich um. Hier im Gang war es still. Beinahe unvorstellbar, daß draußen fünfzig Gegner im Anmarsch waren, überlegte Rhodan.

John Marshall kannte den genauen Weg zum Gefängnis der Bestien. Er hatte sich ihn eingeprägt. Rhodan konnte sich nur auf sein Erinnerungsvermögen und auf seinen Orientierungssinn verlassen. Er entschied sich, in die linke Hälfte des Ganges einzudringen. Es schien ihm fast wie ein Wunder, daß niemand auftauchte, um ihn am Vorwärtskommen zu hindern. Hielten sich in diesem Haus nur ein paar Dumfries auf, die das Gefängnis bewachten, oder lauerte man ihm dort auf, wo der Gang in den nächsten Raum mündete?

Rhodan hörte, wie die Tür, durch die er gekommen war, aufgesprengt wurde. Ohne sich umzublicken, wußte er, daß sich jetzt eine Meute gepanzerter Riesenkröten in das Gebäude ergoß, um den letzten Ausbrecher einzufangen, bevor er noch mehr Unheil anrichten konnte.

Ein Strahlschuß zischte über ihn hinweg. Entweder war er schlecht gezielt, oder als Warnung gedacht. Wahrscheinlich wollten die Dumfries ihm zeigen, daß sie von nun an erbarmungslos von allen Waffen Gebrauch machen würden, die in ihrem Besitz waren.

Es war sinnlos, wenn er jetzt stehenblieb, um sich seinen Verfolgern zu stellen. Sie würden ihn im Zeitraum weniger Sekunden überwältigt haben. Er mußte weiter, immer weiter.

Er hatte das Ende des Ganges erreicht. Vor ihm tat sich ein Raum auf. Ein heller Raum, angefüllt mit verschiedenen Gegenständen, die zu identifizieren er keine Zeit hatte. Schatten tauchten vor ihm auf – Schatten, die geschäftig hin und her huschten. Rhodan drückte den Abzug des Vibratorstrahlers durch. Einige der Schatten verharrten auf der Stelle, sackten dann wie in Zeitlupe in sich zusammen.

Andere hasteten weiter, um aus dem Wirkungsbereich von Rhodans Waffe zu kommen.

Es waren alles Aphaneus, die sich in diesem Raum aufhielten. Wissenschaftler, die mit irgendwelchen Experimenten beschäftigt waren.

Rhodan schlüpfte zwischen zwei hochaufragenden Maschinen hindurch.

Hinter ihm entstand neuer Lärm. Das waren die Dumfries, die nun ebenfalls in den Raum eindrangen und nach dem Flüchtling suchten. Regale, Maschinen und andere Einrichtungsgegenstände versperrten den Soldaten die Sicht. Rhodan triumphierte im stillen, weil er wußte, daß dies wieder einen Zeitgewinn für ihn bedeutete.

Etwas zerbarst hinter ihm. Ein lautes Klirren, das das Pfeifen der Alarmanlage noch übertönte, bewies dem Terraner, daß die Dumfries jetzt keine Rücksicht mehr auf die Einrichtung nahmen. Sie wollten ihren Gegner jetzt unter allen Umständen zur Strecke bringen.

Vor Rhodan tauchte wieder ein Gang auf. Ein enger Gang, gerade breit genug, um auch einen Dumfrie durchzulassen.

Ein enger Gang!

Rhodan blieb stehen. Erst jetzt wurde er sich bewußt, daß sein Atem stoßweise ging, daß seine Jacke aus dem Gürtel hing, daß seine Hände zitterten. Aber sein Körper besaß noch genügend Kraftreserven. Außerdem sorgte der Zellaktivator dafür, daß er verlorene Energie schnell wieder in sich aufnehmen konnte.

Rhodan blickte auf die Wand aus rotblauem Stahl.

Dies war die Zellenwand.

Und am Ende des Ganges lag der Eingang zum Gefängnis der beiden Bestien!

Niemand war zu sehen.

Rhodan passierte die Engstelle und erreichte den Vorraum des Gefängnisses. Kein dumfriesischer Wächter tauchte auf. Wahrscheinlich waren die Dumfries beim Ertönen der Alarmpfeifen davongestürmt, um sich an der Jagd nach den Ausbrechern zu beteiligen.

Rhodan trat auf eines der beiden Stahltore zu. Die Energiesperre war eingeschaltet. Seine Blicke glitten über die Kontrollschalter. Von hier aus konnte man die Gefängnistore öffnen.

Bevor Perry Rhodan das Stahltor erreichte, preßte sich der Lauf einer Waffe in seinen Rücken. Er blieb abrupt stehen und schaute zurück.

»Ich habe gewußt, daß Sie hierherkommen würden«, sagte Luro Movans Stimme. »Jedes von Bestien beeinflußte Wesen hätte ebenso wie Sie gehandelt.«

Da wurde der Vorsucher sichtbar. Er stand unmittelbar hinter Perry Rhodan und hielt einen Strahler in den Händen. Rhodan begriff, daß der Psychologe sich unter einem Deflektor-Schirm verborgen und auf ihn gewartet hatte.

Er war blind in eine Falle gelaufen.

»Und nun«, sagte Luro Movan mit wuterfüllter Stimme, »wollen wir das Problem für alle Zeiten beseitigen.«

Als Perry Rhodan begriff, daß Luro Movan ihn auf der Stelle erschießen wollte, war es für eine Gegenmaßnahme fast zu spät. Rhodans erster Gedanke war, daß der Vorsucher die beiden Bestien vernichten würde, doch dann durchzuckte die Erkenntnis sein Gehirn, daß er das Opfer sein sollte.

Er ließ sich fallen und umklammerte Luro Movans dünne Beine. Der Strahler dröhnte, und eine Hitzewelle hüllte den Terraner ein. Im ersten Augenblick befürchtete Rhodan, daß der Psychologe ihn getroffen hätte, doch dann spürte er, daß sein Körper ihm weiterhin gehorchte. Er riß Luro Movan mit einem Ruck zu Boden. Abermals entlud sich der Strahler, diesmal aber ungewollt. Die Plastikdecke wurde getroffen und begann zu brodeln. Zischend breitete sich übelriechender Rauch unter der Decke aus.

Mit zwei Schlägen hatte Rhodan den körperlich schwächeren Vorsucher außer Gefecht gesetzt. Nun griff er nach der Waffe des Aphaneus und richtete sich auf.

Luro Movan wimmerte entsetzt.

»Keine Angst!« sagte Rhodan verächtlich. »Ich werde Sie nicht erschießen.«

Luro Movan wedelte mit den Fühlern.

»Glauben Sie, daß ich davor Angst habe?« fragte er. »Wenn Sie es nur täten. Wenn Sie mich nur erschießen würden, damit ich nicht erleben muß, wie die Bestien triumphieren.«

»Unsinn!« rief Rhodan.

Langsam bewegte er sich auf die Kontrollen zu. Der Aphaneu kroch ihm nach.

»Bleiben Sie an Ihrem Platz!« befahl Rhodan. »Bewegen Sie sich nicht mehr, oder ich schieße.«

Luro Movan schien ihn nicht zu verstehen. Er kam näher. Rhodan wollte ihn nicht erschießen, aber er brauchte Zeit und Ruhe, um die beiden haluterähnlichen Wesen zu befreien, mit deren Hilfe er und seine Begleiter den Aphaneus vielleicht entkommen konnten.

Er versetzte dem Vorsucher einen Schlag mit der Waffe.

Durch den schmalen Gang kamen Dumfries herangestürmt. Die Alarmanlagen, die geschwiegen hatten, begannen wieder zu pfeifen.

Rhodan begann wahllos an den Hebeln zu ziehen.

»Tun Sie es nicht!« schrie Luro Movan verzweifelt. »Tun Sie es nicht!«

Die Energiesperre fiel in sich zusammen. Rhodan packte den Strahler mit einer Hand und feuerte auf die herankommenden Dumfries. Mit der anderen Hand riß er nacheinander alle erreichbaren Hebel nach unten.

»Nein!« schrie Luro Movan.

Da glitt das Stahltor auf. Rhodan trat zur Seite.

Die beiden Gefangenen schienen sofort zu begreifen, was gespielt wurde. Sie rasten heraus wie zwei Geschosse, brachen durch die gegenüberliegende Gangwand und waren verschwunden.

Die Dumfries begannen entsetzt zu schreien. Sie ließen ihre Waffen fallen und erstarrten. Fassungslos blickte Rhodan auf die beiden Löcher in der Gangwand. In den anliegenden Räumen hörte er die Bestien toben. Von überall her drangen Entsetzensschreie an Rhodans Ohren.

»Sie werden ganz Dwellion vernichten«, sagte Luro Movan tonlos. »Begreifen Sie jetzt, was Sie getan haben? Sie haben zwei Bestien die Freiheit geschenkt. Das ist dasselbe, als wenn Sie einen Atombrand auslösen. Ich bin froh, daß Sie für Ihre Dummheit bezahlen müssen, denn Sie und Ihre Begleiter werden sterben.«

Luro Movans Worte wurden von einem fürchterlichen Krachen begleitet. Drei Räume des Gebäudes stürzten in sich zusammen.

Sechs der zwanzig Steine, die kreisförmig in Agen Thrumbs Brust verankert waren, verstrahlten das blaue Zentrumsleuchten. Das allein hätte als Beweis genügt, daß auf Dwellion unvorhergesehene Dinge geschahen. Die Alarmpfeifen waren wieder verstummt, aber die Stille war eher bedrückend als beruhigend. Ab und zu wurden explosionsartige Geräusche hörbar, ein sicheres Zeichen dafür, daß die beiden Bestien noch immer in dem Gebäude herumtobten, in dem man sie bisher gefangengehalten hatte.

Weder Aphaneus noch Dumfries hielten sich noch in der Nähe der beiden von Perry Rhodan freigelassenen Wesen auf.

Rhodan war von einigen Dumfries zu den fünf anderen Männern zurückgebracht worden. In dem allgemeinen Chaos hatte offenbar niemand daran gedacht, den Terraner für seine Tat zu bestrafen.

Rhodan bedauerte zutiefst, daß er einen schwerwiegenden Fehler begangen hatte. Die Wesen, die er befreit hatte, ähnelten nur äußerlich den Halutern aus der Milchstraße. Er hatte nicht vorhersehen können, daß sich die Gefangenen wie Ungeheuer gebärden würden, wenn sie erst einmal frei waren. Besonders tragisch war, daß die Dumfries nicht gegen die Bestien kämpfen konnten. Kaum kam einer der Soldaten in die Nähe der Freigelassenen, ließ er die Waffe fallen und erstarrte. Rhodan bezweifelte, daß dieses Verhalten allein auf die abgrundtiefe Furcht zurückzuführen war, die alle Bewohner von M 87 seit Generationen vor den Bestien empfanden.

Perry Rhodan berichtete seinen Freunden, was vorgefallen war, als Agen Thrumb eintrat. Die leuchtenden Steine umhüllten ihn mit einer Aura aus blauem Licht.

Rhodan vermutete, daß Agen Thrumb gekommen war, um sich für Rhodans Tat zu rächen.

Der Stützpunktingenieur sagte: »Hier können Sie nicht bleiben. Die beiden Bestien haben gerade das Gefängnisgebäude verlassen und sind in ein anderes eingedrungen. Sie werden auch bald hier sein.«

Rhodan begriff erstaunt, daß der Stützpunktingenieur ihn nicht zur Rechenschaft ziehen wollte.

»Warum greifen Sie die beiden Monstren nicht an?« erkundigte sich der Terraner.

»Wie?« fragte Agen Thrumb. »Haben Sie gesehen, wie die Dumfries reagieren, wenn eines der Ungeheuer auftaucht? Den Aphaneus ergeht es nicht viel besser. Außerdem sind die Bestien in der Lage, die atomare Zellstruktur ihrer Körper so zu verhärten, daß sie kaum zu töten sind.«

Rhodan schüttelte ungläubig den Kopf.

»Wollen Sie zusehen, wie die Bestien den gesamten Kontinent verwüsten?«

Agen Thrumb dachte nach. Ein siebenter Stein auf seiner Brust flammte vorübergehend auf.

»Sie müssen irgend etwas unternehmen«, drängte Rhodan.

»Ich habe schon mit Luro Movan gesprochen«, sagte der Druis. »Vielleicht ziehen sich unsere Feinde ins offene Land zurück, wenn sie diese Station vernichtet haben.«

Rhodan ging auf den Stützpunktingenieur zu.

»Ich gebe zu, daß ich einen unverzeihlichen Fehler begangen habe«, sagte er. »Geben Sie mir Gelegenheit, ihn wiedergutzumachen.«

»Was?« entfuhr es Agen Thrumb. »Wie meinen Sie das?«

»Meine Freunde und ich werden diese Ungeheuer einfangen oder töten, bevor sie noch mehr Unheil anrichten können.«

»Wissen Sie, was Sie da sagen?« Agen Thrumb öffnete seinen Rachenmund und wurde dadurch einem Haluter noch ähnlicher. »Die Dumfries auf Dwellion sind erfahrene und harte Kämpfer, die zudem eine überragende Intelligenz besitzen. Sie werden jedoch nicht mit den beiden Bestien fertig. Jetzt wollen Sie mit Ihren Freunden in einen aussichtslosen Kampf ziehen.«

»Wieso aussichtslos?« griff Danton den Vorschlag seines Vaters auf. »Wir sind keine Dumfries. Wir fallen vor Schreck nicht gleich um, wenn wir einen dieser Giganten sehen.«

»Womit wollen Sie sie töten? Mit den bloßen Händen?«

»Sie müssen uns unsere Kampfanzüge und Waffen zurückgeben«, schlug Perry Rhodan vor. »Dann sind wir in der Lage, den Bestien zu widerstehen.«

Agen Thrumbs Haltung drückte Mißtrauen aus. Er schien nicht zu glauben, daß Rhodan seine Worte ehrlich meinte.

»Ich befürchte, Sie wollen sich auf die Seite der Bestien schlagen«, sagte der Stützpunktingenieur.

»Haben Sie nicht gehört, daß mich die beiden überhaupt nicht beachteten, obwohl ich sie freigelassen habe?« erinnerte Rhodan den

Weißhäutigen. »Wenn ich hierbleibe, werde ich genauso getötet wie Sie. Luro Movan hat das bereits zum Ausdruck gebracht.«

»Sie sind überhaupt nicht fähig, gegen Bestien zu kämpfen«, sagte Agen Thrumb. »Sie sind beeinflußt.«

Jetzt verlor Perry Rhodan die Geduld.

»Sie sturköpfiger Narr!« schrie er Agen Thrumb an. »Sehen Sie denn nicht, wer beeinflußt ist? Die Dumfries und die Aphaneus werden kampfunfähig, wenn sie einen der Gegner erblicken. Wir dagegen sind bereit, uns in einen Kampf einzulassen.«

Agen Thrumb war völlig verwirrt. Mit seinen langen Armen tastete er über sein Gesicht. Er ging erregt hin und her. Von draußen kamen die Schreie der von Panik erfüllten Dumfries.

»Hören Sie das?« fragte Rhodan eindringlich. »Wie lange wollen Sie noch warten, bis Sie uns bewaffnen?«

»Sie werden mit den beiden nicht fertig, selbst wenn Sie es ehrlich meinen sollten«, behauptete Agen Thrumb.

»Verdammt!« brüllte Masut und packte den Stützpunktingenieur an den Schultern. »Lassen Sie es uns wenigstens versuchen.«

Agen Thrumb wandte sich ab. Zwei Steine auf seiner Brust erloschen. Sie ähnelten jetzt toten blauen Augen.

»Ich muß mit Luro Movan sprechen«, sagte der Druis. »Allein kann ich keine Entscheidung treffen.«

»Wieder Zeitverschwendung«, beklagte sich Danton. »Bis Movan und Sie sich geeinigt haben, kann es bereits zu spät sein.«

Agen Thrumb schien einen Entschluß gefaßt zu haben.

»Kommen Sie mit«, sagte er. »Wir suchen Luro Movan und sprechen mit ihm.«

Rhodan atmete erleichtert auf. Der Stützpunktingenieur war bereit, sie zu bewaffnen und freizulassen. Alles hing nun von dem Vorsucher ab. Rhodan wußte, daß sie nun eine einmalige Chance hatten, den Intelligenzen von M 87 zu beweisen, daß sie nicht von Bestien beeinflußt waren. Wenn es ihnen gelang, die beiden Freigelassenen zu fangen oder zu töten, konnten sie mit der Dankbarkeit der Aphaneus rechnen. Vielleicht durften sie dann sogar in ihre Milchstraße zurück. Rhodan fühlte, wie ihm das Blut zu Kopf stieg.

Nur nicht daran denken!

Oro Masut hatte Jean Beriot aus der Nische geholt und ihn über seine Schulter gelegt. Der Physiker war völlig apathisch.

Sie begleiteten Agen Thrumb auf den Gang hinaus. Kein Dumfrie war in der Nähe. Auch kein Aphaneu war zu sehen. Die Psychologen und Soldaten schienen die Gebäude in panikartiger Eile verlassen zu haben. Agen Thrumb schlug eine schnelle Gangart ein, so daß die Männer Mühe hatten, ihm zu folgen. Nur Oro Masut machte das Tempo trotz der zusätzlichen Last nichts aus.

John Marshall kam an Rhodans Seite.

»Ich glaube nicht, daß die Dumfries in der Nähe der Bestien nur deshalb erstarren, weil sie eine abgrundtiefe Furcht vor ihnen haben«, sagte der Mutant.

Rhodan blickte Marshall an.

»Was haben Sie herausgefunden, John?«

»Von den Bestien geht eine fünfdimensionale Zellstrahlung aus«, antwortete Marshall.

»Sind Sie sicher?« Rhodan zog die Stirn in Falten. »Wenn das der Fall wäre, müßten auch wir etwas merken.«

»Auf uns Terraner hat diese Strahlung offenbar keinen Einfluß«, gab der Telepath zurück. »Vergessen Sie nicht, daß die Bestien mit den Bewohnern dieser Galaxis artverwandt sind. Das mag der Grund sein, warum die Dumfries und Angehörige anderer Völker von M-siebenundachtzig von der seltsamen Körperstrahlung betroffen werden.«

Agen Thrumb war an einem der Sehschlitze stehengeblieben und forderte Rhodan auf, ins Freie zu blicken.

Rhodan preßte sein Gesicht gegen den Schlitz.

Draußen wimmelte es von flüchtenden Dumfries und Aphaneus. Die Soldaten hatten alle Disziplin vergessen und ihre Waffen weggeworfen. Zwei der Gebäude, die in Rhodans Blickfeld lagen, waren bereits völlig zertrümmert.

»Es wird noch schlimmer, wenn die Bestien erst herauskommen«, prophezeite Agen Thrumb.

»Geben Sie uns unsere Kampfanzüge und Waffen«, wiederholte Rhodan seine Forderung.

»Ich muß mit Luro Movan sprechen«, wich der Druis aus.

Rhodan deutete auf den Sehschlitz.

»Glauben Sie im Ernst, daß Sie den Vorsucher noch finden?« fragte er. »Wer weiß, wo Luro Movan sich jetzt aufhält. Wahrscheinlich ist er schon zum Raumhafen unterwegs.«

Agen Thrumb antwortete nicht, sondern hastete weiter. Kurz darauf erreichten sie den Ausgang. Agen Thrumb öffnete das Stahltor. Er trat jedoch nicht hinaus, sondern blickte vorsichtig in alle Richtungen.

»Die Bestien sind nirgends zu sehen«, sagte er.

Fast gleichzeitig kam aus dem hinteren Teil des Gebäudes ein Krachen. Das gesamte Haus schien zu vibrieren.

»Sie sind hinter uns eingedrungen«, stellte Agen Thrumb unnötigerweise fest. »Wir haben nicht mehr viel Zeit.«

Als sie in den Hof hinaustraten, nahmen die flüchtenden Dumfries keine Notiz von dem Stützpunktingenieur. Sie entfernten sich in Richtung des Raumhafens.

Roi Danton packte Marshall am Arm.

»Dort drüben!« rief er.

Rhodan blickte in die Richtung, die sein Sohn angab. Er erkannte einige Dumfries, die sich hinter einem umgestürzten Wagen verschanzt hatten.

»Nun, John?« fragte Rhodan den Mutanten. »Wie paßt das in Ihre Theorie?«

»Sehr gut«, erwiderte Marshall. »Es hat den Anschein, als könnten einige Dumfries der Zellstrahlung und der inneren Angst widerstehen. Ich befürchte jedoch, daß die Zahl der entschlossenen Krieger zu gering ist, um die Bestien zu gefährden.«

Agen Thrumb ergriff einen vorbeilaufenden Aphaneu am Arm und hielt ihn fest. Der Psychologe war noch jung. Er atmete schwer. Sein rechter Fühler war um den Kopf gewickelt, der andere hing schlaff herab. Die vier Augen des Suchers drückten panikartige Furcht aus. »Hiergeblieben!« schnaubte Agen Thrumb. »Wo ist Luro Movan?«

Er unterstrich seine Worte mit einem Hieb ins Gesicht des Psychologen. Der Aphaneu kam zu sich. Er schüttelte sich. Er brauchte ein paar Sekunden, um sich zu orientieren.

»Was . . . was ist passiert?« fragte er völlig verwirrt.

»Wir suchen Luro Movan«, belehrte ihn Agen Thrumb. »Haben Sie ihn irgendwo gesehen?«

Der junge Aphaneu deutete auf eines der zusammengebrochenen Gebäude.

»Dort«, stammelte er, »dort war er.«

Er schien zu begreifen, welche Konsequenzen seine Worte in sich bargen, und er begann heftig zu schluchzen. Agen Thrumb schüttelte ihn, um ihn zur Besinnung zu bringen.

»War Luro Movan noch am Leben?«

»Ja, er lebte. Er war verletzt, aber er lebte.«

Agen Thrumb blickte wild um sich.

»Dort kann der Vorsucher nicht mehr sein. Wenn er nicht begraben unter den Trümmern liegt, muß er sich irgendwo hier im Hof aufhalten.«

Der Druis verlor fast das Gleichgewicht, als er von zwei vorbeihastenden Dumfries angestoßen wurde.

»Wir haben keine Zeit, nach Luro Movan zu suchen«, sagte Perry Rhodan. »Sie müssen allein eine Entscheidung treffen.«

Agen Thrumb zögerte. In diesem Augenblick zerbarst hinter ihnen die Hauswand, und die beiden Bestien schossen wie Torpedos ins Freie. Dr. Lieber schrie auf, als er von einem der Giganten gestreift wurde. Die Dumfries, die sich in der Nähe aufhielten, blieben wie gelähmt stehen. Rhodan sah entsetzt, wie die Bestien die erstarrten Soldaten niederschlugen und ihnen die Waffen abnahmen. Sekunden später verschwanden die haluterähnlichen Wesen wieder in einem Gebäude.

John Marshall kniete neben dem gestürzten Dr. Lieber.

»Sein linkes Oberarmgelenk ist zerschmettert«, sagte der Mutant. »Wir können ihm jetzt nicht helfen.«

Der Chefmathematiker der CREST IV stöhnte vor Schmerzen.

Da näherte sich ihnen eine Gruppe Aphaneus. Luro Movan war dabei. Agen Thrumb winkte, die Psychologen sollten sich beeilen.

Der Vorsucher wirkte teilnahmslos, als er schließlich vor dem Stützpunktingenieur stand. Er schien einen schweren Schock erlitten zu haben.

Seine Fühler richteten sich auf Rhodan.

»Dieser Mann ist schuld«, sagte er. »Wir müssen ihn töten.«

Agen Thrumb trat zwischen Luro Movan und die Terraner.

»Unsere Gefangenen wollen den von ihnen angerichteten Schaden wiedergutmachen«, erklärte er. »Wenn wir ihnen ihre Kampfanzüge und alle Waffen zurückgeben, werden sie Jagd auf die Bestien machen.«

Luro Movan stieß ein verächtliches Knurren aus.

»Und das glauben Sie ihnen?«

»Ich weiß nicht, ob ich ihnen glauben soll«, erwiderte Agen Thrumb. »Verloren ist Dwellion auf jeden Fall. Warum sollten wir nicht eine kleine Chance nutzen?«

»Machen Sie, was Sie wollen«, sagte der Aphaneu.

Agen Thrumb fuhr herum.

»Also gut«, sagte er. »Sie werden Ihre Ausrüstung zurückerhalten.«

»Ich verspreche Ihnen, daß wir sie benutzen werden«, sagte Rhodan dankbar.

»Warten Sie!« rief Luro Movan. »Wir werden uns auf jeden Fall absichern. Ich werde vier Flugroboter programmieren, die unsere Gefangenen pausenlos beobachten müssen. Sobald der Verdacht besteht, daß sie sich mit den Bestien verbünden wollen, werden diese Roboter landen und explodieren.«

»Einverstanden«, sagte Rhodan sofort. Er legte zwar keinen Wert auf die Beobachtung durch vier fliegende Bomben, aber er konnte verstehen, daß Movan eine gewisse Sicherheit wünschte.

Luro Movan gab seinen Begleitern einige Befehle. Rhodan hoffte, daß er sie wegschickte, damit sie die Ausrüstung der Terraner holten. Ein alter Aphaneu erschien und berichtete, daß die beiden Bestien auf der Rückseite eines Gebäudes ausgebrochen und in den Parks verschwunden waren.

»Hier haben sie genügend Unheil angerichtet«, sagte Agen Thrumb. »Sie suchen sich nun neue Ziele für ihre Zerstörungswut.«

»Wir werden sie erledigen, bevor sie noch mehr vernichten können«, versprach Oro Masut.

Agen Thrumb antwortete nicht. Er schien den Terranern nicht zu glauben. Drei Aphaneus tauchten auf. Sie brachten die Kampfanzüge und Waffen der Terraner. Rhodan atmete erleichtert auf. Er hatte nicht mehr damit gerechnet, diese Ausrüstung wiederzusehen. Er war sich darüber im klaren, daß er sein Versprechen, das er Agen Thrumb gegeben hatte, unter allen Umständen einlösen mußte.

»Was machen wir mit Dr. Beriot und Dr. Lieber?« wollte John Marshall wissen. »Die beiden Männer wären nur eine Belastung.«

»Was heißt das?« murmelte Dr. Lieber. Sein Gesicht war blaß. Schweiß stand auf seiner Stirn. »Sie werden mich schon mitnehmen müssen.«

»Nein« lehnte Rhodan ab. »Sie bleiben hier und bewachen Dr. Beriot.«

»So kann man es auch formulieren«, meinte Dr. Lieber sarkastisch.

Agen Thrumb versprach, die beiden Wissenschaftler in einem erhalten gebliebenen Raum der Teststation unterzubringen.

Rhodan und die drei anderen Männer legten ihre Anzüge an und überprüften die Waffen. Agen Thrumb übergab ihnen einige zusätzliche dumfriesische Waffen. Außerdem erhielten sie einen Gleiter zur Verfügung gestellt.

Als sie aufbrachen, tauchten vier ovale Flugkörper über ihnen auf. Die Roboter begannen über den Köpfen der Männer zu kreisen.

»Da sind unsere Wachhunde«, stellte Roi Danton fest.

»Machen Sie nicht den Fehler, auf die Flugroboter zu schießen«, empfahl Agen Thrumb. »Sie würden sofort in Ihrer unmittelbaren Nähe explodieren. Auch Ihre Anzüge und Individualschutzschirme könnten Sie dann nicht mehr retten.«

Rhodan schwang sich in den offenen Einstieg des Gleiters.

»Warum begleiten Sie uns nicht?« fragte er.

»Ich habe hier viel zu tun. Außerdem«, er deutete auf die vier Beobachtungsroboter, »kann ich Ihr Vorgehen von hier aus verfolgen.«

Rhodan zuckte mit den Schultern und ließ sich vor den Pilotensitz sinken.

Masut, Danton und der Mutant kletterten ins Innere des kleinen Flugkörpers. Die Kontrollen waren einfach zu bedienen, und Rhodan hatte sich in kurzer Zeit mit ihnen vertraut gemacht. Er winkte Agen Thrumb durch die offene Kanzel noch einmal zu.

Dann hob das Flugzeug vom Boden ab. Die verwüstete Teststation blieb unter ihnen zurück.

Sie folgten dem Pfad der Zerstörung, der die Marschroute der Bestien kennzeichnete.

# 17.

Der zurückkehrende Moskito-Jäger war deutlich auf den Bildschirmen der CREST IV zu erkennen. Atlan atmete erleichtert auf, als die Funkanlage des Flaggschiffes den ausgemachten Kurzimpuls auffing. Es war zweifellos ein Risiko gewesen, dieses Kleinstraumschiff nach Dwellion zu schicken und es einige Umkreisungen durchführen zu lassen. Atlan hatte dabei nicht nur das Leben von Captain Atara Kawinati aufs Spiel gesetzt, sondern auch das des Mausbibers Gucky, der den Auftrag hatte, sich mit John Marshall in Verbindung zu setzen.

Noch bevor der Moskito-Jäger in seinen Hangar zurückgekehrt war, materialisierte der Ilt inmitten der Zentrale. Er landete genau auf Oberst Akrans Schoß. Der quadratisch gebaute Epsaler tat Gucky den Gefallen und spielte den Wütenden.

Diesmal ging der Mausbiber jedoch nicht auf die Schimpfkanonaden des Epsalers ein, sondern wandte sich sofort an den Arkoniden.

»Auf Dwellion ist die Hölle los«, berichtete der Ilt aufgeregt. »Ich hatte Kontakt mit John Marshall. Perry hat zwei Bestien befreit, die nun im Begriff sind, die gesamte Welt zu verwüsten. Im Augenblick sind sie zur Hauptschaltstation des Planeten unterwegs. Bevor man sie dort eindringen läßt, werden die dumfriesischen Schiffe Dwellion vernichten. Das würde den Tod Perrys und der anderen bedeuten.«

»Langsam, langsam«, mahnte Atlan. »Ich komme kaum noch mit. Was ist mit Rhodan geschehen?«

»Rhodan, Masut, Danton und Marshall haben ihre Ausrüstungen zurückerhalten, damit sie die Bestien erlegen können, bevor sie ihr Ziel erreichen«, fuhr Gucky fort.

»Was ist mit den beiden Wissenschaftlern?« wollte Chefingenieur Hefrich wissen.

»Dr. Lieber ist verletzt. Die Psychologen von Dwellion haben Dr. Beriots Gedächtnis ausgelöscht. Die beiden Wissenschaftler sind in der Teststation zurückgeblieben, wo man sie gefangenhielt.«

»Wie beurteilt Marshall die Erfolgsaussichten?« fragte Merlin Akran.

»Nicht besonders gut«, antwortete Gucky. »Er hofft zwar, daß sie die Bestien einholen können, aber er weiß nicht, wie sie sie vernichten sollen.« Gucky berichtete weitere Einzelheiten. Er erklärte der Zentralebesatzung, warum die auf Dwellion lebenden Dumfries nicht in der Lage waren, die Bestien aufzuhalten.

»Wir können nicht zulassen, daß Perry und seine Begleiter ums Leben kommen, wenn Dwellion von den im Raum stationierten Schiffen der Dumfries zerstört wird«, sagte Atlan.

»Was wollen wir tun, Lordadmiral?« fragte Akran.

»Es wird Zeit, daß wir handeln«, entschied der Arkonide. »Zweifellos konzentriert sich die Aufmerksamkeit der Dumfries jetzt auf Dwellion. Ich glaube kaum, daß sich noch irgendwo Suchschiffe herumtreiben.«

»Sie meinen also, daß wir uns Dwellion nähern können?« fragte Major Hegmar.

»Zumindest können wir einige Beiboote losschicken, die im entscheidenden Augenblick unsere Männer herausholen müssen«, antwortete Atlan.

Gucky sprang von Akrans Schoß herunter.

»Soll ich mit Kawinati wieder losfliegen?« erkundigte er sich unternehmungslustig. »Vielleicht ist es besser, wenn ich mit Marshall in ständiger Verbindung bleibe.«

»Das ist zu gefährlich für dich und den Captain«, lehnte Atlan ab. »Wir fliegen mit der CREST los. Wenn wir nicht mehr weiterkommen, schleusen wir die Space-Jet aus.«

Gucky protestierte, aber Atlan blieb bei seiner Entscheidung. Er machte sich große Sorgen um seinen terranischen Freund. Er wußte nicht, ob er in der Lage sein würde, Rhodan helfen zu können.

Die Spur führte quer über den Kontinent.

»Ihr Ziel ist die Hauptschaltstation«, teilte Agen Thrumb den vier Männern über Funk mit. »Ich weiß nicht, woher sie die Lage dieser Station kennen, aber sie halten direkt darauf zu. Dort sind Transmitter und andere wertvolle Geräte aufgestellt. Bevor sie in den Besitz der Bestien gelangen, lasse ich Dwellion von den Dumfries zerstören.«

»Wir werden die Zerstörung der Hauptschaltstation verhindern«, sagte Perry Rhodan.

»Dazu müssen Sie die Bestien erst einmal einholen«, antwortete Agen Thrumb und unterbrach die Verbindung.

Die Spur führte quer über den Kontinent.

Es war ein Weg der Vernichtung. Tote Dumfries und Aphaneus, brennende Parks und zusammengestürzte Pavillons säumten diesen Weg.

Dann endlich stießen die vier Männer auf einen großen Pavillon mit runder Grundfläche. Im Garten lagen tote Dumfries. Eine brennende Barrikade zeigte, daß einige Soldaten gekämpft hatten. Ein Teil der Einrichtung dieses Gebäudes war von den Bestien durch die Eingänge ins Freie geworfen worden.

An diesem Pavillon brach die Spur ab.

Perry Rhodan beugte sich aus der offenen Kanzel.

»Wir haben sie eingeholt«, sagte er. »Wir landen und sprengen das zerstörte Gebäude in die Luft.«

Über ihnen schwebten die vier Wachroboter und sendeten ununterbrochen Bilder zur Teststation, wo Agen Thrumb und Luro Movan beobachteten.

Rhodan betätigte das Funkgerät.

»Wir haben sie eingeholt, Druis«, teilte er dem Stützpunktingenieur mit. »Jetzt greifen wir sie an.«

Und dann landeten sie.

Der Gleiter stand zwischen einigen hohen Büschen, wo er von den beiden Bestien nicht gesehen werden konnte. Im Schutz der Blumen und Pflanzen schlichen sie auf den Pavillon zu. Nur John Marshall war zurückgeblieben. Er kauerte im Pilotensitz des Gleiters, um sofort starten zu können, wenn seine drei Begleiter fliehen mußten.

Oro Masut trug die beiden Bomben. Rhodan und Danton wollten ihm Feuerschutz geben, damit er das freie Gelände überwinden und bis an das Gebäude herankommen konnte.

Danton strich über sein schweißbedecktes Gesicht.

»Ich möchte wissen, was sie dort drinnen machen«, murmelte er angespannt.

»Sie suchen nach Hinweisen«, vermutete Rhodan. »Wahrscheinlich wissen sie nicht genau, wo die Station zu finden ist.«

Masut mußte niesen, als ihn der Blütenduft in der Nase kitzelte.

»Hier riecht es wie in einer Parfümerie«, beklagte er sich.

»Achten Sie auf die Bomben«, sagte Rhodan. »Sie dürfen nicht zu früh losgehen, sonst sprengen Sie uns mit in die Luft.«

Sie krochen weiter, bis sie den Rand des freien Platzes erreichten. Einige Meter vor ihnen lag ein Dumfrie mit gebrochenem Panzer. Er war tot. Eine der Bestien hatte ihn mit einem Schlag umgebracht.

»Nicht hinsehen«, sagte Rhodan. »Das macht nur nervös.«

»Ich werde nicht nervös«, gab der Ertruser zurück. »Im Gegenteil – wenn ich die armen Burschen vor mir sehe, weiß ich wenigstens, daß ich mein Leben nicht grundlos riskiere.«

Rhodan zog seinen schweren Strahler dumfriesischer Bauart hervor.

»Bist du bereit?« fragte er seinen Sohn.

»Natürlich«, krächzte der Freihändler. »Oro Masut kann anfangen.«

Da entstand drüben vor dem Pavillon eine Bewegung.

»Halt!« zischte Rhodan. »Wir kommen zu spät. Die Bestien verlassen das Haus.«

Oro Masut erhob sich. Beinahe zärtlich bewegte er die Bomben in den Händen.

»Bleiben Sie stehen, Sie Narr!« befahl Rhodan.

Der Ertruser schien nicht zu hören. Er rannte mit ausgestreckten Armen los. Danton eröffnete aus seiner Waffe das Feuer auf die beiden dunkelhäutigen Ungeheuer, die etwa zweihundert Meter von ihnen entfernt waren. Rhodan blieb keine andere Wahl, als ebenfalls zu schießen. Er verwünschte Masuts Voreiligkeit, aber jetzt ließ sich nichts mehr ungeschehen machen.

Wie Rhodan erwartet hatte, überstanden die Bestien den Feuerüberfall ohne Schwierigkeiten. Noch hatten sie Masut nicht gesehen, aber sie nahmen den Platz unter Feuer, wo Rhodan und sein Sohn lagen. Der Boden wurde aufgewühlt. Quadratmetergroße Flächen in den Blumenbeeten verkohlten.

Rhodan wälzte sich herum.

»Hier können wir nicht bleiben«, sagte er. »Zurück zum Gleiter!«

»Und Oro?« preßte Danton hervor.

»Wir können ihn nur mit dem Gleiter herausholen.«

Er blickte noch einmal zurück und sah den Ertruser über den

freien Platz springen. Es war ein Wunder, daß ihn die Bestien noch nicht unter Beschuß genommen hatten.

Rhodan und sein Sohn rannten zum Gleiter zurück. Rhodan warf sich förmlich in die Kanzel.

»Starten!« schrie er Marshall an. »Gehen Sie im Tiefflug über den freien Platz. Roi, die Rauchbomben.«

Er packte Danton am Nacken und zog ihn ins Innere des Flugkörpers, der bereits vom Boden abhob. Der Gleiter sprang förmlich nach vorn. Rhodan verlor das Gleichgewicht. Danton tauchte neben ihm auf und drückte ihm einige runde Gegenstände in die Hände.

Rhodan schob sich mit dem Oberkörper aus der Kanzel. Der Flugwind strich über sein Gesicht.

»Tiefer!« rief er Marshall zu.

Schräg vor ihnen lag Oro Masut am Boden. Er benutzte zwei tote Dumfries als Deckung. Er war noch am Leben, aber er hatte seine Waffe verloren. Offenbar wollte er die Bestien zu sich heranlocken und dann die Bomben werfen. Ein heftiger Stoß erschütterte den Gleiter.

»Sie schießen auf uns!« Marshalls Stimme blieb völlig ruhig.

Rhodan warf wahllos einige Rauchbomben. Der Wind trieb ihm den Qualm ins Gesicht. Er hustete. Tränen schossen ihm in die Augen.

»Ich kann Masut nicht mehr sehen!« rief er.

Unter ihnen blitzte es in Rauchschwaden auf. Zwei gigantische Gestalten wurden einen Augenblick sichtbar. Roi Danton, der neben Rhodan am Boden des Kontrollraums lag, begann zu feuern, aber es war nicht zu erkennen, ob er etwas traf.

Dann sahen sie Masut.

Der Ertruser war aufgesprungen und hielt sich beide Hände vors Gesicht. Einen Augenblick schwebte der Gleiter einen Meter über dem Boden.

»Hierher, Oro!« brüllte Roi Danton.

Masut reagierte sofort. Er sprang in den Flugkörper. Hinter ihm tauchte eines der haluterähnlichen Ungeheuer auf und begann aus einer Dumfrie-Waffe zu schießen. Mit einem explosionsähnlichen Knall zerbarst die Kanzel des Flugkörpers. Plastikstücke regneten auf die Männer herab. Der Rahmen des Einstiegs verschmorte und fiel heraus. Die Luft ringsum schien zu kochen. Dann machte der

Flugkörper einen Satz nach vorn. Hinter ihnen zischte eine Flammenzunge vorüber.

Marshall krümmte sich in einem Hustenanfall auf seinem Sitz.

Plötzlich wurde es hell. Sie flogen über den Wolken. Der Wind heulte in den Überresten der Kanzel.

Rhodan beugte sich über Masut.

»Sind Sie verletzt?«

Das rauchgeschwärzte Gesicht bewegte sich.

»Nein«, sagte der Ertruser.

Das Funkgerät knackte. Rhodan schaltete auf Empfang. Es war Agen Thrumb, der sich meldete. Er schien über die Niederlage der vier Männer nicht besonders traurig zu sein.

»Ich habe Ihnen prophezeit, daß Sie es schwerhaben würden«, sagte der Stützpunktingenieur.

Luro Movan sprach dazwischen.

»Was machen Sie jetzt?« fragte der Vorsucher.

Rhodan schluckte ein paarmal. Die frische Luft, die ihn umwehte, tat ihm gut.

»Wir setzen die Verfolgung fort«, sagte er.

Die nächste günstige Gelegenheit ergab sich in einem Tal, das zu einem der wenigen Gebirgszüge gehörte, die es auf Dwellion gab. Lange bevor sie diesen Gebirgszug erreichten, hatte Rhodan ihn schon in seine Pläne einbezogen. Intensiv studierte er die Karten, die sie innerhalb des Gleiters vorgefunden hatten. Der Gleiter war beschädigt worden, so daß sie nicht mehr so schnell vorankamen. Trotzdem war es ihnen gelungen, die beiden Bestien zu überholen. Zweimal hatten sie Bomben geworfen, ohne den Giganten schaden zu können. Indem die beiden Kreaturen ihre atomare Zellstruktur veränderten, schützten sie sich vor der Vernichtung.

Perry Rhodan glättete mit gespreizten Händen die Karte, die vor ihm auf dem Boden lag.

»Ich muß mit Agen Thrumb über dieses Tal sprechen«, sagte er und deutete auf die betreffende Stelle der Karte. »Vielleicht gibt es dort einen Engpaß, wo wir den Bestien auflauern können.«

Perry Rhodan stellte eine Funkverbindung mit Agen Thrumb her.

»Nun?« erkundigte sich der Weißhäutige. »Sind Sie des Kampfes müde geworden?«

»Keineswegs«, gab Rhodan zurück. »Ich möchte von Ihnen einige Auskünfte haben, die den Gebirgszug betreffen, der vor uns liegt.«

»Das sind die Hayled-Berge«, erklärte Thrumb. »Es wird Sie interessieren, daß unmittelbar dahinter die Hauptschaltstation von Dwellion liegt. Sie haben also nicht mehr viel Zeit. Der Oberkommandierende der Dumfries hat auf meinen Befehl hin seine Schiffe bereits in eine enge Kreisbahn um diesen Planeten beordert. Dwellion wird bald vernichtet werden.«

Rhodan gab sich Mühe, die Worte des Stützpunktingenieurs zu ignorieren.

»Ich frage Sie nicht nach irgendwelchen Geschehnissen, von denen nicht sicher ist, ob sie wirklich eintreffen«, antwortete er. »Ich möchte Einzelheiten über das Tal wissen, das die beiden größten Hügel der Hayled-Berge durchschneidet. Gibt es dort eine Engstelle?«

»Die gibt es«, sagte Agen Thrumb. »Sie befindet sich in der Nähe des Talausgangs.«

»Ausgezeichnet«, sagte Rhodan. »Dorthin werden wir jetzt fliegen.«

»Ist meine Vermutung richtig, daß Sie die Bestien dort aufhalten wollen?«

»Ja«, bestätigte Perry Rhodan. »Wir werden den Durchgang präparieren, so daß einige hundert Tonnen Steine auf die Bestien fallen, wenn sie durch das Tal kommen.«

Agen Thrumb schien sich im stillen zu amüsieren.

»Was ist, wenn unsere gemeinsamen Feinde einen anderen Weg einschlagen?«

»Diese Möglichkeit habe ich schon in Betracht gezogen«, antwortete Rhodan. »Die Bestien haben es eilig, und ich hoffe daher, daß sie durchs Tal marschieren.«

»Ich bin jetzt schon auf die Bilder gespannt, die unsere Flugroboter übertragen werden.«

»Das können Sie auch.«

»Sie sind sehr selbstbewußt.« Agen Thrumb hüstelte. »Ich hoffe, daß Sie Erfolg haben.«

Er brach die Verbindung ab. Während die vier Männer weiter auf ihr Ziel zuflogen, sagte in der sechshundert Kilometer weit zurückliegenden Teststation Agen Thrumb zu Luro Movan:

»Die Terraner imponieren mir. Sie haben sich offenbar vom Einfluß der Bestien befreit.«

»Glauben Sie wirklich daran?« fragte der Vorsucher skeptisch und streckte seine Fühler in Agen Thrumbs Richtung.

»Hören Sie auf, mich zu sondieren!« befahl der Stützpunktingenieur ärgerlich. »Ich hoffe, die Terraner werden die Bestien rechtzeitig einholen.«

Gekränkt zog der Vorsucher seine Fühler ein. Er verstand nicht, warum Agen Thrumb freundschaftliche Gefühle für die Terraner hegte. Es war für ihn ausgeschlossen, daß ausgerechnet die ehemaligen Gefangenen gegen die Eigenstrahlung der Bestien immun waren.

Eine dunkelbraune Straße führte durch das Tal. Auch hier war das Land kultiviert, und an den Berghängen wuchsen Büsche mit großen gelben Blüten. Die Aphaneus hatten aus Dwellion eine schöne Welt gemacht, aber nun bestand die Gefahr, daß sie zerstört wurde.

Kurz vor Einbruch der Dunkelheit landete John Marshall den Gleiter in der Nähe des Talausgangs auf einem Felsplateau. Von diesem Platz aus konnten die vier Männer in der Ferne die Lichter der Hauptschaltstation Dwellions sehen. Der Gebirgszug war das letzte Hindernis, das die Bestien von ihrem Ziel trennte.

Rhodan und sein Sohn verließen den Flugkörper und traten an den Rand des Plateaus. Von hier aus konnten sie ins Tal hinabblicken.

»Der Durchgang ist zwanzig Meter breit«, stellte der Freihändler fest. »Die Felswände ragen steil auf. Drüben hängt eine Wand sogar über. Wenn die beiden Monstren hier vorbeikommen, können wir sie vielleicht aufhalten.«

»Es ist unsere letzte Chance«, gab Rhodan zurück. »Wir dürfen keine Zeit verlieren.«

Oro Masut näherte sich mit einem quadratischen Kasten.

»Hier haben wir alles, was wir brauchen, um den halben Berg in die Luft zu jagen«, erklärte er.

Rhodan wandte sich nicht vom Rande des Abgrunds ab.

»Bedauerlicherweise funktionieren die Flugaggregate nicht mehr«, sagte er. »Agen Thrumbs Techniker haben ganze Arbeit geleistet. Masut, trauen Sie sich zu, ein paar Meter hinabzuklettern und die Sprengladung in den Felsen zu befestigen?«

»Natürlich«, gab der Ertruser zurück.

»Wir haben wahrscheinlich nur ein paar Minuten Zeit«, sagte Rhodan. »Die Bestien werden bald hier sein.«

»Ich befürchte, daß sie einen anderen Weg nehmen«, sagte John Marshall, der den Gleiter jetzt ebenfalls verlassen hatte. »Sie können sich leicht ausrechnen, daß man ihnen im Tal eine Falle stellen wird.«

»Sie haben recht, John«, sagte Rhodan. »Wir müssen die Bestien hier ins Tal locken.«

»Wie wollen wir das machen?« fragte der Mutant.

»Das übernehme ich«, sagte Danton. »Ich locke die beiden Giganten hierher. Der Gleiter muß bereitstehen, um mich aufzunehmen, wenn es gefährlich für mich wird.«

»In ein paar Minuten ist es dunkel«, sagte Rhodan. »Den Bestien macht das nichts aus, denn ihre Augen sind nachtsichtig und infrarotempfindlich. Jeder, der sich in ihre Nähe wagt, setzt sein Leben aufs Spiel.«

»Es bleibt uns keine andere Wahl, wenn wir sie in die Falle locken wollen«, sagte John Marshall.

Rhodan antwortete nicht. Er beobachtete Oro Masut, der, eng gegen die Felsen gepreßt, in die Tiefe kletterte. Rhodan überlegte, ob er seinen Sohn den Bestien entgegenschicken sollte. Vielleicht war es besser, wenn er diese Aufgabe übernahm. Danton hätte ihm eine solche Entscheidung allerdings nicht verziehen.

»Ich verschwinde«, erklärte Danton. Er zog sich zum rückwärtigen Teil des Plateaus zurück, von wo aus man schnell und bequem ins Tal gelangen konnte. Rhodan wollte seinen Sohn aufhalten, doch sein Mund blieb verschlossen.

Unter sich hörte er Oro Masut in den Felsen rumoren.

»Ich habe einen tiefen Spalt gefunden«, teilte ihnen der Ertruser mit. »Er ist groß genug, um die Sprengladung darin unterzubringen.«

Wenige Minuten später tauchte Oro Masut wieder auf dem Plateau auf.

»Alles in Ordnung«, berichtete er. »Jetzt brauchen wir nur noch zu hoffen, daß der Fernimpuls funktioniert, so daß die Ladung im richtigen Augenblick hochgeht.«

Auf Dwellion wurde es schnell dunkel. Als die drei Männer zum Gleiter zurückkehrten, konnten sie die Talsenke bereits nicht mehr erkennen. Rhodan dachte an seinen Sohn. Hoffentlich verfehlten sie ihn nicht.

»Wir landen mit dem Gleiter auf der Straße unten im Tal«, entschied Rhodan.

»Bis Danton und die Bestien kommen, wird es fast dunkel sein«, sagte Oro Masut. »Leider hat der Gleiter keine Scheinwerfer.«

»Wir werden unsere Helmscheinwerfer einschalten«, sagte Rhodan. »Das wird Danton den Weg zeigen.«

»Nicht nur Danton«, gab Marshall zu bedenken. »Auch die Bestien werden sich nach dem Licht orientieren.«

»Wir müssen uns darauf verlassen, daß Danton zuerst kommt«, erwiderte Rhodan. »Der Lichtschein unserer Helmscheinwerfer reicht weit genug, so daß wir uns rechtzeitig in Sicherheit bringen können, wenn die Bestien tatsächlich vor Danton eintreffen.«

Schweigend kletterten die drei Männer in den Gleiter. Jeder beschäftigte sich mit seinen eigenen Gedanken. Rhodan machte sich Vorwürfe, daß er seinen Sohn ins Tal hatte gehen lassen. Dantons Aussichten, die Bestien zu überlisten, waren gering. Jedes der Ungeheuer war ums Hundertfache schneller und stärker als der Freihändler.

John Marshall startete. Die Talsenke lag wie ein schwarzer Fluß unter ihnen.

Oro Masut stieß einen ertrusischen Fluch aus.

»Wir können noch nichts sehen«, sagte er. »Vielleicht sind die Bestien schon unter uns.«

»Bei diesen Lichtverhältnissen wird es schwer sein, im richtigen Augenblick zu sprengen«, sagte Marshall. »Es wird knapp werden.«

Jetzt konnten sie unter sich einige helle Flecke ausmachen. Dort standen die Büsche mit den hellgelben Blüten. Kurz darauf sahen sie auch die Straße.

»Die Sicht beträgt bestenfalls sechzig Meter«, murmelte Masut verdrossen. »Sie wird noch schlechter werden. Der Himmel ist wolkig, so daß die Sterne kaum Licht spenden.«

Rhodan überlegte einen Augenblick.

»Landen Sie auf der Straße!« befahl er dann.

Er wagte nicht an die Möglichkeit zu denken, daß Danton und die Bestien diese Stelle bereits passiert haben könnten.

»John, Sie bleiben an der Steuerung. Sie starten, wenn ich Ihnen den Befehl dazu gebe, gleichgültig, was außerhalb des Gleiters geschieht.«

»Ja . . .!« sagte der Mutant widerstrebend, als er begriff, daß Rhodan Danton nötigenfalls zu opfern bereit war, um das Leben seiner beiden anderen Begleiter zu schützen.

Rhodan trat hinter den Mutanten.

»Geben Sie mir Ihren Helm, John«, sagte er. »Oro und ich werden die Straße mit den drei Helmscheinwerfern beleuchten.« Er warf dem Ertruser einen Seitenblick zu. »Ihre Waffe, Masut.«

Oro Masut nahm seinen Helm vom Kopf und umklammerte einen Strahler. Mit solchen Waffen konnten die Bestien nicht getötet werden, aber es war möglich, sie ein paar Sekunden aufzuhalten.

Masut und Rhodan nahmen im Einstieg des Gleiters Aufstellung. Sie befestigten die drei Helme am ausgeglühten Metallrahmen. Die Straße vor dem Gleiter wurde in helles Licht gebadet.

Die Minuten verstrichen, ohne daß draußen jemand auftauchte. Rhodan wurde immer unruhiger. Hatten die Bestien Danton überwältigt und dann einen anderen Weg eingeschlagen? Rhodan lauschte, aber außer dem leisen Summen der eingeschalteten Maschinen war nichts zu hören.

»Ich meine, Danton müßte längst hier sein«, sagte Masut leise.

Rhodan antwortete nicht. Es gab nur zwei Möglichkeiten: Entweder warteten sie noch einige Zeit, oder sie gaben auf.

Plötzlich ertönte vor ihnen ein Aufschrei. Fast im selben Augenblick tauchte Roi Danton im Lichtkreis auf. Rhodan hatte den Freihändler noch nie so schnell rennen sehen.

»Sie kommen!« schrie Danton.

Als er noch fünf Meter vom Gleiter entfernt war, tauchten die beiden Bestien auf. Sie bewegten sich unglaublich schnell, so daß Rhodan bezweifelte, daß Danton sein Ziel erreichen würde.

Da begann Masut zu schießen, und die Bestien verlangsamten ihr Tempo.

Dantons Gesicht war vor Anstrengung verzerrt. Er warf sich mit einem letzten verzweifelten Sprung nach vorn und bekam die Unterkante des Einstiegs zu fassen.

»Starten!« rief Rhodan.

Der Gleiter hob vom Boden ab. Eine der Bestien hatte den Flugkörper erreicht und prallte mit dem Kopf dagegen.

Ein Ruck erschütterte den Gleiter. Das feste Material wölbte sich unter dem Aufprall. Masut schoß, aber er stand auf unsicheren

Beinen und verfehlte sein Ziel. Zwei der Helme lösten sich aus ihrer Verankerung und fielen hinaus. Die Lichtstrahlen der Scheinwerfer beschrieben weite Bogen und beleuchteten abwechselnd die tobenden Bestien, den im Einstieg hängenden Danton und die Straße unterhalb des Gleiters.

Marshall riß die Maschine seitwärts. Das bedeutete ihre Rettung, denn die Bestien begannen nun ihrerseits zu schießen. Fauchend zischten die Strahlbahnen durch die Dunkelheit. Der Beschuß dauerte nur Sekunden, dann schwebte der Gleiter hoch über dem Tal.

Rhodan und Masut zogen den erschöpften Danton herein. Der Freihändler sank in sich zusammen.

Unter ihnen erloschen die beiden Scheinwerfer. Wahrscheinlich trampelten die Bestien rasend vor Wut auf den Helmen herum.

»Fliegen Sie zum Engpaß!« ordnete Rhodan an. »Wir müssen die Bestien erwischen.«

Mit den beiden Helmen, die ihnen noch verblieben waren, leuchteten sie das Land unter sich ab. Kurz darauf erreichten sie die Stelle, wo Masut die Sprengladung angebracht hatte.

»Wir warten hier auf das Eintreffen der beiden Bestien«, sagte Rhodan. »Sobald wir sie sehen können, fliegen wir tiefer ins Tal hinein und zünden die Sprengladung.«

Sie brauchten nicht lange auf ihre Gegner zu warten. Bevor die Bestien sichtbar wurden, blitzten ihre erbeuteten Waffen auf. Einer der beiden Helme wurde getroffen, und der Scheinwerfer erlosch. Für den Bruchteil einer Sekunde geriet der häßliche Kopf einer Bestie in den Bereich des letzten Scheinwerfers. Der Rachen des Ungeheuers war weit geöffnet, so daß die Knochenreihen sichtbar wurden, die dieses Wesen als Zähne benutzte.

John Marshall hatte bereits reagiert. Der Gleiter beschleunigte und jagte vom Engpaß weg. Rhodan stand vor den Kontrollen.

Ohne zu zögern, betätigte er die Taste des Funkgeräts, das die Zündung der Sprengladung auslösen würde.

Ein Lichtblitz erhellte das Tal in der Nähe der Engstelle. Die Berge schienen zu vibrieren. Die steil aufragende Felswand löste sich vom Berghang und rutschte in sich zusammen. Tausende von Tonnen Felsen und pulverisierten Gesteins stürzten lawinenartig in die Tiefe. Die Explosion war so laut, daß Rhodans Trommelfelle noch Minuten später schmerzten.

Rhodan konnte sich vorstellen, daß eine riesige Staubwolke über dem Tal schwebte.

Das Funkgerät knackte, und Rhodan schaltete auf Empfang.

»Es sieht so aus, als hätten Sie die Bestien aufgehalten«, meldete sich Agen Thrumb. »Die vier Roboter haben uns ein genaues Bild der Explosionsstelle übermittelt.«

»Konnten Sie sehen, ob die Bestien von den Felsmassen begraben wurden?« fragte Rhodan angespannt.

»Die beiden Kreaturen befanden sich genau in Höhe der Engstelle, als die Sprengladung explodierte«, sagte Agen Thrumb. »Sie müssen erledigt sein.«

Rhodan atmete auf.

»Wir haben es geschafft«, sagte er zu seinen Begleitern. »Die Bestien sind erledigt. Jetzt können wir endlich vernünftige Verhandlungen mit den Aphaneus und den Stützpunktingenieuren führen. Agen Thrumb, hören Sie noch?«

»Ich höre«, antwortete der Druis.

»Wir haben unser Versprechen gehalten«, sagte Rhodan. »Sie wußten schon immer, daß wir mit guten Absichten gekommen sind, aber Sie wollten es nicht glauben, weil Sie von Vorurteilen gegen zwei Haluter beherrscht wurden. Ich betone noch einmal, daß Icho Tolot und Fancan Teik mit diesen beiden Ungeheuern nichts gemeinsam haben.«

»Das interessiert mich jetzt nicht«, erwiderte Agen Thrumb. »Kommen Sie zur Teststation zurück, dann sehen wir weiter.«

»Werden Sie uns weiterhin wie Gefangene behandeln?«

Der Stützpunktingenieur antwortete nicht, so daß Rhodan zunächst vermutete, er würde nachdenken. Doch dann kam ein ächzender Laut aus dem Lautsprecher.

»Agen Thrumb!« rief Rhodan. »Ist etwas passiert? Was geht in der Teststation vor?«

Die Stimme des Stützpunktingenieurs schien von weither zu kommen.

»Hier geht überhaupt nichts vor«, sagte Agen Thrumb. »Luro Movan und ich sehen uns gerade eine neue Übertragung der Flugroboter an.«

»Und?« fragte Rhodan. Ein unheilvolles Gefühl stieg in ihm auf.

»In den Felsmassen bewegt sich etwas«, flüsterte Agen Thrumb.

»Natürlich«, sagte Rhodan angespannt. »Die Steine rutschen in sich zusammen. Es wird einige Zeit dauern, bis das Tal an dieser Stelle zur Ruhe kommt.«

»Es bewegt sich etwas«, murmelte Agen Thrumb, als hätte er überhaupt nicht zugehört.

Da wußte Rhodan mit Sicherheit, daß der Stützpunktingenieur ein Wiederauftauchen der beiden Bestien befürchtete.

»Unmöglich«, sagte Rhodan. »Sie liegen unter einem Trümmerberg begraben. Dort kommen sie nicht mehr heraus.«

»Es sind die Bestien«, sagte Agen Thrumb.

»Glauben Sie wirklich, daß er . . . etwas sehen kann?« fragte Oro Masut stockend.

»Hoffentlich nicht«, antwortete Rhodan. »Wenn die Bestien wieder auftauchen, sind sie nur noch ein paar Kilometer von der Hauptschaltstation entfernt. Sie wissen, was das bedeutet.«

»Ich kann sie sehen!« schrie Agen Thrumbs Stimme aus dem Lautsprecher. »Sie wühlen sich aus den Felsen. Ihre Oberkörper sind deutlich sichtbar. Da! Jetzt sind sie ganz heraus. Dwellion ist verloren.«

Rhodan senkte den Kopf. Er wollte jetzt keinen seiner Begleiter ansehen.

Sie hatten alles riskiert und alles verloren.

Die Bestien waren auf dem Vormarsch zur Hauptschaltstation. Es war nur noch eine Frage der Zeit, bis die dumfriesischen Schiffe Dwellion in eine Atomhölle verwandeln würden.

# 18.

Ohne daß er sich dessen bewußt war, hatte Rhodans Gehirn auch im Bewußtsein einer Niederlage angestrengt weitergearbeitet. Jetzt hob der Terraner den Kopf und legte John Marshall eine Hand auf die Schulter.

»Gucky oder Ras Tschubai müssen unter allen Umständen versuchen, uns hier herauszuholen«, sagte er. »Versuchen Sie, ob Sie noch einmal telepathischen Kontakt mit dem Mausbiber aufnehmen können.«

Die drei anderen Männer schwiegen, als der Mutant sich konzentrierte. Die Minuten verstrichen, und Rhodan sah in einer düsteren Vision, wie die beiden Bestien der Hauptschaltstation entgegenstürmten, um alles zu vernichten. Doch soweit würde es nicht kommen. Vorher würden die Dumfries auf Dwellion einen Atombrand entfesseln, in dem alles untergehen würde.

»Nichts«, sagte Marshall bedrückt. »Ich bekomme keine Verbindung.«

»Wahrscheinlich mußte Gucky sich zurückziehen«, sagte Rhodan. »Ich vermute, daß die Dumfries den Moskito-Jäger entdeckt und vertrieben haben.«

»Was jetzt?« fragte Oro Masut gelassen.

»Eine Fluchtmöglichkeit scheint sich nicht zu bieten«, antwortete Rhodan. »Wir haben auch keine Aussicht, die Bestien noch aufzuhalten. Trotzdem können wir nicht tatenlos zusehen, wie alles zerstört wird.«

Danton schnippte mit den Fingern.

»Ich habe eine Idee«, sagte er. »Agen Thrumb soll uns mit dem Kommandanten der dumfriesischen Flotte verbinden.«

»Wozu?« wollte Perry Rhodan wissen.

Der Freihändler erklärte es ihm.

Rhodans Augen begannen zu funkeln. Der Plan seines Sohnes war nicht schlecht. Es hing jedoch alles davon ab, ob Agen Thrumb und die Dumfries darauf eingingen und ob noch genügend Zeit verblieb.

Agen Thrumb meldete sich sofort, als Rhodan ihn über Funk rief.

»Ich brauche eine Funkverbindung zum Kommandanten der dumfriesischen Schiffe«, erklärte Rhodan. »Für Erklärungen ist jetzt keine Zeit, aber ich hoffe, daß wir die Bestien noch aufhalten können.«

»Ich bewundere Ihren Optimismus«, sagte der Stützpunktingenieur. »Ich sehe jedoch keinen Sinn darin, wenn Sie mit dem Raumfahrer sprechen.«

Rhodan hieb mit der Faust auf die Kontrollen.

»Beeilen Sie sich!« drängte er. »Wollen Sie Dwellion verlieren, weil Sie nicht schnell genug reagiert haben?«

Agen Thrumb gab ein undeutliches Brummen von sich.

»Hoffentlich verbindet er uns«, sagte Roi Danton.

Sie warteten, und wieder verstrichen zwei Minuten. Rhodan war sicher, daß die Bestien bereits ein Drittel des verbliebenen Weges zurückgelegt hatten.

Das Funkgerät knackte. Eine rauhe Stimme wurde hörbar.

»Was wollen Sie? Hier ist Karryl Orrayt, der Oberkommandierende der Dumfrie-Flotte.«

»Befindet sich in der Nähe der Hauptschaltstation Dwellions ein Landefeld?« begann Rhodan ohne Umschweife.

»Ja«, antwortete der Dumfrie knapp. Rhodan konnte sich vorstellen, wie die gepanzerte Riesenkröte an den Kontrollen ihres Schiffes hockte und mit starren Augen die Bildschirme beobachtete.

»Wir brauchen ein Beiboot, das groß genug ist, um die beiden Bestien und uns aufzunehmen«, erklärte Perry Rhodan. »Lassen Sie das Schiff durch Fernsteuerung auf dem Landefeld der Station niedergehen. Veranlassen Sie, daß in der Kommandozentrale vier Antigravprojektoren liegen, denn man hat unsere Aggregate so beschädigt, daß wir sie nicht mehr benutzen können. Außerdem brauchen wir in diesem Beiboot eine nukleare Bombe, die sich mit Fernimpuls zünden läßt.«

Eine Weile blieb es still. Der Dumfrie schien zu überlegen.

»Sonst brauchen Sie nichts?« erkundigte er sich schließlich spöttisch.

»Lassen Sie sich nur Zeit!« empfahl ihm Rhodan. »Mit jeder Sekunde, die verstreicht, wird der Untergang dieses Planeten wahrscheinlicher.«

»Ich bin nicht so verrückt, Ihnen ein Schiff und eine Atombombe zu überlassen«, sagte der Dumfrie. »Abgesehen davon, daß mir völlig klar ist, was Sie vorhaben, darf ich Ihnen solche Mittel nicht in die Hände geben.«

Rhodan zwang sich zur Ruhe. Wenn diese Debatte noch lange dauerte, war ihr Plan sowieso zum Scheitern verurteilt.

»Ich versichere Ihnen, daß unsere geplante Aktion nur gegen die Bestien gerichtet ist«, sagte er. »Wir wollen diesen Planeten retten. Fragen Sie Agen Thrumb, ob wir uns seit unserer Freilassung nicht loyal verhalten haben.«

»Die Beobachtungsroboter haben gezeigt, daß die Terraner es ehrlich meinen«, klang Agen Thrumbs Stimme auf.

»Ich kann die Verantwortung nicht übernehmen«, sagte Karryl Orrayt. »Ich muß die Entscheidung Ihnen überlassen, Druis.«

»Schicken Sie das Beiboot«, sagte Agen Thrumb. »Und beeilen Sie sich.«

Die Verbindung zu dem Raumschiff riß ab. Agen Thrumb schaltete sich jedoch noch nicht aus.

»Nun haben Sie, was Sie brauchen«, sagte er.

»Ja«, sagte Rhodan und gab John Marshall ein Zeichen. »Wir fliegen jetzt zur Hauptschaltstation.«

Der Gleiter schoß durch die Nacht. Marshall hielt auf die helle Stelle am nächtlichen Himmel zu. Dort lag die große Station, von der aus alle Gebäude Dwellions mit Energie versorgt wurden. Dort standen auch die Transmitter und alle anderen wertvollen Anlagen der Aphaneus.

»Vermutlich ist die gesamte Station hell beleuchtet«, sagte Rhodan. »Wir werden das Landefeld schnell finden. Hoffentlich hat Karryl Orrayt schnell genug geschaltet.«

Irgendwo vor ihnen waren die Bestien. Sie waren sich ihres Sieges bewußt und würden sich nicht beeilen. Rhodan war nicht sicher, ob es überhaupt gelingen würde, die beiden Monstren in das Beiboot zu locken, das Karryl Orrayt zur Verfügung stellen mußte. Dantons Plan setzte voraus, daß die Bestien daran interessiert waren, Dwellion zu verlassen. Sie waren klug genug, um zu wissen, daß ihnen auf dieser Welt früher oder später die Vernichtung drohte. Deshalb würden sie jede Gelegenheit benutzen, um vom Planeten der Aphaneus zu fliehen. Die zweite Voraussetzung für das Gelingen von Dantons Vorhaben war, daß die Bestien sich in dieses Beiboot lokken lassen würden, bevor sie der Hauptschaltstation einen Besuch abstatteten. Es stand fest, daß die Dumfries mit der Bombardierung Dwellions beginnen würden, sobald die Giganten eines der Gebäude betraten.

John Marshall deutete nach oben.

»Die vier Flugroboter begleiten uns noch immer«, stellte er fest.

»Agen Thrumb interessiert sich dafür, wie wir vorgehen«, meinte Oro Masut.

»Nicht nur das«, sagte Perry Rhodan. »Der Druis wird uns töten lassen, wenn wir den Kampf gegen die Bestien einstellen.«

Sie hatten das Tal hinter sich gelassen. Unter ihnen führte eine breite Straße direkt auf die Hauptschaltstation zu. Sie konnten die verschiedenen Gebäude bereits in der Ferne sehen; weiße Pavillons, die das Licht der ringsum aufgestellten Scheinwerfer reflektierten.

Die Straße war verlassen. Wenn sich dort unten Aphaneus und Dumfries aufgehalten hatten, waren sie längst verschwunden. Die Bestien waren zu gerissen, um sich auf der beleuchteten Straße zu bewegen. Sie gingen im Schutz der Dunkelheit.

Das zur Hauptschaltstation gehörende Landefeld wurde sichtbar. Rhodan überblickte es. Die Enttäuschung ließ ihn die Lippen zusammenpressen. Das versprochene Beiboot war nirgends zu sehen.

Rhodan rief Agen Thrumb über Funk.

»Was wollen Sie?« fragte der Stützpunktingenieur.

»Das Beiboot!« sagte Rhodan. »Es ist nicht da.«

»Es wird schon noch kommen«, meinte Agen Thrumb.

»Die Bestien können jeden Augenblick hier eintreffen«, sagte Rhodan. »Dann ist es zu spät. Drängen Sie Orrayt zur Eile!«

»Orrayt ist einer der fähigsten Dumfrie-Kommandanten«, entgegnete der Weißhäutige. »Es ist unnötig, ihn anzuspornen.«

Wütend unterbrach Rhodan die Verbindung.

»Soll ich inzwischen landen?« fragte Marshall.

Rhodan verneinte. Er wollte einen Angriff der Bestien auf den Gleiter vermeiden. Langsam schwebten sie über das Landefeld.

»Da!« rief Marshall. »Das Beiboot.«

Ein sechzig Meter langes und zwanzig Meter durchmessendes Walzenschiff dumfriesischer Bauart senkte sich lautlos auf das Landefeld herab. Die Hauptschleuse stand offen. Als das kleine Schiff aufsetzte, erschien in der Schleuse ein Schwenkarm mit Antigravprojektoren.

»Landen Sie neben dem Beiboot, John«, sagte Perry Rhodan.

Als sie den Gleiter verließen, tauchten am Rand des Landefelds die beiden Bestien auf. Sie waren offenbar unsicher, was sie nun tun sollten. Rhodan griff nach seiner Waffe und sprang aus dem Gleiter.

»Folgt mir!« rief er den anderen zu.

Sekundenlang beunruhigte ihn der Verdacht, Karryl Orrayt könnte sie verraten und in der Zentrale des Walzenschiffs keine Antigravprojektoren hinterlassen haben. Das würde ihren sicheren Tod bedeuten. Rhodan vertrieb diese Idee aus seinem Gehirn. Er mußte darauf bauen, daß die Dumfries ehrlich waren.

Rhodan und Masut gelangten als erste unter dem Antigravfeld an und schwebten nach oben.

Danton blieb außerhalb des Wirkungsbereichs stehen und wedelte mit den Armen.

»Roi!« schrie Rhodan. »Was soll das?«

»Ich muß sie anlocken!« rief Danton. Der Ertruser und Rhodan erreichten die Schleuse und schwangen sich hinein. Marshall war unmittelbar unter ihnen, während Danton noch immer auf dem Landefeld stand und den Bestien herausfordernde Worte zurief.

»Er übertreibt«, murmelte Masut sorgenvoll.

Da kamen die Bestien quer über den Platz gerast. Sie waren so schnell, als hätte man sie von ihrem Standort wegkatapultiert. Danton warf sich in das Kraftfeld der Projektoren.

»Schießt!« rief Rhodan Masut und Marshall zu.

Sie nahmen die Bestien unter Feuer. Roi Danton schwebte herauf. Die Bestien verlangsamten ihr Tempo und begannen nun ihrerseits zu schießen. Sie achteten jedoch darauf, daß sie nicht die Außenhülle des kleinen Walzenschiffes beschädigten. Rhodan schloß daraus, daß sie es erobern wollten. Dantons Plan schien zu funktionieren.

Masut packte Danton an den Beinen und zog ihn in die Schleuse.

Die Bestien waren unterhalb der Schleuse angekommen. Schwerelos flogen sie nach oben.

»Zur Zentrale!« befahl Rhodan. »Schließt die innere Schleusenwand. Masut und Danton versuchen, die Bestien am Eindringen in die Zentrale zu hindern, bis wir die nötige Höhe erreicht haben, um das Schiff zu verlassen und die Bombe zu zünden.«

Perry Rhodan atmete auf, als die Schleusenwand hinter ihnen zuglitt. Die Bestien würden mindestens eine Minute brauchen, um sie aufzubrechen. Das war ein Teil des Zeitgewinns, den die vier Männer benötigten.

Danton und Masut blieben im Hauptraum zurück und bezogen in zwei Nischen Deckung, während Rhodan und John Marshall in Richtung der Zentrale weitereilten.

Das Schott zur Zentrale stand offen.

Im Kommandosessel lagen vier tornisterförmige Geräte.

Rhodan hob eines davon triumphierend hoch.

»Die Antigravprojektoren!« rief er. »Karryl Orrayt hat nichts vergessen.«

Im zweiten Sitz lagen die Bombe und das Gerät für die Fernzündung. Rhodan streifte es über den rechten Arm und schob die Bombe unter den Sitz. Dann öffnete er die kleine Mannschleuse, die zur Zentrale gehörte.

»Von hier aus werden wir fliehen«, sagte er.

Inzwischen hatte Marshall sich im Pilotensitz niedergelassen, und seine Hände glitten über die Kontrollen. Die Schalter und Hebel waren übersichtlich angeordnet und glichen jenen, die die Männer noch vom Gleiter her kannten.

Aus dem Innern des Schiffes kamen dumpfe Geräusche. Rhodan schloß daraus, daß die Bestien bereits in der Schleusenkammer waren und nun gegen die innere Schleusenwand vorgingen.

Das Dröhnen der Triebwerke durchlief das Schiff.

Rhodan stand neben der Mannschleuse und hielt sich fest. Das Schiff hob vom Boden ab und gewann an Höhe. Rhodan schnallte den Antigravprojektor um. Durch die offene Schleuse fuhr der Wind herein.

Roi Danton kam rückwärts in die Zentrale getaumelt. Er ließ seine Waffe fallen. Mit wenigen Schritten war Rhodan bei ihm und fing ihn auf.

»Masut hält sie noch auf«, sagte Danton atemlos. »Sie sind bereits im Hauptgang.«

Rhodan zog seinem Sohn einen Antigravprojektor über. Er schob den Freihändler auf die Schleuse zu.

»Wirst du es schaffen?«

Danton brachte ein zuversichtliches Grinsen zustande.

»Natürlich schaffe ich es.«

Mit ausgestreckten Armen sprang er hinaus. Rhodan hielt den Atem an. Wieder zweifelte er an Karryl Orrayts Ehrlichkeit und befürchtete, die Projektoren könnten nicht funktionieren. Doch als er hinausblickte, sah er Danton fünfzig Meter unterhalb durch die Luft schweben. Das Licht vom Landefeld reichte gerade aus, um ihn sichtbar zu machen.

»Los, John!« rief Rhodan. »Jetzt sind Sie an der Reihe. Schalten Sie auf automatische Steuerung.«

Marshall nickte verbissen und manipulierte an den Schaltungen. Dann sprang er auf und legte ein Antigravgerät an. Rhodan deutete auf die offene Schleuse. Der Mutant zögerte. Seine Blicke waren deutlicher als alle Worte. Er fragte sich, was mit Rhodan geschehen würde.

»Ich warte auf den Ertruser«, sagte Rhodan. »Springen Sie jetzt, John!«

Marshall wußte, daß ihnen nicht mehr viel Zeit blieb. In wenigen Augenblicken würde das Schiff so stark beschleunigen, daß ein Absprung unmöglich war. Im Weltraum konnten sie das Schiff nicht mehr verlassen, denn sie besaßen ihre Helme nicht mehr.

Draußen im Gang erfolgte eine Explosion. Marshall hörte sie und fragte sich, ob sie Oro Masut noch einmal wiedersehen würden. Er warf Rhodan einen letzten Blick zu und verließ das Schiff durch die Mannschleuse.

Rhodan rannte quer durch die Zentrale und riß das Schott zum Hauptgang auf.

Oro Masut kniete unmittelbar vor ihm und feuerte auf die beiden Bestien, deren Oberkörper durch ein zerfetztes Schott weiter vorn im Gang ragten. Die Ungeheuer hatten dumfriesische Waffen, aber sie erwiderten das Feuer nicht. Sie ahnten, daß ihr Leben in Gefahr war, und setzten alles daran, in die Zentrale zu gelangen.

Rhodan zog dem Ertruser von hinten den Antigravprojektor über den Kopf.

»Zurück, Masut!« rief er ihm zu.

Masut sprang auf die Beine. Seine Augen waren blutunterlaufen. Sein häßliches Gesicht glänzte.

Rhodan deutete auf die offene Schleuse.

»Hoffentlich komme ich durch«, sagte Masut.

Rhodan schlug das Schott zur Zentrale zu. Gleich darauf prallte ein schwerer Körper dagegen. Die Stahlwand beulte sich nach innen. Rhodan wußte, daß sie bereits beim zweiten Aufprall dem Druck des Bestienkörpers nachgeben würde.

Masut hatte die Schleuse erreicht und sprang hinaus. Da zerbarst das Schott, und eine Bestie stürmte in die Zentrale. Aus ihren dunklen Augen starrte sie Rhodan haßerfüllt an. Dann hob sie ihre Waffe.

Rhodan ließ sich rückwärts aus der offenen Schleuse fallen. Der heiße Strahl eines blitzschnell abgefeuerten Schusses fauchte an ihm vorbei. Dann sah er das Walzenschiff hoch über sich. Er begriff, daß sie gerettet waren.

Er brachte seinen Körper unter Kontrolle. Tief unter ihm war ein heller Fleck: die Hauptschaltstation von Dwellion.

Jetzt würde das dumfriesische Schiff beschleunigen. Innerhalb weniger Sekunden mußte es die Schwelle zum Weltraum erreichen. Die vier Beobachtungsroboter waren verschwunden.

Rhodan griff an seinen Arm und betätigte den kleinen Impulsgeber.

Der Himmel über Dwellion wurde hell, und rollender Donner durchlief die Lufthülle des Planeten.

In diesem Augenblick, da die Bestien sich in Sicherheit gefühlt hatten, waren sie in einer Atomexplosion gestorben.

Es war noch keine Minute verstrichen, als über den vier Männern eine Space-Jet auftauchte. Das Diskusschiff mußte den Augenblick der Verwirrung in den Reihen der dumfriesischen Flotte ausgenutzt haben.

Roi Danton hob beide Arme.

»Hier!« rief er in die Nacht. »Hier sind wir!«

»Sei nur ruhig!« besänftigte ihn Rhodan. »Ich bin sicher, daß sie uns sehen. Sie werden uns abholen.«

»Ich habe Kontakt mit Gucky«, berichtete John Marshall erregt. »Er befindet sich an Bord der Space-Jet. Er fragt, ob wir noch ein paar Sekunden warten können, oder ob er uns sofort holen soll.«

»Er soll sich schonen«, sagte Rhodan. »Er braucht seine Kraft noch.«

Die Space-Jet flog mit eingeschalteten Antigravprojektoren dicht neben den Männern. Die Schleuse öffnete sich. Rhodan und seine Begleiter hielten darauf zu.

Eine dunkelhäutige Gestalt im Kampfanzug empfing sie in der Schleusenkammer.

»Hallo, Ras!« begrüßte Rhodan den Teleporter.

»Ich bin froh, Sie zu sehen«, gab Ras Tschubai zurück. »Alles in Ordnung?«

»Ja, aber es gibt noch Arbeit für Gucky und Sie. Ihr müßt die beiden Wissenschaftler herausholen.«

Tschubais Gesicht verzog sich zu einem Lächeln.

»Der Kleine und ich hatten schon befürchtet, daß es für uns überhaupt nichts zu tun gäbe«, sagte er.

Dr. Lieber fragte sich zum wiederholten Male, wie viele Stunden seit dem Aufbruch Perry Rhodans und der drei anderen Männer verstrichen sein mochten. Die Dumfries hatten ihn und Dr. Beriot in einen erhalten gebliebenen Raum der Teststation eingesperrt und kümmerten sich nicht um sie. Nur einmal war einer der Krieger hereingekommen und hatte den beiden Männern etwas zum Trinken gebracht. Dr. Lieber war gezwungen gewesen, Beriot das Getränk einzuflößen, denn der Physiker war nicht in der Lage, den Becher zu halten. Er schien überhaupt nicht zu merken, daß er etwas zu sich nahm.

Die meiste Zeit saß Dr. Lieber am Lager seines Kollegen, obwohl es auch Minuten gab, da er ruhelos in dem kleinen Raum auf und ab ging und sich fragte, was außerhalb ihres Gefängnisses vorgehen mochte.

Die Schmerzen in seinem Oberarm hielten ihn wach. Er verwünschte die Rücksichtslosigkeit der Aphaneus, die sich nicht um ihn kümmerten. Es hätte den Psychologen wahrscheinlich keine Schwierigkeit bereitet, ihm zu helfen.

Er wurde den Verdacht nicht los, daß die Aphaneus und Dumfries längst zum Raumhafen verschwunden waren.

Der Chefmathematiker war Realist genug, um zu wissen, was die Aphaneus mit dieser Welt machen würden, wenn es nicht gelingen sollte, die von Perry Rhodan freigelassenen Bestien zu überwinden.

Dr. Lieber preßte ein Ohr gegen die Tür.

»Hallo, Josef!« rief da eine helle Stimme hinter ihm. »Wie geht's?«

Der Wissenschaftler fuhr herum. Mitten im Raum stand Gucky, beide Ärmchen in die Hüften gestemmt und den Nagezahn unternehmungslustig vorgestreckt. Dr. Lieber gab sich Mühe, seine freudige Überraschung zu verbergen.

»Was heißt hier Josef?« erkundigte er sich säuerlich. »Für dich bin ich immer noch Doktor Lieber.«

»Also gut, Doktor Josef«, sagte Gucky gleichgültig. »Dann nehme ich Jean und verschwinde wieder. Du kannst sehen, wie du klarkommst.«

Er watschelte auf das Lager des Physikers zu.

»He!« rief Dr. Lieber. »Das kann doch nicht dein Ernst sein! Laß mich nicht im Stich, mein Freund! Meinetwegen kannst du Josef zu mir sagen.«

»Tut mir leid, Doc«, sagte Gucky stolz. »Was ich gesagt habe, besitzt Gültigkeit. Ich rette Jean und lasse dich zurück. Ich bin überzeugt davon, daß es dir im Laufe der nächsten fünfzig Jahre gelingen wird, den Aphaneus klarzumachen, daß du Doktor Lieber bist.«

»Sag Josef zu mir!« flehte Dr. Lieber. »Sag Josef zu mir, aber hole mich hier heraus!«

»Nein!« Gucky blieb hart. Er packte Dr. Beriot und warf dem fassungslosen Dr. Lieber noch einen vernichtenden Blick zu.

Eine Sekunde später war er mit seiner Last entmaterialisiert.

»Das gibt es doch nicht!« stammelte Dr. Lieber. »Er kann mich doch nicht hier zurücklassen. Bestimmt kommt er wieder.«

Da materialisierte Ras Tschubai unmittelbar neben dem Wissenschaftler. Dr. Lieber atmete erleichtert auf.

»Hallo, Doc!« rief Tschubai. »Wie fühlen Sie sich?«

»Sie können mich Josef nennen«, versicherte Lieber hastig.

Der Teleporter runzelte die Stirn.

»Wie?« fragte er verständnislos.

»Josef!« wiederholte Dr. Lieber mechanisch. »Sie können mich Josef nennen.«

»Was?« fragte Tschubai verwirrt. »Ist etwas nicht in Ordnung, Doktor? Haben Sie Schwierigkeiten?«

Dr. Lieber vergaß seine Schmerzen und stieß einen völlig unakademischen Fluch aus.

»Zum Teufel mit euch allen!« schrie er.

Ras Tschubai dachte daran, daß dieser Mann längere Zeit Gefangener der Aphaneus gewesen war. Man durfte ihm nichts verübeln. Er hatte viel durchgemacht.

So packte er den Wissenschaftler an der Schulter und teleportierte mit ihm an Bord der Space-Jet.

Die Space-Jet war in ihren Hangar an Bord der CREST IV zurückgekehrt.

Das Flaggschiff der Solaren Flotte und das Schiff der Haluter standen wieder im Ortungsschutz der roten Doppelsonne. Die sechs Männer, die Gefangene von Agen Thrumb gewesen waren, befanden sich an Bord und in Sicherheit. Dr. Jean Beriot und Dr. Lieber wurden in der Krankenstation behandelt.

Unmittelbar nach seiner Ankunft an Bord der CREST IV hatte

Perry Rhodan einen Funkspruch an Agen Thrumb absetzen lassen. Noch einmal hatte Rhodan sein Bedauern über die Freilassung der beiden Bestien ausgedrückt. Gleichzeitig hatte der Großadministrator um Verhandlungen mit dem Stützpunktingenieur ersucht.

Inzwischen hatte man an Bord der CREST einen Plan entwickelt.

Er sah vor, den Stützpunktingenieuren vorzutäuschen, daß die Terraner einen Planeten in M87 entdeckt hätten, der von Bestien bewohnt wurde. Sollte sich Agen Thrumb nicht einsichtig zeigen, so drohte Rhodan diesen Planeten anzufliegen, mit Hilfe der beiden Haluter Kontakt mit den erbitterten Gegnern der Völker von M87 aufzunehmen und sich mit ihnen zu verbünden.

Dabei wurde der Umstand berücksichtigt, daß die Beherrscher von M87 kaum in der Lage sein konnten, alle Planeten dieser Galaxis zu kennen. Es gab eine Unzahl von Systemen, die bisher unerforscht und unbekannt waren, so daß der terranische Bluff durchaus Erfolgsaussichten hatte.

Rhodan hatte erklärt, daß er und seine Freunde sich über den Unterschied zwischen Halutern und Bestien völlig im klaren seien, daß sie aber zu ihrer eigenen Sicherheit gezwungen sein würden, mit den Bestien in Verbindung zu treten, wenn die Konstrukteure des Zentrums und ihre Helfer, die Stützpunktingenieure, nicht mit sich reden ließen.

Seitdem die CREST IV diesen Funkspruch abgestrahlt hatte, waren zwei Stunden vergangen.

Die Terraner hatten keine Antwort erhalten.

Der Funkspruch war noch nicht einmal bestätigt worden.

Nachdem fünf Stunden vergangen waren, blickte Rhodan ungeduldig auf seine Uhr.

»Wir müssen eine Entscheidung treffen«, sagte er zu Atlan. »Entweder brechen wir auf und täuschen den Stützpunktingenieuren einen Anflug an die Bestienwelt vor, oder wir warten weiterhin.«

»Wir sollten noch etwas warten«, schlug Atlan vor. »Wir dürfen nicht vergessen, daß auf Dwellion jetzt chaotische Zustände herrschen. Agen Thrumb und Luro Movan werden einige Zeit brauchen, bis sie die Ordnung wiederhergestellt haben. Vielleicht setzen sie sich dann mit uns in Verbindung.«

»Man wird eine zu lange Wartezeit als Schwäche auslegen«, warf Oberst Merlin Akran ein.

»Nach den Vorfällen auf Dwellion hält man uns nicht mehr für schwach«, entgegnete Rhodan. »Während die gefürchteten Dumfries unter dem Einfluß der Zellstrahlung in Panik gerieten, haben wir die Bestien vernichtet. Das muß Agen Thrumb zu denken geben.«

Atlan ließ sich in einen Pneumosessel fallen.

»Ich war schon immer gegen überstürztes Handeln«, sagte er.

Rhodan verstand den Seitenhieb, aber er lachte nur. Er wußte, daß sie einige entscheidende Vorteile errungen hatten.

Vielleicht lag der Tag der Rückkehr in die Heimatgalaxis nicht mehr so fern. Sie mußten nur Geduld haben.

Rhodan begegnete den Blicken seines arkonidischen Freundes.

»Ich bin einverstanden«, sagte er. »Wir warten.«

# 19.

Vierundzwanzig Stunden später, am 7. April des Jahres 2436 Erdzeit, empfing das Haluterschiff einen Funkspruch des Stützpunktingenieurs Agen Thrumb. Der Ruf wurde mit so einer ungeheuren Hyperenergie abgestrahlt, daß selbst die Empfänger der CREST ansprachen. Allerdings verzerrte die drohende Sonnennähe die Impulse derart, daß der Spruch unverständlich blieb. Icho Tolot jedoch, der seit einiger Zeit außerhalb des Systems kreiste, konnte den Spruch klar und deutlich empfangen. Er übermittelte den Inhalt an die CREST.

Agen Thrumb bestätigte den Empfang des Ultimatums und forderte Rhodan in höflichem Ton auf, so bald wie möglich über dem Planeten Dwellion zu erscheinen und persönlich mit ihm zu sprechen. Er sicherte ihm freies Geleit und ungehinderte Rückkehr zu.

Das war alles.

Rhodan veranlaßte sofort eine Einsatzbesprechung in der Offiziersmesse. Er sorgte auch dafür, daß einige Sonderoffiziere und die Mutanten zugegen waren. Mit leidenschaftslos klingender Stimme verlas er die Botschaft des Stützpunktingenieurs. Dann setzte er sich und legte die Plastikfolie auf den Tisch. Er sah seine Männer an.

»Was halten Sie davon? Ich möchte Ihre ehrliche Meinung hören.«

Erwartungsgemäß waren es recht unterschiedliche Meinungen, die Rhodan und Atlan zu hören bekamen. Sie schwankten zwischen freudiger Zustimmung und rückhaltloser Ablehnung des Angebots. Rhodan hörte sie sich in aller Ruhe und mit Geduld an, dann sagte er:

»Ich habe schon mit Atlan darüber gesprochen. Natürlich denken wir nicht daran, dieser durchsichtigen Forderung Folge zu leisten. Bei den Erfahrungen, die wir mit den Machthabern dieser Galaxis machen mußten, wäre es verantwortungslos, wenn wir uns auf ein bloßes Versprechen verlassen würden. Auf der anderen Seite teile ich aber auch die Meinung derer, die für eine Annahme des Angebots sind. Ich bin deshalb dafür, daß wir einen goldenen Mittelweg wählen. In diesem Zusammenhang schlage ich vor, daß wir eine Space-Jet nach Dwellion entsenden, aber nicht mit mir und Atlan an Bord. Ich brauche also Freiwillige. Einer dieser Freiwilligen sollte ein Telepath sein. Der zweite Freiwillige muß eine Space-Jet steuern und in jeder Hinsicht völlig selbständig handeln können. Es muß sich um einen bewährten Offizier handeln. Er muß mich beim Stützpunktingenieur vertreten.«

Obwohl es ein gefährlicher Einsatz war, blieb keine Hand unten. Rhodan lächelte.

»Ich habe es nicht anders erwartet, meine Herren, aber ich halte es aus verschiedenen Gründen für klug, wenn wir Major Tschai Kulu mit dieser Aufgabe betrauen. Dazu John Marshall, der gleich beide Arme erhoben hat, und Gucky, der allerdings nicht gerade ein begeistertes Gesicht macht. Hast du keine Lust, Kleiner?«

Gucky, der zwischen Atlan und Ras Tschubai saß, richtete sich ein wenig auf. Dann schüttelte er den Kopf.

»Ich bin lediglich mißtrauisch. Du wirst doch diesen Stützpunktingenieur nicht für so dumm halten, daß er annimmt, du kämst persönlich. Er rechnet damit, daß du einen Stellvertreter schickst. Darauf wird er seinen Plan aufgebaut haben.«

»Kannst du dich nicht deutlicher ausdrücken, Kleiner?«

Abermals schüttelte Gucky den Kopf.

»Deutlicher geht es nicht mehr. Wenn Kulu, Marshall und ich fliegen, so ist das genau das, was dieser Agen Thrumb erwartet. Darauf gehe ich jede Wette ein. Du darfst nicht vergessen, daß ihm der Rat der besten Psychologen dieser Galaxis zur Verfügung steht. Auf der anderen Seite hat die Sache auch einen Vorteil: Wir wissen genau, daß wir in eine Falle gehen sollen. Wir sind also vorbereitet und werden entsprechend handeln. Und wenn ich es mir so überlege – gut, ich bin einverstanden. Wann starten wir?«

Atlan, der neben Rhodan saß, spürte, wie dieser befreit aufatmete.

»In einer Stunde. Sie drei kommen noch mit in meine Kabine, wo ich Ihnen den Speicherkristall übergebe, den ich von Icho Tolot erhalten habe. Ich werde Ihnen noch erklären, worum es sich handelt. Die Alarmbereitschaft auf der CREST bleibt weiterhin bestehen.«

Ohne sich noch einmal umzuwenden, verließ er den Raum. Major Tschai Kulu, John Marshall und der Mausbiber folgten ihm.

Atlan sagte:

»Es könnte sein, daß wir in einigen Stunden mit einem Angriff zu rechnen haben. Für diesen Fall möchte ich mit Ihnen den Verteidigungsplan durchgehen . . .«

Als sie in Rhodans Kabine Platz genommen hatten, nahm Rhodan einen Speicherkristall aus der Schublade. Er legte ihn vor sich auf den Tisch.

»Icho Tolot hat diesen Bericht zusammengestellt. Es handelt sich nicht etwa um eine billige Trickmontage, sondern um echte und unverfälschte Aufnahmen. Wir kennen zwar das Schiff der Haluter nicht genau, aber es ist anzunehmen, daß sich auf ihm auch ein riesiges Archiv von Mikrospeichern befindet. Aus diesen hat Tolot die entsprechenden Szenen herausgeschnitten und zu einem Gesamtbild montiert. Er hat mir nicht viel darüber gesagt, er ließ nur durchblicken, daß es sich um eine sportliche Veranstaltung der Haluter handelt. Da sie auf einem Urplaneten stattfindet, der genausogut hier, in M 87, gelegen sein könnte, wird es Agen Thrumb unmöglich sein, irgendwelche Rückschlüsse zu ziehen. Ihr werdet natürlich behaupten, daß es sich um einen Planeten innerhalb der Galaxis M87 handelt. Ich habe einige Szenen gesehen. Sie wirken verblüffend echt.«

John Marshall zog eine Augenbraue hoch.

»Glauben Sie wirklich, daß der Stützpunktingenieur darauf hereinfällt? Warum sollten diese wilden und unzivilisierten Bestien ausgerechnet ein Sportfest veranstalten? Wäre es nicht besser gewesen, man hätte sie im Kampf mit den Raubtieren gezeigt?«

»Vielleicht hatte Icho Tolot derartige Szenen nicht zu Verfügung – was weiß ich? Aber ich kann Ihnen versichern, daß dieses Sportfest der Haluter kein Volksvergnügen ist. Die Kämpfe der Gladiatoren im alten Rom waren dagegen ein Kinderspiel. Verlassen Sie sich darauf: Der Kristall wird Agen Thrumb beeindrucken. Und er wird ganz besonders die Dumfries beeindrucken, die geradezu eine panische Furcht vor den Bestien haben. Ich wette, der Kristall wird seine Wirkung nicht verfehlen.«

Major Tschai Kulu fragte:

»Wie sollen wir ihn abliefern? Sollen wir ihn persönlich übergeben?«

»Selbstverständlich nicht. An Bord der Space-Jet befindet sich ein Abstrahlprojektor. Sie brauchen den Kristall nur einzulegen und laufenzulassen. Er wird automatisch über die Funkantenne ausgestrahlt und kann überall empfangen werden. Das ist ja der Grund der ganzen Taktik. Nicht nur Agen Thrumb soll die Bilder sehen, sondern auch alle Dumfries, die mit ihren Wachschiffen das System Dewell umkreisen. Es ist durchaus möglich, daß eine Panik ausbricht. Damit müssen wir rechnen. Sobald Sie den Film abgestrahlt haben, drohen Sie Agen Thrumb damit, daß wir diese Bestien zu unseren Verbündeten machen werden, wenn man auf unsere Forderungen nicht eingeht. Es gibt verschiedene Möglichkeiten, wie der Stützpunktingenieur reagieren wird. Ich möchte Ihnen nun in allen Einzelheiten darlegen, wie Sie sich auf die entsprechenden Reaktionen zu verhalten haben.«

Rhodan sprach fast eine halbe Stunde und überzeugte sich durch Zwischenfragen, daß Tschai Kulu, John Marshall und Gucky genau Bescheid wußten. Dann schloß er:

»Selbstverständlich soll Gucky auf keinen Fall in Erscheinung treten. Er muß sich sorgfältig auf der Space-Jet verbergen, denn es ist möglich, daß Sie nicht allein zur CREST zurückkehren werden. Ich rechne sogar damit, daß Agen Thrumb einen Bevollmächtigten schicken wird. Auch er darf Gucky unter keinen Umständen bemerken. Es ist deine Aufgabe, Kleiner, im Notfall einzugreifen und Kulu sowie Marshall in Sicherheit zu bringen, falls Gefahr droht. Sollte alles glattgehen, so bist du nichts als ein blinder Passagier. Aber du brauchst dich nicht weiter darüber aufzuregen, denn deine Aufgabe ist trotzdem wichtig genug. Allein deine Gegenwart wird Kulu und Marshall so viel Sicherheit und Selbstbewußtsein verleihen, daß sie kaum einen Fehler begehen werden. Ist das klar?«

Gucky nickte stumm.

Zwanzig Minuten später starteten sie.

Tschai Kulu und John Marshall saßen hinter den Flugkontrollen der Space-Jet und gingen, kaum daß sie das Schiff der Haluter passiert hatten, in den Linearraum. Der Kurs führte sie von der Doppelsonne und auch vom Dewell-System weg. Sie befolgten damit den Rat Rhodans, auf keinen Fall durch ihre Ankunftsrichtung zu verraten, wo sich die CREST verborgen hielt.

Nach der ersten Linear-Etappe änderten sie dann die Richtung und gingen erneut in den Linearraum. Als sie wieder in das Einstein-Universum zurückkehrten, waren sie mehr als fünfzig Lichtjahre vom Dewell-System entfernt.

Erneut mußten sie die Richtung ändern und den Kurs errechnen. Dann setzten sie zur dritten Etappe an.

Sie näherten sich dem Dewell-System aus der entgegengesetzten Richtung, aus der sie ursprünglich gekommen waren. Auf dem Panorama-Bildschirm der Space-Jet war die gelbe Sonne Dewell deutlich zu erkennen. Scheinbar dicht daneben, in Wirklichkeit aber mehr als ein Lichtjahr entfernt, stand die rote Doppelsonne. Der weiße Zwergbegleiter war nicht zu sehen.

Major Tschai Kulu saß hinter den Flugkontrollen, während John Marshall die Navigation und die Ortung übernommen hatte. Guckys Versteck war vorbereitet, aber noch hielt er sich in der Kommandozentrale auf.

»Eine Menge Echos«, sagte John Marshall langsam. »Ein bißchen viel sogar, würde ich sagen. Dazu Funkimpulse einfacher Art und Hyperfunkimpulse. Dabei sind wir immer noch einige Lichtstunden von Dwellion entfernt. Gehen wir näher heran?«

»Ja, Sie können mir die Daten geben. Drei Lichtstunden werden genügen. Dann sind wir noch etwa vierzig Lichtminuten von Dwellion entfernt. Das ist eine Entfernung, die wir mit Unterlichtgeschwindigkeit zurücklegen können.«

Sekunden später erhielt er die Daten. Während er damit beschäftigt war, die Space-Jet auf den neuen Kurs zu bringen und den letzten Linearflug einzuleiten, versuchte John Marshall die Ortimpulse auszuwerten.

Sie blieben nur wenige Sekunden im Linearraum, dann tauchte die gelbe Sonne groß vor ihnen auf. Der Planet Dwellion war auf diese Entfernung nur als winziger Lichtpunkt zu erkennen. Mit hoher Geschwindigkeit schoß die Space-Jet auf den Treffpunkt zu.

Im Funkempfänger herrschte auf allen denkbaren Wellenlängen ein unbeschreibliches Durcheinander. Vergeblich versuchte John Marshall, die einzelnen Sendungen zu trennen, um sie verständlich zu machen. Dafür empfing er auf dem Orterschirm einen ganz besonders starken Impuls, der sich in Form eines quadratischen Echos abzeichnete. Deutlich war die fünfdimensionale Strahlung zu erkennen, die von diesem Körper ausgesendet wurde. Erfahrungsgemäß konnte es sich nur um die Ausstrahlung eines Energie-Schutzschirmes handeln.

»Das könnte ein künstlicher Satellit sein – aber es hat ihn vorher nicht gegeben«, sagte Marshall. »Auf jeden Fall ist es ein Körper, der sich mit beträchtlicher Geschwindigkeit um den Planeten Dwellion bewegt. Anscheinend im freien Fall in einer Kreisbahn. Die Ausmaße müssen beträchtlich sein, wenn dies eine der uns bekannten fliegenden Festungen sein sollte. Ich fange noch andere Echos auf, die jedoch kleiner sind. Da könnte es sich um Schlachtschiffe handeln. Die Wachboote sind zu klein, um über zwei oder drei Lichtminuten hinweg registriert werden zu können. Wenigstens nicht mit diesem Gerät hier. Ich fürchte, Major Kulu, wir müssen uns auf eine Überraschung gefaßt machen.«

Sie flogen etwa eine halbe Stunde, ehe sie von dem Ortersystem Dwellions entdeckt wurden. In der Umgangssprache der Kugelgalaxis M 87 wurden sie aufgefordert, ihre Fahrt zu verlangsamen. Weiter wurde ihnen zugesichert, daß sie den Sperriegel der Wachschiffe ungehindert passieren könnten.

Während Major Kulu die Fluggeschwindigkeit stark herabsetzte, versuchte John Marshall erneut das große Echo zu identifizieren, das auf dem Orterschirm nun deutlicher zu erkennen war. Es hatte genau quadratische Form, und wenn man der Auswertung glauben konnte, betrug die Seitenlänge fünfundachtzig Kilometer.

Sie passierten ungehindert den ersten Wachring und näherten sich Dwellion. Bald war das Gebilde auf dem Bildschirm und später mit bloßem Auge zu erkennen. Es handelte sich in der Tat um eine ungewöhnlich große Festung. Die quadratische Grundplatte besaß eine Seitenlänge von fünfundachtzig Kilometern. In dieser Platte, mehr als einen Kilometer dick, war Platz und Wohnraum für ein ganzes Volk. Auf ihr erhoben sich die Aufbauten der Festung und ihre Verteidigungsanlagen. Sie hatten die verschiedenartigsten Formen und strahlten eine Fremdheit aus, die den beiden Männern kalte Schauer über den Rücken jagte. Lediglich Gucky sagte ruhig:

»Da hat aber einer mit Bauklötzen gespielt. So was Verrücktes habe ich in meinem ganzen Leben noch nicht gesehen.«

Sie konnten von Glück reden, daß sie überhaupt etwas sehen konnten. Denn die ganze Festung war von einem kugelförmigen Energieschirm eingehüllt, der grünblau schimmerte und nach den bisherigen Erfahrungen undurchsichtig war.

Die beiden Telepathen empfingen undefinierbare Gedankenimpulse, aber diese stammten nicht aus der Festung, sondern aus den mehr als tausend Schlachtschiffen, die gemeinsam mit der Festung den Planeten Dwellion umkreisten.

»Sie haben sich aber ausgezeichnet auf unseren Empfang vorbereitet«, sagte Major Tschai Kulu. »Wenn die eine Falle zuschnappen lassen, kommen wir nicht mehr raus.«

»Es nützt ihnen nicht viel, wenn sie uns fangen. Sie wollen Rhodan – und sie wollen die CREST. Ich glaube kaum, daß wir etwas zu befürchten haben.«

»Und mir gehen diese komischen Schiffe auf die Nerven«, eröffnete ihnen Gucky. Er war näher gekommen und stand hinter ihnen, um den Panoramaschirm besser beobachten zu können.

Marshall drehte sich um.

»An deiner Stelle, Gucky, würde ich mich jetzt etwas kleiner machen. Wir wissen nicht, ob die Stützpunktingenieure nicht Geräte besitzen, mit denen sie das Innere eines anderen Schiffes durchforschen und uns jetzt sehen können. Außerdem nehme ich an, daß sie bald Verbindung mit uns aufnehmen werden – und vielleicht ist es eine Bildverbindung. Wenn ich unsere Kamera dann nicht einschalte, könnte das Verdacht erregen. Zieh dich in dein Versteck zurück, wir bleiben in telepathischer Verbindung.«

Gucky machte einen übelgelaunten Eindruck. Es gefiel ihm ganz und gar nicht, in diesem Einsatz vorerst eine Nebenrolle spielen zu müssen, aber er sah ein, daß sein Freund John Marshall recht hatte. Also nickte er stumm und verließ die Kommandozentrale.

Im Funkempfänger verstummten plötzlich alle Sendungen, und dann schlug eine Stimme durch, die auf allen Wellenlängen zu hören war.

Agen Thrumb sagte:

»Verringern Sie weiterhin Ihre Geschwindigkeit und heben Sie die Fahrt in der Nähe der Festung ganz auf. Warten Sie weitere Kontaktaufnahmen ab.«

Die Space-Jet paßte sich der Geschwindigkeit der Festung an und hob, wie befohlen, die Fahrt völlig auf. Nur zehn Kilometer von der Festung entfernt fiel das kleine Raumschiff um den Planeten Dwellion.

Erneut begann das lange Warten.

Als sich Agen Thrumb erneut mit John Marshall in Verbindung setzte, leuchtete wie erwartet der Bildschirm auf.

John Marshall schaltete nun seinerseits die Bildübertragung ein, damit der Stützpunktingenieur ihn und seinen Begleiter sehen konnte.

»Ich habe nicht damit gerechnet, daß sich Perry Rhodan persönlich zu mir bemüht«, eröffnete Agen Thrumb das Gespräch. »Ich nehme an, daß Sie bevollmächtigt sind, in seinem Namen zu verhandeln. Wahrscheinlich sind Sie über alle Ereignisse ausreichend informiert und können mir auf meine Fragen die Antworten geben.«

»Darum bin ich hier«, erwiderte John Marshall knapp. »Sie haben unser Ultimatum erhalten. Wie ist Ihre Antwort darauf?«

»Warten Sie einen Augenblick, ehe Sie weitersprechen«, bat ihn Agen Thrumb und trat ein wenig zurück. Er wurde auf dem Bildschirm etwas kleiner, so daß eine zweite Person neben ihm Platz hatte. Diese zweite Person trat von der Seite hinzu und erinnerte im ersten Augenblick rein äußerlich an Agen Thrumb. Aber John Marshall, der ein aufmerksamer Beobachter war, erkannte sofort den Unterschied. Der Fremde, der sich neben Agen Thrumb gestellt hatte, besaß zweiundzwanzig blaue Steine. Er stand also in einem höheren Rang als der Stützpunktingenieur.

»Wer ist das?« fragte John Marshall.

Agen Thrumb trat noch ein wenig mehr zur Seite, so daß er zwar noch im Bild blieb, wenn auch der Fremde jetzt den Hauptteil des Schirms ausfüllte. Er sagte:

»Ich habe die große Ehre, Ihnen Kibosh Baiwoff vorzustellen. Er ist mein direkter Vorgesetzter und wird mit dem Titel Druisant angesprochen. Wenn Sie gestatten, wird er Ihnen die Gründe für seine Anwesenheit selbst mitteilen.«

John Marshall sagte nichts. Er nickte nur und wartete.

Der Druisant trat noch näher an die Kamera heran, so daß sein Gesicht den ganzen Bildschirm der Space-Jet ausfüllte. Es schien, als blickten seine vier Augen direkt in die Kommandozentrale hinein. Als er zu sprechen begann, fiel es den beiden Terranern sofort auf, daß er seine Worte sehr geschickt wählte und sich besonders vornehm ausdrückte.

»Mein Name ist Kibosh Baiwoff, wie Stützpunktingenieur Agen Thrumb Ihnen bereits mitteilte. Ich möchte Sie zuerst wegen der ganzen Umstände um Verzeihung bitten und muß Ihnen gestehen, daß ich erst jetzt von den Geschehnissen erfahren habe. Im Auftrag der Konstrukteure des Zentrums bin ich hierhergeeilt, um persönlich die Verhandlungen mit Ihnen einzuleiten. Die bisherigen Mißverständnisse tun mir leid, und ich möchte Ihnen versichern, daß es künftig solche nicht mehr geben wird. Zwar wurde ich von Agen Thrumb unterrichtet, aber ich möchte Sie trotzdem bitten, mir die Fakten noch einmal aufzuzählen.«

John Marshall mußte sich eingestehen, daß er von der Erscheinung und der Sprache des Druisanten stark beeindruckt war. Schon allein die Tatsache, daß Kibosh Baiwoff in direktem Auftrag der Konstrukteure des Zentrums handelte, schien ihm wichtig. Zum erstenmal war es den Terranern gelungen, einen solchen Kontakt mit den Herrschern der Kugelgalaxis M 87 herzustellen. Dennoch hatte John Marshall das untrügliche Gefühl, sich auf Glatteis zu begeben. Er ließ sich jedoch nichts anmerken.

Mit ruhiger Stimme berichtete er vom Schicksal der CREST, wie sie durch eine unbekannte Macht in die Kugelgalaxis M 87 verschlagen wurde und vergeblich versucht hatte, einen Weg zurück in die heimatliche Milchstraße zu finden. Er gab offen zu, daß man dazu die Hilfe der Konstrukteure des Zentrums benötigte. Weiter versprach er im Namen Rhodans, daß man kein anderes Ziel habe, als diese Galaxis zu verlassen, um nie mehr zurückzukehren. Außerdem versicherte er, daß die beiden Haluter ebenfalls keinen sehnlicheren Wunsch hätten, als in ihre Heimat zurückzukehren. Das, was sich einst in M 87 abgespielt hatte, hatte mit ihnen nichts mehr zu tun.

Kibosh Baiwoff hatte zugehört, ohne John Marshall auch nur ein einziges Mal zu unterbrechen. Als der Telepath schwieg, entstand eine kleine Pause. Vergeblich versuchte John Marshall, die Gedanken des Druisanten zu lesen. Es war jedoch unmöglich. Ein Block schirmte die Impulse vollständig ab.

Endlich sagte Kibosh Baiwoff:

»Ich glaube Ihnen. Es ist aber eine andere Frage, ob Ihnen auch die Konstrukteure glauben werden. Sie werden mich nach Beweisen fragen, und wenn mich Agen Thrumb richtig informiert hat, gibt es solche Beweise. Ich meine jetzt die Beweise dafür, daß Sie wahrhaftig einen Planeten entdeckt haben, auf dem noch Bestien hausen. Ich will Ihnen nicht verschweigen, daß diese Bestien eine unermeßliche Gefahr für unsere Zivilisation bedeuten. Wenn Sie uns die Koordinaten dieser Welt mitteilen, erweisen Sie uns einen großen Dienst. Ich bin berechtigt, im Namen der Konstrukteure des Zentrums, Ihnen als Belohnung für die Bekanntgabe der Koordinaten den Rückflug zu Ihrer eigenen Galaxis zu ermöglichen.«

Marshall nickte Major Kulu zu. Der Kristall der Haluter lag längst im Sendeprojektor. Ein Knopfdruck genügte, und er würde anlaufen.

»Wir sind bereit, Ihnen die Beweise für das Vorhandensein eines solchen Planeten zu liefern. Wir haben dort Bilder aufgenommen, die Ihnen in allen Einzelheiten zeigen, daß auch Bestien, wie Sie sie nennen, durchaus in der Lage sind, sich eine eigene Kultur und Zivilisation aufzubauen. Ich sage Ihnen das schon jetzt, damit Sie später nicht zu sehr überrascht sind. Wir hatten natürlich nicht sehr viel Gelegenheit zum Filmen, aber es ist uns immerhin gelungen, eine Sportveranstaltung zu besuchen und aufzunehmen. Würde Ihnen das als Beweis für unsere Behauptung genügen?«

»Selbstverständlich. Eine organisierte Sportveranstaltung beweist immerhin einen hohen Stand von Kultur und Zivilisation. Ich nehme an, Sie werden den Inhalt des Kristalls über Ihren Bildfunk ausstrahlen. Agen Thrumb und ich halten uns in der Festung auf, die mir gehört. Unsere Empfänger sind eingeschaltet, ebenso die Empfänger aller Kommandanten unserer Streitmacht. Wir sind also nicht die einzigen Zeugen. Fangen Sie an!«

Major Tschai Kulu zögerte zwei oder drei Sekunden, dann drückte er auf den Knopf des Sendeprojektors.

Der Zusammenschnitt begann mit dem Blick aus einem Raumschiff auf einen grünen und mit Dschungel bedeckten Planeten, der sich allmählich ins Blickfeld schob und langsam größer wurde. Eine gelbe Normalsonne glitt dabei seitlich aus dem Bild. Der Planet besaß einige Kontinente, die von Ozeanen und zahlreichen Inselgruppen umgeben waren. Das Raumschiff steuerte den größten der Kontinente an, an dessen Rändern die Umrisse größerer Küstenstädte zu erkennen waren. Einen regulären Raumflughafen gab es nicht, aber das Schiff setzte glatt auf einer riesigen, gerodeten Fläche auf.

Die nächste Szene zeigte eine Horde von Halutern, die mit allen möglichen Gegenständen bewaffnet in den Dschungel zogen, um den ersten Teil der gestellten Sportaufgaben zu bewältigen. Der Kommentar wurde in einwandfreiem Zentrums-Idiom gegeben, so daß die beiden Stützpunktingenieure und alle Kommandanten der Kriegsschiffe ihn verstehen konnten. Aus dem Kommentar ging hervor, daß die erste Aufgabe der »Bestien« darin bestand, mit möglichst primitiven Waffen die größten Ungeheuer des Dschungels zu erlegen. Die Art der Waffe und die Schnelligkeit, mit der die Opfer herbeigebracht wurden, ergaben die Punkte.

Selbst John Marshall, der von der Entstehung des Kristalls wußte, war tief beeindruckt. Es war unmöglich festzustellen, wo sich dieser Planet befand, der eine ausgesprochene Dschungelwelt war. Er lag irgendwo in der Milchstraße und war relativ unbekannt. Die Haluter benutzten ihn als Ausflugsort und Schauplatz ihrer Abenteuer oder sportlichen Wettkämpfe. Sie organisierten sogar ganze Gesellschaftsreisen dorthin, und wenn ein junger Haluter den Drang verspürte, mit Schwert oder Keule einen Saurier zu erlegen, so stand dem auf dieser unbekannten Welt nichts im Wege. Er konnte sich dafür sogar noch eine Auszeichnung holen.

Wieder wechselte die Szene.

Ein echsenähnliches Tier, wohl drei Meter lang und mit einem gezackten Rückenkamm, verharrte auf einer Urwaldlichtung. Einer der Sportler hatte das Tier entdeckt und schlich sich von hinten an. In den mächtigen Handlungshänden hielt der Haluter ein zweischneidiges Schwert. Im ersten Augenblick glaubte John Marshall, sich geirrt zu haben, aber dann erkannte er in dem Abenteurer ohne Zweifel seinen Freund Icho Tolot. Nun war es auch klar, wie dieser an den Kristall gekommen war. Er hatte seinen eigenen Wettkampf aufgenommen.

Der kleine Saurier witterte den heimlichen Angreifer und schnellte herum. Obwohl er äußerst plump wirkte, waren seine Bewegungen sehr flink. Aber Icho Tolot war nicht weniger schnell. Er verzichtete darauf, die Zellstruktur seines Körpers zu verändern, um dem Angriff des Untiers begegnen zu können. Vielmehr richtete er die Spitze seines Schwertes gegen die Brust des Ungeheuers und setzte sich mit rasendem Galopp in Bewegung. Ehe der Saurier in Abwehrstellung gehen konnte, drang das Schwert bis zum Heft in seine Brust ein. Icho Tolot sprang sofort zurück, ohne seine Waffe loszulassen. Nur wenige Meter neben dem verendenden Lebewesen hielt er an und überzeugte sich davon, daß der Angriff tödlich gewesen war.

Sekunden später war alles vorbei.

Icho Tolot schob das noch blutige Schwert in die Scheide, dann ging er auf das zusammengesunkene Ungeheuer zu und packte es mit allen vier Armen. Scheinbar mühelos hob er es empor, schulterte es und ging mit ihm davon. Das Aufzeichnungsgerät folgte ihm, bis er auf dem Dschungelpfad verschwunden war.

Die Szene blendete aus und wechselte.

Über den Funkempfänger kam plötzlich laut und deutlich die Stimme des Stützpunktingenieurs Kibosh Baiwoff:

»Wo liegt dieser Planet? Geben Sie mir die Koordinaten, und Sie erhalten alles von uns, was Sie wünschen. Ich selbst garantiere Ihnen dafür, daß Sie in Ihre eigene Milchstraße zurückkehren können. Aber wir müssen diese Welt finden, auf der die Bestien leben!«

John Marshall war froh, daß die Bildübertragung nicht eingeschaltet war. Trotz des gewaltigen Eindrucks, den der Inhalt des Kristalls auf ihn gemacht hatte, mußte er lächeln. Er konnte sich sehr gut vorstellen, daß der Eindruck auf die beiden Stützpunktingenieure und auf die Dumfries noch viel gewaltiger gewesen sein mußte.

»Es liegt nicht in meiner Macht, Druisant, Ihnen die Position dieses Planeten bekanntzugeben. Das kann nur Rhodan tun. Und

Rhodan ist bereit, mit Ihnen zu sprechen – allerdings auf seinem Schiff. Sie werden zugeben müssen, daß er auf diese Vorsichtsmaßnahme angewiesen ist. Sie kennen die bösen Erfahrungen, die er mit Ihren Untergebenen gemacht hat. Sprechen Sie mit ihm, Druisant, dann werden Sie vielleicht die gewünschten Koordinaten erfahren.«

Inzwischen war die Übertragung weitergelaufen. Zwei besonders große Haluter führten einen Ringkampf vor. Obwohl es sich diesmal um eine unblutige Auseinandersetzung handelte, war auch hier wieder die unvorstellbare Kampfkraft und Stärke der Haluter zu erkennen. Die beiden Monstren prallten wie Dampfhämmer aufeinander, ohne daß ihre stämmigen Beine den Halt verloren. Es dauerte fast zehn Minuten, ehe endlich einer zu Boden ging.

Wieder kam Kibosh Baiwoffs Stimme aus dem Empfänger, diesmal drängender:

»Sie werden verstehen, daß auch wir mißtrauisch sind. Bei dem Bericht, so eindrucksvoll er auch sein mag, kann es sich um eine Fälschung handeln. Sind Sie dazu ermächtigt, uns den Kristall zur Überprüfung zu überlassen? Sollte die Überprüfung zu Ihren Gunsten ausfallen, so werde ich mit Agen Thrumb bereit sein, mit Rhodan zu verhandeln.«

Diese Forderung kam für John Marshall nicht überraschend.

»Ich bin ermächtigt, Ihnen den Kristall zur Überprüfung zu übergeben. Aber sehen Sie sich noch den Schluß an, es dauert nicht mehr lange.«

Nicht ohne Absicht hatten Icho Tolot und Fancan Teik gerade diese Aufnahmen an den Schluß gesetzt. Selbstverständlich hatten sie diese Szenen auf einem anderen Planeten aufgenommen, aber das war bei den Nahaufnahmen nicht zu erkennen. Die Szene zeigte den Abschuß einer primitiven Versuchsrakete, und Icho Tolot war als einziger Zuschauer deutlich als Schatten zu erkennen. Der Kommentator erwähnte stolz, daß es den sogenannten Bestien gelungen sei, das Geheimnis der Weltraumfahrt zu entdecken. Es würde nicht mehr lange dauern, so betonte er, dann würden die ersten Raumschiffe den Dschungelplaneten verlassen, um Rache für das zu nehmen, was einst hier geschehen war. Die Drohung war nicht zu überhören.

Mit einer eindrucksvollen Großaufnahme von Icho Tolot endete die Übertragung.

Tschai Kulu nahm den Kristall aus dem Sendeprojektor und legte ihn auf den Tisch. John Marshall nickte.

»Hören Sie mich noch, Druisant Kibosh Baiwoff? Sie können den Kristall abholen lassen.«

Diesmal dauerte es fast eine Minute, ehe der Stützpunktingenieur mit den zweiundzwanzig Steinen erwiderte:

»Ich werde Ihnen ein Beiboot schicken. Übergeben Sie der Besatzung den Kristall. Sie erhalten ihn zurück, sobald wir ihn geprüft haben. Sie erhalten dann gleichzeitig unsere Antwort.«

John Marshall erklärte sich damit einverstanden.

Während sie warteten, tauchte Gucky wieder aus seinem Versteck auf. Er kam in die Kommandozentrale der Space-Jet teleportiert und kauerte sich in einen der Sessel. John Marshall bedeutete ihm, dort sitzen zu bleiben und sich nicht von der Stelle zu rühren.

»Dort kannst du nicht von der Bildübertragung der Kamera erfaßt werden. Aber es ist gut, wenn du hier bist. So können wir gemeinsam versuchen, die Gedankenimpulse der Leute zu erforschen, die den Kristall abholen. Sie dürfen dich aber auf keinen Fall sehen.«

Gucky räkelte sich.

»Ich habe ihre Impulse schon. Es sind zwei Dumfries. Vor lauter Angst können sie kaum klar denken. Sie haben den Bericht gesehen. Das kleine Schiff kommt von der Festung und muß bald hier sein.«

Erstaunlicherweise konnten die beiden Telepathen diesmal die Gedankeninhalte der Dumfries fast mühelos erfassen.

Major Kulu manipulierte am Bildschirm, und Sekunden später kam das Boot in Sicht. Es hatte die Form einer Walze mit stumpfem Bug und trichterförmigem Heck – genau wie die großen Schiffe. In der durchsichtigen Kommandokuppel waren zwei Dumfries zu erkennen.

John Marshall nahm den Kristall und begab sich in die Luftschleuse. Er legte den Druckanzug an und öffnete die Luke. Dort erwartete er die Boten der Stützpunktingenieure.

Das Boot verringerte die Geschwindigkeit und hob die Fahrt dann ganz auf. In der Kommandokuppel war nur mehr ein Dumfrie zu sehen. Der andere verließ mit einem Raumanzug versehen das Schiff und traf sich mit John Marshall in der Luftschleuse der Space-Jet. Ohne ein Wort zu sagen, übergab ihm der Telepath den Speicherkristall mit den Aufnahmen. Und ohne ein Wort des Dankes verließ der

Dumfrie die Space-Jet und kehrte zu seinem Boot zurück. Eine Minute später verschwand es in Richtung Festung.

»Die sind ganz schön durcheinander«, kommentierte Gucky, als John Marshall wieder in der Kommandozentrale auftauchte. »Wenn es nach denen ginge, würden sie uns noch heute zur Milchstraße zurückbringen. Aber leider geht es nicht nach ihnen, sondern nach diesem Heini, der sich Kibosh Baiwoff nennt. Aber der hat auch ganz schön Angst. Er nimmt an, soweit ich aus dem Gedankenwirrwarr der Dumfries entnehmen konnte, daß wir diesen Geheimplaneten gefunden haben. Und die Dumfries befürchten sehr, daß sich Rhodan mit diesen wilden Lebewesen in Verbindung setzt. Sie befürchten weiter, daß es ihm gelingen könnte, gute Kontakte zu schaffen, was dann mit Rücksicht auf die Kampfkraft der CREST eine unbeschreibliche Gefahr für sehr viele Planeten innerhalb dieser Galaxis bedeuten könnte.«

John Marshall bestätigte, daß er ähnliche Gedanken aufgefangen hatte und zu ähnlichen Schlüssen gekommen war. Er schloß:

»Nun können wir abermals nichts anderes tun als warten. Ich glaube, unser Bluff hat gewirkt. Die fünfdimensionalen Gewebe- und Zellstrahlungen der ›Bestien‹, mit denen sie die Dumfries parapsychisch schocken können, bedeuten einen noch größeren Warnfaktor als unsere CREST. Ich glaube, daß Kibosh Baiwoff auf unsere Forderungen eingehen wird.«

Und abermals vergingen drei endlose Stunden. Die beiden Männer und Gucky konnten sich vorstellen, wie der Kristall auf der Festung nach allen Regeln der Kunst getestet wurde. Dabei mußte sich unweigerlich herausstellen, daß es sich keinesfalls um einen Trick handelte. Er enthielt keine einzige Fotomontage und keine gestellten Aufnahmen. In dieser Hinsicht war Marshall völlig beruhigt. Er machte sich auch nur Sorgen um die Reaktion der Stützpunktingenieure.

Als sich der Druisant endlich wieder meldete, gab er unumwunden zu, an dem Kristall keinen Fehler entdeckt zu haben. Er bezeichnete ihn als echt und bat um Rhodans Bedingungen.

Marshalls Stimme klang hart und kompromißlos, als er sagte:

»Wir fordern ab sofort die Einstellung aller Feindseligkeiten von Ihrer Seite. Wir verlangen jede gewünschte Unterstützung und eine faire Partnerschaft, wie sie zwischen zivilisierten Intelligenzen üblich ist. Hauptbedingung dieser Partnerschaft ist, daß Sie unsere Freundschaft mit den Halutern akzeptieren und uns ein geeignetes Triebwerk zur Verfügung stellen, mit dessen Hilfe wir den Rückflug in unsere Galaxis antreten können.«

»Geben Sie uns eine kurze Bedenkzeit, dann erhalten Sie unsere Antwort.«

Nach etwa einer halben Stunde meldeten sich die Stützpunktingenieure wieder aus ihrer Festung.

»Wir haben Ihre Forderungen überprüft und die Entscheidung gefällt. Es soll alles so geschehen, wie Sie es gewünscht haben. Zugleich aber möchten wir auch eine Bitte aussprechen. Wir möchten beide mit Perry Rhodan persönlich verhandeln. Wir wollen darauf verzichten, ihn zu uns zu bitten. Wir halten es für eine angemessene Lösung, wenn Sie uns gestatten, auf Ihr Schiff zu kommen, damit wir die Reise zu Rhodan in Ihrer Begleitung vornehmen können. Sind Sie damit einverstanden?«

Eine Welle des Mißtrauens hatte John Marshall überflutet. Aber es gelang ihm, sich zu beherrschen. Er nickte.

»Einverstanden, Druisant. Wir erwarten Sie beide ohne jede Begleitung hier auf dem Schiff. Lassen Sie sich mit einem kleinen Beiboot herbringen. Sie können an Bord kommen, und Sie haben unser Wort, daß Sie jederzeit wieder zurückkehren können. Wann dürfen wir Sie erwarten?«

»Bald«, lautete die Antwort, dann erlosch der Bildschirm.

# 20.

Major Tschai Kulu, der den Panoramaschirm und die Ortergeräte nicht aus den Augen ließ, sagte plötzlich:

»Sie kommen. Das Schiff ist etwas größer als jenes, mit dem die beiden Dumfries kamen, um den Kristall abzuholen. So ganz trauen sie uns doch nicht.«

»Das beruht auf Gegenseitigkeit«, meinte John Marshall ruhig. Er starrte angestrengt auf den Schirm, bis er das Objekt erkennen konnte. »Ich gehe jede Wette ein, daß sie es nicht ehrlich meinen. Dazu waren sie viel zu schnell mit unseren Bedingungen einverstanden. Wir werden ja sehen.«

Das Schiff kam näher und stoppte die Fahrt, als es nur mehr einige hundert Meter von ihnen entfernt war. John Marshall erhob sich.

»Sie bleiben an den Kontrollen, Major. Wenn ich Ihnen über Interkom ein Zeichen gebe, nehmen Sie mit höchsten Werten Fahrt auf und verschwinden von hier. Machen Sie außerdem die Bordgeschütze gefechtsklar. Ich möchte nicht überrascht werden.«

Der Major nickte.

»Verlassen Sie sich ganz auf mich, John. Aber ich glaube nicht, daß wir schon jetzt etwas zu befürchten haben. Die beiden Stützpunktingenieure werden sich nicht die Möglichkeit entgehen lassen, die CREST zu besichtigen. Und das können sie nur, wenn sie auf unsere Bedingungen eingehen.«

John Marshall dachte ähnlich und verließ beruhigt die Kommandozentrale. Gucky war längst in seinem Versteck untergetaucht.

Marshall erreichte die Luftschleuse und schloß den Helm. Dann öffnete er die Luke. Das andere Schiff hatte sich weiter genähert, und John konnte sehen, wie sich seitlich eine große Ausstiegsluke öffnete. In ihr erschienen die beiden großen Gestalten der Stützpunktingenieure. Sie trugen schneeweiße Kampfkombinationen, die gleichzeitig auch als Raumanzüge dienten. Bis auf einen kleinen Strahler im Gürtel schienen sie unbewaffnet zu sein. Die Helme waren ziemlich hoch und liefen spitz zu. John Marshall vermutete sofort, daß sich darunter der kegelförmige Schirmfeldprojektor befand.

Er machte eine einladende Handbewegung, und Sekunden später schwebten die beiden Gestalten auf die Space-Jet zu. Ohne ihre Richtung korrigieren zu müssen, landeten sie sicher in der Luftschleuse. Die Luke schloß sich, und dann strömte die Luft wieder ein. Wortlos öffnete Marshall seinen Helm und gab den beiden Besuchern durch Zeichen zu verstehen, daß sie seinem Beispiel folgen sollten. Sie gehorchten, ohne eine Sekunde zu zögern. Im Umgang mit Halutern vertraut, mit denen die Stützpunktingenieure ja entfernt verwandt waren, erkannte John Marshall sofort, daß der Druisant Kibosh Baiwoff jünger war als Agen Thrumb. Trotzdem hatte er den höheren Rang. Er sprach die beiden an:

»Im Namen Perry Rhodans darf ich Sie auf diesem Schiff begrüßen. Darf ich nun darum bitten, Ihre Waffen abzulegen? Sie können hier in der Schleuse bleiben, und ich garantiere Ihnen, daß sie nicht abhanden kommen.«

Während sie ihre Gürtel mit den Strahlern in ein Wandfach legten, sagte Kibosh Baiwoff:

»Wir bedauern aufrichtig die Umstände unseres Zusammentreffens. Wir hoffen, daß sich die Mißverständnisse bald aufklären.«

John Marshall ließ sich durch den freundlichen Ton des Druisanten nicht täuschen.

»Da Sie als Unterhändler kommen, werden Sie sicher nichts dagegen haben, wenn ich Sie außerdem bitte, Schirmfeldgenerator und Kampfanzug ebenfalls hier in der Schleuse zu lassen. Das ist kein Mißtrauen, sondern lediglich eine Vorsichtsmaßnahme.«

Diesmal ging es nicht so reibungslos. Agen Thrumb protestierte heftig:

»Sie können uns nicht zwingen, unsere Kampfanzüge abzulegen. Sie dienen lediglich der Verteidigung und sind keine Angriffswaffe. Wenn Sie das von uns verlangen, werden wir sofort in unser Boot zurückkehren.«

John Marshall deutete auf die inzwischen geschlossene Luke. Er zuckte die Achseln.

»Ich kann Sie nicht daran hindern, Agen Thrumb. Wenn Sie das Schicksal Ihres Sternenreiches von einer solchen Formalität abhängig machen wollen – bitte!«

Wieder einmal bewies Kibosh Baiwoff, daß er der Klügere der beiden war.

»Der Druis Agen Thrumb ist ein wenig impulsiv, Terraner. Nehmen Sie es ihm nicht weiter übel. Aber auch ich bin etwas befremdet. Warum verlangt man das Ablegen der Kampfanzüge? Was ist der wirkliche Grund?«

»Ich habe meine Vorschriften«, erklärte John Marshall. »Ihre gesamte Ausrüstung bleibt in dieser Schleusenkammer, wo sie sicher ist. Sie werden sie zurückerhalten, sobald die Verhandlungen beendet sind, ganz gleich, wie sie auch ausgehen mögen. Machen Sie es mir bitte jetzt nicht so schwer. Rhodan wartet auf Sie.«

Noch immer zögerten die Stützpunktingenieure. John Marshall konnte nicht ahnen, daß die beiden ganz ausgezeichnete Schauspieler waren. Er konnte auch nicht ahnen, daß gerade das Ablegen der Kampfanzüge zum genau berechneten Plan gehörte.

Schließlich, nachdem John Marshall noch einmal darum gebeten hatte, zogen die beiden Stützpunktingenieure die Kampfanzüge aus. Sie entfernten auch den kegelförmigen Schirmfeld-Projektor vom Kopf und legten ihn dazu. Jetzt waren sie wieder mit der durchsichtigen Toga bekleidet, die mit einem leichten Gürtel zusammengehalten wurde. Die blauen Zentrumssteine waren deutlich zu erkennen.

Natürlich wußte man, daß diese Zentrumssteine in der Lage waren, Hyperfunksignale auszustrahlen, und somit der Gegner auf die Position der CREST aufmerksam gemacht werden konnte.

Aber dieses Risiko mußte man eingehen. Solange sich die beiden Stützpunktingenieure an Bord der CREST aufhielten, würden die Dumfries keinen Angriff wagen.

»Ich werde Ihnen für die Dauer unseres Fluges zur CREST eine komfortabel eingerichtete Kabine zuweisen. Der Flug wird einige Stunden in Anspruch nehmen. In der Kabine werden Sie alles finden, was Sie brauchen. Ich hoffe, daß wir Ihren Geschmack getroffen haben.«

Er ging voran. Agen Thrumb und Kibosh Baiwoff folgten ihm, nachdem sie ihrer Ausrüstung einen, wie es schien, wehmütigen Blick zugeworfen hatten.

Marshall öffnete die Tür zu einer Kabine und ließ die beiden eintreten. Bevor er die Tür schloß, sagte er:

»Selbstverständlich können Sie sich frei im Schiff bewegen. Ich möchte Sie trotzdem bitten, hierzubleiben. Es sind einige komplizierte Linearflüge auszuführen, und mein Pilot und ich müssen uns voll und ganz auf den Flug konzentrieren. Machen Sie es sich bequem und fühlen Sie sich ganz wie zu Hause.«

Ohne eine Antwort abzuwarten, verließ er die Kabine. In der Kommandozentrale wurde er von Major Kulu ungeduldig erwartet.

»Alles gutgegangen?« erkundigte er sich.

»Bis jetzt ja. Sie haben ihre Waffen und Kampfanzüge abgelegt und sind in der Kabine, wo wir sie über Interkom beobachten können. Ich glaube nicht, daß sie die Kabine verlassen werden, um herumzuschnüffeln. Außerdem wird Gucky noch auf sie aufpassen. Ich denke, wir können starten. Drei Linear-Etappen, alle mit verschiedenen Zielrichtungen, werden genügen.«

Der Start erfolgte ohne jeden Zwischenfall. Die Space-Jet nahm mittlere Geschwindigkeit auf und ging in den Linearraum. Nach zwei weiteren Etappen kehrte das kleine Schiff, nur 1,3 Lichtjahre von dem Planeten Dwellion entfernt, in unmittelbarer Nähe der Doppelsonne in das Einstein-Universum zurück. Insgesamt hatte es eine Strecke von mehr als dreißig Lichtjahren zurückgelegt.

John Marshall nahm Funkverbindung mit der CREST auf, die inzwischen den Ortungsschutz der Sonne verlassen und sich ein Stück von ihr entfernt hatte. Auf den Orterschirmen war nichts vom Schiff der Haluter zu sehen. Es hatte sich, wie verabredet, sechs Lichttage von der CREST entfernt, um die Verhandlungen mit den Stützpunktingenieuren nicht zu stören.

Das Anflugmanöver verlief reibungslos. Die Hangarschleuse der CREST öffnete sich, und John Marshall steuerte die Space-Jet hinein. Die riesige Luke schloß sich, und der Raum füllte sich mit Luft. Dann glitt die Space-Jet weiter in den eigentlichen Hangar. Während Major Tschai Kulu vorerst in der Kommandozentrale der Space-Jet blieb, ging John Marshall zu der Kabine, um die beiden Stützpunktingenieure abzuholen. Auf dem Weg dorthin nahm er kurz telepathische Verbindung mit Gucky auf und bat ihn, auf keinen Fall in Erscheinung zu treten. Er sollte jedoch Verbindung halten und ständig im Hintergrund zum Einsatz bereit sein. Der Mausbiber bestätigte das.

Kibosh Baiwoff und Agen Thrumb waren äußerlich von einer erstaunlichen Ruhe. Sie hatten es sich in der Kabine bequem gemacht und erhoben sich aus den breiten Sesseln, als John Marshall eintrat.

»Ich hoffe, die Zeit ist Ihnen nicht zu lang geworden. Wir sind angekommen. Perry Rhodan erwartet Sie.«

Kibosh Baiwoff sagte:

»Damit dürfte die Entscheidung gefallen sein. Wir danken Ihnen, daß Sie uns hierhergebracht haben. Was ist mit unserer Ausrüstung?«

John Marshall beruhigte sie.

»Sie bleibt in der Schleuse des Schiffes, mit dem Sie später wieder zurückgebracht werden. Sind Sie damit einverstanden?«

»Selbstverständlich. Wir haben nichts zu verbergen.«

Sie verließen die Space-Jet und wurden im Hangar von sechs

Offizieren erwartet, die den Auftrag hatten, die hohen Gäste in die Kommandozentrale der CREST zu geleiten. Rhodan hatte mit Absicht die Zentrale als Konferenzraum gewählt, um den Stützpunktingenieuren Gelegenheit zu geben, sich von der technisch hochstehenden Einrichtung eines terranischen Ultraschlachtschiffs zu überzeugen. Ein Teil der Kommandozentrale war durch eine verglaste Wand abgetrennt und bequem eingerichtet worden. In diesem Raum erwartete Rhodan seine Besucher.

Die Begrüßung fiel ein wenig frostig aus, war aber keineswegs unhöflich. Rhodan hatte sogar dafür gesorgt, daß die beiden Stützpunktingenieure Sessel vorfanden, die genau zu ihren Körperformen paßten. Auf der anderen Seite des kleinen runden Tisches standen drei normale Sessel, auf denen Perry Rhodan, Atlan und John Marshall nach der Begrüßung Platz nahmen.

Außer einigen Offizieren war nur noch der Teleporter Ras Tschubai in der Zentrale geblieben. Die Verhandlungen begannen.

Gucky war es in seiner Kabine zu langweilig geworden. Er verfolgte telepathisch die Verhandlungen in der Kommandozentrale der CREST, und aus den Antworten Rhodans und Atlans konnte er entnehmen, was die beiden Stützpunktingenieure sagten. Die Verhandlungen nahmen den erwarteten Verlauf. Die Stützpunktingenieure gaben den Kristall zurück und bestätigten, daß sie ihn für echt hielten. Sie baten um Bekanntgabe der Koordinaten der Welt, auf der sich die Bestien befanden. Rhodan verlangte ein geeignetes Triebwerk. Das zähe Ringen hatte begonnen.

Gucky suchte den Teleoptiker Ralf Marten in seiner Kabine auf.

»Nanu, das ist eine besondere Ehre, mein Kleiner. Hast du einen besonderen Wunsch?«

Gucky grinste müde und nahm auf dem Bett Platz.

»Komisch, die Leute meinen immer, man wolle etwas von ihnen, wenn man sie besucht. Dabei komme ich nur so. Ganz ohne bestimmte Absichten. Mir ist es einfach zu langweilig geworden. Die verhandeln ganz bestimmt noch stundenlang.«

»Hast du etwas erfahren können?« erkundigte sich Ralf Marten neugierig.

»Das Übliche. Der eine will das, der andere will jenes. So kommen die nie zusammen. Trotzdem . . .«

Ralf Marten beugte sich vor und sah den Mausbiber forschend an. »Trotzdem . . .? Rede ruhig weiter. Was meinst du?«

Gucky rutschte unruhig auf dem Bett hin und her.

»Irgend etwas stimmt da nicht. Ich werde das dumpfe Gefühl nicht los, daß wir in eine Falle gegangen sind. Nicht die Stützpunktingenieure sind es, die in der schwächeren Position sind. Ich fürchte, daß wir es sind, und zwar aus dem ganz einfachen Grund, weil wir sie an Bord der CREST gelassen haben. Ich kann es nicht beweisen, und mir glaubt ja keiner.«

Ralf Marten machte ein ernstes Gesicht. Er kannte den Mausbiber nun schon sehr lange, und er wußte, daß er ein untrügliches Gefühl für drohende Gefahren hatte.

»Hast du Rhodan gewarnt?«

»Ich habe, bevor die Verhandlungen mit den Stützpunktingenieuren begannen, kurz mit ihm gesprochen, aber er hat mir nur aufgetragen, mich zurückzuziehen und in die Verhandlungen keineswegs direkt einzugreifen. Aber ich sehe nicht untätig zu, wie Rhodan in sein Unglück rennt – und mit ihm fünftausend Mann.«

»Was willst du tun?«

Gucky sah auf seine Uhr.

»Erst einmal noch dreißig Minuten warten. Und dann werde ich Icho Tolot aufsuchen und ihm alles erzählen. Er hat einen dicken Kopf und zwei Gehirne. Damit wird er wohl denken können. Ich wette, hinter der ganzen Verhandlungsbereitschaft dieser Stützpunktingenieure steckt eine Gemeinheit.«

»Aber sie haben doch ihre Waffen und ihre Kampfanzüge in der Space-Jet gelassen«, erinnerte ihn Ralf Marten. »Sie tragen praktisch nur ihre Toga, sonst nichts.«

Guckys Schnurrbarthaare sträubten sich ein wenig.

»Pah, was hat das schon zu bedeuten! Auf der Brust tragen sie immer noch ihre blauen Bohnen. Und mit den Dingern können sie eine ganze Menge anfangen, das weiß ich. Wir können sie ihnen ja schließlich nicht abnehmen.«

»Sie würden sich das ja auch kaum gefallen lassen«, vermutete Ralf Marten und lachte.

Gucky lauschte eine Weile in sich hinein, verfolgte die Verhandlungen in der Zentrale und sagte dann:

»Sie drehen sich regelrecht im Kreis. Rhodan kommt keinen

Schritt weiter. Dieser Kibosh Baiwoff will zuerst die Position des Bestienplaneten wissen, ehe er mit dem Triebwerk und all den anderen Dingen herausrückt. Und Rhodan will natürlich erst diese Sachen haben, ehe er . . ., na ja, er kann ihm ja irgendeine Position geben. Aber die Stützpunktingenieure werden schnell merken, daß man sie hereingelegt hat. Und dann müssen wir schon ein schönes Stück weg sein. Nein, ich fürchte, wir haben uns da auf eine ganz dumme Sache eingelassen.«

Gucky sah auf die Uhr. Er rutschte vom Bett.

»Das Schiff der Haluter ist sechs Lichttage entfernt. Ich werde mit einem Moskito-Jet zu ihnen fliegen. Hoffentlich kann ich das Personal im Hangar bluffen. Und wenn nicht, lasse ich sie Saltos schlagen.«

»Sei vorsichtig, Kleiner. An sich wäre ich ja verpflichtet, Rhodan sofort zu unterrichten – aber manchmal bin ich taub oder blind. Viel Glück.«

Gucky ging zu ihm und klopfte ihm auf die Schulter.

»Vielen Dank, Ralf. Ich werde es dir nicht vergessen. Und ich werde auch niemandem sagen, daß ich dich eingeweiht habe. Bis später.«

Er konzentrierte sich auf den kleinen Hangar mit den Moskitos und teleportierte.

Als Gucky in dem Hangar materialisierte, gab es zunächst ein großes Hallo. Gucky achtete nicht auf die vielen Fragen, die auf ihn einstürmten, sondern sagte:

»Ich benötige sofort einen Moskito-Jet. Ich habe den Auftrag, zu den Halutern hinüberzufliegen. Beeilt euch!«

Die Männer waren enttäuscht. Sie hatten gehofft, Gucky würde sich eine Zeitlang bei ihnen aufhalten, und nun wollte er schon gleich wieder weg. Aber seine schrecklich ernste Miene und sein furchtbar wichtiges Getue ließ sie alle Fragen vergessen. Nur ein älterer Mechaniker erkundigte sich:

»Im Auftrag des Kommandanten?«

Gucky hielt in allen Bewegungen inne und drehte sich um. Er betrachtete den Mann von oben bis unten und dann wieder von unten bis oben.

»Natürlich im Auftrag des Kommandanten – was dachtest du denn? Du glaubst wohl, ich ginge freiwillig in diese Kälte hinaus, was? Bewegt euch mal ein bißchen. Wenn mein Freund Perry hört, daß ihr so lahm seid, macht er euch Beine.«

Und die Männer bewegten sich.

Zwanzig Sekunden später kletterte Gucky durch die kleine Luke in den Moskito-Jet. Er wartete, bis das grüne Startlicht aufleuchtete – und drückte auf den Startknopf.

Von der Leitschiene gesteuert, raste der Jet wie ein Geschoß aus der CREST.

Gucky wartete, bis die riesige Kugel des Schiffes kleiner geworden war, dann orientierte er sich. Er kannte die ungefähre Richtung, in der sich die Haluter aufhalten mußten. Die genaue Position allerdings war ihm unbekannt. Sechs Lichttage – das war ein weitreichender Begriff in jeder Beziehung.

Er ließ den Navigationscomputer für sich arbeiten und errechnete die Sprungdaten für genau sechs Lichttage. Dann ging er in den Linearraum, und als er wieder in das normale Universum zurückkehrte, war die rote Doppelsonne nur mehr ein heller Punkt im Gewimmel der Sterne. Er begann mit der Suche nach dem Schiff der Haluter.

Das war nicht ganz so einfach, wie er sich das vorgestellt hatte. Der Orterschirm blieb leer, und auch auf seine Funkrufe erhielt er keine Antwort. Trotzdem gab er die Hoffnung nicht auf. Er ahnte, daß vom Gelingen seines Einsatzes das Schicksal der CREST abhing. Aber er ahnte nicht, wie richtig seine Vermutung war.

Nach etwa zwanzig Minuten empfing er starke Funkimpulse. Als er dann Icho Tolots Stimme hörte, wurde er sich darüber klar, daß nicht er die Haluter, sondern die Haluter ihn gefunden hatten. Sie hatten sein winziges Schiff auf ihrem Hochleistungs-Orterschirm entdeckt, registriert und identifiziert. Das war auch der Grund, warum Tolot sofort Funkverbindung aufgenommen hatte.

»Wo versteckt ihr euch bloß?« erkundigte sich Gucky, ohne seine Erleichterung allzu deutlich zu zeigen.

Der Rest war nicht mehr schwierig. Zwei Minuten später hatte Gucky das Echo des Haluterschiffes auf dem Schirm und steuerte es an. Eine Schleuse öffnete sich, und er glitt hinein. Der Haluter erwartete ihn bereits im Hangar. Ohne ein Wort zu sagen, brachte er den Mausbiber in die Kommandozentrale, wo Fancan Teik, wuchtig und riesig, bequem in seinem Sessel saß.

Gucky hielt sich nicht mit langen Vorreden auf und schilderte die seiner Meinung nach verdächtigen Begleitumstände der Begegnung. Er schloß:

»Ihr wißt, daß ich eine ganze Menge auf Gefühle gebe, und diesmal habe ich verdammt dumme Gefühle. Überlegt doch einmal: Die Stützpunktingenieure haben ihre ganze Ausrüstung in der Space-Jet hinterlassen und sind praktisch nackt zu Rhodan gegangen. Das müssen sie vorher gewußt haben, sonst wären sie nicht so schnell darauf eingegangen. Warum haben sie dann erst ihre Ausrüstung mitgebracht?«

Wenn Icho Tolot gekonnt hätte, hätte er jetzt sicherlich genickt. So sagte er nur:

»Du denkst sehr logisch, Kleiner. Ich stimme dir durchaus zu. Diese Bereitschaft ist allerdings verdächtig. Es ist somit durchaus möglich, daß sie gar nicht auf ihre blauen Zentrumssteine angewiesen sind, sondern mit ihren Ausrüstungsgegenständen eine tödliche Waffe ins Schiff geschmuggelt haben. Ich glaube, wir müssen sofort Kontakt mit Rhodan aufnehmen.«

»Ich freue mich, daß du mir zustimmst!« rief Gucky begeistert aus. »Wir müssen sofort handeln, ehe es zu spät ist.«

Sie ahnten nicht, daß es bereits zu spät war.

Als Fancan Teik über Hyperfunk die CREST rief, erhielt er keine Antwort.

Die CREST schwieg. Es war so, als existiere sie nicht mehr.

Nach mehr als zweistündiger Verhandlung verlor Rhodan die Geduld. Zugleich mit der Geduld verlor er auch die Hoffnung, daß ein Gespräch mit den Stützpunktingenieuren zum Erfolg führen könnte. Selbst Atlan, der immer wieder versuchte, auf die Wünsche Agen Thrumbs und Kibosh Baiwoffs einzugehen, begann zu resignieren. Aus der ganzen Haltung der Unterhändler ging hervor, daß sie zwar eine panische Angst vor dem Planeten der Bestien hatten, daß sie aber auf der anderen Seite um keine Handbreit nachzugeben gewillt waren. Das war ein Paradoxon, das nur durch die Tatsache erklärt werden konnte, daß Agen Thrumb und Kibosh Baiwoff noch einen Trumpf im Ärmel hatten.

John Marshall versuchte, diesen Trumpf zu finden – aber es gelang ihm nicht. Es blieb unmöglich, die Gedanken der beiden zu lesen.

In diese Situation platzte ein jüngerer Offizier, der Rhodan auf terranisch die Nachricht überbrachte, daß Gucky mit einer Moskito-Jet verschwunden sei. Rhodan verzog keine Miene, als er das hörte. Er begann zu ahnen, was der Mausbiber plante – und im Prinzip billigte er dessen Entschluß. Gucky hatte genau das getan, was er, Rhodan, an seiner Stelle ebenfalls getan hätte.

Als der Offizier den Raum wieder verlassen hatte, sagte Rhodan:

»Meine Herren, Sie müssen einsehen, daß wir so nicht weiterkommen. Ich habe es bei Ihnen zuerst mit Bitten versucht, bin aber an die falsche Adresse geraten. Nun habe ich Ihnen ein Ultimatum gestellt. Sie haben die Aufnahmen von der Bestienwelt gesehen und wissen, daß sie echt sind. Sie wissen also auch, daß dieser Planet existiert. Ich habe zugegeben, daß wir uns in einer verzweifelten Situation befinden. Wir sind auf Ihre Hilfe angewiesen – ob freiwillig oder unfreiwillig, das spielt keine Rolle. Da Sie uns nicht freiwillig helfen wollen, sind wir gezwungen, diese Hilfe mit Drohmitteln zu bekommen. Wir werden die Bestien des Dschungelplaneten auf Sie loslassen, wenn Sie unsere Forderungen nicht erfüllen.«

Das war glatte Erpressung.

Der Druisant Kibosh Baiwoff blieb in seinem Sessel ruhig sitzen, als handle es sich um einen Höflichkeitsbesuch. Es gab scheinbar nichts, was ihn erschüttern konnte – bis auf den Kristall der Haluter.

»Auf keinen Fall sind wir bereit, Ihnen ein Triebwerk zur Verfügung zu stellen, ohne die Koordinaten des Bestienplaneten von Ihnen erhalten zu haben. Sie müssen das verstehen. Sie erhalten den Antrieb und verschwinden dann spurlos. Wir aber bleiben zurück und müssen ständig damit rechnen, von den Ungeheuern angegriffen zu werden. Wir wissen, daß Sie mit diesen Bestien befreundet sind. Sonst hätten Sie diese Aufnahmen nicht machen können. Sie werden die Bestien also nicht verraten, wenn Sie nicht unbedingt müssen. Also zuerst die Position des Planeten, dann erhalten Sie alles, was Sie wünschen. Das ist unsere Gegenforderung. Und sie bildet die Basis für alle weiteren Verhandlungen.«

Wieder einmal eine Sackgasse, dachte Perry Rhodan. Wir kommen einfach nicht weiter.

Der Druis Agen Thrumb sah auf ein winziges Gerät an seinem oberen linken Handgelenk, das man ihm gelassen hatte. Es war eine Art Chronometer.

John Marshall hatte das untrügliche Gefühl, daß Agen Thrumb auf etwas wartete. Aber worauf sollte er warten? Hier – an Bord der CREST?

Auch Kibosh Baiwoff sah auf seine Uhr.

Dann sagte er plötzlich:

»Es hat keinen Sinn, daß wir uns weiter unterhalten. Wir werden auch so alles von Ihnen erfahren, was wir wissen wollen – und Sie werden nichts dafür erhalten. Sie haben den Fehler begangen, sich zu überlegen zu fühlen. Nein, bleiben Sie ruhig sitzen. In wenigen Sekunden werden Sie froh sein, daß Sie nicht stehen . . .«

Rhodan starrte den Druisant an. Er wußte, daß der andere nicht bluffte. Und er wußte plötzlich auch, daß er, Atlan und sie alle in eine tödliche Falle geraten waren.

In eine Falle, aus der es vielleicht keinen Ausweg mehr gab.

Genau drei Sekunden nach dieser Erkenntnis begann die Katastrophe.

# 21.

Es war von den Aphaneus alles genau vorausgeplant worden. Luro Movan, der Vorsucher, hatte Perry Rhodans Reaktionen genau vorausberechnet. Und nach seinen Weisungen hatten die beiden Stützpunktingenieure gehandelt.

Noch während sie sich den Inhalt des Speicherkristalls in der Festung ansahen, begannen die Vorbereitungen. Die Waffen, Ausrüstungsgegenstände und vor allem die beiden Kegel-Schirmfeldprojektoren wurden entsprechend präpariert. Auch die Kampfanzüge waren keine normalen Kampfanzüge. Selbstverständlich rechneten Agen Thrumb und Kibosh Baiwoff damit, daß man sie bei Betreten des terranischen Schiffs auffordern würde, die Waffen abzulegen. Aber das spielte für diesen Plan keine Rolle mehr. Wichtig war nur, daß alle Ausrüstungsgegenstände in die CREST gelangten – ob am Körper der Stützpunktingenieure oder nicht, das spielte keine Rolle.

Und sie waren in die CREST gelangt. Sie lagen in der Schleusenkammer der Space-Jet, die im Hangar der CREST stand. Sie warteten auf den Befehlsimpuls.

Dieser kam zum genau vorausberechneten Zeitpunkt. Und er wurde vom Planeten Dwellion über Hyperfunk abgestrahlt und von den winzigen Empfängern aufgenommen, die in den beiden Schirmfeldprojektoren verborgen waren.

Das Unheil begann.

Die angeblichen Schirmfeldprojektoren waren nichts anderes als ungemein starke Sender für hyperkurze Schwingungen. Diese Schwingungen waren in ihrer Frequenz derart hart und widerstandsfähig, daß ihnen selbst Stahlwände kein Hindernis bedeuteten. Diese 5D-Impulse hatten die Eigenschaft, die Energiekonstante jedes einzelnen Zellkerns mit solcher Heftigkeit anzugreifen, daß jeder Organismus sofort das Bewußtsein verlieren mußte. Die Schwingungen töteten nicht, aber sie machten jedes lebende Wesen wehrlos.

Perry Rhodan hatte zwei bis drei Sekunden Zeit, den plötzlichen Schmerz zu spüren. Er sah noch, wie John Marshall mit starrem Gesichtsausdruck in sich zusammensackte, aus dem Sessel rutschte und auf den Boden aufschlug. Dort begann er wie wild mit Händen und Füßen um sich zu schlagen, obwohl er bereits bewußtlos war. Mit letzter Willenskraft versuchte Rhodan, seine Waffe aus dem Gürtel zu reißen, aber die Arme gehorchten dem Befehl des Gehirns nicht mehr. Ein regelrechter Krampf durchraste seinen Körper, dann wurde auch ihm schwarz vor den Augen, und er verlor das Bewußtsein. Das letzte, was er sah, waren die beiden Stützpunktingenieure, die ruhig und gelassen in ihren Sesseln saßen und die drei Männer beobachteten.

Das Grauen der Schwingungen durchraste das ganze Schiff. Nicht ein einziger Terraner wurde von ihnen verschont. Im Verlauf von zehn Sekunden war die gesamte Besatzung der CREST außer Gefecht gesetzt worden. Wo immer sie auch lagen, standen oder saßen, traf sie das Unheil. Selbst Melbar Kasom, der Widerstandsfähigste von ihnen, hatte nur zehn Sekunden Zeit, sich gegen den plötzlichen Überfall zu wehren. Auf dem Gang vor seiner Kabine brach er endgültig zusammen.

Die Mechanik und die Automatik des Schiffes wurde von dem Angriff nicht betroffen. Es wurde weiterhin Luft erzeugt und weiterhin Energie von den Aggregaten geliefert. Die Funkstation blieb weiter auf Empfang, aber sie beantwortete keine Anfragen mehr. Dafür war sie nicht programmiert.

Eine Minute nach dem Schwingungsangriff herrschte in der CREST tödliches Schweigen. Nur noch das Schlagen von Gliedern auf Metall war zu hören, denn die Bewußtlosen blieben nicht etwa ruhig liegen. Sie bewegten sich, als würden sie von heftigen Krämpfen geschüttelt.

Baiwoff sagte zu Thrumb:

»Noch eine Minute, dann dürfte es reichen. Den Berechnungen nach werden die Terraner mindestens fünf Stunden bewußtlos bleiben. Wir haben also Zeit genug. Würden Sie so freundlich sein, Druis, das Zeichen zu geben?«

Agen Thrumb nickte und konzentrierte sich. Einer seiner in der Brust befindlichen Steine begann intensiv zu leuchten und löste ein kurzes Hyperfunksignal aus, das sofort von dem dafür bestimmten Empfangsgerät der in der Space-Jet zurückgelassenen Ausrüstung registriert wurde.

Kurz darauf hörten die 5-D-Schwingungen auf. Gleichzeitig ging ein Hyperfunksignal in Richtung Festung des Druisanten.

Agen Thrumb wandte sich an Baiwoff.

»Es wird nicht mehr lange dauern«, sagte er.

Gucky starrte verbissen auf das Funkgerät.

»Warum melden sie sich nicht? Was kann geschehen sein?«

»Zumindest ist die Funkstation unbesetzt«, konstatierte Icho Tolot. »Das ist jedoch, soweit ich mich zurückerinnern kann, noch nie der Fall gewesen. Wenigstens nicht im Einsatz. Die Offiziere der Funkzentrale werden also daran gehindert, ihren Dienst zu versehen. Das wiederum geschieht nicht freiwillig. Es ist also anzunehmen, daß sich deine Befürchtungen inzwischen bewahrheitet haben, Gucky. Wir müssen eingreifen. Hoffen wir, daß es noch nicht zu spät ist.«

Fancan Teik, der die Funkgeräte des Haluterschiffes bediente, drehte an der Welleneinstellung und versuchte immer noch vergeblich, Verbindung zur CREST zu erhalten. Endlich gab er es auf. Er drehte sich um und sah Gucky an.

»Sieht schlimm aus, Kleiner«, sagte er. »Keine Verbindung. Ich werde die Masseorter und Strahlungsmesser einschalten. Vielleicht entdecken wir da etwas. Außerdem müssen wir näher herangehen.

Sechs Lichttage sind eine zu große Entfernung, um genaue Messungen vornehmen zu können.«

Icho Tolot nahm hinter den Flugkontrollen Platz. Fancan Teik hatte die Daten für den Linearflug schon längst bereitgelegt. Tolot schob sich in den Navigations-Robot, dann nahm das schwarze Schiff Fahrt auf.

Als es dann wieder aus dem Linearraum kam, stand die CREST keine dreißig Lichtsekunden entfernt scheinbar bewegungslos im Raum.

1,3 Lichtjahre entfernt reagierte die programmierte Automatik der Festung des Druisant Kibosh Baiwoff auf den Befehlsimpuls, der von der CREST kam. Die komplizierte Anlage begann zu arbeiten, dann schaltete sich der Transportstrahl ein. Er benötigte keine meßbare Zeitspanne, um die Entfernung zur roten Doppelsonne zu überwinden. Zwischen dem Dewell-System und der Doppelsonne bestand somit eine direkte fünfdimensionale Verbindung. Aber diese Verbindung war nicht der einzige Zweck des Transportstrahls. Es handelte sich um einen sogenannten Jetstrahl, der von den Stützpunktingenieuren und den Konstrukteuren des Zentrums als »Absolute Bewegung« bezeichnet wurde.

Ohne daß in der CREST ein einziger Terraner bei Bewußtsein war, und ohne daß sich die beiden Stützpunktingenieure von der Stelle rührten, setzte sich die CREST plötzlich in Bewegung. Sie verließ ihre bisher stabile Umlaufbahn, die sie in freiem Fall um die Doppelsonne kreisen ließ. Nichts in den Maschinen- und Antriebsräumen rührte sich. Die Kalup-Konverter schwiegen. Trotzdem wurde die CREST immer schneller und näherte sich allmählich der notwendigen Linear-Geschwindigkeit.

Dann tauchte sie im fünfdimensionalen Raum unter, um kurze Zeit darauf, nachdem sie eine Strecke von 1,3 Lichtjahren zurückgelegt hatte, ins Einstein-Universum zurückzukehren.

Alles Weitere erfolgte ebenfalls automatisch. Langsam und vorsichtig wurde das riesige Schiff von der noch gewaltigeren Festung herangezogen, bis sie sanft und sicher auf der Landefläche aufsetzte. Magnet- und Antigravfelder verbanden die CREST sofort mit der gigantischen Plattform, die immer noch unverändert um den Planeten Dwellion kreiste.

Der Druisant Kibosh Baiwoff erhob sich.

»Wir können beginnen, Druis Agen Thrumb.«

Dann verließen sie den Kontrollraum der CREST.

Icho Tolot war klug genug, nicht zu nahe an die CREST heranzugehen. Er hielt einen gehörigen Sicherheitsabstand und begann mit seinen Beobachtungen. Fancan Teik unterstützte ihn, während Gucky versuchte, Gedankenimpulse von Rhodan und seinen Leuten aufzufangen.

Und dann nahm die CREST plötzlich Fahrt auf.

Sie bewegte sich nur ganz langsam, und es fiel Icho Tolot sofort auf, daß sie dabei den Antrieb nicht eingeschaltet hatte. Die Ortergeräte und Strahlungsmesser des schwarzen Schiffes registrierten keine Energieabgabe der Ringwulst-Triebwerke.

Fast gleichzeitig rief Fancan Teik plötzlich aus:

»Wir bewegen uns auch! Es ist so, als hätte uns ein Traktorstrahl erfaßt. Dasselbe muß mit der CREST geschehen. Ein Zugstrahl – aber auf hyperdimensionaler Basis! Sie entführen die CREST!«

Icho Tolot reagierte blitzschnell. Ohne erst Daten zu berechnen, schaltete er den eigenen Antrieb auf Fahrt und beschleunigte mit Höchstwerten. Gleichzeitig drückte er den Knopf, der das Linear-Triebwerk aktivierte.

Das schwarze Raumschiff jagte mit Höchstgeschwindigkeit in entgegengesetzer Richtung davon und entkam so jenem Transportstrahl, der die widerstandslose CREST zum Dewell-System brachte. Es entkam allerdings nur auf Kosten der Orientierung. Als Icho Tolot nach wenigen Sekunden in das Einstein-Universum zurückkehrte, war die rote Doppelsonne verschwunden. Auf dem Panoramaschirm standen fremde Sterne, darunter Hunderte, die gelblich leuchteten. Jeder von ihnen konnte die Sonne Dewell sein, um die der Planet Dwellion kreiste.

»Wir hatten keine andere Wahl«, entschuldigte sich Icho Tolot. »Hätten wir gezögert, wären wir ganz in die Gewalt des Traktorstrahls geraten. Und ich weiß nicht, ob das in diesem Augenblick richtig gewesen wäre. Wir sind noch frei, wir können helfen.« Er überlegte eine Weile, dann fügte er hinzu: »Wenn es noch etwas zu helfen gibt.«

Gucky, in letzter Zeit sehr schweigsam, flüsterte:

»Ich glaube schon, daß es noch etwas zu retten gibt. Ich habe zwar keine verständlichen Gedanken von der CREST empfangen, wohl aber sehr wirre und chaotische Impulse. So als würden fünftausend Menschen schlafen und zugleich von fürchterlichen Träumen geplagt. Es ist nicht das erstemal, daß ich so etwas erlebe. Und wenn ich an meine Erfahrungen denke, so würde ich glatt behaupten: Die gesamte Besatzung der CREST befindet sich in einem Zustand tiefster Bewußtlosigkeit.«

Es schien so, als sei Icho Tolot erleichtert:

»Dann besteht noch Hoffnung«, sagte er. »Und sie besteht vor allem deshalb, weil wir noch frei sind. Wenn das so ist, wie du vermutest, Gucky, und wenn man die CREST wirklich mit einem Traktorstrahl entführt hat, so werden wir sie auch finden. Ich kann mir nur einen Ort denken, wohin man sie gebracht hat.«

»Zum Planeten Dwellion«, sagte Fancan Teik bestimmt.

»Wohin sonst«, stimmte ihm Gucky zu.

Inzwischen hatte Fancan Teik die Sternenkarten der Kugelgalaxis M 87 auf einen Schirm projiziert. Die beiden Haluter suchten die rote Doppelsonne, rekonstruierten die Richtung des Zugstrahls an der Bewegung der CREST, errechneten so ihre eigene Flugrichtung und fanden so ihren eigenen Standpunkt.

»Etwa sechs Lichtjahre von der Sonne Dewell entfernt«, murmelte Icho Tolot. »Die Richtung haben wir auch. Es dürfte nicht schwer sein, das System zu finden. Wir werden es versuchen.«

Es war wirklich nicht schwierig. Nach zwei Linearetappen sahen sie die gelbe Sonne vor sich. Sie blieben außerhalb des Systems und legten einen Anti-Ortungsschirm um das schwarze Schiff. Dieser Schirm war ein kugelförmiges Gebilde energetischer Polarisations-Schichten. Jede Form von Energie oder Materie, die ihn traf, wurde abgeleitet und von der entgegengesetzten Seite aus reflektiert. Er war somit undurchdringbar. Von innen her jedoch war er transparent.

Fancan Teik begann mit der Orterarbeit.

Die gewaltige Festung des Druisanten Kibosh Baiwoff umkreiste immer noch den Planeten Dwellion. Es war leicht festzustellen, daß eine Menge gebündelter Energie von ihr ausging, und zwar genau in Richtung der roten Doppelsonne. Das mußte der Zugstrahl sein, der über 1,3 Lichtjahre hinweg wirksam blieb.

»Die Festung also«, murmelte Gucky. »Baiwoffs Castle.«

Icho Tolot lachte dröhnend.

»Du hast ein großartiges Talent, für jedes Ding einen passenden oder auch unpassenden Namen zu finden, Gucky. In diesem Fall muß ich gestehen, daß er paßt. Ich bin davon überzeugt, daß das Ziel der CREST Baiwoffs Castle ist.«

Diese Vermutung wurde bestätigt, als eine Stunde später die CREST erschien. Immer noch ohne eigenen Antrieb näherte sie sich der Festung. In ihrer Begleitung waren einige Schlachtschiffe der Dumfries, die ihr Geleitschutz gaben. Man befürchtete also einen Angriff des schwarzen Haluterschiffs, vor dem man fast noch mehr Respekt hatte als vor der CREST.

Gucky wurde plötzlich sehr lebendig. In beschwörendem Ton bestürmte er die beiden Haluter, einen Scheinangriff auf die Schiffe der Dumfries zu fliegen. Sie sollten abgelenkt werden, damit er Gelegenheit erhielt, in die CREST zu teleportieren. Als Icho Tolot zögerte, wurde Gucky energisch:

»Du mußt diesen Angriff fliegen, Icho! Wir haben gar keine andere Wahl. Wir müssen wissen, was auf der CREST geschehen ist. Natürlich könnte ich auch so springen, aber wenn man mich entdeckt, wird sich alles auf die Suche nach mir konzentrieren. Wir müssen die Dumfries ablenken, damit sie dazu keine Zeit haben. Zumindest will ich Rhodan und Atlan herausholen.«

Dieser Vorschlag schien so etwas wie ein Stichwort für Icho Tolot zu sein, zumindest schien er seine Entscheidung zu beschleunigen.

»Das wäre der größte Fehler, den wir begehen könnten. Du hast selbst die Vermutung geäußert, daß die gesamte Besatzung der CREST auf eine unbekannte Art und Weise unschädlich gemacht wurde und bewußtlos ist. Bewußtlose können nicht fliehen, wenigstens nicht ohne fremde Hilfe. Wenn Rhodan, Atlan oder irgendeine Persönlichkeit, die den Stützpunktingenieuren bekannt ist, verschwindet, wird das die Aufmerksamkeit auf uns lenken und unsere Bewegungsfreiheit einschränken. Wenn du also schon jemanden holen willst, dann muß es jemand sein, der noch unbekannt ist. Zugleich sollte es aber jemand sein, der uns bei der Befreiungsaktion nützlich sein kann. Wenn ich dir einen Vorschlag machen darf: erst Ras Tschubai, dann den Doppelkopfmutanten Iwan-Iwanowitsch Goratschin und, wenn möglich, den Ertruser Melbar Kasom. Wenn es dir gelingen sollte, diese drei zu finden, bringe sie auf der CREST in Sicherheit und versuche sie wachzubekommen. Wir werden mit unserem Schiff in der Nähe der Festung bleiben und auf einen günstigen Moment zum Eingreifen warten.«

Es kam selten vor, daß Gucky Ratschläge von anderen annahm. In diesem Fall aber mußte er einsehen, daß Icho Tolot recht hatte. Die Überlegungen des Haluters waren logisch.

»Einverstanden. Ich werde die drei befreien und sie in ein Versteck bringen. Alles Weitere wird sich dann an Ort und Stelle ergeben.«

Tolot nickte.

»Vergiß nicht, daß dir der Rückweg abgeschnitten ist, sobald die CREST auf der Festung gelandet ist, denn diese wird von einem Energieschirm umgeben, der für dich undurchdringbar ist.«

Der Mausbiber wußte dies. Sie mußten sich also beeilen, damit er an Bord der CREST gelangte, ehe diese durch eine Strukturlücke hindurch auf der Festung gelandet war.

»Wir werden auch keinen Scheinangriff fliegen«, fuhr Icho Tolot fort. »Wir werden einen echten Angriff fliegen, damit ich die Möglichkeit erhalte, die CREST nahe genug zu passieren. Sie hat keinen Schutzschirm, so daß der Sprung ungefährlich ist. Soweit alles klar?«

Gucky seufzte.

»Alles klar.«

Icho Tolot und Fancan Teik konzentrierten sich auf ihre Aufgabe. Noch war ihr Schiff nicht entdeckt worden, aber es würde nicht mehr lange dauern, und die Meute würde über sie herfallen. Wenn es um eine Entscheidung ging, dann bildeten die beiden Haluter eine Aktionseinheit. Sie brauchten sich nicht zu verständigen. Jeder wußte, was er zu tun hatte und was seine Aufgabe war.

Das schwere Kugelschiff nahm plötzlich Fahrt auf. Mit wahnsinniger Beschleunigung raste es auf zwei Wachschiffe der Dumfries zu und eröffnete das Feuer aus den Intervallkanonen. Die fünfdimensionalen Stoßwellenfronten rasten mit Überlichtgeschwindigkeit auf die beiden Schiffe zu und zermalmten sie im Sinne des Wortes. Der Angriff kam so überraschend, daß keine Gegenwehr erfolgte. Tolot hatte noch Gelegenheit, drei weitere Superschlachtschiffe der Dumfries zu vernichten, dann änderte er den Kurs und flog die CREST IV direkt an.

Die Dumfries schien ein lähmendes Entsetzen befallen zu haben, denn noch immer erfolgte keine Gegenwehr. In einer Höhe von knapp einem Kilometer flog das schwarze Raumschiff über die CREST.

Gucky teleportierte.

Eine Sekunde später änderte Icho Tolot abermals den Kurs seines Schiffes und schoß mit Höchstbeschleunigung in den Raum. Ehe ihm auch nur ein einziges Schiff der Dumfries folgen konnte, ging er in den Linearraum und war verschwunden.

Da Gucky während des Vorbeifluges die CREST deutlich sehen konnte, fiel es ihm nicht schwer, sich auf den Aufenthaltsraum der Mutanten zu konzentrieren. Als er rematerialisierte und wieder sehen konnte, blieb er bewegungslos stehen, als ob er plötzlich erstarrt wäre. Das Bild, das sich seinen Augen bot, war unbeschreiblich.

Verkrampft und in den unmöglichsten Stellungen lagen oder saßen die Terraner in dem großen Raum herum. Gucky konnte deutlich erkennen, daß sie von einer Sekunde zur anderen und ohne jede Vorwarnung ihr Bewußtsein verloren hatten. Den Doppelkopfmutanten Iwan-Iwanowitsch Goratschin entdeckte er auf dem Boden, flach auf dem Rücken liegend und alle viere von sich gestreckt. Die beiden Köpfe waren einander zugewandt, als hätten sie sich noch etwas sagen wollen. Melbar Kasom befand sich erwartungsgemäß nicht in dem Raum. Auch Ras Tschubai fehlte.

In diesem Moment ging ein leichter Ruck durch das Schiff, und der Mausbiber wußte, daß die CREST auf der Oberfläche der Festung gelandet war. Er war nun von den Halutern abgeschnitten.

Gucky wußte, daß er wenig Zeit hatte. Aber bevor er etwas unternahm, mußte er für ein sicheres Versteck sorgen. Zu diesem Zweck teleportierte er in den Hangar IA. In diesem Hangar waren die Korvetten der Ersten Flottille untergebracht. Sie standen unversehrt auf ihren Leitschienen.

Gucky durchsuchte die große Halle, fand alle Terraner bewußtlos, entdeckte jedoch keine Spur von Fremden. Ein wenig beruhigt teleportierte er in den Aufenthaltsraum der Mutanten zurück. Er wollte Goratschin holen.

Gucky brachte ihn in die Korvette KC-1, wo er ihn vorsichtig auf einer breiten Liege niederbettete. Im selben Raum standen noch zwei weitere Betten, wie geschaffen, auch Ras Tschubai und Melbar Kasom aufzunehmen.

Gucky kehrte in den Aufenthaltsraum zurück und begann dort mit seiner Suche. Es war ihm völlig klar, daß es viele Stunden dauern konnte, bis die Dumfries das ganze Schiff gründlich untersucht hatten. Das war eine Chance. Auf der anderen Seite mußte es natürlich viel schneller gehen, was seine Aufgabe anging. Er mußte Ras Tschubai und Melbar Kasom so schnell wie möglich finden.

Melbar Kasoms Kabine war Gucky bekannt. Sie lag ganz in der Nähe des Aufenthaltsraums. Er verzichtete auf die Teleportation und ging zu Fuß. Er begegnete keinem Menschen – wenigstens keinem, der sich bewegte. Überall auf den Korridoren und Gängen lagen die bewußtlosen Offiziere und Mannschaften der CREST. Er überzeugte sich davon, daß sie wirklich nur bewußtlos waren, wenn er auch die Ursache dieses Zustandes nicht herausfinden konnte.

Melbar Kasom war, wie erwartet, bei seiner Kabine. Er lag in der geöffneten Tür. Gucky brachte den riesigen Ertruser in die KC-1. Jetzt blieb nur noch das Problem: Wo steckte Ras Tschubai? Bevor Gucky sich den Moskito-Jet genommen hatte und zu den Halutern geflogen war, so erinnerte er sich, hatte sich Ras in der Kommandozentrale der CREST aufgehalten.

Kurz entschlossen konzentrierte sich Gucky auf sein neues Ziel und teleportierte in die Kommandozentrale. Sein erster Blick galt dem verglasten Raum, in dem die Konferenz stattgefunden hatte. Rhodan und Atlan saßen noch in ihren Sesseln, waren aber ebenfalls bewußtlos. Von den beiden Stützpunktingenieuren war nichts zu sehen. Sie mußten die CREST bereits verlassen haben, oder sie hielten sich verborgen.

Er fand Ras Tschubai dicht neben der Tür zur Funkzentrale. Der Afrikaner lag auf dem Boden. Er mußte überraschend gestürzt sein, denn an seinem dunkelhäutigen Schädel, an der rechten Schläfe, prangte eine farbenprächtige Beule.

Gucky untersuchte ihn flüchtig und stellte fest, daß sein Atem regelmäßig ging. Erleichtert brachte er ihn in das Versteck zu den anderen beiden.

In dem Beiboot, das einen Durchmesser von sechzig Metern hatte, waren sie vorerst in Sicherheit.

Gucky ließ die drei Geretteten allein und watschelte durch die Gänge der Korvette, bis er die Krankenstation fand. Dort kramte er aus den Kisten belebende Medikamente hervor, und in einem verschlossenen Schrank, den er telekinetisch öffnete, entdeckte er eine Flasche Cognac, der wohl für besondere Notfälle gedacht war. Und daß es sich diesmal um einen solchen Notfall handelte, davon war Gucky fest überzeugt.

Auf dem Weg zurück in das Versteck suchte er auch noch die gefüllte Vorratskammern der KC-1 auf. Er nahm Lebensmittel und Konzentrate mit.

Zwei Stunden später war es Melbar Kasom, der als erster wieder zu sich kam. Gleichzeitig gelang es Gucky, zahllose Gedankenimpulse aufzufangen, die nur von Dumfries stammen konnten, die in die CREST eingedrungen waren.

Die große Plünderung, wie Gucky es bei sich nannte, hatte allem Anschein nach begonnen.

Um sich darüber zu informieren, was im Schiff vor sich ging, entschloß er sich zu einigen vorsichtigen Teleportersprüngen. Er hatte Glück, daß er dabei nicht entdeckt wurde, denn überall auf den Korridoren und in den Räumen der CREST herrschte reges Treiben. Mindestens dreitausend Dumfries und tausend Spürroboter unterschiedlichen Aussehens waren damit beschäftigt, die besinnungslosen Terraner einzusammeln und in den riesigen Messeräumen niederzulegen. Im Sportstadion gelang es dem Mausbiber, sich unter dem Klettergerüst zu verstecken, von wo aus er eine gute Übersicht hatte. Er konnte feststellen, daß die Bewußtlosen sämtlicher Waffen beraubt wurden. Dann ließ man sie einfach liegen, verschloß die Ausgänge und stellte bewaffnete Posten davor auf.

Niedergeschlagen kehrte Gucky in die Korvette zurück.

Melbar Kasom war inzwischen endgültig munter geworden. Kurze Zeit später begann sich auch Goratschin zu bewegen. Mit Hilfe der Medikamente gelang es Gucky, wobei er sogar vor dem Cognac nicht zurückschreckte und selbst einen kräftigen Schluck nahm, die beiden Freunde munter zu kriegen. Er schilderte ihnen die Lage, und Melbar Kasom meinte:

»Sieht schlecht aus, ist aber nicht hoffnungslos. Ein Glück, daß außer uns auch noch die Haluter frei sind. Die Hauptsache scheint mir zu sein, daß man uns nicht gleich umbrachte.«

»Vielleicht haben sie aber Ras umgebracht«, sagte Gucky und deutete besorgt auf den Teleporter, der noch immer bewegungslos und sehr schwach atmend auf seinem Bett lag. »Er ist nicht so widerstandsfähig wie ihr.«

»Der kleine Iwanowitsch war auch drei Sekunden länger bewußtlos als ich«, sagte Iwan, der ältere Kopf des Doppelmutanten Goratschin. »Ich habe schon immer gewußt, daß er ein Schwächling ist.«

Iwanowitsch wollte energisch protestieren, aber Melbar Kasom schnitt ihm das Wort ab.

»Laßt eure Streitereien jetzt! Wir müssen uns um Ras kümmern. Ohne einen zweiten Teleporter sind wir aufgeschmissen, falls man den Hangar und die Korvetten genau durchsucht. Wir haben keine Zeit zu verlieren.«

Es dauerte weitere zwei Stunden, ehe Ras Tschubai das Bewußtsein wiedererlangte. Gucky übernahm es, ihm die Lage zu schildern und ihm alles zu erklären. Ras verstand erstaunlich schnell. Er richtete sich im Bett auf.

»Wir sollten uns zunächst darum kümmern, was mit der Besatzung geschieht«, sagte er. »Später, wenn diese aus der Bewußtlosigkeit erwacht ist, kann Gucky telepathisch Kontakt mit Marshall aufnehmen und Rhodan dadurch über uns informieren. Danach sehen wir weiter. Notfalls können wir eingreifen und das Schlimmste verhindern. Aber ich glaube nicht, daß für die Gefangenen Lebensgefahr besteht. Wenn man sie hätte töten wollen, so wäre das gleich geschehen.«

Melbar Kasom war mit Tschubais Vorschlag einverstanden.

»Ich glaube kaum, daß die Dumfries jedes Beiboot einzeln durchsuchen werden – wenigstens nicht sofort. Und wenn doch, so haben wir ja nun die Möglichkeit, jederzeit zu verschwinden. Wir werden die Schleusen blockieren. Wenn jemand ein Luk gewaltsam zu öffnen versucht, wird der Bordalarm ausgelöst. Somit sind wir gewarnt. Wir können jetzt noch nichts unternehmen.«

Gucky deutete in eine Ecke der Kabine, wo eine Menge Konservendosen und Konzentratpäckchen lagen.

». . . und zu essen haben wir auch genug«, stellte er befriedigt fest.

Als Rhodan zu sich kam, dauerte es mehrere Minuten, ehe er wieder klar denken konnte. Er entsann sich noch genau des furchtbaren Schmerzes, der ihn durchzuckt hatte. Dann war er bewußtlos geworden. Jetzt lag er auf dem Boden, obwohl er vorher im Sessel gesessen hatte.

Langsam richtete er sich auf. Neben ihm saß Atlan, mit dem Rücken gegen die Wand gelehnt, aber noch immer stark benommen. Rhodan wußte nicht, wie sie in die Offiziersmesse gekommen waren, aber der Raum war vollgepackt mit Angehörigen aller Sektionen der CREST. Einige waren noch besinnungslos, die anderen saßen oder standen in Gruppen beieinander und debattierten erregt. Als Rhodan sich vom Boden erhob, verstummte das Stimmengewirr. Erwartungsvoll sahen sie ihn an.

Rhodan wartete, bis Atlan ebenfalls aufgestanden war. Leise unterhielt er sich mit ihm, bis auch Roi Danton herbeigeschlendert kam und sich zu ihnen gesellte, als sei nichts geschehen. Pedantisch wischte er ein imaginäres Staubkörnchen vom Rockärmel.

Rhodan sagte laut zu den Männern:

»Inzwischen dürfte uns allen klar sein, daß wir in eine wohlvorbereitete Falle geraten sind. Das ist zwar bedauerlich, wird uns aber für die Zukunft eine Lehre sein. Wir können froh sein, daß wir noch leben. Weiß jemand von Ihnen, was mit der CREST geschehen ist?«

Ein Leutnant drängte sich vor, bis er vor Rhodan stand.

»Vor einer halben Stunde brachten die Dumfries das Funkpersonal. Ein Techniker war bei Besinnung und erstattete sofort Bericht. Nach seinen Worten ist die CREST auf der Festung des einen Stützpunktingenieurs gelandet und verankert worden. Mehr hat er auch nicht beobachten können. Er behauptet aber, bei dem Überfall wäre niemand getötet worden.«

»Das ist ein Umstand, für den wir nicht dankbar genug sein können«, stellte Rhodan erleichtert fest. »Man will also etwas von uns. Sicher werden wir bald erfahren, was das ist – aber ich glaube, ich weiß es bereits. Was ist übrigens mit den Ausgängen?«

Atlan, der inzwischen einen kleinen Inspektionsgang gemacht hatte, kehrte gerade zurück und hörte Rhodans Frage.

»Sie sind verschlossen und werden vom Korridor aus bewacht. Wir können ja versuchen, Kontakt mit den Posten aufzunehmen.«

Rhodan nickte und ging zur nächsten Tür. Dicht neben dem Rahmen war der kleine Bildschirm der Interkomanlage eingelassen. Er zögerte nur einen Augenblick, dann drückte er auf den Kontaktknopf. Sofort wurde der Schirm hell. Die Vermittlung, vollautomatisch gesteuert, arbeitete also noch. Sekunden später erschien das ausdruckslose Gesicht eines Dumfrie-Soldaten auf dem Schirm.

»Ich verlange, mit dem Druisanten Kibosh Baiwoff oder dem Druis Agen Thrumb verbunden zu werden«, sagte Rhodan scharf.

Der bestimmte Ton, mit dem Rhodan seine Forderung aussprach, verfehlte seine Wirkung nicht. Der Dumfrie machte eine undefinierbare Handbewegung, dann erlosch der Schirm und wurde dunkel. Er hatte von seiner Seite aus die Verbindung unterbrochen.

Bereits nach fünf Minuten ertönte der Kontaktsummer, und als der Schirm wieder hell wurde, war auf ihm das Gesicht von Kibosh Baiwoff zu sehen. Er hatte nichts von seiner Höflichkeit verloren, aber seine Stimme war von unüberhörbarer Schärfe.

»Es freut mich, daß Sie wieder wohlauf sind. Verzeihen Sie uns, wenn wir abermals gezwungen waren, Ihr Vertrauen zu mißbrauchen, aber uns blieb keine andere Wahl. Sie sind mit den Bestien befreundet, Perry Rhodan, das ist der springende Punkt. Wenn es um diese Ungeheuer geht, sind uns alle Mittel recht. Ich hoffe, Sie haben dafür Verständnis.« Er machte eine kurze Pause, dann fragte er: »Sie wollten mich sprechen?«

Rhodan gab sich alle Mühe, ruhig und gelassen zu erscheinen.

»Ich mache mir Sorgen um meine Leute. Ich weiß nicht, mit welcher Waffe Sie fünftausend Terraner schlagartig außer Gefecht setzen konnten, aber ich kann mir nicht vorstellen, daß der Schock keine gesundheitlichen Schäden hervorgerufen hat. Gestatten Sie mir, Verbindung zu meinen Leuten im Schiff aufzunehmen?«

»Und wie stellen Sie sich das vor?«

»Sehr einfach, Druisant. Lassen Sie die Interkomanlage unangetastet und geben Sie den Dumfries die Anweisung, den Kontakt nicht zu unterbrechen. Ich nehme an, Sie haben meine Leute in den großen Räumen des Schiffes zusammentragen lassen. Ich werde mit allen diesen Räumen Verbindung aufnehmen. Ich möchte mich nach dem Befinden meiner Leute erkundigen.«

»Solange niemand seinen Platz verläßt, habe ich gegen eine solche Kontaktaufnahme nichts einzuwenden. Sie haben also meine Erlaubnis.«

»Ich danke Ihnen, Druisant! Darf ich noch eine Frage stellen? Wie sehen Ihre Pläne für die Zukunft aus – uns betreffend, meine ich.«

»Sie werden alles rechtzeitig erfahren.«

Der Bildschirm wurde dunkel. Atlan, der neben Rhodan stand, sagte ruhig:

»Ich zweifle nicht daran, daß man uns an einen Ort bringen wird, an dem wir kein Unheil mehr anrichten können.«

»Du hast wahrscheinlich recht«, stimmte Rhodan zu. »Aber wir sollten vorerst einmal froh sein, daß sie uns einigermaßen anständig behandeln. Wir werden mit dieser Situation schon irgendwie fertig.«

Danach setzte sich Rhodan über Interkom mit der Besatzung in Verbindung und erfuhr, daß niemand ernsthaft zu Schaden gekommen war. Nachdem er seine Leute zur Ruhe und Besonnenheit ermahnt hatte, schaltete er die Verbindung wieder ab.

In diesem Moment stieß Marshall einen leisen Ruf aus.

»Kontakt mit Gucky«, zischte Marshall leise, so daß nur Rhodan, Atlan und Danton ihn hören konnten.

Marshall berichtete, daß es Gucky gelungen war, in die CREST zurückzukehren und Kasom, Goratschin und Tschubai in Sicherheit zu bringen. Das Schiff der Haluter befand sich in der Nähe und war bereit, gegebenenfalls einzugreifen.

Rhodan war erleichtert. In aller Eile wurde – unter der Federführung von Atlan – ein Schlachtplan entworfen, von dem man sich einige Aussichten auf Erfolg versprach. Der wichtigste Faktor dieses Planes war der Ertruser Melbar Kasom.

Der Plan sah nämlich vor, Melbar Kasom als »Haluter« auszugeben, um die Stützpunktingenieure zu bluffen und unter den nötigen Druck zu setzen.

Kurze Zeit später öffnete sich die Tür zur Messe. Kibosh Baiwoff betrat den Raum. Er trug eine kleine Strahlwaffe im Gürtel, kam aber ohne Begleitung. Ein wenig ironisch, aber sonst sehr zuvorkommend und höflich begrüßte er Rhodan und Atlan.

»Selbstverständlich werden Sie Lebensmittel erhalten. Ich muß Sie aber dringend bitten, diesen Raum vorerst nicht zu verlassen. Ihr Schiff liegt sicher verankert auf der Plattform meiner Festung, und gemeinsam werden wir eine lange Reise antreten. Besteht die technische Möglichkeit, daß Sie mit Ihrem Interkomschirm den Panoramaschirm in der Kontrollzentrale beobachten können?«

Rhodan nickte stumm. Er wußte nicht, was der Druisant mit seiner Frage bezweckte.

»Gut. Stellen Sie die Verbindung her und lassen Sie den großen Schirm in der Kommandozentrale nicht aus den Augen. Das erspart Ihnen unnötige Fragen und mir langatmige Erklärungen und Zeit. Sie können dann selbst sehen, was geschieht.«

Er drehte sich um und verließ den Raum.

Eine halbe Stunde später wußte Rhodan, was Baiwoff gemeint hatte.

Die gigantischen Schubtriebwerke der Festung begannen zu arbeiten, und langsam setzte sich das riesige Gebilde in Bewegung. Der Planet Dwellion fiel allmählich zurück, und die gelbe Sonne Dewell rückte ins Blickfeld. Bei der nur mäßigen Beschleunigung würde es Stunden dauern, ehe die Festung – und mit ihr die CREST – die notwendige Lineargeschwindigkeit erreichte.

## 22.

Unterdessen hatte Gucky für Goratschin, Tschubai und Kasom verschiedene Ausrüstungsgegenstände, Kampfanzüge und Waffen organisiert. Nachdem sie die Anzüge angelegt hatten, sagte der Ertruser:

»Nun kann es losgehen. Vergeßt die Hauptregel nicht: Nicht sehen lassen! Eure Aufgabe ist es, innerhalb der Festung Verwirrung zu stiften. Ich bleibe vorerst hier zurück, um meinen Teil des Plans auszuführen. Alles klar?«

Gucky, Goratschin und Tschubai nickten. Sie hatten die Vorgehensweise genau besprochen.

Gucky, der ständig mit Marshall in Kontakt stand, würde über die Situation der Gefangenen auf dem laufenden gehalten werden. Während die drei Mutanten Verwirrung innerhalb der Festung stifteten, sollte sich Kasom im Hintergrund halten. In dem Augenblick, in dem die Taten der Mutanten auf die Stützpunktingenieure Auswirkungen zeigten, würde der Mausbiber kurz zu Kasom zurückspringen und ihm Bericht erstatten. Dann würde Kasoms große Stunde kommen.

»Bis später, Großer«, sagte Gucky. Die Mutanten aktivierten ihre Deflektorschirme, wobei sie sich gegenseitig mit Hilfe der Antiflektorbrillen sehen konnten.

Ras Tschubai nahm den Doppelkopf-Mutanten an der linken Seite, und auf ein Zeichen von Gucky entmaterialisierten sie.

Sie hatten sich auf das Innere der Festung konzentriert, deren kilometerdicke Bodenplatte von unzähligen Räumen, Gängen und Korridoren durchzogen wurde. Wichtig war, daß sie bei ihrem ersten Sprung Glück hatten. Später, wenn sie einige Räumlichkeiten der Festung in Augenschein genommen hatten, konnten sie jederzeit und ohne größeres Risiko von Ort zu Ort springen.

Der mit Maschinen und Instrumenten angefüllte Saal, in dem sie materialisierten, war von einem dröhnenden, stampfenden Geräusch erfüllt. Sie sahen sich nach allen Seiten um, konnten aber keinen Dumfrie entdecken. Drei oder vier Roboter waren mit der Wartung der Maschinen beschäftigt.

»Ich würde die große Instrumententafel vorschlagen«, sagte Iwanowitsch und deutete auf die schwarze Wand, vor der noch immer der Roboter stand. »Das gibt sicherlich einen hübschen Knall.«

Während Goratschin das Ziel anpeilte, gingen Ras Tschubai und Gucky in Deckung. Goratschin selbst stand mitten in dem Gang, denn er mußte sein Ziel sehen. Sekunden später, als drüben bei der Instrumententafel eine grelle Stichflamme aufzuckte, warf er sich zur Seite und rollte hinter einen Maschinenblock. Die Druckwelle der Explosion zerfetzte den Wartungsroboter, dessen Einzelteile durch die ganze Halle flogen. Auf der gegenüberliegenden Seite begann plötzlich eine Warnsirene zu heulen. Ein Teil der Decke war herabgekommen und hatte den Gang verschüttet. Zwei weitere Roboter kamen herbeigeeilt, um den Schaden zu registrieren. Einigermaßen hilflos standen sie vor den Trümmern der Instrumententafel, die an ihren Außenseiten, wo sie heil geblieben war, zu glühen begann.

Es hatte sich nur um eine sehr kleine atomare Explosion gehandelt, denn Goratschin hütete sich, zu große Zerstörungen anzurichten. Die Festung des Stützpunktingenieurs Kibosh Baiwoff mußte ihre Flugfähigkeit behalten. Außerdem wäre es auch für die Mutanten selbst zu gefährlich gewesen.

»Gleich wird hier einiges los sein«, vermutete Gucky und richtete sich auf. »Es ist besser, wir verschwinden.«

Sie vernichteten in diesem Sektor noch eine Verteilerstelle und eine kleinere Energiestation. Dann sprangen sie zehn Kilometer weiter, um ihr Zerstörungswerk fortzusetzen.

Als die ersten Meldungen über die Vorgänge in der Festung in der CREST eintrafen, verlor der Druisant Kibosh Baiwoff ein wenig seine Ruhe. Er besprach sich mit Agen Thrumb, und die beiden Stützpunktingenieure beschlossen, Perry Rhodan und einige seiner engsten Mitarbeiter zu verhören.

Das Verhör fand in der Zentrale der CREST statt. Als Rhodan, Atlan, Danton und Oberst Merlin Akran von einigen Dumfries in die Zentrale gebracht wurden, waren die beiden Stützpunktingenieure in Begleitung von zwei Dumfrie-Offizieren bereits dort eingetroffen. Nachdem die Terraner in den Kontursesseln Platz genommen hatten, kam Baiwoff sofort zur Sache.

»Wenn die Sabotageakte in meiner Festung nicht sofort eingestellt werden, hat das schlimme Folgen für Sie alle«, sagte er.

Rhodan spielte den Überraschten.

»Von welchen Sabotageakten sprechen Sie, und was haben wir damit zu tun?«

»Tun Sie nicht so, als ob Sie nichts wüßten!« herrschte Baiwoff ihn an und schilderte danach, was inzwischen in der Festung vorgefallen war.

Rhodan spielte weiterhin den Ahnungslosen.

»Ich weiß nicht, was Sie von uns wollen«, sagte er, als Baiwoff verstummt war. »Sie haben die Besatzung meines Schiffes gefangengenommen, und nun behaupten Sie, daß wir für diese Sabotageakte verantwortlich sind?«

»So ist es«, erwiderte der Stützpunktingenieur. »Ich weiß, daß unter Ihren Leuten einige sind, die über parapsychische Fähigkeiten verfügen. Einige davon könnten sich befreit haben und in die Festung eingedrungen sein.«

Rhodan tat so, als ob er nachdenken müßte. Insgeheim war er über die Worte Baiwoffs erleichtert, denn ohne daß er es direkt ausgesprochen hätte, gab er indirekt zu, daß sich an Bord seiner Festung keine Parafallen befanden und er dem Wirken der Mutanten nahezu hilflos gegenüberstand. Dies war zwar erstaunlich angesichts der Tatsache, daß sich auf dem strategisch relativ unbedeutenden Planeten Truktan Paraabwehrsysteme befanden, an Bord dieser gigantischen Festung hingegen nicht, aber Rhodan gab sich mit dieser Erkenntnis zufrieden, bedeutete sie ja, daß die Durchführung des Planes dadurch erleichtert wurde.

Jetzt war die Gelegenheit da, ihren Plan entscheidend voranzutreiben und den beiden Stützpunktingenieuren den Köder hinzuwerfen.

»Sie könnten recht haben, Druisant«, sagte Rhodan nach einer Weile. »Außerdem fällt mir ein, daß sich vor Ihrem Angriff auf unser Schiff einer unserer halutischen Freunde an Bord befand. Vergessen Sie nicht, daß Haluter gegen die von Ihnen eingesetzte Waffe weitestgehend immun sein könnten. Es ist nicht auszuschließen, daß dieser Haluter, ehe Sie noch Gelegenheit hatten, die bewußtlose Besatzung einzusammeln, einige parapsychisch Begabte befreite, um nun gemeinsam mit ihnen Angst und Schrecken zu verbreiten. Wenn das so ist, dann habe ich mit den Vorgängen nichts zu tun. Der Haluter untersteht nicht meiner Befehlsgewalt, und seine Begleiter werden sich kaum freiwillig wieder in Ihre Gefangenschaft begeben.«

Die beiden bewaffneten Offiziere, die links und rechts von den Stützpunktingenieuren standen, konnten ihre Unruhe nicht verbergen. Auf ihren sonst so ausdruckslosen Gesichtern zeigte sich ein deutliches Erschrecken.

Einer der beiden verlor plötzlich seine Nerven. Er stürzte an den Gefangenen vorbei durch die Tür und war im Gang verschwunden, ehe ihn jemand daran hindern konnte. Kibosh Baiwoff sprang auf, dann sank er in seinen Sessel zurück. Er sah den zurückgebliebenen Offizier kalt an.

»Sie sind mir dafür verantwortlich, daß der Feigling in zehn Minuten nicht mehr lebt. Sorgen Sie für die Ausführung meines Befehls. Von dem, was in diesem Raum gesprochen wurde, darf nichts bekannt werden. Beeilen Sie sich!«

Der Offizier verließ den Raum.

Kibosh Baiwoff sah Rhodan an.

»Vielleicht wollen Sie mich nur beunruhigen, Perry Rhodan. Das ist Ihnen gelungen. Schlimmer ist, daß Sie auch die Dumfries beunruhigt haben. Sie wissen genau, was das bedeutet. Sie werden jetzt wieder in Ihr Gefängnis zurückgebracht. Und vergessen Sie nicht, was ich gesagt habe. Wenn die Sabotageakte in meiner Festung nicht eingestellt werden, tragen Sie allein die Verantwortung.«

Perry Rhodan gab keine Antwort. Widerstandslos ließen sich er, Roi Danton, der Arkonide Atlan und Oberst Merlin Akran abführen.

Gucky war von Marshall über die Ereignisse an Bord der CREST informiert worden. Jetzt war der Augenblick gekommen, in dem Melbar Kasom seinen Einsatz beginnen konnte.

Der Mausbiber konzentrierte sich auf den Ertruser und teleportierte. Mit knappen Worten informierte er ihn über den Stand der Dinge, dann verschwand er wieder.

Während in der Festung weiterhin Sabotageakte durchgeführt wurden, begann Kasoms Einsatz. Zwar besaß er nicht die Körperstatur eines Haluters, aber wenn man ihn nicht genau zu Gesicht bekam, konnte man ihn durchaus für einen Haluter halten. Das aber genügte für das Täuschungsmanöver, zumal er durch einige technische Tricks dafür sorgen würde, daß seine Körperumrisse nur undeutlich wahrgenommen werden konnten.

Kasom aktivierte seinen Deflektorschirm und verließ den Hangar IA. In einem der benachbarten Räume entdeckte er zwölf Dumfries.

Der Ertruser reduzierte die Leistung seines Deflektoraggregates, so daß er schemenhaft wahrgenommen werden konnte. Gleichzeitig aktivierte er einen Stimmenverstärker, der seine Stimme auf das Niveau eines Haluters anhob, und stürzte sich mit einem Gebrüll, das dem Kampfschrei eines Haluters glich, auf die Dumfries.

Die völlig überraschten Schildkröten erstarrten vor Entsetzen, obwohl Melbar Kasom keineswegs die berüchtigten Zellstrahlungs-Impulse der Bestien ausstrahlte, die fast alle Dumfries auf der Stelle lähmen konnten. Allein sein Erscheinen genügte, die Dumfries zu bewegungslosen Statuen werden zu lassen. Aber darauf nahm Melbar Kasom in diesem Stadium der Ereignisse keine Rücksicht. Wie ein Berserker stürzte er sich auf die Dumfries.

Es bereitete ihm keine Schwierigkeiten, die Soldaten binnen kurzer Zeit kampfunfähig zu machen. Allerdings sorgte er dafür, daß zwei Dumfries fliehen konnten. Er wollte, daß sein Erscheinen so schnell wie möglich bekannt wurde. Das gehörte zum Plan, den Eindruck zu erwecken, daß sich an Bord der CREST und somit auch der Festung einer der Haluter aufhielt, die für die Wesen von M 87 nur mit dem Begriff »Bestien« belegt wurden.

Wenn die Dumfries von der Existenz der Bestie überzeugt waren, dann würden selbst die schlimmsten Drohungen der Stützpunktingenieure sie nicht davon abhalten können, ihr Heil in der Flucht zu suchen.

Kasom machte sich wieder unsichtbar und nahm den Antigrav-Lift, der hinauf zum Kommandodeck führte. Unterwegs begegnete er einem dumfriesischen Offizier, der entsetzt zurückwich und dann nach seiner Waffe griff. Kasom hatte sich wieder sichtbar gemacht, stürzte sich auf ihn und zerbrach mit bloßen Händen die Rückenschale des Dumfries. Er ließ ihn aber leben, denn er wollte, daß er von dem Überfall berichten konnte.

Als Melbar Kasom endlich das Kommandodeck erreichte, befanden sich bereits überall im Schiff die Dumfries auf der Flucht vor dem Ungeheuer, das so plötzlich aufgetaucht war. Vergeblich versuchten einige beherzte Offiziere, ihre Untergebenen aufzuhalten. Sie wurden einfach überrannt. An mehreren Stellen der CREST wurden die Schleusen geöffnet, wobei die Dumfries in ihrer Hast sogar vergaßen, ihre Raumanzüge anzulegen oder die Helme zu schließen. Eine unbeschreibliche Verwirrung brach aus.

Als Kibosh Baiwoff von diesen Ereignissen erfuhr, gab er Großalarm. Er glaubte nun, daß Perry Rhodan nicht geblufft hatte.

»Dieser Melbar Kasom macht ja ein ganz schönes Faß auf«, sagte Gucky, als die drei Freunde eine Verschnaufpause einlegten.

»Jetzt müssen wir nur noch dafür sorgen, daß die Festung, die sich inzwischen im Linearraum befindet, wieder in den Normalraum zurückkehrt, damit wir den Kontakt zu den echten Halutern nicht verlieren.«

Die anderen waren einverstanden, und sie machten sich wieder auf den Weg.

Nach einigem Suchen entdeckten sie die Antriebszentrale, in der sie sich zwischen den mächtigen Generatorenblöcken versteckten. Dumfries waren nicht zu sehen, dafür aber mindestens zwei Dutzend Roboter, die zur Wartung eingesetzt waren.

Es war nicht so einfach, den neuralgischen Punkt der Anlage zu finden. Sie mußten darauf achten, daß der Antrieb nicht vollständig ausfiel. Er mußte jedoch soweit beschädigt werden, daß die Festung mitsamt der CREST zurück in das Einstein-Universum fiel.

Ras Tschubai deutete auf einen mächtigen Metallblock.

»Wenn mich nicht alles täuscht, ist das das Gegenstück zu unserem Kalup-Konverter. Wenn wir ihn beschädigen, ist es vorbei mit dem Linearflug. Ich glaube, Iwan und Iwanowitsch, das wäre eine Sache für Sie.«

Einmütig nickten die beiden Köpfe Goratschins.

»Geht in Deckung«, sagte Iwan. »Es wird einen ziemlichen Knall geben.«

Gucky knurrte:

»Je größer der Knall, desto eindrucksvoller die moralische Wirkung.«

Und wieder einmal trat Iwan-Iwanowitsch Goratschin in Tätigkeit. Er fixierte einen Punkt des riesigen Metallblocks an, konzentrierte sich und löste eine kleine atomare Detonation aus. Er sprang ebenfalls in Deckung, ehe die herumfliegenden Metallsplitter ihn gefährden konnten. Einige der Roboter wurden von dem Druck zur Seite geschleudert und zerstört. Andere wiederum unterbrachen ihre bisherige Tätigkeit und gingen daran, den Schaden zu beheben. Das allerdings war einfacher gedacht als getan. Die Explosion hatte fast den ganzen Konverterblock auseinandergerissen. Das Innere war freigelegt worden, und man konnte die Beschädigungen deutlich erkennen. Wenn es sich wirklich um den Generator für den Linearantrieb handelte, mußte die Festung ihren Flug unterbrechen.

Eine Alarmsirene ertönte, und bereits Sekunden später stürmten Wachen in die Maschinenhalle. Als sie die Zerstörung bemerkten, waren sie zunächst ratlos. Einige von ihnen blieben zurück und gaben den Robotern Anweisungen, während die anderen sofort wieder verschwanden. Gucky kicherte vergnügt vor sich hin, enthielt sich aber jeden Kommentars.

Ras Tschubai meinte:

»Ich glaube, es wird Zeit, daß wir uns einmal außerhalb der Festung umsehen. Zumindest möchte ich wissen, ob unsere Aktion Erfolg hatte. Wenn nicht – dann versuchen wir es eben an einer anderen Stelle.«

Er wartete, bis Gucky den anderen Arm von Goratschin gepackt hatte, dann teleportierten sie.

Sie rematerialisierten mit geschlossenen Helmen keine zwanzig Meter von der CREST entfernt auf der Plattform der Festung.

Am Himmel standen die Sterne.

Damit stand fest, daß der Linearantrieb der Festung ausgefallen war. Alle Dumfrie-Schiffe, die die Festung begleitet hatten, hatten diese zumindest vorübergehend verloren und würden einige Zeit benötigen, um wieder zu ihr aufzuschließen.

Aber auch die beiden Haluter würden Schwierigkeiten haben, sie wiederzufinden. Doch Gucky und seine Begleiter waren sicher, daß sie mit Hilfe der überragenden Technik ihres Schiffes den Standort der Festung bald ausfindig machen würden.

# 23.

»Ich werde diese Festung mitsamt Ihrem Schiff darauf vernichten, wenn die Sabotageakte nicht sofort unterbunden werden«, sagte Kibosh Baiwoff.

Seine imposante Statur leuchtete vom Interkomschirm in der Kommandozentrale der CREST, wo sich Rhodan befand. Die beiden Stützpunktingenieure hatten Rhodan die Erlaubnis erteilt, die Zentrale aufzusuchen, in der Hoffnung, daß er sich von hier aus wirkungsvoller mit den Saboteuren in Verbindung setzen könnte. Selbstverständlich waren alle wichtigen Funktionen des terranischen Schiffes von den Stützpunktingenieuren blockiert worden, so daß Rhodan nichts mit der kurzfristigen »Freiheit« anfangen konnte.

Baiwoff fuhr fort:

»Wenn sich der nächste Zwischenfall ereignet, werden sich der Druis Agen Thrumb und ich von der Festung entfernen und veranlassen, daß sie von den Schiffen unserer Flotte vernichtet wird. Sie können sich mit mir in ein Rededuell einlassen und versuchen, mich umzustimmen – oder Sie können dem barbarischen Treiben Ihrer Leute Einhalt gebieten. An meinem Entschluß ändert sich dadurch nichts, überhaupt nichts!«

Perry Rhodan lächelte in die Kamera.

»Ich weiß, daß Sie Ihre Festung niemals vernichten würden, Baiwoff«, sagte er mit leisem Spott.

Baiwoffs vier Augen blitzten tückisch.

»Es könnte sein, daß Sie sich täuschten, nicht wahr? Es dreht sich darum, welchen Wertmaßstab man benutzt. Sie und Ihre Leute sind für mich von gewissem Wert, das bestreite ich nicht. Meine Sicherheit und die Freiheit, unbehelligt meiner Beschäftigung nachzugehen, sind ebenfalls wertvoll. Die Möglichkeit, eine der teuflischen Bestien zu vernichten, fällt zusätzlich ins Gewicht. Überlegen Sie sich das. Ich habe soeben entschieden, daß die Tötung der Bestie und meine Sicherheit mehr wert sind als Sie und meine Festung.«

Der Bildschirm erlosch. Perry Rhodan lehnte sich bequem in seinem Sessel zurück.

Der Plan hatte begonnen, Erfolge zu zeitigen. Kibosh Baiwoff war inzwischen fest davon überzeugt, daß einer der beiden Haluter sich an Bord der CREST und damit an Bord der Festung befinde.

Der Augenblick war gekommen, die zweite Phase des Plans in die Wege zu leiten.

Perry Rhodan stand auf. Der riesige Kommandostand – leer, seitdem das gewaltige Flaggschiff der Flotte des Solaren Imperiums auf Baiwoffs Festung zur Landung gezwungen worden war – erschien wie eine dunkle, traurige Höhle, ein Mahnmal an vergangene Macht. Das Summen der Geräte war verstummt, das ständige Murmeln der Stimmen, das die Luft trotz der schallabsorbierenden Wände und Decken zum Vibrieren gebracht hatte, war nicht mehr.

Das breite Schott öffnete sich. Perry Rhodan trat hinaus in den mit Laufbändern belegten Rundgang, der den Kommandostand umschloß und ihn mit den nach auswärts führenden Radialstraßen des Kommandodecks verband.

Er war nach wie vor sicher, daß Kibosh Baiwoff nicht im Traum daran dachte, seine eigene Festung zu vernichten. Der Druisant hatte geblufft. Aber die Tatsache, daß er sich herabgelassen hatte zu bluffen, bewies, daß die Störaktionen der Mutantengruppe und des Ertrusers Melbar Kasom ihn ernsthaft beunruhigten.

Perry Rhodan hatte es nicht eilig. Was auch immer als nächstes zu tun war, würde rechtzeitig getan werden. Es drohte keine Gefahr. Der Boden, auf dem er schritt, war sicher.

Aber es war an der Zeit, Kibosh Baiwoff den zweiten Akt des Dramas vorzuspielen, als dessen Autor Atlan, der Arkonide, zeichnete.

Über Laufbandstraßen und durch Antigravschächte erreichte Rhodan das Deck, auf dem die fünftausend Mann Besatzung des Riesenschiffes von den Dumfries zusammengepfercht worden waren, nachdem diese ihren Schock über das Auftauchen einer »Bestie« überwunden hatten. Er meldete sich bei einer der Wachen, die den Zeitpunkt der Meldung gewissenhaft registrierte. Dann betrat er durch ein Schott einen schmalen, rechts und links von Felsen eingerahmten Weg, der in eine von Sonnenschein erfüllte und von sanften Brisen gefächelte Welt führte.

Das Sportstadion auf dem C-Deck der CREST IV war etwas, worauf die Schiffsbauer der Erde sehr stolz waren. Eine riesige Anlage, von einer täuschend nachgeahmten Kunstsonne beleuchtet, mit echten Bäumen und Büschen bepflanzt, mitten im Bauch des gewaltigen Raumschiffs. Das Stadion enthielt außer einem großen Schwimmbecken maßgerechte Anlagen für die Ausübung nahezu jeder bekannten Sportart. Über dem Ganzen wölbte sich ein täuschend imitierter blauer Himmel, dessen Bewölkung je nach Wunsch variiert werden konnte.

Der schmale Kiesweg weitete sich, die Felsen blieben zurück. Perry Rhodan stand am oberen Rand eines grasbewachsenen Hangs, der sich sanft zum Rand des großen Schwimmbeckens hinabsenkte. Die weite Grasfläche war von reglos liegenden Körpern bedeckt. Sie lagen so dicht, daß es aus der Ferne unmöglich schien, auch nur einen Fuß zwischen sie zu setzen.

Die gesamte Besatzung des Schiffes hatte sich im Stadion zusammengefunden. Kibosh Baiwoff und Agen Thrumb hatten sich bereit erklärt, wenigstens die Aggregate des Schiffes in Tätigkeit zu belassen, die die künstliche Sonne und die Klimaanlage des Stadions versorgten.

Perry Rhodan sah sich um. Der Mann, den er suchte, hockte unweit der Stelle, an der der Kiesweg auf den grasigen Hang mündete. Er hielt die Knie mit beiden Armen umschlungen und starrte geistesabwesend über die träge daliegende Menge hinweg. Als Rhodan weiter aus dem Felsenweg hervortrat, begann er sich zu rühren, als hätte er die Anwesenheit des Großadministrators mit Hilfe eines zusätzlichen Sinnes bemerkt.

John Marshall stand auf und lächelte, als er die Zufriedenheit in Perry Rhodans Miene erkannte.

»Auf dem richtigen Weg, wie?« fragte er ungezwungen.

Rhodan nickte.

»John, ich möchte, daß Sie eine Nachricht an Kasom und die Mutanten absetzen.«

Marshall verschränkte die Arme auf dem Rücken.

»Welcher Wortlaut, bitte?«

»An Ort und Stelle bleiben . . . ruhig verhalten . . . nicht sehen lassen . . . auf keinen Fall weitere Störungen auslösen. Machen Sie ihnen klar, daß die Sache ernst ist.«

Marshall machte einen vergnügten Eindruck.

»Welche Überraschung«, erkundigte er sich, »wird den Stützpunktingenieuren als nächste geboten?«

»Als nächstes«, begann Perry Rhodan und fand die Vorstellung so erheiternd, daß er zu grinsen anfing, »brauchen wir eine Bestie speziell für den Druisanten.«

Ras Tschubai sah, wie die kleine Gestalt des Mausbibers plötzlich erstarrte. Die anderen hatten es ebenfalls bemerkt. Die angeregte Unterhaltung zwischen Melbar Kasom und Goratschin erstarb jäh.

Ras preßte den breiten Rücken gegen die Wand und streckte die Beine aus. Es war gut, sich entspannen zu können. Sie waren die vergangenen Stunden fast ununterbrochen unterwegs gewesen. Er brauchte die Ruhe.

Er war müde genug, um die nüchterne Kahlheit des Raumes, den absoluten Mangel an anheimelnder Gemütlichkeit zu übersehen. Die Kammer, in die sie vor kurzem übergesiedelt waren, als die Suchkommandos der Dumfries dem Hangar IA gefährlich nahe kamen, hatte die Form eines Würfels von vier Metern Kantenlänge. Sie war als Lagerraum gedacht, jedoch nie benutzt worden. Die Wände bestanden aus Plastikonit und waren kühl und schmiegsam zugleich. Eine grelle Fluoreszenzlampe verbreitete unprosaisches Licht. Melbar Kasom und die drei Mutanten hatten sich längs einer der Wände niedergelassen. Ihnen gegenüber stapelten sich die Dinge, die sie in mühseliger Kleinarbeit aus den Arsenalen der CREST geborgen hatten – ein Sammelsurium von Dingen, die sie irgendwann im Laufe ihres Partisanendaseins zu verwenden gedachten, von Mikroenergietastern über modernste Kampfmonturen bis zur Plastikbombe von nuklearer Sprengwirkung.

Gucky entspannte sich. Die großen Augen glitzerten amüsiert.

»Wir haben Urlaub, Freunde«, verkündete er vergnügt. »Alle Störaktivität wird auf Befehl meines besten Freundes sofort eingestellt.«

Das Mausgesicht wurde plötzlich ernst. Die großen, braunen Augen verloren den spöttischen Schimmer. »Also sitzen wir ab sofort hier ruhig auf unserem Hintern, unternehmen nichts und sehen zu, daß die Dumfries uns nicht schnappen. Die erste Phase des Plans ist zu Ende. Die Stützpunktingenieure haben angebissen.«

Von zwei Dumfriewachen geleitet, schritt Atlan durch die grell erleuchteten Korridore der Festung. Er wußte, daß er ständig beobachtet wurde, und trug sich mit der Würde, die man von einem Lordadmiral und ehemaligen Imperator des arkonidischen Reiches erwartete, mit unbewegter Miene, die nichts weiter zum Ausdruck brachte als seine Indigniertheit über die Lage, in der er sich befand.

Von der Zuversicht, die ihn erfüllte, war nichts zu sehen.

Die zweite Phase ließ sich gut an. Kibosh Baiwoff hatte seine Bitte um eine Unterredung sofort gewährt. Der Druisant hatte es eilig, die Gefahr zu beseitigen, die ihm von den unsichtbaren Störenfrieden an Bord seiner eigenen Festung drohte.

Baiwoffs Hauptquartier befand sich im physikalischen Schwerpunkt der riesigen Anlage, mehrere Kilometer tief unter der Oberfläche, auf der sich die merkwürdig geformten Türme, Kegel, Pyramiden und Kuben der eigentlichen Nutzgebäude erhoben.

Baiwoff empfing den Arkoniden in einem quadratischen Raum, dessen Wände von der Decke bis zum Boden mit Meßinstrumenten und Schalttafeln bedeckt waren. Unzählige kleine Bildschirme, zur Zeit dunkel, erlaubten je nach Belieben Einblick in die märchenhaft komplizierten Maschinenanlagen der Festung. In der Mitte des Raumes stand ein wuchtiger Arbeitstisch, in dessen Platte wiederum eine Reihe von Schaltleisten eingebaut waren. Von diesem Ort aus hatte Kibosh Baiwoff verfolgt, wie die unsichtbaren Saboteure ein Aggregat nach dem anderen in die Luft jagten und die Festung allmählich in ein Wrack verwandelten. Der Arkonide fühlte sich leicht erheitert, als er sich vorzustellen versuchte, wie Baiwoffs hilfloser Zorn von Sekunde zu Sekunde gewachsen war. Er hielt es für einen psychologischen Vorteil, daß die Unterredung an einem Ort stattfand, an dem der Gegner vor kurzer Zeit die Grenzen seiner eigenen Macht kennengelernt hatte.

Baiwoff saß hinter dem schweren Tisch. Bei Atlans Eintritt erhob er sich.

»Ich fühle mich durch ein so rasches Eingehen auf meine Bitte geehrt«, verkündete Baiwoff im Zentrumsidiom, nachdem das automatische Schott sich hinter Atlan geschlossen hatte. »Man versteht in Ihrem Lager offensichtlich, die Bedeutung der Stunde richtig einzuschätzen.«

Atlan sah sich um. Der Raum enthielt nur den Arbeitstisch und das sesselähnliche Möbelstück, aus dem Baiwoff sich bei seinem Eintritt erhoben hatte. Der Stützpunktingenieur bemerkte seinen Blick.

»Ich erwartete nicht, daß die Unterredung lange Zeit in Anspruch nehmen würde«, erklärte er. »Sie sind nur gekommen, um mir zu versichern, daß meine Forderungen sofort erfüllt werden?«

Atlan lächelte.

»Soweit ich weiß, haben Sie nur eine einzige Forderung gestellt, Druisant. Nämlich, daß die Störungen sofort unterbunden würden.«

»Natürlich, aber das . . .«

»Diese Forderung ist erfüllt«, wischte Atlan den Einwand beiseite. »Oder haben Sie seit Ihrem Anruf eine weitere Störung registriert?«

»Nein. Trotzdem muß ich . . .«

»Ihre Forderung ist also erfüllt, und ich weiß nicht, wovon Sie im Augenblick sprechen.«

Kibosh Baiwoffs Augen glühten gelb.

»Sie wissen ganz genau, was ich meine«, zischte er. »Ich kann mich nicht auf Ihr Wort allein verlassen. Die Saboteure müssen mir ausgeliefert werden. Sie können unmöglich in Freiheit bleiben.«

»Das«, machte Atlan ihn aufmerksam, »ist eine völlig neue Forderung, die Sie noch nie zuvor erhoben haben.«

»Ihr Großadministrator hätte dieses Verlangen voraussehen müssen, wenn er auch nur ein halbwegs verständiger Mann wäre.«

Atlan zog die Brauen in die Höhe.

»Baiwoff«, sagte er mit schneidender Schärfe, den Ehrentitel Druisant auf beleidigende Weise vermeidend, »ich bin mit einem konstruktiven Vorschlag hierhergekommen. Noch eine einzige Beleidigung, und Sie haben die Saboteure wieder auf dem Hals.«

Baiwoff beugte sich angriffslustig nach vorn.

»Ich habe Ihrem Großadministrator auseinandergesetzt, was dann passiert!« dröhnte er zornig. »Thrumb und ich verlassen die Festung und jagen sie in die Luft!«

Atlan lachte.

»Das machen Sie jemand anderem weis, nicht uns!« riet er Baiwoff. »Der Erfolg der Saboteure muß Sie ganz schön durcheinandergebracht haben, wenn Sie glauben, Sie könnten uns auf diese Weise ins Bockshorn jagen.«

»Seien Sie Ihrer Sache nicht so sicher«, knurrte Baiwoff. »Ich werde handeln, wie es die Lage erfordert.«

Atlan wandte sich um.

»Ist mir auch recht«, antwortete er leichthin. »Rufen Sie die Wache herbei, damit sie mich wieder zurückbringt.«

Baiwoff reagierte nicht. Atlan schritt auf das Schott zu und blieb davor stehen. Als Baiwoff immer noch nicht darauf reagierte, drehte er sich um.

»Na . . .?«

»Was für einen Vorschlag hatten Sie zu unterbreiten?«

Da wußte Atlan, daß er gewonnen hatte.

»Der Großadministrator«, begann der Arkonide, »sieht sich in einer komplizierten Lage. Es ist ihm unmöglich, seine halutischen Freunde zu verraten. Er ist andererseits jedoch überzeugt, daß ein erträgliches Einvernehmen zwischen Ihnen und uns nur erreicht werden kann, sobald die Belastung durch die Haluter entfällt.«

Kibosh Baiwoff besaß nicht die Fähigkeit, seine Empfindungen in seiner Miene auszudrücken. Aber Atlan spürte die gespannte Erregung, die ihn erfüllte.

»Perry Rhodan hat sich daher endlich entschlossen, sich von den Halutern zu trennen – vorausgesetzt natürlich, daß Sie uns die Möglichkeit geben, in unsere Galaxis zurückzukehren.«

Baiwoff machte eine herrische Geste. »Das ist angesichts der Umstände jetzt eine lächerliche Forderung, zumal Sie uns nach wie vor die Position des Bestien-Planeten nicht verraten wollen.«

»Diese Daten werden Sie erhalten, sobald wir im Besitz des erforderlichen Triebwerkes sind und dieses getestet haben«, erwiderte Atlan.

»Und wer gibt mir die Sicherheit, daß Sie Ihr Wort auch halten werden?« fragte der Stützpunktingenieur.

»Sie müssen uns schon glauben«, gab Atlan zu verstehen. »Allein die Tatsache, daß wir bereit sind, uns von den Halutern zu trennen, müßte für Sie ausreichen, um uns zu glauben.«

»Ich habe keinerlei Garantien dafür, daß Sie es aufrichtig meinen«, erwiderte Baiwoff. »Und selbst wenn es stimmen sollte, daß Sie sich von den beiden Bestien trennen wollen – wer gibt mir die Gewißheit, daß diese sich nicht mit den von Ihnen entdeckten Bestien in Verbindung setzen, um gegen die Völker von M 87 vorzugehen?«

»Gerechter Himmel – wir können natürlich nicht dafür garantieren, wie sich die Haluter nach der Trennung verhalten werden! Aber selbst wenn sie sich mit den Bestien verbünden würden, dürfte dies für Ihre Flotten kein Problem sein, zumal wir Ihnen rechtzeitig die Position dieses Planeten verraten.«

Kibosh Baiwoff schien nachdenklich. Eine Zeitlang herrschte völlige Stille. Dann erkundigte sich der Stützpunktingenieur:

»Wie, schlagen Sie vor, soll die Trennung zwischen Ihnen und den Bestien vollzogen werden?«

»Der Plan ist bis ins kleinste Detail ausgearbeitet«, antwortete Atlan ohne Zögern. »Sie erteilen die Erlaubnis, daß die Hyperkom-Anlage unseres Schiffes für eine vorher festzusetzende Zeitspanne benutzt wird. Wir benachrichtigen per Hyperkom das halutische Raumschiff und weisen es an, Warteposition zu beziehen und einen Raumflugkörper, über dessen Typ wir uns ebenfalls noch zu einigen haben, an Bord zu nehmen.«

»Was für einen Flugkörper?« fragte Baiwoff barsch.

»Das Fahrzeug, in dem sich die Saboteure befinden.«

»Einer der Saboteure ist identisch mit einer der Bestien?«

»Mit einem der Haluter«, nickte Atlan. »Das versteht sich.«

»Und die anderen?«

»Die drei anderen sind parapsychisch begabte Besatzungsmitglieder, die von dem Haluter befreit wurden.«

»Soweit ich weiß, gibt es unter der Besatzung Ihres Schiffes auch Wesen, die die Teleportation beherrschen«, stellte Baiwoff fest.

Dies war einer der heikelsten Punkte, die der Arkonide dem Stützpunktingenieur klarmachen mußte. Atlan legte all seine Überzeugungskraft in seine Stimme und lieferte seinem Gegenüber eine Erklärung, die bis ins kleinste Detail stichhaltig sein mußte. Er führte aus, daß sich die Teleporter nicht an Bord der CREST, sondern auf dem Haluterschiff befanden, anderenfalls sie längst zugunsten der Terraner eingegriffen und die wichtigsten Leute der CREST befreit hätten. Außerdem, so behauptete Atlan, wären Teleporter nicht in der Lage, einen Haluter zu transportieren, da diese aufgrund ihrer Zellstrahlung eine Teleportation verhinderten.

Atlan hatte das Gefühl, daß Baiwoff seine Argumente akzeptierte. Er erklärte noch, daß jene Mutanten, die sich in Begleitung des »Haluters« befanden, lediglich die Gabe der Telekinese besaßen.

»Diese Männer begeben sich ebenfalls an Bord des Raumschiffes der Bestien?« wollte Baiwoff wissen.

»Genau.«

»Warum?« Baiwoff erkannte im selben Augenblick, daß diese Frage den Arkoniden argwöhnisch machen mußte, und fügte hastig hinzu: »Ich meine, warum bestehen Sie nicht darauf, daß die Männer Ihrer Schiffsbesatzung an Bord des Schiffes bleiben?«

»Weil wir Komplikationen vorhersehen«, antwortete Atlan kühl. »Der Haluter, der sich hier auf der Festung befindet, untersteht nicht dem Befehl des Großadministrators. Er kann sich weigern, an Bord seines Schiffes zurückgeschickt zu werden. Die drei Mutanten sind bereit, uns zu unterstützen – vorausgesetzt, daß wir dadurch unsere Freiheit zurückerhalten. Sie werden den Haluter notfalls mit Hilfe ihrer Fähigkeiten dazu zwingen, an Bord seines Schiffes zurückzukehren.«

Baiwoff schwieg. Diesmal dauerte die Stille geschlagene fünf Minuten. Dann erhob sich der Stützpunktingenieur zum zweitenmal.

»Ihre Forderungen scheinen mir übertrieben«, stellte er fest. »Dennoch werde ich sie mir durch den Kopf gehen lassen und mich mit Druis Agen Thrumb beraten. Erklären Sie mir nur noch eines: Wenn ein Übereinkommen dieser Art Ihrem Großadministrator so wichtig erscheint, warum kommt er dann nicht selbst, um mit mir darüber zu verhandeln?«

Der Arkonide lächelte.

»Sie kennen die terranische Mentalität nicht, Druisant. Der Vorschlag, den ich zu übermitteln hatte, stellt einen Vertrauensbruch unseren halutischen Freunden gegenüber dar. Wir entschlossen uns zu diesem Schritt, weil wir keinen anderen Ausweg aus der gegenwärtigen Notlage sahen. Nach den Regeln der terranischen Diplomatie sind Vertrauensbrüche etwas Verabscheuungswürdiges. Sie werden niemals erleben, daß ein terranisches Staatsoberhaupt einen Vorschlag wie den eben gehörten selbst zur Sprache bringt. Er schickt einen mit Vollmachten ausgestatteten Unterhändler und verläßt sich darauf, daß die Gegenseite Anstand genug besitzt, die Sache vertraulich zu behandeln.«

»Ich möchte, daß Sie die Unterlagen sorgfältig auswerten, Agen Thrumb«, sagte Baiwoff gedankenverloren und starrte vor sich hin. »Ich habe keinen Grund, diesen Geschöpfen zu trauen.«

Thrumb machte mit beiden unteren Armen die Geste der Zustimmung.

»Sie haben recht wie immer, Druisant.«

Er entfernte sich mit den Unterlagen, die Baiwoff ihm gereicht hatte. Baiwoff lehnte sich in den Sessel zurück und hing eine Zeitlang ohne sonderliche Konzentration, den unterbewußten Regungen des Verstandes freien Lauf lassend, seinen Gedanken nach. Er wurde unterbrochen, als Agen Thrumb zurückkehrte.

»Die Auswertungen nach den Richtlinien der absoluten Logik ergibt einen Kennwert von nahezu eins, Druisant«, eröffnete er. »Die Erläuterungen des Fremden sind also, alle äußeren Gegebenheiten in Rechnung ziehend, logisch einwandfrei.«

»Das verwundert mich, Agen Thrumb«, bekannte Baiwoff ohne Zögern. »Es wäre das erstemal, daß sie ein logisch einwandfreies Konzept hätten. Wie groß ist die Abweichung vom Wert eins?«

»Weniger als ein Hunderttausendstel, Druisant.«

Baiwoff gab einen knurrenden Laut widerwilliger Zustimmung von sich.

»Man muß der Maschine glauben«, sagte er ärgerlich. »Worauf sollte man sich sonst noch verlassen können?«

Er dachte eine Weile nach.

»Was läßt sich über die abschließende Feststellung des Fremden sagen?« erkundigte er sich dann.

»Die abschließende Feststellung des Fremden, Druisant«, antwortete Agen Thrumb, nahezu den vollen Wortlaut der Frage wiederholend, wie es die Höflichkeit gebot, »stimmt mit dem im Speicher verankerten Mentalitätsschema der Fremden überein. Ein Fremder im Rang eines Staatsoberhauptes würde es in der Tat vermeiden, einen kompromittierenden Vorschlag selbst zu unterbreiten. Indem er einen Unterhändler schickt, läßt er sich einen letzten Ausweg offen. Im Falle eines Vertrauensbruchs kann er mit Leichtigkeit behaupten, er hätte von der ganzen Sache nichts gewußt.«

Baiwoff stieß die Luft zischend zwischen den scharfen Zahnreihen seines breiten Gebisses hindurch, ein Laut verständnisloser Mißbilligung.

»Der Ahnherr der Bestien mag die Denkweise der fremden Teufel verstehen«, knurrte er verächtlich und irritiert zugleich.

Agen Thrumb wartete geduldig und in ehrerbietiger Haltung. Er wußte, daß Baiwoff seinen Entschluß in wenigen Sekunden treffen würde. Baiwoff war nicht die Person, die lange zögerte, wenn es galt, eine Entscheidung zu fällen.

Er hatte sich nicht getäuscht. Kibosh Baiwoff richtete sich auf und sagte:

»Setzen Sie sich mit dem Fremden namens Atlan in Verbindung, Agen Thrumb!« befahl er. »Sagen Sie ihm, daß sein Ersuchen genehmigt ist und daß zu vereinbarter Zeit der Feldschirm um die Festung eine Zehnteleinheit lang desaktiviert wird, so daß er seine Botschaft an das Raumschiff der Bestien abstrahlen kann.«

Atlan setzte sich mit Perry Rhodan in Verbindung, sobald er die Zusage erhalten hatte. Rhodan starrte nachdenklich vor sich hin.

»Das geht mir zu glatt«, murmelte er. »Ich traue den Weißhäutigen nicht.«

»Es besteht kein Grund zur Besorgnis«, widersprach Atlan. »Alles geht genau nach Plan.«

Rhodan sah auf.

»Wer sagt das?« fragte er knapp.

»Atlan, der Meister des Mißtrauens und der Intrige«, antwortete der Arkonide lächelnd. »Es gibt niemanden, der das Geschäft besser versteht als ich.«

Perry Rhodans Blick wanderte über den grasigen Hang, der zum Rand des großen Schwimmbeckens hinabführte, und über die Reihen der Männer, die sich apathisch auf dem Boden ausgestreckt hatten.

»Ich weiß, daß du noch nie an unzureichendem Selbstvertrauen gelitten hast«, ging er auf Atlans Feststellung ein. »Aber ich frage mich, ob dein Optimismus in diesem Fall nicht zu weit geht.«

Atlan wurde ernst.

»Baiwoff ist mißtrauisch, daran besteht kein Zweifel«, versicherte er. »Genauso mißtrauisch wie du übrigens. Aber sein Mißtrauen ist eingeplant. Es ist ihm einfach unmöglich, einen Vorschlag von uns anzunehmen, ohne im Hintergrund einen Trick zu wittern.«

»Du bist trotzdem sicher, daß er den Braten nicht riecht?«

»Oh, er riecht eine ganze Menge.«

»Und?«

»Er kann mir keine schlechte Absicht nachweisen. Er verläßt sich auf seine Positronik. Alles, was über uns bekannt ist, ist in der Maschine gespeichert. Verhaltensmuster, Denkweise, Sprache, Aussehen – ein ganzes Lexikon der Milchstraßen-Intelligenzen. Baiwoff nimmt also den Speicherkristall, in dem er unsere Unterhaltung aufgezeichnet hat, und füttert die Positronik. Und die Argumente, die ich Baiwoff vorlegte, sind reinsten Wassers. Ich warf ihm sogar noch einen Extrabrocken hin und machte ihm klar, daß du selbst nicht erschienen wärest, weil ein terranisches Staatsoberhaupt sich nicht öffentlich durch halbschräge Vorschläge wie diesen kompromittiert. Das muß ihm auf jeden Fall verdächtig vorgekommen sein, aber wenn er seine Positronik befragt, dann kann ihm die nichts anderes sagen, als daß es bei uns wirklich so zugeht.«

Rhodan sah auf die Uhr, die er neben einer Reihe anderer Instrumente am linken Unterarm trug.

»Die Sendung ist auf fünfzehn Uhr Bordzeit angesetzt, sagtest du?«

»Ungefähr. Baiwoff und Thrumb werden zugegen sein. Sie holen uns hier ab. Der Sender wird rechtzeitig mit Leistung versorgt. Ich habe eine Zehnteleinheit Zeit zum Reden. Ziemlich unverschämt, was sie einem da zumuten. Das sind weniger als fünfzig Sekunden. Wir müssen den Text sorgfältig abfassen, bevor wir das Mikrophon in die Hand nehmen.«

Perry Rhodans Blick flog ein zweites Mal über die reglose Menge.

»Nicht nur das«, antwortete er schließlich. »Hier im Stadion sind ein paar Änderungen nötig, bevor die Stützpunktingenieure auftauchen.«

# 24.

Gucky schlief, als John Marshalls telepathische Stimme ihm ins Bewußtsein drang. Marshall spürte den Widerstand und wiederholte den Rufcode mehrmals. Gucky kam zu sich und antwortete. Marshall begann prompt zu senden. Er schilderte in knappen Begriffen die Ereignisse der vergangenen zwei Stunden. Die zweite Phase des Plans war angelaufen.

Gucky öffnete die Augen erst, nachdem Marshall abgeschaltet hatte. Unmittelbar neben ihm lag Melbar Kasom auf dem harten Boden ausgestreckt, den Kopf in die rechte Armbeuge gebettet. Links neben Gucky saß Goratschin. Iwanowitsch, der Jüngere, schien zu schlafen. Iwan war jedoch hellwach und musterte Gucky neugierig.

»Was gibt's, Kleiner?«

Die Inanspruchnahme des gemeinsamen Stimmechanismus weckte auch Iwanowitsch. Die Lider öffneten sich mit einem Ruck. Iwanowitsch war von einer Zehntelsekunde zur anderen hellwach.

»Nicht mal ausruhen kann man sich hier«, brummte er ärgerlich.

»Das ist der Nachteil, wenn man Kinder mit sich herumschleppen muß«, konterte Iwan. »Ständig müde, immer wollen sie schlafen!«

»Kinder!« protestierte Iwanowitsch. »Ich bin genauso alt wie du!«

»Das behauptest du seit dreihundertfünfzig Jahren. Bis auf den heutigen Tag hast du noch immer niemanden gefunden, der dir das geglaubt hätte.«

Der Lärm weckte Melbar Kasom und Ras Tschubai.

»Ihr haltet den Mund!« dröhnte Kasoms mächtige Stimme. »Wir haben Wichtigeres zu tun, als uns euer Gestreite anzuhören.«

Kasom wußte, welche Taktik er zu benutzen hatte. Unter der an beide zugleich gerichteten Rüge fanden sie ihren Sinn für Zusammengehörigkeit wieder.

»Sie haben kein Recht, sich in unsere private Unterhaltung zu mischen!« sagten sie beide wie aus einem Mund.

»Ruhe!« grollte der Ertruser. »Was ist los, Kleiner?«

»Phase zwei ist angelaufen«, berichtete Gucky. »Baiwoff hat Erlaubnis erteilt, den Hyperkom für eine knappe fünfzigsekündige Sendung an das Haluterschiff zu aktivieren.«

Kasom schmunzelte vergnügt.

»Sie haben also angebissen«, sagte er.

»Ganz richtig. Rhodan hält es allerdings für angebracht, den Gefahreneffekt der Bestie noch einmal kräftig herauszustreichen, bevor der Rest der Schau über die Bühne geht.«

Der Ertruser sah ihn fragend an.

»Wie ist das gemeint?« erkundigte er sich.

»Die Bestie muß ein letztes Mal in Erscheinung treten, bevor sie sich an Bord der Space-Jet begibt«, erklärte der Mausbiber. »Sozusagen unter den Augen der beiden Stützpunktingenieure. Sie müssen klar und deutlich verstehen, wieviel Erleichterung sie sich verschaffen, indem sie auf Perrys Forderung eingehen.«

Kasom nickte.

»Verstehe. Letzter Akt: Eine Bestie für den Druisanten!«

Eine Menge von mehreren hundert Mann drängte sich um den Rand des weiten Schwimmbeckens. Die Kunstsonne strahlte heiß, und in der erfrischenden Kühle des Wassers tummelten sich die fünf Männer der Technischen Abteilung, unter den Zurufen der Umstehenden damit bemüht, einem sechsten die Kunst des Tauchens beizubringen.

Der sechste war ein Robot.

»Hol mir den Schlüssel, Robo!« schrie einer der Männer über die leicht bewegte Wasserfläche.

Der Robot wendete, richtete den Blick schräg nach unten und bestimmte den Lageort des Schlüssels. Im nächsten Augenblick sank er wie ein Stein in die Tiefe. Er bewegte sich geschickt, aber seine Programmierung für Unterwassersicht war verändert worden, so daß er den Schlüssel nicht finden konnte. Er war ebenso dazu abgerichtet, nach spätestens einer halben Minute wieder an der Oberfläche zu erscheinen. Als er wieder zum Vorschein kam, lag der Schlüssel noch immer auf dem Grund des Beckens.

»Vielleicht versuchst du es vom Sprungbrett, Robo«, rief einer der Techniker. »Auf die Art kommst du besser bis auf den Grund.«

Die Menge quittierte die Bemerkung mit schallendem Gelächter. Der Robot schwang sich weisungsgemäß aus dem Becken und trat auf das Sprungbrett. Nicht sonderlich elegant, aber äußerst wirkungsvoll klatschte er ins Wasser.

Niemand schien zu bemerken, daß die Szene inzwischen neue Zuschauer bekommen hatte. Kibosh Baiwoff und Agen Thrumb, eskortiert von zehn Dumfriewachen, hatten das Stadion durch den Felsengang betreten und waren an der Mündung des Ganges von Perry Rhodan und seiner Begleitung empfangen worden.

Kibosh Baiwoff sah sich mit unverhüllter Wißbegierde um.

»Ihre Leute amüsieren sich«, stellte er fest, nachdem die üblichen Höflichkeitsfloskeln gewechselt worden waren, und machte eine Geste in Richtung des Schwimmbeckens, um das sich die Männer in immer dichteren Reihen drängten.

»Sie geben sich Mühe, die gute Laune nicht zu verlieren«, gestand Perry Rhodan bescheiden. »Ihre Lage ist nicht beneidenswert, aber sie bringen es fertig, den Sinn für Vergnügen zu wahren.«

»Ich bemerke es«, antwortete Kibosh Baiwoff, und hätte Atlan nicht gewußt, daß Baiwoffs Volk nicht die Möglichkeit hatte, seine Gefühlsregungen auf solche Weise zum Ausdruck zu bringen, dann hätte er darauf geschworen, daß die vier Augen des Stützpunktingenieurs spöttisch funkelten.

Man einigte sich darauf, den Funkspruch an das Haluterschiff so bald wie möglich abzusenden. Von den Dumfries flankiert, verließen Perry Rhodan, Atlan und John Marshall sowie die beiden Stützpunktingenieure das Stadion. Kibosh Baiwoff bildete den Abschluß. Er ließ es sich nicht nehmen, sich noch einmal umzuwenden, bevor die erste Krümmung des Ganges ihm das Sichtfeld einengte.

Die Szene unten am Schwimmbecken hatte sich gewandelt. Die Menge, die eben noch so voller Begeisterung den hilflosen Robot angefeuert hatte, stand jetzt mit dem Gesicht dem Ausgang zugewandt, als wollte sie sich versichern, daß diejenigen, für die sie das Spiel inszeniert hatten, das Stadion auch wirklich verließen.

Die kleine Gruppe begab sich auf dem schnellsten Weg zum Kommandostand der CREST. Die große Halle war für diese Gelegenheit voll erleuchtet. Die Kontrollampen des Hyperkomaggregats brannten ruhig. Der große Sender war betriebsbereit. Atlan, der die Sendung sprechen würde, machte es sich in dem Sessel hinter der Schaltkonsole bequem. Der Sender würde automatisch aktiviert werden, sobald die von Kibosh Baiwoff gesetzte Frist begann. Der Arkonide hatte einen Streifen Folie vor sich liegen, auf dem er sich den Wortlaut des Spruchs notiert hatte.

Ein paar Minuten vergingen, ohne daß jemand etwas sagte. Dann machte John Marshall eine überraschte Bewegung, als wäre ihm plötzlich etwas eingefallen, das er schon lange hatte vorbringen wollen, und er stellte fest:

»Es ist zu erwarten, daß die . . . der Haluter recht heftig reagiert, wenn er erfährt, daß er einfach abgeschoben werden soll, nicht wahr?«

Er sprach Zentrumsidiom, um Baiwoff und Thrumb die Mühe des Übersetzens zu ersparen.

Rhodan, der sich angesprochen fühlte, fragte zurück:

»Welcher Haluter? Der, an den die Sendung geht . . .«

»Der wahrscheinlich auch«, unterbrach ihn Marshall. »Aber darum sorge ich mich nicht. Ich meine den anderen.«

»Unsere Leute sind angewiesen, ein Auge auf ihn zu haben. Drei fähige Mutanten sollten in der Lage sein, ihn festzuhalten.«

Marshall zuckte ungewiß mit den Schultern.

»Ich weiß nicht«, antwortete er. »Es könnte zu Verwicklungen kommen. Auf jeden Fall sollten wir uns vorsehen.«

Er schwieg. Perry Rhodan war sicher, daß er ihm etwas hatte mitteilen wollen, und grübelte darüber nach, was es sein könnte. Bevor er jedoch zu einem Ergebnis kam, sagte Kibosh Baiwoff:

»Noch eine Zehnteleinheit bis zur Aktivierung des Senders!«

Der Arkonide beugte sich über die Mikrophonplatte. Ein großflächiges Kontrollicht flammte auf. Eine Uhr begann zu laufen und zählte die Sekunden ab. Ein Summton wurde hörbar und gewann ständig an Intensität.

Als er plötzlich abbrach, begann Atlan zu sprechen.

»CREST an Icho Tolot. CREST an Icho Tolot. Beziehen Sie Warteposition. Machen Sie sich bereit, ein Fahrzeug mit vier Mann Besatzung zu übernehmen. Bestätigen Sie nicht. Empfang auf dieser Seite unmöglich. Sie sind auf sich allein gestellt. Stop. CREST und Ende.«

Perry Rhodan sah auf die Uhr. Der Funkspruch hatte zwanzig Sekunden gedauert. Atlan schwenkte den Sessel herum und griff nach dem Plastikstreifen. Als er aufstand, erloschen die Kontrollichter. Der Sender war ausgeschaltet.

Kibosh Baiwoff wandte sich an Perry Rhodan.

»Der Anfang ist gemacht. Es liegt nun an Ihnen, die Saboteure über ihre Pflichten zu informieren.«

Rhodan lächelte gelassen.

»Das ist bereits geschehen. Sie hörten, wie dieser junge Mann«, er wies auf John Marshall, »auf die möglichen Komplikationen hinwies.«

»Vorzüglich«, lobte Baiwoff. »Eines Ihrer Fahrzeuge von dem Typ, den Sie Space-Jet nennen, steht in einem der Hangars abflugbereit. Weisen Sie Ihre Leute an, das Fahrzeug zu besteigen und auf meinen Startbefehl zu warten.« Er sah auf die Uhr. »Die Einschiffung hat in genau einer Stunde Ihrer Zeitrechnung zu erfolgen. Ich will sehen, wie sich die Saboteure an Bord begeben.«

»Da wird nicht viel zu sehen sein«, warnte ihn Rhodan. »Meine Leute besitzen parapsychische Fähigkeiten, wie Sie wissen.«

»Die Bestie besitzt sie nicht!« antwortete Baiwoff kalt.

»Das ist richtig«, gab Perry Rhodan zu.

Sie näherten sich dem Schott. Die schwere, schimmernde Platte aus Plastikstahl glitt zur Seite. Kibosh Baiwoff schickte sich an, hinaus auf den Gang zu treten, da gellte ein schriller Warnschrei auf.

Kibosh Baiwoff warf sich instinktiv zur Seite, aber er reagierte zu spät. Etwas Langes, Klobiges kam durch das offene Schott geschossen, traf ihn gegen die Schulter und riß ihn mit sich. Die Pyramide, die er auf dem Schädel trug, reagierte sofort und hüllte ihn in einen halbtransparenten Feldschirm. Perry Rhodan zog sich zurück. Das Wurfgeschoß, das Baiwoff getroffen hatte, war eine der Dumfrie-Wachen, die draußen im Gang Posten bezogen hatten. Durch die Schottöffnung drang ängstliches Geschrei herein. In die wimmernden Töne der Dumfries mischte sich tiefes, rumpelndes Grollen wie aus der Kehle eines Raubtiers. Zwei weitere Wachen erschienen unter dem Schott. Eine unsichtbare Kraft trieb sie vor sich her.

Zum erstenmal wurde das seltsame Flimmern sichtbar, das in der Nähe des Schotts die Luft erfüllte, als stiege dort ein heißer Luftstrom vom Boden auf. Ein wütender Schrei drang aus der seltsamen Erscheinung hervor und füllte die riesige Kommandohalle mit seinem dröhnenden Echo.

»Verrat!«

Nur dieses eine Wort, auf interkosmo geschrien mit der Wucht von zehn schweren Lautsprechern.

Dann setzte sich das Geflimmer in Bewegung.

Ein leises Singen lag plötzlich in der Luft. Agen Thrumb hatte die Lage schließlich begriffen. Der mattleuchtende Strahl seines Vibrators fuhr auf das Flimmern zu – und prallte hilflos von ihm ab. Die Erscheinung gewann an Geschwindigkeit. Kibosh Baiwoff hatte sich schließlich zur Seite gerollt und war wenigstens vorläufig in Sicherheit. Das nächste Hindernis auf dem Weg des Unsichtbaren war Perry Rhodan.

Plötzlich begriff Rhodan, was John Marshall ihm hatte mitteilen wollen. Es könnte zu Verwicklungen kommen, hatte er gemeint. Rhodan ging ein Licht auf.

»Bleiben Sie stehen!« brüllte er auf interkosmo. »Kehren Sie um, bevor Sie noch mehr Unheil anrichten!«

Die Worte fielen ihm einfach so ein. Niemand erwartete von ihm, daß er im Augenblick höchster Gefahr besondere Weisheiten von sich gab. Das Geflimmer glitt weiter auf ihn zu. Aus dem Nichts grollte die Stimme des Unsichtbaren:

»Verräter!«

Ein wilder zorniger Schrei.

Perry Rhodan wich zurück. Der Unsichtbare wurde schneller. Wie eine Wand wuchs die Schicht irisierenden Flimmerns vor Rhodan in die Höhe. Er machte eine verzweifelte Anstrengung, zur Seite hin auszubrechen; aber der Unsichtbare erkannte seine Absicht und vereitelte sie.

Er griff an. Perry Rhodan erhielt einen Schlag gegen die Brust, der ihm die Luft aus der Lunge trieb. Dann packte ihn ein Wirbelwind von ungeheurer Kraft, drehte ihn mit wahnwitziger Geschwindigkeit ein paarmal um die eigene Achse und schleuderte ihn zu Boden. Eine Last wie vom Gewicht eines ganzen Berges senkte sich ihm auf den Leib. Er wand sich, aber jede Bewegung verstärkte den Griff des Unsichtbaren. Es wurde ihm dunkel vor den Augen. Er hatte keine Kraft mehr.

Da ließ der fürchterliche Druck plötzlich nach. Er schnellte in die Höhe. Er sah zur Seite, aber das Flimmern schien verschwunden. Er stützte sich auf und kam auf die Füße.

Da gellte ein wilder Schrei dicht hinter ihm. Mit zermalmender Wucht warf der Unsichtbare sich von neuem auf ihn. Perry Rhodan, durch den unerwarteten Angriff vollends aus dem Gleichgewicht gebracht, taumelte und drehte sich halb zur Seite.

In diesem Augenblick traf ihn ein mörderischer Schlag gegen die rechte Schulter. Peinigender Schmerz zuckte ihm durch den Körper. Er schrie auf, dann schwand ihm das Bewußtsein.

Wie lange er gebraucht hatte, um zu sich zu kommen, wußte er nicht. Er öffnete langsam und immer noch verwundert die Augen und sah aus der Froschperspektive die weißhäutigen Säulenbeine eines der Stützpunktingenieure unmittelbar vor sich.

Er brachte es fertig, sich aufzusetzen. Der Schmerz in der rechten Schulter war immer noch da. Er versuchte, den rechten Arm zu bewegen, aber das mörderische Stechen und Brennen, das ihm durch jeden einzelnen Nerv fuhr, ließ ihn den Versuch wieder aufgeben.

Er sah sich um. Unmittelbar vor ihm standen Kibosh Baiwoff und Agen Thrumb, beide noch in das Kraftfeld gehüllt, das von den Pyramiden auf ihren Schädeln ausging. Sie schienen unverletzt. Seitwärts lag Atlan und krümmte sich vor Schmerz. Zum Schott hin lagen vier Dumfrie-Wachen, mit offenen Augen, aber reglos vor unsäglichem Entsetzen.

Der Unsichtbare war verschwunden.

Nur den linken Arm benützend, stemmte Rhodan sich in die Höhe. Atlan hatte aufgehört zu stöhnen. Etwas vom Kaliber eines Vorschlaghammers hatte seine rechte Gesichtshälfte mit voller Wucht getroffen und die Haut abgeschürft oder aufplatzen lassen. Der Arkonide sah aus, als wäre er soeben mit letzter Kraft einer wütenden Straßenschlacht entronnen.

John Marshall trat durch das Schott.

»Alles in Ordnung!« verkündete er im Zentrumsidiom. »Unsere Leute konnten gerade noch rechtzeitig eingreifen.«

Kibosh Baiwoff bemerkte:

»Der jüngste Zwischenfall sollte Sie davon überzeugen, daß man diesen Wesen nicht trauen kann. Sie sind Bestien, Barbaren, schlimmer als Tiere, denn sie wissen, was sie tun.«

Perry Rhodan glaubte, am Klang seiner Stimme zu erkennen, daß der Überfall des Unsichtbaren durchaus nach seinem Geschmack gewesen war.

»Man kann es ihm nicht übelnehmen«, knurrte er und verbiß mit Nachdruck den Schmerz. »Schließlich wurde er hintergangen.«

»Ich nehme es ihm übel!« rief Atlan zornig. »Der Überfall war niederträchtig, feige und brutal.«

John Marshall näherte sich Rhodan.

»Sie sehen nicht sonderlich gut aus, Sir«, sagte er besorgt. »Sie haben sich . . .«

»Irgendwas gebrochen«, brummte Rhodan. »Baiwoff – ich brauche einen Arzt, und dieser Mann hier ebenfalls. Schalten Sie die Energieversorgung für das Lazarett ein.«

»Für eine Stunde Ihrer Zeitrechnung«, gestand Baiwoff ihm zu.

Die beiden Stützpunktingenieure geleiteten Rhodan, Atlan und Marshall zum Lazarett. Die Dumfrie-Wachen bleiben zurück, immer noch reglos im Bann des Entsetzens, mit dem das Auftauchen der unsichtbaren Bestie sie erfüllt hatte.

Perry Rhodan warf einen Seitenblick auf das mißhandelte Gesicht des Arkoniden und nahm sich vor, bei erstbester Gelegenheit ein ernstes Wort mit Melbar Kasom zu reden.

»Die akustische Analyse gibt uns keinerlei Anhaltspunkt, Druisant«, stellte Agen Thrumb fest und starrte mit zweien seiner vier Augen nachdenklich auf den kleinen Ausdruck, den die Maschine vor kurzem geliefert hatte.

»Woran liegt das?« erkundigte sich Baiwoff nicht übermäßig freundlich. »Wir besitzen ausgezeichnete Aufnahmen der Stimmen der beiden Bestien.«

»Das ist wahr, Druisant«, gestand Agen Thrumb. »Aber die Aufnahme, die wir heute machten, war von schlechter Qualität.«

»Das heißt . . .?«

»Die Stimme war kaum artikuliert, Druisant. Offenbar auch von Kraftfeldeinflüssen verzerrt. Die Maschine konnte sie nicht identifizieren.«

»Das bedeutet unter Umständen, daß uns Theater vorgespielt wurde.«

»Ich bedachte diese Möglichkeit, Druisant. Die Logikauswertung ergibt jedoch keinerlei Motiv für eine solche Vortäuschung. Ich verglich außerdem die heute angefertigte Aufnahme mit Hunderten von akustischen Aufzeichnungen, die wir im Verlauf der vergangenen Tage von rund einem Fünftel der gefangenen Schiffsbesatzung machten. In keinem Fall wird ausreichende Übereinstimmung der charakteristischen Merkmale festgestellt, um die heutige Aufnahme einwandfrei zu identifizieren.«

Kibosh Baiwoff schwieg, während er das Gehörte verarbeitete. Dann sah er plötzlich auf.

»Ich will das gegnerische Lager sehen«, befahl er ohne jeden Übergang.

Wie zuvor drückte Agen Thrumb eine Serie von Schaltern auf einer der Schaltleisten. Derselbe Bildschirm flammte auf. Das Bild zeigte das Sportstadion der CREST IV im hellen Schein der Kunstsonne. Die Menge um das Schwimmbecken hatte sich längst zerstreut. Die Fremden lagen wieder in langen, reglosen Reihen im Gras.

»Das überzeugt mich schon eher«, versicherte Kibosh Baiwoff. »Wie ich diese Wesen kenne, muß es ihnen wirklich schlechtgehen, bevor sie sich dazu herablassen, ein solch jämmerliches Schauspiel aufzuführen – nur damit ich mir einbilde, sie wären noch immer bei guter Laune.«

Agen Thrumb hatte in diesem Zusammenhang einige Bedenken. Er sprach sie jedoch nicht aus.

Ein Stab von Ärzten behandelte Perry Rhodans Verletzung. Das rechte Schlüsselbein erwies sich als gebrochen. Durch Anwendung plastischer Knochensubstanz wurde der Bruch in kurzer Zeit geheilt. Ein Druckverband sorgte dafür, daß die Bruchstelle nicht strapaziert werden konnte. In rund fünfzig Stunden würde Rhodan seinen rechten Arm wieder so gebrauchen können, als wäre nie etwas geschehen.

Atlans Verletzung, im Grunde weniger kompliziert, war weitaus schwerer zu behandeln. Der Arkonide erhielt eine Dosis von Medikamenten, die die Blutzirkulation in der verletzten Gesichtshälfte stimulierten, und ein schmerzstillendes Mittel. Die Stimulantia sorgten dafür, daß die Folgeerscheinungen des Schlages so rasch wie möglich verschwanden, und der Schmerzstiller hielt das Schmerzniveau auf einem erträglichen Minimum; aber immer noch würde Atlans Gesicht ein paar Tage lang die Begegnung mit der Faust eines Monstrums durch spezielle Farbgebung bekunden.

Eine Abordnung von Dumfries brachte die beiden Verwundeten und die Ärzte zum Stadion zurück. An der Mündung des Felsenganges wartete John Marshall.

»Melbar Kasom ist angewiesen«, meldete er knapp.

»Wie lange Zeit haben wir noch?« wollte Rhodan wissen.

»Baiwoff hat die Frist wegen Ihrer Verletzung auf zwei Stunden verlängert. Es bleiben rund vierzig Minuten.«

»Werden wir den Start der Space-Jet beobachten können?«

»Darüber fiel kein Wort«, antwortete Marshall. »Ich bin nicht sicher . . .«

»Für das, was er vorhat, braucht der Halunke keine Zuschauer«, stellte Atlan brummig fest.

»Ich bin anderer Ansicht«, sagte Rhodan. »Du bist sicher, daß die Haluter deine Meldung entschlüsseln können?«

Der Arkonide machte eine wegwerfende Geste.

»Der Code ist einer von den Hunderten, die sie in ihrem Planhirn gespeichert haben. Und selbst wenn das nicht so wäre, brauchten sie wahrscheinlich nur ein paar Minuten, um ihn zu enträtseln.«

Perry Rhodan lächelte.

»Darum dreht es sich nicht. Niemand kann einen Code entziffern, den der Sender vermurkst hat. Ich . . .«

»Du versuchst, mir zu unterstellen, daß ich . . .«

»Unsinn! Ich will wissen, wie sicher du deiner Sache bist. Ich zum Beispiel gestehe offen und ehrlich, daß ich ohne die Hilfe einer Positronik keine einzige Codemeldung abfassen könnte.«

Atlan schien besänftigt.

»Ich benutze einen Code, der nach dem Schema der Binomialkoeffizienten ausgearbeitet ist. Man kann dabei kaum etwas falsch machen.«

»Nach einem derart einfachen Code wird Baiwoff suchen, wenn er den Spruch auseinandernimmt – weil er weiß, daß du keine Positronik zur Verfügung hattest.«

»Richtig. Und in etwa zehn Tagen wird er ihn auch entziffert haben.«

»Und dann . . .?«

Atlan grinste.

»Wenn wir in zehn Tagen noch unter seiner Knute stehen, ist das Spiel ohnehin verloren.«

Perry Rhodan nickte nachdenklich. Seine Schätzung war noch um eine Schattierung pessimistischer. Bei der charakteristischen Arbeitswut der Festungsroboter konnten alle anliegenden Schäden in spätestens fünf Tagen repariert werden. Für den Flug bis zum Ziel waren nicht mehr als ein bis zwei Tage einzusetzen.

Wenn wir es in sieben Tagen nicht geschafft haben, ergänzte Rhodan in Gedanken die Bemerkung des Arkoniden, brauchen wir uns um den Rest nicht mehr zu sorgen.

Er hoffte, daß die beiden Haluter sich an den Inhalt des Spruches hielten. Es tat gut, sie in der Nähe zu wissen, wenn es Ernst wurde.

Der Spruch, nach Atlans Binomialcode entschlüsselt, hieß:

VON CREST NICHTS NEUES. BLEIBEN SIE NAHE, WENN MÖGLICH.

»Hangar sechs-Caesar«, lispelte der Mausbiber. »Die Maschine ist startbereit.«

Melbar Kasom prüfte das Chronometer.

»Noch zwanzig Minuten«, sagte er halblaut. »Alles bereit?«

Gucky und Ras Tschubai betasteten die Kontrollen ihrer Kampfanzüge.

»Fertig.«

»Ihr beide begebt euch T-minus-zwölf an Bord. Ich brauche rund zehn Minuten, um sechs-Caesar zu erreichen. Ich will sicher sein, daß ihr vor mir da seid.«

»Selbstverständlich«, beeilte sich Gucky zu bestätigen.

Sie warteten. Acht Minuten waren eine unerquicklich lange Zeit, wenn man nichts weiter zu tun hatte, als auf einen kritischen Zeitpunkt zu warten. Melbar Kasom überprüfte mit pedantischer Sorgfalt einen mittelschweren Kombistrahler, den er zu benutzen gedachte, wenn die Sache anders ablief, als er sie geplant hatte. Er fühlte sich unbehaglich. So viel hing von so vielem ab, daß er nicht entscheiden konnte, ob das bevorstehende Unternehmen wirklich so ungefährlich war, wie er sich eingeredet hatte.

»T-minus-zwölf und zehn«, meldete Ras Tschubai.

Mit einem Ruck schloß er den Helm seines Anzugs. Der Deflektorschirm wurde eingeschaltet. Tschubai verschwand hinter einer flimmernden Wand, und den Bruchteil einer Sekunde später folgte ihm Gucky.

Melbar Kasom machte sich marschbereit. Genau zehn Minuten vor dem geplanten Start der Space-Jet öffnete sich das Schott vor ihm und entließ ihn auf den Gang. Er wandte sich noch einmal um und sagte zu Goratschin:

»Passen Sie auf, und lassen Sie sich die Zeit nicht zu lang werden.«

Dann ging er.

Acht Minuten später erreichte er das Eingangsschott des Schleusenhangars 6-C. Eine Handvoll Dumfries bewachte den Gang zu beiden Seiten des Schotts. Sie bemerkten seine Anwesenheit zunächst nicht, fuhren jedoch entsetzt auseinander, als die schweren Stahlplatten des Hangarzugangs plötzlich aufglitten. Melbar Kasom drosselte die Intensität des Deflektorschirms. Wenn er richtig gerechnet hatte, mußte seine Silhouette jetzt durch das Flimmern des geschwächten Feldes hindurch undeutlich zu sehen sein.

Mit aller Macht seiner Stimme stieß er einen dumpfen Schrei aus. Die Dumfries erstarrten. Ungehindert betrat Kasom die zweite Hangarhalle. Zu beiden Seiten, fest in ihren Aufhängungen verankert, standen neunzehn Space-Jets. Eine einzelne Maschine war auf den dreißig Meter breiten Steg geschoben worden, der zur eigentlichen Schleuse führte. Der Einstieg war offen. Eine Gruppe von wenigstens dreißig Dumfries umrahmte das Fahrzeug. Als jedoch durch das offene Schott Melbar Kasoms mörderisches Gebrüll hereindrang, schossen sie nach allen Richtungen auseinander und verbargen sich hinter den verankerten Maschinen.

Melbar Kasom spielte seine Rolle, wie er es sich vorgenommen hatte. Wie ein Wahnsinniger brüllend, raste er auf die Space-Jet zu, hielt vor dem Einstieg an und sah sich um. Die Dumfries in ihren Verstecken duckten sich tiefer. Er rannte einmal um das Fahrzeug herum, blieb von neuem vor dem Eingang stehen und begann, mit beiden Fäusten auf die stählerne Hülle einzutrommeln. Dazu schrie er, daß der Boden zitterte.

Dann brach er ab, plötzlich und ohne Übergang. Er gab noch einen gedämpften Laut von sich, der überrascht klingen sollte, stieß sich kräftig ab und schoß kopfüber durch die Öffnung ins Innere der Maschine.

Er hatte kaum festen Boden unter den Füßen, da schaltete er den Deflektor vollends aus. Aus dem Halbdunkel des winzigen Raumes vor ihm lösten sich zwei vertraute Gestalten. Kasom atmete auf.

Tschubai und Gucky nahmen ihn in die Mitte. In diesem Augenblick wurde der Einstieg von außen verschlossen. Die Dumfries hatten sich erstaunlich schnell von ihrem Schrecken erholt. Kasom spürte, wie das Fahrzeug sich langsam in Bewegung setzte.

Er sah Ras Tschubai auffordernd an und sagte:

»Ich glaube, wir sind jetzt an der Reihe . . .«

Dreißig Minuten vor dem Start der Space-Jet erschienen Kibosh Baiwoff und Agen Thrumb von neuem im Sportstadion der CREST, diesmal von nahezu einer halben Kompanie Dumfries begleitet. Perry Rhodan, der sich mit seiner Gruppe von Beratern selten weit von der Mündung des Felsweges entfernte, stand auf und ging den Ankömmlingen entgegen.

»Ich bitte, die abermalige Störung zu entschuldigen«, sagte Kibosh Baiwoff, »aber es kam mir der Gedanke, daß Sie ebenso wißbegierig sein könnten wie ich und den Wunsch empfänden, den Abflug des kleinen Raumfahrzeugs zu beobachten.«

»Ich danke für Ihre Aufmerksamkeit«, antwortete Rhodan. »Sie haben unsere Wünsche erraten.«

»Wir beobachten vom Kommandostand Ihres Schiffes aus«, entschied Baiwoff. »Wählen Sie zwei Begleiter und schließen Sie sich mir an.«

Rhodan wählte Atlan und John Marshall. Ohne sonderliche Eile begab sich der Trupp auf den Weg zum Kommandostand und erreichte ihn zehn Minuten vor dem Starttermin. Perry Rhodan fiel auf, daß die Dumfries, die Baiwoff bei wichtigen Angelegenheiten sonst vor dem Schott zurückzulassen pflegte, diesmal die Halle betraten. Sie postierten sich entlang der Schottwand; ihre schwarz-braun gestreiften Panzer schimmerten im grellen Licht der Fluorlampen.

Baiwoff aktivierte einen Sektor des großen Panoramaschirms. Perry Rhodan empfand eine Art unlogischen Ärger, als er sah, wie geschickt der Stützpunktingenieur mit den fremden Armaturen umging.

Sie setzten sich. Auf dem Bildschirm erschien ein Ausschnitt der 6-C-Hangarschleuse. In der Mitte des Bildes stand die startbereite Space-Jet, umgeben von zahlreichen Wachen.

Leises Mißtrauen stieg in Perry Rhodan auf. Warum hatte Kibosh Baiwoff sie hierhergebracht? Obwohl er eine derartige Geste erwartet hatte, war er sich über Baiwoffs Motiv nicht im klaren. Wollte er ihnen nur zeigen, wie er, ein Stützpunktingenieur mit zweiundzwanzig blauen Steinen, eine solche Angelegenheit handhabte, in der der Gegner sich eine Blöße gegeben hatte und nichts weiter als eine mündliche Zusage dafür besaß, daß man sie nicht zu seinem Nachteil ausnützen werde? Oder steckte mehr dahinter? Hatte Baiwoff den ganzen Plan durchschaut?

Viel hing davon ab, ob es gelungen war, Kibosh Baiwoff davon zu überzeugen, daß sich derzeit keine Teleporter an Bord der CREST befanden und somit auch nicht in der Begleitung des »Haluters«.

Aus dem Lautsprecher, der mit der Bildübertragung gekoppelt war, drang ein dumpfer Schrei. Die Dumfries, die die Space-Jet umringten, stoben nach allen Seiten auseinander und verbargen sich hinter den verankerten Fahrzeugen, die die Seitenwände der großen Hangarhalle säumten. Im Blickfeld erschienen die verwaschenen Umrisse einer gigantischen Gestalt. Die Silhouette schien zu schwimmen wie ein Spiegelbild in der leicht bewegten Oberfläche eines Teiches. Kasom hatte den Deflektorschirm auf halbe Leistung geschaltet. Die Transparenz reichte aus, um seiner Silhouette Glaubwürdigkeit zu verleihen, aber sie war zu gering, um Einzelheiten erkennen zu lassen. Niemand konnte mit Gewißheit entscheiden, wer sich im Innern des Deflektorfeldes befand.

Das Monstrum stürzte sich brüllend und heulend auf die Space-Jet. Einen Augenblick lang sah es so aus, als wolle es sich ohne Zögern durch die Einstiegsöffnung schwingen. Dann überlegte es sich's anders und lief mit weiten Sätzen um das Fahrzeug herum. Wieder vor dem Einstieg angekommen, begann es, die stählerne Hülle mit trommelnden Fäusten zu bearbeiten. Die wirbelnden Arme waren als solche nicht auszumachen; aber das singende Gedröhn des malträtierten Stahls war unverkennbar.

Dann lieferte Kasom sein Meisterstück. Mit einem Ruck, der ganz so aussah, als würde er gegen seinen Willen von den Füßen gerissen, schnellte er in die Höhe und schoß Kopf voran durch die Einstiegsöffnung. Das Brüllen brach ab, ein letzter, überraschter Laut hallte durch den großen Hangarraum. Für jeden Uneingeweihten mußte es so ausgesehen haben, als hätte ein Unsichtbarer Melbar Kasom mit Gewalt in das Fahrzeug befördert.

Er war kaum verschwunden, da brachen die Dumfries aus ihren

Verstecken hervor. In Sekundenschnelle wurde das Einstiegsluk geschlossen und verriegelt. Das Laufband der Startrampe setzte sich in Bewegung und beförderte die Space-Jet in Richtung des inneren Schleusenschotts. Das Schott schwang auf. Das Fahrzeug rollte in die Schleusenkammer hinein.

Das Bild wechselte im selben Augenblick. Ein zweites Aufnahmegerät schaltete sich ein und zeigte die riesige Festungsplattform schräg aus einer Höhe von etwa vierzig Kilometern über den höchsten Turmspitzen. Der Sektor, in dem die CREST IV von den gigantischen Energien des Saugfeldes hilflos an die Oberfläche der Festung gepreßt wurde, erschien in der Bildmitte. Im Oberteil der Raumschiffskugel, mehrere hundert Meter über dem Triebwerksringwulst, erschien eine winzige Öffnung.

Ein Blitz zuckte aus der Öffnung hervor. Ein winziger, glitzernder Punkt, einen glühenden Schweif von beachtlicher Länge hinter sich herziehend, löste sich aus dem Schiff. Die Space-Jet war gestartet. Sie schoß schräg in die Höhe und gewann mit höchstbelastetem Triebwerk phantastisch rasch an Geschwindigkeit. Das Aufnahmegerät verlor das Fahrzeug selbst aus der Sicht, nur der glühende Streifen hochbeschleunigter Partikel zeigte seinen Standort an.

Da blitzte es an zwei Stellen auf der Oberfläche der Festung grell auf. Eine Hundertstelsekunde später verschwand die glühende Spur des Triebwerks hinter zwei grellen Feuerkugeln.

Mit einem wilden Satz sprang Perry Rhodan auf.

»Wir sind verraten worden!« schrie er in unbeherrschter Wut. »Das ist der hinterhältigste Vertrauensbruch . . .«

Er wandte sich zur Seite und stürzte sich mit bloßen Händen auf Kibosh Baiwoff. Baiwoff, den Angriff vorhersehend, hatte die Pyramide auf der Kuppe seines kahlen Schädels aktiviert und sich in ein Schutzfeld gehüllt. Rhodan fuhr mit schrillem Schmerzensschrei zurück, als er mit dem Feld in Berührung kam.

Von der Schottwand her näherten sich die Dumfries.

Die beiden Geschütze auf der Oberfläche der Festung feuerten immer noch. Die Triebwerksspur der Space-Jet wand sich zwischen plötzlich aufpuffenden Glutbällen hindurch. Noch schien das Fahrzeug unbeschädigt, aber es war nur eine Frage von Sekunden, bis die heimtückischen Geschosse ihr Ziel fanden.

»Lassen Sie das Feuer sofort einstellen!« schrie Perry Rhodan.

Eine der Wachen packte ihn an der Schulter. Er fuhr herum wie elektrisiert. Der Dumfrie war bewaffnet, aber Rhodan war so schnell, daß er keine Gelegenheit hatte, seinen Vibrator in Anschlag zu bringen. Rhodans geballte Faust traf ihn mit mörderischer Wucht gegen den Schädel. Er gab einen seufzenden Laut von sich und stürzte haltlos zu Boden. Andere Dumfries stürzten sich auf Rhodan, aber Kibosh Baiwoffs schrille Stimme gellte durch die Halle.

»Laßt ihn in Ruhe!«

Perry Rhodan drehte sich langsam um. Kibosh Baiwoff war aufgesprungen. Einer seiner vier Arme unter der flimmernden Hülle des Schirmfelds deutete auf den Bildschirm.

»Es hat keinen Zweck mehr. Die Arbeit ist getan.«

Rhodan folgte seiner Geste. Unter den Dutzenden von rasch verblassenden Feuerbällen stand ein neuer, größerer mit der Leuchtintensität einer nahen Sonne. Die Triebwerksspur der Space-Jet war verschwunden. Der sonnenähnliche Glutball kennzeichnete die Stelle, an der ihr Fusionsmeiler unter einem Volltreffer explodiert war.

Rhodan erschien äußerlich völlig ruhig, als er sich zum zweitenmal an Kibosh Baiwoff wandte.

»Wo ich herkomme«, knurrte er, »nennt man Leute wie Sie ehrlose Lumpen!«

Baiwoff zeigte sich kaum beeindruckt, obwohl Rhodan Zentrumsidiom sprach.

»Eine nötige Vorsicht im Spiel intergalaktischer Politik«, antwortete er leichthin. »Ich bin erstaunt, daß Sie sich so darüber ereifern. Ich mußte mich vergewissern, daß wenigstens eine der beiden Bestien das verdiente Schicksal erlitt.«

Atlan stand auf. Wortlos trat er auf Kibosh Baiwoff zu und spie ihm mitten in den flimmernden Schutzschirm. Dann schritt er an ihm vorbei auf das Schott zu. John Marshall folgte ihm.

In diesem Augenblick sprach der Hyperempfänger an. Niemand wußte, wer ihn aktiviert hatte. Die Leistung der empfangenen Sendung mußte groß genug sein, um die komplizierten Stromkreise von selbst in Tätigkeit zu setzen.

Der Lautsprecher dröhnte auf.

»Hier spricht Icho Tolot! Der Verrat an meinem Bruder wird nicht ungestraft bleiben. Die Zeit des Abwartens und Verhandelns ist für immer vorbei. In wenigen Tagen werden die Armeen meiner geknechteten Brüder die Welten dieser Galaxis überschwemmen und vernichten, was sich ihnen in den Weg stellt. Sie, Kibosh Baiwoff, tragen die Verantwortung.«

Der Empfänger schwieg. Perry Rhodan musterte Baiwoff. Baiwoff schien mit einer ähnlichen Sendung gerechnet zu haben. Es war unmöglich zu erkennen, ob sie ihn beeindruckt hatte. Er sah auf und erwiderte Rhodans Blick.

»Das war deutlich, nicht wahr? Er wird zu dem geheimnisvollen Planeten der Bestien fliegen und sie mobilisieren.«

»Darauf können Sie Gift nehmen!« knurrte Perry Rhodan.

# 25.

Die drei Männer wahrten die ernste, bedrückte Miene auch, als der Haupteingang des Stadions sich längst hinter ihnen geschlossen hatte. Sie wußten, daß Kibosh Baiwoff Geräte besaß, um die weite Stadionhalle unter ständiger Aufsicht zu halten.

»Jetzt analysiert er unsere Reaktion«, sagte Perry Rhodan nachdenklich.

»Wir haben nichts zu befürchten«, antwortete Atlan. »Wir haben die Szene hundertmal studiert, und sie wirkte durchaus echt.«

Perry Rhodan wandte sich an John Marshall.

»Auf der anderen Seite ist alles in Ordnung?«

»Bestens«, bestätigte der Telepath. »Gucky und Ras teleportierten mit Kasom aus der Space-Jet, als sie in die Schleuse rollte. Sie sind zurück in ihrem Versteck und warten auf weitere Anweisungen.«

Rhodan nickte.

»Ich frage mich, ob wir es einrichten können . . .«, murmelte er.

Eine Minute später, nachdem er seinen Entschluß gefaßt hatte, sah er auf und musterte Marshall aus graublauen Augen.

»Senden Sie an Gucky!« sagte er dem Telepathen. »Ich will wissen, ob es ihm möglich ist, den Logiksektor der Schiffspositronik zu aktivieren, ohne daß Baiwoff davon Wind bekommt.«

Marshall antwortete ohne Zögern:

»Die Anweisung wird sofort übermittelt. Darf ich fragen, für welches Problem Sie eine Lösung suchen?«

Perry Rhodan biß sich auf die Unterlippe, während er geistesabwesend vor sich hinstarrte.

»Ich will wissen«, antwortete er, »wie fest Kibosh Baiwoff daran glaubt, daß er den Haluter wirklich vernichtet hat.«

Knapp drei Stunden später konnte John Marshall vermelden, daß es Ras Tschubai gelungen war, alle Kontakte zwischen dem Logiksektor der Positronik und dem Meßraum in der Technischen Sektion zu unterbrechen. Ebenfalls unterbrochen wurden die Verbindungen, die die Tätigkeit der Fusionsgeneratoren im oberen Generatorenraum anzeigten. Somit konnten Generator und Logiksektor in Betrieb genommen werden, ohne daß die Dumfries hinter den Meßinstrumenten in der Technischen Sektion etwas davon bemerkten.

Ras Tschubai und Gucky konnten sich am Schaltpult des Logiksektors im Schutz ihrer Deflektorfelder bewegen, ohne Gefahr zu laufen, von einem zufällig hereinschauenden Dumfrie entdeckt zu werden. Dennoch bestand durch ihre Aktivität die Gefahr der Entdekkung, auch wenn sie sich bemühten, nur kleine Ein- und Ausgabeeinheiten zu benutzen. Sie mußten sich auf ihr Gehör verlassen – und auf die nötige Portion Glück.

Tschubai fütterte die Positronik mit allen verfügbaren Daten, die zur Erstellung einer Prognose erforderlich waren. Dann warteten sie. Die Positronik ließ sich Zeit. Vierzig, fünfzig Minuten vergingen. Gucky trommelte nervös mit den kleinen Fingern auf die Pultverkleidung, während seine Ohren nach draußen lauschten.

Noch blieb alles ruhig. Nur einmal waren die Schritte von patrouillierenden Dumfries zu hören gewesen.

Endlich, als Gucky wieder eine drängende telepathische Anfrage von Marshall erreichte, erwachte die Maschine plötzlich zum Leben. Ein Mechanismus begann zu surren. Aus einem schmalen Auswurfschlitz glitt ein Plastikstreifen. Ras Tschubai nahm ihn zur Hand und starrte auf die großen Lettern, mit denen die Positronik den Streifen bedruckt hatte.

Er las zwei-, dreimal. Dann schlug er sich mit der flachen Hand gegen die Stirn, daß es klatschte.

»Und dafür haben wir uns die Mühe gemacht und das Risiko auf uns genommen!« flüsterte er.

Gucky nahm ihm den Plastikstreifen ab und las selbst.

Auf dem Streifen stand:

WAHRSCHEINLICHKEIT DAFÜR, DASS SUBJEKT (A1) VIER OBJEKTE (B1, B2, B3, B4) FÜR BESEITIGT HÄLT – 50,00 PROZENT.

»Vielleicht glaubt dieser Baiwoff an den Tod unseres Haluters, vielleicht glaubt er es nicht«, übersetzte Ras mit tiefem Seufzen die Auskunft des Logiksektors. »Wir sind nicht schlauer als vorher.«

John Marshall empfing Guckys telepathische Nachricht im selben Augenblick und berichtete Rhodan, dessen Enttäuschung weniger groß gewesen wäre, wenn er gewußt hätte, was Kibosh Baiwoff in diesen Minuten in Händen hielt.

Er war auf die gleiche Idee gekommen wie Rhodan. Auch er hatte, um seine Zweifel entweder verscheucht oder bestätigt zu wissen, eine positronische Berechnung anstellen lassen. Seine Festungspositronik sollte ihm sagen, mit welcher Wahrscheinlichkeit sich an Bord des zerstörten Kleinraumschiffs zum Zeitpunkt der Vernichtung eine Bestie mit ihren Helfern befand.

Die Festungspositronik kam zu dem exakt gleichen Ergebnis wie der Logiksektor der CREST IV, nämlich fünfzig Prozent. Dieser Wahrscheinlichkeitswert reichte allerdings aus, um Kibosh Baiwoffs Argwohn und sein Mißtrauen sprunghaft wachsen zu lassen.

Fünfzig Prozent Wahrscheinlichkeit dafür, daß der Gegner versucht hatte, ihn, den Stützpunktingenieur mit den zweiundzwanzig Steinen, hereinzulegen.

Perry Rhodan, Atlan und John Marshall begaben sich an ihre Schlafplätze. Marshall legte sich unverzüglich nieder und war wenige Augenblicke später eingeschlafen – ein Mann, der sich seiner Fähigkeit sicher war – sicher genug wenigstens, um zu wissen, daß er sofort erwachen würde, wenn Gucky auf telepathischem Wege Kontakt mit ihm aufnahm. Atlan fühlte sich noch zu einem kleinen Gespräch aufgelegt, fand jedoch in Perry Rhodan einen höchst einsilbigen Partner. Der Arkonide verzichtete darauf, in den Freund zu dringen. Er wußte, daß Rhodan über seine Sorgen sprechen würde, wenn er die Zeit für angebracht hielt.

Nachdem auch Atlan sich niedergelegt hatte, war Perry Rhodan mit sich und seinen Gedanken allein. Es war still, bis auf das gelegentliche Schnarchgeräusch eines der vielen Schläfer. Die Nacht war lau, und die künstlichen Sterne verbreiteten einen überaus natürlich wirkenden Schimmer. Nur die Geräusche der Nacht fehlten – das Rascheln eines kleinen Tieres im Gras, das Flügelklatschen eines großen Nachtvogels, das Zirpen von Grillen.

Rhodan überwand eine Anwandlung von Melancholie und wandte sich dem Problem zu, das er zu lösen hatte. Er stand an einer Weggabelung. Der Plan, den er zusammen mit Atlan entwickelt hatte, sah zwei Möglichkeiten des Vorgehens vor. Welche davon zu wählen war, hing davon ab, ob Kibosh Baiwoff den Trick mit der leeren Space-Jet durchschaut hatte oder nicht.

Die beiden Alternativen des Aktionsplans waren voneinander grundverschieden. Konnte man damit rechnen, daß Kibosh Baiwoff sein Attentat für geglückt hielt, dann war so gut wie sicher, daß seine Wachsamkeit den Gefangenen gegenüber auf ein Minimum absank. Unter diesen Umständen waren rasche Vorstöße am Platz, die eine Flucht ermöglichten, noch bevor Baiwoffs Castle sich wieder in Bewegung gesetzt hatte.

Hatte Baiwoff den Trick jedoch durchschaut, dann war er noch ebenso wachsam wie zuvor, und alle weiteren Vorstöße mußten mit Bedacht unternommen werden. Es war in diesem Fall nicht mehr damit zu rechnen, daß die Befreiung vor der Wiederherstellung der Festung gelingen würde. Alle Planung mußte unter diesen Umständen darauf ausgerichtet sein, Kibosh Baiwoff zu überraschen und die Freisetzung zu erzwingen, sobald Baiwoffs Castle über dem Ziel aus dem Linearraum zum Vorschein kam.

Die beiden Variationen des Plans waren voneinander grundverschieden. Für den Fall, daß die falsche Alternative gewählt wurde, schien eine völlige Niederlage nahezu unvermeidlich. Es hätte Perry Rhodan mit Begeisterung erfüllt zu hören, daß Kibosh Baiwoff an das Gelingen seines Attentats glaubte; denn der Aktionsplan für diesen Fall war bis zum Rand voll mit Aktivität und versprach Rettung innerhalb kürzester Zeit. Aber lieber noch, als von dieser vagen Hoffnung zu zehren, hätte er gewußt, daß Baiwoff den Trick durchschaut hatte. Auch wenn es sich um die unangenehmere von beiden Möglichkeiten handelte – es war Gewißheit, was er brauchte.

Er war bis zu dieser Stelle des Gedankengangs vorgedrungen, als ihm die Lösung plötzlich einfiel. Mit der Grelle eines Blitzes stand die Antwort auf alle Fragen auf einmal deutlich vor ihm.

Er wandte sich zur Seite und rüttelte Marshall an den Schultern. Der Mutant war sofort wach. Er stemmte sich auf die Ellbogen und sah Perry Rhodan fragend an.

»Nehmen Sie Verbindung mit Gucky auf!« befahl Rhodan.

Marshall gehorchte ohne Zögern. Er hatte die Gewohnheit, die Augen zu schließen, während er sich auf telepathische Vorgänge konzentrierte. Ein paar Sekunden vergingen, dann sah er wieder auf.

»Verbindung hergestellt«, meldete er.

»Wo befindet sich Gucky jetzt?« wollte Rhodan wissen.

»Im Generatorenraum. Er ist im Begriff, die letzten Meßkabelverbindungen wiederherzustellen.«

Rhodan atmete auf.

»Wie viele Kabel sind noch getrennt?«

Marshall fragte nach.

»Drei«, war die Antwort.

»Sagen Sie ihm, er soll zwei davon reparieren und das dritte so lassen, wie es ist.«

Marshall war verwirrt.

»Aber das bedeutet«, versuchte er einzuwenden, »daß Baiwoff . . .«

»Weisen Sie Gucky an«, unterbrach ihn Rhodan. »Ich bin mir über die Folgen durchaus im klaren.«

Während Baiwoff sich Gedanken über die tatsächlichen Pläne der Terraner machte, erreichte ihn eine Meldung.

Bei den Routineuntersuchungen war einer der Dumfrie-Patrouillen eine schadhafte Kabelverbindung in einem Generatorenraum aufgefallen.

Gemeinsam mit Agen Thrumb machte sich Baiwoff sofort auf den Weg und erreichte in kurzer Zeit den betreffenden Sektor des terranischen Schiffes. Der Verdacht, den er hegte, wurde durch diesen Vorfall weiter bestärkt. Der Gegner hatte versucht, den Tod der Bestie und seiner Begleiter vorzutäuschen.

Baiwoff ging in den Generatorenraum und sah, daß eine der vielen Kabelverbindungen durchgetrennt worden war.

Es handelte sich um einen dünnen Strang aus kleinkalibrigen Drähten, die mit dem Leistungsausstoß des Generators nichts zu tun hatten, sondern zu einer in einem anderen Raum untergebrachten Meßbank führten. Die Meßbank wurde von Dumfries ständig unter Kontrolle gehalten. Ihre Funktion war, Leistungsverbrauch oder -erzeugung kritischer Bordanlagen zu sondieren. Kibosh Baiwoff hatte die Wache dort postiert, um sofort zu erfahren, wann sich jemand an den Bordaggregaten zu schaffen machte.

Die Meßbank hatte versagt. Der Gegner hatte die Lage durchschaut und sich rechtzeitig dagegen gesichert, daß seine heimliche Tätigkeit bemerkt wurde. Der Generator, dessen Meßkabel durchgetrennt worden war, gehörte zu den Geräten, an die je nach Wahl der eine oder andere Verbraucher angeschlossen werden konnte. Baiwoff verschaffte sich eine Liste der Aggregate, die mit dem Generator verbunden werden konnten, und ermittelte ohne langes Nachdenken, daß der Logiksektor des großen Bordrechners von allen zur Debatte stehenden Geräten dasjenige war, dessen Benutzung für den Gegner den größten Vorteil darstellte.

Eine Gruppe von Spezialisten untersuchte den Rechner. Sie gingen gründlich zu Werke, nahmen das komplizierte Instrument fast vollständig auseinander und suchten nach Spuren kürzlich erfolgter Benutzung. Sie fanden nichts. Die Meßkabel, die auch von der Positronik zur Meßbank führten, wurden sorgfältig unter die Lupe genommen, aber es fand sich keinerlei Anzeichen, daß eines oder mehrere davon zertrennt und später wieder zusammengespleißt worden waren.

Kibosh Baiwoff jedoch war seiner Sache auch ohne weitere Beispiele sicher. Es stellte sich zum Beispiel heraus, daß der besagte Generator durch insgesamt acht Meßkabel mit der Meßbank verbunden war. Auch nach Ausfall des durchtrennten Kabels hätte die Tätigkeit des Generators durch die übrigen sieben Kabel auf der Meßbank angezeigt werden müssen. Daß eine solche Anzeige niemals erfolgt war, bewies, falls die übrigen Voraussetzungen richtig waren, daß in Wirklichkeit sämtliche acht Kabel durchtrennt gewesen waren. Aus irgendeinem Grund, wahrscheinlich infolge Zeitmangels, hatte der Gegner es nicht zuwege gebracht, alle acht Kabel zu reparieren. Eines war beschädigt geblieben. An den sieben wiederhergestellten Kabeln konnte jedoch keine Spur davon gefunden werden, daß jemand sie vor kurzem zerschnitten und dann wieder zusammengespleißt hatte. Wenn an den Meßkabeln des Generators keinerlei Anzeichen gefunden werden konnten, dann konnte nicht erwartet werden, daß die des Logiksektors deutlichere Spuren enthielten – und Kibosh Baiwoffs Hypothese blieb weiterhin nicht nur schlüssig, sondern auch ungemein logisch.

Er empfand Zufriedenheit darüber, wie er dem Gegner auf die Schliche gekommen war. Seine Stimmung äußerte sich darin, daß er äußerst wohlwollend zu Agen Thrumb sprach.

»Warum, mein Freund«, erkundigte er sich, »hat sich der Gegner zum Logiksektor des Bordrechners geschlichen und ihn unbemerkt in Betrieb gesetzt?«

»Um eine Antwort auf eine Frage zu finden, Druisant«, antwortete er.

Baiwoff war zu sehr in Fahrt, als daß er Thrumbs Ausweichmanöver verstanden hätte.

»Ganz richtig. Aber welche Frage wäre dem Gegner wichtig genug, daß er ihretwegen sich auf ein so gefährliches Unternehmen einläßt? Immerhin drohte ihm von einer Hundertsteleinheit zur nächsten, daß er von unseren Wachen gefaßt wurde. Welche Frage, Druis, war von solch eminenter Wichtigkeit?«

Agen Thrumb dachte nach. Baiwoff hatte ihn während der vergangenen Zeiteinheit so beschäftigt gehalten, daß er keine Zeit gefunden hatte, seine Gedanken zu sammeln. Jetzt, da er sich darauf konzentrieren konnte, ging ihm plötzlich auf, welchem Problem die Fremden sich gegenübersahen. Er fand die Antwort auf Baiwoffs Frage, hütete sich jedoch, sie auszusprechen; denn wenn Baiwoff darauf aus war, sein Genie unter Beweis zu stellen, ließ man ihn am besten ungestört.

»Womöglich die Frage, was die zweite Bestie als nächstes unternehmen wird?« äußerte er zaghaft.

Kibosh Baiwoff war über alle Maßen amüsiert.

»Ihnen fehlt die Übersicht, Druis«, ließ er Agen Thrumb wissen. »Die zweite Bestie interessiert den Gegner überhaupt nicht. Wenigstens nicht jetzt. Er hat sich einen Aktionsplan zurechtgelegt. Wie es jetzt offenbar wird, war die Bereitschaft, eine der beiden Bestien zu opfern, ein Teil dieses Plans. Der Gegner ist jedoch schlau. Er weiß, daß wir unsere Denkfähigkeit zu gebrauchen wissen. Er muß eine

Entscheidung treffen. Er muß wissen, ob wir auf seinen Bluff hereingefallen sind oder nicht.«

Agen Thrumb schwieg. Er hatte keine Mühe, Kibosh Baiwoff davon zu überzeugen, daß er ratlos war.

»Sie erinnern sich an die Frage, die ich der Maschine vorlegen ließ, Druis?« erkundigte sich Baiwoff.

Thrumb gab das Zeichen der Zustimmung.

»Es ging darum, wie groß die Wahrscheinlichkeit dafür war, daß die Bestie sich an Bord des kleinen Raumfahrzeugs befand, als wir es vernichteten.«

Agen Thrumb wiederholte das Zeichen.

»Und natürlich die drei Spezialagenten des Gegners. Bei seinem weiteren Vorgehen muß der Gegner wissen, ob wir die Agenten für vernichtet halten oder nicht. Er weiß, daß unser Verhalten davon abhängt, ob wir seinem Trick aufgesessen sind oder nicht.«

Baiwoff machte eine Handbewegung, die seine Belustigung ausdrückte.

»Ist es nicht eigenartig«, fragte er, »daß der Gegner seiner Maschine dieselbe Frage vorlegt wie ich der meinen?«

Gucky zuckte zusammen, als John Marshalls Botschaft ihn mit der Gewalt eines Wirbelsturms überfiel. Die Blicke der Gefährten richteten sich verwundert und fragend auf ihn.

Marshall sprach kurz. Was er zu sagen hatte, war verblüffend – und gleichzeitig ungeheuer einleuchtend.

»Phase drei läuft an«, berichtete er Melbar Kasom, nachdem Marshall sich verabschiedet hatte.

»Drei-A«, murmelte Kasom. Er sprach zu sich selbst.

»Nein«, widersprach Gucky. »Drei-B!«

Alle fuhren auf.

»Drei-B!« protestierte der ältere Goratschin. »Das heißt, Baiwoff weiß . . .«

»Man hat es ihm klargemacht«, bestätigte der Mausbiber.

»Wer ist man?«

Gucky zeigte lächelnd seinen großen Nagezahn.

»Mein bester Freund.«

Melbar Kasom stand auf und trat vor den Mausbiber. Aus Guckys Perspektive war seine Gestalt unglaublich imposant.

»Laß uns die ganze Geschichte hören, Kleiner!« dröhnte die mächtige Stimme des Ertrusers. »Auf einmal – nicht stückweise.«

Gucky spielte den Gekränkten.

»Niemand hat mehr Sinn für Humor«, schmollte er. Dann sah er auf. »Wir erhielten vom Logiksektor der Positronik keine befriedigende Antwort auf die Frage, ob Baiwoff auf unseren Trick hereingefallen ist oder nicht. Die Positronik gab eine Wahrscheinlichkeit von genau fünfzig Prozent. Rhodan hatte also keine Möglichkeit zu entscheiden, welche Alternative des Aktionsplans ausgeführt werden sollte. Er entschloß sich, die Entscheidung selbst herbeizuführen. Er ließ Baiwoff wissen, daß die sogenannte Bestie und die drei Spezialagenten sich nicht an Bord der Space-Jet befanden, als das Fahrzeug von den Geschützen der Festung vernichtet wurde.«

»Er ging hin und sagte es ihm«, fiel der jüngere Goratschin ein.

»Natürlich nicht«, entgegnete der Mausbiber mit merklicher Entrüstung. »Er trug mir auf, eines der Meßkabel, durch die die Generatoren im oberen Generatorenraum mit der Meßkonsole verbunden sind, durchtrennt zu lassen. Die Dumfries fanden das durchtrennte Kabel. Es blieb Baiwoff überlassen, sich den richtigen Reim darauf zu machen. So wie wir Baiwoff kennen, brauchte er nur ein paar Minuten, um das Rätsel zu lösen. Er weiß jetzt, daß Perry Rhodan den Logiksektor der Positronik befragt hat. Es gibt nur einen einzigen Grund, warum er das getan haben könnte. Er wollte wissen, ob Baiwoff auf seinen Trick hereingefallen war oder nicht.«

Einen Augenblick lang schwiegen alle. Dann sagte Gucky:

»Infolgedessen verfahren wir von jetzt an nach Plan Drei-B. Baiwoff ist auf Schwierigkeiten gefaßt und wird sich vorsehen. Unser einziger Vorteil liegt darin, daß wir nach einem anderen Schema vorgehen werden als während Phase eins.« Er warf einen kurzen Blick auf die Uhr. »Wir sind angewiesen, um fünf Uhr Bordzeit auszurücken.«

»Die Wachen sind postiert, Druisant«, meldete Agen Thrumb.

»Und die Schiffe kehren zurück«, antwortete Kibosh Baiwoff nachdenklich. Er bemerkte an Agen Thrumbs Schweigen, daß er nicht verstanden worden war, und fuhr fort: »Fast vierhundert Einheiten der Eskorte haben unseren derzeitigen Standort gefunden. Die restlichen werden es wohl im Laufe der nächsten Zehnereinheiten ebenfalls schaffen. Die Reparaturarbeiten schreiten rasch voran. Ich bin sicher, daß wir im Verlauf der nächsten Hunderteinheit wieder auf Fahrt gehen werden.«

Agen Thrumb hatte nicht die Absicht, Kibosh Baiwoff merken zu lassen, was er empfand; aber Baiwoff besaß eine Art sechsten Sinn für die Regungen der Leute, mit denen er zu tun hatte.

»Sie scheinen erleichtert?« erkundigte er sich beiläufig.

Agen Thrumb gestand, daß er lieber fünf Hunderteinheiten zu früh am Ziel wäre als eine Zehnteleinheit zu spät.

»Sie fürchten sich vor den Fremden«, konstatierte Baiwoff, und Agen Thrumb ärgerte sich darüber, daß er sich auf die Unterhaltung eingelassen hatte.

»Nein«, verteidigte er sich. »Das ist es nicht, Druisant. Aber ich gebe mir Mühe, den Gegner richtig einzuschätzen, und das Resultat ist nicht allzu ermutigend.«

Baiwoff machte eine Geste der Belustigung.

»Sie meinen, er sei schlauer als wir?«

Um des Zentrums willen, nur das nicht, schoß es Thrumb durchs Gehirn. Denn »wir«, das war in Wirklichkeit Kibosh Baiwoff selbst, und eine Bejahung der Frage hätte Agen Thrumbs weitere Laufbahn als Stützpunktingenieur ernsthaft in Gefahr gebracht.

»Keinesfalls, Druisant«, wich er aus. »Aber ich bin sicher, daß der Gegner nicht zu unterschätzende Fähigkeiten im Partisanenkrieg besitzt und daß wir um so besser dran sind, je rascher wir ihn in sicheren Gewahrsam bringen.«

»Sie haben zuwenig Selbstvertrauen«, ließ der Druisant Agen Thrumb väterlich wissen. »Gegen uns ist der Feind nichts. Wir haben ihn völlig in der Hand. Er ist gefangen, gegen die Wand gedrängt und kann sich nicht mehr rühren. Ihre Besorgnis ist völlig überflüssig.«

Das, fand Agen Thrumb, war der größte Unsinn, den er je aus dem Mund eines Vorgesetzten gehört hatte.

Denn nunmehr stand fest, daß sich die Teleporter des Gegners nicht – wie behauptet – auf dem Schiff der Bestien, sondern hier, innerhalb des terranischen Schiffes, befanden. Und es war Baiwoffs Wille, daß er damit nicht die Terraner konfrontierte und sie zur Rechenschaft zog, sondern es vorzog, das Spiel des Gegners mitzuspielen.

Zunächst, so schien es, sollte Kibosh Baiwoff recht behalten. Knapp eine Zehnereinheit oder achtzig Minuten nach seiner Unterredung mit Agen Thrumb wurde eine Untersektion der Hauptverteilerstelle im untersten Geschoß der Festung angegriffen. Wieder erschien der Gegner aus dem Nichts – eine Tatsache, die den Dumfries Angst einflößte und ihre Abwehr nachteilig beeinflußte. Nichtsdestoweniger gelang es den Wachen, den Gegner, der auch während des Kampfes unsichtbar blieb und seine Position nur durch das Aufflammen seiner Waffen verriet, nach kurzer Zeit wieder zu vertreiben. Ein Dumfrie-Soldat wurde getötet, vier weitere Soldaten wurden verletzt. In der Untersektion selbst entstand keinerlei Schaden.

Der Vorfall wurde von der Positronik ausgewertet. Nach ihrer Aussage war es dem Gegner darum zu tun gewesen, in die Untersektion einzudringen und die Feldgeneratoren zu zerstören, die das eigentliche Verteileraggregat mit einem undurchdringlichen Feldschirm umgaben. Der erste Vorstoß in der erneuten Offensive hatte dem Gegner also einen kompletten Mißerfolg eingetragen.

Kibosh Baiwoff war damit zufrieden.

Der einzige, der sich Gedanken machte, war Agen Thrumb.

Der zweite Angriff erfolgte kurze Zeit später an einer Stelle, der keine besondere Bewachung zugeteilt worden war, weil sie unbedeutend schien. Infolgedessen hatte der Gegner mehr Erfolg als bei seinem ersten Vorstoß. Ein Kabelschacht wurde geöffnet und das darin enthaltene Kabel über eine Länge von rund einem Etagenabstand zerstört. Leistungsausfälle in beiden betroffenen Etagen waren die Folge. Der Gegner zog sich ohne Widerstand zurück, als eilig herbeigerufene Wachen auf der Szene erschienen.

Die Positronik wurde erneut befragt und lieferte die Auskunft, daß es sich bei dem Vorfall um ein Ablenkmanöver des Gegners gehandelt habe. Tatsächlich erfolgte nur wenige Zehnteleinheiten später ein dritter Angriff, der sich gegen ein Hauptschaltelement konzentrierte, von dem die Hälfte der Wachen wegen des Vorstoßes gegen den Kabelschacht abgezogen worden war.

Das Moment der Überraschung ausnutzend, gelang es dem Gegner, das Schaltelement zu beschädigen. Die restlichen Dumfries vertrieben ihn jedoch, nachdem sie sich von ihrem anfänglichen Schock erholt hatten. Der erlittene Schaden war unbedeutend. Zehn Roboter reparierten ihn binnen einer halben Zehnereinheit.

Allerdings mußten die Roboter zu diesem Zweck von anderen Reparaturarbeiten abgezogen werden.

Kibosh Baiwoff war leicht beunruhigt, hatte jedoch noch immer allen Grund, sich als Herr der Lage zu betrachten. Von den restlichen einhundert Schiffen der Dumfries hatten inzwischen weitere achtundfünfzig den gegenwärtigen Standort der Festung ermittelt und sich der Begleitflotte wieder angeschlossen. Funkverbindung bestand mit weiteren vierzig Fahrzeugen. Es waren nur noch zwei, die den Weg bislang nicht gefunden hatten, und über zwei Schiffe zerbrach der Mann mit den zweiundzwanzig blauen Steinen sich nicht unnötig den Kopf.

Worüber er sehr wohl nachdachte, war die Tatsache, daß es dem Gegner offenbar in keiner Weise darauf ankam, so viele Dumfries wie möglich aus dem Weg zu räumen – eine Taktik, die Kibosh Baiwoff selbst, wenn er in der Lage des Gegners gewesen wäre, sich ohne Zögern zum obersten Gebot gemacht hätte. Denn erstens mußte es den Terranern wichtig sein, die Dumfries einzuschüchtern, und zweitens hatten sie zu bedenken, daß ihre Vorhaben um so leichter auszuführen waren, je weniger Dumfries sich ihnen in den Weg stellten.

Daß die Fremden diese beiden höchst wichtigen Gesichtspunkte außer acht ließen, verursachte Baiwoff nicht geringes Kopfzerbrechen. Er erkundigte sich bei der Positronik und erhielt eine Auskunft, die ihn vorübergehend beruhigte. Nach der gegnerischen Denkweise nahm intelligentes Leben auf der allgemeinen Wertskala mit weitem Vorsprung den obersten Platz ein. Ein Fremder, der sich einer Bedrohung durch ein denkendes Wesen ausgesetzt sah, würde mit aller Kraft versuchen, nach derjenigen Lösung des Problems zu streben, die eine Tötung seines Gegners nicht erforderte. Nur mit Widerwillen sähe er sich dazu bereit, den Gegner zu verletzen. Töten würde er ihn nur, wenn die Alternative des Nicht-Tötens gleichbedeutend wäre mit dem Verlust des eigenen Lebens.

Der Standpunkt der Schwachen, amüsierte sich Kibosh Baiwoff. Aber das Bild, das er sich von den Fremden gemacht hatte, und ihre Ehrfurcht vor dem Leben fremder Intelligenzen ließen sich nicht ohne weiteres miteinander vereinen. Er fragte die Positronik, aber die wußte auch keinen Rat.

In diesen Stunden bewies Agen Thrumb, daß er in Wirklichkeit zu

Größerem geboren war. Indem er persönlich einige der Dumfries, die an den Kämpfen teilgenommen hatte, ausgiebig befragte, stellte er fest, daß jeweils nicht mehr als zwei oder drei flammende Entladungen aus den Waffen des Gegners zur gleichen Zeit beobachtet worden waren. Obwohl einige der Befragten sich der im Banne der Panik gemachten Beobachtungen nicht allzu sicher waren, schien aus den Antworten, wenn man sie in ihrer Gesamtheit betrachtete, eindeutig hervorzugehen, daß der Gegner jeweils nur mit höchstens drei Mann an einer bestimmten Stelle angriff.

Die Gruppe der Saboteure bestand aus vier Mann.

Wo blieb der vierte?

Agen Thrumb überlegte sich, ob er Kibosh Baiwoff über seinen Verdacht informieren sollte. Er entschied sich dagegen, obwohl er damit bewußt gegen das Reglement verstieß. Denn Kibosh Baiwoffs überlegene, väterliche Art hatte begonnen, ihm auf die Nerven zu gehen.

Wenn als zweitrangiges Motiv eine Rolle gespielt haben mochte, daß Agen Thrumb die Vorgehensweise des Gegners faszinierte und daß er sich für den einzigen hielt, der in der Lage war, sich geistig in die Situation der Fremden zu versetzen, so gestand er sich dies wenigstens im Augenblick noch nicht ein.

Ras Tschubai bewegte sich vorsichtig auf die drei Dumfries zu, die den Eingang des Generatorenraums bewachten. Er hatte keine Mühe, unbemerkt zu bleiben. Das Deflektorfeld schirmte ihn gegen Sicht ab. Er mußte sich jedoch hüten, hart aufzutreten, denn für akustische Schwingungen war der Deflektor völlig durchlässig.

Er war sicher, daß sich im Innern des Raumes weitere Wachen befanden. Die kleine Generatorenkammer war zu unwichtig, als daß sie durch eines der hochenergetischen Schirmfelder abgesichert worden wäre. Es hätte Ras keinerlei Mühe gemacht, in die Kammer einzudringen; aber es lag ihm nichts daran. Seine Aufgabe war eine andere.

Er hielt an und warf einen Blick auf die Uhr. Er selbst war durch das Deflektorfeld nicht behindert. Alles, was sich im Innern des Feldes befand, nahm er so wahr, als existiere der Feldschirm nicht. Optische Eindrücke von außerhalb waren von geringerer Leuchtstärke als gewöhnlich, aber trotzdem deutlich.

Noch achtzig Sekunden bis zu dem Augenblick, in dem Melbar Kasom und seine Begleiter zum vierten Vorstoß ansetzten. Die Unruhe im Innern der Festung mußte inzwischen jenes Maß erreicht haben, das er brauchte, um mit seinem Auftrag Erfolg zu haben.

Er wartete. Als die achtzig Sekunden um waren, setzte er sich wieder in Bewegung, obwohl er von seinem Standpunkt aus keine Möglichkeit hatte zu entscheiden, ob Melbar Kasom sich an den vereinbarten Zeitplan hielt. Kasoms Angriff erfolgte drei Etagen höher.

Er stand zwei Meter vor dem nächsten Dumfrie, als das Schott der Generatorenkammer sich öffnete und eine vierte Wache hervortrat.

»Feindlicher Angriff drei Stockwerke genau über uns!« hörte Ras. »Höchste Wachsamkeit!«

Der Dumfrie verschwand wieder durch die Öffnung. Das Schott schloß sich. Im selben Augenblick fiel die Beleuchtung aus.

Die Verwirrung der drei Wachen war total. In der Finsternis hörte Ras, wie sie einander Aufmunterungen zuriefen, während sie an der Wand der Kammer entlangstapften, um das Notbeleuchtungsaggregat zu finden. Unbeachtet gelangte er bis zum Schott. Mit einer raschen Handbewegung beförderte er die kleine Kapsel, die er seit Minuten mit der Hand umschlossen hielt, in die obere rechte Kante zwischen Schott und Wandung. Die winzige Saugplatte faßte sofort. Als er nachfaßte, klebte die Kapsel so sicher an Ort und Stelle, als wäre sie angeschweißt worden.

Er zog sich zurück. Die Kammer lag nicht weiter als zehn Meter hinter ihm, als das Licht wieder aufflammte. Die Dumfries ergingen sich in Ausrufen der Erleichterung. Sie unterzogen die Außenwand der Kammer einer oberflächlichen Untersuchung, übersahen jedoch die Kapsel, die über ihren Köpfen in der Schottnische klebte.

In sicherer Entfernung wartete Ras Tschubai die vorgeschriebenen fünfzehn Minuten. Dann war er gewiß, daß er seine Aufgabe gelöst hatte. Die Dumfries hatten die Kapsel nicht bemerkt. Er würde es an anderer Stelle neu versuchen müssen.

Er versetzte sich mit einem raschen Sprung vier Etagen nach oben, schritt unbemerkt einen breiten Gang entlang, auf dem sich eilige Ordonnanzen der Dumfries in beiden Richtungen bewegten, und kam schließlich auf eine Art Platz, der sich kreisförmig um eine schräg in die Höhe strebende Metallwand schmiegte. Die Wand selbst war nur durch den grünlichen Schimmer eines hochenergetischen Schutzfeldes sichtbar. Trotz des Feldes hatte der Gegner es jedoch für notwendig befunden, auf dem Platz selbst rund ein Dutzend Wachposten patrouillieren zu lassen.

Aus der ersten Phase des Plans wußte Ras Tschubai, daß sich hinter der gewölbten Wand eine Batterie von Wasserstofftanks und Plasmageneratoren befanden. Die Generatoren verwandelten den aus den Tanks entnommenen Wasserstoff in zu mehr als neunzig Prozent ionisierte Materie und leiteten das Ionengas in die Fusionsmeiler, in denen durch die Verschmelzung von Wasserstoff- zu Heliumkernen Energie erzeugt wurde. Aus dem Raum, dessen Kuppelwand er vor sich hatte, wurde rund ein Zehntel aller Meiler der Festung versorgt. Es war kein Wunder, daß Kibosh Baiwoff keine Mühe gescheut hatte, um sich an dieser Stelle gegen einen gegnerischen Vorstoß wirksam zu sichern.

Melbar Kasoms nächster Angriff war in knapp vier Minuten fällig. Ras Tschubai wartete seine Zeit ab. Als Kasom nach seiner Uhr mit dem Vorstoß begann, überquerte er unbemerkt den Platz und deponierte eine weitere Kapsel unmittelbar am unteren Rand des Schirmfelds, wo sie nur dann entdeckt werden konnte, wenn jemand eine wirksame Möglichkeit fand, seine Augen gegen das intensive Leuchten des Feldes abzuschirmen.

Auch an diesem Ort war Ras Tschubai erfolglos – wenn er auch allmählich die Möglichkeit in Betracht zu ziehen begann, daß die vierte und zweitletzte Phase des Plans unter Umständen gar nicht in die Tat umgesetzt zu werden brauchte, wenn nämlich die Dumfries und diejenigen, die ihnen Befehle gaben, sich weiter so blind verhielten wie bisher.

Er führte noch zwei weitere Kapseln mit sich. Nachdem er sie verteilt hatte, würde er zum Ausgangspunkt des Unternehmens zurückkehren müssen. Er empfand eine gewisse Ungeduld. Er wollte sich der beiden restlichen Kapseln so rasch wie möglich entledigen. Es drängte ihn, Melbar Kasoms Ansicht zur Lage zu hören.

Er versetzte sich eine Etage tiefer an einen Ort, der rund vierzig Kilometer in horizontaler Richtung von der Plasmakugel entfernt lag. Vor ihm erhob sich der würfelförmige Klotz einer automatischen Schalteinheit. Es handelte sich um ein Gerät von untergeordneter Bedeutung, das in einer zwanzig Quadratmeter großen Aussparung in der Wand eines Seitenganges untergebracht war. Es wurde von einem einzigen Dumfrie bewacht.

Er hatte kaum materialisiert, da wußte Ras Tschubai, daß er diesmal Erfolg haben würde.

Unmittelbar vor dem Klotz des Schaltaggregats stand der Dumfrie-Posten. Seine Haltung drückte strengste Aufmerksamkeit aus. Die Aufmerksamkeit galt dem Wesen, das vor ihm stand und auf ihn einsprach.

Ras Tschubai sah das verhaltene Glimmen der blauen Steine.

Agen Thrumb hatte sich rechtzeitig an der Stelle eingefunden, an der Ras die nächste Kapsel zu plazieren gedachte.

Ras empfand Erleichterung, obwohl er von sich aus nichts dagegen gehabt hätte, wenn die vierte Phase des Plans sich hätte umgehen lassen.

Es war Agen Thrumb schließlich nichts anderes übriggeblieben, als seinem Verdacht auf eigene Faust nachzugehen. Es gelang ihm, ein paar Wachen dazu abzustellen, daß sie kritische Anlagen der Festung ununterbrochen im Auge behielten und nach verdächtigen Vorgängen auch dann mit unverminderter Wachsamkeit suchten, wenn der Gegner ihre Position nicht unmittelbar angriff. Bis jetzt hatte er noch von keinem der Posten gehört. Er wurde ungeduldig und machte sich selbst auf die Suche.

Er verbrachte kurze Zeit an verhältnismäßig unwichtigen Orten, wie zum Beispiel kleinen Schalteinheiten, Verteilern und Kabelknotenpunkten. Alle Punkte, die er aufsuchte, lagen nahe dem Zentrum der Festung, wo der Feind während der vergangenen Zehnereinheiten äußerst aktiv gewesen war. Manche der Installationen, die Agen Thrumb besichtigte, waren zu unwichtig, um einen Posten zu haben. Er untersuchte sie trotzdem, aber nirgendwo fand er einen Hinweis, der seinen Verdacht bestätigte. Wo er auf Posten traf, horchte er sie aus, aber auch sie hatten nichts Ungewöhnliches bemerkt.

Knapp drei Zehnereinheiten nach dem ersten feindlichen Vorstoß trat in der Sabotageaktivität des Gegners eine Pause ein. Agen Thrumb, der ständig mit dem Zentralen Leitstand in Verbindung war, erfuhr, daß seit vier Einheiten alles ruhig war. Er versuchte sich vorzustellen, was die Terraner zum Nachlassen bewegt haben mochte. Mangel an Nachschub? Müdigkeit? Beides waren plausible

Argumente, besonders das letztere, denn die Saboteure waren drei Zehnereinheiten lang fast ununterbrochen am Werk gewesen.

Agen Thrumb war beinahe überzeugt, daß er fürs erste ebensogut zum Leitstand zurückkehren könnte, weil sich während der nächsten Einheit ohnehin nichts ereignen würde, als ihm ein Gedanke kam.

Er folgte seiner Eingebung und fuhr auf einer der Bandstraßen in nördlicher Richtung fast bis zur Peripherie der Festung. Es gab keinerlei Anhaltspunkt, der ihm sagte, daß er, selbst wenn seine Voraussetzung gültig war, die richtige Richtung eingeschlagen hatte. Seine Idee war, daß der Gegner die Pause eingeschoben haben mochte, um sein Einsatzgebiet an eine andere Stelle zu verlegen. In welcher Richtung, blieb der Vermutung überlassen; aber die nördliche Peripherie der Festung war am dichtesten mit technischen Anlagen besetzt – und selbst wenn dies kein zwingendes Argument war, so schien es auf jeden Fall besser, einer Ahnung nachzugehen, als sich in den Leitstand zurückzuziehen und nichts zu tun.

Nach kurzer Fahrt erreichte er das nördliche Ende des mit Laufband ausgelegten Hauptganges und schritt von dort aus mehr oder weniger ziellos einen der vielen Sekundärgänge entlang, die vom Ende des Bandes sternförmig ausstrahlten. Er kam an eine Stelle, an der in einer aus der Gangwand ausgesparten Nische ein automatisches Schaltaggregat installiert war. Der Schalter war von gewisser Bedeutung und daher von einem Posten bewacht. Der Soldat salutierte ehrerbietig. Agen Thrumb stellte ihm eine Reihe von Fragen, und aus den Antworten ging hervor, daß dem Posten, seitdem er hier Wache bezogen hatte, nichts Ungewöhnliches aufgefallen war.

Agen Thrumb schickte sich an, weiterzugehen, da empfand er plötzlich das merkwürdige Gefühl, es stände jemand unmittelbar neben ihm. Er wandte sich rasch zur Seite, aber da war niemand. Er starrte in die Tiefe des schmalen Ganges, aber da rührte sich nichts – bis auf ein leichtes, kaum merkbares Flimmern, das quer über den dunklen Hintergrund zu gleiten schien, eine Erscheinung wie von einem Schwall warmer Luft, der plötzlich von einer Wand zur anderen schwebte.

Da wußte Agen Thrumb, daß er den Weg nicht vergeblich gemacht hatte. Einer der Saboteure befand sich in unmittelbarer Nähe. Thrumb hatte keine Möglichkeit zu wissen, was er vorhatte. Er wußte nicht, ob er sich in Gefahr befand oder nicht. Es war ihm nur klar, daß er während der nächsten Zehnteleinheiten herausfinden würde, welche Aufgabe der vierte Mann des terranischen Sabotageteams hatte.

Er wandte sich wieder dem Posten zu und unterhielt sich mit ihm über belanglose Dinge. Dabei hielt er zwei Augen auf den Gang gerichtet. Mehr als einmal schien ihm, als sähe er das seltsame Flimmern vor dem Hintergrund vorbeischweben, und jedesmal schien es näher zu kommen. Er glaubte, die Nähe des fremden Wesens zu spüren; aber er war seiner Sache nicht sicher. Es mochte die innere Anspannung sein, die das Gefühl hervorrief.

Seine rechte Greifhand ruhte auf dem oberen Rand des breiten Gürtels, kaum zwei Fingerbreit von dem Haken entfernt, von dem der Vibrator baumelte. Er hatte sich aufs Geratewohl auf diesen Rundgang begeben und für den Fall eines Erfolgs keine Taktik zurechtgelegt. Er wußte nicht, ob das, was er vorhatte, das Richtige war; aber es schien nur eine Möglichkeit zu geben, dem Gegner die Maske vom Gesicht zu reißen.

Ihn anzugreifen!

Er versuchte abzuschätzen, wie weit der Unsichtbare von ihm entfernt war und in welcher Richtung er sich befand. Er hätte nicht sagen können, auf welche Weise oder dank welcher besonderen Begabung er diese Beobachtungen machte, aber es schien von dem Gegner eine Aura auszugehen, die auf seine Sinne einwirkte und die er wahrnehmen konnte, wenn er sich intensiv darauf konzentrierte.

Der Dumfrie stellte ihm eine Frage. Er antwortete und erkannte an der Haltung des Postens, daß er eine falsche Antwort gegeben hatte. Er kümmerte sich nicht darum. Der Unsichtbare war jetzt ganz nahe, kaum noch drei oder vier Schritte entfernt, und bewegte sich langsam auf den Metallblock des Schaltaggregats zu.

Agen Thrumbs rechte Greifhand umfaßte den Kolben der Waffe. Der Posten sagte:

»Druis, ich bitte . . .«

Die Hand riß den Vibrator hervor. Der Dumfrie sprang mit einem erstickten Schrei zur Seite. Der lange, schlanke Lauf der Waffe schwenkte in die Horizontale. Agen Thrumb drückte ab. Ein blasser, grünlicher Strahl brach aus dem Vibrator hervor und fuhr singend und zischend gegen die obere Kante des Schaltblocks.

Ein neues Geräusch schwang plötzlich in der Luft, ein seufzender, keuchender Laut, der aus dem Nichts zu kommen schien. Agen Thrumb triumphierte. Er hatte den Fremden getroffen. Er hatte ihn verletzt. Der Schild, der ihn unsichtbar machte, schützte ihn nicht gegen die Strahlen des Vibrators.

Er durfte keinen Augenblick verlieren. Er hatte den Gegner in der Zange. Die Waffe sang ein zweites, ein drittes Mal: Unerbittlich leckte die blaßgrüne Flammenzunge gegen den Schaltkasten und das Volumen Luft, in dem sich der Fremde befinden mußte.

Der mörderische Schlag von der Seite kam völlig unerwartet. Er war mit solcher Wucht geführt, daß er Agen Thrumb von den Füßen riß und zu Boden schleuderte. Das Gehirn reagierte nicht schnell genug. Er hatte den Finger noch auf dem Auslöser der Waffe, als er stürzte und die Hand mit dem Vibrator unter sich begrub. Brennender Schmerz zuckte durch den Körper. Er verlor das Bewußtsein.

Er konnte nicht lange ohnmächtig gewesen sein. Als er wieder zu sich kam, kauerte der Dumfrie-Posten neben ihm, und jeder Zentimeter seiner Haltung brachte die Panik zum Ausdruck, die er empfand. Agen Thrumb richtete sich auf, so sehr ihn auch die Muskeln selbst bei der geringsten Bewegung schmerzten. Auf seiner Brust flackerte der Stein des körperlichen Defektes.

»Was ist geschehen?« herrschte er den Posten an.

»Nichts, Druis . . .«, stieß der Dumfrie hervor. »Sie fingen an zu schießen . . . dann stürzten Sie. Es ist nichts geschehen!«

»Wie lange war ich bewußtlos?«

»Eine Zehnteleinheit«, versicherte der Posten hastig. »Nicht mehr, Druis.«

Agen Thrumb musterte den Schaltautomaten. Er versuchte, jenen merkwürdigen Sinn zu aktivieren, der ihm vorhin die Anwesenheit des unsichtbaren Fremden angezeigt hatte. Aber er spürte nichts. Entweder versagte seine Fähigkeit, oder der Fremde war nicht mehr da.

Die Nische in der Wand war groß genug, um ihn das Gehäuse des Schalters ringsum abschreiten zu lassen. Er fand ohne Mühe, wonach er suchte. Der Unsichtbare hatte keine Zeit gehabt, seinen Anschlag mit der geplanten Sorgfalt auszuführen.

Er rief den Posten. Der Dumfrie trug eine Handlampe, deren Lichtkegel er gegen die Rückwand des Schaltkastens richtete. Die Wand war glatt und bot keinerlei Versteckmöglichkeiten. Das Gerät, das der Unsichtbare hinterlassen hatte, saß eine Handbreit über dem Boden, durch eine Saugunterlage fest mit der Metallwand verbunden.

Agen Thrumb wußte, daß er sein Ziel erreicht hatte. Das Rätsel war gelöst. Drei Mann der feindlichen Sabotagetruppe lenkten die Aufmerksamkeit der Dumfries durch Scheinangriffe ab, während der vierte sich unbehindert in der Festung umherbewegte und an kritischen Stellen kleine Geräte hinterließ. Agen Thrumb vermochte nicht mit Gewißheit zu sagen, was für Geräte es waren. Aber es war billig zu vermuten, daß es sich um Bomben handelte.

Er wandte sich an den Posten.

»Halten Sie sich diesem Kasten fern und rufen Sie ein Kommando der Schadenskontrolle!«

# 26.

Ras Tschubai kehrte in den kleinen Lagerraum zurück, in dem sie ihr Quartier aufgeschlagen hatten, nachdem ihnen die Spürtätigkeit der Dumfries zu unsicher geworden war. Er war der erste, der von dem Einsatz zurückkehrte. Melbar Kasom, Gucky und die beiden Goratschins waren noch unterwegs.

Er streifte den Helm von Kopf und holte tief Luft. Der Teufel sollte den Kerl mit den zwanzig blauen Steinen holen. Er hätte ihm um ein Haar einen Strich durch die Rechnung gemacht. Da die Gefahr bestand, daß die Dumfries inzwischen Meßinstrumente bei sich trugen, die die Streustrahlung eines hochenergetischen Feldschirms registrieren konnten, arbeitete Melbar Kasoms Gruppe nur mit dem Deflektorschirm, der äußerst geringfügig streute und zudem unerläßlich war. Agen Thrumbs Vibratorwaffe hatte Ras Tschubai an der Hüfte gestreift, und ein oder zwei Sekunden lang war der Teleporter nahezu sicher gewesen, daß er das Ende seiner Laufbahn erreicht hatte. Nur mit letzter Kraft war es ihm gelungen, sich auf den Beinen zu halten und schließlich selbst zur Offensive überzugehen. Es war ihm unklar, wie der Vierarmige ihn hatte ausmachen können; aber offensichtlich war es ihm gelungen, und seine Zielerfassung hätte nur um zwei oder drei Fingerbreit genauer zu sein brauchen, dann wäre die dritte Phase des Plans in ernsthafte Schwierigkeiten geraten.

Ras Tschubai nahm sich vor, auf Agen Thrumb in Zukunft besser achtzuhaben. Nach dem jüngsten Vorfall war er bereit, ihn für gefährlicher zu halten als Kibosh Baiwoff.

Ein paar Minuten nach seiner Rückkehr materialisierte Gucky in der Nähe des Schotts. Melbar Kasom und Goratschin warteten darauf, abgeholt zu werden. Die beiden Teleporter kehrten in die Festung zurück und brachten in zwei Einsätzen den Ertruser und den Doppelkopfmutanten in die Sicherheit des Lagerraums.

Ras Tschubai erstattete Bericht.

Phase drei war erfolgreich. Die erste der Sprengkapseln war gefunden worden. Das weitere Vorgehen der beiden Stützpunktingenieure ließ sich leicht errechnen. Sie würden Suchtrupps kreuz und quer durch die Festung schicken und sie nach Kapseln forschen lassen.

Es war angebracht, noch rund ein Dutzend Kapseln hier oder dort zu deponieren; auf daß das Bild, das Kibosh Baiwoff sich von der Lage machte, vervollständigt würde.

Dann jedoch war es an der Zeit, die dritte Phase zu beenden und mit Phase vier zu beginnen.

Ras Tschubais anfänglicher Optimismus war plötzlich geschwunden. Es war möglich, daß Kibosh Baiwoff sich einfach hinters Licht führen ließ. Aber Agen Thrumb entwickelte plötzlich eine Schläue, die ihn beunruhigte.

»Das ist es also!« dröhnte Kibosh Baiwoffs mächtige Stimme. »Sie glauben, sie könnten uns hinters Licht führen!«

Agen Thrumb stellte fest, daß seine Befürchtungen unbegründet gewesen waren. Es war nicht schwierig, Baiwoff davon zu überzeugen, daß die gegnerischen Vorstöße, die die Festung ein paar Zehnereinheiten lang in Atem gehalten hatten, nur Scheinangriffe waren und daß es den Terranern in Wirklichkeit darum ging, heimlich und in aller Ruhe gefährliche Haftbomben zu deponieren. Ganz im Gegenteil. Baiwoff nahm die Erklärung sofort an, und Agen Thrumb konnte mit einer nahezu hellseherischen Begabung, die ihm der lange Umgang mit seinem Vorgesetzten vermittelte, plötzlich erkennen, wie die Angelegenheit sich von hier aus entwickeln würde. Kibosh Baiwoff brauchte nicht mehr als zwanzig oder dreißig Worte, um klarzustellen, daß er nur darauf gewartet hatte, bis einer seiner Untergebenen die wahre Taktik des Gegners erkannte – weil doch von vornherein feststand, daß die plump geführten Angriffe als solche keinem eigentlichen Zweck dienen konnten.

Natürlich war er gewillt zu zeigen, wie er den klugen Schachzug des Gegners mit noch weitaus genialerer Strategie beantwortete.

»Sie haben die Bombe untersuchen lassen, Druis?« erkundigte er sich.

»Das Gerät wird soeben abmontiert, Druisant«, antwortete Agen Thrumb.

»Nach weiteren solchen Geräten muß gesucht werden, Druis.«

»Ich bin mir darüber im klaren. Ich habe eine Zehnergruppe von Robotern mit der Suche beauftragt.«

»Das genügt nicht«, polterte Kibosh Baiwoff. »Wer weiß, wie viele Bomben der Gegner deponiert hat. Sie müssen alle gefunden werden – und zwar so schnell wie möglich.«

Agen Thrumb hatte diesen Posten mit Absicht offengelassen. Eine intensive Suche nach feindlichen Bomben zu befehlen, war das einzige, was Baiwoff im Augenblick tun konnte. Hätte er ihm das auch noch abgenommen, dann wäre selbst Baiwoff offenbar geworden, daß sein Untergebener ihm den Rang abgelaufen hatte. Und darauf wollte Agen Thrumb es nicht ankommen lassen.

In aller Eile gab Baiwoff die nötigen Anweisungen. Er schien mit sich selbst zufrieden, als er das Bildsprechgerät schließlich ausschaltete und sich tief in seinem Schwenksessel zurücklehnte.

»Ich rechne fest damit, daß dies der letzte Schlag ist, den wir führen müssen«, vertraute er seinem Zuhörer an. »Nach diesem Versagen wird die Initiative des Gegners endgültig erschöpft sein. Dies war seine letzte Anstrengung.«

Agen Thrumb scheute sich nicht zu fragen, woher der Druisant diese Gewißheit nehme.

»Der Gegner hat keine Zeit mehr, einen neuen Plan zu entwickeln und ihn in die Wirklichkeit umzusetzen«, antwortete Kibosh Baiwoff, nachsichtig und gütig wie immer, wenn er eine Information weiterreichte, die er selbst erst eben erhalten hatte. »Der Rest der Wachschiffe ist zurückgekehrt. Die Reparaturen werden in kurzer

Zeit beendet sein. Wir werden uns in spätestens fünf Zehnereinheiten auf den Weg machen. Einmal am Ziel, hat der Gegner ausgespielt. Sie sehen, Druis – es kann nichts mehr fehlschlagen.«

Agen Thrumb erinnerte sich, daß er vor nicht allzu langer Zeit eine ähnliche Prognose gehört hatte. Sie hatte sich inzwischen als falsch erwiesen. Er nahm sich vor, auch weiterhin lieber auf seine eigene Wachsamkeit als auf den überschwenglichen Optimismus seines Vorgesetzten zu bauen.

John Marshall sah auf die Uhr.

»Die Anlieferung beginnt . . . jetzt!« sagte er.

Das weite Rund des Stadions lag still wie immer während der letzten Tage. Die Männer räkelten sich im Gras. Die künstliche Sonne schien warm. Unter ihnen bewegten sich unsichtbar zwei Mutanten und hatten begonnen, Kombiwaffen zu verteilen.

Phase fünf des Plans war nahezu gleichzeitig mit Phase vier in Aktion getreten. Wenn das Schiff und seine Besatzung jemals wieder die Freiheit erlangen sollten, dann mußte vor allem der Kommandostand besetzt werden. Wie erfolgreich die vierte Phase auch immer sein mochte, es würden mindestens zwei Bataillone Dumfries zur Hand sein, um den Gefangenen den Weg zu versperren. Bewaffnet waren ihre Aussichten besser. Es war immer noch ein verzweifeltes Unternehmen, aber sie konnten sich wenigstens bemühen, ihre Überlebenschancen nach Kräften zu verbessern.

Die Waffen, die Gucky und Ras Tschubai ungesehen verteilten, stammten aus den Arsenalen der CREST IV. Die Arsenale wurden von den Dumfries in regelmäßigen Abständen kontrolliert. Viel würde während der nächsten Stunden davon abhängen, wie geschickt die beiden Mutanten bei der Auswahl der Waffen gewesen waren und wie schwer sie es den Bewachern gemacht hatten, das Defizit festzustellen.

Perry Rhodans Plan fußte auf einer minimal bewaffneten Streitkraft von nicht mehr als vierhundert Mann. Mehr Waffen konnten auf keinen Fall aus den Arsenalen entwendet werden, ohne daß die Dumfries es bei der ersten Inspektion bemerkten. Kampfanzüge waren ausgeschlossen. Sie hätten sich verhältnismäßig leicht entwenden lassen, aber sie waren innerhalb des Stadions schwer zu verbergen, und der Gegner wäre vorzeitig gewarnt worden.

Die Auslieferung der Waffen an die vierhundert Auserwählten hatte nach Plan nicht mehr als anderthalb Stunden in Anspruch zu nehmen. Während dieser Zeitspanne waren die beiden Teleporter gezwungen, sich in zahlreichen Sprüngen zwischen dem Stadion und den Arsenalen hin und her zu bewegen, so daß sie erschöpft sein würden, wenn sie ihre Aufgabe erledigt hatten. In der Ausführung der vierten Phase des Plans mußte demzufolge eine mehrstündige Pause eintreten, die den Mutanten erlaubte, wieder zu Kräften zu kommen.

Perry Rhodan und seine unmittelbare Begleitung hielten sich wie gewöhnlich in der Nähe des Felsenganges auf. Niemand unter ihnen versuchte, die Aushändigung der Waffen zu beobachten. Sie wollten keinen Verdacht erregen, denn es war so gut wie sicher, daß der Gegner bei der optischen Überwachung des Stadiongeländes sein Hauptaugenmerk auf die Gruppe um Perry Rhodan richtete.

Rhodan sprach die fünfte Planphase durch – zum wiederholten Male.

»Wir teilen uns in drei Gruppen. Die erste nimmt den direkten Ausgang – hier durch den Felsenweg. Das Schott wird zerstört, die Wachen werden ausgeschaltet, wie es die Lage erfordert. Die erste Gruppe stößt dann in Richtung Kommandostand vor. Auf dem Weg dorthin gelangt sie an den Hauptverteiler des Kommandodecks. Wir wissen, daß die Dumfries dort wenigstens fünfhundert Mann postiert haben, und selbst wenn Phase vier äußerst erfolgreich ist, werden es nicht weniger als zweihundert sein. Aufgabe der ersten Gruppe ist, die Dumfries in einen Feuerwechsel zu verwickeln, ohne sich dabei zu exponieren.

Inzwischen stoßen die Gruppen zwei und drei durch das Klimasystem in Richtung Kommandostand vor. Die zweite Gruppe verläßt die Klimakanäle jenseits des Hauptverteilers und fällt den Dumfries am Verteiler in den Rücken. Wenn alles klappt, sollte diese Zange kräftig genug sein, um den feindlichen Widerstand zu brechen.

Die Gruppen eins und zwei stoßen gemeinsam weiter zum Kommandostand vor. In den Gängen und Räumen rund um die Zentrale stehen augenblicklich weitere eintausend Dumfries. Nehmen wir an, die Hälfte davon wird während Phase vier abgezogen, dann bleiben immer noch fünfhundert. Sie sind über das Gefecht am Hauptverteiler informiert und wissen, daß wir auf dem Weg zum Kommandostand sind. Infolgedessen werden sie sich an der Peripherie des Kommandostands konzentrieren. Sie sind auf einen Angriff von außen gefaßt. Gruppe drei schleust sich durch die Klimakanäle ins Innere des Kommandostands. Sobald die Gruppen eins und zwei die Bewacher von außen her angreifen, eröffnet die dritte Gruppe das Feuer von innen.«

Er schwieg und nahm sich Zeit, den Plan noch einmal für sich selbst zu überdenken. Es war kein Meisterstück der Strategie. Zu viel hing von zu vielen Faktoren ab. Eine Ausgeburt der Verzweiflung, ein Ausdruck der Erkenntnis, daß alles riskiert werden mußte, weil sonst unweigerlich alles verloren wäre.

»Wir müssen schnell handeln«, fuhr er fort. »Die Dumfries werden schnell auf den Gedanken kommen, daß wir das Klimasystem benutzen. Sobald die erste Gruppe am Hauptverteiler angreift, werden sie die Kanalausgänge bewachen. Je weniger Zeit wir ihnen lassen, desto unvollständiger die Bewachung.«

Er wollte weitersprechen, aber plötzlich hatte er das Empfinden, es sei jemand neben ihn getreten. Er sah zur Seite, aber da war nichts. Er suchte Atlans Blick, und der Arkonide antwortete ihm mit bedeutungsvollem Kopfnicken.

»Ich bitte, meine Anwesenheit nicht zu beachten«, ließ sich Ras Tschubais Stimme aus der Luft vernehmen. »Etwas Wichtiges hat sich ereignet, wovon Sie unbedingt in Kenntnis gesetzt werden müssen. Die Schiffe der Dumfries sind beinahe vollzählig zurückgekehrt. Die Reparaturarbeiten im Innern der Festung sind abgeschlossen. Die Festung hat sich vor wenigen Minuten in Bewegung gesetzt und wird in Kürze in den Linearraum übergehen.«

## 27.

Ras Tschubai war in der Festung unterwegs, um Orte auszukundschaften, die besonders dafür geeignet waren, den Doppelkopfmutanten Goratschin einzusetzen.

Er materialisierte unweit der Stelle, an der er vor wenigen Stunden die Begegnung mit Agen Thrumb gehabt hatte. Die Erinnerung an den Stützpunktingenieur verursachte ihm leichtes Unbehagen. Er hätte viel für die Gewißheit gegeben, daß Thrumbs Mißtrauen inzwischen beseitigt war und daß er alle Gefahr der Sabotage mit dem Auffinden der Bomben für beseitigt hielt.

Die Suchaktivität der Dumfries war in diesem Sektor der Festung praktisch nicht existent. Die Gänge lagen leer. Nur hier oder dort stand ein einsamer Posten, ein besonders wichtiges Aggregat oder einen Verkehrsknotenpunkt bewachend.

Ras Tschubai trat in einen schmalen, hell erleuchteten Gang, der sich bis an die Grenze seines Blickfeldes erstreckte und völlig leer war.

Da traf ihn wie ein Blitz aus heiterem Himmel die Erkenntnis, daß er beobachtet wurde.

Er wirbelte herum.

Weit hinter sich, wo der Gang auf den Korridor mündete, gewahrte er eine huschende Bewegung. Der unbekannte Verfolger hatte nicht schnell genug reagiert. Ras Tschubai war seiner Sache nicht völlig sicher, aber die Wette stand drei zu eins, daß es Agen Thrumb war, den er eben in der Deckung des Ganges hatte verschwinden sehen.

In diesem Moment faßte der Teleporter den Entschluß, Agen Thrumb zu überwältigen und gefangenzunehmen. Vielleicht ließ sich daraus später Kapital schlagen.

Agen Thrumb hatte sich ein Gerät besorgt, das in der Lage war, den unsichtbaren Gegner anzupeilen. Dieses Gerät basierte auf dem Prinzip eines Röntgenstrahles, der von einem Deflektorfeld nicht abgelenkt wurde, sondern es durchdrang und dadurch schneller zum Sender zurückkehrte als ein normaler – abgelenkter – Lichtstrahl.

Aufgrund dieses Umstandes würde er feststellen können, wo sich der unsichtbare Gegner befand. So ausgerüstet, machte er sich auf die Jagd nach den Saboteuren, die die Festung unsicher machten.

Agen Thrumb entdeckte den Fremden an einem der Verkehrsknotenpunkte im nördlichen Sektor der Festung. Sein Gerät, das in Abständen von einer Zehnmillionsteleinheit harte Röntgen- und weiche Ultraviolettimpulse ausstrahlte, gab plötzlich ein Geräusch von sich, das wie ein helles »Ping« klang. Das war das Signal.

Agen schwenkte das Peilgerät, bis er in einer bestimmten Richtung ein hastiges Ping-Ping-Ping hörte. In dieser Richtung lag die Mündung eines schmalen Ganges, der zu einem Notkraftwerk führte. Als das Gerät schwieg, wußte Agen Thrumb, welchen Weg der Unsichtbare genommen hatte.

Er blieb ihm auf den Fersen. Er huschte in den Gang und verbarg sich in einem kleinen Ersatzteilraum hinter dem ersten Schott rechter Hand. Von Zeit zu Zeit schob er den Peiler durch das halboffene Schott und richtete ihn gangabwärts. Ein helles »Ping« zeigte ihm an, daß der Feind sich noch im Gang befand. Agen Thrumb hatte eine recht genaue Vorstellung davon, wie schnell die Fremden sich bewegten. Als der Unsichtbare nach seiner Schätzung den Gang längst verlassen haben mußte, erklang das »Ping« noch immer. Er schloß daraus, daß der Gegner im Gang angehalten hatte.

Agen Thrumb wußte, was er als nächstes zu tun hatte.

Er stellte den Vibratorstrahler auf breite Fächerung, so daß die Strahlung sich mit weitem Öffnungswinkel über den gesamten Querschnitt des Korridors verbreiten würde, wenn er abdrückte. Wenn der Unsichtbare sich irgendwo zwischen der Gangmündung und einem Punkt fünfzig Mannslängen von der Mündung entfernt befand, mußte die erste Salve ihn unweigerlich ausschalten.

Er zog den Peiler zurück und schob statt dessen die Hand mit der Waffe in den Korridor hinaus. Der Kolben zitterte unter dem harten Druck der Finger, als er den Auslöser drückte. Breit gefächert schoß mattgrünes Leuchten aus dem schlanken Lauf.

Nichts geschah. Der entsetzte Schrei, den Agen Thrumb erwartet hatte, blieb aus. Er nahm den Finger vom Auslöser und zog die Hand zurück. Er war ratlos. Er mußte den Peiler von neuem einsetzen, um zu ermitteln, ob sich der Gegner immer noch draußen im Korridor befand.

Er griff nach dem Gerät, das er so neben sich abgesetzt hatte, daß die wirksame Öffnung in den Gang hinter ihm zeigte. Er hatte das kühle Metall des kleinen Gehäuses noch nicht berührt, da hörte er ein deutliches, helles »Ping«.

Agen Thrumb gefror das Blut in den Adern.

Ras wartete nicht, bis Agen Thrumb abdrückte. Er sprang und materialisierte im selben Augenblick nicht weiter als fünf Meter hinter dem Stützpunktingenieur, der am Boden lag und die Hand mit dem Strahler in den Korridor hinausstreckte. Er hörte, wie die Waffe sich singend entlud.

Als Agen Thrumb sich umwandte und nach dem Peiler griff, war Ras bis auf zwei Schritte heran und geriet in den Strahlbereich des Peilgeräts. Das helle »Ping« erschreckte ihn fast ebensosehr wie Agen Thrumb. Es blieb ihm aber keine Zeit mehr zum Überlegen. Er mußte sofort handeln.

Ras stürzte sich auf den Vierarmigen. Zwei, drei wuchtige Faustschläge trafen den halbkugelförmigen Schädel. Agen Thrumb kam schwankend in die Höhe. Eine sechsfingrige Hand manipulierte schwerfällig den Vibrator und versuchte, ihn in Anschlag zu bringen. Ras griff zu, bevor der Lauf in seine Richtung zeigte. Mit einem Ruck entriß er dem Gegner die Waffe, wirbelte sie in die Höhe und ließ den Kolben mit aller Wucht auf den haarlosen Schädel sausen, einen Fingerbreit unter der Pyramide, die Agen Thrumb zu seinem Schutz trug.

Der Vierarmige brach zusammen. Ras Tschubai schob den Strahler in den Gürtel. Er faßte Thrumb um den Leib, so gut er konnte, und sprang.

Noch im selben Augenblick befand er sich im Lagerraum an Bord der CREST. Agen Thrumb fiel ihm aus den Armen und stürzte polternd zu Boden.

Melbar Kasoms riesige Gestalt wuchs vor ihm auf.

»Ich weiß«, keuchte Ras. »Sie wollen eine Erklärung . . .«

»Das kann warten«, unterbrach ihn Kasoms dröhnende Stimme. »Vorerst gibt es Wichtigeres. Phase vier ist beendet. Phase fünf beginnt in wenigen Augenblicken.«

Ungläubig starrte Ras ihn an.

»Das heißt . . .«

»Die Festung ist vor wenigen Minuten in den Normalraum zurückgekehrt. Wir sind am Ziel.«

Ob er es sich eingestehen wollte oder nicht – Kibosh Baiwoff war erleichtert. Die fünfhundert Begleitschiffe waren zurückgeblieben. Die riesige Festung hatte die Restdistanz zum Ziel zurückgelegt, eingehüllt in ein strahlendblaues hochenergetisches Feld von solcher Intensität, daß es über Dutzende von Lichtjahren hinweg geortet werden konnte. Aber darum brauchte Kibosh Baiwoff sich nicht mehr zu sorgen. Er war am Ziel. Die Festung stand unmittelbar vor der Ballung der zweiundneunzig Riesensonnen und glitt mit geringer Fahrt auf die Umformerwelt zu, die die Ballung in weitem Abstand umkreiste, die Strahlung der Sonnengiganten absorbierte, umwandelte und zum Zentrum des Sternennebels abstrahlte.

Hier lag das Zentrum aller Macht. Hierhin würde ihm kein Gegner folgen, selbst wenn er die Festung noch so deutlich hatte orten können.

Baiwoff überprüfte die empfangenen Peilsignale und stellte mit Befriedigung fest, daß die übrigen drei Festungen, ohne Ausnahme von derselben Größe wie die seine, die Umformerwelt nach wie vor im vorgeschriebenen Abstand umliefen. Sie dienten als Schaltstationen, und vier von ihnen waren erforderlich, die ungeheuer komplizierten Schaltfunktionen reibungslos abzuwickeln. Baiwoffs Castle war die vierte Station. Baiwoff hatte sie schweren Herzens abgezogen, als er aus Agen Thrumbs hysterischen Notrufen entnahm, daß sich eine Katastrophe ersten Ranges anbahnte.

Er war froh, daß er zurück war. Er reihte seine Festung in den Kreis der anderen ein und traf Vorbereitungen, die Gefangenen mitsamt ihrem Schiff auf dem Umformerplaneten abzusetzen. Er war sicher, daß sich den Terranern niemals Gelegenheit bieten würde, von dort zu entkommen.

Die Schlacht war geschlagen. Der Sieg war sein.

Er rief nach Agen Thrumb, aber Thrumb war verschwunden. Kibosh Baiwoff, der die Zuverlässigkeit seines Untergebenen kannte, war leicht beunruhigt. Er ordnete eine umfassende Suche an.

Da erschütterte die erste Explosion den Riesenleib der Festung. Ein zentrales Kraftwerk verschwand von einem Augenblick zum anderen in einer Wand aus nuklearem Feuer.

Kibosh Baiwoff schrie vor Zorn und Empörung.

Mit Hilfe Guckys gelangte Goratschin an die strategisch wichtigen Sektoren der Festung. Mittlerweile wußten sie, wo sie ansetzen mußten, um den größtmöglichen Erfolg zu verbuchen.

Jedesmal wenn die beiden Mutanten materialisierten, konzentrierte sich Goratschin auf eine bestimmte Stelle. Die Paraströme seiner beiden Gehirne vereinigten sich an dem fixierten Punkt und begannen auf die Kohlenstoffatome einzuwirken, verschmolzen diese zu einem Kern höherer Ordnung und lösten dadurch eine Explosion aus.

Der Erfolg war unmittelbar zu spüren. Die Dumfries im Innern der CREST gerieten in Bewegung. In Hundert- und Tausendschaften wurden sie von der Bewachung des Schiffes abgezogen, um bei der Bekämpfung der Gefahr in der Festung zu helfen.

Zum erstenmal sah Kibosh Baiwoff deutlich, wie er von der gegnerischen Taktik übervorteilt wurde. Indem er Truppen aus dem Schiff abzog, ermöglichte er es den Terranern, ihr Fahrzeug zu übernehmen. Aber die Erkenntnis der teuflischen Schlauheit des Gegners, die seine eigene Überheblichkeit bislang unmöglich gemacht hatte, nützte ihm jetzt nichts mehr, da er sich im Augenblick der höchsten Gefahr zum erstenmal dazu bereit sah, die Dinge so zu betrachten, wie sie wirklich waren. Er mußte die Truppen abziehen. Die Festung drohte vernichtet zu werden. Er mußte dem Gegner die Übernahme des Schiffes zugestehen.

Das bedeutete nicht, daß er den Kampf verloren hatte. Er brauchte nur schnell genug zu handeln, um den Nachteil wieder wettzumachen. Noch lag die CREST hilflos im Bann des hochenergetischen Saugfeldes.

Der Dreifronten-Vorstoß vom Stadion der CREST aus hatte begonnen, als Gucky die erste von Goratschin herbeigeführte Explosion telepathisch signalisierte. Das Unternehmen verlief nach Plan. Eine Stunde nach dem Aufbruch drang die dritte Gruppe unter der Führung Perry Rhodans in den Kommandostand ein. Die Gruppen zwei und eins hatten sich nach einem kurzen Gefecht am Hauptverteiler vereinigt und griffen die außerhalb des Kommandostands stationierten Dumfries an. Die Dumfries erwiesen sich als standhaft, aber als die weiten Schotte des Kommandostands aufglitten und der Gegner auch in ihrem Rücken erschien, gaben sie auf.

Perry Rhodan war unbeschränkter Herr der Kommandozentrale. Etwa fünfzehnhundert gegnerische Soldaten verblieben noch im Schiff. Sie bedeuteten eine ernstzunehmende Gefahr, aber im Augenblick war nicht die Zeit, sich darum zu kümmern.

Auf Rhodans Anweisung hin, die Marshall Gucky übermittelte,

brachte der Mausbiber Goratschin zu jener Kontrollstation, die die energetischen Funktionen der CREST auf ein Minimum beschränkt hatte. Goratschin konzentrierte sich abermals, und kurz darauf explodierte die gesamte Kontrollanlage. Die Zerstörung der Kontrollstelle bewirkte die Rückgabe der Kontrollfunktionen an die CREST selbst. Die Generatoren liefen an. Der gewaltige Panoramaschirm leuchtete auf.

Das Bild, das er zeigte, schlug die erfolgreichen Eroberer des Kommandostands augenblicklich in seinen Bann.

Die Finsternis des Raumes war geschwunden. Licht von ungeheurer Intensität erfüllte das All. Eine Ballung gigantischer Sonnen beherrschte das Bild, riesige Scheiben von verzehrender Helligkeit, unglaublich nahe zueinander angeordnet, ein Gebilde von solch überwältigender Macht und Majestät, daß die Sinne sich weigerten, es zu begreifen.

Unwichtig dagegen war der Anblick der Festung, auf der die CREST nach wie vor fest verankert stand, der matte Lichtpunkt eines verlorenen Himmelskörpers in der Weite vor der Front der Riesensonnen, und die Reflexe dreier weiterer Körper, die ihn in weiter Entfernung zu umkreisen schienen.

Im Gefüge der Macht der Konstrukteure des Zentrums mußte die Sonnenballung einen wichtigen Platz einnehmen. Es war denkbar, daß die von den Konstrukteuren des Zentrums errichtete hyperphysikalische Abwehrwaffe, die in das Zentrumsleuchten eingebunden war, ihre Energie aus dem Feuerball dieser Ultrasonnen bezog. Der Himmelskörper, der in weitem Abstand vor der Ballung seine Bahn zog, diente als Kontrollstation oder Umformer. Die menschliche Vorstellungskraft weigerte sich, das Bild seiner Oberfläche zu zeichnen – seit Jahrzehntausenden unter dem unaufhörlichen Schauer zyklopischer Energien, die von fast einhundert Übersonnen ausgingen, von denen jede einzelne dem Zentralgestirn des Solaren Imperiums an Strahlkraft millionenfach überlegen war.

Von solcher Macht war der Anblick der Riesensonnen, daß es eines Zurufs von John Marshall bedurfte, um Perry Rhodan auf einen Vorgang aufmerksam zu machen, der im Augenblick wichtiger war als alle Sonnen des Virgo-Haufens zusammen.

An einer Stelle, die unmittelbar über der Polkuppel der CREST lag, hatte der vom Licht der Übersonnen durchflutete Raum ein merkwürdiges Aussehen angenommen. Er erschien dunkler, von satterem Schwarz als der übrige Hintergrund. Perry Rhodan brauchte eine Sekunde, um zu begreifen, was dort vor sich ging.

Der Feldschirm der Festung begann sich zu öffnen. Daß die erste Lücke sich dicht über dem terranischen Schiff befand, konnte nur bedeuten, daß Kibosh Baiwoff sich anschickte, den unliebsamen Gast zu entfernen, und ihn dort zu deponieren, wo er in Zukunft keinen Schaden mehr anrichten konnte.

Geisterhaftes blaues Leuchten erfüllte plötzlich die Schirmfeldlücke, schwach und unsicher zunächst, jedoch von Sekunde zu Sekunde an Intensität gewinnend, durch die Lücke herabsinkend und den mächtigen Kugelkörper der CREST IV umhüllend.

Im selben Augenblick sprach der Interkom an. Perry Rhodan war nicht überrascht, auf dem Empfängerschirm Kibosh Baiwoffs imposante Gestalt zu sehen.

»Das Spiel ist aus, Terraner!« dröhnte seine Stimme. »Ich glaube, ich habe erst in diesen letzten Einheiten gelernt, Ihre wahre Stärke und Härte zu erkennen – und es war mir eine Erfahrung, die ich nicht missen möchte. Aber Sie haben trotzdem verloren. Die Macht des Zentrums siegt. Das blaue Leuchten, das Sie sehen, ist ein Transportmedium, das Sie an Ihr endgültiges Ziel bringen wird. Im Zustand der absoluten Bewegung werden Sie sicher und ohne Zwischenfälle in die unterirdischen Kammern des Planeten gelangen, den Sie auf Ihren Schirmen ohne Zweifel schon wahrgenommen haben. Glauben Sie mir – von dort gibt es kein Entrinnen.«

Perry Rhodan hob die rechte Hand. Kibosh Baiwoff verstummte.

»Sie begehen einen Fehler, Baiwoff«, sagte Rhodan ernst. »Sie halten uns für Feinde – das ist Ihr Fehler. Sie zwingen uns in eine Lage, in die wir nicht geraten wollten, und unser Bemühen, dieser Lage zu entrinnen, verstärkt die Feindschaft zwischen uns. Aber vergessen Sie nie – es waren Sie, die bei unserer ersten Begegnung alle Angebote der Freundschaft und Zusammenarbeit in den Wind schlugen!«

Kibosh Baiwoff machte eine wegwerfende Geste.

»Sie täuschen mich nicht!« rief er. »Sie sind verloren, und es spielt keine Rolle mehr, ob ich Sie als Feind oder . . .«

In diesem Augenblick sank Rhodans rechte Hand mit einer

raschen Bewegung nach unten. John Marshall sah das verabredete Signal und sprach zu Gucky. Auch Kibosh Baiwoff nahm die Geste wahr und unterbrach sich überrascht.

Gucky teleportierte mit Goratschin zur zentralen Projektorstation der Festung. Abermals konzentrierte sich der Zünder, und kurz darauf erfolgte eine heftige Detonation und zerstörte die Station. Unmittelbar darauf teleportierten die beiden Mutanten zurück in die CREST.

Viereinhalb Sekunden nach Perry Rhodans Signal erreichten die ersten Erschütterungen der mörderischen Explosion Kibosh Baiwoffs Kommandoraum.

»Das«, sagte Perry Rhodan ernst, »ist meine Antwort, Baiwoff. Wir werden einander wieder begegnen. Prägen Sie sich ein, was Sie bei der ersten Begegnung gelernt haben.«

Er wirbelte herum, ohne auf Kibosh Baiwoff zu achten, der auf dem Bildschirm mit allen vier Armen gestikulierte und beschwörend auf seinen Gegner einredete. Mit heller Stimme, die bis in den letzten Winkel des riesigen Kommandostands drang, rief er:

»Die Projektoren sind zerstört, das Saugfeld ist ausgefallen. Alle Triebwerke volle Kraft!«

Die Triebwerke liefen an. Durch die Öffnung im Feldschirm der Festung, die Kibosh Baiwoff selbst im Bewußtsein seines Sieges geschaffen hatte, schoß das mächtige Schiff in den Raum hinaus.

Während die Festung hinter der mit aller Kraft beschleunigenden CREST zurückblieb, wurde das blauleuchtende Transportfeld, von dem Baiwoff gesprochen hatte, in vollem Umfang sichtbar. Es hatte die Form eines gewaltigen Schlauches, der aus der Oberfläche der Festung wuchs und sich in sanften Windungen in den Raum erhob, eine weite Kurve beschrieb und sich auf den weit entfernten Lichtfleck des einsamen Planeten zuneigte. Aus der Ferne erweckte das merkwürdige Gebilde den Eindruck ätherischer Feinheit, und doch war es, mehr als fünf Kilometer im Durchmesser, der Sitz einer gigantischen Kraft, die Leistungen von Millionen von Gigawatt aufbot, um Objekte vermittels eines Mechanismus zu transportieren, den Kibosh Baiwoff die »Absolute Bewegung« nannte.

Wenige Minuten später durchbrach der Feuerball einer Explosion die Oberfläche der Festung. Kurz darauf erlosch das blaue Leuchten des Feldes, und das schlauchförmige Gebilde verschwand. Die Projektoren, mit denen Kibosh Baiwoff die »Absolute Bewegung« hatte erzeugen wollen, waren ausgefallen.

Als offenbar wurde, daß an eine Verfolgung der CREST von seiten der um den einsamen Planeten versammelten Festungen nicht zu denken war, reduzierte Perry Rhodan die Beschleunigung seines Schiffes auf ein Minimum und ordnete an, daß eine Serie von Messungen angestellt würde, die es später ermöglichen sollten, die Geheimnisse der merkwürdigen Sonnenballung mit mehr Aussicht auf Erfolg zu entschlüsseln, als es im Augenblick möglich war.

Perry Rhodan war sich sehr wohl darüber im klaren, daß er noch längst nicht alle Probleme gelöst hatte. Zwei vor allen Dingen schienen von vordringlicher unaufschiebbarer Wichtigkeit: Wiederaufnahme der Verbindung mit den beiden Halutern und die Unschädlichmachung der an Bord verbliebenen Dumfries.

Bevor er noch zu einem Entschluß darüber gelangen konnte, welchem der beiden Probleme er den Vorrang geben solle, wurde er unsanft darauf aufmerksam gemacht, daß es in Wirklichkeit ein drittes und noch wichtigeres gab.

Unmittelbar neben dem Sockel des Kommandopults flimmerte die Luft. Die Gestalten der beiden Teleporter Ras Tschubai und Gucky schälten sich aus dem Nichts. Zwischen sich hielten sie ein sich windendes, vierarmiges Wesen mit zwanzig blauleuchtenden Steinen auf der Brust. Perry Rhodan erkannte Agen Thrumb. Er hatte bislang nicht gewußt, daß der Stützpunktingenieur sich an Bord befand. Die Mutanten hatten keine Zeit gefunden, ihn davon in Kenntnis zu setzen.

»Eine Sache von äußerster Dringlichkeit«, sprudelte Ras Tschubai hervor. »Agen Thrumb behauptet, er müsse sterben, wenn er nicht so rasch wie möglich unter Narkose gesetzt würde.«

Der Vierarmige, offenbar von mörderischem Schmerz gepeinigt, schien zu begreifen, daß er sich in der Nähe des Mannes befand, der als einziger eine Entscheidung treffen konnte. Mit schwacher Stimme stieß er im Zentrumsidiom hervor:

»Ich bin verloren, wenn ich bei Bewußtsein bleiben muß. Ich kann . . . nicht erklären. Die . . . Absolute Bewegung . . . zerstörende Kraft . . . in ihrem Bann. Betäuben Sie mich . . .«

Perry Rhodan zögerte keine Sekunde. Die beiden Teleporter schafften Agen Thrumb in das kleine Notlazarett, das an den Kommandostand grenzte und mit diesem von Dumfries gesäubert worden war. Perry Rhodan erhielt wenige Minuten später einen Anruf von einem der Ärzte, die sich des Stützpunktingenieurs angenommen hatten.

»Er ist bewußtlos, Sir«, meldete der Arzt mit ernster Stimme. »Seine Lage hat aufgehört, sich zu verschlechtern.« Mit bedeutungsvollem Schulterzucken fügte er hinzu: »Ich verstehe so gut wie nichts vom Metabolismus dieser Wesen. Aber eins scheint völlig klar: Hätte Agen Thrumb noch eine einzige Minute länger bei Bewußtsein bleiben müssen, dann wäre er jetzt nicht mehr da.«

Perry Rhodan notierte die »Absolute Bewegung« an erster Stelle auf der Liste der unbekannten Phänomene, die dringend einer Analyse bedurften.

Eine halbe Stunde später wurde der Hyperfunkkontakt mit dem Schiff der Haluter hergestellt. Icho Tolot gab an, er sei Baiwoffs Castle stets dicht auf den Fersen geblieben.

Kurze Zeit später legte das halutische Schiff auf der oberen Polkuppel der CREST an. Icho Tolot verankerte sein Fahrzeug mit der metallenen Hülle des Flaggschiffs. Die Teleporter brachten die beiden Haluter an Bord – und Perry Rhodan erhielt endlich die Möglichkeit, sein drittes und letztes Problem auf eine Art anzugehen, die ihm unnötiges Blutvergießen ersparte.

Die beiden Haluter waren bereitwillig zu Diensten. Wenige Minuten nach ihrer Ankunft hallten die Decksgänge der CREST von ihren dröhnenden Schreien, und die Dumfries, die sich auf die Offensive eines weitaus weniger fürchterlichen Gegners vorbereitet hatten, erstarrten unter der bannenden Wirkung der halutischen Zellkernstrahlung.

Sobald der Bann wich, begann die Flucht. Hals über Kopf strebten mehr als fünfzehnhundert Dumfries der Peripherie des Schiffes zu. Die beiden Haluter, ihren Plan durchschauend, ließen ihnen freie Bahn, blieben ihnen jedoch dicht genug auf den Fersen, so daß sie keine Gelegenheit bekamen, ihre Absicht zu ändern.

Durch eine mittelgroße Lastschleuse in der Nähe des Schiffsnordpols stürzten sich die entsetzten Dumfries hinaus in den Raum. Man ließ sie gewähren. Sie trugen Raumschutzanzüge, die ihr Überleben gewährleisteten – vorausgesetzt, daß Kibosh Baiwoff oder einer seiner Kollegen sich rechtzeitig um sie kümmerte. Die Entfernung zu Baiwoffs Castle betrug in dem Augenblick, in dem die Dumfries sich panikerfüllt absetzten, rund zehn Astronomische Einheiten, keine unüberwindliche Distanz für jemanden, dem das Wohl seiner Soldaten am Herzen lag.

Die CREST und mit ihr das halutische Fahrzeug nahmen von neuem Fahrt auf und gingen kurze Zeit später in den Linearraum, die gigantische Sonnenballung für immer hinter sich zurücklassend.

# 28.

## Die Milchstraße

Major Jano Orloff, Leiter der Robotwaffenschule im USO-Hauptquartier Quinto Center, hatte schon sehr viel erlebt und noch mehr gesehen.

So war er beispielsweise der einzige Mensch, dem es gelungen war, den Angriff eines fehlprogrammierten Kampfroboters zu überstehen, ohne dabei mehr zu verlieren als seine natürliche Schädeldecke. Seitdem trug Orloff eine schalenähnliche Prothese aus Terkonit-Edelstahl.

Spötter behaupteten, der Major wäre nach seiner Entlassung aus der Klinik selbst zu einem Roboter geworden. Orloff hielt es für unangebracht, auf derartige Behauptungen einzugehen. Ihm genügte es zu wissen, daß er an periodisch auftretenden Kopfschmerzen und Schwindelanfällen litt. Nach Orloffs Meinung war das Erkennen dieser Symptome ein eindeutiger Beweis dafür, daß er geistig noch in Ordnung war.

Seine künstliche Schädeldecke begann dort, wo sich früher sein Haaransatz befunden hatte. Sie endete dicht über dem Nacken.

Orloff legte keinen Wert auf einen kunstvollen Haarersatz. Nur wenn die Sonne eines Planeten gar zu heftig das Metall bestrahlte, setzte er eine leichte Dienstmütze auf.

Der Planet, auf dem Orloff am 22. April des Jahres 2436 dienstlich tätig war, wurde sogar von etwa zweihundert Sonnen bestrahlt. Man nannte ihn daher »Hundertsonnenwelt«.

Poetisch veranlagte Menschen hatten für die Hundertsonnenwelt, Sitz des Zentralplasmas, viel schönere und wirkungsvollere Bezeichnungen gefunden. Orloff dagegen genügte es, daß man ihn über die technische Funktion der vielen Kunstsonnen aufgeklärt hatte.

Das Zentralplasma benötigte Licht und Wärme. Da der Planet weit draußen im Abgrund des interkosmischen Leerraums stand, war es erforderlich gewesen, ihn künstlich aufzuheizen und zu beleuchten.

Jano Orloff, ein wenig umgänglicher Mann mit nüchterner Ausdrucksweise, war es gleichgültig, *wo* er sich befand, wenn er sich nur mit Robotern beschäftigen konnte. Dann vergaß er Zeit und Umwelt.

Er hatte noch niemals das irrlichternde Farbenspiel auf den Wasserflächen der Teiche und Binnenmeere bemerkt. Ihm war lediglich aufgefallen, daß sein Körper einen strahlenförmigen Schattenkranz warf. Das war ihm unangenehm, weil die ungewöhnlichen Lichteffekte bestimmte optische Messungen erschwerten.

Die Hundertsonnenwelt besaß keine Rotation. Selbst wenn sie sich um ihre Polachse gedreht hätte, wäre es niemals dunkel geworden. Die im freien Raum stehenden und feldverankerten Atomsonnen waren relativ gleichmäßig über die planetarische Oberfläche verteilt.

Orloff hatte sich darüber beschwert. Er benötigte für einige Experimente die Anonymität der Nacht. Diesen Wunsch hatte das Zentralplasma der positronisch-biologischen Roboter, in Kurzform Posbis genannt, nicht erfüllen können. Das Leben auf einem Planeten, der 289 412 Lichtjahre vom Rande der Milchstraße entfernt in der ewigen Düsternis des Leerraums stand, konnte nur mit einer exakt ausgefeilten Technik erhalten werden.

Jano Orloff sah blinzelnd zu den fünf Kampfrobotern hinüber. Die vierarmigen Giganten waren zweieinhalb Meter hoch und besaßen eine Bewaffnung, die Orloff als derzeitiges Maximum bezeichnete.

Da er historische Vergleiche schätzte, ließ er sich im Freundeskreis immer wieder zu Berechnungen verleiten, die bewiesen, daß die fünf modernen Kampfmaschinen in der Lage gewesen wären, eine schlagkräftige Armee des späten 20. Jahrhunderts zu vernichten.

Nun aber wartete Orloff ungeduldig auf das Erscheinen eines

Mannes, der ihm mehr als einmal ein ungläubiges Kopfschütteln abgenötigt hatte.

Sein Name war Harl Dephin, Spezialist und Major der USO, der »United Stars Organisation« unter dem Oberbefehl von Lordadmiral Atlan.

Leutnant Tim Fegeman, Orloffs Assistent und Schüler, beschäftigte sich mit dem neukonstruierten Symbol-Programmierer. Das Gerät konnte bequem in der Tasche getragen werden, aber seine Leistung war erstaunlich.

Knapp drei Millionen Symbolgruppen, die durch einen wörtlich gesprochenen Befehl abgerufen werden konnten, beinhalteten jeden bisher bekannt gewordenen Einsatzvorgang. Dazu kamen noch einige hunderttausend theoretisch denkbare Extremsituationen.

Ein siganesischer Spezialtranslator wandelte das gesprochene Wort in Abrufimpulse um, die anschließend die gespeicherten Symbolgruppen abtasteten und die richtigen Daten auswählten.

Die neuen Kampfroboter konnten somit unter Umgehung der veralteten Tastensteuerung in Sekundenbruchteilen auf Vorgänge umprogrammiert werden, die normalerweise lange Zeit in Anspruch genommen hätten.

Tim Fegeman nahm bei seinem Test die Explosion einer vorher nicht zu erkennenden Grundmine in zweitausend Metern Tiefe an. Er sprach lediglich ein Wort in das Mikrophon seines Symbolgerätes.

Orloff beobachtete fasziniert, wie die fünf Maschinen sofort umschalteten und mit ihren hochwertigen Positronikgehirnen die Sachlage berechneten.

Noch ehe Fegeman den Mund schließen konnte, flammten bereits die grünen Hochenergie-Überladungsschirme der Roboter auf. Ein wildes Aufheulen der Körpertriebwerke, eine heiße Druckwelle, aufgewirbelte Sandmassen – und die fünf Metallriesen waren verschwunden.

Orloff sah angestrengt in den violettstrahlenden Himmel der Hundertsonnenwelt. Bizarre Wolkentürme, an den Rändern blutrot leuchtend, zogen unter dem Druck des klimatisch gesteuerten Höhenluftstroms über die weite Savanne hinweg.

Weiter rechts weideten einige Tiere, in denen Orloff importierte terranische Gnu-Antilopen erkannte. Sie standen reglos mit weitgespreizten Beinen und starrten ebenfalls nach oben.

Als das Heulen der im Alarmstart abgeflogenen Roboter verstummte, senkten sie wieder die Köpfe und begannen zu weiden.

Orloff strich gewohnheitsmäßig über seine stählerne Schädeldecke. Das Material hatte sich erhitzt; aber noch sorgte die ausreichende Schichtisolation dafür, daß Orloffs empfindliches Gehirn nicht belästigt wurde. Eine so geringe Oberflächenerwärmung war in der Praxis bedeutungslos.

Der USO-Major winkelte den Arm an und sah auf die Uhr. Noch vierzehn Minuten.

»Tim . . .!«

Der Ruf hallte über das weite Land. Leutnant Fegeman wandte den Kopf, winkte und kam gemächlich auf seinen Chef zu.

Orloff lehnte sich in dem einfachen Klappstuhl zurück und streckte die Beine aus. Hinter ihm wölbte sich die Kuppel eines Abwehrforts. Es war auf seinen Wunsch hin ausgefahren und feuerklar gemacht worden.

Tim Fegeman bemühte sich vergeblich, eine schattige Stelle zu finden. Seine sommersprossige Stirn war schweißbedeckt.

»Sie sollten wirklich eine Klimaanlage tragen«, nörgelte Orloff. »Besser noch einen Klimaanzug. Sie sehen aus, als würde Sie jeden Augenblick der Schlag treffen.«

Fegeman verzog seinen breiten Mund zu einem Grinsen. Seine abwehrende Handbewegung drückte aus, was er über die Vorhaltungen dachte.

»Dann also nicht«, resignierte Orloff. »Haben Sie auch daran gedacht, daß wir unsere fünf stolzen Roboter in wenigen Minuten benötigen? Es war ja sehr beeindruckend, wie Sie die Metallkrieger verschwinden ließen; aber das entbindet uns nicht von unserer Verpflichtung, sie für einen Test bereitzustellen. *Haben* Sie daran gedacht?«

Orloff richtete sich etwas auf und bedachte Fegeman mit argwöhnischen Blicken.

»Welche Symbolgruppen haben Sie überhaupt abberufen?«

Tim Fegeman grinste und sah auf die Uhr.

»Die fünf geistlosen Plebejer umkreisen zur Zeit den angenommenen Explosionsort einer atomaren Grundmine in fünfzig Kilometern Höhe. Das nehme ich wenigstens an.«

»Wieso?«

»Die Programmierung sah eine Energieentwicklung von nur zehn Kilotonnen TNT vor. Ein Sicherheitsabstand von fünfzig Kilometern müßte genügen. Ich werde es kontrollieren. Sind sie weiter ausgewichen, taugen ihre Gehirne nichts.«

Orloff zwängte seinen korpulenten Körper zwischen den Armlehnen des Klappstuhls hervor und stand auf.

»Sie sind ein großes Kind. Rufen Sie die Roboter in spätestens drei Minuten an. Woher kennen Sie überhaupt den Begriff ›Plebejer‹?«

»Von Ihnen, Sir. Sie nannten mich einmal so, als ich – natürlich gegen meinen Willen! – von zwei USO-Spezialisten in den Zustand der Trunkenheit versetzt wurde. Ich glaube, ich machte damals eine kleine Dummheit.«

Orloff holte tief Luft.

»Wenn Sie damit die unglaubliche Frechheit verniedlichen wollen, Lordadmiral Atlan eine tonnenschwere Ertruserin als Gattin offeriert zu haben, dann sind Sie auf dem richtigen Wege. Die umweltangepaßte Dame war überdies zweihundert Jahre alt. Tim, ich möchte mir doch Ihr unverschämtes Feixen verbitten! Zum Teufel, rufen Sie endlich die Roboter an! Sie sollen sofort landen!«

Ehe Major Jano Orloff ernstlich wütend werden konnte, begann es hoch über den Männern zu heulen. Augenblicke später standen die fünf Kampfmaschinen wieder an Ort und Stelle, als wäre nichts geschehen. Nur die Düsenöffnungen der Antriebsaggregate leuchteten noch in heller Weißglut.

Tim sah schon wieder auf die Uhr.

»Erstklassig, Sir. Sie waren nur fünf Minuten unterwegs. Das bedeutet, daß sie sich wirklich nicht weiter als fünfzig Kilometer entfernt haben. Ich frage mich, ob der neue Symbol-Programmierer nicht besser ist als Dephins sagenhafte Steuertechnik.«

Orloff winkte besänftigt ab.

»Gedulden Sie sich! Ich denke schon jetzt mit Grauen daran, daß meine schönen Maschinen vernichtet werden könnten. Wenn man berücksichtigt, was uns dieser Mann schon alles vorgeführt hat . . .!«

»Mann . . .?« unterbrach Fegeman stirnrunzelnd.

»Beherrschen Sie sich, oder Sie bekommen Unannehmlichkeiten. Harl Dephin läßt nicht mit sich spaßen.«

Eine halbe Minute später meldete sich die steuernde Hyperinpotronik des Abwehrforts. Sie diente jedoch nur als Relaisstation für eine Mitteilung des biologisch lebenden, hochintelligenten Zellplasmas, das einige hundert Kilometer entfernt in riesigen Silos gespeichert lag.

»Zentralplasma spricht. Ich hoffe, Sie fühlen sich wohl. Ich würde es unendlich bedauern, meine Gäste betrüben zu müssen. Die Hyperinpotronik ortet soeben den Angreifer. Er kommt auf Ihren Standort zu. Bitte, halten Sie sich bereit! Haben Sie unterdessen Nachrichten aus Ihrem Heimatsystem erhalten?«

»Noch keine«, sprach Orloff in Richtung der Aufnahmemikrophone. Er wußte, daß jedes Wort durch die Symboltransformer der Posbis übersetzt wurde.

»Es tut mir sehr leid«, entgegnete das Zentralplasma. »Wollen wir hoffen, gemeinsam zur Rettung des Imperiums beitragen zu können. Zwanzigtausend Fragmentraumschiffe mit sorgsam instruierten Posbibesatzungen werden mit Ihnen zum Solsystem abfliegen. Die Raumschiffe werden dem Kommando meines alten Freundes Reginald Bull unterstellt. Wissen Sie wirklich nicht, wo sich Perry Rhodan aufhalten könnte?«

Orloff wurde noch ernster, als er es ohnehin schon war.

»Leider nicht. Der Großadministrator ist seit dem 12. Januar mit der CREST IV verschollen. Es ist eine Tragik.«

»Es tut mir sehr leid. Demnach bleibt mir keine andere Wahl, als Sie zu bitten, die vereinte Menschheit nochmals meiner unverbrüchlichen Treue und Freundschaft zu versichern. Jetzt halten Sie sich aber bereit. Das Experiment verspricht interessant zu werden.«

Das Zentralplasma schaltete ab. Orloff fing einen Blick seines Schülers auf.

»Wollten Sie etwas sagen, Tim?«

»Ja, Sir. Ich glaube, daß die Menschheit keinen besseren Bundesgenossen hat als diese riesigen, so nichtmenschlich aussehenden Plasmamengen, die sich nur mit allerlei Kunstgriffen am Leben erhalten können.«

»Woraus wieder einmal zu folgern wäre, daß nur Anstand, ethische Reife, Toleranz und Intelligenz bewertet werden sollten. Die äußere Erscheinungsform eines Lebewesens ist demgegenüber absolut unbedeutend. Kommen Sie nun! Wir gehen besser in die Panzerkuppel. Es wird etwas heiß werden. Dephin ist ehrgeizig.«

Die Bildschirmgalerie der Erfassungsoptik war ein Meisterwerk ihrer Art. USO-Spezialist Harl Dephin sah die Umwelt dreidimensional und farbig. Eine Spezialpositronik sorgte dafür, daß selbst geringfügigste Farbunterschiede augenblicklich korrigiert wurden. Optische Täuschungen, denen jeder Mensch unterlegen wäre, wurden durch die Automatik ebenfalls ausgeglichen.

Der Paladin raste mit seiner Maximalgeschwindigkeit von einhundertzweiunddreißig Kilometern pro Stunde über das von sanften Bodenwellen durchzogene Gelände.

Theoretisch entsprach dieser Wert der Dauerleistung. Wie alle Theorien besaß jedoch auch diese einige schwache Stellen.

Die Schnelligkeit eines bodengebundenen Körpers hing immer von der jeweiligen Beschaffenheit des Geländes ab. Selbst ein Paladin konnte nicht dazu gebracht werden, Steilhänge oder Flußläufe mit seinem Spitzentempo zu überwinden. In der relativ ebenen Südsavanne der Hundertsonnenwelt lag die Durchschnittsgeschwindigkeit bei 101,012 Kilometer pro Stunde. Das war ein beachtlicher Wert.

»Energieortung«, gab der Mathelogiker Drof Retekin über die Bordverständigung durch. Der USO-Spezialist fungierte als Chef der Rechen- und Ortungszentrale.

»*Welche* Energieortung?« fragte Harl Dephin ärgerlich zurück. »Drücken Sie sich genauer aus, Drof! Sind es die fünf Roboter?«

»Jawohl, Sir. Auswertung läuft soeben erst ein. Fünf Kampfmaschinen vom USO-Typ AT-10/BEROS. Sehr gefährlich, Sir.«

»Wir werden sehen. Captain Rigeler, ist Ihre Bewegungsmechanik eindeutig in Ordnung? Keine schwachen Stellen? Vielleicht nicht gemeldete Fehler, weil Sie annahmen, sie wären vernachlässigbar?«

»Keine, Sir. Der Paladin reagiert auf jeden Ihrer Impulse.«

Harl Dephin nickte. Die Sert-Haube, die seinen Schädel bis zur Nasenwurzel bedeckte, machte die Bewegung mit. Sie war hochelastisch mit dem Kopf des Spezialisten verbunden.

Harl Dephin war der einzige Mensch seines Volkes, der über eine parapsychische Fähigkeit verfügte. Man nannte ihn »Gefühlsingenieur«.

Fachwissenschaftler hatten eine genauere Definition gefunden. Sie bezeichneten Harl Dephins Gabe mit dem Begriff »Simultane Emotio- und Reflex-Transmission«. Daraus war die Abkürzung Sert entstanden.

Niemand außer Major Harl Dephin war in der Lage, mit Hilfe einer technisch ausgereiften Abnehmerhaube die Befehlsgebung seines Gehirns so exzellent auf eine Bewegungsmechanik zu übertragen, daß sie ebenso schnell und rasch reagierte, wie es Dephin ebenfalls getan hätte.

Der Vorgang umschloß ein Phänomen, das in der Geschichte der neuen Menschheit einmalig war.

Wenn Dephin auf seiner Bildschirmgalerie eine bestimmte Situation mit den Blicken erfaßte, dann vergaß er, daß er angeschnallt und nahezu reglos in einem weich gepolsterten Spezialsessel seiner Zentrale saß.

Dennoch handelte er; allerdings mit dem bemerkenswerten Unterschied, daß lediglich sein *Gehirn* zum Einsatz gebracht wurde.

Es dachte, wertete die Situation aus und gab entsprechende Handlungsimpulse an Nervenleiter und Muskelbündel.

Intensives Training hatte Dephin dazu befähigt, dieser Befehlsgebung *nicht* mehr mit seinem Körper folgen zu müssen. Dafür aber wurden die Hirnschwingungen der Sert-Haube abgenommen, lichtschnell zur vollpositronischen Transmissionsanlage geleitet, dort in einer Vielfach-Weichenschaltung aufgespalten und als direkter Steuerimpuls an die energetisch-mechanische Bewegungsanlage gegeben.

Das Resultat des ungewöhnlichen Steuervorgangs für einen gepanzerten Körper von großer Masse und hohem Gewicht bestand in einer Reaktionsgeschwindigkeit, die der von Harl Dephins Körper entsprach; und – der USO-Spezialist war enorm schnell!

Dephin fühlte sich schon seit Wochen nicht mehr versucht, während eines Gefechtes die von seinem Gehirn ausgewählten und befohlenen Bewegungen mitzumachen. Das überließ er allein dem Paladin, der sofort auf jeden Impuls reagierte.

Der parapsychische Übertragungsvorgang lichtschneller Hirnimpulse in mechanische Bewegungen hatte naturgemäß technische Probleme von besonderer Rangordnung aufgeworfen.

Dephins Paladin war mit zwei verschiedenartigen Mechanismen ausgestattet worden. Der feldmagnetische Hochenergiebetrieb der Glieder erfolgte mit einem Tempo, das selbst phantasiebegabte Fachingenieure beim Studium der Berechnungsgrundlagen als unglaubhaft verworfen hatten.

Die hydropneumatische Steueranlage war wesentlich langsamer, dafür im harten Dauerbetrieb zuverlässiger. Das Hochdruck-Pumpensystem hatte bisher, abgesehen von einem Ventilbruch im Hauptverteilerblock II, noch niemals versagt.

Die Störanfälligkeit steigerte sich jedoch um dreihundert Prozent, sobald der Paladin im Gefecht schweren Erschütterungen ausgesetzt wurde.

Dephin hatte deshalb anhand seiner Erfahrungswerte den Ausbau der starren Rohrverbindungen gefordert und statt dessen flexible Leitungen mit weiteren Querschnitten und dreifach höherer Druckbelastungsgrenze installieren lassen.

Das neue System wurde seit einer Woche Standardzeit getestet. Bisher hatte es keine Komplikationen gegeben, obwohl der Paladin mit der Hydropneumatik zehntausend Kilometer zurückgelegt hatte.

Harl Dephins Hände umklammerten in instinktiver Abwehrreaktion gegen die Befehlsimpulse seines Hirns die Sessellehnen. Wenn ein blitzschnelles Zugreifen oder Zuschlagen erforderlich war, so hatten *allein* die Arme des Paladins zu arbeiten. Dephins Körper hatte nichts anderes zu tun, als reglos im Steuersessel zu ruhen. Nur seine Sinnesorgane mußten arbeiten.

Auf den Bildschirmen schien sich das Gelände teppichartig aufzurollen. Die Laufhaltung des Paladins ließ einen anderen optischen Eindruck nicht zu.

Ohne den Blick von den Bildschirmen zu wenden, ohne jemals zu vergessen, daß der Panzerkörper emotionell gesteuert über die Savanne raste, drückte Dephin auf den Knopf der Sprechverbindung. Das Mikrophon klappte vor seine Lippen, die Lautsprecher der Außenbordaufnahme übertrugen das rhythmische Stampfen des Paladins.

Berstende Steinplatten und aufgewirbelte, gegen den Panzer peitschende Sandmassen erzeugten Geräusche, die dem Trommeln eines Titanen glichen.

Direkt unter Dephins Steuerzentrale jaulten die Turbopumpen auf Hochtouren. Auf eine energetische Druckerzeugungsanlage hatte man wegen der Störanfälligkeit verzichtet.

Dephin vernahm auch das Schnattern der Rotationsventile im koordinierenden Druckverteilungssystem. Das alles überlagernde Donnern der Hochenergieumformer in Deck vier zeugte davon, welche Kräfte aufgewendet werden mußten, um den riesigen Paladin über das Land jagen zu lassen.

»Dephin an Deck drei. Immer noch kein Druckabfall?«

Captain Amos Rigeler saß angeschnallt vor seinem Kommandostand. Der Spezialist war Herr über die Bewegungsmechanik. Er vernahm Dephins Anfrage aus den Muschellautsprechern seines Gefechtshelms.

»Kein Verlust, Sir. Konstanter Wert bei Spitzengeschwindigkeit und ohne Kampfhandlung liegt mit Toleranzschwankungen von plusminus null-null-vier Prozent bei dreihundertvierundachtzig atü.«

»Sehr gut. Was sagen Sie nun zu dem neuen Leitungssystem?«

»Phantastisch gefährlich, Sir. Hinter mir, in Höhe meines Gesichts, steht die Hauptversorgungsleitung Rot so steif und bolzengerade wie der ausgestreckte Waffenarm eines Kampfroboters. Wenn die Leitung bricht, können Sie mich mit der Lupe suchen.«

»Welcher Narr hat Ihnen auch geraten, Maschineningenieur und obendrein noch USO-Spezialist zu werden!« entgegnete Dephin ungerührt. »Binden Sie sich für alle Fälle einen Schal um den Hals!«

»Ha-ha! Danke für die Rettungsanweisung. Wie kommen Sie hin, Sir? Noch keine Ermüdungserscheinungen?«

»Unsinn! Ich laufe nur im Geiste.«

»Ein typischer Mitläufer«, kicherte jemand. Die fünf Spezialisten des Thunderbolt-Teams, wie sie sich nannten, brachen in schallendes Gelächter aus.

Harl Dephin grinste und schaltete die Bildschirme ein, um seine Männer beobachten zu können. Das war normalerweise nicht üblich, da ihn die Übertragung störte.

»Euch wird das Lachen noch vergehen. In vierundzwanzig Stunden will ich mit einem Fragmentraumer zur Erde starten. Wir . . . Deck eins, was hat da bei Ihnen gepoltert?«

Einige Verwünschungen waren die Antwort. Dephin blickte beunruhigt nach oben.

»Es poltert immer noch. Darf ich um Auskunft bitten, Herr Leutnant?«

Dart Hulos, Fachingenieur für hochenergetische und mechanische Waffensysteme, meldete sich atemlos. Sein Gefechtsstand lag über der Zentrale.

»Harmlos, Sir. Eine Fünfhundert-Megatonnen-Rakete hatte sich aus der Halterung gelöst. Die Klemmen im Magazin-Zuführer müssen nachgestellt werden.«

»Sagten Sie harmlos?« erkundigte sich Dephin.

»Alle guten Geister mögen ihm beistehen«, meldete sich Captain Mirus Tyn, Chefingenieur des Paladins und verantwortlich für die Stromerzeugung in Deck vier.

»Wenn ich durch Ihr Verschulden umkomme, Dart, lernen Sie mich kennen. Haben Sie Unglücksmensch es wenigstens geschafft, die Bombe wieder zu befestigen? Wir bewegen uns bekanntlich ziemlich heftig. Übrigens – war die Rak-Bombe scharf?«

»Ach wo! Die letzte Sicherung war noch drin.«

»Schreikrämpfe könnte man kriegen«, beschwerte sich der Kybernetiker, Leutnant Cool Aracan. Sein Gefechtsstand lag ebenfalls in Deck drei. »Wie haben Sie sich eigentlich Ihr Diplom erschwindelt?«

»Schluß, meine Herren!« klang Harl Dephins Stimme auf. »Wir nähern uns dem Testgebiet. Dart, Sie feuern nur dann, wenn ich Sie dazu auffordere. Haben wir uns ganz klar verstanden?«

»Ganz klar, Sir.«

»Kommen Sie bitte auch nicht auf die Idee, mit Fünfhundert-Megatonnen-Raketen auf die Roboter zu feuern. Zwei Männer namens Jano Orloff und Tim Fegeman haben sich nämlich vorgenommen, den Vorgang aus nächster Nähe zu beobachten.«

Dart Hulos, der jüngste Mann unter den Spezialisten des Thunderbolt-Teams, kicherte erneut. Er war erst hundertundacht Jahre alt. Man mußte ihm seine Jugend zugute halten.

Ein schwarzhäutiges Ungeheuer raste über die Savanne. Es trug einen dunkelgrünen Kampfanzug mit Falthelm, Energietornister und allen Gerätschaften, die ein Haluter im Kampfeinsatz mitzuführen pflegte.

Die drei großen Augen glühten in rotem Feuer. Die beiden Paare der Stütz- und Sprungbeine peitschten den Boden mit solcher Wucht, daß losgerissene Grasstücke und umherliegende Steine mit der Mündungsgeschwindigkeit einer historischen Vorderladerkanone hinweggeschleudert wurden.

Die langen Handlungsarme, besonders kräftig und an den Gelenken umfangreicher als der Oberschenkel eines terranischen Preisringers, waren weit nach vorn ausgestreckt.

Es war, als suchten sie Halt für einen eventuellen Sturz. Das Ungeheuer fiel aber nicht. Es übersprang Bodenhindernisse mit weiten Sätzen, überwand Schluchten mit der Eleganz eines Wildpferdes und durchquerte Wasserläufe wie ein atomgetriebenes U-Boot mit dreimal äußerster Kraft voraus.

Es gab nichts auf dieser Welt, das die bestienhafte Erscheinung hätte aufhalten können.

Major Jano Orloff stockte der Atem. Er war fasziniert.

Die Bildschirme des Abwehrforts lieferten eine hervorragende Fernaufnahme. Fegeman las die Daten ab.

»Geschwindigkeit beinahe maximal, und das nach einem Dauertest von zehntausend Kilometern. Er kommt rasch näher. Soll ich unsere Roboter programmieren?«

»Abwarten!«

Fegeman zog trotzdem den Impuls-Programmierer aus der Tasche seiner Arbeitskombination.

»Jetzt!« sagte Major Orloff mit seltsam tonloser Stimme.

Fegeman hielt das Mikrophon vor die Lippen. Die grüne Lampe flackerte.

»An Robotkommando Beros. Angriff eines Zweitkonditionierten. Bewaffnung wie bekannt. Abwehren, vernichten!«

Das war alles, was der Robotspezialist in seinen Impulsgeber sprach. Die angetasteten Symbolgruppen wurden den Robotern über Funk bekanntgegeben. Noch ehe Fegeman das Gerät absetzen konnte, sprachen die fünf Kampfmaschinen bereits an.

Noch schneller reagierte jedoch das Ungeheuer, das sich den Robotern mittlerweile bis auf zwei Kilometer genähert hatte.

»Kernschußweite für unsere Waffen«, erklärte Orloff. »Er ist leichtfertig.«

Wie »leichtfertig« das als Zweitkonditionierter angekündigte Monstrum war, erlebte Orloff sofort darauf.

Der vier Meter hohe und in den Schultern zwei Meter neunzig breite Gigant verhielt im schnellsten Lauf, als wäre er gegen eine Stahlmauer gerannt. Zwei der Roboter kamen nicht mehr dazu, ihre Waffen einzusetzen. Das Ungetüm war schneller, obwohl ein Fachmann wie Orloff seinen Kopf gewettet hätte, daß nichts im bekannten Universum rascher reagieren könne als ein hochwertiger Spezialroboter der USO.

Ultrahell flammende Impulsstrahlen zuckten aus beiden Handlungsarmen des Giganten. Die Energiebündel besaßen die achtzigfache Intensität eines schweren Roboterstrahlers.

Gleichzeitig mit dem Röhren der Abschüsse flammte der grüne Hochenergie-Überladungsschirm des Angreifers auf. Im Schutze dieses Abwehrfeldes war er kaum noch angreifbar.

Orloff erlebte wieder einmal eine Niederlage. Das Ungeheuer hatte im Bruchteil einer Sekunde die beiden Ziele erfaßt und sie mit solcher Genauigkeit getroffen, als hätte es stundenlang von einem festen Standort aus den Gegner anvisieren können.

Die Abwehrschirme der beiden Roboter brachen zusammen. Sie explodierten in blendenden Stichflammen. Orloff hörte die Trümmerstücke gegen die Panzerung der Abwehrfestung schlagen.

Die drei anderen Roboter rasten in verschiedenen Richtungen davon. Ihre Programmierung sah vor, sich dem Feuer eines Zweitkonditionierten niemals im geschlossenen Verband auszusetzen.

Eine Sekunde später explodierte die nächste Maschine. Sie war im Schnellauf von zwei scharfgebündelten Impulsstrahlen getroffen, durch die Aufschlagwucht zur Seite geschleudert und anschließend von zwei weiteren Schüssen vernichtet worden.

Das Ungeheuer gab seine aufrechte Haltung auf. Es fiel nach vorn. Das mittlere Armpaar diente nun zur Fortbewegung. Die beiden ersten Energieschüsse der Roboter schlugen vor und neben dem Angreifer ein. Der Boden wölbte sich auf und schleuderte glutflüssige Materiemassen gegen den Schutzschirm des Fremden.

»Er wird nicht einmal aus dem Anlaufkurs gewirbelt!« schrie Orloff erregt. »Wieso nicht?«

Fegeman gab keine Antwort. Er wußte schon jetzt, daß die beiden noch intakten Kampfroboter keine Chance mehr hatten. Sie durften sich nicht in Sicherheit bringen, sondern hatten bis zum bitteren Ende zu kämpfen. So sah es die Programmierung vor.

Das Ungeheuer erreichte in wenigen Augenblicken seine Höchstgeschwindigkeit. Hakenschlagend wie ein Hase rannte es auf die beiden Roboter zu.

Die vierte Maschine verging im zermürbenden Jaulen eines Hyperschallgenerators. Die Panzerschale des Roboters brach auseinander. Dunkle Qualmwolken schossen aus dem Körper hervor. Eine Explosion beendete sein mechanisches Dasein.

Der fünfte USO-Beros verteidigte sich mit allen Waffen, die er zur Verfügung hatte. Auf dem HÜ-Schirm des Angreifers brachen sich die Energiefluten der schweren Robotstrahler, schlugen zurück und brachten den Boden zum Kochen.

Nur eine Sekunde später hatte das Ungeheuer den standhaften Roboter erreicht.

»Mein Gott – er greift ihn mit bloßen Händen an!« stammelte Fegeman.

Als sich der Zweitkonditionierte aufrichtete, überragte er den großen Kampfroboter um zweieinhalb Meter.

Fegeman und Orloff sahen zwei wirbelnde Armpaare. Die Bewegungen waren so schnell, daß die Augen der beiden Terraner nur noch Kreise bemerkten.

Dem Roboter wurden beide Waffenarme abgeschlagen. Der HÜ-Schirm des Angreifers neutralisierte das Abwehrfeld der Kampfmaschine und brachte es zum Zusammenbruch.

Wieder wurden die rasenden Wirbel turbinenartig bewegter Arme erkennbar. Als sie zum Stillstand kamen, glich der Kampfroboter einer Konservenbüchse, die unter Schmiedehämmern gelegen hatte. Der Kopf mit dem empfindlichen Positronikgehirn war völlig verschwunden.

Das Ungeheuer ließ sich auf seine Laufarme fallen und trabte gemächlich auf die Kuppel zu.

Orloffs Bildsprechgerät summte.

»Leben Sie noch, Jano? Wenn ja, sagen Sie es.«

Tim Fegeman sah in das blasse Gesicht seines Vorgesetzten. Er räusperte sich.

»Sir, wir werden angerufen.«

Major Orloff schüttelte den Kopf. Sein erster Blick galt der Uhr.

»Zweiunddreißig Sekunden hat er benötigt, um fünf unserer besten Kampfroboter zu vernichten. Zweiunddreißig Sekunden! Tim, träume ich?«

»Keineswegs«, klang die fremde Stimme aus den Lautsprechern der Übertragungsanlage. »Ich habe mich nicht sonderlich anstrengen müssen. Können wir den Test als beendet ansehen?«

Orloff packte wortlos seine Meßinstrumente zusammen, drückte den Koffer in Fegemans dürre Hände und schritt auf den Ausgang zu.

»Ich gratuliere«, ertönte die modulationslose Translatorstimme des Zentralplasmas. »Unsere Gemeinschaftsproduktion hat sich ausgezeichnet bewährt. Ich gebe die Konstruktion frei für den Kampfeinsatz. Bitte, finden Sie sich baldigst zur Endkontrolle ein.«

Orloff nickte geistesabwesend und murmelte etwas, das niemand verstand. Die Panzertore des Abwehrforts schwangen auf. Sie waren etwa zwei Meter hoch.

Orloff bemerkte zwei riesige Pranken. Sie waren am oberen Rand der Schleuse zu sehen, waren schmutzverkrustet und strahlten eine derartige Drohung aus, daß der Robotspezialist unwillkürlich zurückwich.

»Lassen Sie den Unsinn, Harl! Eine unbedachte Bewegung, und mir fehlt der Kopf. Der hat schon genug aushalten müssen.«

Ein Lachen ertönte. Der vier Meter hohe Körper schritt im wiegenden Gang eines Haluters zurück und kam wenige Meter vor der Schleuse zum Stillstand.

Die hautähnliche Kunststoffverkleidung des Giganten wirkte täuschend echt. Auch der dunkelgrüne Kampfanzug ließ für den Betrachter keine Zweifel aufkommen, daß man es mit einem besonders riesenhaft gewachsenen Haluter zu tun hatte.

Das Ungeheuer öffnete seinen rachenartigen Mund und stieß ein Brüllen aus, das dem Röhren eines gereizten Sauriers glich.

Fegeman ließ den Koffer fallen und preßte die Handflächen gegen die Ohren. Orloff ertrug den Geräuschorkan mit der stoischen Geduld eines Mannes, den nichts mehr überraschen kann. Als das Brüllen aufhörte, stocherte er in den Ohren herum.

»Dumme Scherze, würde ich sagen. Sie haben gewonnen. Wollen Sie den Roboter nun verlassen?«

Harl Dephin schwenkte die Sert-Haube zurück, schob den Zentralehauptschalter auf Null und stand auf. Über ihm öffnete sich das Mannluk zum oberen Kopfdeck. Dart Hulos' Gesicht wurde erkennbar.

»Endstation, Sir?«

Dephin nickte nur. Spezialist Hulos kam behende die Wendeltreppe herunter. Die Aufzugschächte endeten im zweiten Kopfdeck, also in Dephins Zentrale.

Der Lift summte. Mirus Tyn und Drof Retekin kamen zusammen an. Anschließend erschienen Amos Rigeler und Cool Aracan.

Oberleutnant Retekin riß gähnend den Mund auf und reckte sich. »Brüder, das war ein Schlag gegen Orloffs persönlichen Stolz. Trösten wir ihn! Fegeman der Dürre dürfte dazu nicht mehr in der Lage sein.«

Harl Dephin setzte die Dienstmütze auf und schnallte sich den Kombigürtel mit der Waffentasche um.

Chefingenieur Mirus Tyn öffnete die große Ladeschleuse des Paladins. Sie war mit dem riesigen Rachen identisch.

Strahlend helles Licht zahlreicher Atomsonnen fiel in die Zentrale. Von außen betrachtet, wirkte der Anblick abenteuerlich und drohend.

Orloff, knapp ein Meter siebzig groß, legte den Kopf in den Nacken und schaute an dem haluterähnlichen Spezialroboter hinauf.

Major Harl Dephin wurde in der Rachenöffnung sichtbar. Er konnte bequem aufrecht stehen. Der Gefühlsingenieur war 16,43 Zentimeter groß, hundertdreißig Jahre alt und 809,14 Gramm schwer. Diese Daten konnte den umweltangepaßten Siganesen aber nicht negativ beeindrucken.

Weder Harl Dephin noch die »Männer« des Thunderbolt-Teams hatten jemals an den ausgeprägten Minderwertigkeitskomplexen gelitten, die viele Siganesen auszeichneten.

Ganz im Gegenteil dazu galt Dephin als harter, kompromißloser Kämpfer, der seine fehlende Körpergröße durch eine Reaktionsschnelligkeit wettmachte, die sich proportional zum biochemischen Schrumpfungsprozeß junger Siganesen gesteigert hatte.

Dephins Bewegungen konnten von den Augen eines Terraners kaum noch verfolgt werden. Sie glichen dem flirrenden Flügelschlag eines irdischen Kolibris.

Ebenso schnell waren seine anderen Körperbewegungen. Sein Sprungvermögen hatte sich im Verlauf der Umweltanpassung ebenfalls kontinuierlich auf die Körpergröße eingestellt.

Harl Dephin übersprang eine Distanz, die das Zwanzigfache seiner Körperlänge betrug. Seine größte Weite hatte er mit drei Meter achtundzwanzig erreicht.

Terraner gebrauchten gerne den Vergleich mit einem irdischen Floh, der ebenfalls erstaunliche Leistungen in dieser Beziehung vollbringen könne.

Zur natürlichen Fähigkeit eines derartigen Lebewesens kam bei

Siganesen von Dephins Wachstumsordnung noch die Tatsache einer intensiven Schulung hinzu. Die Männer des Thunderbolt-Teams wurden durchaus nicht verlegen, wenn sie den Begriff »Hochleistungssportler« gebrauchten.

Nach der Auffassung einschlägiger Wissenschaftler waren diese rein physischen Dinge aber nicht so wichtig wie das ausgeprägte Selbstbewußtsein junger Siganesen. Sie kümmerten sich nicht darum, ob sie nun nach den Maßstäben hochgewachsener Terraner als Mikromenschen angesehen wurden oder nicht. Entscheidend für ihre Moral und ihren gesunden Selbsterhaltungstrieb war ihr Drang, sich bestätigt zu sehen.

Harl Dephin, den man auf Siga den »Einsamen« nannte, war ein typischer Vertreter dieser neuen Richtung. Er konnte alles ertragen und tolerieren, nur keine Verhöhnung oder Mißachtung seines Menschentums. Jano Orloff war über die Mentalität der kleinsten Spezialisten im Bereich der USO genau informiert. Er hütete sich prinzipiell, ironisch oder gar herablassend zu werden.

Tim Fegeman dagegen konnte es selten unterlassen, die Siganesen »auf den Arm zu nehmen«. Allerdings machte auch hier der Ton die Musik. Man wußte auf Siga sehr genau und mit präziser Feinfühligkeit zwischen echter Mißachtung und freundschaftlicher Ironie zu unterscheiden.

Fegeman kam mit seinem schweren Koffer näher.

Harl Dephin zog das Mikrophon der Sprechanlage an die Lippen. Der Lautstärkeregler stand auf Minimumwert. Trotzdem grollte und donnerte der Paladin-Roboter wie ein Haluter.

»Hei, Tim, sollen wir dir helfen? Du siehst nicht sehr würdevoll aus.«

»Schwächlich gebaut, sehr schwächlich«, lachte Dart Hulos. »Man sollte ihm siganesische Nährkonzentrate geben. Mensch, Tim, wir haben eure fünf Roboter in zweiunddreißig Sekunden erledigt. Was ist dagegen ein Instrumentenkoffer?«

»Diese Terraner können es eben nicht unterlassen, wie Steinzeitmenschen zu bauen«, nörgelte Mirus Tyn. »Ihre sogenannten Präzisionsinstrumente besitzen eine Fertigungsqualität wie die ersten Holzscheibenräder im Nilgebiet der Mutterwelt Terra.«

Tim schaute nach oben und knallte den Kunststoffkoffer auf die riesigen Füße des Roboters.

»Rasselbande! Wenn ich euch aus der Schleuse hole, werdet ihr so zahm wie sechs winzige Fische auf dem Trockenen.«

»Beherrschen Sie sich, Tim!« fuhr Orloff dazwischen.

»Wie Sie meinen, Sir. Hallo, ihr da oben – wollt ihr mir den Kasten bis zum Schweber tragen?«

Harl Dephin sah sich im Kreis seiner Kollegen um.

»Wollen wir dem Dürren den Gefallen tun? Er kippt gleich um.«

Fünf selbstbewußte Menschlein nickten wohlwollend. Tim Fegeman durfte den Koffer an die Pranke des rechten Handlungsarms hängen. Der Paladin rührte sich nicht.

»Der Test ist beendet«, erklärte Jano Orloff. »Sie haben phantastisch gearbeitet. Das Zentralplasma gibt den Paladin zum Einsatz frei. Sie möchten zur Endkontrolle kommen. Haben Sie irgendwelche Fehlerquellen feststellen können?«

Dephin wurde sofort sachlich.

»Keine.«

»Gefechtsschäden?«

»Woher?«

»Nun, Sie haben sich immerhin mit fünf modernen Kampfrobotern herumgeschlagen. Hatten Sie wirklich keine Schwierigkeiten? Bitte, Harl, geben Sie jetzt keinen der Begeisterung entspringenden Bericht, sondern eine sachlich korrekte Darstellung.«

»Ich bin immer korrekt. Die Roboter reagierten zu langsam. Außerdem sind sie zu schwach bewaffnet, begriffsstutzig wie jede Maschine und bar jeder echten Reflexhandlung. Ihr Körperbau ist für die Bewegungsaggregate zu massig. Die positronischen Gehirne dürften in der Auswertung einer bestimmten Situation durchaus nicht langsamer sein als ich; aber es ist ein Unterschied, wie lichtschnelle Steuerimpulse in Bewegungen umgesetzt werden. Ich habe den letzten Rob der Beros-Serie mit den Paladin-Gliedern angegriffen, um festzustellen, wie rasch seine Abwehrreaktionen sind.«

»Kein Mensch könnte schneller sein«, erklärte Orloff resignierend. Er kam sich wie deplaciert vor.

Dephin erfaßte mit seiner anomalen Feinfühligkeit die Stimmung jenes Mannes, den man unverhofft mit einer Spezialkonstruktion konfrontiert hatte. Als Orloff von einem USO-Kreuzer auf der Hundertsonnenwelt abgesetzt wurde, hatte er infolge der strengen Geheimhaltung noch nicht gewußt, was er dort testen sollte.

Der Paladin war eine Gemeinschaftsproduktion der siganesischen Mikrotechnik und der besten Robotkonstrukteure der Galaxis – der Posbis von der Hundertsonnenwelt.

Siga hatte die komplette Innenausstattung geliefert. Das Zentralplasma hatte den ungeheuren Erfahrungswert des ihm unterstellten hyperinpotronischen Robotgehirns eingesetzt und die Körperzelle sowie wesentliche Teile der Bewegungsanlage erschaffen.

Siganesische Präzisionsarbeit begann mit einem rechnerischen Toleranzwert von einem hunderttausendstel Millimeter. Keine anderen Lebewesen der Galaxis wären in der Lage gewesen, die Positronik des Paladin-Roboters zu bauen. Allein die Sichtortung war ein Meisterwerk, dessen Einzelheiten Terraner mit dem Mikroskop suchen mußten.

Teile, die für siganesische Begriffe klein waren, besaßen die Größenordnung einer Bakterie.

An all diese Dinge mußte der Robotspezialist Jano Orloff denken. Harl Dephin unterbrach seinen Gedankenflug.

»Mein Freund. Sie haben uns bei der Erprobung des Roboters in hervorragendem Maße geholfen. Wenn diese Sert-gesteuerte Maschine jemals in *den* Einsatz kommen sollte, den wir uns erhoffen, werden Sie an der tadellosen Funktion Ihre Freude haben. Denken Sie aber bei kommenden Robotkonstruktionen immer daran, daß eine emotionelle Gefühlssteuerung einmalig ist. Sie müssen wohl oder übel mit mechanischen Gehirnen vorliebnehmen. Sie können es sich auch nicht leisten, eine Normalmaschine mit Bewegungsaggregaten auszurüsten, wie wir sie haben.«

Orloff nickte unwillkürlich. Das Problem lag nicht in den Dimensionen der Aggregate, sondern vielmehr in dem Material, aus dem sie im Falle des Paladins hergestellt worden waren.

Für die terranische Industrie galt Terkonitstahl in bester Ausführung nach wie vor als *der* Werkstoff, mit dem man alles machen konnte.

Der Paladin war aus einem Material gefertigt worden, das man auf Terra zwar seit sechsunddreißig Jahren kannte, aber kaum verwenden konnte, da ein Kilogramm vierhunderttausend Solar kostete.

*Super-Atronital-Compositum* war eine »Synthoplastexotische-Verbundlegierung mit partikularer Beschußverdichtung«.

Keine Macht der Galaxis, auch das Solare Imperium nicht, konnte es sich erlauben, für Roboter, Raumschiffe oder andere verschleißbedingte Serienfabrikate derartige Summen aufzuwenden.

Der Paladin wog unter Schwerkraftverhältnissen von einem Gravo 3,45 Tonnen. Allein die Aufwendungen für den mächtigen Panzerkörper hatten die Finanzen des autarken Planeten Siga erheblich belastet. Hinzugekommen waren noch die kostspieligen Spezialentwicklungen für die Transmissions- und Bewegungsanlage.

Jano Orloff wußte daher genau, daß er niemals über solche Roboter verfügen konnte. Der Paladin würde wahrscheinlich ein Prototyp bleiben.

»Schade«, resignierte der USO-Major. »Können wir nun gehen? Bitte, beschädigen Sie nicht den Luftgleiter. Auf der Hundertsonnenwelt kennt man zwar kein Geld in unserem Sinne, aber der Bedarf an Rohstoffen aller Art und die Unterhaltung der Dunkelplaneten wirkt sich auf andere Weise kostspielig aus. Das Zentralplasma wird dem Imperium zwanzigtausend moderne Fragmentraumschiffe zur Verfügung stellen.«

Orloff hörte das Piepsen von sechs Stimmchen. Diesmal sprachen die Siganesen ohne Verstärkeranlage.

»Man scheint begeistert zu sein«, grinste Fegeman. »Wissen Sie was, Sir?«

Orloff warf dem jungen Offizier einen abweisenden Blick zu.

»Sagen Sie nichts, junger Mann! Sie machen mich seelisch krank, und außerdem habe ich Kopfschmerzen. Wo ist mein Gerätekoffer?«

Vierundzwanzig Stunden später startete ein würfelförmiges Fragmentraumschiff vom Zentralraumhafen der Hundertsonnenwelten.

Das scheußlich anzusehende Ungetüm hatte acht Menschen und einen Spezialroboter an Bord.

Der Raumer ordnete sich in die vorgeschriebene Abflugschneise ein, durchstieß vorsichtig den Ring der Atomsonnen und jagte in das Nichts des interkosmischen Raumes hinaus.

Weit vor ihm, fast dreihunderttausend Lichtjahre entfernt, füllte das strahlende Sonnenmeer der Galaxis das Blickfeld aus. Die von dem Zentralplasma angekündigte Posbiflotte war bereits zehn Stunden früher auf Zielkurs gegangen.

Staatsmarschall Reginald Bull, Perry Rhodans Stellvertreter, erwartete die Offensive der sogenannten Zweitkonditionierten, die sich anmaßten, angebliche Vergehen anderer Intelligenzwesen exemplarisch zu bestrafen.

Nur aus diesem Grunde war der Paladin gebaut worden. Nur deshalb hatte sich das Zentrumsplasma dazu entschlossen, zwanzigtausend Kampfraumschiffe auf den Weg zu bringen.

# 29.

Captain Minh Hao, wachhabender Offizier in der Großfunkstation A-III, Sektion Luna-Nord, wartete mit der ihm eigenen Gelassenheit auf das Auswertungsergebnis des Dechiffrierautomaten.

Eine aufleuchtende Symbolgruppe wies aus, daß der Anruf vom USO-Hautquartier Quinto Center gekommen war.

Der Klarschriftstreifen glitt aus dem Gerät.

»Kommandeursache, streng geheim«, stand auf dem rechten oberen Rand. Minh Hao war also verpflichtet, die Reinschrift zu versiegeln und sie zwei Spezialrobotern zum Transport zu übergeben.

Als er jedoch den Text las, entschloß er sich, von seinen Sondervollmachten Gebrauch zu machen. Er drückte auf die Ruftaste der Sicherheitsautomatik, zuständig für die Zentrale Luna-Nord, und trat vor das Mikrophon. »Captain Minh Hao, Offizier vom Dienst. Fall Rugby ist gegeben. Bestätigung.«

»Bestätigung«, knurrte es im Lautsprechersystem. »Sie wünschen, Sir?«

»Ich werde den Spruch persönlich überbringen. Robotkommando auf Abruf schalten, Hermetikschleusen öffnen. Automatabwehr auf meinen Impulssender programmieren. Niemand außer mir kann A-III vor Dienstende verlassen.«

»Verstanden, Sir. Programmierung läuft. Sie werden von zwei Kampfrobotern eskortiert. Benutzen Sie einen Standort-Raider.«

Minh Hao schob die Kunststoffolie in eine Selbstvernichtungskapsel, drückte den Zünder ein und ließ sich von dem Dechiffrierroboter den Impulsschlüssel geben. Nur damit konnte die Kapsel noch ungefährdet geöffnet werden.

Seitdem das militärische Hauptquartier des Solaren Imperiums stündlich mit einer Großoffensive der Zweitkonditionierten rechnete, waren die Sicherheitsmaßnahmen auf Rangstufe I heraufgesetzt worden.

Captain Minh Hao verzog deshalb keine Miene, als ihm Leutnant Oengas die Abgangskladde reichte und ihn ersuchte, das Verlassen der Dienststelle zu begründen. Uhrzeit, Unterschrift und Magnetstempel des Diensthabenden waren ebenfalls zu hinterlegen.

»Tut mir leid, Sir«, meinte Oengas mit einem unsicheren Lächeln. »Der Papierkrieg gefällt niemandem.«

Der Captain überprüfte die Schußbereitschaft seiner Dienstwaffe, schob sie locker in die offene Gürteltasche zurück und setzte den Funkhelm auf.

»Sie übernehmen bis zu meiner Rückkehr die Wache. Passen Sie gut auf. Wir erwarten wichtige Nachrichten des Fünfhundertzehnten Aufklärungsverbandes unter Oberst Karasi. Sie finden mich notfalls im Stabshauptquartier der Flotte.«

»Ist die Sache so wichtig?« flüsterte Oengas erregt. »Ist das die Offensive?«

Minh Hao lächelte nur, klopfte dem Freund auf die Schulter und schritt auf die Panzertore der Funkzentrale zu. Eine Leuchtschrift am Dechiffrierautomaten zeigte an, daß der Wortlaut des Funkspruchs im Zentralgehirn gespeichert worden war. Die Registriernummer wurde in die Abrufautomatik überspielt.

Vor den Panzerschotten warteten bereits zwei Kampfroboter. Sie überprüften die Impulssymbole von Minh Haos Armbandsender und unterstellten sich dem Befehl des Offiziers.

In dem weiten, hell erleuchteten Stollen herrschte die sterile Kunstatmosphäre des unterlunaren Riesenlabyrinths. Minh Hao kannte sich in seinem Dienstbereich einigermaßen aus. Wenn er jedoch die vertrauten Bezirke verließ, wurde er zum unsicher umherschauenden Fremdling, dem sich einige hunderttausend Gänge, Korridore, Laufbänder und Hallen anboten.

Minh Hao schritt auf das seltsame Transportmittel zu. Es war ein dreirädriges Fahrzeug mit zwei einfachen Sitzen und einer am Heck hervorragenden Standpritsche für die Roboteskorte.

Captain Minh Hao tippte sein Ziel in die Automatik. Die beiden Roboter sprangen auf, schoben die Waffenarme über Haos Körper hinweg und schalteten ihre Blaulichtlampen ein. Der Wagen hatte ab sofort die Vorfahrt in den künstlich erschaffenen Schluchten unter der kahlen Oberfläche des Mondes.

Der Raider ruckte an, glitt ferngesteuert um die nächste Biegung und nahm Fahrt auf. Mit heulender Sirene raste er durch Hallen und Gänge, schoß in Antigravlifte hinein, durchquerte schnell aufklappende Sicherheitsschleusen und kam nach einer Viertelstunde im Sektor des Flottenhauptquartiers an.

Hier wurde Minh Hao erstmals gestoppt. Drei Uniformierte der Solaren Abwehr baten um eine Begründung.

»Funkspruch von Quinto-Center, streng geheim. Dem Staatsmarschall persönlich zu überbringen.«

Der Captain wies sich aus, ließ sich von einem Spezialroboter auf seine Individualfrequenzen abtasten und wartete dann, bis die Vergleichsmessung mit seinen zentral gespeicherten Daten beendet war. Der Roboter gab das Grünzeichen.

»In Ordnung, Captain. Eine private Bitte: Halten Sie Reginald Bull nicht zu lange auf. Es sieht so aus, als stünden wir kurz vor einer Entscheidung.«

Minh Hao nickte nur. Er wußte auf Grund seiner dienstlichen Tätigkeit, welche hektische Betriebsamkeit seit Wochen im Mondhauptquartier herrschte.

Der moderne Schlachtkreuzer WYOMING, Bulls derzeitiges Flaggschiff, lag klar zum Alarmstart auf einer Piste der Oberfläche. Eine Rohrbahnlinie konnte die Verantwortlichen des Imperiums innerhalb weniger Minuten an Bord bringen.

Die Transmitterverbindungen zur Erde, den solaren Planeten und dem Riesenroboter OLD MAN waren überlastet. Wichtige Nachrichten durften nur noch per Kurier übermittelt werden.

Über dem Mond standen drei schnelle und schlagkräftige Kampfverbände unter bewährten Kommandeuren.

Der Wagen glitt an den Rechenräumen des Flottenhauptquartiers vorbei. Überall standen Kampfroboter mit schußbereiten Hochenergiewaffen. Das Personal durfte den Sektor nicht mehr verlassen.

Der Raider stoppte in einer weiten Sicherheitsschleuse. Minh Hao schaute mit einem Gefühl des Unbehagens zur Decke hinauf, wo die Düsensätze der Säurestrahler zu erkennen waren. Hier kam man nur durch, wenn man vielfach überprüft worden war.

Hinter der Säureschleuse öffneten sich weite Räume. Niemand achtete auf den Funkoffizier, der nun von beiden Robotern flankiert auf die großen weißlackierten Panzertüren des Hauptquartiers zuschritt. Wer hier erst einmal eingedrungen war, wurde als zuverlässig angesehen.

Minh Hao wich einer diskutierenden Gruppe von Wissenschaftlern aus. Der große, linkisch wirkende Mann war Dr. Geoffry Abel Waringer, der wahrscheinlich größte lebende Hyperphysiker des Imperiums.

Minh Hao fing einige Gesprächsfetzen auf. Es ging um die Installation soeben angekommener FpF-Geräte in zwei schnelle Schlachtkreuzer der WYOMING-Serie.

Zwei Offiziere begleiteten Minh Hao in den Lagerraum. Die Roboter blieben zurück. Die bekanntesten Männer des Solaren Imperiums hatten sich zu einer Besprechung eingefunden. Riesige Bildschirme an Wänden und Decke zeigten die verschiedensten Schauplätze.

Positronische Auswerter zeichneten ständig neue Farbsymbole in Sternbilder und Raumsektoren ein. Hier liefen alle Fäden der Fernaufklärung, Hyperfunküberwachung und der Situationsberichte von vielen zehntausend Abwehrspezialisten ein.

Ein mittelgroßer, schmaler Mann mit den Rangabzeichen eines Solarmarschalls wandte den Kopf. Minh Hao grüßte.

»Kennen wir uns, Captain?« erkundigte sich der Uniformierte. Es war Allan D. Mercant, Chef der Solaren Abwehr, deren Arbeitsbereich längst über das Solsystem hinausgewachsen war.

»Flüchtig, Sir. Ich bin in A-III stationiert.«

»Oh!« Mercant wurde aufmerksam. Ein prüfender Blick traf den Offizier. »Da haben Sie einen recht weiten Weg hinter sich. Was führt Sie zu uns?«

»Funkspruch von Quinto Center. Kommandeursache, streng geheim, Sir. Ich habe die Klarschrift wegen ihrer Wichtigkeit selbst gebracht. Gerichtet an HQ-Flotte, Empfänger der Staatsmarschall oder Sie, Sir.«

Ein untersetzter, muskulöser Mann näherte sich. Das Symbol auf dem linken Ärmel der einfachen Uniformkombi sagte dem Eingeweihten alles. Das war ein Sonderoffizier des Mutantenkorps.

»Fellmer Lloyd«, stellte sich der Mann vor. »Nachrichten vom

HQ-USO über A-III? Wieso haben wir den Spruch nicht mit unserer A-I empfangen?«

»Die Schlüsselgruppe brachte meine Station zum Ansprechen, Sir. Ein Hypertronsymbol, in der Klarschrift als Wirtschaftsnachricht ausgeworfen, weist aus, daß der Absender sich aus Sicherheitsgründen der Verschleierungstaktik bedient hat.«

Allan D. Mercant rückte seine randlose Brille zurecht. Er lachte leise.

»Tja, mein Lieber, unsere jungen Terraner werden immer tüchtiger und zuverlässiger. Sehr gut, Captain. Wollen Sie Ihre Kapsel nun öffnen? Wenn möglich, bitte ohne Explosion. Wir sind hier gewissermaßen etwas bruchanfällig eingerichtet.«

Mercant warf einen Blick zu den leuchtenden Bildschirmen hinüber.

Minh Hao zog die Kapsel aus der Brusttasche, setzte den Kodegeber an die Zündvorrichtung und sicherte sie. Der Verschluß ließ sich nun mühelos aufdrehen.

Mercant nahm den Klarschriftstreifen und las.

»Oh, sieh einer an! USO-General Lemy Danger höchstpersönlich. Die Abzeichnungsbestätigung von Atlans Stellvertreter, Admiral Osman Frent, ist auch da.«

Fellmer Lloyd runzelte die Stirn. Er dachte nach.

»Lemy Danger? Ist das nicht der Siganese, der uns . . .!«

»Stimmt«, unterbrach Mercant. »Er war der erste USO-Spezialist in Kleinformat. Fungiert jetzt als Verbindungsoffizier zu Siga und als Chef der siganesischen Einsatzkommandos. Sie werden sich wundern, was die kleinen Leute auf die Beine gestellt haben. Entschuldigen Sie . . .«

Mercant las den Text, blickte überrascht auf die Datumsuhr und dann wieder auf den Streifen.

»Donnerwetter, da wird es aber Zeit! Captain Minh Hao, ich danke für die persönliche Übermittlung.«

Damit war Captain Minh Hao entlassen.

Sie trugen ihre besten Uniformen und waren bereit, Lemy Dangers Befehl zu befolgen, den großgewachsenen Männern der Mutterwelt Terra »gelassen, heiter, respektvoll, aber bestimmt gegenüberzutreten«.

Das Ungeheuer aus Super-Antronital-Compositum, stahlfesten Kunststoffen und Miniatur-Atomreaktoren kam im wiegenden Gang eines Haluters durch die Hauptschleuse.

Mehr als ein Mann des Hauptquartiers griff unbewußt nach seiner Dienstwaffe.

An Haluter vom Range eines Icho Tolot war man gewöhnt. Jener aber, der nun unter dem Klirren verschiedener Meßinstrumente und mit quietschend abrollenden Kunststoffsohlen eintrat, war größer als ein Haluter – und wesentlich breiter.

Er glich viel eher einem Zweitkonditionierten. Nur die dunkelgrüne Kampfkombination prägte einen optisch erkennbaren Unterschied. Dies aber hätte eine Tarnung sein können. Der Griff zur Waffe war also lediglich eine Vorsichtsmaßnahme.

Harl Dephin und seinen Männern, die vor Spannung fiebernd auf die Bildschirme ihrer Deckstationen sahen, entging diese Regung nicht.

Sie bemerkten das etwas verkrampfte Lächeln des Abwehrchefs, das kaum merkliche Zurückweichen des Oberbefehlshabers Mond; die sprungbereite Haltung der anwesenden Mutanten und den Griff eines Offiziers zum Robotprogrammierer.

Einige hundert Menschen, Geheimnisträger des Imperiums in verantwortlicher Stellung, schauten dem Ungeheuer entgegen.

Major Jano Orloff stand neben dem Paladin. Der Robotspezialist nahm mit größter Genugtuung die verschiedenartigen Regungen in sich auf.

Tim Fegeman, gleich Orloff zum Hauptquartier der Flotte abkommandiert, war auch nicht überrascht. Genau das hatte er erwartet.

Es entsprach seinem Naturell, eine Bemerkung zu machen.

»Na also! Die Herren sind erschüttert. Habe ich es nicht prophezeit?«

»Mund halten!« zischte Orloff. Seine blanke Schädelprothese reflektierte das Licht der zahlreichen Bildschirme und Leuchtröhren.

Major Harl Dephin saß aufgerichtet in seinem Kommandosessel. Der Halbkugelkopf des Paladins war in zwei Decks eingeteilt. Jedes war fünfundzwanzig Zentimeter hoch, also für die Siganesen Harl Dephin und Dart Hulos völlig ausreichend.

Die Rundung der beiden Zentralen durchmaß einen Meter. Das war für siganesische Mikrobegriffe bereits sehr groß und weiträumig.

Harl lauschte auf das machtvolle Summen der drei Kraftwerke im vierten Körperdeck. Insgesamt gab es sieben Etagen, die beiden Kopfdecks eingerechnet.

Die Kraftwerke waren in Höhe der mittleren Arme eingebaut worden. Jedes Werk bestand aus fünf Kernfusionsreaktoren mit einer maximalen Sammelleistung von vierzigtausend Kilowatt. Die drei Stromblocks zusammen erzeugten hundertzwanzigtausend Kilowatt.

Da jedes Deck nur vierzig Zentimeter hoch, zwei Komma neun Meter breit und eineinhalb Meter tief war, mußte der Bau derart leistungsfähiger Mikroreaktoren als bislang einmaliges Meisterwerk siganesischer Technik und Wissenschaft angesehen werden.

Harl Dephin wußte infolgedessen sehr genau, was er seinem Paladin zutrauen konnte. Das stärkte sein ohnehin nicht geringes Selbstvertrauen.

»Wissen ist Macht! Das in der Praxis umgesetzte Wissen ist noch bedeutender. Bitte keine Komplexe, Brüder! Wir sind Menschen wie alle anderen auch, verstanden? Atmen Sie nicht so aufgeregt, Mirus. Sie sind der Herr Chefingenieur eines einmaligen Roboters. Richten Sie sich danach. Dart, Sie sollten sich vergegenwärtigen, daß Sie mindestens zweieinhalb Meter über dem Kopf eines großgewachsenen Terraners sitzen. Haben Sie Ihr vorlautes Mundwerk vergessen?«

Der jüngste Siganese des Thunderbolt-Teams seufzte hörbar.

»Wenn wir aussteigen, sieht die Sache anders aus. Vielleicht sollte ich den Raketenwerfer ausfahren?«

»Hüten Sie sich! Die Leute sind nervös genug. Also, alles fertig?«

Der Paladin setzte sich wieder in Bewegung. Unglaublich geschmeidig wich er den Hindernissen aus. Er glitt auf quietschenden Sohlen um Auswertungstische und Rechengeräte herum, blieb vor zurückweichenden Terranern geduldig stehen und kam schließlich vor der Hauptauswertung des Lagerraumes an.

Reginald Bull schaute aus verkniffenen Augen an dem Roboter hinauf. Bully dachte nicht daran, nur einen Schritt zurückzutreten.

General Marus Otirian, als Polterer bekannt, stieß eine handfeste Verwünschung aus.

Mercant hatte sich gefangen. Kaum merkbar lächelnd musterte er die Einzelheiten der Außentarnung. Sie war perfekt.

»Willkommen, meine Herren«, sagte Reginald Bull laut. »Ich nehme an, Sie können mich mit Hilfe Ihrer Außenaufnahmen hören. Wie hat der Paladin die Transmitterstrecke zwischen Quinto Center und dem irdischen Mond überstanden? Noch immer keine Beschädigungen?«

Harl Dephin schaute aufmerksam auf seine Bildschirme.

»Nun, Brüder, Bully scheint keineswegs ängstlich zu sein. Peinlich! Näher konnte ich ihm nicht mehr auf den Pelz rücken.«

Der Paladin erhob die Pranke des rechten Handlungsarmes zum Gruß.

»USO-Spezialist Major Harl Dephin, Kommandant des haluterähnlichen Riesenroboters Paladin I, meldet sich mit einem Team von fünf Mann klar zum Einsatz, Sir«, dröhnte es aus den im Rachen eingebauten Großlautsprechern.

Bully verzog keine Miene.

»Großartig, nur etwas laut«, beschwerte er sich. »Wollen Sie nun aus Ihrer Panzerfestung herauskommen? Ich würde Ihnen vorschlagen, auf diesem Kartentisch zu landen. Meine Erfahrungen mit Ihrem Chef, General Lemy Danger, sagen mir, daß es die beste Methode ist. Wie sieht es auf Siga aus? Alles in Ordnung? Wie man bemerken kann, haben Sie ein Meisterwerk erschaffen. Kompliment, Herr Major. Für unsere Menschheit gibt es eben keine unlösbaren Probleme, nicht wahr?«

Harl Dephin verspürte freudige Erregung. Auf den Kontrollbildschirmen bemerkte er die strahlenden Gesichter seiner Brüder.

Der Begriff »unsere Menschheit« hatte alles über Bulls Einstellung zu den Männern von Siga verraten. Sie wurden voll und ganz anerkannt, auch wenn sie etwas klein geraten waren.

Harl Dephin ließ den Paladin an den bezeichneten Tisch herantreten und schaltete Antriebsaggregate und Stromversorgung aus. Das Donnern der Umformerbänke in Deck vier erstarb.

»Aussteigen, Brüder! Empfang wie besprochen.«

Er zog das Mikrophon vor die Lippen, schaltete die Lautstärke herunter und erklärte:

»Wir bedanken uns für Ihre freundlichen Worte, Sir. Meine Männer befinden sich bereits in Deck vier vor der Nabelschleuse.«

»Wovor?« staunte Bully. Jemand begann zu lachen. Damit war der Bann gebrochen. Die verkrampften Gesichter der Terraner entspannten sich. Ihnen, den technisch versierten Männern, kam jetzt erst zu Bewußtsein, daß sie vor nichts anderem standen als vor einem riesenhaften Spezialroboter, der im Gegensatz zu anderen Konstruktionen kein positronisches Hirn besaß.

»Nabelschleuse, Sir«, erklärte Dephin geduldig. »Um jede Verwechslung auszuschalten, haben wir verständliche Begriffe geprägt.«

Dephin sprang in den Lift und fuhr hinunter zum vierten Deck. Die Männer des Bedienungsteams standen bereits in der offenen Schleuse. Nur die Außentore waren noch geschlossen.

»Dart, Ihr Waffengürtel sitzt schief. Ich wünsche eine korrekte Uniform.«

»Verzeihung, Sir. Ich bin so aufgeregt. Wir werden jede Würde verlieren, wenn wir erst einmal auf dem Tisch stehen und auf die kraterähnlichen Pickel der terranischen Riesen blicken.«

»Lassen Sie das! Unsere Augen sind für mikroskopisches Sehen eingerichtet. Sie haben auch Pickel, nur mit dem Unterschied, daß sie winzig sind.«

»Ich habe von Lemy Danger gehört, man müßte sich vor dem Lungenorkan eines lachenden und heftig ausatmenden Terraners in acht nehmen«, gab der vorsichtige Mirus Tyn zu bedenken. »Haltet euch fest, Brüder, oder wir werden vom Tisch gewirbelt.«

»Blödsinn!« fuhr Dephin scharf dazwischen. »Kein Terraner bläst einen achthundert Gramm schweren Körper hinweg. General Danger hat wohl mehr an den Ertruser Melbar Kasom gedacht. Das wäre etwas anderes. Öffnen sie die Schleuse, Mirus!«

Über Bullys Kopf klappte plötzlich der fugenlos scheinende Kampfanzug des angeblichen Haluters auseinander. Das Material schob sich zur Seite.

»Ein Goldjunge, hätte man zu meiner Zeit gesagt«, sinnierte Bully laut. »Nein, der Vergleich hinkt. Das Gold war im zwanzigsten Jahrhundert nicht entfernt so teuer wie heute das Atronital. Das ist ein echter Materialwert.«

Die Tore der »Nabelschleuse« fuhren zurück. Die Öffnung war zwanzig Zentimeter hoch und halb so breit.

Dephin sprang leichtfüßig auf den Tisch, wartete die Ankunft seiner Brüder ab und machte dann nochmals Meldung.

Die Zeremonie dauerte knapp zehn Minuten. Anschließend begann der Fragensturm, den Dephin erwartet hatte.

»Wenn ich bitten dürfte, meine Herren!« brüllte der Kleine mit vollster Lungenkraft. »Hallo, he! Können Sie mich verstehen?«

»Es geht schon los«, resignierte Mirus Tyn. »Wenn diese Monstren durch eine verschnupfte Nase Luft holen, hören sie uns schon nicht mehr. Paßt auf eure Geräuschfilter auf. Sie müssen fest in den Ohren stecken. Wer sie verliert, läuft Gefahr, sein Gehör einzubüßen.«

Die nächste halbe Stunde kamen die sechs Siganesen nicht zu Wort. Sie wurden ständig gefragt, aber die Auskünfte der dünnen Stimmchen verstand bei diesem Lärm niemand.

»Zurücktreten!« ordnete Bull schließlich an. »Der Leutnant da – das gilt auch für Sie. Was haben Sie mit Ihrer spitzen Nase in der Nabelschleuse zu suchen?«

Tim Fegeman schaute verblüfft auf den Staatsmarschall hinunter. Orloff lachte. Schließlich stellte er seinen Schüler vor.

»Ach so, verzeihen Sie. Sagen Sie, kann man die Brustschale aufklappen?«

»Deckweise, Sir. Aus Gründen der statischen Festigkeit wurde auf eine durchgehende Wartungsöffnung verzichtet. Bitte, greifen Sie nicht in die Decks hinein. Die fünfzehn Katalyse-Reaktoren erzeugen hundertzwanzigtausend Kilowatt. Die Umformer und Stromspeicher stehen noch unter Spannung.«

»Was sollen die Konservenbüchsen leisten?« staunte Bully. »Hundertzwanzigtausend Kilowatt? Haben Sie da nicht um zwei Nullen zu hoch gegriffen?«

»Keineswegs, Sir. Als ich das auf der Hundertsonnenwelt sah, wurde mir bald übel. Schauen Sie, bitte . . .«

Orloff ließ nacheinander die großen Wartungsklappen aufgleiten. Die von Geräten überfüllten Hohlräume waren hell erleuchtet.

»Insgesamt sieben Decks. Im Kopf zwei, im Körper fünf. Jede Körperetage ist vierzig Zentimeter hoch. Nummer drei enthält die Steuerzentrale für die gesamte Bewegungsmechanik, die Zentralepositronik von hoher Leistung, die Kabinen der Besatzung, sanitäre Anlagen, Küche und Aufenthaltsraum.

Nummer vier umschließt in günstigster Schwerpunktlage die gegen mechanische Kräfte empfindlichen Hochenergieanlagen.

Nummer fünf ist die Etage für Flugaggregat, Antigravprojektoren, Andruckneutralisation und gleichzeitig Standort einer schweren Impulskanone.

Nummer sechs dient der gesamten Versorgung wie Luftreinigung, Klimastation, Labors, Klinik und ist ferner als Hangar für drei raumflugtaugliche Beiboote und zehn sogenannte Linsen ausgebildet. Das sind Einmannflugkörper mit Abwurfvorrichtungen für nukleare Bomben ohne Eigenantrieb.

Nummer sieben, das Deck zwischen den gewaltigen Bewegungsaggregaten der Sprungbeine, besitzt einen trapezförmigen Schnitt. Es ist als Versorgungs- und Materialmagazin ausgebildet und enthält ferner den schweren Düsensatz für den Vortrieb. Der Paladin kann die einfache Lichtgeschwindigkeit erreichen.«

»Machen Sie mich nicht wahnsinnig«, stammelte Bully, der in seinem Leben weiß Gott viel gesehen hatte.

Orloff nickte mit dem unergründlichen Stolz eines Mannes, der eine bestimmte Sache zwar nicht selbst erfunden, sie aber gründlichst studiert hatte.

»Man könnte es tatsächlich werden, Sir. Die sechs Siganesen beanspruchen so geringfügige Nahrungsmengen, daß sie mit den eingelagerten Konzentraten zwei Jahre leben können, ohne einen Stützpunkt anfliegen zu müssen. Der Rumpf wird übrigens von zahlreichen Aufzügen durchzogen. Selbstverständlich rein mechanisch. Auf Antigravlifts wurde verzichtet. Wichtigster Einstieg sind die beiden sogenannten Fersenschleusen in den Füßen des Paladins. Die Aufzüge führen in einem Hohlgestänge der Sprungbeine nach oben, münden in einer Sicherheits- und Entgiftungsschleuse des untersten Decks und gehen von dort aus strahlenförmig weiter. Die Besatzung ist mit unwahrscheinlicher Genauigkeit aufeinander eingespielt. Besonders Major Harl Dephin geht mit dem fast dreieinhalb Tonnen schweren Panzer um wie Sie und ich mit einem Spielzeuggleiter. Die Emotionssteuerung hat sich hervorragend bewährt. Der Paladin ist in seinen Bewegungen ebenso schnell wie ein geschulter siganesischer USO-Spezialist. Es mag unglaubhaft klingen, aber im Gefecht können Sie die Arm- und Beinbewegungen der Maschine nicht mehr sehen. Das heißt, man kann sie nicht mehr optisch auflösen.

Dephin und seine Männer wappneten sich mit Geduld. Nach der Inspektion des Roboters durch Fachingenieure begann eine Diskussion, die sich über vier Stunden hinzog. Harl Dephin war in seinem Element. Nach der zehnten Antwort, die bestimmte Einzelheiten beinhaltete, hatte er seine geringe Körpergröße endgültig vergessen.

»Wo werden Sie wohnen?« erkundigte sich Allan D. Mercant schließlich. »Sie stellen uns vor ein gewisses Problem.«

»Es ist als gelöst anzusehen, Sir«, winkte Dephin ab. »Unsere Kabinen im dritten Deck sind weiträumig, sehr luxuriös eingerichtet und bieten uns alles, was wir benötigen. Eigentlich fehlt nur das Schwimmbad, aber darauf mußten wir wegen der Platzverhältnisse verzichten. Ich danke für die Nachfrage, Sir.«

Mercant war sprachlos. Orloff und Fegeman erklärten immer noch. Die Robotspezialisten des Hauptquartiers interessierten sich in erster Linie für die Energieversorgung und Bewegungsmechanik. Hier konnte Orloff erschöpfende Auskünfte geben. Außerdem waren diese Aggregate so groß, daß sie auch für die Begriffe eines Terraners ansehnlich waren.

Bully zog Mercant beiseite. Niemand achtete auf sie.

»Nun, alter Freund, welche Gedanken jagen sich hinter Ihrer hohen Stirn? Wenn mich nicht alles täuscht, haben wir die gleiche Idee, nicht wahr?«

Mercant nickte abwägend.

»Schätzungsweise. Sind Sie nicht ebenfalls der Meinung, eine Generalprobe wäre angebracht? Die Vernichtung von fünf USO-Kampfrobotern in zweiunddreißig Sekunden ist erstaunlich; aber Maschinen sind nicht Zweitkonditionierte. Dephin hatte es noch nie mit einem lebenden und ungeheuer reaktionsschnellen Intelligenzwesen zu tun. Wir sollten ihn nicht einsetzen, ehe wir uns nicht überzeugt haben, wie perfekt er wirklich ist.«

»Ihre Forderung kann das Leben der sechs Siganesen kosten«, gab Bull zu bedenken.

»Sie würden Ihnen ins Gesicht lachen, wenn Sie ähnliche Bedenken in ihrer Gegenwart verlauten ließen. Den Oxtornern Perish und Cronot Mokart ist es gelungen, den Zweitkonditionierten Aser Kin zu überwältigen. Er ist hier in einer sicheren Stahlzelle gefangen. Setzen wir die USO-Spezialisten des Thunderbolt-Teams auf den Zeitpolizisten an. Ihre Meinung?«

»Also schön, ich bin einverstanden. Arrangieren Sie die Sache, Allan. Sorgen Sie aber für die Aufstellung einer Rettungsmannschaft.«

Neue Funksprüche aus den Tiefen des Raumes nahmen die Aufmerksamkeit des Staatsmarschalls in Anspruch.

Der Oberkommandierende im großen Wega-System gab einen Lagebericht. Auf Ferrol, dem Hauptplaneten der blauen Riesensonne, war noch alles ruhig, die dort stationierten Flottenverbände befanden sich in voller Gefechtsbereitschaft.

# 30.

Die Ingenieure des Thunderbolt-Teams hatten die gewünschte Bildschaltung hergestellt. Die von den Innenkameras aufgenommenen Szenen wurden drahtlos auf die Empfänger der Abwehrzentrale übertragen. Mercant legte Wert darauf, nicht nur den Roboter, sondern auch die sechs Siganesen während der Arbeit beobachten zu können.

Der Paladin stampfte auf das Stahlschott einer acht Meter hohen Panzerzelle zu.

Sie lag im hermetisch abgeriegelten Sektor der Abwehr, besaß drei Meter starke Terkonit-Stahlwände und diente dem Zweitkonditionierten Aser Kin als Asyl.

Der Gefühlsingenieur hielt die Riesenmaschine vor dem Schott an. Weit hinten im Gang fuhr ein kleiner Panzer auf. Seine schwere Energiekanone war auf den Rücken des Paladins gerichtet.

»Brüder, seid ihr euch darüber klar, daß uns der Panzerkommandant unter Feuer nehmen muß, sofern es uns nicht gelingt, noch vor dem vermutlichen Blitzangriff des Schwingungswächters das Schott zu schließen?«

»Es wird ferngesteuert zuschlagen«, berichtigte Mirus Tyn.

»Sicher wird es das. Aber ich benötige einige Augenblicke, den Paladin hindurchzubringen. Wenn man den Berichten glauben darf, reagiert ein Zweitkonditionierter mit der Schnelligkeit eines etwa dreißig Zentimeter großen Mannes unseres Volkes. Das ist viel. Ich werde den Eingang blockieren und auf beiden Laufpaaren mit voller Maschinenkraft nach vorn stoßen. Wenn Aser Kin seine Aufschlagswucht auszuspielen gedenkt, werde ich ihn stoppen. Paßt auf, daß es dabei keinen Bruch gibt. Mirus, lassen Sie die Andruckabsorber anlaufen. Wir nehmen an, es wären einige tausend Gravos zu neutralisieren. Fertig?«

Die Strombänke in Deck vier heulten auf. Ihre Energie wurde von den Andruckabsorbern aufgenommen.

»An Zentrale. Wir sind einsatzbereit«, gab Dephin über Sprechfunk durch. »Öffnen Sie bitte die Schleuse.«

Mercant zog den Schwenkarm des Mikrophons näher. Sein Gesicht erschien auf Dephins Bildschirm.

»Gedulden Sie sich bitte noch einige Minuten. Der Staatsmarschall wurde im Flottenhauptquartier aufgehalten. Er wird jeden Moment erscheinen.«

»Verstanden, Sir. Es kommt auf einige Minuten nicht an. Ende.«

Wie sehr es an diesem 25. April 2436 auf Minuten ankam, konnte der Gefühlsingenieur von Siga in diesem Augenblick nicht ahnen.

Dreißig Milliarden Kilometer von der Erde entfernt, jenseits der Plutobahn, drückte der Kommandant eines vorgeschobenen Wachkreuzers der Heimatflotte auf alle erreichbaren Alarmknöpfe.

Etwa zweihundert andere Kommandanten, deren Ortungsgeräte ebenfalls ansprachen, taten das gleiche. Programmierte Hyperfunksymbole verließen die Antennen der Kreuzer und Korvetten.

Auf der Erde, dem Mond und allen Stützpunkten der Flotte innerhalb des Solsystems lösten die Kurzimpulse jene wohlberechnete Betriebsamkeit aus, die Männer wie Tifflor und Bull gefürchtet hatten.

Die zwanzigtausend Fragmentraumschiffe der Posbis, stationiert im Bereich der Uranusbahn, gingen augenblicklich auf Zielkurs. Das Zentralplasma der Hundertsonnenwelt hatte darauf bestanden, im Falle einer Großoffensive zuerst angreifen zu dürfen.

Posbis waren im Grunde ihres Wesens Roboter. Allerdings verfügte jede Maschine, gleichgültig für welchen Zweck sie konstruiert worden war, über einen biologisch lebenden Plasmazusatz, der mit winzigen Inpotronblocks gleichgeschaltet und somit dem mechanischen Positronikgehirn beigeordnet war.

Echtes Leben stand mit vollendeter Mechanik in Verbindung. Daß dieses Leben, so klein und unbedeutend es in seiner Form auch war, Gefühle erzeugen und sie dem Steuergehirn mitteilen konnte, war seit Jahrhunderten bekannt.

Immerhin war das Zentralplasma einsichtsvoll genug, um zu begreifen, daß ein tomatengroßer Gewebeklumpen ohne echte Intelligenz weit weniger wog als etwa das Leben eines Menschen.

Aus diesem Grunde hatte das Plasma darauf bestanden, seine Großkampfschiffe zuerst ins Gefecht zu bringen. Die Hyperinpotronik der Hundertsonnenwelt hatte gefolgert, der Ersatz für abgeschossene Fragmentraumschiffe und Posbibesatzungen wäre ungleich leichter zu beschaffen als die Bereitstellung neuer Ultragiganten aus den terranischen Werften.

Fünfzigtausend Einheiten der Solaren Flotte, darunter fast alle Großkampfschiffe der Galaxisklasse, nahmen die berechneten Abwehrpositionen ein.

Dann aber, eine Viertelstunde später, wurde der Großalarm aufgehoben. Die beiden georteten Fremdkörper, die so plötzlich aus dem Hyperraum gekommen waren und in ihren Dimensionen zwei Dolans glichen, entpuppten sich als völlig veraltete Kugelraumschiffe der Galaktischen Händler.

Ihre Besitzer waren Pendler, die etwa auf der Rangstufe zwischen anerkannten Springern und Parias standen.

Donnernd und dröhnend, eine fünfdimensionale Strukturwoge vor sich her schiebend, waren sie mit ihren mindestens dreihundert Jahre alten Transitionstriebwerken aufgetaucht.

Als Bull davon erfuhr, konnte er gerade noch dafür sorgen, daß einige wütende Kreuzerkommandanten die Daumen von den Feuerknöpfen zurückzogen.

Das intergalaktische Planspiel, soeben erst angelaufen, wurde abgeblasen. Riesige Flottenverbände, die bereits auf Angriffskurs gegangen waren, verfeuerten Millionenwerte an Kernbrennstoffen, um die hochbeschleunigten Raumschiffe wieder anzuhalten.

Fluchende Schlachtschiffkommandanten sahen den vor Sekunden davongerasten Verbänden ihrer Bordjäger nach. Die Piloten der schnellen Moskito-Jets erhielten den Einschleusungsbefehl.

Ein waffenstarrendes Imperium, das seit Wochen auf die Offensive wartete, weil sie nach jeder Wahrscheinlichkeitsberechnung kommen mußte, hatte sich von zwei Pendlern bluffen lassen.

Die Geschwader der Heimatflotte flogen zur Ausgangsbasis zurück. Hier und da brandete Gelächter auf. Es wurde nahezu homerisch, als Bulls breites Gesicht auf den Bildschirmen aller Raumschiffe sichtbar wurde. Der Staatsmarschall hatte einen Flottenrundruf angeordnet.

»An alle«, begann Bully. Seine ironisch funkelnden Augen waren ebensowenig zu übersehen wie seine rostroten Haarborsten.

»Ich werde die beiden Pendler ungeschoren auf dem Mars landen und ihre Schiffe auf Staatskosten überholen lassen. Ein Manöver in diesem Umfang hätte normalerweise fünf- bis zehnmal soviel gekostet. Außerdem wäre es mir niemals gelungen, den tödlichen Ernst der von den Pendlern verursachten Sachlage nachzuahmen. Zu der Kosteneinsparung kommt also noch ein unschätzbar wertvoller Psychofaktor hinzu; denn Sie sind mit dem Bewußtsein gestartet, die Vorhut der Zweitkonditionierten abwehren zu müssen. Ich verstehe nicht, warum auf den Schiffen des Solaren Imperiums so viel geschimpft wird. Seien Sie den Leuten dankbar. Das Manöver ist übrigens zufriedenstellend gelungen. Das wäre alles. Vielen Dank, auf Wiedersehen!«

Als Bully abschaltete, gab es einige hunderttausend betroffene Gesichter. Das Gelächter kam etwas später. In der Tat hatten die beiden Pendler bei ihrem völlig unvorschriftsmäßigen Einflug in den Bereich der Heimatabwehr eine Situation heraufbeschworen, wie sie wirklichkeitsnäher nicht hätte sein können.

Man lernte daraus. Bullys Lob an die einzelnen Kommandanten wurde nicht von allen Geschwader- und Flottenkommandeuren gebilligt. Sie hatten viel auszusetzen und noch mehr zu korrigieren.

Bull hatte die kleinen Fehler ebenfalls registriert, jedoch geschwiegen, da er die terranischen Befehlshaber kannte. Sie machten das unter sich aus.

Von dem Vorkommnis wurden nur die sechs Siganesen wirklich schwer betroffen. Niemand hatte mehr Zeit, dem Experiment beizuwohnen.

Abwehrchef Mercant dachte nicht daran, die Pendler so ungeschoren einfliegen zu lassen, wie es Bully behauptet hatte. Eine strenge Überprüfung war auf alle Fälle angebracht.

Aufgrund dessen verließ Mercant fast fluchtartig seine Zentrale. General Otirian hatte sich um die Verbände der lunaren Abschirmflotte zu kümmern.

Bull ließ sich nicht blicken. Er hätte das Experiment aufgeschoben.

Der Paladin stampfte durch die weiten Gänge des unterlunaren Labyrinths. Zwei Männer der Abwehr, Major Orloff und Tim Fegeman begleiteten ihn.

»Pech gehabt«, gab Harl Dephin an seine Gefährten durch. »Ich könnte den Pendlern den Hals umdrehen.«

»So etwas Schmutziges würden Sie anfassen?« fragte der Kybernetiker Cool Aracan an. »Ich bin einmal von einer Riesenlaus der Springer angefallen worden. Ich sage Ihnen, Sir, es war ein Kampf auf Leben und Tod. Das Biest war mindestens zwölf Millimeter lang.«

»Angeber! Sie werden nie länger als drei Millimeter!« rief Drof Retekin dazwischen. »Dennoch, ich bin den Pendelfahrern auch nicht wohlgesonnen. Eine Frechheit ist das. Wie kommen die dazu, mit Donner, Blitz und Hyperschocks so dicht vor der Plutobahn aufzutauchen? Ich möchte wetten, sie haben einen Spionageauftrag.«

»Ruhe jetzt! Das wird Mercant überprüfen«, sagte der Gefühlsmechaniker. »Wir gehen befehlsgemäß in den Transmitter und lassen uns zu OLD MAN befördern. Dieser Roboter soll ja etwas größer sein als unser Paladin. Wie man hört, sind Terraner fieberhaft damit beschäftigt, die rund fünfzehntausend Ultraschlachtschiffe zu bemannen, die veralteten Kalups durch neue Kompaktaggregate zu ersetzen und überdies erste Flugmanöver durchzuführen. Warten wir ab, was wir auf OLD MAN sehen. Mir ist der Gigantroboter als Stützpunkt wesentlich lieber als der irdische Mond. Der Sprung wird kurz sein. OLD MAN hat seinen alten Standort nahe dem Neptun verlassen. Mercant sagte, OLD MAN wäre in eine weite Erdbahn gebracht worden. Der Abstand beträgt fünfhunderttausend Kilometer. Das ist weit genug, um jederzeit die schweren Waffen einsetzen zu können, und nahe genug, um notfalls durch Fernbeschuß einen Energiegürtel über Terra zu legen.«

»Na, hoffentlich geht der blaue Planet dabei nicht unter«, orakelte Tyn. »Ist das da vorn die Transmitterhalle?«

Harl Dephin schaute genauer auf seine Bildschirme. Ein Fingerdruck schaltete die Vergrößerung ein. Hunderte von Menschen aller Altersstufen und Ränge drängten sich vor den hellroten Gittern.

»Ein Betrieb ist das!« staunte Dephin. »Wollen die alle zu OLD MAN? Dart, schalten Sie nur nicht die Sirene ein. Die machen uns sowieso Platz. He, Jano . . .!«

Der Ruf kam aus den Körperlautsprechern. Orloff zuckte zusammen und wandte den Kopf.

»Jano, ich bin nicht daran interessiert, stundenlang zu warten. Der Transportoffizier soll uns sofort einschleusen. Es ist kein Vergnügen, tatenlos unter der SERT-Haube zu sitzen. Können Sie das veranlassen?«

»Was heißt hier veranlassen?« meldete sich Fegeman. »Legen Sie einen Zahn zu, und die Leute machen von selbst Platz.«

Dephin begann zu grinsen. Sein Benehmen war absolut unsiganesisch. Orloffs Protestrufe mißachtend, ließ er den Paladin rascher ausschreiten.

Die ersten Menschen sprangen zur Seite. Dart Hulos, der blutjunge Spezialist, stimmte ein ertrusisches Kampflied an. Es paßte zum Paladin.

Dephin machte mit. Er schaltete die Sprechanlage ein, ließ den Rachen etwas aufklappen und bot den Terranern somit eine Phonleistung, die eines brüllenden Haluters würdig war.

Mirus Tyn sang schauderhaft falsch. Es gab dem Kampflied eine besondere Note. Die wenigsten Terraner kamen auf den Gedanken, daß in dem Paladin sechs grinsende Wichtelmänner saßen, deren natürliche Stimmkraft kaum ausgereicht hätte, einen schlafenden Hund zu wecken.

»Ein Lob der Technik«, jubelte Harl Dephin. »Zeigt den Riesen, wer wir sind, Brüder! Wenn einer schief guckt, nehmen wir ihn am Kragen und lassen ihn zappeln, bis er um Gnade fleht. Mirus, ich brauche noch tausend Watt für den Verstärker. Das bringt er glatt. Steuern Sie die Lautsprecher voll auf Reserveleistung aus. Frequenzumfang bis dreißigtausend Hertz. Das ist schön hoch, für Terraner nicht mehr hörbar, dafür aber spürbar. Na also, der Transmitter ist frei.«

»Es lebe Tim Fegeman!« lachte Amos Rigeler. »Orloff streicht ihm den Urlaub.«

»Dann bekommt er es mit uns zu tun«, versprach Dephin. »Der Robotschinder wird sich hüten.«

Fünf Minuten später war der Paladin abgestrahlt. Ein total erschöpfter und fast taub gewordener Techno-Offizier fragte grimmig nach einem Arzt. Er behauptete, der Haluter hätte ihm das linke Ohr eingerissen.

Es war ein glänzender Abgang gewesen; typisch für die starken Männer von Siga!

Vor drei Zeiteinheiten hatte er den Befehl erhalten, fünfhundert seiner schlafenden Gefährten zu wecken, sie zu informieren und mit ihnen die Basis im Hyperraum zu verlassen.

Tro Khon hatte den Schwingungsalarm mit jener leidenschaftslosen Gleichgültigkeit ausgelöst, die für alle Zweitkonditionierten charakteristisch war.

Für ihn stand es anhand der Unterrichtung durch die Erste Schwingungsmacht fest, daß humanoide Intelligenzwesen, Terraner genannt, ein schwerwiegendes Zeitverbrechen begangen hatten.

So lange Tro Khon zurückdenken konnte, hatte er die Schwingungsimpulse seiner ihm unbekannten Befehlsgeber so exakt ausgeführt, wie es ihm möglich gewesen war.

Er arbeitete seit vielen Jahrtausenden für die Unbekannten. Er hatte blühende Planeten untergehen und ihre Bewohner sterben sehen, wie das Gesetz es befahl. Ihm, dem Wissenden und dennoch Unwissenden, erschien es selbstverständlich, ein Volk, das sich gegen die Gesetze des Universums auflehnte und das feste Gefüge durch Zeitexperimente gefährdete, exemplarisch zu bestrafen.

Tro Khon und weitere zehntausend Zweitkonditionierte hatten nie darüber nachgedacht, ob sie einen Anschein von Recht besaßen, diese Bestrafung ganz nach ihrem Gutdünken durchzuführen.

Wichtig war es, Zeitverbrechen zu verhindern.

Tro Khon erinnerte sich an seine erste Bekanntschaft mit den Terranern. Er hatte sie in der Großen Magellanschen Wolke angetroffen und bald darauf festgestellt, daß man es diesmal mit einem Gegner der höchsten Rangstufe zu tun hatte.

Die kleinen zweibeinigen und zweiarmigen Lebewesen, die in der benachbarten Galaxis die beherrschende Lebensform darstellten, hatten schon in den ersten Minuten des Aufeinandertreffens bewiesen, über welche Fähigkeiten sie verfügten.

Schließlich war es Tro Khon gelungen, einen Terraner namens Camaron Olek zu fangen und ihn an Stelle seines verstorbenen Kosmonauten einzusetzen.

Niemals zuvor war Tro Khons Dolan so meisterlich gesteuert und manövriert worden.

Camaron Olek, der es später sogar verstand, aus der parapsychischen Fessel der absoluten Trennung von Körper und Geist zu entfliehen, konnte als Musterexemplar jenes galaktischen Volkes gelten, dem es gelungen war, eine wirksame Abwehrwaffe gegen die bislang unbesiegbaren Dolans zu entwickeln.

Nur aus diesem Grunde hatte Tro Khon den von Zweitkonditionierten besetzten Großroboter OLD MAN geräumt, um in der Parabasis Nachschub anzufordern.

Tro Khons einzige Gefühlsregung war der Respekt vor dem Einfallsreichtum, dem Mut und der Anpassungsfähigkeit der körperlich schwachen Geschöpfe gewesen. Er hatte in seinem langen, von ausgedehnten Schlafperioden gezeichneten Leben noch kein anderes Volk getroffen, das sich gegen die Bestrafung für erwiesene Zeitverbrechen so schnell, hart und auch erfolgreich zur Wehr gesetzt hatte wie die Terraner.

Das sollte sich nun nach dem Willen der Ersten Schwingungsmacht ändern.

Tro Khon war durch nichts zu erschüttern – bis auf eine Kleinigkeit. Prinzipiell betrachtet, war es unbedeutend. Die zum Tode verdammten Völker begannen stets im letzten Augenblick zu argumentieren.

Hier aber, das mußte sich Tro Khon mit einem Gefühl plötzlichen Unbehagens eingestehen, war die Beteuerung der Unschuld nicht nur stichhaltig, sondern auch überzeugend gewesen.

Er erinnerte sich an einige Augenblicke auf OLD MAN. Terraner waren mittels parapsychischer Kräfte eingedrungen. Er hatte sie gejagt, doch sie waren entkommen. Es wäre für sie leicht gewesen, den Roboter zu sprengen. Statt dessen hatten sie eine Nachricht hinterlassen, mit dem Hinweis, man wolle ihm, Tro Khon, Gelegenheit geben, sich von der Unschuld Terras zu überzeugen.

Er hatte es getan, und er hatte auch Beweise in Hülle und Fülle gefunden.

Der Zeitpolizist war wankelmütig gewesen. Dann aber, nur wenige Sekunden nach dem Aufbranden einer Verhandlungsbereitschaft, die er niemals zuvor empfunden hatte, wurde er wieder rückfällig.

Gelegentlich dachte er darüber nach, wieso er seine aufkeimende Einsicht und Toleranz plötzlich wieder umgeworfen hatte. Er wußte es nicht!

Er ahnte es auch noch nicht, als er nun die Konservierungshalle verließ und zwei Sklavenwesen, sogenannte Konservierer, anwies, die Erweckungszeremonie zu überwachen und die Erwecker zu unterstützen.

Tro Khon ließ die beiden pulsierenden Geschöpfe stehen.

Das Para-Arsenal der Zweitkonditionierten lag im Hyperraum. Die technisch-physikalische Notwendigkeit, stofflich stabile und zu einem vierdimensionalen Universum gehörende Körper im Pararaum zu erhalten, hatte zur Konstruktion einer ausgedehnten Paratronblase geführt.

Sie mußte ständig durch die Zufuhr enormer Energiequantitäten erhalten werden. Allein ihre übergeordneten Feldlinien, die den entstofflichenden Einfluß des Hyperraums reflektierten und Durchbruchsschwingungen absorbierten, konnten den Bestand der Basis gewährleisten.

Tro Khon wußte auf Grund seiner Erfahrungen, daß keine andere bekannte Intelligenzform jemals ein gleichartiges wissenschaftliches Wunder erschaffen hatte. Das Para-Arsenal der Zeitpolizisten war wahrscheinlich das abenteuerlichste, sicherste und unangreifbarste Depot, das von denkenden Gehirnen konstruiert worden war.

Die absolute Unangreifbarkeit wurde durch die Existenzform der Basis gewährleistet.

Völker, die sich mit simplen Überlichttriebwerken begnügen mußten, hatten ohnehin keine Chance, die Basis jemals zu finden; auch dann nicht, wenn sie durch einen Zufall davon erfahren hätten. Allein das Dimetranstriebwerk, identisch mit dem sagenumwobenen Dimensionstransmitter, erlaubte es, einen gesteuerten Zielanflug zu betreiben.

Es gehörte zur Eigenart jeder Paratronblase, gleichwertige Energieentfaltungen strukturfreundlich aufzunehmen. Die Verbundelemente eines feldisolierenden Paratronschirms und der stabilen Eigenstofflichkeit einer von ihm umschlossenen Materiemasse sorgten automatisch für einen Fusionseffekt innerhalb einer lebensfeindlichen Umgebung.

Tro Khon, vier Meter zehn groß, ging zwischen den Gebäuden der energetischen Erhaltungsstation hindurch. Sie und ihre beiden Reserveanlagen hatten den Strombedarf der Konservierungshalle zu decken.

Tro Khon trug bereits den Kampfanzug der Zweitkonditionierten. Eine Abteilung hundeschnäuziger Dimoschützen wich dem Giganten respektvoll aus. Tro Khon achtete nicht auf sie. Die zum Dienst gepreßten Sklaven aus verschiedenen Galaxien spielten im Para-Arsenal eine untergeordnete Rolle. Sie hatten die bestehende Ordnung lediglich aufrechtzuerhalten.

Tro Khon war augenblicklich der einzige aktive Schwingungswächter. Seine Gefährten, die er in den Kampf gegen die Menschheit geführt hatte, waren dem Wirkungsfeuer einer neuen Waffe zum Opfer gefallen. Einer befand sich sogar in Gefangenschaft.

Zwischen schlanken Gebäuden von korkenzieherartigem Aussehen öffnete sich einer der zahlreichen Raumhäfen der Basis. Sie waren alle bescheiden in ihren Abmessungen.

Dolans, halb lebende und halb synthetische Monstren, benötigten keine großen Pisten.

Der Zeitpolizist blieb stehen und schaute zu seinem neuen Dolan hinüber. Das Ungeheuer hatte sich bereits aufgewölbt. Sieben neue Exekutoren waren eingewiesen, geschult und getestet worden.

Tro Khon dachte mit einem Gefühl des Unbehagens an die Schwierigkeiten, die bei der Beherrschung der Neuen auftreten mußten. Sie gehörten zur Raumfahrtelite verschiedener Völker. Ihr Wachbewußtsein war mit allen geistigen Fähigkeiten von den konservierten Körpern getrennt worden. Es kam darauf an, Steuermechanik, Ortung und Navigation besonders genau zu regeln.

Mehrere hundert Dimoschützen, alle mit tragbaren Dimetransstrahlern bewaffnet, zogen sich zurück. Tro Khon überschritt die Sicherheitslinie und blieb erneut stehen. Der Dolan wurde unruhig.

Sein primitiver Gefühlsverstand, resultierend aus der Zellschwingungsfrequenz synthetisch erzeugter Biostoffe, spürte das sechsgliedrige Lebewesen. Tro Khon wartete geduldig. Es dauerte lange, einen Dolan auf die Individualschwingungen seines Besitzers zu justieren.

Das kugelförmige, hundert Meter durchmessende Ungeheuer beruhigte sich. Das Wallen auf seiner borkigen Oberfläche verschwand.

Zögernd, wie unwillig, öffnete sich vor dem näher kommenden Zweitkonditionierten ein Spalt in der biosynthetischen Außenhaut.

Tro Khon stieg ein. Sein Weg führte durch die nach einem festliegenden Konstruktionsschema erschaffenen Gänge. Vor dem Raum mit den konservierten Körpern blieb der Zeitpolizist stehen. Sein Individualorter verriet keine Lebenszeichen mehr. Sieben Wesen füllten den Raum aus. Es würde noch einige Zeit dauern, ihren entwendeten Geist zu schulen, ihn willig und duldsam zu machen und dafür zu sorgen, daß er der jeweiligen Situation gerecht wurde.

Der dreiäugige Gigant stieß ein tiefes Knurren aus. Hastig eilte er auf seine kleine Steuerzentrale zu. Von hier aus konnte er sich mit seinem Parapsi-Kommandogerät mit den Exekutoren am schnellsten in Verbindung setzen.

Zwei Installateure der Basis waren damit beschäftigt, Hochenergiekabel zu verlegen. Es gehörte zur Eigenart eines halbbiologischen Dolans, daß er maschinell eingerichtet werden mußte wie jedes normale Raumschiff. Ein Dolan konnte nahezu alles simulieren: Eingänge, Schleusen und Decks – niemals aber technisch hochwertige Maschinen, die letzten Endes all die vielen Vorgänge, die zum Betrieb eines Raumflugkörpers erforderlich waren, zu übernehmen hatten.

»Verschwindet!« grollte Tro Khon.

Die beiden pfahldünnen Geschöpfe zogen sich augenblicklich zurück. Der Befehl eines Schwingungswächters war sofort zu befolgen.

Tro Khon überprüfte die neuen Installationen. Der Dolan wurde schon wieder unruhig. Ein unkontrolliertes Zusammenziehen der Außenhaut führte zu starken Spannungen in den Decks.

Tro Khon drehte sich wütend um und griff nach der fertig eingebauten Hochenergieschaltung. Es war an der Zeit, den Dolan mit Hilfe heftiger Stromstöße zur Ordnung zu zwingen. Ihre Frequenzmodulation entsprach der Körperfrequenz des Zeitpolizisten. Jeder Dolan mußte annehmen, sein Herr und Meister würde persönlich durch jede metabolische Zelle rasen und übelste Schmerzen verursachen.

Während der Schaltung bäumte sich der Dolan auf. Ein gurgelnder Laut durchlief die Decks. Die Bewußtseinsinhalte der sieben Steuergehirne kreischten in heller Panik.

Tro Khon hörte den Knall eines zerreißenden Kabels. Trotz aller Reaktionsschnelligkeit konnte er dem blitzsprühenden Ende nicht mehr ausweichen. Er bückte sich und erzielte somit einen Effekt, den er absichtlich niemals hätte erreichen können.

Der Symboflexpartner, ein lebendes Geschöpf, das gleich einer dicken Wurst die hintere Hälfte des mächtigen Kopfes umschloß, wurde von dem Kabelende getroffen.

Der Symbiont begann sich zu verfärben. Tro Khon fühlte eine Welle des Schmerzes durch seinen Körper zucken. Ehe er zu Boden stürzte, sah er in den spiegelnden Armaturen, daß sein Partner tiefrot schimmerte. Er pulsierte heftig, dehnte sich aufs Doppelte seines Umfangs aus und stellte dann plötzlich seine Zuckungen ein.

Damit verschwand auch der Schmerzzustand. Tro Khon hatte plötzlich das Gefühl, von einer schweren Last befreit zu sein. Ein Schwindelanfall peinigte ihn.

Als seine Sinne wieder klar zu arbeiten begannen, hing der Symboflexpartner erschlafft an seinem Schädel und regte sich nicht mehr.

Tro Khon erlebte sofort darauf das seltsamste Phänomen seiner Laufbahn. In seinen beiden Gehirnen, dem Plan- und Ordinärgehirn, liefen jählings Denkvorgänge ab, die er vorher nur mit größten Mühen und mit einem Gefühl verbrecherischen Schuldbewußtseins für einige Sekunden durchführen konnte.

Nun war es anders. Er konnte unbeschwert denken, überlegen und Schlüsse ziehen, ohne von einer fremden Macht sofort daran gehindert und in andere gedankliche Bahnen gelenkt zu werden.

Wesen vom Range eines Zweitkonditionierten verfügten über eine hervorragende Intelligenz. Es dauerte nur Augenblicke, bis Tro Khon mit exakter Schärfe feststellte, daß der Ausfall seines Symboflexpartners den ständigen Druck beseitigt hatte. Also war er zeit seines Lebens von dem primitiv geltenden Lebewesen bevormundet und geistig geknechtet worden.

Der Zeitpolizist richtete sich auf und wankte auf seinen Sessel zu. Als er saß, versuchte er, den soeben aufgenommenen Gedankenfaden weiterzuspinnen. Es gelang ihm mühelos.

Er stellte fest, daß die Symboflexpartner nicht nur die Eigenschaft besaßen, eine Zehntelsekunde in die Zukunft zu schauen und die ermittelten Daten durch einen Impuls ihrem Wirt mitteilen zu können.

Ihre dargestellte Primitivität war eine Lüge. Sie sorgten mit wahrscheinlich ungeheuren hypno-suggestiven Kräften für eine ständige Unterdrückung ihrer Wirte. Also mußten sie entweder intelligent oder für bestimmte Situationen programmiert sein.

Tro Khon nahm die zweite Erklärung als wahrscheinlicher an.

Er registrierte seine neuen Erkenntnisse mit der ihm eigenen Beherrschung und Sachlichkeit.

Die mächtigen Hände seiner beiden Handlungsarme umklammerten den aufgedunsenen Partner. Sollte er ihn abreißen? Einfach zerfetzen? Es wäre jetzt eine Kleinigkeit gewesen.

Dann aber dachte Tro Khon daran, daß dieses wurstartige Lebewesen an seinen Kreislauf und an das Nervensystem angeschlossen war. Was würde geschehen, wenn er seinen Partner in primitiver Art entfernte? Schüttelkrämpfe? Geistesumnachtung? Oder gar ein jäher Tod durch den automatischen Einsatz einer geheimen Abwehrwaffe? Tro Khon traute dem unscheinbaren Lebewesen plötzlich alles zu. Es leistete viel mehr, als man bisher gewußt hatte.

Der Gigant zog zögernd die Hände zurück. Er spürte, daß besonders sein Planhirn immer beschwingter arbeitete. Es war wie ein Erwachen aus einem quälenden Traum.

Die Terraner fielen ihm ein. Er glaubte Perry Rhodans Stimme zu vernehmen; eine sonore, angenehme Stimme, die immer wieder in zahllosen Funkanrufen mit beschwörender Eindringlichkeit versichert hatte, die Menschheit hätte niemals ein Zeitverbrechen begangen.

Tro Khon glaubte auch wieder die schwimmenden Gehirne von OLD MAN vor sich zu sehen. Er vernahm das Krächzen ihrer modulationslosen Lautsprecherstimmen. Er erinnerte sich an tausend Beweise, die eindeutig bezeugten, daß Terra niemals mit der Raum-Zeit-Konstante experimentiert hatte.

Sein Planhirn meldete sich mit fast schmerzhafter Wut. Warum, so überlegte er, erteilte die Erste Schwingungsmacht den Vernichtungsbefehl? Warum wurden die Argumente der zu Bestrafenden vorher nicht sorgfältig überprüft? Weshalb wurde stets mit erbarmungsloser Härte zugeschlagen?

Tro Khon fühlte seine innere Erregung. Auch das war ihm völlig neu. Erregung für einen Schwingungswächter . . .? Lachhaft, das konnte es nicht geben.

Dennoch bebte seine hohe Gestalt, als er nun aufstand und durch die Gänge seines neuen Dolans eilte. Tro Khon kannte in der großen Klinik des Para-Arsenals sämtliche Ärzte. Er mußte einen, besser zwei von ihnen zwingen, den Symboflexpartner abzutrennen.

Tro Khon war sich fast hellseherisch sicher, daß sein Symbiont nicht tot war. Der Gigant raste auf Sprung- und Laufbeinen die metallenen Straßen des Stützpunktes hinunter. Ehe er jedoch die Klinik erreichte, erfolgte der Überfall auf seinen klargewordenen Verstand.

Die hypno-suggestive Beeinflussung wirkte auf ihn wie ein Schock. Er stürzte, schlitterte über die glatte Fahrbahn und prallte mit dem Schädel voran gegen eine Wand.

Es gelang ihm nicht mehr, die Sachlage zu seinen Gunsten zu wandeln. Der soeben aus der Betäubung erwachte Partner ergriff erneut die Gewalt über Tro Khons Gehirne. Es dauerte nur Sekunden, bis der Gigant seine neuen Erkenntnisse vergaß.

Taumelnd, wieder vom altgewohnten Druck gepeinigt, schritt er zu seinem Dolan zurück. Es gelang Tro Khon nicht mehr, seine vorherigen Überlegungen aufzugreifen. Wenn er es versuchte, wurde er sofort von Wogen des Schmerzes überflutet.

Er stieg in den Dolan ein, reparierte mit größter Vorsicht das gerissene Kabel und begann anschließend mit dem vorgezeichneten Testprogramm.

Die Klarsichtigkeit eines monströsen Lebewesens war nur von kurzer Dauer gewesen. Tro Khon bemerkte auch nicht, daß sein Symboflexpartner verzweifelt bemüht war, die Gewalt über seinen Wirt zu behalten. So befahl es das Gesetz; so schrieb es seine biochemische Zellprogrammierung vor.

Der Partner zog sich langsam zusammen und nahm wieder seine blaßgraue Farbe an. Die geistige Revolte eines Unterdrückten war vorbei.

Einige Zeiteinheiten später starteten fünfhundert Dolans mit ausgesuchten Bewußtseinsbesatzungen und kampfgeschulten Zweitkonditionierten.

Keiner kam auf die Idee, seine Befehle könnten willkürlich erteilt worden sein. Niemand ahnte entfernt den Schuldkomplex, der tief im Unterbewußtsein ihres Anführers Tro Khon schlummerte.

Sie hatten Terra und das Solare Sonnensystem zu vernichten, weil dessen Bewohner Zeitverbrechen begangen hatten.

Intelligenzwesen, die sich mit der Verformung des Raum-Zeit-Kontinuums beschäftigten, verdienten in jedem Falle den Tod, denn sie gefährdeten die Sicherheit der bestehenden Ordnung.

Fünfhundert Dolans durchstießen die Strukturschleuse der riesigen Paratronblase. Ihre eigenen Dimensionstransmitter liefen auf Volleistung. Das Ziel war eine Galaxis, die von den Terranern »Milchstraße« genannt wurde.

# 31.

Diesmal waren die Ortungsergebnisse der vorgeschobenen Wachverbände einwandfrei und eindeutig.

Fünfhundert Dolans, die sich nach der Rematerialisierung zum Pulk sammelten, um anschließend mit enormer Fahrtbeschleunigung auseinanderzustreben, konnten nicht übersehen werden. Vor allem waren sie nicht zu überhören, denn sie erzeugten eine hyperenergetische Stoßfront von solcher Gewalt, daß sogar auf dem dritten Planeten des Solsystems die Strukturtaster durchschlugen.

Tro Khon, nunmehr wieder der gelassene, treue und befehlswillige Diener einer unbekannten Macht, war nicht überrascht.

Nach seinem Abflug von OLD MAN waren die Terraner sofort zum Angriff übergegangen. Der riesige Trägerroboter, fliegender Hangar für rund fünfzehntausend Ultraschlachtschiffe der Galaxisklasse, stand nicht mehr auf seiner alten Bahn nahe dem Neptun.

Tro Khon nahm die Daten seines Ortungs-Exekutors in Empfang, wertete sie positronisch aus und gab das Resultat an seine Untergebenen weiter.

Die Folge davon war die sofortige Auflösung des Pulks zu einer sichelförmigen Angriffslinie, bei der die Flügeleinheiten die Aufgabe hatten, bei stärkerem Widerstand ein Kesselmanöver einzuleiten.

Etwa vierzig Dolans bildeten die Höhen- und Tiefenüberlappung. Wer das Gros im Direktangriff erreichen wollte, mußte sich erst mal mit den Abschirmdolans auseinandersetzen.

Die terranischen Kreuzerkommandanten sahen eine Welle fluoreszierender Energieeinheiten auf sich zurasen. Sie wußten aus früheren Gefechten, daß diese irisierenden Leuchterscheinungen mit aufgebauten Paratronfeldern identisch waren.

Sie fingen jeden Körper auf und leiteten ihn mit Hilfe ihrer synchron laufenden Dimensionstransmitter in den Hyperraum weiter, wo jede Stofflichkeit vergehen mußte.

Zu diesen Stofflichkeiten zählten auch die terranischen Transformbomben. Normalerweise von vernichtender Wirkung, verloren sie ihre Zerstörungsgewalt, sobald sie nicht mehr ordnungsgemäß am Ziel ankamen.

Terranische Spezialisten hatten zwei verschiedene Abwehrfaktoren beobachtet. Die meisten der überlichtschnell abgestrahlten und vor dem Ziel rematerialisierenden Fusionssprengkörper wurden von den Paratronfeldern bereits durch Strukturrisse in den Hyperraum abgelenkt, ehe die Wiederverstofflichung vollzogen war. Somit war eine Detonation ohnehin ausgeschlossen.

Jene Transformgeschosse, die noch planmäßig detonierten, vergeudeten ihre gewaltigen Energien. Die aufflammenden Kunstsonnen wurden schlauchartig ausgedehnt und in der Form langgestreckter Wirbelerscheinungen ebenfalls in das übergeordnete Universum transportiert.

Kein Mensch konnte sich eine bessere Defensivwaffe vorstellen, die unter bestimmten Umständen sogar zur Angriffswaffe wurde. Wer in den Strahlbereich der Dimensionstransmitter geriet, war unrettbar verloren.

Die Piloten des Vierten Moskito-Raumjagdgeschwaders, Kommandeur Oberstleutnant Hail Ngatae, stationiert auf dem terranischen Ultraschlachtschiff ARISTOTELES, kamen als erste terranische Einheiten ins Gefecht.

Sie waren wochenlang darauf vorbereitet worden. Die fünfhundert schnellen Jäger des Ultrariesen hatten ständig voll ausgerüstet auf den Abschußschienen der Hangars gelegen. Fünfzig Prozent aller Besatzungsmitglieder waren ununterbrochen klar zum Alarmstart gewesen. Das hatte Sitzbereitschaft in den hermetisch geschlossenen Kabinen bedeutet.

Niemand war davon begeistert gewesen, vier Stunden lang auf die Hangars zu starren und das Aufleuchten der grünen Lampen zu erwarten.

Dann aber, vor fünf Minuten, hatte Oberstleutnant Ngatae das Glück oder auch das Pech gehabt, sieben Sekunden nach der ersten Dolanortung aus den Drucktuben gefeuert zu werden.

Seine einhundert Jäger rasten vorerst ferngesteuert auf die Ziele zu. Während des Anflugs erfolgte die Programmierung der Bordgehirne vom Mutterschiff aus. Von da an wußten die Piloten und die hinter ihnen sitzenden Ortungsnavigatoren, wo der unheimliche Gegner zu suchen war, wie stark er war und welche Angriffsformation er einnahm.

Hätte man auf den Eingang dieser Daten gewartet, wäre der Start um etwa fünf Minuten verschoben worden.

Innerhalb von zehn Minuten war dicht vor der Plutobahn die Hölle los. Der Kommandeur des Vierten RJG-ARISTOTELES war bei weitem nicht der einzige Geschwaderkommodore, dessen Moskitos in den freien Raum geschossen wurden.

Alle Raumschiffe, die Bordjäger besaßen, hatten ihre Maschinen im gleichen Zeitraum zum Einsatz gebracht. Ein Moskitopilot konnte seine taktischen und strategischen Aufgaben nur dann erfüllen, wenn er vom Mutterschiff so schnell wie möglich entlassen wurde.

Hail Ngatae hatte lediglich den Vorteil, daß die ARISTOTELES von allen Großkampfschiffen dem so plötzlich aufgetauchten Gegner am nächsten stand. Ngatae, ein Afroterraner, kannte die Gefährlichkeit der Dimensionstransmitter. Er griff trotzdem an. Er wußte aus zahlreichen Schulungen, daß auch diese Waffe durch härtesten Punktbeschuß ausgeschaltet werden konnte.

Er sendete daher den Kodeimpuls IDA-III. Einhundert Jägerpiloten, Ngatae eingeschlossen, richteten die spitzen Schnauzen ihrer Maschinen auf den Dolan, der den rechten Flügel der Angriffsformation deckte und klar zu sehen war.

Einhundert Transformkanonen waren nunmehr feuerklar. Die Entfernung schrumpfte merklich zusammen. Ehe die Jäger lichtschnell und somit fast unangreifbar geworden waren, gaben alle Piloten den Bestätigungsimpuls. Er bedeutete, daß jedermann das befohlene Ziel aufgefaßt, es in der Steuerpositronik gespeichert und die Führung seiner Maschine der Automatik übergeben hatte.

Der Dolan konnte dem Zielgerät nicht mehr entkommen.

Einhundert Transformkanonen feuerten in derselben Mikrosekunde.

Die Schußentfernung betrug im Augenblick der Wiederverstofflichung aller Fusionsbomben zwei Millionen und hunderteinundsechzigtausend Kilometer. Es handelte sich nicht unbedingt um die empfohlene Kernschußweite für leichte Raumschiffe; aber durch die hervorragende Geschützkoordinierung blieb der Streufaktor dennoch sehr gering.

Einhundert Bomben detonierten in einem dreidimensionalen Raum von nur einem Kubikkilometer. Das schwerste Transformkaliber einer Moskito-Jet betrug zwanzig Gigatonnen TNT pro abgestrahlter Einheit.

Der Kommandeur des anvisierten Dolans sah sich vor das Problem gestellt, insgesamt zweitausend Gigatonnen oder zweitausend Milliarden Tonnen TNT absorbieren zu müssen.

Im Augenblick der koordinierten Detonation standen die hundert Jäger der ARISTOTELES knapp neunhunderttausend Kilometer vor dem Dolan. Infolge der hohen Annäherungsgeschwindigkeit benötigte das Licht nur eineinhalb Sekunden, um die Explosion optisch erkennbar zu machen.

Ein ungeheurer Energieball, flammend wie eine Nova und weißglühende Gaszungen ausstoßend, hüllte den Dolan ein.

Bei einem so genauen Schießen war ein Ausweichmanöver nicht mehr möglich. Das biosynthetische Ungeheuer mußte in den rasch anwachsenden Glutball hineinfliegen.

»Hochziehen!« gab Hail Ngatae über die Hyperfunk-Sprechverbindung durch. Hundert schlanke Maschinen, Projektilen gleichend, richteten ihre Nasen auf aufflammenden Bugtriebwerken in den Vertikalsektor.

Zugleich wurde der Mißerfolg des Beschusses erkennbar. Der Dolan konnte infolge seiner hohen Fahrt tatsächlich nicht mehr ausweichen; aber sein Dimensionstransmitter war noch stärker als angenommen.

Die ultrahell glühende Energiekugel löste sich plötzlich auf. Über dem anfliegenden Dolan entstand ein blutrot leuchtender, an den Rändern ausgezackter Strukturriß, der den Weg in den Hyperraum freigab.

Atomare Energien im Wert von zweitausend Milliarden Tonnen TNT wurden abgelenkt und als Spiralwirbel in das übergeordnete Universum geleitet. Mit den restlichen Gasmassen der heißen Zone wurde der Dolan fertig. Sein Paratronschirm spaltete sie auf, drängte sie seitlich ab und machte sie dadurch unschädlich.

Hail Ngatae erlebte die größte Enttäuschung seines Lebens. Er hatte mit einhundert Jägern gleichzeitig gefeuert und trotzdem keinen Abschuß erzielt.

Er wollte den Mißerfolg an das Mutterschiff durchgeben, doch weder er noch einer seiner neunundneunzig Piloten kamen noch dazu.

Die heranschießende Flut blaßblauer Energien sahen sie nicht mehr. Sie hatten nur noch das Gefühl, als würden sie mit nahezu lichtschneller Fahrt gegen eine Stahlmauer rasen.

Nur einer der Moskitopiloten hörte noch das Bersten. Dann verschwand seine Maschine ebenfalls in der Stoßfront zahlreicher Intervallkanonen, deren Eigenart darin bestand, ein paratronähnliches Kraftfeld mit ungeheurer Aufschlagswucht zu erzeugen.

Es war tatsächlich so gewesen, als hätte sich den Jägern plötzlich eine Stahlwand entgegengestellt.

Die Meßergebnisse von etwa zweihundert terranischen Wachkreuzern wiesen aus, daß es sich auf keinen Fall um eine thermisch wirksame Waffe handelte. Keiner der Jäger war von sonnenheißen Gewalten angegriffen worden.

Die Kraftentfaltung war auch mit dem molekülauflösenden Effekt terranischer Desintegratoren vergleichbar. Die Intervallkanone der Zweitkonditionierten war eine Waffe, die viel eher einer Keule gigantischen Ausmaßes glich.

Die Energiekonstante des Universums konnte als Amboß angesehen werden, denn diese Feldlinien wurden als Stützelemente verwendet. Jeder Körper, der zwischen »Keule« und »Amboß« geriet, wurde zerschmettert.

In der Zentrale der ARISTOTELES umklammerte ein grauhaariger Oberst die Lehne seines Gefechtssessels. Auf den Bildschirmen war der Untergang des Vierten RJG-ARISTOTELES deutlich zu sehen.

Der Kommandant des Ultraschlachtschiffes konnte und durfte nicht daran denken, in blinder Vergeltungswut anzugreifen. Er hatte sich im Gegensatz dazu sofort abzusetzen. Die ARISTOTELES allein hätte keine Chance gehabt.

Ngataes Jägerangriff hatte erneut bewiesen, daß die Aufspaltung eines Paratronfeldes und die Wirkungsaufhebung eines Dimensionstransmitters nur dann mit konventionellen Transformwaffen durchführbar war, wenn mindestens sieben Ultraschlachtschiffe der Galaxisklasse ihre überschweren Breitseiten koordinierten und ein gezieltes Punktfeuer eröffneten.

Ein solches Manöver war viel schwieriger durchzuführen, als hundert wendige Moskitos auf das Ziel auszurichten.

Noch schwerwiegender wurde die Aufgabe, wenn es darum ging, die Transformbreitseiten der schweren Einheiten zu koordinieren und einen Punktbeschuß durchzuführen.

Ein Sammelpulk von mindestens sieben Ultrariesen war eine schwer zu manövrierende Masse, die im Falle eines raschen Ausweichmanövers des Gegners niemals schnell genug folgen konnte. Die errechneten Schußunterlagen mußten überdies immer ungenauer werden, je schneller ein Dolan wurde. Außerdem – und das war Gefahrenpunkt Nummer eins – verfügte der Gegner über eine Waffe, der auch der HÜ-Schirm eines Ultraschlachtschiffes nur bedingt gewachsen war.

Der Kommandant der ARISTOTELES zog sein Schiff daher mit Vollschub aus der Gefahrenzone zurück. Weiter vor ihm raste die Sichelfront der fünfhundert Dolans näher.

Die schnellen und wendigen Kreuzer der Wachflotte lösten die ARISTOTELES ab und übernahmen die Fernortung. Wenig später erhielt die ARISTOTELES von Reginald Bull die Anweisung, sich schleunigst zur Marsbahn abzusetzen.

Dort war die Auffangfront errichtet worden. Es gab in der Solaren Flotte etwa achthunderttausend Raumoffiziere, die Bulls Plan, die stärkste Abwehrlinie so nahe der Erde zu errichten, für verrückt hielten. Der Staatsmarschall hatte sich jedoch nicht beirren lassen.

Sein Argument, der Verteidigungsradius würde mit steigender Erdentfernung zu einem Problem werden, das selbst fünfzigtausend Terraschiffe und zwanzigtausend Posbiraumer nicht bewältigen könnten, stieß auf Widerstand.

Man war der Auffassung, die Angreifer könnten überhaupt nicht früh genug und weit genug von Terra entfernt gestellt werden.

Bull war ganz anderer Meinung – und mit ihm Solarmarschall Julian Tifflor, der wohl fähigste Schüler eines legendären Mannes, den man Perry Rhodan nannte.

Tifflor hatte Reginald Bull während der letzten Stabsbesprechung unterstützt. Er hatte knapp argumentiert.

Seiner Auffassung nach mußte Terras stärkste Waffe am voraussichtlichen Brennpunkt aller Geschehnisse eingesetzt werden. Dieser Brennpunkt war jedoch anhand zahlreicher Auswertungen mit der Heimatwelt Terra identisch.

Tifflor behauptete, Perry Rhodan würde unter keinen Umständen anders handeln als vorgesehen.

Rhodans Schwiegersohn, das lange Zeit verkannte hyperphysikalische Genie Dr. Geoffry Abel Waringer, hatte das sogenannte FpF-Gerät entwickelt. Es handelte sich um den »Fremdenergiepeiler und Frequenzmodulator«, der als Zusatzapparat zu den konventionellen Zustandswandlern und Zielmaterialisatoren der terranischen Transformkanonen entwickelt worden war.

Ein FpF-Gerät konnte nur gegen einen Körper eingesetzt werden, der sich im Schutze eines Paratronfeldes befand. Ferner war es mit diesem zur exakt koordinierten Einheit zu verschmelzen.

Abel Waringer war durch seinen bereits existierenden und von Roi Danton erprobten Anti-Ortungsschirm auf die Idee gekommen, einen Frequenzpeiler zu entwickeln, der die fünfdimensionale Frequenzmodulation und Energiekonstante eines räumlich übergeordneten Parafeldes einwandfrei anmessen konnte.

Nach dem Abschluß dieses Vorgangs war es möglich geworden, den Zustandswandler einer Transformkanone so zu justieren, daß schon bei der Entmaterialisierung und Abstrahlung eines Fusionssprengkörpers die Energieverwandtschaft zur Schwingungsfrequenz des angemessenen Paratronfeldes hergestellt wurde.

Der Abschuß zahlreicher Dolans durch den Schlachtkreuzer WYOMING hatte die Richtigkeit von Waringers Theorie bewiesen.

Nunmehr, Ende April 2436, hatten die Männer und Frauen der geheimen Entwicklungsanstalt von Last Hope weitere einhundert FpF-Geräte in mühevollster Handarbeit hergestellt. Die Serienfabrikation sollte demnächst auf dem irdischen Mond anlaufen, doch vorerst verfügte man lediglich über einhundertundein Zusatzgeräte, die in die modernsten und schlagkräftigsten Raumschiffe der Flotte eingebaut worden waren.

Allein OLD MAN war mit zweiundzwanzig FpF-Geräten ausgerüstet worden. Die restlichen achtundsiebzig Exemplare waren vordringlich auf den neuen Schlachtkreuzern der Typenbaureihe 24/3 6 D-ITA-SOLAR-Klasse installiert worden.

Zusammen mit der WYOMING verfügte die Menschheit über neunundsiebzig Raumschiffe, die dem Gegner mit guter Erfolgsaussicht Einhalt gebieten konnten.

Diese Tatsache war für Tifflors und Bullys Planung ausschlaggebend gewesen. Die in vielen tausend Einsätzen geschulten Männer wußten nur zu genau, daß sie eine weitgespannte Abschirmfront, etwa auf der Uranus-Linie, mit nur neunundsiebzig FpF-Schiffen niemals halten konnten. Damit hatte Tifflor argumentiert und sogar überzeugt.

»Jeder FpF-Raumer benötigt zur Entfaltung seiner besonderen Kampfkraft einen Abschirmkonvoi. Der Kommandant eines FpF-Schiffes kann nur dann relativ ungestört sein Ziel erfassen, wenn er von der Pflicht entbunden wird, einen Abwehrkampf auf dreidimensionaler Basis zu führen. Die Fernhaltung unerwünschter Dolans während des Zielbeschusses ist Aufgabe der Abschirmverbände. Verluste müssen in der Hoffnung auf eine hohe Abschußquote durch ungestört operierende FpF-Einheiten leider hingenommen werden.«

So lautete Tifflors Ausspruch. Er war in die Tat umgesetzt worden. Terras stärkste Einheiten standen nach dem positronisch berechneten Staffelungs- und Einsatzplan auf der Umlaufbahn des Planeten Mars. Bis zur Erde war es von dort aus nicht mehr sehr weit.

Das war die Situation am 28. April 2436, 4:36 Uhr Standardzeit.

Er war klein, gehbehindert und nach seiner Erscheinung nichtssagend. Auffallend waren sein kindliches Gesicht und die großen Augen unter einer hohen Buckelstirn.

Sein Name war Jury Adamow. Er wäre niemals Kosmonaut und Oberstleutnant der Solaren Flotte geworden, wenn er nicht einen überragenden Verstand und persönlichen Mut besessen hätte, den niemand diesem Mann zugetraut hätte.

Er hatte sich standhaft geweigert, seinen rechten Fuß operativ korrigieren zu lassen. Zu unwilligen Vorhaltungen seiner Vorgesetzten hatte er humorvoll gemeinte, was, um alles in der Welt, ihn nach einer Wiederherstellung noch von anderen Menschen unterscheiden würde. Etwa sein kleiner, schmächtiger Körper?

Adamow hatte seinen Geburtsfehler also behalten. Der schlenkernde, unförmig gestaltete Fuß war zu einer Art Symbol geworden.

Nun war Oberstleutnant Jury Adamow Kommandant des modernen Schlachtkreuzers GAGARIN. Das besondere Merkmal dieses Raumschiffes war eine Tausend-Gigatonnen-Transformkanone, die im Gegensatz zu vielen anderen Hochenergiegeschützen über eine FpF-Zuschaltung verfügte.

Die beste Schußposition für die eigenen Offensivwaffen bot die obere Polkuppel – und dort stand eine Transformkanone mit vollautomatischer Schnell-Magazinierung nach einem ebenfalls neuen Verfahren von Dr. Abel Waringer.

Die Waffe schoß dreimal so schnell wie eine übliche Transformkanone. Ihre Wirkung war nicht zu unterschätzen.

Die GAGARIN stand zwischen Erde und Mars. Beim Auftauchen der Dolans hatte Adamow sein Schiff durch ein blitzartiges Linearmanöver von der anderen Seite der Sonne zum jetzigen Einsatzpunkt gebracht.

Der Schlachtschiff-Schirm der GAGARIN war kurz darauf angekommen. Die schweren Einheiten, fünfhundert Schlachtschiffe der Stardustklasse, dreißig Superschlachtschiffe der Imperiumsklasse und sieben Ultraschlachtschiffe der Galaxisklasse, standen unter Adamows Befehl, obwohl es auf fast jedem der Raumriesen einen dienstälteren und auch ranghöheren Kommandanten gab.

In diesem Falle wurde jedoch vernünftigerweise auf die sonst übliche Rangordnung verzichtet. Nur der Kommandant eines FpF-Schiffes, das so schnell wie möglich und so genau wie möglich zum Schuß kommen mußte, konnte entscheiden, wie die Einheiten seiner Abschirmglocke einzusetzen waren.

Adamow war noch rechtzeitig genug angekommen, um den Untergang des Vierten Raumjagd-Geschwaders beobachten zu können. Er war erschüttert.

»Zweitausend Gigatonnen, genug, um einen Planeten von der Größenordnung Terras in Trümmerstücke zu verwandeln – und keine positive Reaktion! Meine Herren, das ist fürchterlich. Unsere Menschheit wird ein großes Opfer bringen müssen.«

Zehn Minuten nach diesem Ausspruch leiteten die Zweitkonditionierten jenes Manöver ein, das Bull und Tifflor vorausgesagt hatten.

Die fünfhundert Dolans verschwanden plötzlich aus dem Einsteinraum, gingen in die Librationszone und kamen im Raumsektor zwischen Mars und Erde wieder heraus.

Die Kommandanten der fünftausend vorgeschobenen Abwehreinheiten, überwiegend schnelle und wenig kampfkräftige Kreuzer der Städteklasse, flogen die unglaublichsten Manöver, um so schnell wie möglich am neuen Brennpunkt der Geschehnisse eintreffen zu können.

Jury Adamow lächelte nur. Er hatte zu Tifflors Befürwortern gehört. Die Schwingungswächter hätten Narren sein müssen, wenn sie sich viele Stunden lang dem konzentrierten Feuer der gesamten Flotte ausgesetzt hätten.

Die Phalanx der fünfhundert Dolans hatte nichts an Schrecken und Angriffswucht verloren.

Zwanzigtausend Posbiraumer warfen sich dem relativ geballt anfliegenden Gegner in den Kurs.

Ihre mächtigen Würfelschiffe eröffneten den fürchterlichsten Feuerorkan, der so nahe der Erde jemals erzeugt worden war.

Über den Dolans war ein riesiger Strukturriß entstanden. Durch ihn flossen Billionen Megatonnen atomarer Energie ab, als sei nichts geschehen. Die größten Verluste erlitten jene Posbiverbände, die versuchten, mit jeweils acht Schiffen zum Beschuß zu kommen.

Es gelang ihnen kein einziges Mal! Ehe die vollen Breitseiten das Einzelziel aufgefaßt hatten und ehe das Leitschiff alle Bestätigungsimpulse erhalten hatte, waren die Dolans bereits zum Angriff übergegangen.

Eine Kernschußweite der Intervallkanonen konnte nicht genau ermittelt werden. Ein Streueffekt ebenfalls nicht. Auch schien die mechanisch wirksame Stoßfront an keinerlei Schwundverlust gebunden zu sein.

Die Schlacht wurde mit einer Erbitterung geführt, die für die Posbis charakteristisch war. Einen Vorteil für die Menschheit schlugen sie jedoch heraus.

Dicht hinter ihrer aufgerissenen Front gelang es sechs terranischen Kommandeuren, ihre Pulks zusammenzuziehen und das Sammelfeuer zu eröffnen. Diesmal bewährten sich die pausenlosen Übungen vor der Invasion. Sechs mondgroße Feuerbälle entstanden vor den Dolans. Jede Kunstsonne war von den Breitseiten eines gleichzeitig feuernden Verbandes erzeugt worden.

Knapp dreißig Sekunden später gab es sechs Dolans weniger. Es war ihnen nicht mehr gelungen, die Energiefluten abzuleiten und unbeschränkt weiterzufliegen.

Die Waffenleitzentrale der GAGARIN war längst feuerklar. Die Zielgeräte hatten einen Dolan aus der anfliegenden Masse herausgegriffen.

Der erste FpF-Schuß wurde von der GAGARIN ausgelöst. Der Erfolg war verblüffend.

Das gleichgerichtete Geschoß durchschlug den Paratronschirm, explodierte dahinter, und damit hatte der Dolan keine Chance mehr.

Er verging im lohenden Glutball der Tausend-Gigatonnen-Explosion.

Nur eine Minute später kamen alle FpF-Einheiten zum Schuß. Sie wurden von der gesamten Heimatflotte mit verheerenden Transformsalven wenigstens so lange gesichert, bis wieder ein kugelförmiges Ungeheuer vernichtet worden war.

Dies geschah nur eineinhalb Stunden nach dem ersten Auftauchen der Zweitkonditionierten.

Auf OLD MAN wurde jede Phase der Abwehrschlacht beobachtet und registriert. Die FpF-Einheiten bewährten sich hervorragend, nur wurden sie infolge des Dolan-Vormarsches gezwungen, ebenfalls Fahrt aufzunehmen und Anpassungsmanöver zu fliegen.

Vor, neben und über ihnen wurden terranische Schiffe wie von Titanenhämmern zerschlagen. Besonders die Riesen der Imperiums- und Galaxisklasse deckten die kleineren FpF-Schlachtkreuzer so ausgezeichnet ab, daß sie von den Intervall-Stoßfronten nicht berührt wurden.

Nochmals zwanzig Minuten später hatten die Zweitkonditionierten bereits zweihundertvierzig Dolans verloren. Allmählich zeichnete sich eine gewisse Unruhe ab, die schließlich in einem schnellen Zusammenschluß des restlichen Verbandes ihren Ausdruck fand.

Das war Tro Khons taktischer Fehler! Er vertraute der Abwehrwirkung seiner Dimensionstransmitter, nahm dafür jedoch das immer exakter werdende Feuer der FpF-Schiffe in Kauf.

Hätte er seine Einheiten zerstreut und ihre Manövrierfähigkeit voll ausgenutzt, wäre es den FpF-Kommandanten sehr schwergefallen, den unerläßlichen Abschirmkonvoi so rasch nachzuziehen, daß weiterhin eine gute Deckung gegen die Intervallkanone erzielt worden wäre.

Tro Khon hätte unter Umständen anders gehandelt, wenn er nicht verstört gewesen wäre. Etwas in seinem Unterbewußtsein flüsterte ihm zu, ein Volk, das sich mit solchem Mut verteidigte, müsse unschuldig sein.

Hinter der weiterrasenden Front der Dolans, die nun fast lichtschnell waren, blieben die Trümmer zerschossener Terraschiffe zurück. Männer wie Captain Minh Hao wünschten sich von dieser Minute an, niemals Hyperfunker geworden zu sein.

Sie erlebten das Grauen auf ihren Bildschirmen und Ortungstastern. Sie hörten die Verzweiflungsschreie aus den Lautsprechern gellen, und sie erfuhren es aus erster Hand, wenn wieder ein Großkampfschiff zum Wrack zerschlagen wurde.

Sie fingen die Meldungen der Abteilungschefs auf. Sie vernahmen das Heulen explosionsartig entweichender Luftmassen und das Donnern detonierender Umformerbänke.

Captain Minh Hao wurde im Zeitraum von einer Stunde zu einem innerlich gebrochenen Mann, der nur noch rein mechanisch seine Pflicht tat. Er hatte nur einen Wunsch, und der hieß: aufhören.

Die Robotregistratur der HQ-Großfunkstation stellte nüchtern fest, die Posbis hätten bisher tausendachtunddreißig Kampfschiffe verloren.

Die Totalverluste an Moskitojägern, Korvetten und Space-Jets konnten noch nicht festgestellt werden.

Diese kleinen Einheiten wurden meist so schnell zerstört, daß sie keine Notmeldung mehr abstrahlen konnten. Es war nicht einmal sicher, ob es den angegriffenen Großkampfschiffen gelungen war.

Die Schlacht um Terra ging weiter. Immer mehr Dolans wurden vernichtet, aber die übrigen rasten unbeirrt auf die Erde zu.

So dachten wenigstens die meisten Raumfahrer der Solaren Flotte. Sie übersahen dabei eine Tatsache, die nur wenigen Männern bewußt war. Zu ihnen zählten Reginald Bull, Julian Tifflor und auf der anderen Seite ein Lebewesen namens Tro Khon.

Wenn es nur vier oder fünf Dolans gelang, bis zur Erde durchzubrechen, war die Mutterwelt der Menschheit verloren.

Tifflor hatte eine grausige Vision. Er sah die Kontinente unter der Aufschlagswucht fluoreszierender Intervallfronten zerbrechen und die Magmamassen des Erdinnern hervorschießen.

Er glaubte, die Fluten der Ozeane zu sehen, die infolge der Tatsache, daß sie nicht komprimiert werden konnten, wie ungeheure Keile in den Planeten hineingetrieben wurden und ihn aufspalteten.

Tifflor schüttelte die Schreckensbilder nur mit Mühe von sich ab. Die Dolans kamen näher.

Einen Linearflug konnten sie kaum noch riskieren. Sie wären infolge des pausenlosen Trommelfeuers weit über das Ziel hinausgeschossen oder weit davor in den Einsteinraum zurückgefallen.

Kurzmanöver dieser Art mußten mit höchster Präzision eingeleitet und durchgeführt werden. Dazu benötigte man absolute Ruhe, aber keinen von Kunstsonnen erhellten Raum, in dem sich die expandierenden Gasmassen atomarer Explosionen austoben.

Die Dolans mußten auf Kurs bleiben. Das war für die Menschheit die letzte Chance.

# 32.

Julian Tifflor hatte vor fünf Minuten den Transmitter betreten und sich zur Verteidigungszentrale TERRA abstrahlen lassen. Er hatte das Gefühl, auf der Erde dringender benötigt zu werden als auf OLD MAN, der planmäßig fünfhunderttausend Kilometer von der Mutterwelt entfernt stand und dort mit relativ geringer Fahrt seine weite Kreisbahn zog.

Reginald Bull, Oberkommandierender aller Streitkräfte, war auf dem Großroboter zurückgeblieben. Sein Stab war auch ohne Tifflor fähig, die richtigen Entschlüsse zu treffen, zumal es sich jetzt erwiesen hatte, wie richtig der Aufbau einer Auffangfront so nahe der Erde gewesen war.

Bully stand ständig mit seinem neuen Flaggschiff, dem Schlachtkreuzer WYOMING unter Oberst Don Redhorse, in Verbindung.

Redhorse hatte drei Abschüsse erzielt. Bester und erfolgreichster FpF-Kommandant war jedoch Oberstleutnant Jury Adamow, der bisher fünf Dolans zerstört hatte.

Die Kommandozentrale des Roboters war riesenhaft. Die einzelnen Säle wurden nur durch Panzerplastwände voneinander getrennt. Die Männer, die dieses technische Monstrum erbaut hatten, waren offenbar der Ansicht gewesen, OLD MAN würde eines Tages als fliegendes Hauptquartier für ein großes Imperium verwendet werden.

Bully rief die WYOMING erneut an. Don Redhorse erhielt die Anweisung, seinen Bordtransmitter ständig auf Empfang laufen zu lassen. Sobald die restlichen Dolans noch näher kamen, wollte Bully von dem Schlachtkreuzer aus den Kampf weiterführen.

Niemand achtete zu diesem Zeitpunkt auf sechs Siganesen, die ihren Roboter aus der zweihundert Kilometer durchmessenden und hundert Kilometer hohen Halbkugel der sogenannten Trägerkuppel herausgelenkt hatten.

Der Paladin stand auf Sektor IV, einer angeflanschten Plattform von fünfzig mal fünfzig Kilometer Ausdehnung.

Vor Harl Dephins Aufnahmegeräten erstreckte sich die ungeheure Stahlfläche, die mühelos hundert Großkampfschiffe aufnehmen konnte.

Weit jenseits der autarken Sektion, die nach Bedarf abgeworfen und selbständig operieren konnte, leuchtete der Raum in heller Glut. Dort tobte die Schlacht.

»Sie kommen immer näher«, meldete Drof Retekin. »Es sieht so aus, als wäre Bully eifrig bemüht, die Dolans auf OLD MAN zu ziehen. Wenn sie darauf eingehen, dürfte es hier heiß werden.«

Harl Dephin war seit zwei Stunden kampfbereit. Er brannte darauf, die Fähigkeiten seines Roboters beweisen zu dürfen. Die Frage war nur, *wie* er das machen sollte. Die bisher vernichteten Dolans hatten ihre Kommandeure mit in den Tod genommen.

Mirus Tyn meldete sich.

»OLD MAN besitzt zweiundzwanzig FpF-Kanonen. Wenn sich die Zweitkonditionierten hierherlocken lassen, erleben sie ihre endgültige Niederlage. Ich frage mich nur, was geschehen wird, wenn tausend oder mehr Dolans auftauchen! Wenn ihre Piloten nicht den Fehler machen, im geschlossenen Verband anzufliegen, ist es vorbei.«

»Unken Sie nicht schon wieder!« rief Dephin scharf dazwischen. »Daran wollen wir gar nicht denken. Noch ist die Schlacht nicht vorbei. Was die Terraner in den letzten Stunden leisteten, ist geradezu sagenhaft. Ich . . .!«

»Anruf aus dem Hauptquartier OLD MAN«, wurde er von Cool Aracan unterbrochen. »Ich schalte um.«

Dephin vernahm in seinen Kopfhörern die Stimme eines Terraners. Es war General Janos Ferenczy, Kommandant des Trägerschiffes.

»Dephin, kommen Sie sofort zurück! Wir werden von den Dolans angeflogen. Melden Sie sich bei mir in der Zentrale. Ende.«

Der USO-Spezialist erstarrte in seiner Haltung. Wieso hatte sich Ferenczy so plötzlich an ihn erinnert?

Der Paladin drehte sich um und rannte auf das Panzerschott einer Schleuse zu. Dephin lenkte ihn hinein. Zwei Kampfroboter kontrollierten die Kodeschwingungen des zusätzlich eingebauten Impulsgebers. Die künstliche Atmosphäre der Trägerkuppel strömte ein. Die Innentore öffneten sich für Dephins Begriffe viel zu langsam.

Der Roboter stürmte mit heulender Sirene durch die endlosen Gänge und Korridore. Die Zentrale lag im Mittelpunkt der Trägerkuppel, also etwa hundert Kilometer vom Befestigungspunkt der Sektion entfernt.

»Das wird Ewigkeiten dauern«, behauptete Dart Hulos. »Wir hätten nicht hinausgehen sollen. Wissen Sie übrigens, Sir, daß Allan D. Mercant eingetroffen ist? Es sollte mich wundern, wenn er nicht für den Anruf verantwortlich zeichnet.«

Eine weite Halle wurde erkennbar. Nirgends war ein Terraner zu sehen. Die sechsundzwanzigtausend Mann, die als Stammbesatzung eingeschleust worden waren, verliefen sich in den Weiten der Trägerkuppel.

Harl Dephin ließ den Roboter mit unverminderter Geschwindigkeit durch die Gänge eilen. Immer wieder hinderten hermetisch geschlossene Sicherheitsschleusen den Vormarsch. Es mußte unter diesen Umständen Stunden dauern, bis der Paladin die Steuerzentrale erreichen konnte. Sie lag ganz in der Nähe des Flottenhauptquartiers.

Der Paladin wurde erneut angerufen. Diesmal meldete sich der Abwehrchef des Solaren Imperiums, Allan D. Mercant.

»Dephin, bleiben Sie in der nächsten Halle stehen. Ich lasse Sie durch einen Mutanten abholen. Haben Sie verstanden?«

»Verstanden, Sir. Das ist der beste Weg. Wie sieht es draußen aus?«

»Das größte Feuerwerk seit der Posbi-Offensive«, antwortete Mercant kurz. »Die Flotte weicht aus. OLD MAN feuert mit allen

Geschützen. Die Dolans beginnen sich zu zerstreuen. Das bedeutet eine erhebliche Gefahr. Beeilen Sie sich!«

Der Paladin kam in einem Ausrüstungsraum für Bordjäger zum Stillstand. Vor ihm flimmerte die Luft. Ein Terraner wurde plötzlich erkennbar. Es war der Teleporter-Mutant Tako Kakuta. Er war sehr ernst und wirkte nervös.

Kakuta rannte auf den Paladin zu und rief zu dem Schädel hinauf: »Nehmen Sie mich auf die Handlungsarme, Dephin, aber passen Sie auf, daß Sie mich nicht zerquetschen. Ich werde Sie in die Zentrale bringen.«

»Schaffen Sie das auch? Der Paladin besitzt eine große Masse.«

»Ich werde es versuchen.«

Dephin ahnte, daß schreckliche Dinge geschehen waren. Er senkte die Handlungsarme und umfaßte den schmächtigen Körper des Mutanten. Kakuta klammerte sich an den Tragegurten des halutischen Kampfanzuges fest.

»Gut so, lassen Sie die Arme in dieser Stellung.«

»Was ist los, Tako?« dröhnte Dephins Stimme aus den Lautsprechern.

»Die Hölle. Es sind nur noch etwa hundert Dolans übrig, aber einige sind im Linearraum verschwunden. Sie standen unter schwerem Beschuß. Wir vermuten, daß die Zweitkonditionierten Handlungsfreiheit erhalten haben. Einige besonders Verrückte sind wahrscheinlich auf die Idee gekommen, die Erde mit einem Kurzmanöver anzufliegen.«

»Dort geraten Sie ins Feuer der Bodenabwehr.«

Kakuta antwortete nicht mehr. Er konzentrierte sich auf die Zentrale und sprang. Es gelang ihm leichter als angenommen, den schweren Robotkörper zu entstofflichen und ihn in seinem körpereigenen Individualfeld mitzunehmen.

Sie materialisierten in einem mit Geräten überfüllten Raum von den Ausmaßen eines Konzertsaales. Hier waren endlich Menschen zu sehen.

»Hektischer Betrieb«, stellte Dephin fest. »Wir – hui, der hat es aber eilig.«

Ein Uniformierter mit den Rangabzeichen eines Solarmarschalls eilte auf den Paladin zu. Es war Allan D. Mercant.

Sein Gesicht war gerötet. Unter seinen Augen lagen dunkle Schatten. Ihm auf dem Fuße folgte ein schlanker, mittelgroßer Mann mit scharfgezeichneten Zügen. Es war General Janos Ferenczy.

Mercant hielt sich nicht lange mit Vorreden auf.

»Wir haben bis jetzt dreihundertneunundsechzig Dolans vernichtet. Siebzehn der synthetischen Monstren haben sich nicht dem allgemeinen Rückzug ihrer Gefährten angeschlossen, sondern sind in den Linearraum gegangen. Soeben erhalten wir von Tifflors Zentrale die Nachricht, daß sie in Erdnähe aus der Librationszone gekommen sind. Natürlich ungenau. Es war nicht anders zu erwarten. Neun Dolans haben das Ziel gänzlich verfehlt. Sie werden bereits von der bodengebundenen Festungsabwehr mit Punktfeuersalven eingedeckt. Acht Monstren rasen jedoch auf verschiedenen Kursen auf Terra zu. Sie sind schon so dicht herangekommen, daß wir es kaum noch wagen können, geballte Salven zu verfeuern. Das würde die Erde gefährden. Begeben Sie sich sofort in den Transmitter. Sie werden zu Tifflor abgestrahlt. Wenn es zu einer Landung der Zweitkonditionierten kommen sollte, können Sie beweisen, ob Ihr Paladin etwas taugt. Sollten die acht Dolans allerdings noch in der Lage sein, aus dem Raum heraus das Intervallfeuer zu eröffnen, geht Terra unter und Sie ebenfalls. Wollen Sie trotzdem abgestrahlt werden? Ich zwinge in dieser Situation niemanden mehr, den derzeitig gefährlichsten Punkt des Sonnensystems aufzusuchen.«

Harl Dephin war einen Augenblick fassungslos.

Der USO-Spezialist wußte jetzt, warum die Männer in der OLDMAN-Zentrale so verstört waren. Auf den Bildschirmen flammte der Raum; aber diesmal breiteten sich die Kunstsonnen in der engbegrenzten Zone zwischen der Erde und der Kreisbahn des Trägerschiffes aus.

Das mußten die derzeitigen Positionen der Dolans sein, denen der Durchbruch gelungen war. Dephin saß wie erstarrt in seinem Kommandosessel. Dann riß er den Roboter herum und ließ ihn auf die roten Türen der Transmitterhalle zurennen.

Nur eine Minute später wurde der Paladin zum Empfangsgerät abgestrahlt. Es stand im Tiefbunker der Heimatverteidigung, zwanzig Kilometer westlich der Riesenstadt Terrania.

Als der Paladin und Tako Kakuta materialisierten, wurden sie bereits von einem Mausbiber erwartet. Es war Jumpy, Guckys Sohn. Der Kleine fieberte vor Aufregung.

»Endlich! Wo bleiben Sie nur?« ertönte das helle Stimmchen. »Tiff sagt, ich sollte mich Ihrem Kommando unterstellen. Wir bekommen Arbeit.«

»Wieso, was ist eigentlich los?« schrie Dephin in sein Mikrophon.

Jumpy taumelte zurück.

»Nicht so laut! Das ist ja fürchterlich. Wissen Sie nicht, daß wir von acht Dolans angegriffen werden?«

»Sicher weiß ich das. Mercant erzählte mir etwas vom bevorstehenden Weltuntergang. Offenbar ein Irrtum, wie?«

So ernst war der kleine Mausbiber noch nie gewesen.

»Da irren Sie sich, Harl! Es wäre ums Haar soweit gewesen. Tifflor hat die acht Monstren derart eingedeckt, daß sie ihre Paratronschirme verloren haben. Sie sind anscheinend nicht mehr raumflugtauglich. Die Dolans sind alle abgestürzt, aber sie leben immer noch. Und wissen Sie auch, wo die Burschen mit letzter Kraft gelandet sind?«

»Jumpy – wir kennen uns erst seit kurzem, aber wenn du nicht sofort redest, dann . . .!«

»Tue ich ja schon. Die Zeitpolizisten haben sich Terrania zum Ziel genommen. Die Dolans liegen überall herum. Sie können wahrscheinlich von den Flugpanzern abgeschossen werden. Wenn allerdings die Zweitkonditionierten aussteigen, wird es schlimm. Haben Sie schon einmal ein solches Ungeheuer toben sehen?«

»Ja, meinen Paladin!« entgegnete Dephin. »Also, wie geht es weiter?«

Der rechte Arm des Paladins zuckte nach unten und erfaßte den Kleinen an den Gurten des Kampfanzuges.

Jumpy schrie erschrocken auf. Dann wurde er von Tako Kakuta festgehalten.

Die beiden Teleporter entmaterialisierten mitsamt dem Robotkörper. Durch ihre vereinten Kräfte wurde der Transport noch leichter.

Als sie in der Zentrale ankamen, verstummte das Feuer der schweren Festungsgeschütze im Himalaja-Massiv. Die Atmosphäre der Erde war von den Detonationen so heftig angegriffen worden, daß alle Stationen schwere Wirbelstürme und Sturmfluten meldeten. Tifflor war gezwungen gewesen, seine Salven in nächster Nähe der höchsten Luftschichten zur Detonation zu bringen.

Es waren nur schwache Kaliber gewesen. Trotzdem wurden die

irdischen Kontinente von Orkanen heimgesucht. Der Erfolg dieses Abwehrfeuers war jedoch deutlich geworden.

Die Dimensionstransmitter der acht Dolans hatten die Transformsalven nicht mehr hundertprozentig ableiten können. Andererseits war die Energieentwicklung notgedrungen so schwach gewesen, daß sie zur völligen Vernichtung der Angreifer nicht mehr ausgereicht hatte.

Die Inneneinrichtungen der Dolans schienen jedoch schwer beschädigt worden zu sein. Die Monstren waren auch nicht mehr in der Lage gewesen, ihre Intervallkanonen einzusetzen, sonst hätte es bereits keine Erde mehr gegeben.

Die Kommandanten hatten den letzten Ausweg gewählt, der ihnen noch offenstand. Sie hatten ihre waidwund geschossenen Dolans in die Lufthülle einfliegen und anschließend nahe Terrania landen lassen.

Durch dieses Manöver hatte sich der Einsatz schwerer Waffen von selbst verboten. Niemand konnte über den Kontinenten eine Transformsalve zünden. Das war die Situation, als Dephin im Hauptquartier der Heimatverteidigung ankam.

Der Befehlsbunker lag zweitausend Meter unter den schroffen Ausläufern des Madgun-Schan-Gebirges, etwa zwanzig Kilometer von den westlichen Vororten der Riesenstadt Terrania entfernt.

Südöstlich des von schweren Festungsbatterien und Schirmfeld-Kraftwerken geschützten Areals erstreckte sich der größte irdische Raumhafen. Nordöstlich schimmerten die Fluten des unter Naturschutz stehenden Goshun-Salzsees. An seinen Ufern war vor vierhundertfünfundsechzig Jahren ein Major der US-Space-Force mit seiner heimkehrenden Mondrakete gelandet. Hier war die Keimzelle für die neue Menschheit entstanden; hier hatte Major Perry Rhodan mit den damaligen Großmächten der Welt verhandelt und diskutiert, ehe sein kleiner Staat autark geworden war.

Der Aktivatorträger Julian Tifflor war zu jener Zeit gerade geboren worden. Er konnte sich sehr gut an die Erzählungen seines Vaters erinnern, der das Entstehen der Dritten Macht miterlebt hatte.

Tifflor stand auf historischem Boden. Um so mehr erbitterten ihn die ununterbrochen einlaufenden Meldungen.

Sie stammten von Männern, die dem über das Land brausenden Orkan trotzten und überdies noch das Kunststück versuchten, acht Ungeheuern auf die Spur zu kommen.

Das Toben der entfesselten Naturgewalten kam den acht notgelandeten Zweitkonditionierten so gerufen wie die Finsternis einem gehetzten Raubtier. Über Terrania City entluden sich Gewitter, wie man sie seit Jahrhunderten nicht mehr erlebt hatte.

Die Klimastationen in aller Welt kämpften vergeblich gegen das weltumspannende Chaos an.

In Landgebieten, die seit der Wetterregulierung keinen Schnee mehr kannten, brausten Eisstürme über Städte und Ansiedlungen hinweg.

Acht Milliarden Terraner duckten sich in ihren bombensicheren Bunkern.

Nur in und um Terrania hatten sich einige zehntausend Mann ins Freie gewagt. Sie trugen die besten Kampfanzüge der Flotte – und das war auch notwendig.

Die Zwölfte Flugpanzerdivision war bereits im Einsatz. Den Kampfwagen war es gelungen, die acht abgestürzten Dolans im Sammelbeschuß der Panzerkanonen in Energie aufzulösen. Vorher aber waren die Zweitkonditionierten aus ihren Flugkörpern ausgestiegen.

Sechzig Millionen Menschen, die in den Bunkern der Hauptstadt Zuflucht gefunden hatten, hofften darauf, daß es jemandem gelingen würde, die acht metabolischen Giganten zu stellen.

In Tifflors Hauptquartier liefen alle Fäden zusammen. Reginald Bull hatte vor einer Minute angerufen und bekanntgegeben, er wäre ab sofort an Bord des Schlachtkreuzers WYOMING zu erreichen. Im Raum schien die Menschheit gesiegt zu haben. Auf der Erde war sie stark gefährdet.

Harl Dephin hatte die Rachenschleuse des Paladins geöffnet. Er stand zwischen den imitierten Zahnreihen und spähte angestrengt zu den Bildschirmen hinüber.

Die Übertragung war unbefriedigend. An dem Schwanken der Bilder wurde erkennbar, welche Mühe die Kameraleute hatten, sich auf den Beinen zu halten. Jede Ortung wurde enorm erschwert.

Die Suchkommandos gingen nach einem positronisch errechneten Plan vor. Wenn man die Mentalität der Zweitkonditionierten richtig beurteilte, würden sie versuchen, in den Stadtkern Terranias vorzudringen. Unter Umständen würden sie es auch wagen, auf einer der zahlreichen Raumwerften ein dort abgestelltes Schiff zu finden, um damit zu entkommen.

Die Teleporter Jumpy und Tako Kakuta hielten sich neben dem Paladin auf. Sie warteten auf eine Alarmmeldung.

Julian Tifflor stand vor der Wandkarte des Stadtgebietes. Leuchtpunkte und Zahlengruppen wiesen aus, wo sich die Männer der Suchdivision befanden.

»Bei klarem Wetter hätten wir sie längst aufgespürt!« rief Jumpy zur Rachenschleuse des Paladins hinauf. »Ich meine, wir . . .!«

»Ruhe da drüben!« schrie jemand. »Das wissen wir auch, Sir, hier meldet sich Captain Regus. Er führt eine Panzerabteilung.«

Auf den Bildschirmen wurden die grauen Schatten einiger Kettenfahrzeuge erkennbar. Regus' Funkmeldung kam unter heftigen Störgeräuschen durch.

»Der Flugbetrieb mußte eingestellt werden, Sir. Die Spitzenböen erreichen Windgeschwindigkeiten bis zu dreihundert Stundenkilometer. Wir können die Kampfwagen nicht in der Luft halten. Bassal hat es probiert. Sein Panzer wurde abgetrieben und gegen einen Werfthangar geschleudert. Die Infrarot-Spättaster haben eine Wärmespur aufgenommen.«

»Ein Zweitkonditionierter?« fragte Tifflor zurück.

»Ganz sicher, Sir. Hier sind noch keine Panzer gefahren. Die Spur ist aber ebenso deutlich. Das dürfte alles verraten. Ich stehe mit meiner Abteilung dicht vor dem Energiegatter des Flugfeldes dreiundzwanzig. Es gehört zur Ausrüstungswerft. Die Spur führt auf die Begrenzung zu. Es . . . Moment, ich erhalte eine Meldung.«

Captain Regus unterbrach seine Durchsage. Als er sich wieder meldete, klang seine Stimme lauter.

»Unsere Wagen werden angegriffen! Sergeant Reiszer konnte seinen Panzer gerade noch aus der Wellenflut zurückziehen. Zwei Wagen sind zerschmettert worden, Sir, der Zweitkonditionierte setzt einen tragbaren Intervallstrahler ein! Ich werde versuchen, eine Aufnahmesonde in die Luft zu bringen. Bei diesen Windgeschwindigkeiten wird sie sich allerdings kaum halten können.«

Die Panzerkameras lieferten plötzlich gestochen scharfe Fernbilder. Die Wagen waren im Windschutz der Werfthallen angekommen. Sie wankten, aber noch trotzten sie dem Sturm.

Unidentifizierbare Gegenstände wirbelten über den Raumhafen. Alles, was nicht niet- und nagelfest war, wurde von dem Orkan mitgerissen.

Hier und da war ein Mann der Suchdivision zu sehen. Die Soldaten hatten ihre Körperschutzschirme eingeschaltet, um wenigstens dem Peitschen des Windes und den umherfliegenden Sandmassen entgehen zu können.

Sie konnten sich aber kaum auf den Beinen halten. Wem es nicht gelang, von Deckung zu Deckung zu springen und sich irgendwo anzuklammern, wurde wie ein welkes Blatt davongewirbelt.

In einem Hangar klaffte ein Loch. Dort mußte der Zweitkonditionierte durchgebrochen sein.

Tifflor beorderte zwei weitere Panzerabteilungen zum Werfthafen. Dann schritt der Solarmarschall auf den Paladin zu und blieb vor ihm stehen. Harl Dephin erblickte weit unter sich den Terraner.

»Harl, Sie haben gehört, wie es oben aussieht. Schwere Waffen können wir nicht mehr einsetzen. Flugzeuge aller Art sind wegen des Wetters zur Untätigkeit verdammt. Es wird nach Auskunft der Meteorologen noch etwa fünf Stunden dauern, bis die Orkane abflauen. Wenn die Ungeheuer bis dahin in die dichtbesiedelte City vorgestoßen sind, werden sie nahezu unangreifbar. Trauen Sie sich zu, dem soeben entdecken Zweitkonditionierten gegenüberzutreten? Sie wissen, daß er über eine tragbare Intervallwaffe verfügt.«

Dephin führte sein Mikrophon an den Mund. Die Lautsprecherstimme des Paladins dröhnte auf.

»Ich werde ihn auf alle Fälle stellen, Sir. Dann sehen wir weiter.«

Dephin sprang in seine Kopfzentrale zurück, schloß die Rachenschleuse und schnallte sich in seinem Sessel an.

»Fertig! Bringt mich zur Werft!«

Der Roboter senkte die langen Handlungsarme und nahm die Teleporter auf. Sie trugen beide Kampfanzüge.

Tako und Jumpy einigten sich rasch. Das Ziel war bekannt. Tifflor wich zurück. Ehe der Roboter verschwand, kam noch die Meldung eines Suchkommandos durch. Der Zeitpolizist schoß einen Panzer nach dem anderen ab. Die Wagen waren zu groß und zu unbeweglich. Zwei Männern war es gelungen, mit ihren Impulsstrahlern das Feuer zu eröffnen. Sie hatten ihren Wagemut mit dem Leben bezahlen müssen.

Die Teleporter materialisierten mit dem Paladin in einer Werfthalle. Hier konnten Raumschiffe bis zur Größenklasse eines Schweren Kreuzers überholt werden.

Die Halle war dementsprechend groß. Jumpy und Kakuta gingen sofort hinter einer Energie-Formpresse in Deckung. Harl Dephin achtete nicht darauf. Seine Aufmerksamkeit galt nur noch den Bildschirmen und den Meldungen der fünf Gefährten.

Die Kraftwerke des Paladins liefen auf Hochtouren. Sein grüner HÜ-Schirm war in der Finsternis deutlich zu sehen. Draußen brach die Dämmerung an. Die sturmgepeitschten Wolken ließen den Eindruck entstehen, als wäre es noch tiefste Nacht. Die notgelandeten Schwingungswächter hatten wirklich alle Vorteile auf ihrer Seite.

Spezialist Harl Dephin wurde wieder einmal zum einsamsten Mann innerhalb des Paladins. Jetzt konnte ihm niemand mehr aktiv helfen. Seine fünf Freunde sorgten zwar für die Betriebsbereitschaft des Roboters; sie gaben ihm Daten und Informationen durch, aber die Lenkung des schweren Körpers oblag allein ihm.

Seine Augen nahmen eine gläserne Starre an. Die Durchsagen des Thunderbolt-Teams hörte er nur noch unterbewußt.

Für die lichtstarke Außenaufnahme des Paladins bedeutete die Finsternis kein Problem. Irgendwo fiel immer ein Lichtschimmer ein; und er genügte, um die Positronik anzuregen. Für den Gefühlsingenieur war es heller Tag. Dephin schaltete trotzdem noch die Infrarot- und Tasterautomatik ein.

Der Paladin begann zu orten. Nach einigen Augenblicken hatten die hochempfindlichen Siga-Energietaster eine Kraftquelle aufgespürt. Drof Retekin schaltete seine Geräte auf den Zielbildschirm in Dephins Zentrale. Drof sprach nur noch in knapper Form. Man wußte, daß Dephin nicht gestört werden durfte.

»Energieortung. Körper ist eingeblendet.«

Dephin sah einen grünen Leuchtpunkt auf dem rechten oberen Rand des Schirms. Dort mußte sich der Zweitkonditionierte aufhalten.

Der Gefühlsingenieur vergaß seinen Körper. Er wurde zum individuell denkenden und ungeheuer handlungsschnellen Gehirn einer perfekten Maschine.

Tako Kakuta und Jumpy sahen dicht vor ihren Augen einen Funkenregen aufsteigen. Es war, als hätte ein Unsichtbarer einen schnell rotierenden Schleifstein auf den stahlfesten Fußboden der Werfthalle gepreßt.

Der Funkenflug stammte von den Füßen des Roboters, der nach Dephins Willen blitzschnell gestartet war.

Ein unförmiges Wesen, noch etwas größer als der Paladin, starrte überrascht auf die Stelle neben der Formpresse. Der ausgeschickte Intervallschuß fand sein Ziel nicht mehr. Die Wellenfront schlug gegen einen Stahlträger und zerschmetterte ihn zu Staub.

Tako schaltete die Infrarotoptik seines Kampfhelms ein. Da konnte er den Paladin wieder sehen. Der Roboter raste wieselflink zwischen den aufgestellten Maschinen und Laufbändern hindurch. Drei weitere Intervallschüsse ignorierte er durch ein so schnelles Ausweichen, daß die Augen kaum folgen konnten.

»Die Kamera!« schrie Jumpy erregt.

Kakuta hatte den Roboter bereits im Sucher. Die Infrarotbilder kamen in bester Qualität in der Zentrale an. Tifflor sah zusammen mit einigen hundert Terranern atemlos auf die Bildschirme, die ein fast unbegreifliches Geschehen zeigten.

Der Zweitkonditionierte erschien nun ebenfalls im Bild. Kakuta sprang mit der Kamera hinter dem davonrasenden Paladin her. Jumpy, der eine zweite Funkkamera trug, war zu einer Hebebühne teleportiert. Von dort aus konnte er den unwirklichen Kampf noch besser verfolgen.

Der vierte Schuß des Zweitkonditionierten streifte den Energieschirm des Roboters. Dephin vernahm ein schrilles Aufheulen, aber die Maschine reagierte nach wie vor auf jeden Gedankenimpuls.

»Streifschuß, Schirmbelastung einundzwanzig Prozent«, gab Mirus Tyn gelassen durch. Da wußte der Kommandant, was er von den tragbaren Intervallstrahlern zu halten hatte. Wahrscheinlich würde der starke Energieschirm des Roboters auch einen Volltreffer absorbieren.

Dephin sah das Ungeheuer vor sich auftauchen. Der Zweitkonditionierte wich zurück. Er verhielt sich völlig lautlos. Sprungbereit, in einen rötlichen Energieschirm gehüllt, erwartete er den Angriff, dem er nach der Auswertung seines Planhirns doch nicht mehr ausweichen konnte. Sein organisches Rechenzentrum hatte längst festgestellt, daß der so plötzlich aufgetauchte Gegner wesentlich schneller war.

Dephin schoß mit den schweren Impulsstrahlern der langen Handlungsarme.

Das tiefe Dröhnen der Roboterwaffe vermischte sich mit einem unmenschlichen Aufbrüllen.

Der Zweitkonditionierte war voll getroffen worden. Sein Schirm reflektierte zwar die Energie, aber die Auftreffwucht hatte der Fremde voll auszuhalten. Er wurde um einige Meter zurückgeschleudert, schlug gegen eine Maschine und erhob instinktiv beide Armpaare in Abwehr.

Sein letzter Intervallschuß traf den heranstürmenden Roboter voll. Die Siganesen des Thunderbolt-Teams spürten ein hartes Rucken, aber sonst geschah nichts.

»Auslastung der Energiestationen neunundachtzig Prozent«, meldete der Chefingenieur Mirus Tyn.

Tako Kakuta erlebte den Zusammenprall der Giganten aus nächster Nähe. Er hörte das Krachen der Überschlagblitze und das Stampfen der Füße auf dem Panzerplastboden.

Beide Energieschirme brachen bei der Berührung zusammen. Plötzlich waren die Gegner energetisch ungeschützt und nur noch auf ihre Körperkräfte angewiesen.

Der Zweitkonditionierte war schnell; aber Dephins Reaktionsschnelligkeit konnte er nicht entfernt erreichen. Ehe das Ungeheuer zuschlagen konnte, begannen die beiden Armpaare des Roboters bereits zu wirbeln.

Aus den Handkanten und Unterarmen zuckten die langen Axtschneiden hervor. Sie bestanden aus Atronital-Stahl und waren härter und fester als jedes bekannte Material.

Sie durchschlugen die Panzerung des gegnerischen Kampfanzuges und drangen in den Körper ein.

Der Zweitkonditionierte warf sich aufbrüllend nach vorn. Es gelang ihm, den Paladin zu umklammern, doch seine Absicht, den Gegner anzuheben und auf den Boden zu schmettern, mißlang kläglich.

Dart Hulos, der Waffenoffizier des Roboters, griff blitzschnell in den Kampf ein. Aus dem schweren Brustgeschütz des Paladins zuckte ein armdicker Energiestrahl. Er drang in den Körper des Zweitkonditionierten ein, durchschlug ihn und ließ den Fremden erneut zurücktaumeln.

Seine letzte Reaktion bestand darin, seine Zellmetabolik einzusetzen. Es geschah, als Dephin die Handlungsarme absinken ließ und sie in Kranarme verwandelte.

Der Vorgang der Strukturverhärtung war fast abgeschlossen, als der Paladin den Gegner mühelos anhob und ihn mit voller Wucht gegen den Sockel einer turmhohen Antigravplattform schleuderte.

Der Zweitkonditionierte erlebte sein Ende nicht mehr bei vollem Bewußtsein. Er erkannte nur noch mit plötzlich aufbrandendem Grauen, wie sehr er den »Haluter« unterschätzt hatte. Der Zeitpolizist, kristallin geworden, zerbrach beim Aufprall.

Harl Dephin war unerbittlich. Die Stahlarme des Paladins wirbelten so lange, bis von dem Gegner keine Gefahr mehr drohen konnte.

Der Paladin stand still. Dephin erwachte wie aus einem Traum. Er hörte die Durchsagen, aber ihm war, als hätte er seine Ohrenschützer eingeschaltet.

». . . ßartig, Dephin, ganz großartig!« schrie Tifflor begeistert. »Wie sieht es bei Ihnen aus? Alles in Ordnung? Können Sie zum nächsten Einsatz starten? Wir haben zwei andere Zweitkonditionierte aufgespürt. Einer ist besonders gefährlich. Er hat die Panzertore zum Waffendepot sechzehn durchschlagen und nähert sich nun dem Lagerraum von etwa achthundert Transformgeschossen. Das Kaliber ist schwer. Tausend Gigatonnen pro Einheit! Wenn der Zeitpolizist auf die verrückte Idee kommt, sich selbst zu opfern, wird er die Bomben zünden. Um Gottes willen, Dephin, so antworten Sie doch! Wir können da unten keinen einzigen Strahlschuß abgeben. Der hochkatalysierte Fusions-Sprengstoff geht bei knapp viertausend Grad Celsius hoch. Die Isolationshülle hält etwa zwanzigtausend Grad aus. Wenn er sie zerstört, genügt ein Energieschuß, und die Erde wird in Stücke gerissen. Dephin . . .!«

Der Gefühlsingenieur hatte alles gehört. Er bemerkte auch, daß die beiden Mutanten vor dem Paladin materialisierten und auf die herabhängenden Handlungsarme kletterten.

»Verstanden, Sir! Ich hatte geistig noch etwas abgeschaltet. Kennt Tako das Bombenarsenal?«

»Genau!« schrie Kakuta erregt zu den Mikrophonen hinauf. »Es liegt in einem Tiefbunker. Achtung, wir springen!«

Der Paladin verschwand in einer Leuchterscheinung. Zurück blieben die zersplitterten Überreste eines Ungeheuers.

Er nannte sich Terek Than. Er war Chef eines Dolanverbandes gewesen. Vor zehn Minuten hatte er die Notmeldung eines seiner Untergebenen aufgefangen. Dann war die Sendung plötzlich unterbrochen worden.

Terek Than wußte, daß einer der acht gelandeten Schwingungswächter tot war. Wieso aber konnte er besiegt worden sein? Die Anweisungen waren klar und unmißverständlich.

Solange sich jeder Zeitpolizist hütete, in den Feuerbereich schwerer Waffen zu kommen, konnte nichts geschehen. Es mußte möglich sein, die riesige Stadt zu verwüsten, Hochhäuser zum Einsturz zu bringen und die Energiestationen für die vielen Antigravlifts und Fernlenkstraßen explodieren zu lassen.

Terek Than kannte die Qualitäten seiner Gefährten. Es war nur wichtig, grundsätzlich in der Nähe großer Menschenansammlungen zu bleiben. Kein Terraner würde es nach dem Abflauen des Orkans wagen, Jäger oder sonstige Luftfahrzeuge mit starken Vernichtungswaffen einzusetzen.

Dann aber war der Notruf gekommen. Terek Than ahnte, daß sein Plan durchkreuzt wurde. Also hatte er sich entschlossen, in das von seiner Energieortung erkannte Waffenmagazin einzudringen, um zu versuchen, es zur Detonation zu bringen.

Die terranischen Kampfroboter innerhalb des Arsenals beseitigte Terek Than mühelos. Panzerwände durchschlug er mit seinem strukturverwandelten Körper. Er glich einem gelenkten Torpedo, der sich immer weiter zu seinem Endziel vorwühlte.

Das Wachkommando des Bombenlagers bestand aus dreißig Terranern. Sie stellten sich dem Ungeheuer mit dem Mut der Verzweiflung in den Weg.

Ihre Desintegratoren waren jedoch viel zu leistungsschwach, um den Schutzschirm des Zweitkonditionierten durchschlagen zu können. Thermostrahler durften so nahe dem Bombenlager nicht mehr angewendet werden.

Terek Than stoppte seinen Lauf. Hinter der Stellung der Terraner entdeckte er eine spiralförmig nach unten führende Rampe. Sie diente zum konventionellen Transport schwerer Güter. Terek ahnte, daß die terranischen Konstrukteure aus Sicherheitsgründen keine Antigravaufzüge eingebaut hatten. Hier mußte jeder Transportvorgang mit möglichst geringem Energieaufwand abgewickelt werden.

Terek Than eröffnete das Intervallfeuer. Weit vorn wurden Panzerwände zerschlagen. Hermetikschleusen zerbarsten, Menschen wurden von niederbrechenden Wandungen verschüttet.

Als der Zweitkonditionierte weiterrannte, hatte er den letzten Widerstand beseitigt. Robotische Fallen ortete er rechtzeitig genug, um sie unschädlich machen zu können.

Er übersprang dampfende Säurepfützen, die alles angriffen, nur ihn nicht. Die Kameras der Fernbeobachtung waren noch in Ordnung. Sie nahmen jede Szene auf und strahlten sie an die Zentrale ab.

Männer wie Julian Tifflor, die bereits Haluter im Einsatz gesehen hatten, konnten von der Kampfkraft des Schwingungswächters nicht mehr überrascht werden. Diese Wesen waren normalerweise unangreifbar. Zweitkonditionierte besaßen infolge ihrer Größe und Bewaffnung etwa die doppelte Leistungsfähigkeit.

Terek Than durchsprang Desintegratorfronten, die keinem annähernd normalen Lebewesen den Durchgang gestattet hatten. Er schaffte es spielend!

So näherte er sich dem Bombenarsenal. Er machte von seiner Waffe reichlich Gebrauch, denn ihm war es gleichgültig, ob das Depot sofort explodierte oder erst einige Minuten später. Seine Energieortung hatte längst festgestellt, daß er sich dem Lagerort von vielen hundert schweren Fusionsgeschossen näherte.

Die Teleporter rematerialisierten zwischen den eingelagerten Geschossen, die für den Bedarf Solarer Schlachtkreuzer und Schlachtschiffe vorgesehen waren.

Jede Transformbombe ruhte in einem Thermo-Schichtbehälter, der Temperaturen bis zu plus zwanzigtausend Grad Celsius, Druckeinwirkung bis zu achthundert Tonnen pro Quadratzentimeter und chemische Zersetzungs-Kampfmittel jeder bekannten Art abwehren konnte.

Die Behälter waren einzeln in vibrationselastischen Aufhängungen gelagert, die überdies nochmals gegen mechanische und thermische Kräfte abgesichert waren. Besser und sorgsamer konnte man mit solchen Waffen nicht umgehen, zumal keine Fusionsbombe einen Zünder besaß. Sie wurden erst an Bord der Großkampfschiffe eingesetzt.

Die Teleporter verschwanden hinter den Panzerwänden eines Kontrollstandes. Die beiden Terraner, die dort als Wächter abgestellt waren, hatten bereits über Funk ihre Befehle erhalten. Sie rissen die Türen auf, ließen die Mutanten ein und starrten dann zu dem Roboter hinüber, der breitbeinig vor dem Stahlschott stand, durch das der Zweitkonditionierte kommen mußte.

Nur sechsundzwanzig Sekunden später wurde es von ungeheuren Gewalten deformiert. Terek Than verzichtete auf einen zweiten Intervallschuß. Mit dem Kopf voran durchbrach er die Tür und schoß raketengleich in den großen Lagerraum hinein.

Darauf hatte Harl Dephin gewartet. Ehe sich der Zweitkonditionierte wieder aufrichten konnte, war der Paladin über ihm. Terek Than erkannte im selben Sekundenbruchteil, warum einer seiner Gefährten so plötzlich verstorben war.

Er wollte sich aufrichten und nach dem vermeintlichen Haluter greifen. Bei dieser Körperbewegung prallte er gegen den Paladin.

Dephin dachte und handelte so schnell, wie es nur ein Siganese vermochte. Er erkannte jede Bewegung des Gegners bereits im Ansatz und konnte sich sehr leicht darauf einstellen.

Terek Than kam nicht mehr dazu, die Moleküle seines Gigantenkörpers zu verhärten. Wirbelnde Roboterarme schlugen ihm die Waffe aus der Greifhand. Atronital-Äxte zertrümmerten den Schulterpanzer des Kampfanzuges.

Der Zweitkonditionierte fiel unter der Wucht der Aufschläge zwischen die Standbeine des Roboters, und damit war sein Ende gekommen. Dephin stellte sich unwillkürlich vor, er würde die Füße salutierend zusammenschlagen. Die Sert-Haube übernahm den Hirnimpuls, gab ihn zur Bewegungsautomatik weiter, und schon führte der Paladin den Vorgang aus.

Eine Zehntelsekunde später war Terek Than tot.

Der Paladin bückte sich, hob den fast fünfzig Zentner schweren Körper mühelos auf und trug ihn zu dem Kontrollraum hinüber.

»Jumpy . . .! Bringe ihn aus dem Arsenal. Irgendwo ablegen. Schnell. Er hat Einsatzwaffen am Kombigürtel.«

Der kleine Mausbiber huschte aus dem Stand. Seine Furcht vor dem zerschmetterten Ungeheuer überwindend, klammerte er sich an den Haltegurten fest, konzentrierte sich auf das weite Parkgelände westlich des Goshun-Sees und entmaterialisierte.

Tako Kakuta war sehr blaß. Grauengeschüttelt sah er an dem Robotkörper hinauf. Julian Tifflor meldete sich.

»Wir haben alles beobachtet. Sind Sie noch einsatzfähig, Harl?«

»Ehe der letzte Zweitkonditionierte nicht vernichtet ist, dürfte ich kaum müde werden, Sir. Wo ist der nächste?«

»Er versucht, seinem Vorgänger zu folgen. Kakuta – sind Sie noch stark genug, um den Paladin transportieren zu können?«

Kakuta bejahte. Dann saß er wieder auf dem linken Handlungsarm des Roboters. Zwei fassungslose Wachsoldaten erlebten die Entmaterialisierung des voluminösen Körpers. Ehe sie recht zur Besinnung kamen, war er verschwunden.

Im Hauptquartier kannte man weder die Namen noch die Ränge der Zweitkonditionierten. Sie wurden daher mit Nummern bezeichnet.

Harl Dephin hatte soeben Nummer sechs besiegt. Die Taktik des Paladins stand nun endgültig fest. Es war zwecklos, die überstarken Schutzschirme der Zweitkonditionierten mit den Roboterwaffen anzugreifen. Dephin hatte es immer wieder erfolglos versucht.

Die beste Methode bestand darin, dem gegnerischen Intervallbeschuß auszuweichen und sofort den Nahkampf zu suchen.

Dart Hulos konnte nicht eingesetzt werden. Die Energieentwicklung der Raketengeschosse war viel zu hoch. Die Hauptstadt des Imperiums wäre vernichtet worden.

Tifflor hatte die aufmarschierten Kampfroboter der Heimatverteidigung zurückgezogen. Sie konnten gegen die Zweitkonditionierten nur wenig ausrichten.

Nummer sieben war offenbar nervös geworden. Dieser Zeitpolizist schien mit seinem Planhirn errechnet zu haben, daß seine Gefährten einem unerbittlichen und weit überlegenen Gegner zum Opfer gefallen waren.

Also rannte der Zweitkonditionierte durch die Straßen des Regierungsviertels, um zu versuchen, dem soeben erkannten Verfolger zu entkommen.

Weder er noch der Paladin kümmerten sich um das Heulen des Orkans. Sie sprangen über Fahrzeugwracks hinweg, durchstießen in vollem Lauf die festen Mauern hochragender Gebäude, rasten elegant geschwungene Auffahrten hinauf und zerfetzten beim Absprung die stillstehenden Transportbänder der City-Verbindung.

Der Zweitkonditionierte glaubte, dem Verfolger entronnen zu sein. Er wollte nur einen Blick nach hinten werfen, doch plötzlich fühlte er den Aufprall einer Masse, die ihn zu Boden schleuderte.

Mirus Tyn bangte um die Festigkeit seiner Kraftwerke. Die Erschütterungen waren enorm. Er beruhigte sich erst, als sich der Paladin auf die Sprungbeine aufrichtete und mit rasendem Tempo zuzuschlagen begann.

Amos Rigeler, der Chef der Bewegungsmechanik, duckte sich in seinem Sessel, um von der pulsierenden Hochdruckleitung nicht erschlagen zu werden. Er nahm sich vor, dieses System unter allen Umständen zu ändern.

Dephin schaltete den Mechanismus ständig um. Zum Sprunglauf verwendete er die Hydro-Pneumatik, beim Kampf benutzte er ausschließlich die wesentlich schneller reagierende Kraftfeldsteuerung.

Der siebte Zweitkonditionierte suchte seine Zuflucht in einer Zellverformung. Ehe er sie abschließen konnte, war er bereits tot.

Zu diesem Zeitpunkt wurde der Teleporter Kakuta von Tifflor entlassen. Er erhielt die Anweisung, sich im Hauptquartier zu melden und durch einen Transmittersprung zu der WYOMING zurückzukehren.

Nummer acht, der letzte der notgelandeten Zweitkonditionierten, wurde von Harl Dephin zwanzig Meter unter der Wasseroberfläche des Goshun-Sees besiegt.

Das Intervallfeuer des Fremden wurde ihm zum Verhängnis. Er hatte in seiner Panik übersehen, daß die Wirkungsfront einer derartigen Waffe nur zwei physikalische Effekte erzielen konnte. Sie konnte entweder leicht entweichen oder in größeren Tiefen eine vernichtende Druckwirkung erzeugen.

Der Paladin glitt unter dem Schub seines Triebwerks in vierzig Meter Tiefe heran. Als der Zweitkonditionierte das Feuer eröffnete, übersah er die Tatsache, daß er das Wasser nicht komprimieren konnte.

Hätte er nach oben gefeuert, wäre fraglos eine Wassersäule entstanden. Die Fluten hätten dem auf sie einwirkenden Druck nachgegeben und wären in die Luft entwichen.

So aber war der Zeitpolizist gezwungen, nach unten zu schießen. Sein Intervallfeuer wirkte wie die Detonation einer Wasserbombe.

Das unnachgiebige Element bündelte die Stoßfront, und sie suchte nach einem Ausweg.

Der Zweitkonditionierte wurde von der Druckwelle wie von einem aufwärts schießenden Stahlkeil erfaßt und in Gedankenschnelle vernichtet.

Selbst Harl Dephin hatte Mühe, die Druckwirkung, die auf jeden Gegenstand verheerend wirken mußte, zu überstehen. Als er mit seinem Paladin auftauchte, meldete Mirus Tyn den Ausfall einer Kraftstation. Die Reaktoren hatten sich aus ihren Verankerungen gelöst.

Der Paladin war trotzdem noch voll bewegungs- und kampffähig; aber es gab nichts mehr zu bekämpfen.

Der Orkan ließ allmählich nach. Die im freien Raum stehenden Wetterstationen gewannen allmählich wieder die Oberhand.

Julian Tifflor hatte alles riskiert. Er hatte gewonnen.

Jumpy brachte den Paladin ins Hauptquartier zurück.

»Wollen Sie ein Denkmal aus Holz, oder ziehen Sie moderne Kunststoffe vor?« erkundigte sich Julian Tifflor ernsthaft bei den sechs Siganesen, die ermattet in der Rachenschleuse standen.

Jumpy zog sich augenblicklich zurück. Seinen bitterbösen Blick nahm Tifflor mit einem weisen Lächeln zur Kenntnis.

»He, Jumpy!« schrie der Gefühlsingenieur hinter dem humpelnden Kleinen her. »He, hörst du nicht . . .?«

Harl vergaß, daß er seine Verstärkeranlage nicht eingeschaltet hatte. Er konnte nicht gehört werden.

Julian Tifflor wurde ernst.

»Wir haben allen Grund, uns bei Ihnen zu bedanken. Mein Bericht an den Staatsmarschall ist soeben abgegangen. Wir sind sehr glücklich, daß es auf Siga einige Menschen gab, die rechtzeitig genug an die Konstruktion eines derartigen Überroboters dachten. Ich weiß nicht, wie wir das Problem ohne Sie gemeistert hätten. Im Raum ist alles in bester Ordnung. Es sind insgesamt dreihundertsechsundzwanzig Dolans abgeschossen worden. Unsere Verluste sind sehr schwer. Wir verloren sechzehnhundertundachtzehn große Schiffe. Die Posbis opferten elfhundertvierundzwanzig Einheiten. Reginald Bull jagt mit allen FpF- Einheiten die fluchtartig zurückweichenden Dolans. Dies zu Ihrer Information. Haben Sie noch Fragen, Herr Major?«

Harl Dephin verneinte.

»Dann bleibt mir nur noch übrig, mich nochmals bei Ihnen zu bedanken. Wenn Sie irgendwelche Wünsche haben, lassen Sie es mich bitte wissen.«

Tifflor sah, daß der kleine Mann zu lächeln begann. Er führte das Mikrophon an die Lippen.

»Sie haben unseren größten Wunsch bereits erfüllt, Sir.«

Tifflor sah sich verwundert um.

»Wie, habe ich das wirklich? Ich könnte mich nicht erinnern, etwas getan zu haben, das man mit der Erfüllung eines Wunsches identifizieren könnte.«

»Doch, Sir! Sie haben es getan. Es waren nur einige Worte; aber die haben Sie soeben ausgesprochen, ohne lange danach suchen zu müssen. Das genügt uns völlig, Sir.«

Tifflor lachte unsicher auf.

»Ich – ich verstehe Sie wirklich nicht, Harl.«

»Sie haben uns Siganesen *Menschen* genannt, Sir. Mehr kann niemand für die kleinen Männer meines Volkes tun. Vielen Dank, Sir . . .!«

---



---

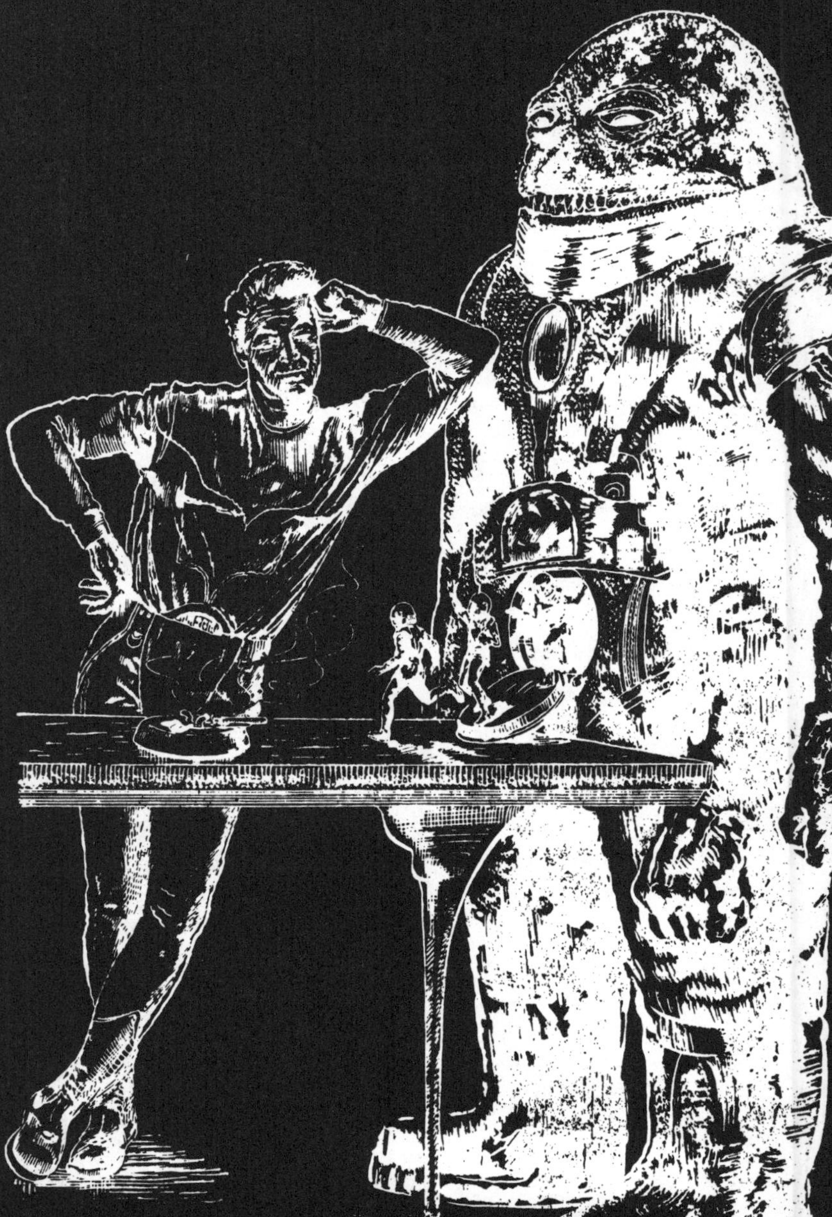